D0626861

LE LECTEUR DE CADAVRES

Antonio Garrido est né en Espagne en 1963 et enseigne à l'université polytechnique de Valence. Passionné d'histoire, il a consacré sept ans de sa vie à l'écriture de *La Scribe* (Presses de la Cité, 2009), son premier roman, best-seller en Espagne et à l'étranger, pour lequel il a effectué de nombreuses recherches en Allemagne. *Le Lecteur de cadavres* (Grasset, 2011) a obtenu en 2012 le Prix international du roman historique.

ANTONIO GARRIDO

Le Lecteur de cadavres

ROMAN TRADUIT DE L'ESPAGNOL PAR NELLY ET ALEX LHERMILLIER

GRASSET

Titre original :

EL LECTOR DE CADÁVERES
Publié par Espasa Libros, S.L.U., Barcelone, 2011.

« Le légiste désigné par la préfecture se présentera sur le lieu du crime dans les quatre heures suivant sa déclaration.

S'il manque à cette obligation, délègue sa charge, ne trouve pas les blessures mortelles ou les évalue de façon erronée, il sera déclaré coupable d'impéritie et condamné à deux ans d'esclavage. »

« Des devoirs des juges »,
article 4 du *Song Xingtong*,
code pénal de la dynastie Song.

Prologue

An 1206. Dynastie Song.
Chine orientale. Province du Fujian.
Champs cultivés de la sous-préfecture de Jianyang.

Shang ne comprit qu'il mourait que lorsqu'il sentit le goût du sang dans sa gorge. Il voulut balbutier quelque chose, mais avant qu'il y parvînt ses yeux s'écarquillèrent et ses jambes fléchirent mollement. Il allait prononcer le nom de son assassin quand celui-ci lui enfonça un chiffon dans la bouche.

À genoux dans la fange, exhalant son dernier souffle de vie, Shang perçut la tiédeur de la pluie et l'odeur de la terre mouillée qui l'avait accompagné tout au long de son existence. Un instant plus tard, la chemise imbibée de sang, il s'écroula sur le bourbier dans lequel il avait laissé son âme.

PREMIÈRE PARTIE

1

Ce jour-là, Cí se leva de bonne heure pour éviter de rencontrer son frère Lu. Ses yeux se fermaient, mais la rizière l'attendait, bien réveillée, comme tous les matins.

Il se leva et roula sa natte, humant l'arôme du thé dont sa mère parfumait la maison. En entrant dans la pièce principale, il la salua et elle lui répondit par un sourire à peine esquissé qu'il perçut et lui rendit. Il adorait sa mère presque autant que sa petite sœur, Troisième. Ses deux autres sœurs, Première et Deuxième, étaient mortes peu après leur naissance d'un mal héréditaire. Il ne restait que Troisième, elle aussi atteinte de ce mal.

Avant d'avaler une bouchée, il se dirigea vers le petit autel qu'il avait dressé près d'une fenêtre, à la mémoire de son grand-père. Il ouvrit les volets et respira à pleins poumons. Dehors, les premiers rayons de soleil filtraient timidement à travers la brume. Le vent fit osciller les chrysanthèmes placés dans le vase des offrandes et raviva les volutes d'encens qui s'élevaient dans la pièce. Cí ferma les yeux pour réciter une prière,

13

mais une seule pensée vint à son esprit : « Génies des cieux, permettez que nous retournions à Lin'an*. »

Il se remémora le temps où ses grands-parents vivaient encore. À cette époque, ce hameau perdu était son paradis et son frère Lu, son héros. Lu était comme le grand guerrier des histoires que son père racontait, toujours prêt à le défendre quand d'autres gamins tentaient de lui voler sa ration de fruits, ou à mettre en fuite les effrontés qui auraient manqué de respect à ses sœurs. Lu lui avait appris à se battre, l'avait emmené patauger dans le fleuve entre les barques et pêcher des carpes et des truites qu'ils rapportaient ensuite tout excités à la maison ; il lui avait montré les meilleures cachettes pour épier les voisines. Mais en grandissant, Lu était devenu vaniteux. À quinze ans, il faisait constamment étalage de sa force. Il se mit à organiser des chasses aux chats pour crâner devant les filles, il s'enivrait de l'alcool de riz qu'il volait dans les cuisines et se vantait d'être le plus fort de la bande. Il était si bouffi d'orgueil qu'il prenait les moqueries des jeunes filles pour des flatteries, sans se rendre compte qu'elles le fuyaient. Si bien qu'après avoir regardé Lu comme son idole, Cí en vint peu à peu à ne plus éprouver qu'indifférence à son égard.

Jusque-là cependant, Lu ne s'était jamais mis dans des situations plus graves que celle d'apparaître avec un œil au beurre noir à la suite d'une bagarre ou d'utiliser le buffle de la communauté pour parier aux courses d'eau. Mais le jour où son père annonça son

---

* Le lecteur trouvera dans le glossaire à la fin de l'ouvrage (p. 737-751) les mots suivis d'un astérisque (N.d.T.).

intention de s'installer à Lin'an, la capitale, Lu refusa catégoriquement. Il avait alors seize ans, il était heureux à la campagne et n'avait aucune intention de quitter le village. Il disposait de tout ce dont il avait besoin : la rizière, sa bande de bravaches et deux ou trois prostituées des environs qui riaient de ses bons mots ; son père eut beau le menacer de le répudier, il ne se laissa pas intimider. Ils se séparèrent cette année-là. Lu demeura au village et le reste de la famille émigra à la capitale en quête d'un meilleur avenir.

Les premiers temps à Lin'an furent très durs pour Cí. Il se levait chaque matin à l'aube pour veiller à l'état de santé de sa sœur, il lui préparait son petit déjeuner et prenait soin d'elle jusqu'à ce que sa mère fût rentrée du marché. Puis, après avoir avalé un bol de riz, il partait pour l'école où il restait jusqu'à midi ; il courait alors à l'abattoir où travaillait son père pour l'aider le reste de la journée en échange des viscères répandus sur le sol. Le soir, après avoir nettoyé la cuisine et adressé une prière à ses ancêtres, il révisait les traités confucéens qu'il aurait à réciter le lendemain matin à l'école. Ainsi, mois après mois, jusqu'au jour où son père obtint un emploi de comptable à la préfecture[*] de Lin'an, sous les ordres du juge Feng, l'un des magistrats les plus importants de la capitale.

Dès lors, les choses commencèrent à aller mieux. Les revenus de la famille augmentèrent et Cí put quitter l'abattoir pour se consacrer entièrement à ses études. Au bout de quatre années d'enseignement supérieur, et grâce à ses excellentes notes, Cí obtint un poste d'assistant dans le service de Feng. Au début, il accomplissait de simples tâches de gratte-papier, mais son dévouement et son zèle attirèrent l'attention du juge, lequel trouva chez ce garçon de dix-sept ans quelqu'un à instruire à son image.

Cí ne le déçut pas. Au fil des mois, de l'exécution de tâches routinières il en vint à enregistrer des plaintes, à assister aux interrogatoires des suspects et à aider les techniciens pour la préparation et la toilette des cadavres que, selon les circonstances des décès, Feng devait examiner. Peu à peu, son application et son habileté devinrent indispensables au juge, qui n'hésita pas à lui confier davantage de responsabilités. Finalement, Cí le seconda dans l'investigation de crimes et de litiges, travaux qui lui permirent de découvrir les fondements de la pratique juridique en même temps qu'il acquérait des notions rudimentaires d'anatomie.

Au cours de sa deuxième année d'université, encouragé par Feng, Cí assista à un cours préparatoire de médecine. D'après le magistrat, les preuves pouvant dénoncer un crime se dissimulent souvent dans les blessures ; pour les découvrir, il fallait donc les connaître et les étudier, non comme un juge mais comme un chirurgien.

Tout continua de la sorte jusqu'au jour où son grand-père tomba subitement malade et décéda. Après l'enterrement et comme l'exigeaient les rituels du deuil, son père dut renoncer à son poste de comptable et à la résidence dont on lui accordait l'usufruit ; sans travail ni foyer, et malgré les désirs de Cí, toute la famille se vit obligée de rentrer au village.

À son retour, Cí trouva son frère Lu changé. Il vivait dans une nouvelle maison qu'il avait bâtie de ses mains, il avait acquis un lopin de terre et employait plusieurs journaliers à son service. Quand, forcé par les circonstances, son père frappa à sa porte, Lu l'obligea à s'excuser avant de le laisser entrer et il lui laissa une petite chambre au lieu de lui céder la sienne. Il traita Cí avec son indifférence habituelle, mais lorsqu'il s'aperçut qu'il ne le suivait plus comme un toutou et qu'il ne s'intéressait qu'aux livres, il se mit en colère. C'était dans les champs qu'un homme montrait son véritable courage. Ni les textes ni les études ne lui procureraient le riz ou les ouvriers agricoles. Aux yeux de Lu, son frère cadet n'était qu'un inutile de vingt ans qu'il faudrait nourrir. À partir de ce moment, la vie de Cí se transforma en une suite d'humiliations qui lui firent détester ce village.

Une rafale de vent frais ramena Cí à l'instant présent.

De retour dans la salle il tomba sur Lu, qui au côté de sa mère absorbait bruyamment son thé à grandes lampées. En le voyant, celui-ci cracha à terre et d'un geste brusque laissa tomber le bol sur la table. Puis, sans attendre que son père fût levé, il prit son baluchon et partit sans un mot.

— Il aurait besoin d'apprendre les bonnes manières, marmotta Cí tandis qu'avec un torchon il essuyait le thé que son frère venait de renverser.

— Et toi tu aurais besoin d'apprendre à le respecter, c'est dans sa maison que nous habitons, répliqua sa mère sans lever les yeux du feu. Un foyer fort...

« Oui. Un foyer fort est celui que soutient un père courageux, une mère prudente, un fils obéissant et un frère obligeant. » Il n'avait nul besoin qu'on le lui répétât. Lu se chargeait de le lui rappeler chaque matin.

Bien que rien ne l'y obligeât, Cí étala les napperons de bambou et mit les bols sur la table. Le mal de poitrine dont souffrait Troisième s'était aggravé, et ça ne l'ennuyait pas de réaliser les tâches qui revenaient à sa sœur. Il disposa les jattes en veillant à ce qu'elles forment un nombre pair, et dirigea le bec de la théière vers la fenêtre de façon qu'il ne vise aucun des convives. Il plaça au centre le vin de riz, la bouillie et, à côté, les croquettes de carpe. Il regarda la cuisine noircie par le charbon et l'évier fendillé. Cela ressemblait davantage à une forge délabrée qu'à un logis.

Bientôt son père arriva en claudiquant. Cí ressentit un pincement de tristesse.

« Comme il a vieilli. »

Il plissa les lèvres et serra les dents. La santé de son père semblait s'affaiblir au même rythme que celle de Troisième. L'homme marchait en tremblant, le regard baissé, sa barbe clairsemée pendant tel un chiffon de soie effiloché. À peine restait-il trace en lui du fonctionnaire méticuleux qui lui avait inculqué l'amour de la méthode et la persévérance. Il observa ses mains de cire, autrefois admirablement soignées, aujourd'hui grossières et calleuses.

Arrivé près de la table, l'homme s'accroupit en s'appuyant sur son fils, et d'un geste autorisa les autres à s'asseoir. Ce que Cí s'empressa de faire ; la dernière, sa mère s'installa du côté qui jouxtait la cuisine et servit du vin de riz. Toujours prostrée par la fièvre, Troisième ne se leva pas. Comme chaque jour de la semaine.

— Viendras-tu dîner ce soir ? demanda sa mère à Cí. Après tous ces mois, le juge Feng sera heureux de te revoir.

Cí n'aurait pour rien au monde manqué la rencontre avec Feng. Sans qu'il en connût le motif, son père avait décidé de rompre le deuil et d'anticiper son retour à Lin'an, espérant que le juge Feng accepterait de le reprendre comme assistant. Il ignorait si Feng était venu au village pour cette raison, mais c'était ce que tous souhaitaient.

— Lu m'a ordonné de monter le buffle à la nouvelle parcelle, et ensuite je pensais rendre visite à Cerise, mais je rentrerai à l'heure pour le dîner.

— On ne croirait pas que tu as déjà vingt ans. Cette jeune fille absorbe toutes tes pensées, intervint son père. Si tu continues à la voir aussi souvent, tu finiras par te lasser d'elle.

— Cerise est la seule bonne chose de ce village. En outre, c'est vous qui avez concerté notre mariage, répondit Cí en avalant la dernière bouchée.

— Emporte ces friandises, je les ai préparées exprès, lui offrit sa mère.

Cí se leva et les mit dans sa musette. Avant de partir, il entra dans la chambre où sommeillait Troisième, il posa un baiser sur ses joues brûlantes et remit en place la mèche qui s'était échappée de son chignon. La fillette cligna des yeux. Alors il sortit les friandises et les glissa sous sa couverture.

— Que mère ne les voie pas, lui murmura-t-il à l'oreille.

Elle sourit, mais fut incapable d'articuler un mot.

*

Sur la rizière couverte de vase, la pluie fouetta Cí. Le jeune homme se dépouilla de sa chemise trempée, ses muscles se tendirent lorsqu'il frappa le buffle, qui avança doucement, comme si la bête devinait qu'à ce sillon succéderait un autre, et à celui-ci un autre, et encore un autre. Il leva les yeux et contempla le bourbier de vert et d'eau.

Son frère lui avait ordonné d'ouvrir un canal pour drainer la nouvelle parcelle, mais travailler en bordure des champs était difficile en raison de la dégradation des digues de pierre qui séparaient les terrains. Cí, épuisé, regarda le champ de riz inondé. Il claqua le fouet et l'animal enfonça les sabots dans la vase.

Il avait effectué le tiers de sa journée de travail quand le soc s'accrocha.

« Encore une racine », se maudit-il.

Il excita le buffle sous la pluie. La bête leva le front et mugit de douleur, mais elle n'avança pas. Cí manœuvra pour la faire reculer, mais l'outil resta coincé du côté opposé. Alors il regarda l'animal avec résignation.

« Ça va te faire mal. »

Conscient de la souffrance qu'il lui infligeait, il tira sur l'anneau qui pendait au museau de la bête tout en paumoyant les rênes. Alors l'animal bondit en avant et l'araire craqua. À cet instant, il se rendit compte qu'il aurait dû arracher la racine avec ses mains.

« Si j'ai cassé le soc, mon frère va me battre comme plâtre. »

Il inspira avec force et enfonça les bras dans la boue jusqu'à atteindre un enchevêtrement de racines. Il tira en vain et, après plusieurs tentatives, décida d'aller chercher une scie affilée dans la besace qui pendait sur le flanc de l'animal. De nouveau il s'agenouilla et se mit à travailler sous l'eau. Il sortit deux grosses racines qu'il jeta au loin et en scia d'autres de plus grosse taille. Alors qu'il s'acharnait sur la plus épaisse, il nota une vibration dans un doigt.

« À coup sûr je me suis coupé. »

Bien qu'il ne perçût aucune douleur, il s'examina avec soin.

Il était victime d'une étrange maladie dont les dieux l'avaient frappé à sa naissance et dont il avait pris conscience le jour où sa mère, en trébuchant, avait renversé sur lui un chaudron d'huile bouillante. Il n'avait que quatre ans et sa seule sensation avait été la même que lorsqu'on le lavait à l'eau tiède. Mais l'odeur de chair grillée l'avait averti que quelque chose d'horrible était arrivé. Son torse et ses bras, brûlés à jamais, gardèrent les traces. Depuis ce jour-là, les cicatrices lui rappelaient que son corps n'était pas comme celui des autres enfants et que même si l'absence de douleur était une chance, il devait faire très attention à ne pas se blesser. Car s'il ne sentait pas les coups, si la douleur causée par la fatigue l'affectait à peine et s'il pouvait faire des efforts jusqu'à l'épuisement, il lui arrivait aussi de dépasser ses limites physiques sans s'en rendre compte et de tomber malade.

Lorsqu'il sortit sa main de l'eau, il s'aperçut qu'elle était couverte de sang. Alarmé par l'apparente largeur de l'entaille, il courut se nettoyer avec un bout d'étoffe.

Mais après s'être essuyé la main, il ne vit qu'un pincement violacé.

Surpris, il retourna à l'endroit où le soc s'était entravé et il écarta les racines, constatant que l'eau fangeuse commençait à se teinter de rouge. Il relâcha les rênes et stimula l'animal afin qu'il s'écartât. La pluie tambourinait sur la rizière, étouffant tout autre son.

Il marcha lentement vers le petit cratère qui s'était formé à l'endroit où s'enfonçait le soc. Tandis qu'il s'approchait, il sentit son estomac se nouer et son cœur palpiter. Il voulut s'éloigner, mais se retint. Il observa alors un léger bouillonnement qui affleurait rythmiquement à la surface du cratère et se confondait avec les gouttes de pluie. Lentement il s'agenouilla, ses jambes entrouvertes embrassant les crêtes de vase visqueuses. Il approcha son visage de l'eau, mais ne vit qu'une autre effervescence sanguinolente.

Soudain, quelque chose bougea. Cí sursauta et, surpris, rejeta la tête en arrière, mais lorsqu'il s'aperçut qu'il s'agissait d'une petite carpe, il poussa un soupir de soulagement.

« Stupide bestiole. »

Il se leva et piétina le poisson, essayant de se calmer. Alors il aperçut une autre carpe avec un lambeau de chair dans la bouche.

Il voulut reculer, mais glissa et tomba dans l'eau au milieu d'un tourbillon de boue, de saleté et de sang. Malgré lui, il ouvrit les yeux en sentant une souche le frapper au visage. Ce qu'il vit lui paralysa le cœur. Devant lui, un chiffon enfoncé dans la bouche, la tête décapitée d'un homme flottait au milieu des débris végétaux.

Il s'égosilla à force de crier, mais personne n'accourut à son secours.

Il mit un moment à se souvenir que la parcelle était abandonnée depuis longtemps et que tous les paysans se trouvaient sur l'autre versant de la montagne, aussi s'accroupit-il à quelques pas de l'araire pour regarder autour de lui. Lorsqu'il eut cessé de trembler, il lui vint l'idée de laisser le buffle et de descendre chercher de l'aide. L'autre possibilité consistait à attendre dans la rizière jusqu'au retour de son frère.

Aucune des options ne le séduisait, mais il savait que Lu ne tarderait pas et il décida d'attendre. Cet endroit était infesté d'animaux nuisibles et un buffle entier valait mille fois plus qu'une tête humaine mutilée.

En attendant, il acheva de couper les racines et libéra le soc. L'araire paraissait en bon état ; avec un peu de chance, Lu lui reprocherait seulement le retard du labour. C'était du moins ce qu'il espérait. Lorsqu'il eut terminé, il fixa de nouveau le soc et reprit le travail. Il essaya de siffler pour se distraire, mais seuls résonnaient en lui les mots que son père prononçait de temps en temps : « On ne résout pas les problèmes en leur tournant le dos. »

« Oui. Ce n'est pas mon problème », se répondit Cí.

Il laboura deux pas de plus avant d'arrêter le buffle et de retourner près de la tête.

Pendant un moment il observa, méfiant, la manière dont elle se balançait sur l'eau. Puis il regarda d'un peu plus près. Les joues étaient écrabouillées, comme si on les avait piétinées avec fureur. Il remarqua sur sa peau violacée les petites lacérations produites par les morsures des carpes. Il examina ensuite les paupières ouvertes et gonflées, les lambeaux de chair sanguinolente qui pendaient près de la trachée... et l'étrange chiffon qui sortait de sa bouche entrouverte.

Jamais auparavant il n'avait contemplé quelque chose d'aussi effroyable. Il ferma les yeux et vomit. Il venait tout à coup de le reconnaître. La tête décapitée appartenait au vieux Shang. Le père de Cerise, la jeune fille qu'il aimait.

Quand il se reprit, il prêta attention à l'étrange grimace que formait la bouche du cadavre, exagérément ouverte à cause du morceau d'étoffe qui apparaissait entre ses dents. Avec précaution, il tira sur l'extrémité et peu à peu la toile sortit, comme s'il défaisait une pelote. Il la mit dans sa manche et essaya de fermer la mâchoire, mais elle était décrochée et il n'y parvint pas. De nouveau il vomit.

Il lava son visage avec de l'eau boueuse. Puis il se leva et revint en arrière, arpentant le terrain labouré à la recherche du reste du corps. Il le trouva à midi à l'extrémité orientale de la parcelle, à quelques *li* * de l'endroit où le buffle avait buté. Le tronc du cadavre arborait encore l'écharpe jaune qui le désignait comme un homme honorable, de même que sa veste d'intérieur fermée par cinq boutons. Il ne trouva pas trace du bonnet bleu dont il se coiffait toujours.

Il lui fut impossible de continuer à labourer. Il s'assit sur la digue de pierre et mordilla sans appétit un quignon de pain de riz qu'il fut incapable d'avaler. Il regarda le corps décapité du pauvre Shang abandonné sur la boue, semblable à celui d'un criminel exécuté et condamné.

« Comment vais-je l'expliquer à Cerise ? »

Il se demanda quelle sorte de scélérat avait pu faucher la vie d'une personne aussi honorable que Shang, un homme dévoué aux siens, respectueux de la tradition et des rites*. Pas de doute, le monstre qui avait perpétré ce crime méritait la mort.

*

Son frère Lu arriva à la parcelle en milieu d'après-midi. Trois journaliers chargés de plants de riz l'accompagnaient, ce qui signifiait qu'il avait changé d'avis et décidé de repiquer le riz sans attendre que le terrain fût drainé. Cí laissa le buffle et courut vers lui. Arrivé à sa hauteur, il s'inclina pour le saluer.

— Frère ! Tu ne vas pas croire ce qui est arrivé…

Son cœur battait à tout rompre.

— Comment ne le croirais-je pas si je le vois de mes propres yeux ? rugit Lu en montrant la partie du champ qui n'était pas labourée.

— C'est que j'ai trouvé un…

Un coup de baguette sur le front le fit tomber dans la fange.

— Maudit fainéant ! cracha Lu. Jusqu'à quand vas-tu te croire supérieur aux autres ?

Cí essuya le sang qui coulait de son arcade sourcilière. Ce n'était pas la première fois que son frère le frappait, mais Lu était l'aîné et les lois confucéennes interdisaient au cadet de se rebeller. Il pouvait à peine ouvrir la paupière, pourtant il s'excusa.

— Je suis désolé, frère. J'ai pris du retard parce que…

Lu le poussa.

— Parce que l'étudiant délicat n'a pas le courage de travailler ! Parce que l'étudiant délicat pense que le riz se plante tout seul ! (D'une poussée il l'envoya dans la vase.) Parce que l'étudiant délicat a son frère Lu qui s'éreinte pour lui !

Lu nettoya son pantalon, permettant à Cí de se relever.

— J'ai… trouvé un ca… davre…, parvint-il à articuler.

Lu ouvrit de grands yeux.

— Un cadavre ? De quoi tu parles ?

— Là… sur la digue…, ajouta Cí.

Lu se tourna vers l'endroit où quelques craves picoraient le terrain. Il empoigna son bâton et, sans attendre d'autres explications, se dirigea vers les oiseaux. Lorsqu'il arriva près de la tête, il la bougea avec le pied. Il fronça les sourcils et se retourna.

— Maudite soit-elle ! Tu l'as trouvée ici ? (Il saisit la tête par les cheveux et la balança d'un air dégoûté.) J'imagine que oui. Par la barbe de Confucius ! Mais n'est-ce pas Shang ? Et le corps… ?

— De l'autre côté… Près de l'araire.

Lu plissa les lèvres. Tout de suite après il s'adressa à ses journaliers.

— Vous deux, qu'attendez-vous pour aller le ramasser ? Et toi, décharge les plants et mets la tête dans un panier. Maudits soient les dieux… ! Retournons au village.

Cí s'approcha du buffle pour lui enlever son harnais.

— On peut savoir ce que tu fais ? l'interrompit Lu.

— N'as-tu pas dit que nous rentrions… ?

— Nous, cracha-t-il. Toi tu rentreras quand tu auras terminé ton travail.

2

Cí passa le reste de l'après-midi à ingurgiter la puanteur que dégageait l'arrière-train ballottant de son buffle tandis qu'il se demandait quel délit avait bien pu commettre le vieux Shang pour finir décapité. À sa connaissance, il n'avait pas d'ennemis et personne ne l'avait jamais menacé. En fait, le pire dans sa vie, c'était d'avoir engendré trop de filles, ce qui l'avait obligé à travailler comme un esclave pour réunir une dot qui les rendît séduisantes. Cela mis à part, Shang avait toujours été un homme honnête et respecté.

« La dernière personne à qui penserait un assassin. »

Quand il reprit enfin ses esprits, déjà le soleil se cachait.

En plus du labour, Lu lui avait ordonné d'aplanir un tertre de vase noire, aussi dispersa-t-il quelques pelletées du mélange d'excréments humains, de boue, de cendre et de chaume qu'on utilisait habituellement comme fertilisant, et il étala le reste du monticule de façon à le dissimuler. Puis il frappa l'animal qui recula lourdement, comme s'il n'était pas rompu à cette tâche, grimpa d'un bond sur son dos et prit le chemin du retour au village.

Tandis qu'il descendait, Cí compara la découverte du corps de Shang à celle d'autres affaires semblables dont il avait eu l'occasion de connaître les détails lors de son séjour à Lin'an. Pendant tout ce temps il avait assisté Feng sur les enquêtes de nombreux crimes violents. Il avait même étudié des crimes rituels sanguinaires commis par les membres de sectes, mais il n'avait jamais vu un corps aussi sauvagement mutilé. Par chance, le juge était dans le bourg et il ne doutait pas qu'il trouverait le coupable.

Cerise vivait avec sa famille dans une bicoque que soutenaient à grand-peine des pieux vermoulus. Lorsqu'il atteignit la maison, l'angoisse le tenaillait. Il avait préparé deux ou trois phrases pour lui raconter ce qui était arrivé, mais aucune ne le satisfaisait. Bien qu'il plût à verse, il s'arrêta devant la porte, essayant de penser à ce qu'il allait dire.

« J'aurai bien une idée. » Se mordant les lèvres, les poings serrés, il approcha ses jointures de la porte. Ses bras tremblaient plus que son corps. Il attendit un instant et enfin frappa.

Seul répondit le silence. À la troisième tentative, il comprit que personne ne lui ouvrirait. Il renonça et rentra chez lui.

Dès qu'il ouvrit la porte, son père s'empressa de lui reprocher son retard. Le juge Feng était arrivé et cela faisait un moment qu'ils l'attendaient pour dîner. Voyant l'invité, Cí joignit ses poings sur sa poitrine et s'inclina devant lui en guise d'excuse, mais Feng l'en empêcha.

— Par les monstres de l'enfer ! s'exclama le juge avec un sourire indulgent. Mais que manges-tu ici ? L'année dernière tu avais encore l'air d'un adolescent !

Cí n'en avait pas conscience, mais à vingt ans il n'était plus le garçon chétif dont tous se moquaient à Lin'an. La campagne avait transformé son corps malingre en celui d'un jeune homme vigoureux dont les muscles fins évoquaient une botte de joncs fermement entrelacés. Cí sourit avec timidité, laissant entrevoir des dents parfaitement rangées, et il regarda le visage de Feng. Le vieux juge avait à peine changé. Son visage sérieux sillonné de fines rides contrastait toujours avec sa moustache blanche soigneusement taillée. Sa tête était coiffée du bonnet *bialar*[*] en soie qui indiquait son rang.

— Honorable juge Feng, le salua-t-il. Excusez mon retard, mais…

— Ne t'inquiète pas, mon fils, l'interrompit-il. Allons, entre, tu es trempé.

Cí se précipita à l'intérieur de la maison et revint avec un petit paquet enveloppé dans un joli papier rouge. Cela faisait un mois qu'il attendait ce moment. Exactement depuis le jour où il avait appris que le juge Feng leur rendrait visite après si longtemps. Comme le voulait la coutume, Feng refusa trois fois le présent avant de l'accepter.

— Tu n'aurais pas dû prendre cette peine.

Il rangea le paquet sans l'ouvrir, car le contraire eût signifié qu'il accordait plus d'importance au contenu qu'au geste lui-même.

— Il a grandi, oui, mais comme vous le voyez, il est toujours aussi peu responsable, intervint le père de Cí.

Cí tituba. Les règles de courtoisie l'empêchaient d'importuner l'invité avec des sujets étrangers à sa visite, mais un assassinat dépassait tout protocole. Il se dit que le juge le comprendrait.

— Pardonnez mon impolitesse, mais je dois vous communiquer une horrible nouvelle. Shang a été assassiné ! On l'a décapité ! – Son visage était un masque d'incompréhension.

Son père le regarda avec une expression sérieuse.

— Oui. Ton frère Lu nous l'a dit. Maintenant, assieds-toi et dînons. Ne faisons pas attendre davantage notre hôte.

Le flegme avec lequel Feng et son père prenaient l'événement exaspéra Cí. Shang était le meilleur ami de son père ; pourtant, lui et le juge continuaient à manger tranquillement, comme si de rien n'était. Cí les imita, bouillant intérieurement. Son père s'en aperçut.

— Épargne-nous cette grise mine. De toute façon, nous n'y pouvons pas grand-chose, conclut le patriarche. Lu a transporté le corps de Shang dans les dépendances du gouvernement et les membres de sa famille sont en train de le veiller. De plus, tu sais que le juge Feng n'a aucune compétence dans cette sous-préfecture, il ne nous reste qu'à attendre qu'on envoie le magistrat chargé de l'affaire.

Cí le savait en effet, de même qu'il savait que d'ici là l'assassin avait tout loisir de s'évanouir dans la nature. Mais ce qui l'irritait le plus, c'était le calme de son père. Par chance, Feng parut lire ses pensées.

— Ne t'inquiète pas, le rassura le juge. J'ai parlé à sa famille. Demain, j'irai l'examiner.

Ils abordèrent d'autres sujets tandis que la pluie frappait violemment le toit d'ardoise. En été, les soudaines trombes d'eau des typhons surprenaient souvent les imprudents, et ce jour-là Lu semblait avoir été l'infortuné. Il fit son apparition trempé, les yeux vitreux, empestant l'alcool. À peine entré il buta contre un grand coffre et s'étala de tout son long, mais il se releva et donna des coups de pied dans le meuble, comme si celui-ci était responsable de sa chute. Puis il salua le juge d'un balbutiement stupide et s'en fut directement dans sa chambre.

— Je crois que le moment est venu de me retirer, annonça Feng après avoir essuyé sa moustache. J'espère que tu réfléchiras à ce dont nous avons parlé, dit-il au père de Cí. Et quant à toi… (il se tourna vers le jeune homme), nous nous voyons à l'heure du dragon[*], dans la résidence du chef local où je suis logé.

Ils se dirent au revoir et Feng partit. La porte à peine fermée, Cí scruta le visage de son père. Son cœur battait, dans l'expectative.

— Il l'a fait ? Il a dit quand nous y retournerons ? osat-il demander. – Ses doigts tambourinèrent sur la table.

— Assieds-toi, mon fils. Une autre tasse de thé ?

Le père s'en servit une à ras bord avant d'en verser une autre pour son fils. Il le regarda avec tristesse avant de baisser les yeux.

— Je regrette, Cí. Je sais combien tu désirais retourner à Lin'an… (Il absorba bruyamment une

* Cf. la rubrique « TEMPS » dans le glossaire *(N.d.T.)*.

gorgée d'infusion.) Mais les choses ne se passent pas toujours comme on l'avait prévu.

Cí arrêta sa tasse à un soupir de sa bouche.

— Je ne comprends pas ! Il est arrivé quelque chose ? Feng ne vous a-t-il pas proposé le poste ?

— Oui. Il l'a fait hier. – Il absorba lentement une autre gorgée.

— Alors ? – Cí se leva.

— Assieds-toi, Cí.

— Mais, père… Vous l'aviez promis… Vous aviez dit…

— Je t'ai dit de t'asseoir ! dit-il en élevant la voix.

Cí obéit tandis que ses yeux s'embuaient. Son père ajouta du thé et le liquide déborda. Cí fit mine de le nettoyer, mais son père l'en empêcha.

— Écoute, Cí. Il y a des situations que tu ne peux comprendre…

Le jeune homme ne saisissait pas ce qu'il devait comprendre : qu'il lui faudrait chaque jour endurer le mépris que lui manifestait son frère Lu ? Renoncer de bon gré à l'avenir qui l'attendait à l'Université* impériale de Lin'an ?

— Et nos projets, père ? Que deviennent nos… ? – Une gifle l'interrompit tandis que son père se dressait tel un ressort. La voix de l'homme tremblait, mais son regard lançait des flammes.

— Nos projets ? Depuis quand un fils a-t-il des projets ? cria-t-il. Nous resterons ici, dans la maison de ton frère ! Et il en sera ainsi jusqu'à ma mort !

Cí garda le silence tandis que son père se retirait. Pendant un moment, il fut envahi par le venin de la rage.

« Et votre fille Troisième malade... ? Elle non plus n'a pas d'importance à vos yeux ? »

Cí ramassa les tasses et se dirigea vers la chambre qu'il partageait avec sa sœur.

Dès qu'il fut couché, il sentit les battements de son cœur dans ses tempes. Il rêvait de retourner à Lin'an depuis l'instant où ils s'étaient installés au village. Comme chaque soir, il ferma les yeux et se remémora sa vie là-bas. Il revit les camarades avec lesquels il passait des concours de connaissances dont il sortait souvent vainqueur ; à ses professeurs, qu'il admirait pour leur discipline et leur persévérance. Il évoqua l'image du juge Feng et le jour où celui-ci l'avait pris comme assistant dans les instructions judiciaires. Il souhaitait être comme lui, se présenter un jour aux examens impériaux et obtenir un poste dans la judicature. Pas comme son père, qui après avoir essayé pendant des années n'avait obtenu qu'un humble emploi de fonctionnaire.

Il se demanda pourquoi son père ne voulait pas retourner à la ville. Il venait de lui confirmer que Feng lui avait offert la place vacante qu'il convoitait jusque-là, et voilà que du jour au lendemain, sans raison apparente, il changeait radicalement d'avis. Serait-ce à cause de son grand-père ? Il n'en croyait rien. On pouvait emporter les cendres du défunt à Lin'an pour continuer à célébrer les rites de piété filiale[*].

La toux de Troisième le fit sursauter et se retourner. La fillette somnolait à côté de lui, tremblante, la respiration saccadée. Il lui caressa les cheveux avec tendresse et éprouva un sentiment de pitié à son égard.

Troisième s'était montrée plus résistante que Deuxième et Première, comme le prouvait le fait qu'elle eût déjà sept ans, mais, de même que ses sœurs, il ne pensait pas qu'elle vivrait au-delà de dix ans. C'était la fatalité de cette maladie. Pendant un instant il voulut imaginer qu'à Lin'an, au moins, elle aurait bénéficié de soins appropriés…

Il ferma les yeux et se détourna. Il pensa à Cerise, qu'il épouserait une fois qu'il aurait réussi ses examens d'État. En ce moment, elle devait être déchirée par la mort de son père et il se demanda si cela changerait le projet de leurs noces. Il se sentit soudain mesquin d'avoir une pensée aussi égoïste.

Six mois s'étaient écoulés depuis la mort subite de son grand-père…

Il se déshabilla, car la chaleur le faisait suffoquer. En enlevant sa veste, il trouva le chiffon ensanglanté qu'il avait tiré de la bouche du pauvre Shang. Il le regarda avec étonnement et le posa près de l'oreiller de pierre. Puis il entendit par la fenêtre des gémissements provenant de la maison d'à côté, qu'il attribua à son voisin Peng, un galopin affligé de douleurs de dents depuis des jours. Pour la deuxième nuit consécutive, il ne parvint pas à se reposer.

*

Cí se leva à l'aube. Ils étaient convenus avec Feng de se retrouver dans la résidence de Bao Pao, où étaient habituellement logés les visiteurs du gouvernement, afin de l'assister dans l'examen du cadavre. Dans la chambre voisine, Lu ronflait bruyamment. Lorsqu'il se réveillerait, lui-même serait déjà loin.

Il s'habilla en silence et s'en alla. La pluie avait cessé, mais la chaleur de la nuit évaporait l'eau tombée sur les champs, faisant de chaque bouffée d'air une gorgée brûlante. Cí respira à pleins poumons avant de pénétrer dans le labyrinthe de ruelles qui formaient la bourgade, une succession de bicoques calquées les unes sur les autres dont les bois vermoulus se répétaient à angle droit tels de vieux dominos étourdiment alignés. De temps en temps, des lanternes scintillantes coloraient de leur lumière les petites portes ouvertes d'où émergeait l'odeur de thé, tandis que des files de paysans se dessinaient sur les chemins telles des âmes insaisissables. Et pourtant, le village dormait. On n'entendait que les geignements des chiens.

Lorsqu'il arriva à la maison de Bao Pao, déjà le jour se levait.

Il aperçut Feng sous le porche, vêtu d'une robe en toile d'étoupe couleur jais assortie à son bonnet. Son visage était de pierre, mais ses mains tambourinaient avec impatience. Après la courbette de rigueur, Cí lui renouvela sa reconnaissance.

— Je ne vais jeter qu'un coup d'œil, tu peux donc t'épargner les remerciements. Et ne fais pas cette tête, ajouta Feng en constatant sa déception. Ce n'est pas ma juridiction, et tu sais bien que dernièrement je ne fais plus d'enquêtes criminelles. Mais ne t'inquiète pas. C'est un petit village. Trouver l'assassin sera aussi facile qu'enlever un caillou de sa chaussure.

Cí suivit le juge jusqu'à une cabane annexe où montait la garde son assistant personnel, un homme silencieux aux traits mongols. À l'intérieur attendait le chef Bao Pao, accompagné de la veuve de Shang et des fils du défunt. Lorsque Cí aperçut les restes de Shang il eut un haut-le-cœur. La famille avait installé le cadavre sur un fauteuil en bois, comme s'il était encore vivant, le corps dressé et la tête unie au tronc au moyen de joncs entrelacés. Même lavé, parfumé et vêtu, on aurait dit un épouvantail ensanglanté. Le juge Feng présenta ses respects à la famille, il s'entretint un moment avec eux et leur demanda l'autorisation d'examiner le cadavre. L'aîné la lui accorda et Feng s'approcha lentement du mort.

— Te souviens-tu de ce que tu dois faire ? demanda-t-il à Cí.

Celui-ci s'en souvenait parfaitement. Il sortit une feuille de papier de son sac, la pierre d'encre et son meilleur pinceau. Puis il s'assit à terre, près du corps. Feng s'approcha du cadavre, déplorant qu'on l'eût lavé, et il se mit au travail.

— Moi, juge Feng, dans la vingt-deuxième lune du mois du lotus, de la deuxième année de l'ère Kaixi et quatorzième du règne de notre aimé Ningzong, Fils du Ciel et honorable empereur de la dynastie Song, ayant dûment obtenu l'autorisation de la famille, j'entreprends une investigation préalable, accessoire de l'officielle qui devra être pratiquée dans non moins de quatre heures à partir de sa connaissance par le magistrat que désignera la préfecture de Jianningfu. En présence de Li Cheng, l'aîné du défunt, de la veuve de ce dernier, Madame Li, de ses autres enfants mâles, Ze et Xin, ainsi que de Bao Pao, le chef du village, et de mon assistant Cí, témoin direct de l'événement.

Cí écrivit sous la dictée, répétant chaque mot à voix haute. Feng continua.

— Le défunt, du nom de Li Shang, fils et petit-fils de Li, qui aux dires de son fils aîné était âgé de cinquante-huit ans au moment de sa mort, exerçant la profession de comptable, de paysan et de menuisier, a été vu pour la dernière fois avant-hier, à midi, après avoir exécuté sa besogne dans le magasin de Bao Pao où nous nous trouvons à présent. Son fils témoigne que le défunt ne souffrait d'aucune maladie hormis celles propres à son âge ou aux saisons, et qu'on ne lui connaissait pas d'ennemis.

Feng regarda l'aîné, qui s'empressa de confirmer ces précisions, puis Cí, afin qu'il relût ce qu'il avait écrit.

— En raison de l'ignorance des membres de sa famille, continua Feng avec une moue de réprobation, le corps a été lavé et habillé. Ils confirment eux-mêmes qu'au moment où le corps leur a été remis ils n'ont remarqué aucune autre blessure que la terrible entaille qui séparait la tête du tronc, et que c'est sans doute celle-ci qui a mis fin à sa vie. Sa bouche est exagérément ouverte… (il tenta en vain de la fermer) et la mâchoire, rigide.

— Vous n'allez pas le déshabiller ? s'étonna Cí.

— Ce ne sera pas nécessaire.

Feng tendit la main pour effleurer l'entaille du cou. Il la montra à Cí, attendant sa réponse.

— Double incision ? suggéra le jeune homme.

— Double incision… Comme aux cochons…

Cí observa avec attention la blessure débarrassée de la boue. En effet, dans sa partie antérieure, sous l'endroit qu'occupait auparavant la pomme d'Adam, elle présentait une coupure horizontale nette semblable à celle qu'on pratiquait sur les porcs pour les vider de leur sang. Ensuite, la blessure s'élargissait tout au long de sa circonférence au moyen de petits coups de dent semblables à ceux que produit une scie de boucher. Il allait commenter cela quand Feng lui demanda de relater les circonstances de sa découverte. Cí obéit, les rapportant de façon aussi détaillée qu'il s'en souvenait. Lorsqu'il conclut, le juge le regarda d'un air sévère.

— Et le chiffon ? lui demanda-t-il.

— Le chiffon ?

« Quel idiot ! Comment ai-je pu l'oublier ? »

— Tu me déçois, Cí, et ce n'était pas dans tes habitudes… (Le juge garda un instant le silence.) Comme tu devrais le savoir, la bouche ouverte n'obéit ni à une grimace d'appel au secours ni à un cri de douleur, car dans ce cas elle se serait refermée avec le relâchement postérieur au décès. En conclusion, on a dû y introduire un objet quelconque avant ou immédiatement après sa mort, lequel y est sans doute resté jusqu'à ce que les muscles se raidissent. En ce qui concerne la typologie de l'objet, je suppose que nous parlons d'un chiffon de lin, si nous sommes attentifs aux fils ensanglantés qui sont encore entre ses dents.

Le reproche fit mal à Cí. Un an plus tôt, il n'aurait pas oublié, mais le manque de pratique l'avait rendu lent et maladroit. Il se mordit les lèvres et fouilla dans sa manche.

— J'avais l'intention de vous le remettre, s'excusa-t-il en tendant le morceau d'étoffe soigneusement plié.

Feng l'examina minutieusement. La toile était grisâtre, souillée de plusieurs taches de sang séché ; sa taille, celle d'un de ces mouchoirs dont on se couvre la tête. Le juge le marqua comme preuve.

— Termine et encre mon sceau. Fais ensuite une copie à remettre au magistrat lorsqu'il arrivera.

Feng prit congé des personnes présentes et sortit de la remise. De nouveau il pleuvait. Cí se hâta de le suivre. Il le rejoignit juste à l'entrée de la demeure que Bao Pao lui avait attribuée.

— Les documents…, bégaya-t-il.

— Pose-les là, sur ma tablette.

— Juge Feng, je…

— Ne t'inquiète pas, Cí. À ton âge, j'étais incapable de distinguer une mort par arbalète d'une autre par pendaison.

Cela ne réconforta pas Cí, car il savait que ce n'était pas vrai.

Il observa le juge tandis que celui-ci rangeait ses diplômes. Il désirait être comme Feng. Il enviait sa sagacité, sa probité et sa connaissance. C'est lui qui l'avait instruit et il souhaitait continuer à l'avoir pour maître, mais jamais il n'y parviendrait enfermé dans un village de paysans. Il attendit qu'il eût terminé avant de le lui faire savoir. Quand Feng eut rangé le dernier papier, il l'interrogea à propos du contrat de son père, mais le juge hocha la tête, résigné.

— C'est une histoire entre ton père et moi.

Tel un acheteur indécis, Cí fit les cent pas au milieu des affaires de Feng.

— C'est qu'hier soir j'ai parlé avec lui et il m'a dit… Enfin je pensais que nous retournerions à Lin'an, et voilà qu'à présent…

40

Feng s'arrêta pour le regarder. Les larmes embuaient les yeux de Cí. Il inspira fortement avant de poser sa main sur l'épaule du jeune homme.

— Écoute Cí, je ne sais si je devrais te le dire…

— Je vous en supplie, l'implora-t-il.

— D'accord, mais tu dois me promettre que tu garderas cela pour toi.

Il attendit que Cí acquiesçât. Puis il prit un bol d'air et s'assit, abattu.

— Si j'ai fait ce voyage, c'est uniquement pour vous. Ton père m'a écrit il y a quelques mois pour me faire part de son intention de reprendre son poste, mais maintenant, après m'avoir fait venir jusqu'ici, il ne veut même plus en parler. J'ai insisté en lui promettant un travail confortable et un salaire généreux ; je lui ai même offert une maison en propriété dans la capitale, mais, inexplicablement, il a refusé.

— Eh bien, emmenez-moi ! Si c'est à cause de cet oubli du morceau d'étoffe, je vous promets que je travaillerai dur. Je travaillerai jusqu'à m'écorcher la peau s'il le faut, mais je ne vous ferai plus honte ! Je…

— Franchement, Cí, ce n'est pas toi le problème. Tu sais combien je t'apprécie. Tu es loyal et j'aimerais beaucoup te reprendre comme assistant. C'est pourquoi j'ai parlé à ton père de toi et de ton avenir, mais je me suis heurté à un mur. Je ne sais ce qui lui arrive, il s'est montré inflexible. Je regrette vraiment.

— Je… je…

Cí ne sut quoi dire. Un coup de tonnerre résonna au loin. Feng lui donna une tape dans le dos.

— J'avais de grands projets pour toi, Cí. Je t'avais même réservé une place à l'université de Lin'an.

— À l'université de Lin'an ?

Ses yeux s'écarquillèrent. Retourner à l'université était son rêve.

— Ton père ne te l'a pas dit ? Je pensais qu'il l'avait fait.

Les jambes de Cí flageolèrent. Quand Feng lui demanda ce qui lui arrivait, le jeune homme garda le silence, il avait le sentiment d'avoir été floué.

3

Le juge Feng annonça à Cí qu'il avait besoin d'interroger quelques voisins, aussi convinrent-ils de se retrouver après le déjeuner. Cí profita de la pause pour retourner chez lui. Il voulait rendre visite à Cerise, mais il fallait que son père lui donnât l'autorisation de ne pas aller travailler.

Avant d'entrer, il se recommanda aux dieux et fit irruption sans frapper. Il surprit son père en train de lire des documents qui lui glissèrent des mains. L'homme les ramassa à terre et les rangea précipitamment dans un coffret laqué de rouge.

— On peut savoir ce que tu fais ici ? Tu devrais être en train de labourer, lui lança-t-il furieux. – Il referma le coffret et le rangea sous le lit.

Cí lui exprima son intention de rendre visite à Cerise, mais son père se montra réticent.

— Tu fais toujours passer tes désirs avant tes obligations, marmonna-t-il.

— Père…

— Et elle n'en mourra pas, je t'assure. Je me demande pourquoi j'ai accédé au souhait de ta mère lorsqu'elle s'est obstinée à te marier à une fille plus dangereuse qu'un guêpier.

Cí avala sa salive.

— Je vous en supplie, père. Ce ne sera qu'un moment. Après je terminerai de labourer et j'aiderai Lu à la moisson.

— Après, après… Crois-tu donc que Lu va au champ pour se promener ? Même son buffle est plus disposé que toi à travailler. Après… Quand c'est, « après » ?

« Que vous arrive-t-il, père ? Pourquoi êtes-vous si injuste envers moi ? »

Cí ne voulut pas répliquer. Tous, y compris son père, savaient parfaitement qu'au cours des six derniers mois c'était lui, et non Lu, qui s'était cassé les reins à récolter le riz ; que c'étaient ses jambes qui s'étaient crevassées à s'occuper des plants dans les pépinières, ses mains qui étaient devenues calleuses à force de récolter, battre, cribler et trier ; lui qui avait labouré du lever au coucher du soleil, nivelé, transplanté, bonifié, qui avait passé ses journées à pédaler sur les pompes et à transporter les sacs jusqu'aux barcasses sur le fleuve. Tous, dans ce maudit village, savaient que pendant que Lu se soûlait avec ses putains, lui s'était tué aux travaux des champs.

Voilà pourquoi il détestait avoir une conscience : parce qu'elle l'obligeait à accepter les décisions de son père… Il alla chercher sa faucille et ses affaires. Il trouva sa musette, mais pas la faucille.

— Prends la mienne. Lu a pris la tienne, lui précisa son père.

Cí n'opposa aucune objection. Il la mit dans sa musette et partit en direction de la parcelle.

Il frappa si fort le buffle qu'il se fit mal à la main. L'animal mugissait comme si on le tuait, mais il tirait comme un démon, tentant désespérément d'éviter les coups de Cí ; celui-ci s'accrochait à l'araire, essayant de l'enfoncer dans la terre, tandis que le champ s'efforçait d'engloutir l'interminable rideau de pluie qui se vidait d'un ciel proche de l'orage. Chaque sillon était suivi d'un autre empli de jurons, d'efforts et de coups de baguette. Cí ne sentait pas la fraîcheur de l'eau qui tombait de plus en plus fort. Le tonnerre gronda et le jeune homme s'arrêta. Le ciel était aussi noir que la boue qu'il piétinait. Il avait de plus en plus chaud. Il s'asphyxiait. Un claquement, puis un autre coup de tonnerre. Un autre éclair. Et un autre.

Soudain, le ciel s'ouvrit au-dessus de sa tête et un éclair de lumière, suivi d'une détonation, fit trembler la terre. Effrayé, le buffle s'agita et fit un bond, mais l'araire resta coincé et, en tombant, l'animal s'écroula sur ses pattes arrière.

Quand Cí retrouva son souffle, il vit la bête à terre, se débattant dans la glaise, affolée. Il se hâta de la relever, mais n'y parvint pas. Il détacha le harnais et lui donna des coups de bâton, mais l'animal se contenta de relever la tête pour tenter d'échapper au châtiment. Alors il constata, terrifié, que sa patte arrière présentait une affreuse fracture ouverte.

« Dieux, en quoi vous ai-je offensés ? »

Il sortit une pomme de sa musette et l'approcha de l'animal, mais celui-ci tenta de lui donner un coup de corne. Quand il se calma, Cí lui inclina le front de façon à enfoncer une corne dans la fange. Il examina ses yeux, tellement écarquillés par la panique qu'ils semblaient vouloir échapper à la prison du corps impotent. Les naseaux se dilataient et se contractaient à la manière d'un soufflet, expulsant une traînée de bave. Il ne valait même pas la peine de le relever. Cet animal était déjà de la viande d'abattoir.

Il lui caressait le museau quand il se sentit pris au collet et jeté à l'eau. Lorsqu'il se retourna, il se heurta au visage furibond de son frère qui brandissait une baguette.

— Pauvre incapable. C'est comme ça que tu me remercies de mes peines ? – Son visage était l'image vivante du diable.

Cí essaya de se protéger quand la baguette s'abattit sur lui. Il crut sentir une brûlure lui lacérer la figure.

— Lève-toi, misérable. (De nouveau il le frappa.) Je vais t'apprendre, moi.

Cí tenta de se redresser, mais Lu le frappa de nouveau. Puis il saisit le garçon par les cheveux et le traîna dans la vase.

— Tu sais combien coûte un buffle ? Non ? Eh bien tu vas le savoir.

Il le jeta sans pitié dans la boue et il lui piétina la tête jusqu'à ce qu'elle fût submergée. Quand il se fatigua de le voir gigoter, il le tira et le poussa sous le harnais.

— Laisse-moi ! cria Cí.

— Ça te dégoûte de travailler dans les champs, hein ? Ça te désespère que notre père me préfère, moi…

Il essaya de l'attacher aux courroies.

— Tu aurais beau lui lécher les bottes, père ne t'aimerait pas. – Cí se débattit.

46

— Quand j'en aurai fini avec toi, c'est toi qui me les lècheras. – Et il se remit à le frapper.

Tandis qu'il essuyait le sang des coups, Cí regarda son frère avec rage. Comme l'ordonnaient les rites de la piété filiale, il n'avait jamais riposté, mais le moment était venu de lui montrer qu'il n'était pas son esclave. Il se leva et le frappa au ventre de toutes ses forces. Lu ne s'y attendait pas et accusa le choc. Mais il se retourna comme un tigre et lui renvoya un coup de poing dans les côtes. Cí tomba raide. Son frère le dépassait en poids et en envergure. Le seul avantage que Cí avait sur lui, c'était la haine qui à présent l'animait. Il tenta de se lever, mais Lu lui lança des coups de pied. Cí sentit quelque chose craquer dans sa poitrine, mais aucune douleur. Avant qu'il pût se plaindre, il reçut un autre coup de pied dans le ventre. Ses tempes palpitaient et son corps le brûlait. Un autre coup le renversa. Il tenta en vain de se relever et sentit la pluie nettoyer le sang sur son visage.

Il crut entendre son frère le traiter d'épave, mais il ne put en être sûr, car l'obscurité l'envahit et il perdit connaissance.

*

Feng se trouvait devant le cadavre de Shang lorsque Cí apparut, traînant les pieds, tel un spectre.

— Par les dieux, Cí! Qui t'a fait... ? – Le juge l'accueillit entre ses bras avant qu'il ne s'évanouît.

Feng l'étendit sur une natte. Il remarqua qu'il pouvait à peine ouvrir un œil, mais la blessure de la joue ne paraissait pas grave. Il effleura de ses doigts le bord ouvert.

— On t'a marqué comme une mule, se lamenta-t-il tandis qu'il découvrait son torse. (Il s'alarma en découvrant l'hématome sur le flanc, mais par chance la côte n'était pas fracturée.) C'est Lu ? (Cí nia, à demi conscient.) Ne mens pas. Ce maudit animal ! Ton père a bien fait de le laisser dans les champs.

Feng acheva de déshabiller Cí et examina les autres blessures. Il respira, soulagé, en constatant que son pouls était rythmé et puissant, mais il envoya tout de même son assistant quérir le guérisseur local. Bientôt apparut un vieil homme édenté qui apportait des plantes et deux pots contenant des breuvages. Le petit homme examina Cí avec une lenteur exaspérante, il le frictionna et lui administra un tonique. Lorsqu'il eut terminé, il le vêtit de linge sec et recommanda à Feng de le laisser se reposer.

Au bout d'un moment, un étrange bourdonnement inquiéta Cí. Le jeune homme se redressa avec difficulté et regarda autour de lui pour constater qu'il se trouvait dans la pièce plongée dans la pénombre où l'on gardait le cadavre de Shang. Dehors il pleuvait, mais la chaleur avait commencé à corrompre la chair morte, répandant une puanteur semblable à celle d'une fosse d'excrétions. De nouveau il entendit l'étrange murmure qui provenait du corps de Shang et se demanda ce que c'était. Il fit le point, attendant que ses yeux s'adaptent à l'obscurité. Le murmure augmentait et s'agitait au rythme d'un sombre nuage insolite qui se balançait, se contractant et se dilatant au-dessus du cadavre. Lorsqu'il s'approcha du mort, il s'aperçut que le bourdonnement venait d'un essaim de mouches voletant au-dessus du sang sec qui ourlait sa gorge.

— Comment va cet œil ? demanda Feng.

Cí sursauta. Il ne s'était pas aperçu de la présence de Feng, qui était assis à terre, à quelques pas de distance.

— Je ne sais pas. Je ne sens rien.

— On dirait que tu vas t'en sortir. Tu n'as pas d'os cassés et… (Un coup de tonnerre proche résonna avec violence.) Par la Grande Muraille ! Les dieux du ciel sont irrités !

— Ça fait longtemps qu'ils le sont contre moi, se plaignit Cí.

Feng l'aida à marcher tandis qu'un autre coup de tonnerre grondait au loin.

— Bientôt arriveront les gens de la famille de Shang avec les anciens du village. Je les ai convoqués pour leur communiquer ce que j'ai découvert.

— Juge Feng, je ne peux continuer à vivre dans ce village. Je vous en prie, emmenez-moi avec vous à Lin'an.

— Cí, ne me demande pas l'impossible. Tu dois obéissance à ton père et…

— Mais mon frère me tuera…

— Excuse-moi, les anciens arrivent.

Les parents de Shang entrèrent, portant sur les épaules un cercueil en bois dont le couvercle avait été orné de dessins. À la tête du cortège se trouvait le père, un vieil homme angoissé à l'idée d'avoir perdu le descendant qui aurait dû l'honorer après sa mort, suivi d'autres parents et de quelques voisins. Ils posèrent le cercueil près du cadavre et entonnèrent un chant funèbre. Lorsqu'ils eurent terminé, ils se placèrent aux pieds du défunt, indifférents à la fétidité qu'il exhalait.

Feng les salua et tous s'inclinèrent devant lui. Avant de prendre place, le juge chassa les mouches qui harcelaient la gorge de Shang, mais les insectes revinrent au festin dès qu'il interrompit sa gesticulation. Pour l'empêcher, il ordonna que l'on couvrît la blessure d'un bout d'étoffe. Puis il prit place dans le fauteuil que son assistant mongol venait d'installer près d'une table laquée de noir.

— Honorables citoyens, comme vous le savez, cet après-midi se présentera le magistrat envoyé par la préfecture de Jianningfu. Cependant, et conformément au vœu de la famille, on m'a prié d'enquêter sur tout ce qui serait à ma portée. Je vais donc m'épargner les détails protocolaires et énoncer les faits.

Cí le regarda depuis le coin où il s'était installé. Il admirait sa sagesse et la sagacité avec laquelle il exerçait sa fonction. Feng ordonna ses notes et commença.

— Il est connu de tous que Shang n'avait pas d'ennemis et, malgré cela, il a été sauvagement assassiné. Quel a pu être le mobile ? Pour moi, sans aucun doute, le vol. Sa veuve, femme tenue pour honorable et respectueuse, affirme qu'au moment de sa disparition le défunt portait trois mille *qian** enfilés sur une corde attachée autour de sa taille. Cependant le jeune Cí, qui ce matin nous a démontré sa perspicacité en identifiant les incisions du cou, assure que lorsqu'il a découvert Shang, celui-ci n'avait pas d'argent sur lui. (Il se leva et, croisant les mains, se promena devant les paysans, qui évitèrent son regard.) D'autre part, le même Cí a trouvé un chiffon dans la cavité buccale du cadavre, dont j'atteste l'authenticité, et qui est en ma possession, indexé et numéroté en tant que preuve. – Il sortit le morceau d'étoffe d'une petite boîte et le déplia devant les personnes présentes.

— Justice pour mon mari ! cria la veuve entre deux sanglots.

Feng acquiesça de la tête. Il se tut un instant et continua.

— À simple vue, il peut paraître que ce n'est qu'un bout d'étoffe de lin taché de sang… Mais si nous observons minutieusement ces taches (il parcourut les trois principales de ses ongles), nous nous apercevons que toutes répondent à une curieuse forme courbe.

Les personnes présentes chuchotèrent, s'interrogeant sur les conséquences que pouvait induire une telle découverte. Cí se posa la même question, mais avant qu'il trouve la réponse, Feng poursuivit.

— Pour argumenter mes conclusions, je me suis permis de faire quelques vérifications que je souhaiterais renouveler devant vous. Ren ! appela-t-il son assistant.

Le jeune Mongol s'avança, portant dans ses mains un couteau de cuisine, une faucille, un pot qui contenait de l'eau colorée et deux morceaux de tissu. Il s'inclina et posa les objets devant Feng. Le juge plongea ensuite le couteau de cuisine dans l'eau teintée, puis il l'essuya avec l'un des chiffons. Il répéta l'opération avec la faucille et montra le résultat à l'assistance.

Cí observa avec attention, remarquant que le chiffon avec lequel il avait essuyé le couteau révélait des taches fuselées et rectilignes, alors que celles qui s'étaient formées lorsqu'il avait essuyé la faucille coïncidaient avec les courbes trouvées sur le chiffon qu'il avait trouvé dans la bouche de Shang. L'arme devait donc être celle-ci. Cí admira l'intelligence de son maître.

— C'est pourquoi, continua Feng, j'ai ordonné à mon assistant de réquisitionner toutes les faucilles qui existent dans le village, tâche qu'il a accomplie ce matin avec une extrême diligence, grâce à l'aide des hommes de Bao Pao. Ren !

De nouveau l'assistant s'avança, traînant une caisse remplie de ces outils. Feng se leva pour s'approcher du cadavre.

— La tête a été séparée du tronc par une scie de boucher, scie que les hommes de Bao Pao ont trouvée dans la parcelle même où Shang a été assassiné. (Il sortit une scie de la caisse et la posa à terre.) Mais le coup mortel a été asséné avec autre chose. L'instrument qui a ôté sa vie était sans doute une faucille comme celle-ci.

Un murmure brisa le silence sépulcral. Quand ils se turent, Feng continua.

— La scie ne présente aucun signe distinctif. Elle est fabriquée dans un métal ordinaire et son manche en bois n'a pas été reconnu. Mais, par chance, chaque faucille porte toujours inscrit le nom de son propriétaire, si bien que lorsque nous aurons localisé l'arme, nous capturerons également le coupable.

Feng fit un signe à Ren. L'assistant se dirigea vers l'extérieur et ouvrit la porte de la remise, laissant voir un groupe de paysans surveillés par les hommes de Bao Pao. Ren les fit entrer. Cí ne parvint pas à les distinguer, car ils s'attroupèrent au fond, où régnait l'obscurité.

Feng demanda à Cí s'il se sentait en état de l'aider. Le jeune homme répondit par l'affirmative. Il se leva péniblement et acquiesça aux instructions que Feng lui susurra à l'oreille. Puis il prit un cahier, un pinceau, et suivit le juge qui s'accroupit devant les faucilles pour les examiner. Il le fit calmement, posant soigneusement les lames des faucilles sur les marques imprimées sur le chiffon et les regardant en transparence. À tout instant il dictait quelque chose à Cí qui, suivant les ordres de Feng, faisait comme s'il écrivait.

Jusqu'alors, Cí s'était étonné de la méthode de Feng, car la plupart des lames étaient forgées à partir d'un même modèle, et à moins que la faucille en question possédât d'aventure une marque particulière, il serait difficile d'obtenir une information concluante. Mais à présent il le comprenait. En fait, ce n'était pas la première fois qu'il voyait Feng employer une argutie semblable. Le code pénal interdisant formellement de condamner un accusé sans avoir obtenu préalablement sa confession, Feng avait élaboré un plan visant à effrayer le coupable.

« Il n'a pas de preuves. Il n'a rien. »

Feng en termina avec les faucilles et fit mine de lire les notes inexistantes de Cí. Puis il se tourna lentement vers les paysans en lissant sa moustache.

— Je ne vous le dirai qu'une fois ! cria-t-il pour dominer le claquement de l'orage. Les marques de sang trouvées sur ce chiffon identifient le coupable. Les taches correspondent à une seule faucille et, comme vous le savez, toutes sont gravées de vos noms. (Il scruta les visages apeurés des cultivateurs.) Je sais que vous connaissez tous la condamnation pour un crime aussi abominable, mais ce que vous ignorez, c'est que si le coupable n'avoue pas maintenant, son exécution immédiate se fera au moyen du *lingchi*, brama-t-il.

Un nouveau murmure se répandit dans le hangar. Cí fut horrifié. Le *lingchi* ou mort des mille coupures était le châtiment* le plus sanguinaire qu'un esprit humain pût concevoir. On dénudait l'inculpé et ensuite, après l'avoir attaché à un poteau, on dépeçait lentement ses membres comme si l'on en tirait des filets. Les morceaux de chair étaient déposés devant le condamné, qui était maintenu en vie le plus longtemps possible, jusqu'à ce qu'on lui enlève un organe vital. Il regarda les paysans et vit se refléter l'épouvante sur leurs visages.

— Mais comme je ne suis pas le juge chargé de cette sous-préfecture, cria Feng à un empan des villageois effrayés, je vais accorder au coupable une chance irréfutable. (Il s'arrêta devant un jeune paysan qui pleurnichait. Il le regarda avec mépris et poursuivit.) En vertu de ma magnanimité, je vais lui offrir la miséricorde dont il n'a pas fait preuve à l'égard de Shang. Je lui donne l'occasion de retrouver un peu d'honneur en lui permettant d'avouer son crime avant de l'accuser. De cette seule façon il pourra éviter l'ignominie et la plus cruelle des morts.

Il se retira lentement. La pluie frappait le toit. On n'entendait rien d'autre.

Cí observa Feng qui se déplaçait tel un tigre en chasse : sa démarche posée, le dos voûté, son regard tendu. Il pouvait presque respirer son irritation. Les hommes transpiraient dans le silence et l'odeur fétide, leurs vêtements trempés collés à la peau. Dehors le tonnerre grondait.

Le temps parut s'arrêter devant la colère de Feng, mais personne ne s'accusa.

— Sors, idiot ! C'est ta dernière chance ! cria le juge.

Personne ne bougea.

Feng serra les poings, enfonçant ses ongles dans ses paumes. Il murmura quelque chose et se dirigea vers Cí en proférant des malédictions. Le garçon en fut effrayé. C'était la première fois qu'il le voyait ainsi. Le juge lui arracha le papier des notes et il feignit de le relire. Puis il regarda les paysans. Ses bras tremblaient.

Cí comprit qu'à tout moment Feng allait être découvert. Aussi fut-il empli d'admiration lorsqu'il vit la résolution avec laquelle, subitement, le juge se dirigea vers l'essaim de mouches qui volait au-dessus de la scie de boucher.

— Maudites sangsues. – Il les chassa, les dispersant. Soudain, son esprit parut lancer des éclairs.

— Sangsues…, répéta-t-il.

Feng frappa dans ses mains au-dessus de la scie, faisant se déplacer le nuage d'insectes vers l'endroit où s'entassaient les faucilles. Presque toutes les mouches s'envolèrent, mais plusieurs descendirent se poser sur l'une de celles-ci. Alors le visage de Feng changea et émit un rugissement de satisfaction.

Le juge se dirigea vers la faucille sur laquelle les mouches pullulaient, il la regarda attentivement, puis se baissa. Elle était ordinaire, apparemment propre. Et cependant, parmi toutes les autres, c'était la seule que les mouches se donnaient la peine de butiner. Feng prit une lampe et il l'approcha de la lame pour apercevoir de petites taches rouges, presque imperceptibles. Puis il dirigea la lumière vers la marque inscrite sur le manche qui identifiait son propriétaire. Lorsqu'il lut l'inscription, son sourire se figea. L'outil qui reposait entre ses mains appartenait à Lu, le frère de Cí.

4

Cí palpa avec précaution la blessure de sa joue. Peut-être n'était-elle pas plus importante que d'autres qu'il s'était faites dans la rizière, mais celle-ci allait rester. Il s'écarta du miroir en bronze et baissa la tête.

— Oublie cette bagatelle, mon garçon. Elle cicatri-sera et tu l'arboreras avec fierté, l'encouragea Feng.

« Oui. Et avec quelle fierté vais-je maintenant re-garder Lu ? »

— Que va-t-il lui arriver ?

— Tu veux parler de ton frère ? Tu devrais te réjouir d'être débarrassé de cette bête. (Et il engloutit l'un des gâteaux de riz qu'on venait de lui servir dans ses appar-tements.) Tiens. Goûtes-en un.

Cí refusa.

— On va l'exécuter ?

— Par les dieux de la montagne, Cí ! Et alors ? Tu as vu ce qu'il a fait au défunt ?

— Il est toujours mon frère…

— Mais aussi un assassin. (Feng laissa la bouchée, l'air ennuyé.) Écoute, Cí, en réalité je ne sais pas ce qui va se passer ; ce n'est pas à moi qu'il revient de le juger. J'imagine que le magistrat chargé de l'affaire sera un homme sensé. Je lui parlerai et j'implorerai sa clémence, si tel est ton désir.

Cí acquiesça sans trop de confiance. Il ne savait comment persuader Feng de porter plus d'intérêt à Lu.

— Vous avez été magnifique, monsieur, le flatta-t-il. Les mouches sur la faucille... le sang séché... Je n'y aurais jamais pensé !

— Moi non plus. C'était tout à fait imprévu. Quand je les ai chassées, les mouches se sont envolées vers une seule faucille. Alors je me suis rendu compte que leur vol n'avait pas été fortuit, qu'elles s'étaient posées sur cette faucille parce qu'elle avait encore du sang séché sur sa lame et que, par conséquent, elle apparte-nait à l'assassin. Mais je dois reconnaître que le mérite ne revient pas à moi seul... Ta collaboration a été essentielle. N'oublie pas que c'est toi qui as découvert le mouchoir.

— Oui..., regretta-t-il. Pourrai-je voir mon frère ?

Feng hocha la tête.

— Je suppose que oui. Si nous parvenons à le capturer...

Cí quitta les appartements de Feng et erra dans les ruelles sans prêter attention aux fenêtres qui se fermaient sur son passage. Tandis qu'il avançait, il s'aperçut que plusieurs voisins refusaient de le saluer. Il n'y accorda aucune importance. Alors qu'il se diri-geait vers le fleuve, des insultes lancées dans son dos le blessèrent. Les chemins délavés par la pluie étaient le reflet vivant de son âme, un esprit vide et désolé dont la pénitence semblait augmenter avec l'odeur de pourriture qui pénétrait son nez. Tout dans cet endroit – les restes de tuiles tombées que le vent avait emportées, les terrasses des rizières qui serpentaient à flanc de montagne, les barcasses vides des transporteurs qui se balançaient dans un clapotement inutile – l'incitait à penser que sa vie était marquée par le malheur. Même la cicatrice sur son visage semblait être le stigmate d'un pestiféré.

Il détestait ce village ; il détestait son père de l'avoir trompé ; il détestait son frère pour sa brutalité et sa sottise ; il détestait les voisins qui l'épiaient derrière les murs de leurs maisons ; la pluie qui jour après jour le trempait à l'intérieur comme à l'extérieur. Il détestait l'étrange mal qui avait couvert son torse de brûlures, et il détestait même ses sœurs d'être mortes et de l'avoir laissé seul auprès de la petite Troisième. Mais surtout, il se détestait lui-même. Car s'il existait quelque chose de plus indigne que la cruauté ou l'assassinat, s'il existait un comportement honteux et méprisable selon les codes confucéens, c'était de trahir sa propre famille. Et c'était ce qu'il avait fait, sans le vouloir, en contribuant à l'arrestation de son frère.

L'averse redoubla. Il marchait en rasant les façades, cherchant des avant-toits sous lesquels s'abriter lorsque, en tournant au coin d'une rue, il tomba sur un cortège à la tête duquel se trouvait un coolie* qui agitait son tambourin avec l'excitation d'un dément. Un autre le suivait, brandissant une pancarte sur laquelle on pouvait lire : « Être de la Sagesse – Magistrat de Jianningfu ». Derrière eux, huit portefaix acheminaient un palanquin* fermé, protégé par une fine jalousie. Quatre esclaves chargés de ce qui était sans doute les affaires personnelles du magistrat fermaient la marche. Cí s'inclina en signe de respect, mais avant qu'il se redressât, les porteurs l'évitèrent comme on contourne un rocher sur le chemin et continuèrent leur course folle.

Le jeune homme les regarda avec crainte tandis qu'ils disparaissaient au bas de la rue. Ce n'était pas la première fois qu'il voyait l'Être, car en certaines occasions celui-ci venait en visite au village pour régler des affaires d'héritages, d'impôts ou de conflits difficiles à résoudre. Mais jamais auparavant il n'était venu pour un assassinat, et encore moins aussi rapidement. Il oublia ses peines et suivit le cortège jusqu'à la maison de Bao Pao. Arrivé là, il se posta derrière une fenêtre pour épier ce qui se passait.

Le chef reçut le magistrat comme s'il s'agissait de l'empereur lui-même. Cí le vit courber le dos tandis qu'il lui offrait un sourire édenté empreint d'hypocrisie. Après les honneurs, le chef exigea des domestiques qu'ils transportent ses bagages et préparent sa propre chambre pour l'Être de la Sagesse, tapant ensuite dans ses mains pour chasser les serviteurs comme s'il s'agissait de poules. Puis, entre deux courbettes, il informa le magistrat des derniers événements et de la présence de Feng dans le village.

— Et vous dites que vous n'avez pas encore capturé ce Lu ? demanda le magistrat.

— Avec ce maudit orage, il est difficile aux chiens de suivre sa trace, mais nous ne tarderons pas à l'attraper. Désirez-vous manger quelque chose ?

— Bien sûr ! (Et il s'assit sur le petit tabouret qui présidait la table. Bao Pao fit de même sur un autre.)

Dites-moi, l'accusé n'est-il pas le fils d'un fonctionnaire ? s'intéressa le magistrat.

— Lu ? En effet. Votre mémoire reste proverbiale. – « De même que votre bedaine », pensa le chef, goguenard.

L'Être de la Sagesse rit comme s'il le croyait vraiment. Bao Pao lui resservait du thé lorsque Feng entra dans la salle.

— On vient de m'avertir, s'excusa le juge avec une révérence.

Constatant que son âge et son rang étaient inférieurs à ceux de Feng, l'Être de la Sagesse se leva pour lui offrir son siège, mais le juge refusa et prit place à côté de Bao Pao. Puis Feng entreprit de lui transmettre ses dernières constatations, mais le magistrat prêtait apparemment plus d'attention aux bols de carpe bouillie qu'à ce que le juge lui racontait.

— Si bien que…, tenta de conclure Feng.

— Délicieux. Cet entremets est vraiment délicieux, l'interrompit l'Être. – Feng haussa les sourcils.

— Je disais que nous sommes face à une affaire épineuse, poursuivit Feng. L'assassin présumé est le fils d'un ancien de mes employés et, malheureusement, c'est son propre frère qui a découvert le corps.

— C'est ce que m'a dit Bao Pao, concéda l'Être avec un petit rire idiot. Quel garçon stupide. – Et il engouffra une autre bouchée.

À l'extérieur, Cí eut envie de le frapper.

— Enfin, j'ai préparé un rapport détaillé, et je suppose que vous voudrez l'examiner avant votre inspection, déclara Feng.

— Hein ? Ah oui, bien. Mais s'il est aussi détaillé, à quoi bon un autre examen alors qu'il y a ici tous ces plats ? – De nouveau il rit.

Feng fit signe à son assistant de se retirer avec les rapports. Il demanda à l'Être s'il désirait interroger Cí, mais le magistrat rejeta l'offre et continua à engloutir sans répit. Enfin il cessa de mastiquer et regarda Feng.

— Oublions la bureaucratie et capturons ce bâtard.

Ils n'eurent pas à attendre le dîner, car une meute de limiers conduits par les hommes de Bao Pao localisa Lu sur la montagne de la Grande Verdeur, en route pour Wuyishan. Le frère de Cí portait trois mille *qian* attachés à sa ceinture et il se défendit comme un animal traqué. Lorsqu'ils réussirent à le maîtriser, Lu avait déjà reçu la raclée de sa vie.

*

Le tribunal fut convoqué après la tombée de la nuit. La nouvelle surprit Cí chez lui alors qu'il essayait d'expliquer à son père tout ce qui s'était passé.

— Lu ne ferait jamais une chose pareille, hurla son père avec frénésie. Et toi, comment as-tu pu contribuer à son accusation ?

— Mais père, je ne savais pas que Lu... (Cí baissa la tête.) Feng va nous aider. Il m'a promis que...

L'homme interrompit Cí d'un regard furibond. Puis il prit Troisième dans ses bras et, accompagné de sa femme, quitta la maison.

Cí les suivit à une certaine distance, déconcerté par cette convocation précipitée. Avant tout procès pour assassinat, il fallait réaliser deux enquêtes consécutives instruites par différents magistrats, mais, à ce qu'il semblait, l'Être de la Sagesse était pressé de retourner dans sa préfecture. Lorsqu'ils arrivèrent à la salle habilitée pour l'audience, il constata qu'y présidait la bannière judiciaire de la préfecture. Deux lanternes en soie flanquaient un pupitre et un fauteuil vides.

Ils n'eurent pas à attendre l'arrivée de Lu. Escorté par les hommes de Bao Pao, il apparut la tête prise dans le *jia*, le lourd cep de bois qui lui donnait l'aspect d'un bœuf battu. Les fers qui ensanglantaient ses pieds et les manilles en pin qui attachaient ses poignets montraient clairement qu'il s'agissait d'un dangereux criminel. L'Être entra bientôt, vêtu de la toge en soie noire et coiffé du bonnet *bialar* qui le désignait comme magistrat. L'officier de l'Ordre le présenta et lut les charges qui pesaient contre Lu. Tous se turent, sauf l'Être.

— Si l'accusateur est d'accord…, s'enquit-il.

Le fils aîné du défunt s'agenouilla en signe de soumission et frappa le sol de son front. Puis le gendarme lui demanda de ratifier le papier sur lequel figuraient les accusations. L'homme lut le texte en bégayant, il humidifia un doigt sur la pierre d'encre et imprima son empreinte rouge sur la partie supérieure. Le gendarme la sécha et, prenant le pinceau, confirma son authenticité. Puis il la remit à l'Être.

— Par la grâce de notre Suprême Empereur Ningzong, héritier du Céleste Empire, en son nom honorable et glorifié, moi, son humble serviteur, Être de la Sagesse de la préfecture de Jianningfu et magistrat de ce tribunal, après avoir lu toutes les charges qui accusent l'abject criminel Song Lu d'être l'assassin du citoyen Li Shang, qu'il a volé, tué, profané et décapité, je déclare que conformément aux lois de notre code pénal millénaire, le *Song Xingtong*, sont avérés tous les faits exposés dans le précédent rapport rédigé par le très savant juge Feng. Leur certitude est telle que je cède la parole à l'accusé afin qu'il déclare sa culpabilité, sous peine de subir tous les tourments qui seront nécessaires jusqu'à sa confession complète et définitive.

Cí ne put éviter de sentir son cœur se serrer. Le gendarme poussa Lu pour l'obliger à se mettre à genoux. Lu regarda l'Être, les yeux caves, dépourvus d'intelligence. Lorsqu'il se mit à parler, Cí remarqua qu'il lui manquait plusieurs dents.

— Je… n'ai pas tué cet homme…, parvint-il à dire.

Cí le regarda, affligé. Son frère avait l'air d'un chien vaincu. Même s'il était coupable, il ne méritait pas qu'on le traitât de la sorte.

— Considère ce que tu dis, l'avertit l'Être. Mes hommes sont habiles au maniement de certains instruments…

Lu ne parut pas saisir la menace. Cí pensa qu'il avait bu. L'un des gardes obligea Lu à baiser le sol.

À l'abri de ses pinceaux et des pierres d'encre, l'Être relut les notes prises par Feng. Il le fit avec calme, comme si c'était la seule tâche qu'on lui eût confiée ce jour-là. Puis il leva les yeux et fixa Lu.

— L'accusé a des droits. Sa culpabilité n'a pas encore été entièrement établie, aussi lui accordons-nous la possibilité de s'exprimer. Dis-moi, Lu, où te trouvais-tu il y a deux lunes, entre le lever du soleil et le milieu de la journée ?

Lu ne répondit pas, aussi l'Être répéta-t-il la question en haussant le ton, visiblement irrité.

— Je travaillais, répondit Lu sans conviction.

— Tu travaillais ? Où ça ?

— Je ne sais pas. Au champ, balbutia-t-il.

— Bon ! Deux de tes ouvriers agricoles affirment pourtant le contraire. Apparemment, ce matin-là tu ne t'es pas rendu à la rizière.

Lu le regarda avec une tête d'idiot. Ses yeux roulaient comme ceux d'un ivrogne.

— Bien que tu ne t'en souviennes pas, Lao, l'aubergiste avec qui tu as bu jusqu'au petit matin la nuit précédente, ne l'a pas oublié. D'après ce qu'il dit, vous avez joué aux dés, tu t'es enivré et tu as perdu beaucoup d'argent, continua le magistrat.

— C'est impossible. Je n'ai jamais eu beaucoup d'argent, répliqua-t-il avec un soupçon d'impertinence.

— Et il affirme même que tu as tout perdu.

— C'est ce qui arrive quand on parie aux dés…

— Pourtant, à ta ceinture pendait une ligature de trois mille pièces au moment où on t'a arrêté. (Il le regarda avec attention.) Permets-moi de te rafraîchir la mémoire avec autre chose que de l'alcool. Cet après-midi, alors que tu fuyais après l'assassinat…

— Je ne fuyais pas…, l'interrompit Lu avec hardiesse. Je me rendais au marché de Wuyishan. C'est ça… Je voulais acheter un autre buffle parce que mon imbécile de frère… (Il se mordit la langue et montra Cí.) Parce qu'il a cassé la patte du seul buffle que j'avais.

— Avec trois mille *qian* ? Cesse de mentir ! Tout le monde sait qu'un buffle en coûte quarante mille, rugit Feng.

— J'aurais seulement versé un acompte, se défendit-il.

— Avec l'argent que tu avais volé, bien sûr ! Tu viens de déclarer que tu avais perdu tout ce que tu avais, et ton propre père a confirmé que tu étais endetté.

— Ces trois mille *qian*, je les ai gagnés en jouant avec un type à la sortie de la taverne.

— Ah ! Et de qui s'agit-il ? Je suppose que cette personne pourra en témoigner.

— Non… Je ne sais pas… Je ne l'avais jamais vu. C'était un ivrogne qui a proposé de jouer et il a perdu. C'est lui qui m'a dit qu'à Wuyishan on vendait des bœufs à bon prix. Que vouliez-vous que je fasse ? Que je lui rende ce que j'avais gagné ?

Le juge s'avança vers la table qui faisait office d'estrade et sollicita l'autorisation de l'Être. Puis il se dirigea vers Lu et il détacha le chapelet de pièces encore noué à sa ceinture pour le montrer au fils du défunt. Le jeune homme regarda la sangle avec rage, sans prêter attention aux pièces de monnaie trouées qui dansaient sur leur cordon.

— C'est celle de mon père, affirma-t-il.

Malgré la tristesse de la situation, Cí admira la ruse de Feng. Comme les voleurs s'emparaient en général des ligatures complètes, parmi les paysans s'était répandue l'habitude de personnaliser les cordons sur lesquels étaient enfilées les pièces avec des marques qui, en cas de vol, rendraient leur identification possible. L'Être acquiesça devant Feng et révisa une nouvelle fois ses documents.

— Dis-moi, Lu, reconnais-tu cette faucille ? – Il fit signe au gendarme de l'approcher de lui.

Le détenu la regarda avec indifférence. Ses yeux se fermèrent, mais le gendarme lui donna une poussée qui le réveilla. Il les rouvrit et de nouveau la regarda.

— C'est la tienne ? insista l'Être.

Lu reconnut son nom gravé et affirma d'un signe de tête.

— D'après son rapport, continua le magistrat, le juge Feng a relié sans équivoque cette faucille à l'assassinat, et bien qu'à eux seuls ce fait et l'argent saisi soient suffisants pour te condamner, la loi m'oblige à t'enjoindre d'avouer.

— Je vous répète… – Incapable de continuer, Lu resta à regarder d'un air stupide.

— Malédiction, Lu ! Par considération pour ton père, je ne t'ai pas encore torturé, mais si tu persistes dans ton attitude je me verrai obligé de… Je perds patience, Lu.

— Je me fiche de la faucille, des *qian*, des témoins… ! – Il rit comme un imbécile.

On lui flanqua un coup de bambou dans les côtes. Sur un geste de l'Être, les sbires le traînèrent dans un coin.

— Que va-t-on lui faire ? demanda Cí à Feng.

— Il aura de la chance s'il résiste au masque de la douleur, lui répondit-il.

5

Cí connaissait bien cette torture, de même qu'il savait que si l'accusé n'avouait pas, toute preuve contre lui serait sans valeur. C'est pourquoi il tremblait.

L'officier de l'Ordre apparut portant dans ses mains un sinistre masque en bois pourvu de renforts en métal, de la base duquel partaient deux sangles de cuir. À son signal, deux assistants attachèrent Lu, qui se cabra comme un animal lorsqu'ils tentèrent de lui adapter l'engin. Cí observa la manière dont son frère hurlait, devenu fou, mordant l'air tandis qu'il se débattait à terre. Plusieurs femmes se cachèrent, effrayées, mais lorsque les sbires parvinrent à lui ajuster le masque, elles applaudirent et regagnèrent leurs places. Aussitôt, l'officier de l'Ordre s'approcha de Lu, qui après quelques coups de plus sembla se calmer.

— Avoue ! lui intima l'Être.

Malgré les chaînes qui le retenaient, Lu avait l'air plus fort que n'importe lequel des présents. Cela faisait un moment qu'il se tenait tranquille quand brusquement il se retourna et, avec le cep, frappa le garde le plus proche avant de se jeter sur Cí. Par chance, les sbires le retinrent et le frappèrent jusqu'à ce qu'il fût dompté. Lorsqu'il se soumit, ils en profitèrent pour l'enchaîner au mur de la grange. L'officier insista, lui approchant un bâton de la bouche.

— Déclare, et tu pourras encore mâcher du riz.

— Enlevez-moi cette merde, bande de zébus !

Sur un geste de l'Être, le gendarme tourna une poignée et le masque se contracta sur lui-même, s'ajustant à la tête de Lu, qui cria comme si on lui brisait les os. Le tour suivant enfonça l'engin dans ses tempes, lui arrachant un hurlement de douleur. Cí savait qu'avec un ou deux tours de plus son crâne exploserait comme une noix dans le mortier.

« Avoue une fois pour toutes, mon frère. »

Lu persista dans son silence et le hurlement se fit plus aigu. Cí se boucha les oreilles à l'instant où un filet de sang jaillissait sur le front de Lu.

« Avoue, je t'en prie. »

Au tour suivant, le masque craqua et un cri inhumain résonna dans toute la salle. Cí ferma les yeux. Lorsqu'il les rouvrit, il constata que Lu s'était mordu la langue et saignait abondamment. Il allait implorer la clémence quand Lu s'évanouit.

Tout de suite, l'Être ordonna aux sbires d'interrompre la torture. Lu gisait plié sur lui-même tel un chiffon froissé, mais il respirait encore. Dans un souffle imperceptible, le prisonnier fit un signe au magistrat, qui indiqua à ses hommes de détacher le masque.

— J'a… voue…, murmura-t-il.

En entendant ses mots, le fils du défunt se jeta sur Lu et lui donna des coups de pied comme à un chien. Lu réagit à peine. Quand les agents parvinrent à l'éloigner,

Lu s'agenouilla et apposa son empreinte digitale sur le document de confession. Alors l'Être prononça le verdict.

— Au nom du tout-puissant fils du Ciel, je déclare Song Lu l'auteur de l'assassinat du vénérable Shang, suite à son propre aveu. Puisque les blessures qu'il a infligées se sont révélées mortelles et qu'à cela s'ajoute l'intention de voler, la mort par égorgement ou par strangulation n'est pas applicable. Pour cette raison, conformément aux règles établies par les honorables lois du *Song Xingtong*, le criminel Song Lu sera exécuté par décapitation.

L'Être estampa de rouge la sentence et ordonna aux sbires de surveiller le condamné, mettant ainsi fin au procès. Cí essaya de parler à son frère, mais les gardes l'en empêchèrent, aussi se tourna-t-il vers Feng afin d'évoquer la possibilité d'un recours. Alors qu'il s'apprêtait à quitter l'enceinte, il vit son père se prosterner devant les membres de la famille de Shang et implorer leur pardon, mais les orphelins l'écartèrent comme s'il s'agissait d'un débris. Cí se précipita pour l'aider, mais son père le repoussa d'un geste désordonné. L'homme se releva comme il put et secoua la poussière sur ses vêtements. Puis il sortit de la remise sans regarder derrière lui tandis que Cí se laissait tomber, abattu, submergé par l'amertume.

Un moment s'écoula avant que Cerise s'approche discrètement de lui. La jeune fille cachait son visage sous une capuche, car elle s'était éclipsée un instant à l'écart de sa famille.

— Ne t'afflige pas, lui murmura-t-elle. Tôt ou tard les miens réfléchiront et ils admettront que vous n'êtes pas comme Lu.

Cí voulut lui enlever la capuche, mais elle s'écarta.

— Lu nous a déshonorés, parvint-il à dire.

— Des fléaux font leur apparition dans tous les champs. Je dois m'en aller maintenant. Prie les dieux pour nous. – Elle lui caressa la tête et partit en courant.

Cependant, bien qu'il fût désormais débarrassé de son frère, Cí ne pouvait éviter d'être rongé par les remords.

D'une façon qu'il ne parvenait pas à comprendre, Cí se sentait redevable de son frère. Peut-être était-ce parce que Lu l'avait protégé dans son enfance, ou parce que, malgré la rudesse de son caractère, il avait aussi travaillé dur pour eux. Face à cette tragédie, peu lui importait toutes les fois où Lu l'avait maltraité, ni combien il s'était montré ignorant, stupide ou brutal à son égard. Même le fait qu'il eût volé ou qu'il fût un criminel lui importait peu. Car, avant tout, Lu était son frère, et les enseignements confucéens l'obligeaient à le respecter et à lui obéir en toutes circonstances. Peut-être Lu ne savait-il pas être meilleur, mais il ne croyait pas que son frère fût un assassin. Violent, oui, mais pas un assassin.

« Ou peut-être que si ? »

*

Le jour se leva avec la même pluie et les mêmes éclairs. Tout était identique, hormis l'absence de Lu.

Cí s'étira. Il n'avait pas dormi de la nuit, aussi s'en alla-t-il de bonne heure à la rencontre de Feng afin de s'occuper du sort de son frère. Il trouva Feng dans les écuries, en train de préparer son équipage avec son assistant mongol. Lorsqu'il l'aperçut, il laissa ses bagages et s'approcha de Cí. Il lui dit qu'il partait par voie de terre en direction de Nanchang, où il embarquerait dans l'un des chalands de transport de riz qui naviguaient vers le Yangtsé. Il partait pour la frontière septentrionale, chargé d'une mission qui n'admettait pas de retard et l'occuperait pendant plusieurs mois.

— Mais vous ne pouvez pas nous laisser ainsi, avec mon frère sur le point d'être exécuté.

— Cela ne devrait pas t'inquiéter.

Feng lui expliqua que, dans les cas de peine capitale, le Haut Tribunal impérial devait confirmer le verdict à Lin'an, ce qui impliquait le transfert de Lu dans une prison d'État jusqu'à l'émission de la décision définitive.

— Et d'après le calendrier établi, ce ne sera pas avant l'automne, conclut-il.

— C'est tout ? Et un recours ? On pourrait faire appel. Vous êtes le meilleur juge et…, implora-t-il.

— Sincèrement, Cí, je n'ai plus grand-chose à faire ici. L'Être de la Sagesse détient la pleine compétence sur cette affaire, et son honneur se verrait gravement offensé si j'intervenais. (Il passa un ballot à son assistant et s'arrêta, songeur.) Tout ce que je peux faire, c'est recommander que ton frère soit transféré dans le Sichuan, à l'ouest du pays. J'y connais l'intendant qui gouverne les mines de sel et je sais grâce à lui qu'on garde plus longtemps en vie les prévenus qui travaillent dur. De plus, comme je te l'ai dit, une affaire urgente m'appelle dans le nord et…

— Mais, et les preuves ? l'interrompit Cí. Aucune personne saine d'esprit n'assassinerait pour trois mille *qian*...

— Tu viens toi-même de le dire : « Aucune personne saine d'esprit... » Mais il ne semble pas que Lu le soit, tu ne crois pas ? Cette histoire qu'il a gagné l'argent en sortant de la taverne... (Il fit un geste de dénégation.) N'essaie pas de chercher de la rationalité dans le comportement d'un ivrogne irascible, tu n'en trouveras jamais. – Cí baissa la tête.

— Alors, vous parlerez à l'Être ?

— Je t'ai dit que j'essaierai.

— Je... Je ne sais pas comment vous remercier... – Il s'agenouilla en signe de respect.

— Tu as été presque comme un fils pour moi, Cí. (Feng l'obligea à se lever.) Ce fils que le dieu de la fertilité m'a obstinément refusé. Tu vois, murmura-t-il d'un ton amer, les misérables soupirent après les possessions, l'argent, la fortune, mais la plus grande richesse est celle que donne une descendance qui te garantit les soins dans la vieillesse et les honneurs dans l'au-delà. (Un nouvel éclair tonna à l'extérieur.) Maudit orage ! Celui-ci est tombé tout près, marmotta-t-il. À présent je dois te laisser. Salue ton père de ma part. (Il le prit par les épaules.) Dans quelques mois, quand je rentrerai à Lin'an, je m'occuperai du recours.

— Je vous en prie, vénérable Feng, n'oubliez pas d'intercéder auprès de l'Être de la Sagesse pour Lu.

— Sois tranquille, Cí.

Le jeune homme s'agenouilla de nouveau et toucha le sol de son front pour cacher son amertume. Lorsqu'il leva les yeux, le juge avait disparu.

*

Cí essaya de parler à son père, mais il ne le put. L'homme s'était enfermé dans sa chambre, la porte barricadée de l'intérieur. Sa mère le supplia de ne pas l'importuner. Lu était un adulte émancipé et tout ce qu'ils tenteraient en sa faveur ne leur apporterait qu'un plus grand déshonneur. Cí essaya en vain de la convaincre. Puis il s'époumona sans que son père consentît à lui répondre. Alors, et seulement alors, il décida de s'occuper lui-même de Lu.

À midi il sollicita une audience auprès de l'Être afin de s'enquérir du résultat des démarches de Feng. Le magistrat reçut Cí et lui proposa de manger quelque chose, ce qui surprit le jeune homme.

— Feng m'a parlé de toi dans les meilleurs termes. Quelle pitié que cette histoire de ton frère, un mauvais sujet, comme on l'a vu. Mais entre, ne reste pas là. Assieds-toi et dis-moi en quoi je puis t'être utile.

Cí s'étonna encore davantage de sa cordialité.

— Le juge Feng m'a dit qu'il vous parlerait au sujet des mines du Sichuan, dit-il en s'inclinant devant lui. Il m'a laissé entendre que vous pourriez y envoyer mon frère.

— Ah oui, les mines… (L'Être engloutit un morceau de gâteau et suça ses doigts.) Écoute, mon garçon, dans l'Antiquité les lois étaient superflues, car les cinq audiences suffisaient : on présentait les antécédents, on observait les changements du visage, on écoutait la respiration et les paroles, et lors de la cinquième audience on scrutait les expressions. On n'avait besoin de rien d'autre pour dévoiler la noirceur d'un esprit. (Il mordit une nouvelle bouchée.) Mais aujourd'hui les choses sont différentes. Aujourd'hui un juge ne peut, disons… *interpréter* les faits avec la même… légèreté, dit-il en détachant les mots. Comprends-tu ce que je dis ?

Bien qu'il ne comprît pas, Cí acquiesça. L'Être poursuivit.

— Ainsi tu voudrais que ton frère soit transféré dans les mines du Sichuan… (Il s'essuya les mains avec une serviette et se leva pour aller chercher un traité.) Voyons, voyons… Oui. Voilà. En effet, selon les cas, la peine pour assassinat peut être commuée en exil, à condition qu'un membre de sa famille satisfasse à la compensation monétaire correspondante.

Cí prêta attention.

— Malheureusement, l'affaire qui nous occupe n'admet pas de discussion. Ton frère Lu est coupable du pire des crimes. (Il s'interrompit un moment pour réfléchir.) En fait, tu devrais me remercier de ne pas avoir qualifié, pendant le procès, la décapitation de Shang comme faisant partie d'un rituel de magie familiale, car dans un tel cas, non seulement Lu encourrait la mort des mille coupures, mais, de surcroît, toi et ta famille auriez été exilés à perpétuité.

« Oui. Nous avons eu beaucoup de chance. »

Cí serra les poings. En effet, la loi envisageait le fait que les parents de l'accusé coupable, même innocents du crime, pussent partager les dispositions malveillantes de l'assassin, auquel cas leur exil devenait nécessaire. Cependant, il ne voyait pas où l'Être voulait en venir. Remarquant l'étonnement de Cí, le magistrat décida d'être plus explicite.

— Bao Pao m'a dit que ta famille possède des propriétés. Des terrains pour lesquels, en son temps, il en a offert une belle somme à ton père.

— En effet, balbutia Cí sans comprendre.

— Et Feng m'a fait observer que, dans ces circonstances, il serait préférable que je discute de cette affaire avec toi plutôt qu'avec ton père. – Il se leva et vérifia que la porte était bien fermée. Puis il retourna à la table et s'y installa.

— Pardonnez-moi, magistrat, mais je ne comprends pas…

L'Être haussa les épaules.

— Pour l'instant, tout ce que je veux, c'est que nous nous remplissions l'estomac, mais en déjeunant, peut-être pouvons-nous nous accorder sur la somme qui épargnera la torture à ton frère.

*

Cí passa le reste de l'après-midi à réfléchir à la proposition de l'Être. Quatre cent mille *qian* représentaient une somme exorbitante, mais également une bagatelle si elle pouvait sauver la vie de Lu. Lorsqu'il arriva chez lui, il surprit son père penché sur des papiers. L'homme toussa maladroitement et les rangea dans le coffret rouge. Puis il se tourna vers lui, indigné.

— C'est la deuxième fois que tu m'interromps. À la troisième, tu le regretteras.

— Vous possédez un code pénal, n'est-ce pas ?

Son père n'accorda aucun crédit à ce qu'il prit pour une impertinence, mais avant qu'il pût prononcer un mot, Cí poursuivit :

— J'ai besoin de le consulter. Peut-être pourrai-je aider Lu.

— Qui t'a dit ça ? Cet oiseau de mauvais augure de Feng ? Par le Grand Bouddha, oublie ton frère une fois pour toutes, car son crime nous a frappés d'assez d'infamie !

Cí imputa son courroux à un égarement passager.

— Peu importe qui me l'a dit. Ce qui importe vraiment, c'est que nos économies pourraient sauver Lu.

— Nos économies ? Depuis quand économises-tu ? Oublie ton frère et éloigne-toi de Feng. – Ses yeux étaient ceux d'un dément.

— Mais, père… L'Être m'a assuré que si nous donnons quatre cent mille *qian*…

— Je t'ai dit d'oublier ça ! Malédiction ! Sais-tu de quelle somme nous disposons ? En six ans comme comptable je n'en ai même pas réuni cent mille ! J'en ai dépensé la moitié pour nous nourrir et l'autre moitié pour toi. À partir d'aujourd'hui nous sommes seuls, épargne donc tes efforts pour les employer au champ, car c'est là que tu vas en avoir besoin. – Il s'accroupit et protégea le coffret d'une étoffe.

— Père, dans ce crime il y a quelque chose que je ne comprends pas. Je n'ai pas l'intention d'oublier Lu…

Une gifle frappa Cí au visage, qu'une grimace de surprise altéra. C'était la deuxième fois que son père levait la main sur lui. Inexplicablement, l'honorable patriarche d'autrefois s'était mué en un vieillard chenu qui, fou de colère, tremblait devant lui, les lèvres crispées, la main levée, menaçante, tout près de sa bouche. Il pensa chercher lui-même le code pénal, mais il refusa d'affronter son géniteur. Simplement, il lui tourna le dos et sortit sans prêter attention aux cris qui exigeaient de lui qu'il revînt immédiatement.

Il marcha sous la pluie jusqu'au foyer de Cerise. À l'extérieur se dressait un petit autel mortuaire que la pluie s'était chargée de transformer en une poignée de bougies renversées et de fleurs effeuillées. Il redressa celles qu'il put et contourna l'entrée pour se diriger vers la pièce où sa promise dormait. À cet endroit, l'avant-toit le protégeait de la pluie. Comme d'habitude, il frappa avec un caillou sur l'une des poutres et attendit qu'elle répondît. Il lui sembla que s'écoulaient des années, mais enfin un bruit semblable lui confirma que la jeune fille se trouvait de l'autre côté.

Ils pouvaient rarement se parler. Les règles strictes des fiançailles rendaient la chose difficile, spécifiant même les événements et les fêtes au cours desquels ils pouvaient se rencontrer, mais de temps en temps ils s'arrangeaient pour se croiser au marché et se frôler les mains sous les étals de poissons, ou échanger des regards lorsqu'ils ne se sentaient pas observés.

Il la désirait. Il s'imaginait souvent touchant sa peau blanche, son visage rond, ses hanches pleines. Il rêvait de ses pieds, toujours cachés y compris pendant les actes les plus intimes, qu'il se figurait aussi petits et graciles que ceux de sa sœur Troisième. Des pieds que la mère de Cerise lui avait bandés depuis qu'elle était petite pour qu'ils ressemblent à ceux des dames de haut lignage.

Les coups répétés de la pluie l'arrachèrent à sa rêverie, le faisant revenir à une nuit où même les chiens ne dormiraient pas dehors. Il vit qu'il pleuvait à verse, comme si les dieux avaient rompu les digues célestes ;

seule la lueur des éclairs brisait sporadiquement les ténèbres et le silence. C'était sans doute la pire des nuits qu'il eût vécues. Mais il ne bougea pas. Il préféra se tremper comme un rat que rentrer chez lui et se retrouver face à la colère incompréhensible d'un père buté. Il ne savait pas quoi faire. À travers les fentes il murmura à Cerise qu'il l'aimait, et elle frappa une fois pour lui répondre. Ils ne pouvaient parler car ils réveilleraient sa famille, mais du moins percevait-il sa présence toute proche, aussi s'accroupit-il contre la paroi, disposé à passer la nuit sous l'auvent, à l'abri de l'orage. Avant de s'endormir, il se remémora sa conversation avec l'Être. En réalité, il n'avait pas cessé de penser à ses paroles. Il voulut rêver que la proposition du magistrat, bien qu'empreinte d'égoïsme, permettrait à Lu d'avoir la vie sauve.

6

Profondément abattu, il dormit contre la maison de Cerise jusqu'au moment où un terrible fracas résonna derrière lui. Ahuri, Cí se frotta les yeux sans comprendre ce qui arrivait, quand des cris lui firent tourner les yeux vers la grande colonne de fumée qui s'élevait à l'extrémité nord du village. Son cœur se glaça. C'était là que se dressait sa maison. Propulsé par une terreur inconnue, il se joignit au flot des villageois qui surgissaient comme des taupes s'échappant de leurs terriers et courut comme un désespéré, écartant les curieux, de plus en plus rapide, de plus en plus effrayé.

Alors qu'il se rapprochait, les bouffées de fumée pénétrèrent dans ses poumons, formant une pâte sèche qui faisait de sa salive une boue épaisse et âcre. Il y voyait à peine. Il n'entendait que des cris et des pleurs, des lamentations et des silhouettes qui déambulaient telles des âmes en peine. Il heurta soudain un garçon couvert de sang qui avançait, le regard empli d'épouvante. C'était son voisin Chun. Il le prit par le bras pour lui demander ce qui était arrivé, mais ses mains ne rencontrèrent qu'un moignon à vif. Puis le gamin s'écroula comme un jouet cassé et expira.

Cí sauta par-dessus pour s'enfoncer dans l'enchevêtrement de gravats, de madriers et de pierres plates éparpillés dans la gadoue de la rue. Il n'apercevait pas encore sa maison. Celle de Chun avait disparu. Tout était détruit. Il ne restait rien.

Alors la panique le paralysa.

À l'endroit où se dressait autrefois sa maison ne restaient maintenant que les débris de l'enfer : un cimetière de pierres, de poutres et de glaise étalé sur un tertre de murs démolis au milieu du crépitement des flammes. Une odeur dense et âcre envahissait tout, mais ce qui l'asphyxiait vraiment, c'était la certitude que tous ceux qui se trouvaient sous ces décombres gisaient dans leur propre tombe.

Sans réfléchir, il se précipita sur le tas de poutres et de meubles en morceaux qui s'amoncelaient devant lui, hurlant les noms de ses parents et de sa sœur tandis qu'il déplaçait des pierres et des planches, rampait sur les murs écroulés et retirait des gravats sans cesser de crier.

« Il faut qu'ils soient vivants. Dieux pleins de bonté, ne me faites pas ça ! Ne me faites pas ça ! »

Il empoigna une poutre et écarta les restes d'un fauteuil écrasé tout en glissant sur les morceaux de tuiles vernissées. L'une d'elles le blessa à la cheville, mais il ne s'en rendit pas compte. Il continua à creuser comme un possédé, laissant ses ongles dans la boue et les pilastres : les palpitations de ses tempes l'empêchaient de raisonner. Soudain, des mains près de lui le firent sursauter. Il crut qu'elles appartenaient à son père, mais au milieu de la fumée il s'aperçut qu'il s'agissait de quelqu'un qui creusait à côté de lui. Alors il leva les yeux et constata que plusieurs voisins s'efforçaient de retirer les gravats avec l'avidité de pilleurs de tombes.

« Maudites sangsues. »

Il allait les attaquer quand l'une des formes se mit à crier et quelques personnes accoururent en toute hâte, lui faisant comprendre qu'ils tentaient seulement de l'aider. Il travailla avec eux et ensemble ils soulevèrent un pan de mur écroulé.

Ce qu'il vit lui glaça le sang.

Écrasés sous les décombres gisaient les cadavres couverts de boue de ses parents. Soudain il perdit pied et sa tête heurta quelque chose. Ensuite, il ne se souvint que de la fumée et des ténèbres.

*

Lorsque Cí reprit connaissance, il ne comprit pas ce qu'il faisait allongé au milieu de la rue, entouré d'inconnus. Il essaya de se lever, mais un voisin l'en empêcha. Il s'aperçut alors que quelqu'un avait changé ses haillons de journalier pour du linge propre et blanc : la couleur de la mort et du deuil. Il avait encore un goût de fumée dans la gorge. Il avait besoin de boire un peu. Il essaya de se souvenir, mais son cerveau était un tourbillon incapable de distinguer le rêve de la réalité

— Que… ? Qu'est-il arrivé ? parvint-il à articuler.

— Tu t'es cogné la tête, lui dirent-ils.

— Mais que s'est-il passé ?

— On ne sait pas. C'est sûrement la foudre.

— La foudre ?

Cí retrouvait peu à peu ses esprits. Soudain, un éclair explosa dans sa tête. Le même qui l'avait réveillé la veille. Désespéré, il regarda autour de lui, cherchant sa famille.

« Ce n'est pas vrai. C'est forcément un rêve. »

Mais un flot d'images l'assaillit : le fracas au milieu de la nuit, la montagne de gravats, la bourbe, les cadavres… Il se redressa, pris d'agitation, et courut pieds nus au bas de la rue. Alors la vision lui glaça le cœur.

Au milieu des ténèbres de l'aube on voyait encore les vestiges du nuage de fumée à l'endroit où Lu avait érigé sa maison. Il cria jusqu'à s'écorcher la gorge et continua. Il avait beau implorer, ce n'était pas un rêve, et de nouveau la terreur le frappa.

Tandis qu'il essayait de réfléchir, il aperçut un cercle de gens qui chuchotaient devant les ruines de ce qui avait été son foyer. Lorsqu'il s'approcha des décombres, le cercle s'ouvrit comme une motte de beurre séparée par un couteau brûlant. Cí s'avança lentement, sachant que cet endroit n'était qu'une tombe improvisée. Cela sentait la mort. C'était une odeur âcre et lugubre, une puanteur intense qui se mêlait étrangement à celle du bois brûlé. Il marcha lentement tandis que ses pupilles s'accoutumaient au peu de lumière qui filtrait à travers les crevasses de la toiture, traînant ses pieds qui renâclaient pour s'arrêter à un pas des premiers corps couchés à terre. Parmi les cadavres il reconnut le jeune Chun et d'autres voisins. Puis un cri lui déchira la gorge lorsqu'il vit au fond, encore couverts de bourbe et de sang, les corps brûlés de ses parents.

Il pleura jusqu'à se vider, puis distilla le gouffre de chagrin que lui avaient laissé les larmes.

Lorsqu'il se calma, on lui dit que la foudre était tombée sur la pente située derrière sa maison et que l'éboulement et l'incendie qui avaient suivi avaient touché quatre demeures. En tout il y avait six morts. Mais sa sœur n'était pas parmi eux.

— On l'a trouvée blottie sous des planches, lui apprit un autre parent. Elle n'a qu'une entorse.

Cí acquiesça. Malgré le soulagement que supposait pour lui cette nouvelle, ses parents étaient toujours là, muets, inertes. L'angoisse le déchira. Elle le rongea autant que les remords qui l'empoisonnaient. Il s'en voulut de s'être disputé avec son père, et regretta aussi l'étrange dessein qui lui avait fait passer la nuit hors de chez lui. Si au lieu de se rebeller il avait accédé aux désirs de son père, s'il lui avait obéi et était resté auprès d'eux, peut-être seraient-ils tous vivants à cette heure.

Ou peut-être aurait-il péri avec eux.

Il se demanda quelle sorte d'horrible conjonction avait déchaîné le firmament contre lui : l'assassinat de Shang, la condamnation de Lu, l'orage fatal, la mort de ses parents… Était-ce le prix qu'il devait payer pour son orgueil obstiné ? Si au moins Feng était là pour le consoler…

Il se souvint tout à coup de la petite Troisième. Sa sœur était en vie ! C'était peut-être pour cette raison qu'il avait survécu. Pour prendre soin d'elle.

Quand on lui raconta que le vieux Sans Dents l'avait accueillie chez lui, il partit la chercher en courant comme un fou. En arrivant il la trouva endormie, étrangère au deuil et à la tristesse, et il décida de la laisser dormir. La femme de Sans Dents l'avait couverte d'une courtepointe en lin et elle lui avait prêté une poupée de chiffon que la petite serrait dans ses bras comme si c'était la sienne. Cí les remercia de leurs soins et leur demanda de la garder pendant qu'il s'occupait de ses parents. Sans Dents n'y vit pas d'inconvénients, mais sa femme murmura tout bas quelque chose. Cí prit congé et retourna dans les ruines qui envahissaient maintenant sa maison.

Il se chargea de faire transporter les corps de ses parents dans la remise que Bao Pao avait mise à la disposition des villageois pour accueillir tous les cadavres. Là, il les veilla jusqu'à midi. Puis il retourna sur les lieux du désastre dans l'intention de récupérer tous les objets de valeur qu'il restait avant qu'un malappris ne le devance.

À la lumière du jour, il put se rendre compte que la coulée de boue et de roche qui avait dévalé la pente avait affecté une rangée de six maisons sur la vingtaine construites au pied de la montagne. Les deux situées aux extrémités, bien qu'endommagées, tenaient encore debout, mais les quatre autres, parmi lesquelles se trouvait la sienne, étaient dévastées. De nombreux voisins participaient aux travaux de déblaiement des décombres, mais personne ne le faisait dans sa maison. En fait, lorsqu'ils s'aperçurent de sa présence, quelques-uns le désignèrent comme le responsable du malheur.

Cí serra les dents, il remonta ses manches et se mit au travail.

Pendant des heures il repoussa la vase et la bourbe à l'aide d'une houe, remuant les planches et enlevant le fatras de meubles brisés, de vêtements en lambeaux, de pierres plates et de tuiles qui s'amoncelaient au milieu des gravats. Mais à chaque pas il trouvait des objets qui l'empêchaient de continuer, car ils lui retournaient l'âme. Alors il s'arrêtait et cachait son visage mouillé par les quelques larmes qu'il lui restait. Il trouva la vaisselle en porcelaine blanche que sa mère adorait réduite en miettes. Il rassembla pourtant tous les morceaux qu'il dénicha et les protégea soigneusement dans un bout d'étoffe, comme s'ils venaient d'être achetés. Il exhuma aussi les pinceaux de son père, étonnamment intacts. Avec eux, il avait appris à écrire sur ses genoux. Il les essuya un à un et les rangea avec la vaisselle. Il mit de côté des casseroles en métal et quelques couteaux qui, bosselés, pouvaient être réparés, et laissa de côté les fragments de modillons, de cintres et d'encorbellements merveilleusement façonnés qui ne serviraient plus désormais qu'à faire du feu en hiver. Entre les grands coffres il découvrit, écrasés, quelques textes confucéens que son père conservait de l'époque où il était étudiant. Il les posa sur une planche brûlée et continua sa besogne.

Soudain il entendit des rires derrière lui. D'abord il ne distingua personne, mais remarqua ensuite une petite ombre fugace qui s'abritait derrière un muret. Cí resta sur ses gardes. Mais en s'approchant il reconnut son voisin Peng, un petit diable de six ans qui, bien qu'il ne lui arrivât pas à la taille, était d'une rare vivacité. Il lui offrit des noix qu'il avait trouvées au milieu des décombres, mais l'enfant se cacha avec un sourire espiègle révélant qu'il lui manquait des dents. Quand Cí lui renouvela son offre, le gamin s'approcha.

— Tu les veux ?

L'enfant se remit à rire et acquiesça nerveusement.

— Elles seront à toi si tu me racontes ce qui s'est passé. – Cí savait que le garçonnet était resté éveillé les dernières nuits parce qu'il avait mal aux dents. L'enfant jeta un coup d'œil derrière lui, comme s'il craignait qu'on l'attrape en train de voler un bonbon.

— La foudre est tombée et la montagne s'est écroulée. – Il rit et essaya de voler les noix, mais Cí les retira avant que le garçon pût les saisir. Puis, de nouveau, il les lui tendit.

— Tu es sûr ?

— J'ai vu des hommes…

— Des hommes ?

L'enfant allait lui dire quelque chose quand un cri les interrompit. C'était la mère du garçon qui lui ordonnait de revenir ; celui-ci changea de visage et courut vers sa mère comme si le diable le poursuivait. Il allait disparaître quand Cí l'appela. Peng s'arrêta et Cí jeta les noix à ses pieds. L'enfant se pencha pour les ramasser, mais alors qu'il se trouvait à un empan des noix, sa mère l'en empêcha en le poussant rudement ; puis elle le souleva et le mit sur ses épaules.

Navré, Cí hocha la tête et se remit au travail.

Au milieu de l'après-midi, il ne lui restait qu'à déplacer les plus gros rochers. Il les aurait volontiers laissés là, mais il devait récupérer la cassette contenant l'argent que son père avait économisé pour faire face aux frais du retour à la capitale, un argent dont il aurait besoin pour satisfaire au chantage de l'Être. Il s'arrêta donc pour reprendre haleine et commença à enlever des pierres. Mais une heure et plusieurs écorchures plus tard, il dut admettre que sans aide il ne parviendrait jamais à déplacer les plus grosses. Il s'apprêtait à renoncer lorsqu'il découvrit soudain le coin du coffret qu'il cherchait sous un énorme pilastre.

« Même si c'est la dernière chose que je fais, toi oui je vais te pousser. »

Il saisit une poutre pour faire levier et la coinça entre les pierres et le coffre. Puis il poussa jusqu'à faire craquer ses muscles, sans parvenir à bouger le rocher. Il essaya encore deux fois avant de comprendre qu'il devait changer la position du levier. Il ajouta deux cales pour renforcer la prise, mit l'épaule sous la poutre et ses jambes cherchèrent un appui. Tout son corps se durcit tandis que ses os tremblaient. À la troisième tentative, la pierre céda, roulant au bas du monticule dans un nuage de poussière. Quand le nuage se dissipa, Cí s'aperçut que la serrure du coffre avait cédé sous le choc, aussi l'ouvrit-il avidement, mais après avoir vidé son contenu il ne trouva pas un seul *qian*. Il n'y avait que des draps et des étoffes. Le choc l'empêcha de réagir.

— Je regrette. Ma femme dit qu'on peut pas la garder, entendit-il prononcer dans son dos.

Cí se retourna d'un bond pour se trouver face à Sans Dents, le voisin qui s'était provisoirement chargé de Troisième. La petite, au bord des larmes, restait derrière lui, agrippée à la poupée de chiffon.

— Comment ? – Le jeune homme ne comprenait pas.

— Ma fille en a une autre pareille. (Il montra la poupée.) Si elle veut, elle peut la garder, ajouta-t-il.

Cí se mordit les lèvres. Il savait qu'il était seul, mais ce qu'il ignorait, c'est que même les amis de son père le rejetteraient. Il joignit tout de même ses poings devant sa poitrine et le remercia pour la poupée. Sans Dents ne lui répondit pas. Il se contenta de tourner les talons et disparut aussi discrètement qu'il était venu le surprendre.

Le jeune homme regarda Troisième qui, silencieuse et soumise, semblait attendre une réponse. La fillette le regarda dans l'expectative, avec un sourire qui aurait pu acheter le bonheur. Cí pensa que c'était une enfant merveilleuse. Malade, mais merveilleuse. Il regarda les ruines qui les entouraient et se tourna vers la petite. Il l'embrassa et passa la main dans ses cheveux tout en cherchant un endroit où l'installer. Il trouva une branche épaisse qui ressemblait à un cheval, et il la posa dessus à califourchon en lui faisant signe de galoper. Malgré la toux, la fillette se mit à rire. Cí l'imita, opprimé par la tristesse. Il regarda les ruines, puis sa sœur.

Avant que la nuit tombe, Cí obtint une ration de riz bouilli qu'il paya le prix de deux pour nourrir Troisième. Il se contenta de lécher les restes du bol et de boire un peu d'eau fraîche. Puis il construisit un toit précaire en utilisant des branches sèches avec lesquelles il improvisa aussi un lit où coucher la fillette. Il lui expliqua que leurs parents étaient partis en voyage dans les cieux, et que désormais c'était lui qui s'occuperait d'elle ; il ajouta qu'elle devrait toujours lui obéir et que bientôt il construirait une grande maison neuve avec un jardin plein de fleurs et une balançoire en bois. Puis il l'embrassa sur le front et attendit qu'elle fût endormie.

Lorsque Troisième ferma les yeux, Cí se remit au travail. Aux dernières lueurs du jour il souleva des baguettes d'osier, des pilastres et des bouts de bois, avant de s'avouer vaincu. Ni le coffret rouge ni les économies n'apparaissaient. Il pensa que quelqu'un les avait volés.

Il s'allongea près de Troisième et ferma les yeux, face à un dilemme insoluble : si en six années d'efforts son père n'avait réussi à amasser que cent mille *qian*, où allait-il trouver les quatre cent mille que l'Être exigeait pour libérer son frère ?

7

À l'aube, Cí maudit le dieu des orages. Il se leva sous l'averse et courut protéger les livres qu'il avait réussi à sauver du désastre, pensant qu'aussi peu qu'ils vaillent il pourrait les vendre dès le matin. Une fois qu'il les eut mis à l'abri, il contempla l'extravagante collection d'objets qu'il avait pu récupérer dans les décombres ; elle comprenait plusieurs livres de son père, un oreiller de pierre, deux marmites en fer, des couvertures en laine à moitié roussies, quelques vêtements, deux houes dont les manches avaient brûlé et une faux ébréchée. Il estima que tout cela ne lui rapporterait même pas deux mille *qian* sur le marché. Si quelqu'un voulait bien les acheter. Il avait également sauvé un sac de riz, un autre de thé, un pot de sel et les médicaments de Troisième, outre un précieux jambon fumé que sa mère avait acheté pour faire honneur au juge Feng. Avec ces provisions, ils pourraient survivre le temps qu'il s'organise. À part cela, il avait trouvé quatre cents *qian* en pièces de monnaie et un billet de change évalué à cinq mille *qian*. Au total, en comptant ce qu'il tirerait du bois de chauffage, la valeur de ses biens s'élevait à un peu plus de sept mille *qian*. À peu près le salaire qu'une famille de huit personnes gagnait en deux mois de travail. Il regarda longuement le coffre qui avait contenu les économies en se demandant ce qu'elles avaient bien pu devenir.

Il entreprit une dernière recherche en profitant des premiers rayons du soleil. Il se promena de nouveau sur les bouts de bois, écarta des pilastres et souleva les restes du sommier de bambou pour creuser sous la couche de terre avec l'avidité d'un limier.

Il rit de pur désespoir.

Jusqu'au jour où il avait découvert le corps de Shang, ses seules préoccupations étaient de se lever tôt chaque matin, de se lamenter sur les champs qu'il devait labourer et regretter le temps où il fréquentait l'université. Mais au moins avait-il un toit où s'abriter et une famille qui le protégeait.

À présent, toutes ses possessions se réduisaient à deux bouches affamées et à quelques pièces de monnaie. Il piétina une poutre avec impuissance et s'assit. Il pensa à ses parents. Sans doute n'avait-il pas compris les décisions de son père ces derniers jours, mais jusqu'alors celui-ci avait toujours été un homme intègre et juste. Peut-être un peu sévère, mais honnête et judicieux comme le sont peu de gens. Il se reprocha son acte de rébellion, qui l'avait conduit à détester son père dans un emportement stupide ; mais aussi la sottise qui l'avait poussé à passer la nuit hors de chez lui au lieu de rester auprès de sa famille pour veiller sur elle.

Il jugea enfin ses recherches terminées après s'être aperçu qu'un nid de cafards était ce qu'il lui restait de plus précieux. Il cacha dans le puits ce qu'il avait récupéré et réveilla sa sœur. Dès qu'elle ouvrit les yeux, Troisième réclama sa mère. Tandis qu'il coupait quelques tranches du jambon fumé, Cí lui rappela que père et mère étaient partis pour un long voyage.

— Mais ils te surveillent, alors comporte-toi comme une petite femme.

— Mais où ils sont ?

— Derrière ces nuages. Viens, mange bien, sinon ils vont se fâcher. Et tu sais comment est père quand il est contrarié.

— La maison est toujours cassée, montra-t-elle du doigt tout en mordillant la viande.

Cí acquiesça. C'était un problème. Il tenta de trouver une réponse.

— Elle était vieille. Je vais en construire une plus grande. Mais pour cela il faudra que tu m'aides. D'accord ?

Troisième avala en faisant oui de la tête. Cí boutonna sa veste et elle récita la comptine que sa mère lui avait apprise et qu'elle chantonnait chaque matin.

— Les cinq boutons représentent les vertus que doit avoir une petite fille : la douceur, la générosité, le respect, l'épargne et l'obéissance.

Cí en profita pour ajouter la joie.

— Celle-là, maman me la dit pas.

— Elle vient de me la murmurer à l'oreille.

Il sourit et l'embrassa sur la joue. Puis il s'installa à côté d'elle et pensa au Seigneur du Riz. Peut-être était-il la solution à ses problèmes.

*

Il avait du pain sur la planche : réunir quatre cent mille *qian* pouvait se révéler plus compliqué que déplacer une montagne, mais pendant la nuit il avait élaboré un plan qui pourrait s'avérer utile.

Avant de partir, il prit le code pénal qu'il avait récupéré dans les décombres et consulta les chapitres faisant référence aux condamnations pour homicide et aux commutations de peines. Le texte était parfaitement clair. S'en étant assuré, il consacra quelques instants au souvenir de ses parents et leur fit l'offrande d'une tranche de jambon sur un autel improvisé. Lorsqu'il eut terminé ses prières, il implora la bienveillance de leurs esprits, il prit Troisième dans ses bras et s'achemina vers le domaine du Seigneur du Riz, le propriétaire de presque toutes les terres du village.

Lorsqu'il arriva à la muraille qui délimitait l'entrée de la propriété, un grand gaillard à la mine renfrognée et aux bras tatoués lui barra le passage, mais lorsque Cí lui eut expliqué ses intentions, il lui permit d'entrer et l'accompagna à travers les jardins jusqu'à un petit temple coquet d'où l'on dominait les terrasses de riz sur les montagnes. Un vieillard au visage sévère s'y reposait sur un palanquin tandis qu'une concubine l'éventait. L'homme examina Cí avec le regard de qui évalue une personne à la qualité de ses chaussures et fit la grimace, mais celle-ci se mua en un sourire quand la sentinelle lui indiqua le motif de la visite.

— Ainsi tu veux vendre les terres de Lu. (Le Seigneur du Riz lui fit signe de s'asseoir sur le sol.) Je suis désolé de ce qui est arrivé à ta famille. Mais ce n'est pas une bonne époque pour les négoces.

« Surtout dans ma situation, n'est-ce pas ? »

Cí accepta d'une courbette et envoya Troisième jouer avec les canards à l'étang de la propriété. Il s'assit sans hâte. Il avait préparé la réponse.

— J'ai entendu parler de votre intelligence, le flatta Cí, mais encore plus de votre sagesse en matière d'affaires. (Le vieillard eut un sourire niais qui révéla sa vanité.) Sans doute pensez-vous que ma situation m'oblige à mévendre les terres de mon frère. Or je ne suis pas venu ici pour vous faire cadeau de quoi que ce soit, je suis venu vous offrir une chose d'une valeur inestimable.

Le vieux se pencha dans son palanquin, comme s'il hésitait entre écouter Cí ou ordonner qu'on le fouettât. Finalement, il lui ordonna de continuer.

— Je sais que Bao Pao était depuis longtemps en pourparlers avec mon frère, mentit Cí. Son intérêt pour les terres de Lu remonte à loin, bien avant que mon frère les ait acquises.

— Je ne vois pas en quoi cela peut m'intéresser. Je possède tant de terres qu'il me faudrait réduire dix villages en esclavage pour pouvoir les cultiver, répliqua-t-il avec dédain.

— C'est certain. Et c'est pour cette raison que je suis ici et non chez Bao Pao.

— Mon garçon, tu mets ma patience à bout. Explique-toi ou je te fais traîner dehors.

— Votre Dignité possède plus de terres que Bao Pao. Vous êtes plus riche que lui, c'est sûr, mais vous n'êtes pas plus puissant. Lui est le chef. Votre Dignité, avec tout le respect que je lui dois, n'est qu'un propriétaire foncier.

L'homme laissa échapper un grognement. Cí comprit qu'il avait fait mouche. Alors il continua.

— Tout le monde dans le village connaît l'intérêt de Bao Pao pour les terres de Lu, ajouta-t-il. Le propriétaire précédent a refusé à maintes reprises de les lui vendre en raison de l'inimitié ancestrale qui les opposait.

— Et ton frère en a profité pour les obtenir en une nuit de jeu… Crois-tu donc que j'ignore l'histoire ?

— Et mon frère a refusé de les lui vendre pour la même raison que l'ancien propriétaire : parce que le ruisseau coule sur leur bordure, ce qui garantit leur irrigation même dans les périodes d'étiage. Votre Dignité possède les terres en contrebas, qui sont approvisionnées par l'eau du fleuve, mais les terrains de Bao Pao sont situés sur la partie supérieure des versants, où l'eau n'arrive qu'avec un système de pompes à pédales.

— Qu'il ne peut utiliser parce qu'il traverserait mes domaines. Et alors ? Nous savons que je possède plus de terres que je ne peux en cultiver et que j'ai de l'eau en abondance. Pourquoi ta misérable parcelle devrait-elle m'intéresser ?

— Précisément pour éviter que je la vende à Bao Pao. Pensez que si je le faisais, le chef jouirait non seulement du pouvoir, mais aussi de la richesse que lui procurerait le ruisseau de mon frère.

Le propriétaire le regarda de haut en bas tout en ruminant une bouchée inexistante. Il savait que tous les arguments de Cí étaient exacts. Ce qu'il ignorait, c'est combien cela allait lui coûter.

— Écoute, mon garçon, tes terres ne valent rien à mes yeux. Si Bao Pao les veut, vends-les-lui !

« Il fait seulement le fanfaron, Cí. Tiens bon. »

— Troisième ! Laisse ces canards ! cria Cí en se levant. Enfin, il est normal qu'un chef obtienne ce qu'il veut et qu'un paysan soit incapable de l'en empêcher.

— Comment oses-tu ?

Cí ne répondit pas à sa menace. Simplement, il tourna les talons et commença à descendre l'escalier.

— Deux cent mille ! l'interrompit le Seigneur du Riz. Deux cent mille *qian* pour ta parcelle.

— Quatre cent mille, répliqua Cí sans se troubler.

— Tu plaisantes ? demanda-t-il dans un rire sarcastique. Tout le monde sait que ce terrain ne vaut pas la moitié de ce que je t'en offre.

« Toi, tu le sais peut-être, mais pas ta cupidité. »

— Bao Pao m'en a offert trois cent cinquante mille, mentit-il de nouveau, risquant le tout pour le tout. L'humilier vous en coûtera cinquante mille de plus.

— Aucun imberbe ne va me dire ce que je dois payer pour un lopin de terre ! bredouilla-t-il.

— Comme vous voulez, Dignité. Ce qui est sûr, c'est qu'à l'avenir vous serez heureux d'admirer les récoltes de Bao Pao.

— Trois cent mille, le coupa-t-il. Et si tu montes ton prix d'un grain de riz, tu paieras cher ton insolence.

Cí termina de descendre l'escalier. Trois cent mille *qian* était une fois et demie la valeur réelle de la terre. Il se retourna et se trouva nez à nez avec le Seigneur du Riz. Tous deux savaient que le résultat de cette tractation était convenable pour tous deux.

Avant de signer le document de cession, le Seigneur du Riz s'assura que la terre lui appartenait.

— Ne vous inquiétez pas. La loi me protège. Mon frère étant condamné, je suis maintenant l'aîné, assura Cí.

Le vieil homme en convint.

— Une dernière chose, jeune homme. (Cí leva les yeux tandis qu'il terminait de compter l'argent.) Moi aussi je compterai jusqu'au dernier *mu*[*] de terre. Et s'il manque un seul grain, je jure que tu t'en repentiras.

*

Au milieu de la matinée, Cí se rendit au marché chargé des rares biens qu'il avait sauvés, mais en obtenir cinq cents *qian* s'avéra plus compliqué que tenter de faire fondre une pierre. Finalement, il parvint à arrondir la somme en y ajoutant les marmites en fer et les couteaux, des ustensiles qu'il avait pensé garder pour cuisiner ce qu'il dénicherait. Il ne trouva pas preneur pour les livres, car au village la plupart des gens savaient à peine lire, mais il obtint qu'ils soient acceptés comme combustible en échange de l'usufruit d'une grange abandonnée où il pourrait dormir avec Troisième. Il ne garda que la nourriture et le code pénal de son père, lequel lui serait plus utile que la somme dérisoire qu'on lui en offrait. De retour, il laissa Troisième dans la grange et la chargea de surveiller le jambon.

— Surtout des chats. Et si quelqu'un vient, tu cries.

Troisième se plaça fermement devant le jambon, adoptant la mine d'une bête féroce. Cí sourit, il ferma la porte de la grange avec une barre et, après lui avoir assuré qu'il reviendrait avant midi, il se dirigea vers la demeure de Bao Pao.

Dès qu'il arriva dans la remise où reposaient les corps, il se mit en devoir de préparer les funérailles de ses parents. Le cercueil de son père était prêt depuis longtemps, conformément à ce que stipule le Livre des rites, le *Li Ji*. À partir de soixante ans, le cercueil et les objets nécessaires à un enterrement décent devaient être révisés chaque année ; passé soixante-dix ans, une fois par saison ; après quatre-vingts ans, une fois par mois, et après quatre-vingt-dix ans il fallait veiller chaque jour à leur bon état. Son père avait soixante-deux ans, mais sa mère n'en avait pas encore cinquante, aussi devait-il acquérir un cercueil pour elle. Il trouva le menuisier occupé avec les familles des autres victimes, aussi dut-il satisfaire un prix qu'il trouva abusif pour qu'il fût prêt dans l'après-midi.

Il s'approcha des corps de ses parents et s'inclina devant eux. Il n'avait pas encore lavé les cadavres et ils commençaient à avoir un aspect répugnant. Il se chargea lui-même de faire leur toilette avec de l'eau et de la paille, de les parfumer avec une larme de parfum qu'il déroba dans un moment d'inattention des autres parents, et de les habiller des quelques vêtements qu'on lui avait prêtés. Il n'avait ni bougies ni encens, mais voulut se convaincre que ses parents ne s'en offusqueraient pas. Il les regarda avec tristesse, sachant que rien dans sa vie ne serait plus comme avant. Tandis qu'il priait pour leurs esprits, il leur jura de faire son possible pour qu'il n'arrivât rien de mal à sa sœur. À cet instant, il prit conscience de l'immense solitude où il se trouvait. Il resta auprès d'eux jusqu'à l'heure que lui avait donnée l'Être de la Sagesse pour négocier la remise de peine de son frère, honora de nouveau ses parents et sortit de la remise, la vue trouble.

Un serviteur le conduisit jusqu'aux dépendances privées de l'Être, qui le reçut dans une baignoire, servi par l'un de ses assistants. Cí n'avait jamais vu jusque-là un homme ayant autant de bourrelets sous la poitrine. En le voyant, l'Être ordonna au domestique de se retirer.

— Un jeune homme ponctuel. Voilà le genre de négociateur que j'apprécie. – Il sourit en prenant un petit gâteau de riz. Il en offrit un à Cí, que celui-ci refusa.

— Je préférerais parler de mon frère. Votre Sagesse m'a garanti qu'il commuerait la peine de mort si je payais l'*amende*…

— J'ai dit que j'essaierais… Dis-moi, tu as apporté l'argent ?

— Mais, très illustre, vous avez affirmé que vous le feriez.

— Cesse de dire des bêtises, mon garçon ! Tu l'as ou tu ne l'as pas ? – Le magistrat sortit de la bassine, laissant ses parties honteuses à l'air. Cí n'en fut pas intimidé.

— Trois cent mille. C'est tout ce que j'ai. Il posa les billets sur les petits gâteaux, s'apercevant au même instant que son attitude frôlait l'effronterie. Mais l'Être ne parut pas en être choqué. Il prit l'argent et le compta avec convoitise. Ses yeux brillaient, telles des billes de verre sur le point de sauter hors de leurs orbites.

— Nous nous sommes entendus sur quatre cent mille. – Il leva un sourcil, mais garda les billets.

— Alors, vous allez le libérer ?

— Le relâcher ? Ne me fais pas rire. Nous parlons seulement de l'envoyer dans le Sichuan.

Cí fit la grimace. Ce n'était pas la première fois qu'on essayait de l'escroquer, mais cette fois il y avait trop en jeu. Il essaya malgré tout de paraître indulgent.

— Peut-être ai-je mal entendu, mais j'ai compris que l'argent correspondait à la compensation qu'établit l'échelle des rachats.

— Des rachats ? (Le magistrat fit l'étonné.) Je t'en prie, mon garçon : cette échelle dont tu parles fait référence à d'autres candidats. La commutation se satisfait de douze mille onces d'argent, pas de la misère que tu viens de me remettre.

Cí comprit qu'il n'obtiendrait rien à l'amiable. Heureusement, il s'y était préparé. Il sortit un papier de sa musette, sur lequel il avait copié quelques informations, et il le déplia devant l'Être.

— Douze mille onces si le délinquant est un officier du gouvernement appartenant aux trois grades supérieurs ; cinq mille et quatre mille pour ceux des quatrième, cinquième et sixième grades. (Sa voix gagnait en assurance.) Deux mille cinq cents pour ceux du septième grade et inférieurs ainsi que les docteurs en littérature ; deux mille pour les licenciés… (Il pressa la copie sur les friandises.) Et mille deux cents onces d'argent pour un particulier, ce qui est le cas de mon frère !

— Oh ! s'exclama l'Être avec une moue d'affectation. Ainsi tu connais la loi…

— C'est ce qu'il semble. – Cí fut effrayé de sa propre insolence.

— Mais tes connaissances comptables sont faibles… Mille deux cents onces d'argent équivalent à huit cent cinquante mille *qian*.

— Oui. C'est ce que j'ai calculé. (Cí ne se troubla pas.) Et pour cette raison même j'ai compris qu'en réalité vous n'aviez jamais eu l'intention de commuer la peine. Vous avez simplement fixé la somme que, selon vous, je pourrais satisfaire. Ce que je me demande, c'est ce que vont en penser vos supérieurs de Jianningfu.

— Je vois… Voilà qu'à présent nous avons un monsieur instruit… (Son ton se durcit.) Voyons, dans ce cas, toi qui es si savant : avez-vous, toi et ta sœur, quelque chose à voir avec le crime ?

Cí se souvint alors des paroles de l'Être lorsqu'il avait mentionné qu'il pourrait les accuser de complicité et de sorcellerie.

« Ce que je sais parfaitement, c'est lorsque je me trouve face à une vermine. »

Il changea aussitôt de stratégie.

— Pardonnez-moi, vénérable magistrat, mais mes nerfs m'empêchent de penser. La nuit a été horrible et je ne sais plus ce que je dis. (Il s'inclina.) Permettez-moi cependant de vous faire remarquer que la somme que je viens de vous remettre dépasse celle fixée par le code pénal.

L'Être se couvrit d'un châle noir brodé de soie. Il regarda Cí et se mit à essuyer les bourrelets de graisse de son ventre.

— Laisse-moi t'expliquer une chose, mon garçon : le crime de ton frère ne mérite aucune rédemption. En fait, j'aurais déjà dû le faire exécuter, comme m'en a supplié la famille du défunt, aussi ferai-je déjà assez en l'expédiant dans le Sichuan. De plus, le pouvoir d'accepter ladite permutation ne relève pas du magistrat, mais de la grâce de l'empereur.

— Je comprends. (Il fit une pause.) Dans ce cas, rendez-moi l'argent et permettez que je rende effectif l'appel de la sentence.

L'Être s'arrêta net et cilla nerveusement.

— Faire appel ? Sur quelle base ? Ton frère a avoué et toutes les preuves le condamnent.

— Dans ce cas, vous ne verrez pas d'inconvénient à ce que ce soit le très docte Tribunal de Cassation qui le juge. Rendez-moi le capital et qu'ils décident eux-mêmes.

Le magistrat se mordit les lèvres. Enfin, il prit une décision.

— Je vais te dire ce que nous allons faire : j'oublie ton impertinence et toi tu oublies cette conversation. Je te promets que je ferai tout ce que je pourrai.

— Je crains que ce ne soit pas une garantie suffisante, le défia Cí à bout de patience. Accréditez la commutation ou rendez-moi mon argent. Si vous ne le faites pas, je me verrai obligé de présenter le recours devant vos supérieurs à la préfecture de la province.

L'Être le toisa des pieds à la tête, comme s'il contemplait un cafard. Soudain, il rougit de colère.

— Et si j'ordonnais à l'instant qu'on égorge ton frère ? Tu crois vraiment qu'un freluquet de ton espèce peut me menacer et s'en tirer comme ça ?

Cí trembla en l'entendant. L'affaire lui avait échappé des mains. Il ne comprenait même pas comment il avait pu être aussi stupide en payant à l'avance.

— Je vous réitère mes excuses, et je regrette toute parole vaine qui ait pu vous offenser, mais j'ai besoin de mon argent parce que…

— Ton argent ? interrompit brusquement Bao Pao faisant acte de présence. Pardon pour l'intromission, mais je suppose que tu ne parles pas de la somme que tu viens d'obtenir pour la vente d'une parcelle.

Cí se retourna à temps pour voir disparaître la sentinelle tatouée qu'il avait vue chez le Seigneur du Riz. Il comprit aussitôt que l'homme l'avait dénoncé.

— Mais si, le défia Cí.

— Tu veux sans doute dire *mon* argent, continua le chef tandis qu'il s'approchait comme un tigre d'un mouton. Ou alors tu ne l'as pas encore appris ?

« Que se passe-t-il ici ? Que devrais-je savoir ? »

— Oh ! Je ne te l'ai pas dit ? entonna l'Être avec l'hypocrisie d'un marchand de bestiaux. Ce matin, j'ai modifié la sentence de Lu en y ajoutant une petite clause dans laquelle je décrétais l'expropriation de ses terres.

— Mais… Mais je les ai déjà vendues.

— Des terres qui m'ont généreusement été cédées pour leur exploitation, ajouta Bao Pao.

Cí pâlit.

« Récupère ce que tu peux et sors d'ici en courant. »

Il comprit que Bao Pao et l'Être s'étaient alliés pour le manipuler à leur guise. S'il l'avait voulu, le magistrat aurait pu exproprier les terrains au cours du procès, mais il avait attendu qu'il apportât le montant de l'amende afin de garder avec Bao Pao l'argent et les terres. Il décida de changer de tactique. Ce n'était pas simple, mais ça marcherait peut-être. Il devait seulement leur tendre un appât plus appétissant.

— C'est dommage que vous perdiez l'autre échéance, improvisa Cí.

— De quoi parles-tu ? lui demandèrent les deux hommes d'une même voix.

— Le Seigneur du Riz s'est montré très intéressé par l'acquisition de ces terrains. Apparemment, il connaissait votre désir de les avoir ; aussi, pour assurer la vente, a-t-il accepté d'effectuer un deuxième versement de trois cent mille *qian* de plus qu'il me remettrait quand il aurait vérifié l'état des terres et la légalité de la vente. Une somme que je suis prêt à vous verser si vous tenez votre promesse.

— Trois cent mille de plus ? s'étonna Bao Pao. – Il savait que c'était un prix infiniment supérieur à sa valeur réelle, mais la cupidité brillait dans ses pupilles. L'Être s'avança.

— Et quand as-tu dit qu'il te paierait ?

— Cet après-midi. Dès que je lui montrerai l'acte de propriété et une copie de la sentence stipulant que je reçois ces terres libres de toutes charges.

— Sans la clause d'expropriation…

— Si vous voulez que je vous remette cet argent…

L'Être parut réfléchir, mais ce ne fut qu'une feinte. Il appela un scribe et lui ordonna de délivrer une copie de la sentence originale.

— À la date d'aujourd'hui, exigea Cí.

Le magistrat serra les lèvres.

— À la date d'aujourd'hui, approuva-t-il.

Quand le magistrat authentifia le document, Cí respira. Il avait en son pouvoir la preuve qui légitimait la transaction effectuée avec le Seigneur du Riz. Mais lorsqu'il demanda la liberté de son frère, l'Être se montra catégorique.

— Mon garçon, ne tente pas le sort. Apporte l'argent et je t'assure que je le relâcherai.

Cí feignit de croire à sa proposition. Il savait que l'Être lui mentait, mais il fit semblant de lui faire confiance.

— Avant, je dois m'occuper de mes parents.

— Entendu, mais ne prends pas de retard. Il pourrait arriver quelque chose à ta jeune sœur.

*

L'enterrement fut un simple et bref adieu. Deux serfs de Bao Pao conduisirent les deux cercueils, chacun dans une charrette, à la Montagne du Repos, un lieu proche peuplé de bambous où reposaient la plupart des défunts du village. Cí chercha un bel endroit que le soleil éclairait de bon matin, avec des arbres bercés par la brise. Lorsque la dernière pelletée de terre couvrit les cercueils, Cí sut que son séjour au village prenait fin. En d'autres circonstances il aurait reconstruit la maison, il se serait employé comme ouvrier dans les rizières et, la période de deuil terminée, il aurait épousé Cerise. Les années passant, si ses enfants et ses économies le lui avaient permis, il serait retourné à Lin'an afin de réaliser son rêve de se présenter aux examens impériaux et de chercher un bon mari pour Troisième. Mais à présent, sa seule option était la fuite. Dans le village, tout ce qu'il avait à gagner, c'était la colère du Seigneur du Riz et la haine des villageois.

Il fit ses adieux aux corps de ses parents et demanda à leurs esprits de l'accompagner où qu'il aille. Puis il feignit de se diriger vers le domaine du Seigneur du Riz, mais dès que les serfs de Bao Pao le perdirent de vue, il retourna sur ses pas et les suivit jusqu'au dépôt où son frère était enfermé.

Il attendit leur départ. Puis il fit le tour de l'édifice pour vérifier le nombre des sentinelles. Un seul homme surveillait la porte, mais il ne savait comment s'y prendre. Il attendit accroupi, consumé par le désespoir. Le temps allait contre lui, mais quelque chose le poussait à parler à son frère avant de s'enfuir. Malgré toutes les preuves qui l'incriminaient, il ne pouvait admettre qu'il fût un assassin.

Il regarda autour de lui. L'endroit était dégagé. Il n'y avait que cette maudite sentinelle.

Il analysa soigneusement ses possibilités. S'il essayait de soudoyer le garde, il risquait d'être arrêté. Il imagina provoquer un incendie afin de détourner l'attention, mais il n'avait ni amadou ni pierre à feu et, même s'il en trouvait, il pouvait aussi causer l'effet contraire et attirer plus de gens autour du pâté de maisons. Tandis qu'il se creusait la cervelle, il découvrit un vasistas à quelques pas de lui. Il n'était pas très large, mais il pourrait peut-être s'y glisser. Il utilisa un tonneau en guise de support et sauta pour atteindre le rebord de la petite fenêtre. Il fléchit les bras et d'une poussée se hissa. Malheureusement, le vasistas était trop étroit pour qu'il le franchît, mais il put apercevoir à l'intérieur une forme accroupie. Ses yeux s'accoutumèrent peu à peu à la pénombre et la masse recroquevillée prit la forme d'un tas de chair inhumain. Ses membres ensanglantés paraissaient détachés de leurs articulations et la tête tombante, figée dans une grimace de douleur, était étrangement repliée. Il avait la langue coupée et les orbites vides.

Cí s'écroula sur le sol, le cerveau en ébullition, sa bouche essayant en vain de prononcer un nom. Il balbutia quelque chose et se leva, vacillant et trébuchant à chaque pas, tombant et se relevant sans prêter attention à sa destination. Une violente convulsion le secoua et il vomit. Cette masse informe, brisée et massacrée, c'était Lu. Ils l'avaient torturé et assassiné. Il ne restait rien de lui, hormis la rancœur qui devait envahir son âme.

Il lui fallait fuir le village. Le Seigneur du Riz lui réclamerait des terres qui ne lui appartenaient plus ainsi que l'argent qu'il ne possédait plus, et ni lui ni l'Être de la Sagesse n'entendraient raison. Il courut trouver Cerise pour l'informer de ses intentions et lui demander de l'attendre jusqu'à ce que son innocence soit établie. Mais la réponse de la jeune fille fut sans appel : elle n'épouserait jamais un fugitif sans terres ni métier.

— C'est à cause de mon frère ? Si c'est là le motif, tu n'as plus à t'inquiéter. Je te répète qu'ils l'ont exécuté. Tu m'entends ? Il est mort. Mort ! – Cí gémit de l'autre côté de la jalousie qui fermait la fenêtre.

Il attendit un moment, mais la jeune fille ne répondit pas. Ce furent les dernières paroles qu'il entendit de la bouche de Cerise.

DEUXIÈME PARTIE

8

Il trouva Troisième comme il l'avait laissée. La petite paraissait heureuse, étrangère à tout danger. Cí la félicita d'avoir si bien surveillé le jambon et, pour la récompenser, lui en coupa une tranche. Pendant que la fillette mangeait, Cí changea son vêtement blanc de deuil pour un ensemble de toile grossière qui avait appartenu à son père. Il était sale, mais au moins on ne le reconnaîtrait pas. Puis il fit un baluchon dans lequel il mit les pièces de monnaie qui lui restaient, le code pénal, quelques vêtements et le jambon. Il rangea le billet de change de cinq mille qian dans une bourse qu'il cacha sous les vêtements de Troisième, mit le paquet sur son épaule et prit la petite par la main.

— Tu veux faire un voyage en bateau ? (Il la chatouilla sans attendre sa réponse.) Tu vas voir comme ça va te plaire.

Cí rit amèrement.

Ils se dirigèrent vers le quai en faisant un détour. Sa première idée avait été de se diriger vers Lin'an en suivant la route terrestre du nord, mais il avait décidé de l'éviter parce que c'était la plus habituelle. La route fluviale, bien que plus longue, serait sans doute plus sûre.

Il se souvint qu'en période de récolte de nombreuses barcasses de riz partaient en direction du port maritime de Fuzhou en même temps que de petites gabarres chargées de bois précieux, qui après avoir atteint la mer orientale remontaient la côte en direction de la capitale. Il lui suffisait d'en localiser une et d'embarquer avant qu'elle ne levât l'ancre.

Craignant qu'on eût déjà donné l'alarme, Cí évita le quai principal et se dirigea vers l'extrême sud de l'embarcadère, où les portefaix effectuaient le déchargement. Là, sur une grosse chaloupe à moitié défoncée, un vieux à la peau tachetée urinait en se balançant tandis qu'il regardait ses marins tirer avec force sur les cordes. Cí comprit qu'ils partaient pour Lin'an, aussi attendit-il que le vieux mît pied à terre pour lui demander de les emmener. L'homme fut surpris, car s'il était certes courant que les villageois profitent des barcasses pour leurs déplacements, ils négociaient d'ordinaire les prix à la consigne.

— C'est que je dois de l'argent à un consignataire que je ne peux payer maintenant, s'excusa Cí, et il lui offrit une poignée de pièces que le vieux refusa en faisant non de la tête.

— C'est pas suffisant. En plus, la barcasse est petite, et vois comme elle est chargée.

— Monsieur, je vous en supplie. Ma sœur est malade, et elle a besoin de médicaments qu'on ne trouve qu'à Lin'an…

— Eh bien fais le voyage en voiture par le nord. – Il secoua son membre et le rangea dans son pantalon.

— S'il vous plaît… La petite ne supportera pas le trajet par la route.

— Écoute, petit, c'est pas un hospice ici, et si tu veux embarquer, tu vas devoir racler le fond de tes poches.

Cí l'assura qu'il lui donnait tout ce qu'il avait, mais le vieux ne se laissa pas attendrir.

— Je travaillerai pendant la traversée. – Il ne voulut pas parler du billet de change.

— Avec ces mains brûlées ?

— Ne vous méprenez pas sur mon aspect… Je travaillerai dur et, si nécessaire, je vous paierai le reste quand nous débarquerons.

— À Lin'an ? Et qui t'attend là-bas ? L'empereur avec un sac d'or ? (Il regarda la fillette et se rendit compte qu'elle était vraiment malade. Puis il tourna les yeux vers le jeune homme en guenilles en se disant que même s'il voulait le vendre comme esclave il n'en tirerait pas plus de quelques pièces. Il cracha sur le riz et tourna les talons, mais il se ravisa.) Maudit soit Bouddha… ! D'accord, mon garçon. Tu feras ce que je t'ordonnerai, mais quand nous arriverons à Lin'an tu déchargeras tout seul jusqu'au dernier tronc. Compris ?

Cí le remercia comme s'il lui devait la vie.

La barcasse secoua lentement son engourdissement, tel un poisson gigantesque se débattant pour se libérer de la fange. Cí aida les deux marins qui maniaient les perches de bambou tandis que Wang, le patron, tenait le gouvernail en criant et jurant. Il paraissait impossible que ce radeau à la cargaison débordante pût naviguer mais, doucement, le courant s'empara de la coque, la faisant osciller. Peu à peu elle se stabilisa et se mit à glisser tranquillement, s'éloignant pour toujours du village.

Jusqu'au coucher du soleil Cí participa aux tâches de la navigation, lesquelles se limitèrent à écarter les branches que le bateau rencontrait sur son passage à l'aide d'un bâton, et à essayer de pêcher avec un hameçon qu'on lui avait prêté. De temps en temps, le marin de proue vérifiait le tirant d'eau tandis que celui de poupe, perche en main, propulsait la barcasse quand le courant faiblissait. Lorsque le soleil disparut, le patron jeta l'ancre au milieu du fleuve, il alluma une lanterne en papier qui attira une nuée de moustiques, comme si elle était enduite de miel, et après avoir vérifié la cargaison annonça qu'ils se reposeraient jusqu'à l'aube. Cí chercha une place entre deux sacs à côté de Troisième, encore déconcertée par son premier voyage fluvial. Ils dînèrent d'un peu du riz bouilli préparé par l'équipage et honorèrent les esprits de leurs parents. Peu à peu les voix s'éteignirent, et bientôt on n'entendit plus que le clapotement de l'eau contre la barcasse. Cependant, le calme de la nuit n'empêcha pas Cí d'être assailli par l'anxiété. Pendant le trajet, il n'avait pas cessé de se demander ce qu'il avait pu faire pour mettre les dieux en fureur, quel terrible péché il avait pu commettre pour déchaîner la colère implacable qui avait décimé sa famille.

L'angoisse l'assaillait, le brûlait de l'intérieur, minant ses espérances. Il ferma les yeux pour s'en détourner, se disant que ses parents étaient morts, mais que leurs esprits restaient présents auprès de lui, attentifs à ses besoins. Depuis qu'il était petit, il

114

avait vu la mort comme un fait naturel et inévitable, quelque chose de familier qui survenait constamment autour de lui : les femmes mouraient en couches ; les enfants venaient au monde mort-nés ou étaient noyés quand leurs parents n'avaient pas les moyens de les nourrir ; les vieux mouraient dans les champs, épuisés, malades ou abandonnés ; les inondations emportaient des villages entiers ; les typhons et les vents de tempête s'acharnaient sur les imprudents ; les mines prenaient leur dû ; les fleuves et les mers réclamaient le leur ; les famines, les maladies, les assassinats... La mort était aussi évidente que la vie, mais beaucoup plus cruelle et plus inattendue. Néanmoins, il ne parvenait pas à comprendre comment tant de fatalités lui étaient tombées dessus en si peu de temps. Peut-être, aux yeux d'un sot, pourrait-il sembler que les dieux s'étaient comportés de façon capricieuse et qu'une inexplicable conjonction de malheurs s'étaient agrégés pour le frapper. Mais il avait beau savoir que tous les événements survenant sur terre étaient la conséquence et la rançon des comportements humains, il ne trouvait aucune réponse compréhensible qui pût réconforter son âme. Il pressentit que se libérer de cette douleur lui serait aussi difficile qu'essayer de ramasser l'eau répandue d'un verre. Rien ne ressemblait à cette souffrance qui s'accrochait à son corps à la manière d'un parasite. Rien ne lui avait jamais fait aussi mal. Rien.

Tout ce qu'il souhaitait, c'était que le jour se lève. Jusqu'alors, il ne s'était pas posé la question de savoir ce qu'allait devenir sa vie ; il n'avait pas pensé où aller ou quoi faire, ni comment ou de quelle façon survivre, mais à cet instant il n'avait ni le courage ni la lucidité nécessaires. Il n'avait qu'une idée : s'éloigner du lieu qui lui avait volé tout ce qu'il possédait ; s'échapper de là et protéger sa sœur.

Aux premières lueurs de l'aube, l'activité reprit sur la barcasse. Wang avait déjà remonté l'ancre et il criait des ordres à ses deux hommes lorsqu'une chaloupe manœuvrée par un autre vieillard s'approcha dangereusement et heurta le bord. Lorsqu'il s'en aperçut, Wang l'admonesta pour sa négligence, mais le vieux pêcheur le salua d'un sourire niais et il continua à naviguer comme s'il ne s'était rien passé. Cí s'étonna de sa présence, mais à ce moment des dizaines de bateaux noirs et plats pullulaient sur le fleuve, comme une énorme calamité.

— Ces maudits vieux croûtons ! Ils devraient tous mourir noyés, ronchonna l'un des hommes d'équipage sans se rendre compte que son propre patron les dépassait presque tous en âge. (Le marin regarda le flanc de l'embarcation et hocha la tête.) Ce crétin a ouvert une voie d'eau, dit-il à Wang. Si on la répare pas on va perdre la cargaison.

Ayant constaté les dégâts, Wang cracha en direction du vieillard, qui déjà s'éloignait. Puis il bougonna un juron et ordonna de se rapprocher de la rive. Par chance, ils étaient à peu de *li* de Jianningfu, le plus gros carrefour de canaux de la préfecture, où ils trouveraient le matériel nécessaire pour colmater la brèche. Jusque-là, ils navigueraient tout près de la berge, au risque d'être attaqués pas les bandits qui maraudaient sur les chemins. Pour cette raison même, Wang chargea Cí et ses hommes d'ouvrir l'œil et de donner l'alarme si quelqu'un s'approchait de la barcasse.

Le quai de Jianpu était une véritable ruche : commerçants, marchands de bestiaux, ouvriers de toutes sortes, constructeurs de jonques, colporteurs improvisés, pêcheurs, mendiants, prostituées et fouineurs s'y mêlaient de telle sorte qu'il était quasi impossible de distinguer les premiers des derniers. La pestilence de poisson pourri l'emportait sur la sueur rance et les arômes provenant des étals de victuaille.

À peine eurent-ils accosté qu'un petit homme misérablement vêtu à la barbiche de bouc accourut pour exiger d'eux l'impôt d'amarrage, mais le patron le renvoya à coups de pied, arguant que non seulement ils n'allaient décharger aucune marchandise, mais que leur arrêt était dû à l'attaque d'un idiot qui avait sûrement levé l'ancre de ce même embarcadère.

Wang descendit à terre pour s'approvisionner, chargeant Ze, l'homme d'équipage le plus âgé, d'acheter le bambou et le chanvre nécessaires pour la réparation, et le plus jeune de rester avec Cí dans la barcasse jusqu'à son retour.

Le jeune marin ronchonna avant d'accepter à contre-cœur, mais Cí se réjouit de ne pas avoir à déranger Troisième qui somnolait, pelotonnée entre deux sacs de riz. Elle grelottait comme un chiot, aussi la couvrit-il d'un sac vide pour la protéger de la brise venue des montagnes. Puis il remonta un seau d'eau et s'employa à nettoyer les quelques planches qui émergeaient sous la cargaison tandis que le marin qui leur tenait compagnie s'amusait à reluquer des prostituées qui se promenaient, outrageusement maquillées. Au bout d'un moment, le marin cracha la racine qu'il mâchonnait et dit à Cí qu'il descendait faire un tour. Cí ne s'en inquiéta pas. Il continua à frotter et attendit que les planches soient sèches avant de les nettoyer à nouveau.

Il s'apprêtait à reprendre son travail lorsqu'une jeune femme vêtue d'une tunique rouge s'approcha du bord de la gabarre. Les vêtements ajustés à son corps étaient usés, mais elle avait un beau visage et son sourire laissait entrevoir une denture complète. Cí rougit quand la jeune femme lui demanda si la barcasse lui appartenait.

« Elle est plus belle que Cerise. »

— Je ne fais que la surveiller, parvint-il à répondre.

La jeune femme toucha son chignon comme pour l'arranger. Elle semblait intéressée par le garçon et cela le mit mal à l'aise, car à l'exception de Cerise et des courtisanes qu'il avait approchées avec le juge Feng dans les salons de thé, il n'avait jamais parlé à d'autres femmes qui n'étaient pas de sa famille. La jeune fille déambula le long du quai en se dandinant, puis elle revint sur ses pas. Cí ne l'avait pas quittée des yeux, aussi feignit-il d'être occupé lorsqu'il la vit s'arrêter de nouveau devant la barcasse.

— Tu voyages seul ? s'enquit-elle.

— Oui. Je veux dire… non ! – Cí se rendit compte qu'elle regardait ses mains brûlées et il les dissimula dans son dos.

— Mais je ne vois personne d'autre, dit-elle en souriant.

— Oui, balbutia Cí. C'est qu'ils ont débarqué pour acheter des outils.

— Et toi ? Tu ne descends pas ?

— On m'a ordonné de surveiller la marchandise.

118

— Oh ! que tu es obéissant ! (Elle fit une moue comme si elle était irritée.) Et dis-moi, ils t'ont aussi interdit de jouer avec les filles ?

Cí ne sut quoi répondre, mais il resta à la regarder, ébahi, incapable de faire autre chose. La jeune femme était une prostituée.

— Je n'ai pas d'argent, lui précisa-t-il.

— Eh bien ce n'est pas un problème. (La jeune fille ne cessait de sourire.) Tu es un beau garçon, et les beaux garçons, on leur fait des propositions. N'as-tu pas envie d'un thé chaud ? Ma mère le prépare au parfum de pêche. C'est ainsi que je m'appelle. – Elle rit et lui indiqua une cabane proche.

— Je t'ai dit que je ne peux abandonner le bateau, Parfum de Pêche.

La jeune fille parut ne pas lui accorder d'importance, de nouveau elle sourit et fit demi-tour pour s'acheminer vers la cabane. Elle revint bientôt avec deux tasses et une théière. Cí eut l'impression que ses joues s'empourpraient encore plus. Elle ne ressemblait vraiment pas à Cerise, mais lorsque la jeune fille fit mine de monter à bord, Cí fut incapable de réagir.

— Ne reste pas planté comme une statue. Aide-moi ou je vais tomber ! lui lança-t-elle avec insolence.

Cí lui offrit son bras en cachant les brûlures de sa main sous sa manche. Elle les vit, mais ne parut pas y prêter attention. Elle se cramponna avec force et d'un bond grimpa sur le bateau. Puis, sans attendre que Cí l'y autorise, elle s'assit sur un paquet et versa le thé dans une tasse.

— Prends. Je ne vais pas te le faire payer.

Cí lui obéit. Il savait qu'offrir du thé était une stratégie courante chez les *fleurs* – le terme par lequel les prostituées préféraient qu'on les appelât –, mais il savait aussi qu'on pouvait accepter une tasse de thé sans que cela supposât aucune sorte d'engagement, et il en avait envie à cette heure de la matinée. Il s'assit sur le sol face à la jeune fille et la regarda avec attention. Ses sourcils peints se détachaient sur son visage poudré de riz. Il but une gorgée de thé, qu'il trouva fort et épicé. La chaleur le réconforta. Alors, la jeune femme entonna une chanson, en simulant de ses mains le vol d'un oiseau.

La mélodie flotta dans l'air tandis que le murmure s'emparait lentement de ses sens. Cí but une longue gorgée qu'il dégusta avec plaisir. Chaque gorgée était l'étreinte d'un être cher, un roucoulement qui le caressait et l'enveloppait. Ses paupières accusèrent la fatigue de la nuit et se fermèrent à demi pour savourer l'agréable sensation qui le berçait au rythme du clapotis des vagues. Peu à peu la somnolence l'envahit, puis le vainquit. Et ainsi, sans qu'il s'en aperçût, la souffrance disparut pour laisser place à l'obscurité.

*

Ce qu'il perçut ensuite, ce fut l'eau d'un seau s'écrasant sur son visage.

— Maudit paresseux ! Où est le bateau ? cria Wang en le soulevant de terre.

Cí regarda autour de lui, incapable de comprendre ce qui lui arrivait. Ses oreilles bourdonnaient tandis que le vieux le secouait comme un prunier. Il ne parvint pas à articuler un mot.

— Tu t'es soûlé ? Tu t'es soûlé, malheureux ? (Il approcha son visage de celui de Cí pour sentir son haleine.) Où est l'autre matelot ? Où diable est mon bateau ?

Cí ne comprenait pas pourquoi cet homme hurlait comme un dément tandis que lui-même restait allongé sur la rive, les tempes sur le point d'exploser. Soudain, le plus vieux des marins lui jeta un autre seau d'eau et Cí se secoua comme un chien. La tête lui tournait, mais dans une sorte d'éclair il visualisa une succession d'images alarmantes : l'accostage du quai... le patron et les hommes d'équipage quittant le bord... la séduisante jeune fille... la tasse de thé... et ensuite... le néant. Un arrière-goût amer lui fit comprendre qu'il s'était laissé tromper par celle qui l'avait sans doute drogué pour s'emparer du bateau et de sa marchandise. Mais ce qui l'accabla vraiment, ce fut de constater que Troisième avait aussi disparu avec la charge.

Lorsqu'il demanda à Wang de l'aider, celui-ci lui tourna le dos en jurant qu'il les tuerait, lui et l'autre matelot, pour avoir abandonné la barcasse.

9

Même si on l'avait menacé de le mettre en pièces, Cí n'aurait pas renoncé à sauver sa sœur.

Il se leva encore étourdi et suivit Wang, qui déjà se perdait dans la foule des pêcheurs et des marchands, furetant de barque en barque à la recherche d'un bateau avec lequel entreprendre la poursuite. Cí le suivit à distance, constatant que le patron interrogeait tous ceux qu'il trouvait proches de la berge. Plusieurs pêcheurs rejetèrent son offre de louer une barque, mais deux jeunes gens qui paressaient sur une chaloupe acceptèrent de la lui louer pour une ligature de pièces. Wang négocia pour inclure dans le prix l'embauche des deux garçons, mais lorsqu'ils apprirent qu'il voulait poursuivre des voleurs, ils refusèrent de la lui louer. Les prières de Wang ne servirent à rien. Les jeunes gens se montrèrent inflexibles, alléguant qu'ils n'étaient pas disposés à participer à une expédition qui pouvait leur coûter la vie. La seule chose à laquelle ils consentirent, c'est de lui vendre la chaloupe pour une somme exorbitante. Finalement, Wang accepta, il paya ce dont ils étaient convenus et monta à bord de la gabarre suivi de Ze, son matelot. Lorsque Cí voulut monter aussi, le patron l'en empêcha.

— Où crois-tu aller ?

— Ma sœur est dans ce bateau. – Le regard de Cí reflétait la détermination.

Wang comprit qu'il serait préférable de compter avec les mains de Cí plutôt que de les avoir sur sa gorge. Il eut un instant d'hésitation en regardant son seul homme d'équipage.

— D'accord, mais si on récupère pas ma marchandise, je t'assure que tu paieras de ton sang jusqu'à la dernière planche de ma gabarre. Préparez la barque et enlevez ces filets pendant que j'achète les armes…

— Monsieur, l'interrompit Cí. Je ne crois pas que ce soit une bonne idée… à moins que vous sachiez vous en servir.

— Par les dieux de la guerre ! J'en sais suffisamment pour te couper la langue et la manger rôtie. Comment veux-tu que nous les arrêtions ? Avec une autre tasse de thé drogué ?

— Monsieur Wang, nous ne savons pas combien ils sont, dit Cí, essayant de le convaincre. Ni même s'ils sont armés. Mais si ce sont des voleurs professionnels, ils sauront probablement mieux se battre que deux vieux et un paysan. Si nous les attaquons en employant des arcs et des flèches que nous ne savons pas utiliser, la seule chose que nous obtiendrons, ce sera qu'ils s'en servent contre nous.

— Je ne sais pas si tu es idiot de naissance ou à cause de la boisson, mais ces types ne nous rendront ni mon bateau ni ta sœur de leur plein gré.

— Pendant que nous discutons, ces gens s'éloignent, intervint l'homme d'équipage.

— Ze, la ferme ! Et quant à toi, fais ce que je t'ordonne ou quitte mon bateau.

— Le garçon a raison, répliqua Ze. Si on traîne pas on les rejoindra en moins d'une heure, quand ils s'arrêteront pour décharger. Ils le feront sûrement en aval, à la hâte et sans moyens de transport. Il sera facile de les attraper.

— Par tous les diables ! Maintenant, non seulement tu es marin, mais aussi devin ?

— Patron, il est évident que ces voleurs vont chercher la route la plus facile. Dans cette zone le courant est fort et remonter le fleuve ne servirait qu'à les ralentir. En plus ils sont chargés de bois, une marchandise qui ne vaut rien en amont, mais qui représente une fortune à Fuzhou.

— Et cette histoire de moins d'une heure ?

— Rappelez-vous la voie d'eau. Le bateau restera pas à flot. D'après le soleil, ils ont une demi-heure d'avance sur nous, nous pouvons les rattraper.

Wang le regarda, stupéfait. Dans sa précipitation, il avait complètement oublié la brèche de la coque.

— C'est pour ça que tu dis qu'ils débarqueront sans moyens de transport. Car dès qu'ils s'en apercevront ils se verront obligés d'accoster n'importe où. Mais maintenant la question est : où ?

— J'en sais rien, patron, mais ils chercheront le premier coude ou affluent qui les mettra à l'abri des curieux. Si vous en connaissez un…

— Par le dieu des eaux, bien sûr que j'en connais un. Venez ! Embarquons !

Cí chargea les perches de bambou et le matériel de réparation que Ze avait acheté au marché, s'installa à une extrémité et poussa l'embarcation. Puis chacun saisit une perche et ils poussèrent tous trois la chaloupe à la poursuite des bandits.

*

Comme l'avait prédit Ze, moins d'une heure plus tard ils aperçurent la gabarre qui entrait dans l'un des canaux. L'embarcation naviguait lentement le long de la rive, gîtant comme un animal blessé à la recherche d'un refuge où s'écrouler. On ne distinguait pas encore le nombre d'occupants, mais un seul manœuvrait la perche, ce qui redonna espoir à Cí.

Il poussa avec plus de force et incita Wang et Ze à l'imiter.

Pendant la poursuite, ils avaient envisagé différentes stratégies : les aborder lorsqu'ils les auraient devant eux ou plutôt attendre qu'ils déchargent. Quand ils constatèrent que les délinquants étaient trois, le plan de Cí prévalut ; il proposait de se faire passer pour un marchand malade afin d'éveiller la convoitise des voleurs.

— Ce à quoi ils s'attendront le moins, c'est que deux vieux et un malade se jettent sur eux. Nous les pousserons avec les perches et nous les ferons tomber à l'eau, ajouta-t-il. Pour cela, nous devons les atteindre avant qu'ils accostent.

Wang fut d'accord sur le fait qu'à terre ils n'auraient plus d'occasions. Ils poussèrent le bateau avec précaution jusqu'à s'approcher à une dizaine de pas de distance ; ils cachèrent alors Cí sous une couverture, dissimulant également sa perche. Lorsqu'ils arrivèrent à la hauteur de la gabarre, Wang, arborant son plus beau sourire, salua les trois occupants et la prostituée dont avait parlé Cí.

De sa cachette, Cí entendit Wang solliciter l'aide des bandits pour le riche commerçant qui était soudainement tombé malade. Ze, lui, plaça la chaloupe parallèlement au bateau. Cí révisa le plan.

« Au signal, je me lève et je pousse l'homme qui est à la proue. Eux se chargeront des autres. »

Il supporta l'odeur de poisson pourri de la chaloupe en écoutant les conversations dépourvues de sens sur le prix de l'aide. Il sentait son cœur battre de plus en plus fort, attendant un signal qui ne venait pas. Soudain, ce fut le silence.

« Quelque chose tourne mal. »

Il serra sa perche avec force, prêt à bondir pour accomplir sa part. Troisième pouvait être en danger. Mais Wang le devança.

— Vas-y ! cria le patron.

Cí se dressa comme un ressort, prêt à en finir avec son adversaire. Il aperçut un abdomen et le frappa de toutes ses forces tandis que Wang se chargeait du bandit qui se tenait à la poupe. Le premier homme tituba au premier choc et, sans comprendre ce qui lui arrivait, passa comme un ballot par-dessus bord. L'adversaire de Wang garda l'équilibre, mais un coup de perche l'expédia directement à l'eau. Quant à Ze, il rata sa cible et le troisième homme sortit un poignard qu'il brandit, menaçant.

Cí savait que les deux hommes tombés à l'eau ne mettraient pas longtemps à grimper à bord. Ou il en finissait avec celui qui restait ou tout serait perdu. Wang parut lire dans ses pensées, car ils se précipitèrent de concert au secours de Ze. Les trois perches firent le reste. Wang bondit aussitôt sur sa barcasse.

— Toi reste là, ordonna-t-il à Ze tandis qu'il envoyait une taloche à la prostituée qui criait comme si on la violait.

Cí suivit Wang. Le patron lui avait ordonné d'empêcher les hommes à l'eau de s'approcher des bateaux, mais auparavant il devait voir comment allait Troisième. Il courut vers les sacs où il l'avait laissée endormie, mais il ne la trouva pas. Son cœur s'emballa. Il se mit à déplacer les paquets comme un fou en criant plusieurs fois son nom jusqu'à ce que, soudain, il entendît une petite voix provenant de l'autre bout de l'embarcation. Pendant que Wang et Ze s'employaient à tenir les bandits à distance avec les perches, il courut vers la voix de sa sœur. Il souleva une couverture et elle était là : petite, sans défense, serrée contre sa poupée de chiffon. Fébrile et effrayée.

*

Lorsque Cí demanda au patron d'accepter la prostituée comme passagère, l'homme prit sa tête entre ses mains. Mais Cí insista.

— Ils l'ont obligée à le faire. C'est elle qui a sauvé ma sœur.

— C'est vrai, affirma la petite voix de Troisième cachée derrière lui.

— Et toi tu crois ça ? Réveille-toi mon garçon ! Cette *fleur* est aussi amère que toutes celles de son jardin. Amère et épineuse. Elle dira n'importe quoi pour sauver son beau derrière. – Il poussa la perche en direction de la rive.

Ils venaient de quitter le canal latéral et ramaient vers le bord opposé du fleuve, la chaloupe qu'ils avaient achetée attachée à la gabarre. Les bandits ne pourraient jamais le traverser à la nage.

Lorsqu'ils atteignirent la berge, Cí insista.

— Mais qu'est-ce que ça peut vous faire ? Elle ne peut nous faire aucun mal et la laisser ici reviendrait à la livrer à ses acolytes.

— Eh bien elle devrait se montrer reconnaissante. Elle devrait même danser pour nous remercier de ne pas la jeter à l'eau. Mais regarde-la : aussi aigre et sèche que le lait tourné.

— Mais comment voulez-vous qu'elle soit si vous vous obstinez à l'abandonner à son sort au lieu de la remettre à la justice ?

— À la justice ? Ne me fais pas rire, fiston. Elle est sûrement ravie de ne pas avoir à s'expliquer devant un juge. Et sinon, demande-le-lui. En plus, pourquoi devrais-je faire une chose pareille ?

— Je vous l'ai déjà dit. Par tous les diables, Wang ! Elle a sauvé ma sœur ! Et elle ne s'est pas défendue non plus quand nous avons attaqué la gabarre.

— Il ne manquerait plus que ça ! Écoute, mon garçon, je vais faire ce que j'aurais dû faire avec toi : la laisser ici, car c'est une voleuse, une empoisonneuse, une menteuse, une vipère et mille autres choses, alors cesse de discuter et aide-moi avec ce bois.

Cí contempla la jeune fille pelotonnée sur elle-même, et il la compara à ces chiens errants que des enfants impitoyables rouent de coups ; mais lorsqu'ils deviennent méfiants, ils mordent le premier qui s'approche d'eux. Il croyait à son innocence, mais Wang s'obstinait à lui répéter que si la prostituée avait pris soin de sa sœur, ce n'était pas par pitié mais pour la vendre dans un des bordels qu'elle fréquentait à coup sûr. Cependant, Cí se fiait à ce que lui dictait son cœur, peut-être parce qu'il voyait sa propre souffrance reflétée dans celle de la jeune fille.

— Je paierai son passage, déclara-t-il.

— J'ai bien entendu ?

— Je suppose que oui, si vous n'avez pas l'oreille aussi dure que votre âme… (Il se dirigea vers Troisième et tira la bourse qui contenait le billet de cinq mille *qian* de dessous ses vêtements.) Ceci devrait suffire jusqu'à Lin'an.

Wang le regarda de la tête aux pieds avant de cracher sur l'un des ballots.

— Ne disais-tu pas que tu n'avais pas un sou ? Enfin, c'est ton argent, mon garçon. Paie et monte avec cette harpie. (Il mouilla ses lèvres.) Mais quand elle t'arrachera les yeux, ne viens pas pleurer chez moi.

*

À midi, Wang considéra que la réparation de son bateau était terminée. Les paquets de joncs avaient été assemblés comme il fallait et le calfatage provisoire de paille et de brai avait stoppé la voie d'eau. Il avala une gorgée d'alcool de riz avant d'en offrir une à son homme d'équipage pour le récompenser. Cí continuait, lui, à écoper l'eau qui menaçait de pourrir le bois empilé. Il terminait quand Wang s'approcha de lui.

— Écoute, mon garçon… J'ai pas de raison de le faire, mais enfin, je te remercie.

Cí ne sut que répondre.

— Je ne le mérite pas, monsieur. Je me suis laissé avoir comme un idiot et…

— Eh ! Eh ! Halte-là, c'est pas entièrement de ta faute. Je t'ai ordonné de rester sur le bateau et tu as obéi… C'est l'autre coquin qui a abandonné la cargaison. Et regarde-le de cette façon : non seulement ça m'a débarrassé d'un bon à rien, mais en plus nous avons récupéré le bateau et nous nous sommes épargné un bon bout de navigation à la rame. – Il se mit à rire.

— Oui, ces voleurs nous ont évité un beau travail. – Cí rit aussi.

Wang examina le bord. Puis il cracha, l'air préoccupé.

— J'aime pas l'idée de nous arrêter à Xiongjiang. Y a rien de bon à gagner dans ce comté. Tout au plus un coup de poignard ou la gorge tranchée. (Il remonta sa veste et montra une cicatrice qui lui traversait le ventre.) Des malandrins et des putains ! Mauvais endroit pour se ravitailler, mais il faudra le faire de toute façon. Je crois pas que le calfatage tienne le coup.

*

Après avoir englouti un bol de riz bouilli accompagné de carpe, ils levèrent l'ancre pour la Cité de la Mort, comme Wang avait baptisé la ville où ils devaient s'arrêter. D'après le patron, si le rafistolage tenait bon, il fallait compter entre un jour et un jour et demi de navigation.

Pendant le trajet, Cí se souvint du juge Feng et de tout ce qu'il signifiait pour lui. Depuis qu'il était entré à son service il avait admiré sa sagesse et ses connaissances, sa méticulosité dans le travail, l'impartialité de ses décisions et la sagacité de ses jugements. Personne n'était aussi précis dans ses observations, ni aussi efficace dans son travail. Tout ce qu'il savait, c'était avec lui qu'il l'avait appris. Il voulait être comme lui et il espérait y parvenir à Lin'an. Wang disait que là-bas les bonnes occasions se comptaient comme les mouches sur un tas de fumier, et en attendant que Feng rentre de son périple à la frontière nord du pays, il espérait qu'il disait vrai.

En pensant à Feng, le souvenir de ses parents lui revint à l'esprit. Ce fut un coup de fouet. Il s'assit pour cacher sa tristesse, mais Troisième s'en aperçut et s'approcha de lui, inquiète. Quand la petite lui demanda ce qu'il avait, Cí attribua sa fatigue à la faim. Il coupa une tranche de jambon pour donner le change à sa sœur et lui en offrit une autre. Puis il lui caressa les cheveux et la porta jusqu'à la proue.

Cí n'avait pas encore commencé à manger quand la prostituée vint s'asseoir près de lui. Ce faisant, elle effleura ses mains, mais lui, honteux de ses brûlures, les retira avec brusquerie.

— Je t'ai entendu, quand tu me défendais…

— Ne te fais pas d'illusion. Je l'ai fait pour ma sœur. – Sa proximité l'incommoda.

— Tu crois encore que je t'ai trompé ?

— Même un enfant le croirait. – Il sourit avec amertume.

— Tu sais ? (Elle se leva, provocante.) J'ai cru un moment que tu étais différent. Que tu avais vu quelque chose en moi. Mais tu sais pas ce qu'une femme comme moi doit supporter. Je travaille depuis que je suis née et tout ce que je possède, c'est ce corps souillé et maltraité, ces cheveux pleins de poux et une robe de mendiante. J'ai même la sensation que ma vie ne m'appartient pas…

La jeune fille se mit à pleurer, mais cela n'émut pas Cí.

— Il n'y a rien que je doive comprendre.

Il se leva et regarda Wang tandis que celui-ci manœuvrait le gouvernail, le menton levé, comme s'il pouvait ainsi aspirer plus profondément le parfum que le vent volait à l'eau. Sa silhouette confiante le calma. Il pensa se rasseoir près de la *fleur*, mais il n'avait pas envie de discuter avec la jeune femme. Il n'avait envie de rien.

Bien qu'il eût prévu de passer la nuit à veiller sur Troisième, il se surprit à jeter des regards furtifs du côté de Parfum de Pêche. Il le fit en cachette, protégé par les ombres que jetait la lanterne vacillante indiquant la position de la gabarre. Plus il la contemplait, plus elle le fascinait ; la gracilité de ses mouvements l'émerveillait, de même que l'apparente délicatesse de son regard, la douceur de sa peau et la rougeur presque imperceptible de ses joues. Il n'arrivait pas à comprendre pourquoi il avait gaspillé ses dernières pièces d'argent pour elle.

Soudain il frémit, lorsqu'il croisa dans l'obscurité les yeux en amande de Parfum qui le regardaient, comme si un éclair intense avait illuminé la nuit et découvert ses parties honteuses. Mais elle ne baissa pas les yeux, impassible, tandis que son regard à lui succombait, maladroit, comme celui d'une proie hypnotisée.

Il la vit s'approcher en ondulant, sur ses petits pieds de héron, venir lentement le prendre par la main et l'emmener dans la chaloupe vide. Son cœur trembla lorsqu'il sentit ses mains le frôler et se perdre sous sa chemise ; son entrejambe vibra, effrayé, lorsqu'il perçut les doigts agiles qui entouraient son sexe avec dextérité. Il tenta de s'écarter, mais elle posa ses lèvres sur les siennes, les attrapant, pour les gober et les savourer tandis qu'elle s'asseyait à califourchon sur lui. Cí ne comprenait pas pourquoi il se méfiait alors qu'en lui sa douleur s'apaisait, ni pourquoi ce corps de miel parfumé énervait ses sens alors que la crainte le rongeait ; pourquoi désirait-il se perdre en elle, se submerger en elle avec la voracité de l'affamé, avec l'avidité du miséreux tandis que sa résistance s'évanouissait au goût de fruit macéré de sa bouche, dont il buvait le poison, une liqueur grisante et obscure qui dominait sa peur et nourrissait son désir.

— Non ! murmura Cí sur un ton sans réplique lorsque Parfum essaya de lui ôter sa chemise. – Elle fut surprise, mais il la laissa baisser son pantalon.

Il crut mourir quand la jeune femme remua lentement ses hanches en un va-et-vient profond et continu, se pressant contre son ventre comme si elle voulait absorber chaque soupir, chaque partie de son corps ; elle guidait ses mains blessées jusqu'à ses petits seins d'où semblaient jaillir d'imperceptibles gémissements qui l'enflammaient, l'enivraient, et le transportaient dans un monde à peine connu dans lequel la douleur s'échappait pour se transformer en un plaisir indescriptible.

Cí caressa ses joues, il suivit la douce courbe de son cou, glissa sa bouche à la recherche de sa nuque, où il aspira la naissance parfumée de ses cheveux tandis que son ardeur croissait et que son urgence augmentait. Parfum accéléra ses mouvements, se colla à lui, rampant comme si elle n'avait pas d'os, la respiration haletante, et donna à Cí l'envie de la dévorer. Elle pressait son membre dans un torrent de frissons qui tentaient de détruire la digue qui les contenait, son sexe en elle et sa langue dans la sienne ; le désespoir inonda Cí lorsque la jeune femme explosa et le serra dans ses bras, s'accrochant à lui comme si sa vie lui échappait.

Le lendemain, Wang le trouva endormi dans la chaloupe, épuisé et affaibli, comme s'il s'était soûlé. Il rit à gorge déployée lorsque, après l'avoir secoué, il le vit essayer de remettre son caleçon.

— C'est donc pour ça que tu la voulais, hein, fripon ? Allez, secoue-toi et va ramer. La Cité de la Mort nous attend.

10

Il trembla en l'apercevant.

Pour Wang, aborder la Cité de la Mort équivalait à un périlleux jeu de hasard dans lequel non seulement on avait les plus mauvaises cartes, mais en plus on pariait les mains liées. Cette ville était un nid de hors-la-loi, de criminels, de bannis, de trafiquants, de spéculateurs, de tricheurs et de prostituées prêts à tondre le premier étranger qui débarquait. Il en savait quelque chose, car la cicatrice sur son ventre se chargeait de le lui rappeler chaque matin. Cette fois, cependant, l'habituel brouhaha du port paraissait avoir été englouti par un étrange silence. Le quai était abandonné, avec des centaines de barcasses amarrées, tels des spectres noyés dans la brume. L'unique son perceptible était celui du clapotement qui berçait les embarcations dans une danse lugubre.

— Restez sur vos gardes, prévint-il.

La gabarre glissa entre les bateaux vides en direction de l'embarcadère où, de temps à autre, ils apercevaient des silhouettes furtives qui couraient d'un entrepôt à un autre. En passant près d'une chaloupe, Cí découvrit un cadavre flottant au-dessus d'une flaque de sang vomi. À peine l'eut-il dit qu'il en vit plusieurs autres qui surnageaient au loin.

— C'est la peste ! hasarda l'homme d'équipage. – Son visage reflétait la terreur.

Wang acquiesça de la tête. Cí se plaça près de Troisième, et Parfum de Pêche se réfugia derrière eux. Il essaya d'apercevoir la berge à travers la brume, mais ne distingua rien.

— Poursuivons vers l'aval, décida Wang. Toi, prends une perche, ordonna-t-il à la prostituée.

Au lieu de lui obéir, Parfum s'empara de Troisième et menaça de la jeter à l'eau.

— Mais on peut savoir ce que tu fais ? cria Cí en s'approchant d'elle. – La prostituée fit à nouveau mine de la jeter dans le fleuve. Troisième se mit à pleurer.

— Je t'assure que je la jetterai. – Son joli minois était devenu un horrible masque.

— Mais si je t'ai…

— L'argent ! l'interrompit-elle. L'argent ou je la balance !

— Que tu sois maudite ! Lâche ma sœur !

— Envoie-moi l'argent ! Tout de suite ! (Elle recula. Cí la suivit, mais la jeune femme souleva la fillette au-dessus de l'eau.) Fais un pas de plus et…

— Non, Cí, l'eau est empoisonnée, l'avertit Wang.

Cí s'arrêta. Il avait entendu parler de la terrible maladie qu'engendrait l'eau du fleuve. Il demanda à Wang d'obéir, mais le vieux ne broncha pas. Il avait déjà perdu trop d'argent et n'était pas disposé à en perdre davantage.

— Je te propose quelque chose de mieux, dit Wang. Laisse la petite et fiche le camp, ou je te jette moi-même à l'eau avec un bâton entre les fesses.

— Tu lui as demandé, à lui, s'il est d'accord ? dit la prostituée en faisant allusion à Cí. Donne-moi l'argent tout de suite, vieux salaud !

Wang saisit un bâton et le brandit devant le regard abasourdi de Cí.

— Mais que faites-vous ? Par tous les dieux, don-nez-lui l'argent, le supplia le jeune homme.

Wang fit mine de baisser le bâton mais, brusque-ment, porta à deux mains un coup de côté qui atteignit la prostituée à la tête, lui faisant lâcher Troisième. Se voyant libre, la fillette courut vers Cí, mais Parfum de Pêche parvint à l'attraper par la jambe et la jeta à l'eau. Cí pâlit. Troisième ne savait pas nager et elle coulerait comme une pierre. Il aspira de l'air et se lança derrière elle. Il plongea dans les eaux troubles, regardant d'un côté et d'autre sans la voir. Il la chercha jusqu'à ce qu'il sente ses poumons exploser. Il remonta pour prendre une bouffée d'air. Il cracha de l'eau et cria son nom. Il ne parvenait pas à la localiser. Puis il la vit émerger à deux ou trois corps de lui, mais elle disparut sous une autre chaloupe. Cí nagea vers elle en agitant les bras de toutes ses forces. Arrivé à la hauteur de la chaloupe, il plongea sous les planches ; lorsqu'il la trouva, son visage s'altéra. Troisième restait immergée, ses vête-ments accrochés à la coque de l'embarcation. Elle ne bougeait pas. Ses yeux restaient clos et un chapelet de bulles s'échappait de son nez. Elle était absolument inerte. Désespéré, il arracha sa chemise et la remonta à la surface. La petite ne respirait pas. Il la secoua, criant son nom.

— Je t'en prie, ne meurs pas.

Il sentit quelque chose dans son dos. C'était Wang qui lui tendait une perche. Il l'attrapa et, sans lâcher sa sœur, se hissa dans la gabarre. Le patron coucha Troisième sur le ventre et agita ses bras.

— Cette grande pute… Apportez-moi une couverture.

Wang continua à secouer la petite, appuyant la main sur son dos à plusieurs reprises, la relevant et la recouchant. Les minutes s'écoulaient. Cí voulut l'aider, mais Wang l'écarta. Il essaya de nouveau, sans succès, lui donnant de petites tapes et essuyant son visage, jusqu'à ce que, soudain, la petite vomît. Cí resta dans l'expectative, attentif à chaque grimace ou son que pouvait émettre la fillette. Troisième toussa une fois. Enfin, les quintes de toux se succédèrent et la petite se mit à pleurer. Quand Cí la prit dans ses bras, il ne put s'empêcher de l'imiter.

De la bouche de Wang, Cí apprit la fuite de Parfum de Pêche. La jeune femme avait profité de la confusion pour détacher la chaloupe et mettre pied à terre sur le quai. D'après le patron, Parfum n'avait fait qu'attendre une occasion, laquelle s'était présentée à elle avec les eaux vénéneuses[*].

— Maudite pute ! Je sais pas ce qu'elle a bien pu te faire cette nuit, reprocha Wang à Cí, mais ce qui est sûr, c'est qu'elle s'est bien fait payer ses services.

— Et lui, que lui est-il arrivé ? répondit Cí en montrant Ze.

L'homme d'équipage restait à terre, se tordant de douleur. Wang le regarda sans lui prêter attention.

— En essayant de l'arrêter il a accroché sa jambe à l'ancre. (Il arracha une bande de tissu et la tendit à Ze.) Allez, panse cette blessure ou tu vas inonder tout le bateau de ton sang. Et toi, change-toi avant que l'humidité te pourrisse les poumons, conseilla-t-il à Cí.

— C'est sans importance. Ça va bien, mentit-il.

Il changea son pantalon, mais garda sa chemise pour ne pas montrer ses brûlures. Il pensa à Cerise et à Parfum de Pêche. Jamais il ne referait confiance à une femme. Plus jamais. Il les haïssait.

— Tu m'as entendu, Cí ? Change ta chemise, insista Wang.

Cí ne dit rien. Il était à bout de souffle, abattu.

Tandis qu'ils naviguaient vers l'aval, Cí réfléchit à leur avenir. Troisième et lui étaient tombés dans les eaux vénéneuses. Désormais, il ne lui restait qu'à prier pour que les dieux les protègent de la maladie. Lui ne la craignait pas, mais pour sa sœur à la santé précaire, c'était une autre histoire. Si Troisième tombait malade, elle ne s'en remettrait pas. Par bonheur, sa température restait stable et elle ne toussait pas, mais là s'arrêtait leur chance, car Wang, las des problèmes, lui avait déjà annoncé son intention de les débarquer dans le premier village qu'ils rencontreraient.

Soudain, un hurlement l'arracha à ses réflexions. Se retournant, il vit Ze allongé à la proue, qui grouinait comme un cochon. Jusqu'à cet instant l'homme était resté à son poste, maniait la perche avec force, mais en essayant de déplacer un ballot il avait perdu l'équilibre et s'était écroulé. Quand Ze permit enfin qu'on s'occupe de lui, Cí prit sa tête entre ses mains. Apparemment, le marin avait tu la gravité de sa blessure pour ne pas ralentir la fuite. Lorsque Wang s'en aperçut, il maudit son sort. Cí constata qu'au lieu d'y porter remède, le bandage n'avait fait que dissimuler l'entaille produite par l'ancre. Lorsqu'il eut terminé de retirer le bandage, il vit la terrible coupure qui à la hauteur du tibia laissait une partie de l'os à nu.

— Je vais continuer à ramer patron…, s'excusa Ze.

Wang hocha la tête. Il avait vu beaucoup de blessures, et celle-là n'était vraiment pas belle. Cí termina de l'examiner, l'air préoccupé.

— Il a de la chance que les tendons n'aient pas été touchés. Mais la blessure est profonde. Il faudrait la fermer avant que la pourriture ne dévore la jambe, déclara-t-il.

— Bon. Et comment faisons-nous, *docteur* ? On la lui coud avec de la ficelle ? ironisa Wang.

— À combien sommes-nous du prochain village ? – En posant la question, Cí se souvint que Wang avait menacé de les débarquer dès qu'ils accosteraient.

— Si ce que tu cherches est un sorcier, oublie-le. Je ne me fie pas à ces profanateurs.

Cí acquiesça. En général, les paysans méprisaient les rebouteux, métier qui se transmettait de pères en fils avec le même intérêt que celui qui hérite d'un vieux panier. Mieux considérés, mais beaucoup plus rares, étaient les guérisseurs : ces hommes connaissaient non seulement les plantes, les infusions et les onguents, mais ils maîtrisaient en outre l'art de l'acupuncture et de la moxibustion[*]. C'est seulement lorsque ces derniers considéraient qu'un malade était perdu qu'on faisait appel aux sorciers, à la fois alchimistes et devins, charlatans pour la plupart, dont les connaissances rudimentaires de la pratique chirurgicale heurtaient les commandements confucianistes, lesquels interdisaient formellement l'ouverture des corps. Voilà pourquoi ceux, fort rares, qui s'y risquaient étaient qualifiés de profanateurs. Mais pendant les années qu'il avait passées auprès de Feng, Cí avait appris que les viscères, les os et la chair d'un homme différaient peu de ceux d'un cochon. C'est sans doute pour cette raison que lorsqu'il voulut fouiller dans la blessure, Wang l'en empêcha.

— Attention ! Je le préfère boiteux que mort.

— Je connais un peu la médecine, assura Cí. Au village on me chargeait de soigner les blessures de notre buffle. Si Ze est aussi bête qu'il en a l'air, il ne sera pas très différent…

Ze consentit en gémissant. Il savait que jusqu'à Fuzhou il n'aurait pas d'autre aide que celle que Cí pouvait lui apporter.

Cí se prépara. Ce n'était pas la première fois qu'il affrontait une intervention de cette nature. En fait, il en avait beaucoup pratiqué du temps où il fréquentait l'université. Il nettoya la blessure avec du thé bouilli et prêta attention au mouvement du bateau. Tandis qu'il appliquait le thé, il retira les fibres du pantalon qui restaient collées à la blessure. La coupure commençait sous le genou et continuait parallèlement au tibia jusqu'à une largeur de paume de la cheville. Sa profondeur et la manière dont elle saignait l'inquiétaient. Lorsqu'il eut terminé de la nettoyer, il demanda à Wang de se rapprocher de la berge.

— C'est tout ? Tu as déjà fini ?

Cí fit non de la tête. Il n'avait pas d'aiguilles et de fil de soie, mais une fois il avait eu l'occasion d'assister à l'examen d'un cadavre dont les blessures avaient été suturées en utilisant les « grosses têtes ». Il fit part à Wang de l'idée qui lui était venue.

— Elles habitent dans les joncs. Il sera facile d'en trouver, ajouta-t-il.

Wang plissa les lèvres, dubitatif. Tout ce qu'il savait de ces bestioles, c'est que leur morsure était capable de réveiller un mort. Il ne faisait pas confiance à Cí, mais il voulait jeter un coup d'œil à la réparation de la coque, aussi accepta-t-il d'approcher la gabarre de la berge.

Ils jetèrent l'ancre près d'un delta jaunâtre, à l'embouchure d'un affluent qui se traînait comme un serpent moribond. À cet endroit, la boue ocre contrastait avec le vert des joncs élancés qui formaient un bosquet touffu. S'il avait projeté de s'enfuir, cet endroit eût été idéal. Mais tout ce que voulait Cí, c'était bien faire son travail.

Bientôt il aperçut les petits monticules de boue séchée qui, camouflés dans la jonchère, indiquaient la présence des fourmilières. Cí poussa un soupir de satisfaction. Il s'agenouilla près des premiers insectes qui attaquaient déjà ses jambes et enfonça son bras jusqu'à l'aisselle dans l'un des tumulus. Puis il l'agita comme s'il voulait en arracher les entrailles. Il le sortit couvert d'un mélange de boue et de fourmis affolées s'acharnant à enfoncer leurs énormes mandibules dans le bras qui avait perturbé leur train-train. Cí se réjouit de ne pas sentir la douleur. Il récupéra un à un les insectes, il les déposa soigneusement dans un flacon qu'il ferma d'un bout d'étoffe et revint en courant à la gabarre.

Constatant que des « grosses têtes » pullulaient encore sur son avant-bras, Wang essaya de les lui enlever.

— Par tous les dragons, fiston ! Tu sens donc pas les morsures ?

— Si, bien sûr, mentit Cí. Elles pincent comme des diables.

Il regarda les insectes qui s'acharnaient contre son bras.

Avec le temps, il avait pris l'habitude de cacher son don insolite aux étrangers. Dans son enfance, l'absence de douleur avait éveillé l'admiration des voisins, qui faisaient la queue au pied de son berceau pour constater combien il résistait aux pincements de ses grosses joues et aux brûlures de la moxibustion. Mais à l'école les choses avaient changé. Les maîtres s'étonnèrent des coups de baguette qu'il était capable de supporter sans émettre une plainte et les autres enfants envièrent cette étrange qualité qui le rendait supérieur aux autres. Alors ils s'acharnèrent à démontrer que si on le punissait suffisamment, lui aussi se plaindrait. Si bien que les jeux devinrent de plus en plus violents, allant de la simple gifle à la pure cruauté. Peu à peu, Cí apprit l'art de la simulation et lorsqu'il percevait le moindre frôlement il hurlait et braillait comme si on lui avait ouvert la tête à coups de pierres.

Il secoua les fourmis qui essayaient de s'échapper du flacon et regarda Ze.

— Tu es prêt ?

L'homme acquiesça.

Cí saisit le premier insecte entre l'index et le pouce de la main droite, l'approcha prudemment du bord de la plaie tandis que de l'autre main il maintenait la blessure fermée. Ze le regarda, surpris. Au contact de la peau, la fourmi étira ses mandibules, scellant les deux bords de la balafre. Aussitôt, Cí lui arracha l'abdomen, laissant la tête collée, puis il prit un autre insecte. Minutieusement, il répéta l'opération en posant la nouvelle fourmi un peu plus bas, et continua ainsi tout au long de la blessure.

— Voilà. Dans deux semaines tu arraches les têtes. Ce ne sera pas compliqué. La blessure aura alors cicatrisé et...

— Lui ? intervint Wang. Mais comment veux-tu qu'il enlève ces pinces ?

— Eh bien... Il n'a qu'à utiliser la lame d'un couteau.

— Même pas en rêve, fiston. Tu vas pas l'abandonner maintenant.

— Je... Je ne comprends pas... Vous avez dit que vous nous débarqueriez à la prochaine bourgade.

— Eh bien si je l'ai dit, tu l'oublies. En plus, ne crois pas que tu es invité. Dans son état, Ze est incapable de ramer et je peux pas piloter le bateau tout seul ; tu vas prendre sa place jusqu'à ce que nous arrivions à Lin'an.

— Mais, monsieur, je...

— Et ne t'avise pas de me demander un salaire ou je te jette moi-même par-dessus bord. C'est clair ?

Cí acquiesça tandis que le patron faisait demi-tour pour se diriger vers le gouvernail. Malgré la mine bourrue de Wang, Cí comprit que le vieil homme venait de leur sauver la vie.

*

Au cours de la semaine suivante, Cí ne quitta pas sa sœur. Malgré ses prières, la fièvre apparut ; les médicaments faisaient de l'effet, mais il craignait qu'ils s'épuisent. Dès qu'ils arriveraient à Lin'an, la première chose qu'il ferait serait de se procurer une quantité suffisante de médicaments pour la soigner.

Lorsqu'il n'était pas auprès de Troisième, il travaillait dur. Il poussait la perche de toutes ses forces, nettoyait le pont et assurait la charge, protégé par des gants épais que Ze lui avait prêtés pour déplacer les planches. De temps en temps, Wang le pressait de vérifier la profondeur du fleuve ou d'écarter une branche, mais en général il ne le rudoyait pas trop, car le courant se chargeait de propulser la gabarre. Un après-midi, alors qu'il nettoyait le pont, Wang l'appela.

— Fiston, attention ! Couvre la petite et n'ouvre pas la bouche !

Le ton de sa voix effraya Cí. Levant les yeux, il vit une gabarre, occupée par deux hommes et un gros chien, s'approcher sur un flanc. L'un deux avait le visage tavelé. Wang murmura à Cí de laisser tomber le nettoyage et de prendre la perche.

— Quelqu'un à bord s'appelle-t-il Cí Song ? cria celui dont la figure était tavelée.

Wang regarda Cí qui tremblait tandis qu'il cachait sa sœur sous une couverture. Le patron se tourna vers le nouveau venu.

— Cí ? Quelle sorte de nom stupide est-ce là ? dit-il en riant.

— Contente-toi de répondre ou tu goûteras de mon bâton ! (L'homme montra le sceau qui l'accréditait en

145

tant que gendarme.) Mon nom est Kao. Qui as-tu à ton bord ?

— Désolé, s'excusa le patron. Je suis Wang, né à Zhunang. Et le boiteux est Ze, mon homme d'équipage. Nous naviguons vers Lin'an avec un chargement de riz que…

— Je ne veux pas savoir où vous allez. Nous cherchons un garçon qui a embarqué à Jianyang. Nous pensons qu'il est accompagné d'une gamine malade…

— Un hors-la-loi ? parut s'intéresser Wang.

— Il a volé de l'argent. Et lui, qui est-ce ? demanda-t-il en montrant Cí du coin de l'œil.

Wang tarda à répondre. Cí serra la perche, prêt à se défendre.

— C'est mon fils. Pourquoi ?

Le gendarme le toisa d'un air méprisant.

— Écarte-toi. Je vais monter.

Cí se mordit les lèvres. S'ils inspectaient la gabarre, ils découvriraient Troisième, mais s'il tentait de l'empêcher, il signerait sa condamnation.

« Trouve quelque chose ou ils te prendront. »

Soudain, Cí, le visage marqué par la douleur, se plia sur lui-même comme si on lui avait brisé l'échine. Surpris, Wang fit mine de le secourir, mais à cet instant Cí se mit à tousser violemment. Les yeux du jeune homme s'ouvrirent démesurément, il se frappa la poitrine et, gesticulant comme s'il était en train d'agoniser, expulsa un crachat sanguinolent. Puis il se leva avec difficulté et tendit une main vers le gendarme qui, stupéfait, contemplait le sang qui coulait de la bouche de Cí.

— L'eau… par pi-tié, ai-dez-moi… – Cí s'avança vers lui.

146

Effrayé, l'homme eut un mouvement de recul tandis que le moribond s'approchait de lui. Il était sur le point de l'atteindre lorsque Cí tituba, perdit l'équilibre et s'effondra à plat ventre sur le sol, répandant un sac de riz sur le pont. Lorsque Wang l'eut retourné il découvrit le visage tremblant de Cí souillé de sang, de riz et de salive.

— La maladie de l'eau vénéneuse ! s'exclama Wang en s'écartant d'un bond.

— L'eau vénéneuse… ! répéta Kao en pâlissant.

Le gendarme recula épouvanté jusqu'à ce que ses talons heurtent l'extrémité de la gabarre. Sans tourner la tête, il sauta dans sa barcasse et ordonna à son assistant de s'éloigner.

— Rame, je te dis ! hurla-t-il comme un fou.

L'assistant sursauta et poussa la perche comme si sa vie en dépendait. Peu à peu, la barque s'éloigna vers l'aval jusqu'à se perdre au loin.

Wang se demandait encore ce qui se passait quand Cí se leva comme par enchantement.

— Mais… Mais comment as-tu fait ça ? balbutia-t-il. – Le jeune homme paraissait aussi sain qu'une pomme fraîchement cueillie.

— Ah ! Ça ? (Il ôta ses gants et cracha quelques restes sanguinolents.) Bon, ça m'a fait un peu mal quand je me suis mordu les joues, dit-il en mentant à propos de la douleur. Mais à voir la tête du type, le spectacle en valait la peine.

— Maudit menteur… !

Tous deux se mirent à rire. Wang jeta un coup d'œil au petit point qu'était devenue l'embarcation de la police, puis il se tourna vers Cí, le visage altéré.

— Ils vont sûrement à Lin'an. J'ignore ce que tu as fait, et je m'en fiche, mais écoute bien ce que je te dis : quand tu débarqueras, ouvre bien grands les yeux, y compris celui du cul. Le regard de ce Kao était celui d'un chien de chasse. Il a reniflé l'odeur de ton sang et il ne s'arrêtera pas avant d'y avoir goûté.

TROISIÈME PARTIE

11

Au cours des derniers mois, Cí avait ardemment souhaité revenir à Lin'an, mais à présent que les collines se découpaient au-dessus de la capitale, son estomac se serrait comme un soufflet comprimé. Il aida Wang à larguer l'amarre du navire qui les avait remorqués le long de la côte depuis Fuzhou et leva les yeux.

La vie l'attendait.

Dans la brume, la gabarre remonta paresseusement jusqu'au cimetière du Zhe, l'énorme estuaire où venaient mourir les eaux malades du grand fleuve pour rejoindre l'immondice du lac de l'Ouest et annoncer, par son atroce puanteur, la richesse et la misère de la reine de toutes les métropoles : Lin'an, la capitale de la grande préfecture, l'antique Hangzhou, le centre de l'univers.

Un soleil timide baignait les centaines de bateaux qui, asphyxiés dans un empan d'eau, luttaient contre l'essaim de sampans* et de jonques qui tendaient leurs voiles rigides pour éviter les imposants navires marchands, les gabarres à demi submergées, les canots à la coque vermoulue et les maisons flottantes qui s'accrochaient désespérément à la pourriture de leurs fondations.

Tout doucement, Wang conduisit sa gabarre dans l'incessante fourmilière fluviale, se mêlant aux mariniers furibonds qui se disputaient, tels des chiens un os, un endroit où naviguer calmement. La tranquillité de la traversée avait fait place à une frénésie de cris et de halètements, d'apostrophes et d'insultes teintées de menaces qui se changeaient en coups lorsque les embarcations s'entrechoquaient. Cí s'efforça d'obéir aux ordres d'un Wang tellement exalté qu'il eût été capable de jeter quelqu'un par-dessus bord.

— Maudit sois-tu ! Où as-tu appris à ramer ? brama Wang. Et toi, qu'est-ce qui te fait rire ? admonesta-t-il son homme d'équipage. Je me fiche de l'état de ta jambe. Cesse de penser à tes putains et donne un coup de main. Nous allons amarrer plus loin, à l'écart des entrepôts.

Ze obéit à contrecœur, mais Cí ne répondit pas. Il avait assez à faire pour tenir la perche avec force et empêcher qu'elle ne lui échappe.

Quand la cohue leur accorda un répit, Cí leva la tête. Il n'avait jamais contemplé Lin'an depuis le fleuve et sa grandeur l'émerveilla. Mais au fur et à mesure qu'ils s'approchaient du quai, il se remémora un paysage qui, à l'instar d'un lointain parent, semblait l'accueillir avec joie.

La ville n'avait pas changé ; imperturbable et orgueilleuse, elle s'abritait derrière les trois collines boisées qui protégeaient son flanc occidental mais laissaient exposé son front méridional, là où le fleuve la baignait. C'est seulement ainsi que s'expliquaient l'énorme fossé inondable et la prodigieuse muraille de pierre et de terre tassée qui empêchaient l'accès depuis l'eau.

Un coup sur la nuque le sortit de sa méditation.

— Arrête de bayer aux corneilles et rame.

Cí reprit son travail.

Il leur fallut plus d'une heure pour amarrer loin du quai principal, devant l'une des sept grandes portes qui, depuis le fleuve, permettaient d'entrer dans la ville. Wang avait décidé que Cí et Troisième débarqueraient à cet endroit.

— C'est le plus sûr. Si quelqu'un t'attend, il le fera près du Marché au Riz ou au pont Noir des quartiers nord, où les marchandises sont déchargées, l'assura-t-il.

Cí le remercia de son aide. Pendant les trois semaines qu'avait duré la navigation, cet homme avait plus fait pour lui que tous les habitants de son village. Il pensa que, malgré son apparente froideur et la mauvaise humeur qu'il affichait, c'était le genre de personne à qui l'on pouvait confier ses biens. Wang lui avait permis de voyager jusqu'à Lin'an et lui avait donné du travail pendant la traversée. Tout cela sans lui poser aucune question. Il lui avait dit que c'était inutile.

Cí sut qu'il ne l'oublierait jamais.

Il s'approcha de Ze pour lui dire adieu et jeter un dernier coup d'œil à sa blessure. Elle n'avait pas mauvais aspect. Il constata qu'elle cicatrisait sous la pression des mandibules des fourmis.

— Dans quelques jours, arrache les têtes. Mais laisse la tienne à sa place, hein ? – Cí lui donna une tape dans le dos. Tous deux se mirent à rire.

Il prit sa sœur par la main et jeta sur son épaule le sac qui contenait leurs affaires. Avant de débarquer, il regarda de nouveau Wang. Il allait lui réitérer ses remerciements lorsque l'homme le devança.

— Ton salaire… Et un dernier conseil : change de nom. Cí te causera des problèmes, lui dit-il en lui tendant une bourse.

En toute autre circonstance Cí aurait refusé les pièces, mais il savait que pour survivre les premiers jours à Lin'an il aurait même besoin de la bourse qui les contenait. Il enfila les pièces sur un cordon qu'il noua autour de sa taille.

— Je… – Il acheva de les enfiler et les cacha sous sa chemise.

*

Il lui en coûta de s'éloigner du patron. Pendant le voyage, son caractère bourru lui avait rappelé son père, et maintenant qu'ils se quittaient, dans sa tête résonnaient les paroles énigmatiques que Wang avait prononcées à bord de la gabarre.

« Ce gendarme a reniflé l'odeur de ton sang et il ne s'arrêtera pas avant d'y avoir goûté. » Il trembla comme un chiot devant l'énorme muraille de briques blanchies à la chaux, percée en son centre par l'ouverture de la Grande Porte. C'était le dernier écueil, la bouche du dragon dont il fallait franchir l'épine dorsale pour se colleter avec son grand rêve. Et maintenant qu'il l'avait à sa portée, il se sentait envahi d'une crainte inconnue.

« N'y pense pas, sinon tu ne le feras pas. »

— Allons, dit-il à Troisième, et, se perdant dans le tourbillon impétueux de la foule qui telle une cataracte se déversait dans la ville, ils franchirent la Grande Porte des remparts.

Derrière la gigantesque barrière, tout était comme il s'en souvenait : les mêmes huttes au bord de l'eau, la pénétrante odeur de poisson, la frénésie des commerçants et des brocanteurs se mêlant au bruit des chariots, la sueur des portefaix luttant contre les beuglements des animaux, les lanternes rouges se balançant aux portails des ateliers, les boutiques de soie, de jade et de babioles, le déballage de marchandises exotiques, les interminables étals multicolores entassés les uns sur les autres comme des carreaux de faïence empilés à la va-vite, le tohu-bohu des éventaires, les cris des vendeurs attirant les clients ou chassant les enfants, les tonneaux de nourriture et de boisson…

Ils marchaient sans but lorsque Cí sentit la main de Troisième tirer sur la sienne avec insistance. Il la trouva absorbée dans la contemplation d'un étalage de friandises tenu par une sorte de devin, aux dires d'un pompeux écriteau coloré posé aux pieds de sa petite table branlante. Il fut triste pour Troisième, car son petit visage débordait d'espoir, mais il ne pouvait dépenser le peu que lui avait donné Wang pour une poignée de friandises. Il allait le lui expliquer lorsque le devin le devança.

— Trois *qian*. Et il tendit deux bonbons à la petite.

Cí dévisagea le petit homme qui souriait comme un idiot, découvrant ses gencives nues tandis qu'il agitait la marchandise. Il était vêtu d'une vieille peau d'âne qui lui donnait un aspect à la fois ridicule et repous-

sant, rivalisant en notoriété avec un bonnet extravagant fait de branches sèches et de petits moulins à vent
sous lequel dépassait une mèche de cheveux blancs.
Le devin était ce qu'il y avait de plus ressemblant à un
singe qu'il eût jamais vu.

— Trois *qian*, insista l'homme avec un petit sourire.

Troisième voulut prendre les bonbons, mais Cí l'en
empêcha.

— Nous ne pouvons pas nous le permettre, murmura-t-il à l'oreille de la fillette. – Avec trois *qian*, il
pouvait acheter une ration de riz qui les nourrirait toute
une journée.

— Oh ! Moi je peux juste manger des bonbons !
déclara Troisième très sérieuse.

— La petite a raison, intervint le bonhomme, qui ne
perdait aucun détail. Tiens. Goûte un peu. – Et il lui
en offrit un morceau enveloppé dans un beau papier
rouge.

— N'insiste pas. Nous n'avons pas d'argent. (Cí
écarta sèchement sa main.) Viens, allons-nous-en.

— Mais cet homme est un devin, pleurnicha
Troisième tandis qu'ils s'éloignaient. Si on lui achète
pas les bonbons il va nous jeter un sort.

— Cet homme est un charlatan. S'il était vraiment
devin, il aurait deviné qu'on ne peut pas les acheter.

Troisième acquiesça. Elle se racla un peu la gorge et
toussa. En l'entendant, Cí s'arrêta net. Il reconnaissait
cette toux.

— Tu vas bien ?

La petite toussa de nouveau, mais elle fit un signe
affirmatif de la tête. Cí ne la crut pas.

En chemin vers l'avenue Impériale, Cí regarda autour de lui. Il connaissait bien cet endroit. Il connaissait tous les fouinards, les paresseux, les bateleurs, les miséreux, les charlatans et les voleurs qui pullulaient dans ces parages. Il connaissait toutes leurs ruses : celles qu'ils savaient et celles qu'ils pouvaient inventer. À l'époque où il travaillait sous les ordres du juge Feng, il n'y avait pas eu un jour où, pour résoudre un crime, ils n'étaient venus dans ce faubourg extra-muros. Et il s'en souvint avec crainte. Les femmes s'y vendaient aux coins des rues, les hommes y languissaient, consumés par la boisson, un mauvais regard pouvait vous ôter la vie et un geste inapproprié vous expédier dans le canal. Cela faisait partie des choses normales. Mais les mouchards y habitaient et pour cette raison les enquêteurs de la police le fréquentaient. Par sa situation près du port, entre l'ancienne muraille intérieure et celle extérieure qui entourait la ville, c'était le faubourg le plus pauvre et le plus dangereux de Lin'an. Voilà pourquoi il s'inquiétait de ne pas savoir où ils dormiraient cette nuit-là.

Il maudit la loi qui obligeait les fonctionnaires à établir leur lieu de travail dans une ville différente de celle où ils étaient nés. La mesure avait été promulguée pour éviter les actes de népotisme, de prévarication et de corruption qui pouvaient exister entre parents, une manière de réduire la tentation de profiter de sa charge pour en faire illégalement bénéficier ses proches. Mais la conséquence négative était qu'elle séparait les fonctionnaires de leur famille. Il n'avait donc personne à Lin'an. En réalité, il n'avait personne nulle part. Ses oncles paternels avaient émigré dans le sud et ils étaient morts lors d'un typhon qui avait dévasté la côte. Il ne savait rien de la famille de sa mère.

Ils devaient se presser. Avec le crépuscule, les altercations se succédaient dans le faubourg. Ils devaient trouver ailleurs un abri.

Troisième se plaignit, non sans raison. Cela faisait un moment qu'elle supportait les gargouillis de son estomac, mais Cí ne semblait pas y prêter attention, aussi s'arrêta-t-elle tout net.

— Je veux manger !

— Nous n'avons pas le temps maintenant. Lève-toi si tu ne veux pas que je te traîne.

— Si on ne mange pas, je vais mourir et alors tu devras me traîner partout. – Son petit visage reflétait sa détermination.

Cí la regarda, affligé. Malgré la nécessité de trouver un logement, il se rendit compte qu'il leur faudrait s'arrêter. Il chercha un étal de nourriture dans les environs, mais tous lui parurent horriblement chers. Finalement, il en trouva un devant lequel se pressaient des mendiants. Il s'approcha avec dégoût et demanda les prix.

— Tu as de la chance, mon garçon. Aujourd'hui, nous les offrons. – L'homme avait une odeur aussi répugnante que les mets qu'il proposait.

Le cadeau d'une ration de nouilles coûtait deux *qian*, et cela parut un vol à Cí. Mais c'était la moitié de ce que demandaient les autres commerces, aussi achetat-il une portion que l'homme versa sur un papier sale pour ne pas la lui servir dans les mains.

Troisième fit la moue. Elle n'aimait pas les nouilles, car c'était l'aliment des barbares du Nord.

— Eh bien tu devras t'en contenter, lui indiqua Cí.

158

La petite en prit un peu avec ses doigts et les mit dans sa bouche avant de les recracher, écœurée.

— Elles ont un goût de linge mouillé, se plaignit-elle.

— Et comment sais-tu le goût qu'a le linge ? lui reprocha Cí. Arrête de te plaindre et mange comme je le fais.

Cí en prit une bouché et la recracha.

— Par le grand démon ! Mais qu'est-ce que c'est que cette cochonnerie ?

— Cesse de te plaindre et mange, lui répliqua Troisième satisfaite.

Cí jeta les nouilles pourries à terre, évitant de justesse que deux misérables le renversent en se précipitant sur les restes. En voyant comment ils les dévoraient, il regretta de les avoir jetées. Finalement, il acheta deux poignées de riz bouilli à un autre étalage, tout en déplorant l'escroquerie. Il attendit que Troisième eût terminé sa ration et il lui céda la sienne lorsqu'il comprit qu'elle avait encore faim.

— Et toi, qu'est-ce que tu vas manger ? lui demanda la fillette, les joues pleines.

— J'ai déjà mangé une vache. – Et il éructa pour le démontrer.

— Menteur, dit-elle en riant.

— C'est vrai, pendant que tu dormais. – Cí sourit et mangea les restes de riz avec avidité, feignant de ne faire qu'y goûter.

Troisième se remit à rire, mais une quinte de toux la secoua. Cí nettoya ses doigts avant de la secourir. Les crises étaient de plus en plus fortes et fréquentes. Il était terrifié à l'idée que la petite finît comme ses sœurs. Peu à peu, la toux se calma, mais sur le visage de Troisième la douleur persistait.

— Tu vas aller mieux. Attends.

Il fouilla rapidement dans sa musette. Ses doigts tremblaient, incapables de trouver le remède. Il vida le contenu et le répandit violemment sur le sol pour finir par trouver quelques racines sèches. C'était la dernière dose de plantes, à peine quelques brins. Bientôt il lui en faudrait d'autres. Il les lui mit dans la bouche en lui disant de les mâcher. Troisième savait ce qu'elle devait faire. Dès qu'elle les eut avalées, la toux s'apaisa.

— Ça, c'est parce que tu as mangé trop vite, minimisa-t-il, mais son visage le trahit.

— Je suis désolée, dit-elle.

Le cœur de Cí se serra.

*

Il était urgent pour lui de trouver un endroit où prendre soin de la petite, aussi s'acheminèrent-ils vers la colline du Phénix, le quartier résidentiel où se situait la maison qu'ils avaient habitée quelques mois plus tôt à l'extrémité sud de la ville. Évidemment, ils ne pouvaient y loger, car les maisons que la préfecture cédait à ses employés n'étaient attribuées qu'aux fonctionnaires en activité, mais il allait voir si Grand-père Yin, un ancien voisin ami de son père, pouvait les accueillir pour quelques jours.

Peu à peu, les édifices de cinq étages qui encombraient le pavé de l'avenue Impériale firent place à de petits hôtels particuliers solitaires aux avant-toits incurvés entourés de jardins soigneusement entretenus, alors qu'au tumulte et à la sueur des chaussées impraticables succédait le parfum des jasmins, que la mêlée des ballots qui oscillaient sur les balanciers de bambou et sur le dos des mules faisait place à des cortèges de serviteurs et de luxueux palanquins qu'occupaient des nobles et des dames. Pendant un instant, Cí eut l'impression de faire à nouveau partie du monde dans lequel il avait vécu autrefois.

Lorsqu'il frappa à la porte sculptée, déjà le soleil descendait. Grand-père Yin les avait toujours traités comme ses petits-enfants, mais la personne qui ouvrit la porte était sa seconde épouse, une femme hautaine et revêche. En les reconnaissant, son visage acariâtre se rida.

— Que faites-vous ici ? Auriez-vous l'intention de ruiner notre vie ?

Cí resta muet. Cela faisait un an qu'ils ne s'étaient pas vus, et au lieu d'être étonnée, cette femme semblait s'attendre à leur venue. Avant qu'elle ne lui ferme la porte au nez, Cí demanda à voir Grand-père Yin.

— Il n'est pas là ! répondit-elle sèchement. Et il ne vous recevra pas, ajouta-t-elle.

— S'il vous plaît, madame. Ma sœur est très malade…

La femme dévisagea Troisième d'un air écœuré.

— Eh bien, raison de plus pour que vous fichiez le camp.

— Qui est-ce ? – On entendit une voix lointaine que Cí reconnut être celle de Grand-père Yin.

— Un mendiant ! Il s'en va ! (Et elle sortit résolument dans le jardin en fermant la porte, attrapa la fillette par le bras et la traîna vers la rue, obligeant Cí à la suivre.) Et maintenant tu vas m'écouter ! ajouta-t-elle. Ici, tu sais, c'est une maison honnête. Nous n'avons pas besoin qu'un voleur vienne ternir notre nom respectable.

— Mais…

— Et je t'en prie, ne fais pas l'innocent ! (Elle se mordit les lèvres avant de continuer.) Ce matin un gendarme s'est présenté dans le quartier avec un gros chien. Ils ont fouillé toute la maison. Quelle honte ! Il nous a dit ce que tu as fait dans ton village. Il nous a tout raconté… Et il a dit que tu viendrais certainement par ici. Écoute, Cí, j'ignore pourquoi tu as fui avec cet argent, mais je t'assure que si ce n'était pour l'estime que nous portions à ton père, à l'instant je te traînerais à la préfecture et je te dénoncerais. (Elle lâcha le bras de la petite et la poussa vers lui.) Alors je te conseille de ne pas essayer de revenir par ici, car je t'assure que si je te revois à un *li* de chez nous, je ferai sonner jusqu'au dernier gong de la ville et il n'y aura pas un endroit à Lin'an où il te sera possible de te cacher.

Cí prit sa sœur et recula en titubant, ayant la sensation que la nuit était tombée et que le jour n'allait jamais revenir. Il était évident que l'Être de la Sagesse avait accompli sa menace de l'impliquer dans l'assassinat de Shang, ou alors que le Seigneur du Riz l'avait dénoncé pour le vol des trois cent mille *qian* que l'Être s'était appropriés en l'accusant, lui, du vol. Et le gendarme Kao, qu'il avait rencontré sur le fleuve, était son bras exécuteur.

Il imagina que le gendarme avait sans doute averti les autres voisins, aussi s'acheminèrent-ils vers les remparts pour éviter d'être découverts. De retour vers le quai, il pensa qu'ils pourraient peut-être loger dans une auberge proche du port. Bien sûr, ce n'était pas l'endroit le plus recommandable de la ville, mais les chambres n'étaient pas chères et personne ne les y chercherait.

En milieu d'après-midi, il trouva un édifice à moitié en ruine qui annonçait des chambres bon marché. Ses murs inégaux s'appuyaient sur un restaurant contigu qui exhalait une odeur de pourri. Il écarta la couverture râpée qui tenait lieu de rideau d'entrée et se dirigea vers l'employé, une espèce de brute qui somnolait dans les vapeurs d'alcool. Sans même le regarder, il tendit la main et demanda cinquante *qian* d'avance. Juste ce qu'il possédait. Le jeune homme tenta de négocier un rabais, mais l'ivrogne cracha comme si c'était le dernier de ses soucis. Cí recomptait ses pièces quand Troisième toussa. Il la regarda avec inquiétude. S'il acceptait ce prix il ne pourrait pas acheter ses médicaments.

« À moins que je trouve du travail. »

Il voulut croire qu'il y parviendrait. Après s'être assuré qu'ils auraient le droit d'évacuer leurs selles par la fenêtre, il paya la chambre et demanda si la pièce avait une porte.

— Tu crois que ceux qui logent ici ont quelque chose de valeur pour avoir besoin d'une porte ? C'est au fond, au troisième étage. Ah ! Et une chose, mon garçon. (Cí s'arrêta et l'homme lui sourit.) Je me fiche que tu baises une gamine, mais si elle meurt, fous le camp d'ici en vitesse avec elle avant que je m'en rende compte. Je veux pas de problèmes avec la police.

Cí ne le voulait pas non plus, aussi ne se donna-t-il pas la peine de répondre. Il laissa derrière lui les voix et les rires provenant des ouvertures fermées de rideaux de chaque côté du couloir et monta un escalier branlant qui semblait conduire à des cachots. Il eut un haut-le-cœur. La lumière y pénétrait à peine et ça empestait la sueur rance et l'urine. Par chance, la mansarde qu'on leur avait assignée donnait sur le fleuve, qu'on pouvait apercevoir à travers le treillis de joncs avec lequel on avait réparé le mur de briques. Par terre, une petite natte tachée de fluides desséchés invitait à tout sauf à s'y coucher, il la poussa du pied et sortit une étoffe de son baluchon. La toux de Troisième l'interrompit.

« Je dois trouver le médicament tout de suite. »

Il renifla autour de lui. La pièce était si basse qu'on pouvait à peine s'y déplacer debout. Il ne comprenait pas comment cet usurier avait pu lui demander une telle somme pour ce galetas. On semblait en outre s'être acharné à utiliser la pièce comme poubelle, car sur le sol gisaient des dizaines de baguettes de bambou, de celles qu'on emploie pour les réparations. Il les écarta et s'en servit pour construire une petite armature qu'il couvrit avec la natte pour former un caisson. Puis il barbouilla le visage de Troisième avec la saleté du sol et lui montra comment se cacher.

— Maintenant écoute-moi bien, car ce que je vais te dire est très important. (La petite ouvrit de grands yeux, qui illuminèrent son visage.) Je dois sortir, mais je reviendrai très vite. Tu te souviens quand tu t'es cachée dans le village le jour où la maison s'est écroulée ? Eh bien je veux que tu fasses la même chose maintenant derrière ces bambous, et que tu ne parles pas, que tu ne sortes pas et que tu ne te montres pas jusqu'à ce que je revienne. Tu as compris ? Si tu le fais bien, je te rapporterai les bonbons que tu as vus chez le devin.

Troisième acquiesça. Cí voulut croire qu'elle lui obéirait. De toute façon, il n'avait pas le choix.

Tandis qu'il la cachait, il adressa une prière à ses défunts, leur demandant de la protéger. Puis il chercha dans ses affaires quelque chose qu'il pût vendre, outre les quatre chiffons et le couteau qu'il avait apportés du village et pour lesquels il n'obtiendrait même pas un remerciement. Seul le *Song Xingtong*, le code pénal hérité de son père, avait quelque valeur. À condition de trouver quelqu'un qui veuille l'acheter.

En route vers le Marché Impérial, il se souvint qu'on y trouvait les meilleurs livres chez les boutiquiers installés sous les arbres qui entouraient le pavillon d'été du Jardin des Oranges ; pour gagner du temps, il descendit jusqu'au Canal Impérial et chercha une place gratuite sur les bateaux qui se dirigeaient vers le nord : en échange, il ramerait pendant le trajet. Comme il s'agissait d'une barcasse de livraison, ils durent changer plusieurs fois de canal parmi ceux qui sillonnaient le réseau intérieur de la ville, mais naviguer était tout de même le moyen le plus rapide de se déplacer dans Lin'an.

Par chance il débarqua au petit marché du livre au meilleur moment de la journée, alors que les étudiants de l'université quittaient les salles de cours pour prendre un thé en feuilletant les derniers volumes arrivés des imprimeries de Hionha. Au milieu des dizaines de jeunes aspirants fonctionnaires proprement vêtus de leurs longues blouses noires, Cí se revit un an plus tôt alors qu'il déambulait dans ce même parc à la recherche d'ouvrages de médecine légale avec lesquels combler sa soif de connaissances. Il n'en avait jamais trouvé, bien qu'il connût, grâce au juge Feng, l'existence de volumes rares. Tandis qu'il s'avançait vers les étalages spécialisés dans les textes de droit, il envia les conversations qui parvenaient à ses oreilles et lui rappelaient les mois passés à l'école supérieure : des discussions sur l'importance du savoir, sur l'inquiétude suscitée par les invasions du Nord ou sur les débats autour des derniers courants néoconfucianistes[*]. Il se blâma lorsqu'il se surprit à rêvasser à tout cela au lieu de s'efforcer de vendre le livre. Il laissa derrière lui les vendeurs de poésie et se dirigea vers les éventaires de textes juridiques, comprenant que, comme il le supposait, le code pénal était un exemplaire assez demandé. C'était sans doute pour cette raison que l'offre était variée et les prix, presque ridicules. Son attention fut attirée par une édition du *Song Xingtong* joliment reliée de soie pourpre, ressemblant beaucoup à celle qu'il portait enveloppée sous le bras. Il s'approcha du libraire et la lui montra du doigt.

— Combien ?

L'homme se leva de son tabouret et s'avança lentement pour prendre le volume. Il secoua la poussière qu'il avait sur les mains et lui montra ses pages comme s'il caressait une belle femme.

— Je vois que tu sais apprécier une véritable œuvre d'art, le félicita-t-il. Un *Song Xingtong* écrit à la main par la délicate calligraphie du maître Hang. Rien à voir avec ces copies bon marché, gravées en quantité.

Cí lui donna raison.

— Combien ? insista-t-il.

— Dix mille *qian*. Et c'est un cadeau. – Il le lui tendit pour qu'il pût l'admirer.

Cí le refusa aimablement. Il avait oublié qu'à Lin'an tout était un cadeau mais, à en juger par les nobles qui examinaient d'autres volumes, les livres qui remplissaient les casiers en bois de ce libraire devaient être d'authentiques trésors. Il remarqua alors un vieil homme portant une moustache huilée, qui s'intéressait au code que le libraire venait de lui montrer. Il portait une toge rouge vif et un bonnet assorti, une tenue qui distinguait un grand maître. Le vieil homme le feuilleta avec délicatesse et son visage s'illumina tandis qu'il caressait doucement le texte de l'ongle long de son petit doigt. L'homme demanda le prix au libraire et fit la grimace lorsque celui-ci le lui dit. Sans doute lui semblait-il cher mais, au lieu de le rendre, il continua de l'examiner. Avant de le poser à sa place, Cí l'entendit dire qu'il allait chercher de l'argent et revenir l'acheter. Il ne réfléchit pas.

— Pardonnez ma hardiesse, vénérable seigneur, l'aborda-t-il alors qu'il s'éloignait de l'éventaire. – Le vieux professeur le regarda, surpris.

— J'ai à faire maintenant. Si vous souhaitez entrer à l'académie, adressez-vous à mon secrétaire, lança-t-il sans ralentir le pas.

Cí fut surpris.

— Non. Excusez-moi, monsieur. Je vous ai vu vous intéresser à un ouvrage ancien et, par hasard, je dispose d'un exemplaire semblable que je vous vendrais bien moins cher…

— C'est sûr ? Un *Song Xingtong* écrit à la main ? dit-il méfiant.

167

Cí sortit le volume de l'étoffe qui l'enveloppait et le lui montra. L'homme le prit et l'ouvrit lentement. Après l'avoir soigneusement examiné, il le rendit à Cí, mais le jeune homme ne l'accepta pas.

— Vous pouvez le garder pour cinq mille *qian*.

— Je regrette, jeune homme, mais je n'achète pas aux voleurs.

— Vous faites erreur, monsieur. (Le visage de Cí s'empourpra.) Ce livre appartenait à mon père, et je vous assure que je ne le vendrais pas si je n'avais pas besoin d'argent.

— Très bien. Et qui est ton père ?

Cí serra les lèvres. Il ne voulait pas révéler son identité sachant qu'il était recherché. Le vieillard le regarda de haut en fronçant les sourcils. Il lui rendit le livre et fit demi-tour.

— Monsieur, je vous assure que je ne mens pas. (L'homme continua son chemin, mais Cí le poursuivit et lui saisit le bras.) Je peux vous le prouver !

Le professeur s'arrêta, contrarié. C'était déjà une insulte d'aborder un inconnu sans son consentement, plus grave était de le retenir. Cí craignit qu'il n'avertît la police qui patrouillait sur le marché, mais, par chance, il ne le fit pas. L'homme l'examina à nouveau avant de libérer son bras d'une secousse.

— D'accord. Voyons ça.

Cí se racla la gorge. Il avait besoin de cet argent. Il devait convaincre cet homme et il lui restait une seule chance. Il ferma les yeux et se concentra.

— Le *Song Xingtong*. Première section : des peines ordinaires. (Il aspira une bouffée d'air et poursuivit.) « La moins grave des peines consiste à frapper le prisonnier avec la partie la plus fine du bambou afin de lui faire honte de ses maladresses passées et de lui adresser un avertissement raisonnable sur sa conduite future. La deuxième peine est exécutée avec la partie la plus grosse du bambou pour infliger une plus grande douleur et punition. La troisième peine consiste en l'exil temporaire à une distance de cinquante *li*, afin d'obtenir le repentir et la correction du coupable. La quatrième est l'exil complet et s'applique aux criminels indésirables pour la coexistence, qui ne méritent pas encore le tourment maximum, décrétant pour eux un exil minimum de deux mille *li*. Enfin, la cinquième peine est la mort des criminels par égorgement ou strangulation. »

Il attendit que le professeur lui fît part de son approbation.

— Tu ne m'impressionnes pas, mon garçon. J'ai déjà vu ce tour d'autres fois.

— Un tour ? – Cí ne comprenait pas.

— Vous apprenez deux ou trois paragraphes et vous prétendez vous faire passer pour des étudiants, mais j'enseigne depuis de nombreuses années. Et maintenant, va-t'en avant que j'appelle la patrouille.

— Un tour ? Posez-moi des questions ! Interrogez-moi sur ce que vous voulez, monsieur ! – Il lui tendit le livre.

— Comment ?

— Ce que vous voulez, le défia-t-il.

L'homme regarda fixement Cí. Il ouvrit le volume à une page au hasard et posa son regard sur le texte. Puis il leva les yeux sur Cí, qui attendait, l'air provoquant.

— Très bien, Monsieur je-sais-tout. De la division des jours…

De nouveau Cí prit une bouffée d'air. Cela faisait des mois qu'il n'avait pas relu cette section.

« Allons… Souviens-t'en. »

Le temps passait et l'homme tapa du pied. Il allait lui rendre le livre lorsque Cí se lança.

— « La journée se divise en quatre-vingt-six parties selon l'almanach impérial. Une journée de travail comprend les six heures qui vont du lever du jour au crépuscule. La nuit en occupe six autres, ce qui fait un total de douze heures quotidiennes. Une année légale est composée de trois cent soixante jours complets, mais on comptabilisera l'âge d'un homme selon le nombre d'années du cycle comptées à partir du jour où son nom et sa naissance ont été portés sur le registre public… »

— Mais comment… ? l'interrompit-il.

— Je ne vous trompe pas, monsieur. Le livre m'appartient, mais il peut être le vôtre pour cinq mille *qian*. (Il vit que le maître ne se décidait pas.) Ma sœur est malade et j'ai besoin d'argent. Je vous en prie.

L'homme regarda le volume minutieusement relié, écrit à la main, coup de pinceau après coup de pinceau, comme le plus beau des tableaux. Le style de l'écriture était vibrant, émouvant, poétique. Il soupira en le refermant et le rendit à Cí.

— Je regrette. Il est réellement magnifique, mais… je ne peux pas te l'acheter.

— Mais pourquoi ? Si c'est à cause du prix, je peux le baisser. Je vous le laisse pour quatre mille… pour trois mille *qian*, monsieur.

— N'insiste pas, mon garçon. Si je l'avais vu avant, sans doute l'aurais-je acheté, mais je me suis déjà engagé auprès du libraire, et ma parole vaut davantage que le rabais que tu peux me proposer. De plus, il ne serait pas juste de t'enlever cette œuvre d'art en abusant de ta nécessité. (Il réfléchit un moment en contemplant le visage déçu de Cí.) Je vais te dire ce que nous allons faire : prends cent *qian* et conserve ton livre. Je vois bien que le vendre te fait de la peine. Quant à l'argent, ne t'offense pas : considère-le comme un prêt. Tu me le rendras quand tu auras trouvé une solution à ta situation. Mon nom est Ming.

Cí ne sut quoi dire. Malgré sa honte, il prit les pièces et les glissa dans son ceinturon, lui promettant qu'avant une semaine il les lui rendrait avec intérêts ; le vieil homme acquiesça avec un sourire. Il le salua courtoisement et poursuivit son chemin.

Cí rangea le livre et courut vers la Grande Pharmacie de Lin'an, le seul dispensaire public où il pourrait trouver le médicament qu'il lui fallait pour moins de cent *qian*. La Grande Pharmacie était située dans le centre de la ville ; non seulement c'était le plus grand magasin, mais il donnait également la charité à ceux qui manquaient de ressources.

« Mais il faut démontrer que le médicament est nécessaire », se lamenta-t-il.

C'était le problème. Si le malade ne venait pas personnellement à la pharmacie, le parent qui le représentait devait apporter l'ordonnance d'un médecin ou régler intégralement le coût des médicaments. Mais s'il n'avait pas d'argent pour les médicaments, comment diable pourrait-il satisfaire aux honoraires d'un médecin ? Pourtant, il poursuivit son plan car il ne pouvait prendre le risque de venir avec sa sœur et qu'un fonctionnaire les reconnût.

Aux portes de la Grande Pharmacie il se trouva au milieu de la pagaille provoquée par des familles indignées qui se plaignaient de la manière dont on les traitait. Il évita l'entrée des particuliers et se dirigea vers les comptoirs de charité, où les malades s'attroupaient en deux groupes : l'un formé par une foule d'estropiés, l'autre moins important mais plus bruyant, constitué d'émigrants chargés d'enfants qui couraient d'un côté et de l'autre.

Il venait de se ranger avec les seconds lorsque son cœur s'arrêta. Près des enfants, un agent au visage tavelé escorté par un énorme chien inspectait un par un parents et enfants, les séparant d'une poussée. C'était Kao, le gendarme qui le recherchait. Sans doute était-il au courant de la maladie de sa sœur et l'attendait-il. S'il le découvrait, il n'aurait pas la chance qu'il avait eue sur le bateau.

Il allait s'éloigner lorsqu'il vit le chien s'approcher de lui et le renifler. Ce pouvait être un hasard, bien qu'il fût également possible qu'il eût suivi sa piste à partir d'un vêtement ramassé au village. Il tenta inutilement de retenir sa respiration, mais l'animal grogna. Cí le maudit. Il imagina que le gendarme n'allait pas tarder à le remarquer. Le chien grogna encore et approcha son museau de sa main après avoir tourné autour de lui. Il pensa l'écarter et partir en courant, mais à cet instant il s'aperçut que l'animal lui léchait les doigts.

Il respira, soulagé. Ce qui l'avait attiré, c'était l'odeur des nouilles. Il le laissa faire et attendit qu'il s'en allât. Puis il recula lentement pour se placer près du groupe des estropiés. Il était sur le point d'y parvenir lorsqu'une voix le fit sursauter.

— Arrêtez-vous !

Cí obéit sur-le-champ, le cœur dans la gorge.

— Si le médicament est pour un enfant, retourne dans l'autre file ! entendit-il dans le brouhaha.

Il se tranquillisa. C'était un employé qui regardait déjà ailleurs. Mais en se retournant, il se trouva face aux yeux brillants de Kao. Cí pria pour qu'il ne le reconnût pas.

Un moment éternel s'écoula avant que le gendarme se mît à crier.

Cí prit la fuite à l'instant même où le chien, tel un éclair, lui sautait à la gorge. Il quitta la pharmacie et se précipita en bas de la rue au milieu de la foule, renversant tous les obstacles à portée de ses mains afin de ralentir la progression du chien. Il devait atteindre le canal ou c'en serait fini. Il tourna derrière des charrettes et traversa le pont, heurtant un vendeur d'huile qui l'injuria quand sa marchandise se répandit sur le sol. Par chance, le chien glissa sur l'huile renversée, permettant à Cí de prendre de l'avance. Cependant, alors qu'il commençait à se croire sauvé, Cí tituba et tomba à terre, lâchant le livre de son père. Il tenta de le récupérer, mais un rufian sorti du néant le ramassa et, en un clin d'œil, disparut dans la foule. Cí voulut le poursuivre, mais les cris du gendarme l'en dissuadèrent. Il se releva et se remit à courir. À un étalage de matériel agricole il s'empara d'une houe et continua sa course vers le canal, qu'il aperçut à un soupir. La présence d'une barcasse abandonnée le fit courir vers elle avec l'idée de s'en servir dans sa fuite, mais alors qu'il s'apprêtait à détacher l'amarre, le chien arriva sur lui, l'acculant contre un mur. L'animal, possédé par le diable, ouvrait tout grand la gueule, montrant les dents et lui barrant la route. Il regarda derrière lui et vit Kao s'approcher. Dans un instant il l'attraperait. Il brandit la houe, prêt à se défendre. L'animal tendit ses muscles. Cí serra les mains avant de porter un premier coup, que le chien esquiva. De nouveau il leva la houe, mais l'animal se jeta sur sa jambe droite et plongea ses mâchoires dans le mollet. Cí vit les crocs traverser la jambe du pantalon, mais il ne sentit pas la douleur. Il abattit la houe avec force et le crâne du chien craqua. Un second coup lui fit lâcher prise. Kao s'arrêta, abasourdi. Cí courut vers le canal et sauta à l'eau sans réfléchir. Du liquide pénétra dans ses fosses nasales lorsqu'il plongea sous la couche d'ordures, de joncs et de fruits qui flottaient sur l'eau. Il nagea sous une gabarre défoncée et s'agrippa au bord de sa coque pour reprendre haleine. Levant les yeux, il vit le gendarme brandir la houe et tenter de l'atteindre. Il retourna sous l'eau pour nager jusqu'à l'autre extrémité. Il comprit qu'il ne pourrait tenir longtemps dans cette situation. Tôt ou tard il le capturerait. À ce moment il entendit les cris qui annonçaient l'ouverture des écluses, et aussitôt se souvint du danger qu'il y avait à rester dans l'eau quand les vannes s'ouvraient, et des accidents mortels qu'elles provoquaient.

« C'est ma seule chance. »

Sans réfléchir, il se laissa emporter par le courant. La masse d'eau se précipita vers l'écluse, le bousculant dans une vague violente, l'enfonçant et l'élevant comme une coquille de noix. Passé la première vanne, le danger venait des barcasses qui allaient être propulsées par l'eau. Il nagea à perdre haleine vers la seconde vanne, essayant de ne pas être écrasé contre les digues. Lorsque la vague se brisa sur l'écluse, il parvint à s'agripper à une corde qui pendait là. Puis le niveau s'éleva rapidement tandis que les barcasses se pressaient dans le sas, menaçant de le piéger. Une fois accroché à la corde il tenta de sortir en grimpant le long du mur. Mais sa jambe droite ne répondit pas.

« Par les dieux de la brume, que se passe-t-il maintenant ? »

En s'examinant il constata la gravité de la morsure.

« Maudite bête ! »

Il prit appui sur sa jambe gauche et se hissa jusqu'au bord de la digue. De là il aperçut Kao, impuissant de l'autre côté des écluses. Le gendarme donna des coups de pied au cadavre du chien.

— Peu importe où tu te caches ! Tu m'entends ? Je t'attraperai mort ou vif, même si c'est la dernière chose que je fais en ce monde !

Cí ne répondit pas. À la surprise des présents, il partit en boitant et se perdit dans la foule.

12

Tandis qu'il se traînait dans les ruelles moins fréquentées, Cí maudit son infortune. Maintenant, pour acheter le médicament, il devrait se rendre dans l'une des herboristeries privées où, à coup sûr, il lui coûterait les yeux de la tête. Il s'arrêta dans la première qu'il rencontra, un établissement sombre se consacrant à l'achat et à la vente de racines et de préparations médicinales. Il n'y avait aucun client et, malgré cela, les patrons le regardèrent d'un air hautain, comme s'ils avaient affaire à un condamné. Cí n'y prêta pas attention. Dès qu'il eut demandé le médicament, les petits hommes chuchotèrent quelque chose entre eux avant de s'étendre sur sa rareté et la difficulté de se le procurer. Finalement, ils l'informèrent que son prix s'élevait à huit cents *qian* la poignée moulue.

Cí tenta de négocier, car tout son capital se réduisait aux cent pièces que lui avait données le vieux professeur du marché aux livres. Il dénoua sa ceinture.

— Je n'ai pas besoin d'une poignée. Le quart me suffira, dit-il, et il déposa la ceinture contenant les pièces sur un comptoir couvert de racines et de feuilles sèches disséminées au milieu d'un fouillis de champignons déshydratés, de graines, de gousses, de tiges coupées et de minéraux.

— Dans ce cas ça fera deux cents *qian*, et je n'en compte ici que cent, remarqua l'un d'eux.

— C'est tout ce que je possède. Mais c'est toujours cent *qian*. (Il regarda le local vide et fit mine de réfléchir.) Il me semble que le commerce ne marche pas bien. Mieux vaut gagner quelque chose que rien du tout.

Les hommes se regardèrent, incrédules.

— Cela sans compter que je pourrais le trouver gratuitement à la Grande Pharmacie, ajouta Cí en constatant leur impassibilité.

— Écoute mon garçon, dit le plus corpulent tandis qu'il ramassait et rangeait le remède, cette feinte est plus répétée que les grains d'un sac de riz. Si tu avais pu acheter cette racine à un moindre prix tu l'aurais déjà fait, alors donne les deux cents *qian* ou retourne d'où tu viens.

« Comment ai-je pu être aussi naïf. »

Cí pinça les lèvres et fit une dernière tentative. Il se déchaussa.

— Ils sont de bon cuir. Cent *qian* plus les chaussures. C'est tout ce que j'ai.

— Dis-moi une chose, mon garçon, vois-tu que nous ayons besoin de savates ? Allez ! Fiche le camp !

L'espace d'un instant, Cí pensa prendre le remède et partir en courant, mais comme il boitait il y renonça. Lorsqu'il quitta l'herboristerie, son désespoir était tel que si quelqu'un l'avait interrogé sur son avenir, il aurait répondu qu'il s'était achevé le jour où ses parents avaient été enterrés.

*

Il reçut le même accueil dans les autres herboristeries. Dans la dernière qu'il visita, un local minable proche du marché du port, on voulut l'escroquer en lui donnant des poudres de bambou trituré. Par chance, ayant bien des fois acheté ce remède, il connaissait sa saveur âcre et sa texture onctueuse, aussi devina-t-il la tentative de filouterie dès qu'il l'eut goûtée. Il cracha la pincée et récupéra son argent avant qu'ils ne l'empochent, mais il dut tout de même s'enfuir à toute allure, car les patrons l'accusèrent sournoisement de rompre le contrat.

Il marcha, désolé. Son monde s'écroulait.

Bien qu'il sût qu'on ne le paierait qu'avec du riz, il passa le reste de l'après-midi à chercher du travail. Il sollicita une place dans plusieurs échoppes alentour, mais toutes le refusèrent en voyant son aspect maladif et l'état de sa jambe. Au moment où il voulut la bander, la plupart des commerces avaient déjà fermé. Il démarcha également sur les différents quais, mais tous étaient remplis d'hommes de peine qui attendaient un emploi. Il se proposa comme portefaix, vendeur ambulant à la commission, serviteur, nettoyeur de boues noires, rameur et mulet de portage, mais dans la plupart des cas on l'avertit que pour trouver du travail il lui faudrait obtenir le permis des corporations qui géraient les emplois vacants, dont les bureaux étaient situés dans les montagnes proches du lac de l'Ouest et de la colline du Phénix. Quant aux autres, simplement, ils ne le regardèrent pas.

Le temps passait tandis que Troisième s'éteignait.

Le désespoir lui coupa la respiration. Il pensa voler, ou même se vendre sous les ponts des canaux, comme le faisaient les malades et les condamnés, mais cela aussi était contrôlé par la pègre organisée, des sociétés criminelles constituées de branches spécialisées allant des rapts de jeunes riches contre rançon à la caisse de paris pour escrocs, en passant par les coupeurs de bourses et les truands de peu d'envergure qui pullulaient dans les rues. Il le savait bien, car Feng les avait poursuivis pendant des années.

Tandis qu'il tentait de réfléchir, il crut distinguer au loin la silhouette du vendeur de bonbons qu'ils avaient vu le matin. L'homme était toujours vêtu de la même peau d'âne râpée, mais il avait troqué son tabouret de devin pour une sorte d'estrade de laquelle il réclamait la présence de tous ceux qui voulaient gagner des sous. Apparemment, il avait trompé un naïf qui suivait attentivement les étranges contorsions qui accompagnaient son bagou, attirant d'autres badauds. Bientôt une foule se pressa autour de lui, attirée par son boniment auquel Cí succomba aussi.

« Qu'est-ce qu'il peut bien tramer ? »

Il s'arrangea comme il put pour s'approcher davantage.

Lorsqu'il fut à quelques pas de lui, Cí pensa que non seulement cet homme était particulier par son costume, mais, à en juger par le nombre de personnes qui attendaient ses services, il devait être aussi un hâbleur de première. Outre l'étalage de bonbons, le petit homme avait placé derrière lui une sorte de scène faite d'un rideau rouge sur lequel pendaient toutes sortes de brimborions : des vieilles carapaces de tortues qu'on utilisait pour la divination, des petits bouddhas d'argile peints sans soin, des petits oiseaux disséqués, des éventails en papier mal décorés, des cerfs-volants en bambou et en soie, des bâtonnets d'encens de qualité douteuse, des foulards défraîchis, des anneaux, des ceintures, des aiguilles d'os pour les cheveux, des boîtes et des terrines fendillées, des sandales pour un seul pied, toutes sortes de cages, des colliers de perles et de coquillages, des broches, des colliers et des bracelets, des parfums de santal et d'épices, des racines médicinales, des monnaies anciennes, des pinceaux, des encres de couleur, des lampions en papier, des squelettes de grenouilles et de serpents, et mille autres objets qu'il fut incapable de reconnaître. C'était comme si, en guise de vitrine, il avait entassé sur ce rideau toutes les cochonneries dénichées dans une poubelle.

« C'est sûr, il sait exposer la marchandise. Mais comment se fait-il que tant de gens attendent un bonimenteur ? »

En s'approchant davantage il comprit.

Sur une table à moitié cachée par l'assistance, le petit homme avait placé un plateau en bois dont la surface était parcourue d'une multitude de sillons labyrinthiques qui confluaient vers le centre. Lorsqu'il parvint à l'observer de près, il s'aperçut que six couloirs y étaient creusés, chacun peint d'une couleur différente. Il s'agissait sans doute d'un circuit de courses de grillons, un réseau de conduits que les bestioles allaient parcourir pour atteindre le sucre déposé au centre.

« Et les hommes attendent pour parier sur leur bestiole favorite. »

Il poussa juste assez pour se faire une place à côté du réceptacle.

— Votre dernière chance ! Votre dernière occasion de sortir de la misère et de vivre comme les riches ! hurlait le devin. Décidez-vous, crève-la-faim ! Si vous gagnez, vous pourrez vous marier avec toutes celles que vous voulez et ensuite, s'il vous reste des forces, aller aux putes avec celles qui vous plaisent !

La promesse de chair fraîche excita plusieurs indécis, qui finirent par déposer les seules pièces qu'ils avaient dans un casier contenant les paris. Pendant ce temps, les grillons qui allaient concourir attendaient dans leurs stalles, chacun ayant le dos peint de la même couleur que la piste qui lui correspondait.

— Personne d'autre ? Personne n'a assez de cran pour se mesurer à moi ? (Il se remit à faire grand bruit.) Bande de lâches… ! Vous craignez donc que mon vieux grillon vous déplume… ? D'accord… Aujourd'hui je suis fou. Que les dieux vous pardonnent d'abuser de ce dément, car aujourd'hui est votre jour de chance. (Il attrapa son grillon qui se distinguait par la couche de peinture jaune qu'il avait sur le dos et lui arracha une patte de devant. Puis il laissa l'animal courir en boitillant dans le labyrinthe et défia de nouveau l'assistance.) Et maintenant ? Croyez-vous que vous pouvez me vaincre… ? Alors prouvez que vous en avez… – Et il saisit ses testicules qu'il secoua sous son pantalon.

Convaincus de sa folie, les derniers hésitants entassèrent des pièces dans les boîtes. L'estomac de Cí se serra. C'était là l'occasion qu'il cherchait, la manière d'obtenir l'argent dont il avait besoin pour les remèdes. Pourtant, quelque chose lui disait de n'en rien faire.

Il ne savait quelle décision prendre. Les paris allaient être fermés lorsqu'il décrocha enfin son cordon de pièces et le déposa dans la boîte bleue.

— Cent *qian*, huit contre un !

« Et que le dieu de la fortune me protège. »

— Les paris sont clos ! Et maintenant écartez-vous.

Le devin redressa son grillon boiteux, qui s'obstinait à tourner en rond dans son compartiment, gîtant sur son côté gauche. Cinq autres réceptacles de couleurs différentes, répartis sur le pourtour du labyrinthe et dirigés vers le centre au moyen de sillons, abritaient autant de grillons marqués des mêmes couleurs. Puis il couvrit le labyrinthe d'un filet de soie pour empêcher les insectes de sauter et de s'échapper.

Sur un coup de gong, le devin tendit les fils des battants qui retenaient les grillons.

— Prêts ? rugit-il.

— Prêt toi-même, répondit l'un des adversaires. Mon grillon rouge va mettre le tien en pièces et après il bouffera les morceaux.

Le devin hocha la tête avec un petit sourire et il frappa de nouveau sur le gong pour annoncer le début de la course.

À peine eut-il levé les battants que les grillons se jetèrent à une allure vertigineuse dans leurs couloirs, à l'exception du grillon du devin qui parvint péniblement à franchir la sortie.

— Vas-y, salaud ! lui cria le petit homme.

L'insecte boiteux parut l'entendre et il se mit à avancer tandis que les autres grillons progressaient à toute vitesse, étourdis par les cris des parieurs. De temps en temps, les insectes s'arrêtaient, provoquant l'hystérie de leurs propriétaires ; celle-ci atteignait son comble lorsqu'ils disparaissaient sous les passerelles et les tunnels dispersés tout au long du labyrinthe. Cí observa que le grillon rouge avançait comme une flèche vers la friandise qui l'attendait au centre. Il manquait à peine un empan pour qu'il atteignît le but lorsqu'il s'arrêta, provoquant le silence des spectateurs. L'insecte hésita un instant, comme si devant lui se dressait un mur invisible, et il revint sur ses pas malgré les gesticulations de son maître. Pendant ce temps, après être sorti du premier tunnel, le grillon du devin avait entrepris une course folle l'amenant à devancer ses adversaires.

— Maudite bestiole ! Continue ou je t'écrabouille ! rugit le propriétaire du grillon rouge quand l'animal se mit à escalader la paroi au lieu de continuer à avancer dans son sillon.

Cependant, non content de défier les cris et les tapes de son maître, le grillon grimpa et changea de couloir, provoquant une bordée d'injures en récompense de son élimination. Pendant ce temps, Cí admirait la vitesse qu'avait acquise le grillon du devin : il rattrapa celui d'un géant au moment où celui-ci pénétrait dans le tunnel qui débouchait sur la dernière partie du parcours. En émergeant du tunnel, les deux animaux s'arrêtèrent, dubitatifs.

— Allez, avance une bonne fois ! brama le géant. – Le vacarme était assourdissant.

Cí planta ses yeux sur les deux grillons. Celui à la tache jaune restait confus alors que le bleu, sur lequel il avait parié, prenait un léger avantage. Pourtant, à la surprise générale, alors que tous donnaient pour vainqueur le grillon bleu, l'insecte du devin se mit à avancer à une rapidité incroyable, au point de dépasser celui du géant à un pas du but.

Les hommes rassemblés se frottèrent les yeux devant ce qui semblait être l'œuvre d'un diable.

— Maudit salopard ! Tu nous as trompés ! brailla enfin le géant.

Le devin ne fut pas impressionné par les vitupérations de la foule qui menaçait de lui fracasser le crâne. Il attrapa le grillon jaune et le leur mit devant le nez. En effet, il lui manquait une patte de devant.

— Et maintenant fichez le camp si vous voulez pas que j'appelle la police, décocha le devin en se saisissant d'un sifflet.

Le géant, loin de s'effrayer, expédia le grillon du devin à terre d'un revers de la main et, avant qu'il pût s'échapper, l'écrasa du pied. Puis il cracha et s'éloigna en grommelant des menaces, non sans avoir juré au devin qu'il récupérerait ce qu'il avait perdu. Les autres participants ramassèrent leurs insectes et l'imitèrent. Quant à Cí, il demeura près de la table, dans l'expectative, comme s'il s'attendait à ce que, par magie, quelque chose lui révélât ce qui pour lui restait inexplicable.

« Comment diable a-t-il fait ? »

— Et toi, dégage aussi, dit le devin.

Cí ne bougea pas. Il avait impérieusement besoin de cet argent et il était convaincu que cet homme l'avait filouté. D'une manière ou d'une autre, ses yeux l'avaient trompé, bien qu'il eût vu avec une parfaite clarté l'instant où le devin avait arraché la patte au grillon qui gisait maintenant à terre, écrasé. Et pour cette raison même, il était surprise que la mort de son champion n'eût pas mis le devin dans une colère noire, qu'il demeurât impassible et fredonnât une chansonnette sans même regarder ce qu'il restait de la bestiole qui l'avait enrichi.

Profitant de ce que le devin avait le dos tourné, Cí s'accroupit près de l'insecte qui agitait encore ses pattes. À cet instant, un reflet sous l'abdomen attira son attention.

« Que c'est étrange… »

Il allait l'examiner lorsqu'il vit que le devin se retournait. Il ne réfléchit pas. En un soupir, il tendit la main et ramassa le grillon juste avant que l'homme ne le vît.

— On peut savoir ce que tu fous accroupi là ? Je t'ai dit de fiche le camp.

— J'ai perdu une pomme. (Il fit mine de ramasser un fruit perdu à terre.) Mais je viens de la trouver. Je m'en vais.

— Un moment ! Que caches-tu là ?

— Hein ! Où ça ? – Il essaya d'imaginer une réponse.

— M'énerve pas, gamin.

Cí recula de quelques pas, boitant, avant de le défier.

— N'es-tu pas devin ?

Le petit homme fronça les sourcils. Il pensa le gifler pour son insolence, mais au lieu de cela laissa échapper un rire stupide. Puis il continua de ranger l'éventaire sans s'inquiéter de ce que Cí l'observât. Lorsqu'il eut terminé, il rangea ses vieilleries dans une charrette et la tira en direction d'une taverne proche.

Cí resta à observer le grillon du devin. L'insecte bougeait à peine, aussi utilisa-t-il le bout de son ongle pour détacher avec soin la petite lame brillante toujours collée à son abdomen. Une fois dans sa main, il examina ce qui lui parut être un simple éclat de métal avec des traces de colle sur l'envers. Sa surface était lisse et on voyait qu'on l'avait taillée pour l'adapter au corps de l'animal. Il ne comprit pas son rôle. À simple vue, plus qu'une aide, cela supposait un poids supplémentaire qui devait retarder l'insecte.

Il s'interrogeait encore sur son utilité lorsque, de façon inattendue, le morceau de métal s'échappa d'entre ses doigts pour aller se coller sur le couteau qu'il portait à la ceinture. Cí ouvrit sa bouche aussi grand que ses yeux. Puis il se souvint de la forme du labyrinthe. Enfin, il fixa les yeux sur les restes de l'insecte, qu'il ramassa avec le même soin que s'il était encore vivant.

« Maudit bâtard. C'est comme ça que tu t'y prends. »

Il enveloppa le corps de l'insecte dans un chiffon et se dirigea vers la taverne où le devin était entré. Dehors, un garçon surveillait son éventaire. Cí lui demanda combien il touchait pour ce travail et le petit lui montra quelques bonbons.

— Je te donnerai une pomme si tu me laisses regarder quelque chose, lui proposa Cí.

Le gamin parut y réfléchir.

— D'accord. Mais seulement regarder. – Et il tendit la main comme un éclair.

Cí lui donna le fruit et se dirigea aussitôt vers le plateau du labyrinthe. Il allait s'en saisir lorsque l'enfant l'en empêcha.

— Si tu y touches, je l'appelle.

186

— Je vais seulement le regarder par-derrière, précisa-t-il.

— Tu as dit que tu allais seulement regarder.

— Par le Grand Bouddha ! Croque la pomme et ferme-la, lui intima-t-il.

Cí prit le plateau et l'examina avec soin. Il actionna les portes, renifla les conduits et prêta attention à leur base inférieure, dont il détacha une pièce métallique semblable à une galette qu'il escamota sous ses manches. Puis il laissa le plateau à sa place, salua le gamin et entra dans la taverne des Cinq Saveurs, prêt à récupérer son argent.

*

Il ne lui fut pas difficile de trouver le devin. Il lui suffit de voir les deux prostituées qui chuchotaient, ravies, sur la manière dont elles allaient plumer le vieux à la peau d'âne qui gaspillait ses gains derrière les rideaux.

Tandis qu'il étudiait sa stratégie, Cí regarda autour de lui. La taverne était l'un de ces bouges qui abondaient dans le port, un antre saturé de fumée de friture où des dizaines d'habitués faisaient un sort aux assiettes de cochon bouilli, de sauces cantonaises et de soupes de poisson du Zhe que servaient des garçons abrutis par les cris et les courses. L'odeur de poulet et de crevettes cuites se mêlait à la puanteur qu'exhalait la sueur des pêcheurs, des arrimeurs et des bateliers qui fêtaient la fin de la journée en chantant et se soûlant au rythme de flûtes et de cithares, comme si c'était le dernier jour de leur vie. Derrière le comptoir, sur une scène improvisée, des *fleurs* faisaient vibrer leurs hanches et entonnaient des mélodies couvertes par le vacarme, cherchant de leurs regards lascifs de futurs clients. L'une des *fleurs*, aussi petite et trapue qu'un pruneau, s'approcha de Cí sans paraître choquée par son aspect ou sa blessure, et elle frotta son postérieur mou contre son entrejambe. Cí la repoussa. Il avança sur la couche de graisse poisseuse qui lustrait le sol pour aller se placer près du rideau décoré de paysages médiocres derrière lequel se trouvait le devin. Sans réfléchir, il écarta le rideau et pénétra dans le réduit pour se retrouver nez à nez avec le petit homme qui, dans une position ridicule, remuait son cul blanc au-dessus d'une toute jeune fille. En le voyant, le devin s'arrêta, surpris, mais curieusement cela ne parut pas le déranger. Il ne lui adressa qu'un sourire crétin avec ses dents pourries et continua à s'agiter. Sans doute l'alcool lui troublait-il déjà la cervelle.

— Tu prends du bon temps avec mon argent, hein ?

Cí l'écarta d'une poussée. Aussitôt, la gamine prit la fuite en direction des cuisines.

— Mais par quels diables… ?

Avant qu'il pût se lever, Cí l'attrapa par le devant de sa chemise.

— Tu vas me rendre jusqu'à la dernière pièce. Et tout de suite !

Il allait fouiller dans sa ceinture lorsque Cí se sentit attrapé dans le dos et soulevé en l'air avant d'être jeté contre un pot de fleurs au milieu de la salle. La musique fut soudain couverte par des cris épouvantables.

— On embête pas les clients, brama le propriétaire de la taverne.

Cí regarda le mastodonte qui venait de le rosser avec la même facilité que celui qui se débarrasse d'une mouche. Les bras de cette bête étaient plus larges que ses jambes et son regard, celui d'un buffle furieux. Avant qu'il pût lui répondre, un coup de pied l'atteignit dans les côtes. Cí se releva péniblement. Le tavernier allait le frapper à nouveau, mais le jeune homme recula.

— Cet homme est un tricheur. Il m'a volé l'argent des paris.

Un autre coup de pied le secoua. Cí se tordit, bien qu'il ne ressentît aucune douleur.

— Vous êtes donc aveugles ? Il vous trompe comme des enfants.

— Ici, tout ce qu'on sait, c'est que celui qui paie est roi. – Et il lui envoya un autre coup de pied.

— Laisse-le maintenant. C'est un gamin, dit le devin en le retenant. Allons, fiche le camp avant qu'il te démolisse.

Cí se leva en s'accrochant à l'une des prostituées. Sa blessure à la jambe recommençait à saigner.

— Je partirai quand tu m'auras payé.

— Que je te paie ? Sois pas idiot, gamin. Tu veux que cette bête te fende le crâne ?

— Je sais comment tu fais. J'ai examiné ton labyrinthe.

L'expression stupide du devin se teinta d'une pointe d'inquiétude.

— Ah oui ? Assieds-toi. Et dis-moi… Qu'as-tu découvert exactement ? – Il s'approcha de son visage.

Cí sortit de sa poche la lame de métal qu'il avait trouvée collée sur le grillon, il écarta une bouteille de vin et la posa sur une table.

— Tu la reconnais ?

Le devin prit la petite lame et la regarda avec dédain. Puis il la jeta sur la table.

— La seule chose que je reconnais, c'est que tu as perdu la tête. – Mais son regard resta fixé sur le bout de fer.

— Très bien. (Il sortit la plaque de métal qu'il avait prise dans le labyrinthe et la posa avec détermination sous la table.) Dans ce cas, apprends.

Cí déplaça la pièce sous le plateau jusqu'à l'approcher de la position qu'occupait la lame sur la table. Au début, il ne se passa rien, mais tout à coup, comme impulsée par une main invisible, la petite lame sauta et s'arrêta juste à l'endroit où Cí tenait la plaque métallique. Ensuite il déplaça la main au-dessous et la lamelle suivit ses mouvements, évitant miraculeusement les verres qui étaient sur la table. Le devin se tordit, mal à l'aise sur son siège, mais il garda le silence.

— Des aimants, déclara Cí. Et ne parlons pas du répulsif au camphre dont étaient badigeonnés les derniers centimètres des pistes des concurrents, ou des portes qui bloquaient ton grillon quand il passait dans les tunnels, portes qui libéraient un deuxième grillon avec toutes ses pattes et, enfin, retenaient ce dernier pour en libérer un troisième, boiteux lui aussi, et la lame métallique collée à son abdomen. Mais bien sûr… je n'ai pas besoin de t'expliquer tout ça, pas vrai ?

De nouveau le devin le toisa. Il serra les lèvres et lui offrit un verre que Cí refusa.

— Qu'est-ce que tu veux ? – Il fronça les sourcils.

— Mes huit cents *qian*. Ceux que j'aurais gagnés grâce à mon pari.

— Eh ben dommage que tu l'aies pas découvert avant. Et maintenant fous le camp, ici je suis occupé.

— Je partirai seulement quand tu m'auras payé.

— Écoute, gamin, tu es malin, pas de doute là-dessus, mais tu me fatigues. Zhao ! (Il fit un signe au tavernier, qui attendait tout près.) Donne-lui un bol de riz. Qu'il parte, et mets-le sur mon compte.

— Je te le répète pour la dernière fois. Paie-moi ou je le raconterai à tout le monde…

— Ça suffit, l'interrompit le tavernier.

— Non ! Ça suffit pas ! beugla quelqu'un derrière, et toute la taverne se retourna comme si un régiment avait fait irruption par la porte.

Au centre de la salle se dressait, provocant, un géant encore plus imposant que le tavernier. Cí le reconnut. C'était le parieur qui avait crié vengeance : le propriétaire du grillon bleu. La mine du devin passa de l'étonnement à la terreur lorsqu'il vit le géant écarter avec rudesse tous ceux qui lui barraient le passage et s'avancer vers lui. Le tavernier tenta de le retenir, mais un violent coup de poing le renversa. Parvenu à un empan du devin, le géant s'arrêta. Il soufflait comme un animal qui savourait le doux moment. Son énorme main droite saisit le cou du devin, et de l'autre il attrapa Cí.

— Et maintenant écoutons de nouveau cette histoire d'aimants.

Cí n'en fut pas effrayé. Il méprisait les escrocs, mais plus encore ceux qui abusaient de leur force pour arriver à leurs fins. Et ce type semblait non seulement disposé à l'utiliser pour récupérer son argent, mais il donnait aussi l'impression de vouloir rafler celui de tous ceux qui avaient parié.

— C'est une affaire entre le devin et moi, le défia Cí. – Le géant serra sa griffe sur l'épaule de Cí, mais ce dernier ne se troubla pas.

— Allez au diable tous les deux ! – Et il les jeta contre une vieille persienne qui explosa en mille morceaux.

Cí se releva péniblement tandis que le géant s'asseyait à califourchon sur le devin et lui serrait le cou comme s'il s'agissait d'une oie. Le jeune homme se jeta sur lui et asséna son poing sur son dos, mais ce fut comme s'il frappait une muraille. Le géant se retourna et lui envoya une tape qui le réexpédia sur la persienne. Cí nota sur ses lèvres le goût chaud du sang. Attirés par l'odeur de la bagarre, les autres clients s'empressèrent de les entourer. Le cercle était asphyxiant et les pièces commencèrent à sortir des ceinturons pour changer de mains dans une frénésie incessante.

— Cent contre un en faveur du géant, cria un jeunot s'érigeant en caissier.

— Notes-en deux cents pour moi !

— Mille de plus pour moi !

— Deux mille s'il le tue ! intervint un troisième.

Sous l'effet de l'alcool, les hommes devenaient des loups avides de sang. Cí comprit tout de suite que sa vie était en danger. Il regarda autour de lui. Il pensa s'enfuir, mais cerné comme il l'était, il n'y parviendrait pas aisément. Au moment où il en prit conscience, le mastodonte s'était levé, frôlant presque le plafond, et le regardait avec le mépris de celui qui se prépare à écraser un cafard avant de secouer la poussière de ses chaussures. Le géant cracha alors dans ses mains et les leva vigoureusement, réclamant plus d'ardeur dans les paris. Cí pensa à Troisième. Alors il se décida.

— Ce n'est pas la première fois que je viens à bout d'un efféminé, déclara Cí.

— Qu'est-ce que tu dis ? rugit le géant, et il leva son bras pour en finir avec le freluquet, mais Cí s'écarta à temps et l'homme s'étala de tout son long.

— Je parie que tu n'es pas aussi viril que tu en as l'air, le provoqua de nouveau Cí.

— Je vais te bouffer les entrailles et je donnerai les restes aux chiens. – Il se redressa pour se jeter à nouveau sur Cí, qui une fois encore esquiva le coup.

— Aurais-tu peur qu'un pauvre boiteux te batte ? Des couteaux ! réclama-t-il.

Le géant se retourna, un sourire aux lèvres. Sans doute son rival ignorait-il qu'il était expert dans le maniement des armes blanches.

— Tu t'es condamné toi-même, bredouilla-t-il en saisissant un bol d'alcool qu'il vida d'un trait. – Il s'essuya de son bras et empoigna l'un des couteaux qu'on avait apportés des cuisines.

Cí soupesa le sien. Il était aussi affilé qu'une épée. Il se préparait à prendre position quand le jeunot qui se chargeait des paris s'interposa témérairement entre eux.

— Quelqu'un parie sur le gringalet ? dit-il avec un sourire. Allons ! Il faut que je couvre les paris ! Le gamin se déplace rapidement. Au moins pour le temps d'un assaut…

Tous éclatèrent de rire, mais personne ne misa.

— Alors je le fais pour moi, dit Cí à la stupeur générale. Huit cents *qian* ! – Et il regarda le devin, cherchant son consentement.

Le devin l'observa, surpris. Il réfléchit un instant, mordant ses lèvres avant d'acquiescer. Il fouilla sous sa chemise, sortit les huit cents pièces qui correspondaient à la dette de Cí et les remit au préposé. Puis il hocha la tête comme s'il venait de jeter l'argent et revint à son tabouret, où l'attendait déjà une nouvelle prostituée.

— Très bien. Quelqu'un d'autre ? Non ? Bon alors… Poitrine à l'air et que le duel commence !

Le géant sourit, il fit un clin d'œil à un ami et fanfaronna avec d'autres congénères sur la manière dont il allait écharper cet insolent au joli minois. Lentement, il se défit de sa blouse, laissant voir un amas de muscles qui aurait pu rivaliser avec celui d'un taureau. Sans vêtement il était encore plus immense, mais Cí n'en fut pas impressionné. Le géant attrapa un bol d'huile qu'il vida sur sa poitrine pour s'en enduire entièrement. Puis il attendit que Cí fît de même.

— Tu as chié dans ton pantalon ? lui demanda le géant en voyant qu'il ne bougeait pas.

Cí ne répondit pas. Dans une sorte de rituel, il se dépouilla de ses affaires qu'il déposa près de lui après les avoir soigneusement empilées. Il fit cela posément, avec flegme, comme s'il connaissait à l'avance son destin, ainsi que celui de l'adversaire qui l'attendait, troublé. Il défit ensuite les cinq boutons qui fermaient sa chemise, la laissant reposer sur ses épaules. Les personnes présentes le regardaient avec attention, hypnotisées par la lenteur de chacun de ses mouvements, par son calme étrange, impatients de voir se déchaîner le massacre, mais Cí restait impassible. Doucement, il ouvrit sa chemise et la laissa tomber à terre, provoquant un murmure de stupeur.

Contrastant avec l'harmonie de ses traits, tout son torse était un amas de chair brûlée ; un enchevêtrement de lambeaux cicatrisés, de peau grillée et de muscle blessé, témoins muets de quelque atroce épisode. En voyant cela, le géant lui-même recula.

Cí plia sa chemise et la posa sur une table. Alors les convives s'écartèrent pour lui ouvrir un passage.

— Je suis prêt, déclara-t-il, et la foule hurla. Mais avant… (Le public se tut, attentif.) Mais avant je veux offrir à cet homme la chance de sauver sa vie.

— Épargne-toi toute cette merde pour le moment où tu seras dans le cercueil ! répondit le géant dans un mélange de surprise et d'indignation.

— Tu devrais me prendre au sérieux. (Cí ferma à demi les paupières.) Ou crois-tu qu'il est facile de tuer quelqu'un qui a survécu à ces cicatrices ?

Le géant ouvrit une bouche stupide, mais Cí poursuivit.

— Ça ne m'amuse pas d'exécuter quelqu'un, aussi je vais te proposer autre chose. Que penses-tu du défi du dragon ? l'apostropha Cí.

Le géant cilla. Le défi du dragon équilibrait les forces, mais peu s'y risquaient. Il consistait à utiliser les couteaux pour s'infliger des blessures suivant un dessin réalisé sur leurs corps, aussi dangereuses qu'eux-mêmes le décidaient, aussi étendues et profondes que les adversaires étaient capables de supporter. Le premier à crier serait le perdant.

— Moi, je la ferais ici, sur le sein gauche, au niveau du cœur, suggéra Cí, espérant que la sensibilité de la zone jouerait en sa faveur.

— Tu crois que je suis idiot ? Pourquoi devrais-je me blesser si je peux te liquider sans une égratignure ? balbutia le géant. – Il commençait à se sentir nerveux et Cí en prit bonne note.

— Je ne te le reproche pas. J'ai déjà connu des lâches de ton espèce, aussi n'es-tu pas obligé de le faire, dit Cí bien fort afin que tous pussent l'entendre.

Le géant devina sur les visages de l'assistance la force de la bravade. Il n'avait pas peur de ce garçon, mais s'il refusait son défi, tout le monde dans le port douterait de sa virilité. Et ça, c'était quelque chose qu'il ne pouvait permettre.

Juste comme l'avait prévu Cí.

— D'accord, avorton. Tu vas avaler tes paroles avec le reste de tes dents, grogna-t-il.

La foule accueillit la décision avec jubilation et l'argent se remit à circuler. Quand les esprits se calmèrent, Cí intervint.

— Nous allons demander aux cuisiniers de s'en charger. Si personne n'y voit d'inconvénient, les règles seront celles habituelles : ils commenceront par trancher le bout du sein, ils continueront en coupant autour en suivant le mouvement d'un escargot, ils prolongeront la coupure vers l'extérieur, en allant de plus en plus profond, et ils ne s'arrêteront que lorsque l'un de nous criera de douleur.

— D'accord, accepta le géant. Mais moi aussi j'ai mes conditions.

La foule le regarda, en suspens. Cí craignit le pire, mais il ne pouvait plus reculer.

— Eh bien, dis-les !

Le géant les regarda tous un à un, jouissant de cet instant.

— Quel que soit le vainqueur, il plongera le couteau dans le cœur du vaincu.

13

Je parie dix mille *qian* sur le gamin !

Tous, y compris Cí, se tournèrent stupéfaits vers l'homme qui avait parlé.

— Il est devenu fou ! chuchotèrent-ils dans un remous.

— Il va y perdre jusqu'à ses yeux ! ajouta un autre, surpris.

Le devin n'en fut pas troublé. Il sortit un portefeuille de son pantalon et, de là, un billet qui annonçait exactement cette valeur. Le responsable des paris prit le billet afin de vérifier les sceaux et signatures imprimés côté face et, au dos, le dessin qui montrait un faussaire supplicié en guise d'avertissement. Aucun doute, il était authentique. Restait seulement à confirmer qu'il y avait suffisamment d'argent entre les parieurs pour couvrir l'hypothétique défaite du géant. Après s'en être assuré, l'homme annonça d'un coup de gong le début du duel.

Cí se plaça à trois pas du géant. À leurs côtés, deux cuisiniers préalablement instruits attendaient, tous deux munis d'un couteau sur la lame duquel ils avaient tracé les marques qui détermineraient la profondeur jusqu'à laquelle ils devraient les enfoncer. Le géant regarda les couteaux du coin de l'œil, comme qui surveille un serpent tout proche sans savoir s'il est venimeux ou pas, tandis qu'il avalait quelques dernières gorgées d'alcool. Puis il cracha et cria comme un forcené, demandant une autre bouteille.

Le défi commença.

Le premier cuisinier trempa un pinceau dans de l'encre noire et se mit à peindre le trajet qui guiderait le couteau sur la masse de muscles du géant. Puis ce fut le tour de Cí. Le second cuisinier effectua la même opération, mais en parcourant son sein gauche, il fut pris de tremblements. Sur le corps brûlé, on percevait déjà un chemin semblable, labouré dans la chair par une profonde cicatrice. Il comprit sur-le-champ que ce n'était pas la première fois que le jeune homme disputait le défi du dragon.

Tandis que le cuisinier le peignait, Cí ferma à demi les paupières pour invoquer la protection des esprits. Trois ans plus tôt, pour sauver l'honneur d'un parent, il s'était vu contraint, malgré lui, de participer à un défi semblable. Cette fois-là il avait gagné, mais il avait bien failli perdre la vie. C'était l'envers de la pièce : il ne percevait pas la douleur, mais cette absence ne l'avertissait d'aucun risque mortel. Et cette fois était encore l'une de ces occasions dont il ignorait s'il en sortirait vivant. En fait, il était possible que son couteau lui perfore le poumon avant que l'autre traverse l'épaisse couche de graisse et de muscles qui couvrait la carcasse du géant. Mais le risque en valait la peine, car Troisième avait besoin qu'il soit le vainqueur.

*

Cí avala sa salive. Le spectacle allait commencer et les rugissements assourdissants de l'assistance emplissaient la salle. On aurait dit une meute affamée et lui, il était la proie.

Il ne sentit pas la piqûre. Mais il perçut nettement le filet de sang qui gargouillait sous son mamelon et glissait sur son ventre pour aller tacher son pantalon. C'était le moment le plus compliqué. Le moindre sursaut pouvait lui faire perdre le pari. Précisément pour cela, il devait rester calme et attendre que le couteau de son adversaire fasse son travail. Il respira profondément quand la pointe commença à lui déchirer la peau. Tandis que la coupure s'allongeait, il observa face à lui l'autre cuisinier en train d'effectuer la même opération sur son adversaire.

Le géant esquissa une grimace de douleur au moment où la pointe pénétra dans l'aréole sombre, mais le sourire cynique qu'il lui adressa ensuite indiqua à Cí qu'il s'exposait à un sérieux problème. Plus l'épreuve se prolongerait, plus il se rapprocherait du cimetière.

Dans les mains des cuisiniers, les couteaux avançaient lentement mais inexorablement, s'ouvrant un passage à travers des sillons de plus en plus profonds, déchirant la graisse et les chairs, perforant les muscles, faisant jaillir le sang et lacérant des tissus qui provoquaient chez les adversaires des grimaces de plus en plus douloureuses et incontrôlées. Feintes chez Cí, mais sincères chez le géant. Cependant, la bouche du colosse restait fermée, les mâchoires serrées et le cou ferme, contracté. Seul son regard irascible, planté dans celui de Cí, était le miroir de sa douleur.

Cí comprit tout à coup que la pointe du couteau s'arrêtait sur ses côtes, à un soupir du cœur. Le cuisinier avait trop appuyé et la lame avait buté sur la côte, se coinçant entre celle-ci et le tissu cicatrisé, dur comme un tendon. Cí cessa de respirer. Tout mouvement brusque lui perforerait le poumon. Le géant évalua le rictus de Cí et, l'interprétant comme le prélude de sa victoire, demanda un autre pichet d'alcool. Cí incita son cuisinier à continuer, car s'il s'arrêtait plus qu'ils étaient convenus, il serait vaincu.

— Tu es sûr ? demanda le cuisinier. – Sa main tremblait.

« Non. »

Mais il acquiesça.

Le marmiton serra les dents, empoignant le couteau avec fermeté. Cí perçut sa tension. La peau s'étira comme de la résine et enfin céda dans un craquement. Alors le couteau avança directement vers son cœur. Sa poitrine battit sous la lame et de nouveau il retint sa respiration. Le cuisinier attendit un signe de renoncement, mais Cí ne le lui accorda pas.

— Continue, maudit salaud !

À cet instant il entendit le rire sarcastique du géant. Cí le regarda. Son torse était couvert de sang, mais l'alcool semblait avoir endormi ses sens aussi bien que sa raison.

— Qui est le lâche ? rugit-il en vidant la jarre dans sa gorge.

Cí savait que s'ils continuaient, la tragédie éclaterait. Mais il avait besoin de cet argent.

« Crie une bonne fois pour toutes. »

Soudain, comme s'il avait lu dans sa pensée, le géant hurla. Son visage devint livide et ses petits yeux abrutis se troublèrent avant de s'ouvrir avec effroi, comme s'il venait de voir une apparition terrifiante. Il se leva, trempé de sang et s'avança vers Cí en titubant, le couteau enfoncé jusqu'au manche à la hauteur du cœur.

— C'est… c'est lui qui a bougé ! balbutia le cuisinier en s'excusant.

— Di… able… de… ga… min !

Ce furent ses dernières paroles. Il fit un pas de plus et s'écroula comme une montagne, renversant tous les parieurs et les tables qui se trouvaient autour de lui.

Un charivari d'hommes tenta de le ranimer tandis que quelques-uns, peu nombreux, s'efforçaient d'empocher leurs gains.

— Filons d'ici ! Vite !

Cí n'eut pas le temps de se rhabiller. Le devin le saisit par le bras et, profitant de la confusion, le tira vers une porte à l'arrière de la taverne. Par chance, la nuit était noire et il y avait peu de monde. Ils coururent dans la ruelle qui donnait sur le canal jusqu'à un pont de pierre sous lequel ils se cachèrent.

— Prends. Couvre-toi et attends ici.

Cí prit la veste de lin qu'il lui offrait et couvrit ses blessures après les avoir nettoyées. Il attendit ensuite un moment, se demandant s'il reverrait un jour le devin. À sa surprise, il réapparut bientôt avec un sac plein d'affaires.

— J'ai dû demander au gamin à la porte de cacher les autres vieilleries dans une remise. Comment vas-tu ?

Tu as très mal ? (Cí nia de la tête.) Laisse-moi voir. Par Bouddha ! Je sais pas comment tu as pu le vaincre.

— Et moi pourquoi tu as parié sur moi.

— Je te l'expliquerai plus tard. Prends ça. (Il sortit un emplâtre et l'appliqua sur ses blessures.) Par le grand diable Swhan, comment t'es-tu fait ces brûlures ?

Cí ne lui répondit pas. L'homme finit de le bander avec un vieux bout de tissu. Puis il se dépouilla de la peau d'âne et en couvrit le jeune homme. Le froid des montagnes commençait à lui engourdir les os.

— Et dis-moi, tu as du travail ?

Cí nia à nouveau de la tête.

— Où vis-tu ?

— Ça ne te regarde pas. Tu as pu récupérer l'argent ? le coupa Cí.

— Évidemment. (Il rit.) Je suis devin, mais pas stupide. C'est ça que tu cherches ? – Il lui offrit une bourse remplie de pièces.

Cí acquiesça. Il rangea la bourse contenant les huit cents *qian* pariés convertis en mille six cents. C'était moins que ce qui lui revenait, mais il préféra ne pas discuter.

— Je dois partir, dit sèchement Cí et il se leva, prêt à s'en aller.

— Eh ! Pourquoi t'en vas-tu si vite ? Regarde-toi. Avec cette jambe tu iras pas loin.

— Je dois trouver une pharmacie.

— À cette heure ? En plus, on te soignera pas cette blessure dans une pharmacie. Je connais un guérisseur qui…

— Ce n'est pas pour moi. (Il essaya de marcher, mais chancela.) Maudite jambe !

— Malédiction ! Assieds-toi ou on va nous voir ! Ceux qui ont parié leurs salaires, c'est pas des moines bouddhistes. Dès qu'ils seront dessoûlés, ils nous tueront pour les récupérer.

— J'ai gagné honnêtement.

— Oui. Aussi honnêtement que moi avec les grillons. Moi, mon garçon, tu me la fais pas. Toi et moi, on est faits de la même glaise. Je t'ai vu quand le géant a serré ton épaule. Tu as pas bronché. Sur le moment j'ai pas relevé, mais ensuite, quand tu as montré toutes ces cicatrices et, surtout, celles qui coïncidaient avec le parcours du dragon… Allons ! C'était pas la première fois que tu jouais à ça, et ma main à couper que tu savais très bien ce que tu faisais. Et moi je te le dis : je sais pas comment tu fais, mais tu as trompé tout le monde et ce tas de muscles. Tous sauf moi, Xu le devin. Voilà pourquoi j'ai parié sur toi.

— Je ne sais pas de quoi tu parles.

— D'accord. Moi non plus j'entends rien aux aimants, mais bon… Voyons, laisse-moi jeter un coup d'œil à cette jambe. (Il remonta son pantalon et examina la blessure.) Malédiction, mon garçon ! C'est un tigre qui t'a mordu ?

Cí serra les dents. Il perdait un temps précieux et ne pouvait attendre davantage. Il n'avait pas joué sa vie à cause de Troisième pour rester caché toute la nuit.

— Je dois m'en aller. Tu connais une pharmacie ou non ?

— J'en connais une, mais on t'ouvrira pas à moins que je t'accompagne. Tu peux pas attendre demain ?

— Non. Je ne peux pas.

— Maudit gamin ! C'est bon, allons-y.

Ils avancèrent à travers les ruelles des quais, cachés par la brume. Au fur et à mesure qu'ils s'approchaient des entrepôts, l'odeur de poisson pourri se mêlait au froid dans un parfum vomitif de plus en plus épais. Plusieurs vagabonds les regardèrent avec des yeux avides, mais la claudication de Cí et la peau d'âne râpée les dissuadèrent de s'en prendre à eux. Dans le passage des arêtes, où les déchets et viscères de poisson trouvaient leur dernier usage, le devin s'arrêta. Il évita le bouillon de sang pourri qui inondait le sol et frappa à la deuxième porte d'un édifice qui ressemblait à un repaire de bandits. Un instant plus tard, la lueur d'une lanterne annonça la présence d'un homme.

— Ouvre, c'est Xu !

— Tu apportes ce que tu me dois ?

— Diable ! Ouvre ! J'amène un blessé.

Le grincement d'un verrou rouillé précéda le bruit de la porte qui s'ouvrait. Derrière apparut un homme couvert de furoncles. Il les regarda de la tête aux pieds et cracha avec dégoût.

— Tu as mon argent ?

Xu l'écarta d'une poussée et passa à l'intérieur. Si l'extérieur avait l'air d'une caverne de voleurs, l'intérieur était une porcherie. Une fois installé, Cí lui demanda le remède. L'homme fit un signe affirmatif et disparut derrière un rideau. On entendit des chuchotements.

— T'inquiète pas. C'est un rat mais on peut lui faire confiance, dit le devin.

Bientôt l'homme revint avec le médicament. Cí le goûta. C'était le bon, mais il y en avait très peu. Il en demanda plus, mais l'homme répondit que c'était tout ce qu'il avait. Il exigea mille *qian*, mais se contenta de huit cents.

— Écoute ! Donne-lui aussi quelque chose pour sa jambe, exigea Xu.

— Je n'en ai pas besoin…

— Du calme, mon garçon. Ça, c'est sur mon compte.

Le devin régla l'homme et ils sortirent du taudis. Il commençait à pleuvoir et le vent redoublait. Cí se disposa à prendre congé de Xu.

— Merci pour…

— Ça n'a pas d'importance. Écoute… j'ai pensé… Tu as dit que tu avais pas de travail…

— C'est ça.

— Eh bien… Écoute, depuis des années, mon vrai métier, c'est fossoyeur. Une profession bien payée si tu sais comment traiter les parents des défunts. Je travaille dans les Champs de la Mort, dans le Grand Cimetière de Lin'an. Cette histoire de devin, c'est seulement un travail temporaire. Dès que tu trompes deux croquants, la rumeur se répand et maintenant, le truc du grillon, c'est foutu. Il faut que je change de secteur, mais les salauds de la pègre contrôlent tout. Ou tu les paies ou tu as intérêt à fiche le camp et à t'installer ailleurs. Lin'an est grande, mais pas tant que ça.

— D'accord. Je comprends… – Il était pressé, mais ne voulait pas paraître ingrat.

— En fin de compte, pour gagner quatre *qian*, tu dois vendre des bonbons, réparer des casseroles, prédire l'avenir ou raconter des histoires. Et ce que j'ai gagné ce soir, c'est pas tellement non plus. Merde ! J'ai une famille, et le vin et les putes, ça coûte cher ! dit-il en riant.

— Pardon, mais…

— D'accord, d'accord. Dans quelle direction tu vas ? Au sud ? Viens, allons-y. Je t'accompagne.

Cí lui dit qu'il allait prendre une barque sur le Canal Impérial, maintenant qu'il pouvait se le permettre.

— C'est l'avantage d'être riche. Tu aimerais gagner plus d'argent ? – Il éclata de rire et donna un coup de coude à Cí dans les côtes, oubliant qu'il avait reçu des coups.

— Quelle question. Bien sûr !

— Eh bien comme je te le disais, le truc des grillons couvre juste les frais… Par contre, toi et moi ensemble… Je connais les marchés, les bons coins. Je sais tromper les gens, et toi avec ce don… On pourrait se faire de l'or…

— De quoi parles-tu ?

— Oui monsieur. On ferait ça avec prudence. Pas comme avec ce géant, non. On cherchera des gueux, des bravaches, des rufians, des charlatans et des fanfarons ivres… Le port est plein d'imbéciles prêts à parier leur peau contre un garçon imberbe. On les déplumera et, avant qu'ils s'en rendent compte, on sera loin avec leur argent.

— Je te remercie pour la proposition, mais figure-toi que j'ai d'autres projets.

— D'autres projets ? Tu dis ça à cause du partage ? Si c'est la raison, je suis prêt à te céder la moitié des gains. Ou tu crois peut-être que tu pourrais le faire seul ? C'est ça ? Parce que si c'est ça, tu te trompes mon garçon. Moi…

— Non. Ce n'est pas ça. C'est que je préfère un emploi moins risqué. Il faut que je te laisse. Tiens, ta peau, dit-il alors qu'ils s'approchaient de la barcasse qui faisait le trajet.

— C'est bon. Garde-la. Attends... Comment tu t'appelles ?

Cí ne lui répondit pas. Il le remercia pour tout et, d'un bond, grimpa dans la barque et se perdit dans la brume.

*

Le trajet de retour lui parut affreusement long, interminable, comme si, au fur et à mesure qu'il avançait, les dieux s'obstinaient à éloigner constamment l'horizon. Lorsqu'il débarqua près de la pension, il ne pensait qu'à sa sœur Troisième. Il ignorait la raison, mais il avait l'horrible sensation qu'il lui était arrivé quelque chose. Il monta l'escalier en trébuchant sans prendre garde à sa jambe blessée. Il n'y avait pas de lanterne et on y voyait à peine. En arrivant à la porte il trouva le rideau tiré. Il n'entendit que les battements de son cœur. Ce silence lui parut aussi inquiétant que celui d'une sépulture profanée. Il écarta lentement le rideau. La pluie entrait par le trou du mur, trempant tout.

Il appela Troisième, mais personne ne répondit.

Tandis qu'il s'approchait de la cachette où il l'avait dissimulée, ses mains se mirent à trembler. Il pria pour que Troisième fût endormie. Lentement, il sépara les tiges de bambou. Derrière apparut une masse blottie, immobile, inerte. Le cœur de Cí se glaça. Il attendit un instant, craignant le pire. Il tenta de prononcer son nom, mais sa voix se brisa dans sa gorge. Lentement, il tendit la main, doucement, comme s'il avait peur de la toucher, jusqu'à ce que ses doigts effleurent le tas de chiffons qui reposait sur le sol. Alors sa gorge laissa échapper un cri d'horreur.

Sous le tas, il n'y avait rien. Rien qu'une couverture trempée et les vêtements que Troisième portait lorsqu'il l'avait laissée ce matin-là.

14

Cí se précipita au bas de l'escalier en hurlant le nom de sa sœur. Il atteignit l'étage principal à bout de souffle et se glissa dans l'habitation de l'aubergiste qu'il tira de la natte sur laquelle il dormait. L'homme se protégea la tête, croyant qu'on allait le tuer, mais en voyant Cí il se leva et tenta de se défendre. Cí fut sans pitié. Il arrêta son bras et le saisit par le cou avec rage.

— Où est-elle ? – Il le serra jusqu'à ce qu'il le vît suffoquer.

— Où est qui ? – Les yeux de l'aubergiste étaient exorbités.

— La petite qui est venue avec moi ! Réponds ou je te tue !

— Elle… elle est là-dedans. Je…

Cí le jeta à terre avec violence et s'enfonça dans les pièces, butant contre des meubles et des ustensiles tandis qu'il pénétrait dans un magasin ténébreux qui paraissait abandonné, avec un tas de vieux tabourets, de malles ouvertes et d'armoires déglinguées qu'il ouvrit une à une, craignant le pire. Il arriva enfin dans une dernière pièce où tremblotait lugubrement une lampe à huile. Il y entra lentement. La lumière orangée teintait les murs écaillés contre lesquels étaient appuyés des paravents, des nattes, du matériel de pêche et des caisses démontées. L'obscurité le surprit. Soudain, un bruit lui fit tourner la tête vers le fond de la pièce, où il distingua le visage d'une gamine apeurée. La fille, accroupie par terre, tremblait comme si elle voyait le diable. Cí avança lentement vers elle, troublé par la lueur vacillante qui éclairait son visage crasseux. Il ne voulut pas s'approcher davantage. Dans son giron gisait, inerte, le petit corps de Troisième.

Il allait s'agenouiller près d'elle lorsque quelque chose le frappa à la tête avec une telle violence* qu'il perdit connaissance.

*

Il se réveilla dans les ténèbres, la langue pâteuse et la tête comme si elle avait été matraquée. Il y voyait à peine et il avait du mal à respirer. Près de lui, la lumière de la lampe continuait à vaciller, vernissant de couleur orange la pièce sombre. Il tenta de bouger mais n'y parvint pas. Il était sur le ventre, attaché et bâillonné. Il essaya de se redresser, mais un pied sur sa joue l'en empêcha. Il ne put voir à qui il appartenait, mais il empestait autant que celui du propriétaire de l'auberge. Sa voix le lui confirma.

— C'est ainsi que tu nous remercies, maudit bâtard ? Je devrais te tuer tout de suite ! Je lui ai dit : « Laisse-la, qu'elle pourrisse. Cette petite, c'est pas ton affaire… » Mais elle s'est entêtée à la sauver. Et toi tu arrives, espèce de bouse, tu tentes de m'étrangler et tu détruis ma maison.

Il appuya plus fort le pied sur son visage.

— Père, laissez-le… – On entendit une voix féminine implorer dans l'obscurité.

— Et toi tais-toi, par le saint Bouddha ! Ces salauds baisent des gamines, ils les laissent à moitié mortes et en plus ils nous tapent dessus. Alors tu sais ce que je te dis ? Que ta carrière se termine ici et que c'est la dernière fois que tu emmerdes quelqu'un. (Il sortit un couteau et l'approcha du cou de Cí. Le garçon perçut la pointe qui pénétrait dans sa gorge et il se tortilla.) Ça te fait mal, bâtard ?

Cí n'avait pas mal. Il notait seulement la pression de la lame froide s'ouvrant un passage sous sa mâchoire. Il crut entendre une petite voix avant de s'évanouir.

— C'est… mon… frère…

Cí crut mourir.

*

De nouveau la même sensation de lourdeur… la même obscurité.

Il parvint à peine à se racler la gorge. Il était toujours attaché, mais la bande qui le bâillonnait auparavant fermait à présent la coupure de son cou. Dans la pénombre, il put distinguer la fille de l'aubergiste. Elle tenait toujours Troisième dans ses bras et épongeait sa sueur avec un chiffon. La petite toussait. Il ne restait aucune trace du père de la jeune fille. Il supposa qu'il s'occupait d'un client ou résolvait une autre affaire.

212

— Elle va bien ? lui demanda Cí en faisant référence à sa sœur.

La fille de l'aubergiste fit non de la tête.

— Détache-moi !

— Mon père n'a pas confiance en toi.

— Par tous les esprits ! Tu ne vois pas qu'elle a besoin de son remède ?

La gamine regarda craintivement du côté de la porte. Puis elle fixa les yeux sur Cí, hésitante. Finalement, elle posa Troisième sur une natte et s'approcha de lui. Elle allait le libérer lorsque la porte s'ouvrit brusquement, faisant sursauter la jeune fille. C'était son père, qui tenait un couteau dans son poing. L'homme s'accroupit à côté de Cí, il le regarda un moment et hocha la tête.

— Voyons ça, vaurien ! C'est quoi cette histoire que c'est ta sœur ?

Cí le lui confirma en bégayant. Il lui expliqua la maladie dont souffrait Troisième, qu'il était sorti chercher un remède et qu'en revenant, ne la trouvant pas, il avait pensé qu'on l'avait enlevée pour la vendre ou la violer.

— Damnation ! Et c'est pour ça que tu as failli me tuer ?

— J'étais désespéré… Je vous en prie, détachez-moi. Il faut lui donner le remède. Il est dans ma bourse.

— Celle-ci ? – Il la lui arracha d'un coup.

— Doucement. C'est tout ce que j'ai.

L'homme renifla la préparation et cracha avec une grimace de dégoût. Il pensa que le garçon avait peut-être raison.

— Et tout cet argent que tu avais sur toi, à qui l'as-tu volé ?

— Ce sont mes économies. J'en ai besoin jusqu'à la dernière pièce pour acheter les remèdes de ma sœur.

De nouveau il cracha.

— Bon ! Détache-le !

La jeune fille obéit tandis que son père surveillait Cí. Dès qu'il fut libéré il courut vers sa sœur, il lui caressa les cheveux, mélangea le remède avec de l'eau dans un bol et le versa dans sa bouche, lui faisant avaler jusqu'à la dernière goutte.

— Comment vas-tu, petite ?

La fillette ébaucha un sourire qui apaisa son angoisse.

*

L'aubergiste ne lui rendit que trois cents *qian* de l'argent qu'il lui avait fauché lorsqu'il était évanoui, ajoutant que le reste compenserait les dégâts qu'il avait occasionnés dans la chambre et paierait les soins qu'ils avaient dispensés à Troisième, parmi lesquels il comptait la blouse déchirée et le pantalon râpé dont sa fille Lune avait habillé la petite lorsqu'elle l'avait trouvée toussant et trempée.

Bien que ces chiffres ne correspondent pas exactement à ses propres calculs, Cí pensa que l'homme se souciait de son commerce et il ne protesta pas. Lorsqu'une voix lointaine sollicita la présence de l'aubergiste, Cí en profita pour tenter d'entamer une conversation avec la jeune fille, mais celle-ci se montra réticente. Finalement, il prit sa sœur dans ses bras pour retourner dans leur chambre. Il quittait déjà la pièce lorsqu'il s'arrêta et se tourna vers Lune.

— Tu pourrais t'occuper d'elle ?

La fille ne parut pas comprendre.

— Seulement le matin. J'ai besoin que quelqu'un se charge d'elle… je te paierai, la supplia-t-il.

La jeune fille l'observa avec curiosité. Puis elle se leva et se dirigea vers la porte, l'invitant à s'en aller. Alors qu'il allait le faire, il entendit sa voix caressante.

— À demain, susurra-t-elle.

Cí la regarda, surpris. Il sourit.

— À demain.

*

Tandis qu'il promenait distraitement ses doigts sur les blessures de sa jambe, Cí perçut la lueur timide d'une aube sombre à travers les crevasses du mur. Le froid transperçait ses os et s'y accrochait, les engourdissant. Il frotta ses bras, puis ceux de Troisième. La petite avait toussé toute la nuit. Le remède faisait sans doute de l'effet, mais il aurait besoin d'autres doses pour compléter le traitement. Par chance, l'onguent que le devin lui avait donné pour les blessures de sa jambe semblait agir aussi sur celles de sa poitrine. Il noua le cordon de pièces à sa ceinture et ordonna à Troisième de se préparer. La petite s'étira et obéit à contrecœur. Puis elle plia ses vêtements humides et enfila ses sandales de fibres végétales. Cí l'attendait impatiemment, faisant les cent pas, comme un chat en cage. Il lui donna un bonbon qu'il avait acheté la veille à l'aubergiste.

— Aujourd'hui tu vas rester avec Lune. Elle s'occupera de toi, alors porte-toi bien et fais ce qu'elle te dira.

— Je pourrais l'aider à mettre de l'ordre dans la maison. Elle est très mal tenue, suggéra la fillette.

Cí lui sourit. Il mit son baluchon sur son épaule et ils descendirent ensemble l'escalier. En bas, Lune attendait de dos, accroupie. Elle semblait nettoyer des récipients en cuivre. Lorsqu'elle s'aperçut de leur présence, la jeune fille leur fit un sourire.

— Tu t'en vas déjà ?

— Hé oui. J'ai quelques affaires à régler. Quant à l'argent...

— C'est mon père qui s'en occupe. Il est dehors, il arrache des herbes.

— Alors nous nous verrons après. Enfin... je ne sais pas. Si tu as besoin de quelque chose, Troisième est une gentille petite fille. Elle peut sûrement t'aider, n'est-ce pas ?

La petite confirma fièrement.

— À quelle heure tu reviendras ? demanda Lune sans oser le regarder.

— Au crépuscule, je pense. Tiens. Ne le dis pas à ton père. (Il lui donna quelques pièces. Puis il regarda sa sœur.) Je lui ai déjà donné son remède, elle ne te causera pas de problèmes.

La jeune fille s'inclina et il lui rendit son salut.

À la sortie il trouva l'aubergiste en train de remuer une montagne d'ordures. L'homme lui adressa un regard méprisant. Cí serra les dents. Il s'emmitoufla dans sa veste de lin et le salua. L'homme poursuivit son nettoyage comme si un chien était passé.

Cí allait se mettre en route lorsqu'il entendit sa voix.

— Vous partez ?

— Non. Nous resterons encore quelques jours…

Il fouilla dans ses poches et, après avoir mis de côté la somme dont il aurait besoin pour les prochaines doses de médicament, il lui tendit ce qui restait pour le payer.

— Écoute, mon garçon, je sais pas ce que tu t'es imaginé, mais la chambre coûte de l'argent. (Il regarda ses blessures.) Plus que ce que tu peux gagner, il me semble.

— Je trouverai le moyen. Accordez-moi juste deux ou trois jours…

— Ha ! cracha le gaillard. Tu t'es bien regardé ? Dans ton état je crois même pas que tu sois capable de pisser seul.

Cí aspira avec difficulté. Cet homme avait raison. Et le pire était qu'il ne savait pas quoi dire pour le convaincre. Il ajouta quelques pièces.

— Avec ça, tu as même pas assez pour dormir sous un arbre, lui lança-t-il d'un ton dédaigneux, mais il prit les pièces et les empocha. Je t'accorde une journée. Si ce soir tu as pas l'argent, demain je vous fiche dehors.

Cí pensa au juge Feng et déplora sa malchance. S'il s'était trouvé en ville il aurait fait appel à lui, mais déjà au village il lui avait dit qu'il resterait plusieurs mois à la frontière nord. Après avoir fait un signe d'assentiment à l'aubergiste, il s'achemina vers le canal en évitant les flaques qui inondaient les rues. Il pleuvait encore et l'eau trempait ses blessures, mais il n'y attacha aucune importance. Il devait trouver du travail. Leur vie en dépendait.

*

Il imagina qu'il trouverait du côté de l'Université impériale de Lin'an un aspirant qui aurait besoin de cours particuliers. Il s'était habillé décemment pour avoir meilleur aspect et cacher ses blessures, mais s'il voulait trouver des élèves, il devait auparavant obtenir le certificat d'aptitude, un document dans lequel étaient non seulement énumérées les matières qu'il avait réussies, mais également la trajectoire de ses parents et la preuve de leur honorabilité.

Dès qu'il descendit de la barque, un frisson lui parcourut le dos. Il leva les yeux et son pouls s'accéléra. Devant lui, une armée d'étudiants venus des confins de l'empire se déplaçait bruyamment vers la Grande Porte de l'université. Cí respira un grand coup et se dirigea vers l'esplanade. Là se pressait une multitude de jeunes gens désireux d'obtenir l'accréditation qui leur permettrait de se présenter aux examens civils, le sésame qui leur ouvrirait le chemin de la gloire. Cí observa autour de lui tandis que le serpent grisâtre des candidats l'engloutissait.

Il constata que rien n'avait changé : les sentiers de cordes qui conduisaient les postulants, comme du bétail, à travers les jardins ; les interminables rangées de tables en bambou laqué scrupuleusement ordonnées, telles des plaques de dominos ; et installés derrière les fonctionnaires, semblables à une enfilade de statues qu'on aurait peintes en noir, les gendarmes qui de leurs mille yeux, le bâton à la main, faisaient fuir les chapardeurs qui accouraient comme des poissons affamés vers les miettes de pain ; l'essaim des vendeurs de riz et de thé bouilli ; les marchands de pinceaux et d'encre ; les libraires ; les jeteurs de baguettes divinatoires ; les mendiants et les groupes de prostituées avenantes, très maquillées, une marée de sauterelles avide de faire des affaires dans une enceinte où l'odeur de nourriture recuite, de sueur rance et d'impatience se mêlait au brouhaha, aux bourrades et aux courses précipitées.

Cí prit la queue dans l'une des files. Lorsque vint son tour une brûlure lui parcourut l'estomac. Il respira à pleins poumons et avança d'un pas en priant de ne rencontrer aucun problème.

Le fonctionnaire qui devait s'occuper de lui le regarda sans lever la tête, comme si son bonnet de soie enfoncé jusqu'aux paupières était en pierre et non en tissu. Cí écrivit son nom sur un papier qu'il déposa sur la table. L'homme termina de noter quelques chiffres sur une liste et de nouveau le regarda sans broncher. Puis il plissa ses petits yeux.

— Lieu de naissance, murmura-t-il entre ses dents.

— Jianyang, préfecture de Jianningfu, dans le district de Fujian. Mais j'ai passé les examens provinciaux ici, à Lin'an.

— Et tu ne sais pas lire ? (Il lui montra de grandes affiches qui indiquaient la fonction et l'emplacement des différentes tables.) Tu dois aller au rectorat de l'université. Cette file est uniquement réservée aux étrangers.

Il se mordit les lèvres. Il savait qu'au rectorat il n'avait aucune chance.

— Vous ne pourriez pas régler cela ici ? insista-t-il.

Le fonctionnaire regarda Cí comme s'il était transparent et, sans daigner répondre, fit signe au garçon qui attendait derrière lui de s'avancer.

— Monsieur, je vous en prie. J'ai besoin...

Une poussée l'interrompit.

— Mais quels diables... !

Cí se retourna, prêt à apprendre les bonnes manières à l'impatient, mais la proximité d'un gendarme l'en dissuada. Il avala sa salive et s'écarta de la file en se demandant s'il devait courir le risque de pénétrer dans le rectorat. Après sa collision avec Kao à la Grande Pharmacie, aller dans un endroit si fréquenté pouvait devenir un piège. Mais il n'avait pas d'autre solution. Il serra les poings et se dirigea vers le bâtiment.

Alors qu'il passait le seuil du Palais de la Sagesse, il ne put éviter un frémissement. Il avait traversé ces jardins des centaines de fois, était entré dans les salles de classe avec le bonheur d'un enfant qui reçoit un bonbon pour avoir correctement récité ses leçons, il y avait laissé les illusions et les espoirs qu'il avait cru envolés à jamais, et voilà qu'après un an d'absence il franchissait à nouveau la lourde porte couleur sang qui, avec son linteau orné de dragons menaçants, semblait vouloir effrayer tous ceux qui se cramponnaient à l'ignorance.

Le brouhaha des élèves le ramena à la réalité.

Sur les murs des couloirs, de nombreux feuillets parfaitement calligraphiés précisaient les documents exigés cette année-là. Après y avoir jeté un coup d'œil, il monta jusqu'au Grand Salon du premier étage, où recevait un fonctionnaire au visage affable. Lorsque vint son tour, il lui sourit. Il lui expliqua qu'il avait besoin du certificat d'aptitude.

— C'est pour toi ?

Il le regarda en fermant à demi les paupières. Nerveux, Cí regarda d'un côté et de l'autre.

— Oui.

— Tu as étudié ici ?

— Le droit, monsieur.

— Très bien. Tu as besoin des qualifications ou seulement du certificat ?

— Des deux.

Cí remplit le formulaire avec les renseignements demandés.

Le fonctionnaire le lut avec difficulté. Puis il regarda le jeune homme et acquiesça.

— D'accord. Je dois aller les chercher dans un autre bureau. Attends ici, l'informa-t-il.

Quand l'homme revint, son visage aimable avait disparu. Cí pensa qu'il avait découvert quelque chose, mais le fonctionnaire le regardait à peine. En réalité, il n'avait d'yeux que pour le document qu'il tenait entre ses mains, qu'il lisait et relisait avec stupeur. Devait-il attendre ? Cí hésita, mais l'homme était toujours absorbé, le regard toujours fixé sur l'un des documents qui portait le sceau de la préfecture.

— Je regrette, dit-il enfin. Je ne peux émettre le certificat. Tes notes sont excellentes, mais l'honorabilité de ton père… – Il se tut.

— Mon père ? Que se passe-t-il avec mon père ?

— Lis toi-même. Il y a six mois, lors d'une inspection de routine, on a découvert qu'il avait détourné des fonds dans la judicature où il avait travaillé. Le pire délit pour un fonctionnaire. Même s'il était en congé pour cause de deuil, il a été dégradé et expulsé.

*

Cí lut à la hâte le document tandis qu'il reculait, titubant. Il avait besoin d'air. Il pouvait à peine respirer. Les documents lui échappèrent des mains et ils s'éparpillèrent sur le sol. Son père, condamné pour corruption… Voilà pourquoi il avait refusé de revenir ! Feng le lui avait sans doute appris au cours de sa visite, d'où son revirement et son brusque silence.

Soudain, tout prenait un sens pathétique ; une ironie qui l'éclaboussait et le marquait tel un stigmate. Il se sentait sale à l'intérieur, contaminé par l'ignominie de son père. Les murs tournaient autour de lui. Il eut envie de vomir. Il laissa tomber le document et descendit l'escalier en courant.

Tandis qu'il déambulait dans les jardins, il regretta sa stupidité. Il errait d'un côté et de l'autre, le regard perdu, bousculant les étudiants et les professeurs comme s'il s'agissait de statues ambulantes. Il ne savait pas où il allait ni ce qu'il faisait. Il buta contre un étalage de livres et le renversa. Il voulut ramasser ce qu'il avait fait tomber, mais le propriétaire se mit à l'insulter et il lui répondit. Un garde s'approcha pour tirer l'affaire au clair, mais Cí s'éloigna avant qu'il n'arrive jusqu'à lui.

Il sortit de l'enceinte en regardant de tous côtés, car il craignait qu'à tout moment quelqu'un l'arrête. Par chance, personne ne fit attention à lui, aussi il sauta dans la barcasse qui faisait le trajet de l'université à la place des Métiers et il y resta immobile, caché parmi les voyageurs jusqu'à ce qu'il arrive à destination. Une fois là, il regarda la ligature à sa ceinture sur laquelle dansaient deux cents pièces. Après avoir payé Lune pour s'être occupée de Troisième et avoir réglé les trajets en barque, c'était tout ce qui lui restait. Il chercha une herboristerie clandestine et acheta un tonique pour la fièvre. Lorsqu'il donna sa dernière pièce, Cí eut conscience d'avoir touché le fond. Jusqu'alors, il avait nourri l'espoir de s'employer aux abords de l'université en donnant des cours à des étudiants qui, ne manquant pas de ressources et pressés par le temps, s'adressaient à des professeurs qui leur ouvriraient les portes de la gloire. Mais sans certificat d'aptitude, ce rêve s'écroulait. Il avait toujours besoin d'argent pour payer l'auberge et la nourriture, un argent qui lui serait réclamé sans faute le soir même.

Il avait besoin de travailler tout de suite.

« Oui, mais que faire ? »

Il élabora mentalement un schéma des tâches qu'il pensait pouvoir réaliser efficacement, et parmi elles rejeta celles pour lesquelles personne ne le paierait. Lorsqu'il eut terminé, il repassa la liste et en vint à la conclusion qu'il était un incapable. Sur un marché bondé de journaliers, ses connaissances juridiques ne lui serviraient même pas à distinguer un poisson comestible d'un autre venimeux. Pour le reste, c'est à peine s'il maîtrisait un métier manuel autre que celui de paysan et, convalescent comme il l'était, il doutait d'avoir la force de s'employer comme portefaix. Malgré tout, après avoir été refusé dans plusieurs commerces, il s'approcha d'un magasin de sel et tenta sa chance.

Le responsable qui le reçut le regarda comme si on lui proposait d'acheter un âne boiteux. Il tâta ses épaules, évaluant le poids auquel il résisterait, et fit un clin d'œil à son apprenti. Puis il monta sur une échelle et indiqua à Cí de se placer au-dessous.

Quand le premier sac tomba sur ses épaules, ses côtes craquèrent avec un bruit de branches sèches. Au second, Cí plia l'échine et tomba à plat ventre sous la charge.

Les deux hommes éclatèrent de rire. Ensuite, le plus grand écarta les sacs de sel et poussa Cí, comme si c'était un autre ballot, avant de continuer à les transporter comme s'il ne s'était rien passé.

Cí se traîna jusqu'à la rue, essayant de reprendre souffle. Il ne percevait pas de douleur physique, mais les séquelles de ses blessures se faisaient sentir. Bien qu'il sût qu'il obtiendrait difficilement un travail sans appartenir aux corporations qui contrôlaient jusqu'au plus calamiteux des métiers, il se leva et continua à parcourir les commerces, les ateliers, les magasins et les quais, mais nulle part il n'obtint que quelqu'un lui proposât du travail, pas même en échange de nourriture.

Il n'en fut pas étonné. Si une chose ne manquait pas à Lin'an, outre les délinquants et les crève-la-faim, c'étaient les garçons robustes prêts à trimer du lever au coucher du soleil pour un misérable bol de riz.

Même la corporation municipale de ramassage des excréments, dont les équipes battaient chaque jour les canaux pour vendre les immondices aux agriculteurs, lui refusa un emploi. Il supplia le responsable de le prendre une journée à l'essai en échange de nourriture, mais l'homme refusa d'un signe de tête en lui indiquant les centaines qui, comme lui, survivaient en quémandant.

— Si tu veux ramasser la merde, tu devras commencer par la chier.

Cí ne gaspilla pas sa salive. Simplement, il l'avala. Il se mit à marcher dans une ruelle perpendiculaire à l'avenue Impériale et continua à errer sans but jusqu'à ce qu'il se retrouve de l'autre côté des murailles. Cela faisait un bon moment qu'il vagabondait lorsque des cris provenant d'une encoignure près des remparts attirèrent son attention.

Sous une bâche crasseuse, plusieurs personnes tenaient un enfant qui se débattait à moitié nu, à la plus grande joie des gens présents. Les hurlements de l'enfant se firent encore plus aigus lorsqu'un homme armé d'un couteau s'approcha de lui.

Cí comprit aussitôt qu'il s'agissait d'une castration. Sans s'en apercevoir, il était arrivé à l'endroit où se postaient habituellement les *joueurs de couteau* près des murailles, des barbiers spécialisés qui pour une somme modique transformaient des petits indigents pleins de vie en de futurs eunuques de l'empereur. Il le savait parce que, en compagnie de Feng, il avait vu les cadavres de dizaines d'entre eux morts rongés par les fièvres, gangrenés ou simplement vidés de leur sang, tels des chevreaux égorgés. Et vu l'aspect de ce barbier et l'état négligé de son matériel, tout laissait présager que cet enfant irait bientôt grossir les fosses des cimetières.

Il écarta comme il put deux mendiants et s'ouvrit un passage parmi le public qui pariait devant le spectacle. Alors Cí pâlit.

Le barbier, un vieil édenté qui empestait l'alcool, avait tenté de sectionner les parties génitales de l'enfant, lui faisant une coupure qui, au lieu des testicules, avait partiellement entaillé son petit pénis. Cí imagina que l'homme ne conclurait jamais l'intervention avec succès. Il devrait à présent inclure le pénis dans l'amputation et c'était là une opération qui exigeait une adresse dont les mains tremblantes du vieillard semblaient dépourvues. Tandis que l'enfant s'égosillait comme si on l'ouvrait en deux, Cí s'approcha jusqu'à celle qui semblait être sa mère et qui, entre deux sanglots, demandait à son fils de rester tranquille. Cí douta de l'opportunité de ce qu'il allait faire, mais il prit finalement le risque.

— Bonne dame, si vous laissez cet homme continuer, votre fils mourra dans vos bras.

— Écarte-toi ! balbutia le vieux en agitant maladroitement le couteau ensanglanté.

Cí recula, le regard planté dans les yeux brillants du barbier. Sans doute cet homme avait-il déjà bu jusqu'au dernier sou qu'on lui avait payé.

— Tu es un vrai petit homme, alors tu vas pas pleurer, hein ? balbutia-t-il.

L'enfant acquiesça, mais son visage exprimait la terreur.

Le barbier se frotta les yeux et tenta d'étancher l'hémorragie, imputant l'erreur de l'incision à un mouvement du garçonnet. Il dit que la coupure atteignait le conduit urinaire, ce qui allait l'obliger à élargir l'amputation. De ses accessoires, il tira une paille et barbouilla la petite tige de jade sanguinolente de sauce piquante.

Cí hocha la tête. Le barbier semblait avoir contenu le flux, mais il devait tout de même faire vite. Il le vit s'emparer d'une bande d'étoffe sale et en envelopper le pénis et les testicules de l'enfant, les tordant ensemble comme s'il s'agissait d'une saucisse. L'enfant hurla, mais le vieux n'en fut pas troublé et demanda au père s'il était vraiment décidé. La question était obligatoire, car non seulement l'émasculation ferait de l'enfant un « non-homme » pour le reste de ses jours, mais, conformément aux enseignements confucianistes, elle l'accompagnerait au-delà de la tombe, l'empêchant de reposer en paix.

Le père confirma.

Le barbier respira profondément. Il prit une petite branche et l'introduisit entre les dents du gamin terrorisé, lui intimant de la mordre très fort.

— Et vous, tenez-le.

Après avoir vérifié que tous étaient prêts, il dirigea le bandage qui enveloppait les parties génitales vers l'aine droite, leva la lancette, inspira et abattit son bras avec la violence juste nécessaire pour trancher d'un seul coup les testicules et la tige de jade, tandis qu'un cri déchirant assourdissait l'assistance. Il confia aussitôt le membre amputé au père afin qu'il le gardât, et entreprit d'arrêter le sang avec des morceaux d'étoffe trempés dans de l'eau salée. Il introduisit ensuite une tige de paille dans le conduit urinaire pour l'empêcher de se fermer, ligatura distraitement les veines, cousit les bords de la blessure et banda le torse de l'enfant.

Quand l'homme annonça la fin de l'amputation, les parents se mirent à pleurer de joie.

— Il s'est évanoui à cause de la douleur, mais il va bientôt reprendre connaissance, leur assura-t-il.

Le barbier instruisit le père sur la nécessité de faire marcher l'enfant autant que possible pendant deux heures. Il devrait ensuite rester au repos trois jours durant avant de lui retirer la tige de paille. S'il urinait sans problème, tout serait résolu.

Sans vérifier si la bande exerçait la pression adéquate, il ramassa ses instruments et les rangea dans un petit sac de toile sale. Il s'apprêtait à quitter les lieux quand Cí l'arrêta.

— Cet enfant a encore besoin de soins, observa-t-il.

L'homme lui jeta un regard dédaigneux et cracha.

— Eh bien moi, tout ce dont j'ai besoin, ce sont des enfants. – Il sourit avec malice.

Cí se mordit les lèvres. Il allait répliquer lorsqu'il fut alerté par des hurlements derrière lui. Se retournant, il vit avec horreur que les parents du petit eunuque criaient, accroupis autour de leur fils qui gisait, livide, dans une flaque de sang. Aussitôt il tenta de les aider, mais le petit était pratiquement un cadavre. Il allait demander au barbier de l'aider lorsqu'en se tournant il s'aperçut qu'il avait disparu. Il ne put faire davantage car les cris avaient attiré deux gardes qui en constatant que Cí reculait, les mains couvertes de sang, coururent vers lui pour l'arrêter.

Il s'éclipsa comme il put au milieu de la foule. Un peu plus loin, il trouva refuge sous l'un des ponts de pierre, et en profita pour se laver les mains. Puis il regarda le ciel.

« Midi. Et je ne sais toujours pas comment je vais payer l'aubergiste. »

Un petit grillon sauta sur sa chaussure.

Cí l'éloigna d'une chiquenaude. Mais tandis que la bestiole se débattait pour se remettre sur ses pattes, il se souvint d'une chose.

« La proposition du devin. »

À cette seule pensée, il fut pris de nausées. Il détestait se valoir de son infirmité, mais sa situation et celle de sa sœur le forçaient à l'envisager. Peut-être était-ce la seule chose qui pouvait lui servir. Pour aller de combat en combat changé en attraction de foire.

Il regarda les eaux sombres et troubles du canal qui coulaient vers le fleuve. Il imagina le froid et trembla. Il eut envie de sauter, mais l'image de sa sœur l'arrêta.

Il écarta la vue du courant qui l'attirait avec la promesse insistante d'une issue rapide et il se leva, décidé. Peut-être était-ce là son destin, mais du moins lutterait-il pour l'éviter. Il cracha près du grillon et se mit en quête du devin.

*

Il fouilla jusque sous les pierres, mais il ne le trouva pas. Il arpenta les petits marchés du district de la pêche, remonta la piste des salaisons, explora le marché aux étoffes situé près des entrepôts de soieries du port ainsi que l'élégant Marché Impérial, le plus grand et le mieux approvisionné des magasins de la capitale. Partout il interrogea des garçons, des commerçants, des malandrins et des oisifs, sans qu'aucun pût le renseigner. C'était comme si la terre l'avait avalé, comme si elle avait léché sa trace et ensuite vomi cent charlatans différents pour qu'ils pullulent un peu partout et prennent sa place.

Il allait s'avouer vaincu lorsqu'il se souvint que, le soir du défi, le devin lui avait parlé de son emploi au Grand Cimetière de Lin'an.

*

En route vers les Champs de la Mort, il se demanda s'il faisait le bon choix. En fin de compte, sa présence dans la capitale obéissait à son obsession tenace des études, une persévérance qui ne lui servirait à rien s'il finissait par être le mort le plus malin de l'empire.

Il se demanda s'il n'eût pas mieux valu fuir vers une autre ville et chercher refuge quelque part où personne ne le connaissait, loin des tentacules menaçants de Kao. Mais il restait là, essayant de prolonger il ne savait quoi, au nom d'un rêve que n'importe quel sensé qualifierait d'impossible.

Il ferma les yeux et pensa à son père, l'homme dont il savait maintenant qu'il les avait déshonorés, l'homme qui avait trahi la mémoire de sa famille, les condamnant, Troisième et lui, à un perpétuel opprobre. À cette seule pensée, une piqûre lui traversa le cœur. Son père... Il lui semblait impossible que l'être qui l'avait élevé dans la rectitude et le sacrifice fût celui qui avait volé et trahi la confiance du juge Feng. Mais les rapports étaient sans appel. Il les avait lus avec attention et se souvenait du détail de chacune des accusations. Il se promit alors qu'il ne serait jamais aussi indigne, aussi faux et aussi infâme que lui. Il déchargea sa rage en donnant des coups de pied dans le bordage. Son père était le seul responsable de tout ce qui leur arrivait. Mais tandis que la raison alimentait sa haine, une pulsion en lui l'incitait à croire à son innocence.

Il n'ouvrit les yeux que lorsque le sol de bois le secoua. La barcasse dans laquelle il s'était glissé vibra lourdement, blessant son flanc contre la digue de l'embarcadère du lac de l'Ouest, juste au pied de la colline sur laquelle se trouvait le cimetière.

Tandis qu'il montait la pente douce de la colline qui précédait les Champs de la Mort, il observa la foule bigarrée qui peinait pour atteindre la cime. Après leur journée de travail, les parents se réunissaient pour venir honorer leurs morts, apportant toutes sortes de mets en offrandes. Troisième lui revint à l'esprit. Le jour commençait à décliner et il n'était même pas sûr que la fille de l'aubergiste lui eût donné quelque chose à manger. Le seul fait de l'imaginer affamée le fit frémir, aussi accéléra-t-il le pas, laissant derrière lui le cortège des pleureuses et dépassant les hommes qui approchaient de l'énorme portail d'entrée, un cercueil sur les épaules.

Une fois dans le cimetière, il déambula entre les modestes emplacements funéraires à la recherche d'un guide qui pût lui indiquer où se trouvait le devin. N'en trouvant pas, il continua l'ascension vers la partie la plus noble de la colline, où la couche de gazon entourait joliment les pierres tombales qui annonçaient le début des jardins et des mausolées. Là, les familles les plus riches, vêtues du blanc de rigueur, offraient aux défunts du thé qui venait d'être préparé et allumaient les bâtons d'encens dont les volutes parfumées se mêlaient à l'herbe verte et à la brume humide. Après avoir atteint le sommet, il s'éloigna des pleurs et des lamentations pour se diriger vers un pavillon de couleur brunâtre dont les avant-toits courbes lui évoquèrent les ailes d'un sinistre corbeau. Aux abords, un jardinier sombre lui indiqua qu'il trouverait la personne qu'il cherchait pas très loin de là, près du Mausolée Éternel.

Cí le remercia. Suivant ses indications, il atteignit un petit temple de forme carrée qui émergeait de la brume à la manière d'un spectre. À ses pieds, un petit homme à demi enterré extrayait de la terre d'une tombe ouverte, crachant des grossièretés à chaque pelletée. Lorsqu'il reconnut le devin, il fut pris d'un tremblement. Il s'arrêta un moment, observant l'homme qui soufflait. Puis il s'approcha lentement, se demandant s'il faisait le meilleur choix.

Il allait s'en aller lorsque le devin leva les yeux et fixa son regard sur lui. Le petit homme laissa la pelle sur le tas de terre et se redressa. Puis il cracha dans ses mains et hocha la tête. Cí ne sut quoi dire, mais le devin le devança.

— On peut savoir ce que tu fous ici ? (Il enfonça la pelle dans la fosse avec une expression qui n'avait rien d'amical.) Si ce que tu cherches c'est de l'argent, je l'ai déjà dépensé en putes et en vin, tu peux retourner d'où tu viens.

Cí plissa le front.

— Je pensais que tu serais heureux de me voir. Hier soir au moins tu semblais plus enthousiaste.

Le devin l'interrompit en soufflant.

— Hier soir j'avais bu, alors dégage, j'ai du boulot.

— Tu ne te souviens plus que tu m'as proposé de participer à… ?

— Écoute mon garçon, grâce à toi, maintenant tout Lin'an sait ce que je faisais avec les grillons. Et c'est une chance que j'aie pu m'enfuir ce matin, car si les brutes qui voulaient m'assommer m'avaient attrapé, c'est moi qui serais à présent dans ce trou.

Et il montra la fosse qu'il était en train de creuser.

— Désolé, mais je te rappelle que ce n'est pas moi qui suis coupable de ces tricheries.

— Ah non ? Dans ce cas, comment appelles-tu le fait de parier contre un géant en sachant que même s'il te fend en deux tu lâcheras pas une seule plainte ? Maudit sois-tu ! Fous le camp d'ici avant que je sorte de cette fosse et te jette dehors à coups de pelle !

— Mais par Bouddha ! Qu'est-ce qui te prend ? Hier soir tu me suppliais de me battre. Je suis venu prêt à accepter ton offre, tu comprends ?

— Et il remet ça avec hier soir ! Je t'ai déjà dit que j'étais bourré, grogna-t-il.

— Eh bien à en juger par le soin que tu mettais à compter les pièces, tu n'en avais pas l'air.

— Écoute-moi bien : ici, celui qui comprend rien, c'est toi. (Il sortit de la fosse, la pelle à la main.) Tu comprends pas que par ta faute je peux pas retourner au marché. Tu comprends pas que la rumeur a déjà couru sur ton avantage spécial et que personne voudra parier contre toi. Tu comprends pas que tu es maudit et que tu traînes la guigne après toi. Et tu comprends pas que je dois terminer cette maudite tombe et que je veux que tu t'éloignes de moi.

Il jeta la pelle au fond du trou.

Une voix rauque derrière lui l'arracha à sa stupeur.

— Il t'embête, Xu ? demanda un gros homme aux bras tatoués sorti du néant.

— Non. Il s'en allait, répondit-il.

— Bien, alors termine la fosse une fois pour toutes ou ce soir tu devras te chercher un autre emploi, aboyat-il, et il montra le cortège funèbre qui approchait sur le flanc de la colline.

Le devin attrapa la pelle et continua à creuser comme si sa vie en dépendait. Quand l'homme tatoué leur eut tourné le dos, Cí sauta dans la fosse.

— Mais qu'est-ce que tu fais ?

— Tu ne vois pas ? Je t'aide, dit Cí en creusant la terre de ses propres mains. – Le devin le dévisagea.

— Allez. Prends ça. – Et il lui tendit une houe.

Il creusèrent ensemble jusqu'à former un trou d'un corps de longueur sur un demi de profondeur. Xu n'ouvrit pas la bouche pendant le travail, mais lorsqu'ils eurent terminé il sortit un pichet sale de son sac, versa un liquide brun dans un verre et le tendit à Cí.

— Ne crains-tu pas qu'un être maudit boive avec toi ?

— Allez. Bois un coup et sortons de ce trou.

*

Ils restèrent près de la sépulture pendant que les parents récitaient leurs dernières prières. Puis, sur un signal de celui qui semblait être le plus âgé, ils entreprirent de descendre le cercueil dans la fosse. Ils allaient terminer lorsque, de façon inattendue, Cí glissa, avec tant de malchance que le cercueil fut précipité au fond et s'ouvrit sous le choc.

Cí resta muet.

« Dieux du ciel ! Que peut-il arriver d'autre ? »

Immédiatement il tenta de replacer le couvercle, dont les clous avaient cédé, mais le devin l'écarta rudement, comme si sa véhémence pouvait calmer les hurlements que proféraient les parents en voyant le corps du défunt sali par la terre. Xu tenta de déplacer le corps, mais il s'était fait mal à un doigt et pouvait à peine le bouger.

— Sortez-le de là, bande d'inutiles, cria celle qui d'après sa tenue semblait être la veuve. N'a-t-il pas assez souffert pour que vous lui fassiez encore subir ces peines dans la mort ? les invectiva-t-elle.

Aidés par les autres parents, Cí et Xu sortirent de la fosse le cercueil malmené et tous le portèrent au mausolée pour le réparer et recommencer la toilette du mort. Les femmes restèrent dehors à se lamenter tandis que les hommes s'efforçaient de redonner une apparence décente au corps. Cí constata que le devin pouvait à peine utiliser une main, aussi prit-il une éponge humidifiée avec de l'eau de jasmin et se mit-il à nettoyer les vêtements du défunt. Les parents le lui permirent parce que toucher les corps des défunts portait malheur, et les importuner après leur décès pouvait provoquer ultérieurement leur vengeance.

Cí ne s'en formalisa pas. Il avait l'habitude de manipuler des cadavres et ne se troubla pas lorsqu'il dut déboutonner la chemise pour enlever la terre qui s'était glissée dessous. Tandis qu'il frottait avec l'éponge, il observa des marques sur le cou.

Il s'arrêta de nettoyer et regarda celui qui s'était présenté comme le père.

— Quelqu'un a maquillé le cadavre ? lui demanda-t-il.

Surpris par la question, l'homme fit non de la tête. Il s'intéressa ensuite à la question, mais Cí, au lieu de répondre, continua.

— Comment est-il mort ?

Il écarta un peu plus la chemise pour inspecter la nuque.

— Il est tombé de cheval et s'est brisé le cou.

Cí hocha la tête. Il souleva les paupières du mort, mais Xu l'arrêta.

— Que crois-tu faire ? Veux-tu cesser d'importuner ces gens et terminer le travail ? lui ordonna-t-il.

Cí ne l'écouta pas. Au contraire, il regarda le parent d'un air déterminé et parla sans hésiter.

— Monsieur, cet homme n'est pas mort comme vous le dites.

— De quoi veux-tu parler ? balbutia le père du mort sans comprendre. Son beau-frère l'a vu tomber.

— Eh bien ça s'est peut-être passé comme ça, mais à l'évidence quelqu'un, ensuite, en a profité pour l'étrangler.

Sans attendre qu'ils répondent, Cí leur montra des ombres pourpres des deux côtés du cou.

— Elles étaient dissimulées sous le maquillage. Un travail grossier, ajouta Cí. Mais sans doute correspondent-elles aux marques de mains puissantes. Ici. (Il lui montra les hématomes séparés par un fil de peau.) Et ici.

Les parents se regardèrent stupéfaits et ils insistèrent pour savoir s'il était sûr de ce qu'il avançait. Cí n'avait pas le moindre doute. Il leur demanda s'ils désiraient poursuivre l'inhumation, mais les parents décidèrent de l'interrompre sur-le-champ et de se rendre chez le juge pour porter plainte.

Tout le temps que Cí passa à poser une attelle au doigt cassé de Xu, celui-ci ne cessa de ruminer entre ses dents. Lorsque le jeune eut fini de le soigner, Xu lui lâcha ce qu'il avait sur le cœur.

— Dis-moi une chose, tu es ensorcelé ?

— Mais bien sûr que non. – Cí se mit à rire.

— Alors nous allons faire des affaires, affirma-t-il.

Cí le regarda avec étonnement. À peine un peu plus tôt, le devin lui avait assuré que personne ne parierait contre lui, et voilà que son visage souriant ressemblait à celui d'un miséreux à qui on aurait soudain offert un palais. Peu importait à Cí. Tout ce qui l'intéressait, c'était de trouver quelques pièces en guise d'acompte afin de payer l'aubergiste. La nuit tombait et ses craintes augmentaient. Il en fit part à Xu, qui rit comme un enfant.

— Des problèmes d'argent ? Ah ! Nous allons être riches, mon garçon !

L'homme fouilla dans sa musette et en sortit une somme suffisante pour payer une semaine d'hébergement à l'avance. Sans cesser de rire il la remit à Cí.

— Et maintenant, jure sur ton honneur que demain à la première heure tu reviendras au cimetière.

Cí compta les pièces et il jura.

— Alors, nous allons nous battre ?

— Bien sûr que non ! Ce sera plus dangereux, mais bien mieux.

15

Pour toute autre personne, l'absence de douleur aurait signifié un cadeau du ciel, mais pour Cí elle était un ennemi secret, qui dès qu'il lui tournait le dos le poignardait sans pitié. Tandis que la barcasse avançait lentement il se palpa les côtes en quête d'indices qui l'avertiraient de quelque fracture ou contusion. Puis il fit de même avec ses jambes, les caressant d'abord doucement, puis avec fermeté. La gauche lui parut normale, mais la droite présentait une inquiétante couleur violacée. Il n'y avait pas grand-chose à y faire, aussi il baissa la jambe de son pantalon et regarda les biscuits de riz sucré qu'il venait d'acheter pour sa sœur. Il imagina son petit visage tout joyeux et sourit. Pendant le trajet il avait compté et recompté les pièces que lui avait données le devin, s'assurant qu'elles suffiraient pour payer une semaine d'hébergement et une autre d'entretien.

Lorsqu'il arriva à la pension, il trouva l'hôtelier en train de discuter à grands cris avec un jeune à la mine renfrognée. En le voyant, l'homme lui fit un signe pour lui indiquer que Troisième était en haut et il continua sa discussion sans lui prêter plus d'attention, si bien que

Cí monta les escaliers quatre à quatre en priant pour que la petite n'aille pas plus mal.

Il la trouva endormie sous une couverture de lin, respirant paisiblement, comme un chiot qui vient de téter. Elle avait encore des restes de riz aux commissures des lèvres et il pensa donc qu'elle avait bien dîné. Il lui caressa le front avec douceur. Bien qu'élevée, sa température n'était pas celle du matin et cela le rassura. Il la réveilla par un roucoulement pour lui demander si elle avait pris son médicament, et sans ouvrir les yeux la fillette acquiesça. Alors Cí s'allongea de tout son long, il pria pour les siens sans oublier son père, et enfin s'endormit.

Le lendemain, il s'éveilla avec une nouvelle désagréable. L'aubergiste acceptait de lui réserver la chambre tout le temps qu'il voudrait, mais même s'il payait, il ne pouvait se charger de la petite. Cí lui demanda pourquoi.

— Eh bien c'est très clair. (L'homme continua à faire bouillir le bol du petit déjeuner.) Ici c'est pas un endroit pour une gamine. Et tu devrais être le premier à t'en rendre compte, ajouta-t-il.

Cí ne comprenait toujours pas. Il imagina que le tenancier voulait simplement plus d'argent, aussi se prépara-t-il à négocier.

— Par les dieux du ciel ! C'est pas la question, l'affronta l'aubergiste. Tu as vu quel genre de personnes entrent et sortent de cet antre ? Et je dis des personnes pour leur donner un nom. Si ta sœur reste ici, un soir tu rentreras et tu la trouveras pas. Ou pire : tu la trouveras les jambes écartées et sa grotte sacrée ruisselante de sang. Ensuite tu voudras me tuer et c'est moi qui te tuerai. C'est vrai, ton argent me plaît. Mais j'ai pas envie de te tuer pour finir supplicié. Alors maintenant tu le sais : la chambre oui, mais la petite, non.

Cí douta de ses paroles jusqu'à ce qu'il voie surgir un homme à moitié nu d'une chambre d'où sortit ensuite la fille de l'aubergiste. Alors, sans prendre le temps de réfléchir, il ramassa ses affaires, régla son compte et quitta l'auberge avec Troisième.

*

Ses explications ne servirent à rien. Lorsqu'il se présenta au cimetière avec Troisième, le devin poussa des cris au ciel.

— Tu crois peut-être que c'est un hospice ? Je t'ai dit que l'affaire serait dangereuse, ronchonna-t-il.

Le petit homme les attrapa et les traîna dans un endroit à l'écart. Il semblait vraiment en colère. Il resta quelques instants silencieux, remuant la tête de droite à gauche et se la grattant comme s'il avait des poux. Finalement il s'accroupit et obligea Cí et Troisième à faire de même.

— Je me fiche que ce soit ta sœur. Il faut qu'elle s'en aille, conclut-il.

— Pourquoi est-ce que je dois toujours m'en aller ? intervint la petite.

Cí lui jeta un regard compatissant. Puis il regarda Xu.

— Oui. Pourquoi doit-elle s'en aller ? l'interrogea-t-il.

— Eh bien parce que… parce que… que diable fait une gamine dans un cimetière ? Où est-ce qu'on la met ? On la laisse jouer avec les morts ?

240

— Moi j'ai peur des morts, protesta Troisième.

— Toi tais-toi, l'interrompit Cí. (Le jeune homme regarda autour de lui, il inspira avec force et fixa les yeux sur Xu.) Je sais que ce n'est pas une bonne idée, mais je n'ai pas d'autre solution, souffla-t-il. Et comme je ne sais pas quelle sorte d'étrange travail je vais devoir faire, elle restera avec nous jusqu'à ce que je sache quoi faire.

— Ah, ah ! Parfait ! Le crève-la-faim pose des conditions à son maître !

Il donna un coup de pied dans une pierre et sourit.

— Tu n'es pas mon maître ! – Cí se leva.

— Peut être. Mais toi, tu es un crève-la-faim. Bon… deux. (Il montra la petite et redonna un coup de pied dans la terre.) Maudit soit mon esprit ! Je savais que c'était pas une bonne idée !

— Mais veux-tu m'expliquer quel est le problème ? Troisième est obéissante. Elle s'assoira dans un coin et ne dérangera pas.

Xu s'accroupit de nouveau et se mit à marmonner. Soudain il se leva.

— Très bien. Que ce soit comme les dieux le veulent. Scellons donc le pacte.

Pour en discuter les termes, Xu conduisit Cí et sa sœur au Mausolée Éternel, le pavillon où les morts étaient enveloppés dans leur linceul. Le devin entra le premier pour allumer une lanterne qui éclaira une pièce obscure empestant l'encens et le cadavre. L'endroit effraya Troisième, mais Cí lui serra la main et la petite se rassura. Le devin alluma une bougie qu'il posa sur une sorte de long banc où l'on nettoyait les morts. Puis il écarta le désordre des pots, des essences, des huiles, des instruments et secoua les restes de sucreries des offrandes ainsi que les morceaux d'argile provenant des poupées qui accompagnaient parfois les défunts.

— C'est ici que nous exercerons notre commerce, indiqua-t-il en levant fièrement la bougie.

Cí n'y comprenait rien. Ce n'était qu'une pièce vide, il laissa donc Xu poursuivre son explication.

— Je l'ai vue dès le premier instant, continua Xu. Cette capacité de prédiction que tu as…

— De prédiction ?

— Ah ! Et penser que moi je jouais les devins ! Et toi tu disais rien, coquin !

— Mais…

— Écoute, l'interrompit-il. Tu te mettras ici et tu examineras les cadavres. Tu auras de la lumière et des livres. Tout ce que tu crois nécessaire. Tu les regardes et tu me dis ce que tu constates. Je sais pas moi : de quoi est mort le défunt, s'il est heureux dans son nouveau monde, s'il a besoin de quelque chose… Tu l'inventes s'il le faut. Et moi je le raconte aux parents pour qu'ils nous paient ; et tout le monde y trouve son compte.

Cí regarda Xu avec stupéfaction.

— Je ne peux pas faire ça.

— Comment ça tu peux pas ? Hier je t'ai vu le faire. Cette histoire que l'homme est pas mort de sa chute de cheval, mais qu'il a été étranglé, c'était incroyable. Je ferai courir le bruit et les clients viendront de partout comme des mouches.

Cí hocha la tête.

— Je ne suis pas un charlatan. Je suis désolé d'avoir à le confesser, mais c'est comme ça. Je ne devine rien.

Je ne fais que constater des indices, des signes… des marques sur les corps.

— Des indices… des signes… qu'importe comment tu les appelles ? La vérité, c'est que tu constates des choses. Et ça, ça vaut beaucoup d'argent ! Parce que ce que tu as fait hier… tu pourras le refaire, non ?

— Je pourrais savoir des choses, oui…

— Eh bien alors, marché conclu ! – Il sourit.

Ils s'assirent autour d'un cercueil pour faire un sort au déjeuner que Xu avait préparé. Sur le plateau improvisé, Xu disposa des soucoupes colorées pleines de crevettes de Longjing, de soupe de papillons, de carpe aigre-douce et de tofu accompagné de poisson. Depuis le jour où le juge Feng leur avait rendu visite au village, ni Cí ni sa sœur n'avaient autant mangé.

— J'ai dit à ma femme de préparer ce repas. Il fallait fêter ça. – Xu engloutit la soupe.

Cí se lécha les doigts et s'aperçut que Xu regardait les brûlures de ses mains. Le garçon les cacha. Il détestait se sentir observé comme une bête de foire. Il termina les dernières soucoupes et dit à Troisième de sortir jouer dehors. La petite obéit.

— Mettons au clair les termes du contrat, trancha Cí. Qu'est-ce que je gagne, moi, dans tout ça ?

— Je vois que tu es intelligent… (Le devin se mit à rire.) Le dixième des bénéfices. – Et son sourire s'effaça de son visage.

— Le dixième, alors que je porte tout le poids de l'affaire ?

— Eh ! Ne te trompe pas mon garçon. J'apporte l'idée. J'apporte le lieu. Et j'apporte les morts.

— Et si je n'accepte pas, c'est exactement ce que tu auras : les morts. Je veux la moitié ou il n'y a pas de marché.

— Mais pour qui te prends-tu ? Pour le dieu de l'argent ?

— Tu as dit que ce serait dangereux.

— Ce le sera aussi pour moi.

Cí réfléchit. Sans l'autorisation indispensable, la manipulation des cadavres était un délit sévèrement puni, et pour ce qu'il connaissait des méthodes de Xu, il avait l'impression que dans le travail qu'il avait prévu pour lui était inclus l'examen des morts. Il fit mine de se lever, mais le devin le retint. Le petit homme sortit un pichet d'alcool de riz et en versa dans deux bols. Il but le premier, puis le second. Il éructa.

— D'accord. Je te donnerai le cinquième, concéda-t-il.

Cí le regarda. Il sentit que son cœur tremblait autant que les mains du devin.

— Merci pour le repas. – Et il se leva.

— Foutu gamin ! Assieds-toi une fois pour toutes ! Cela doit être une affaire pour tous les deux, et c'est moi qui risque le plus. Si on s'aperçoit que je fais du commerce avec les cadavres on me jette à la rue.

— Et moi aux chiens.

Le devin fronça les sourcils et se servit un autre bol d'alcool. Cette fois, il en offrit un à Cí. Il vida le sien deux ou trois fois de plus avant de parler. Puis il se leva et le ton de sa voix changea.

— Écoute, fiston, tu crois que tout ce négoce va dépendre de ces pouvoirs spéciaux que tu sembles posséder, mais ça marche pas comme ça. Il faut convaincre les parents de nous permettre d'examiner les corps, vérifier tout ce qu'on peut sur eux, les interroger avant pour connaître jusqu'au moindre détail de leurs désirs et de leurs aspirations. L'art de la divination se compose d'une part de vérité, de dix parts de mensonges, et pour le reste d'illusion. Il faudra sélectionner les familles les plus riches, parler avec elles pendant la veillée, et tout cela dans le plus grand secret afin que personne ne vienne gâcher notre affaire. Un tiers de ce que nous gagnerons. Ma dernière offre. C'est juste pour tous les deux.

Cí se leva, joignit les poings sur sa poitrine et s'inclina devant lui.

— Quand commençons-nous ? demanda-t-il.

*

Pendant le reste de la matinée, Cí aida Xu à redresser des pierres tombales, à nettoyer des fosses et à creuser des sépultures. Pendant qu'ils travaillaient, Xu lui avoua qu'il se rendait parfois dans un temple bouddhiste pour aider aux crémations. Il ajouta que les confucianistes dénonçaient cette horrible méthode consistant à brûler le corps, mais l'influence croissante des bouddhistes et le prix élevé des enterrements poussaient beaucoup de nécessiteux à franchir la frontière de l'au-delà grâce au feu purificateur. Cí fut intéressé par la possibilité de l'accompagner, car ce serait une occasion de pratiquer à nouveau l'étude de cadavres, ce qu'il avait cessé de faire depuis qu'il n'assistait plus Feng. Lorsque Xu lui demanda comment il avait acquis ses connaissances, Cí improvisa en disant que son don était une particularité familiale.

— La même qui t'empêche de sentir la douleur ?

— La même, oui, inventa-t-il.

— Eh bien alors cesse de te plaindre et mets-toi au boulot. – Et il lui indiqua une nouvelle tombe.

Ils mangèrent du riz assaisonné d'une horrible sauce préparée avec de l'eau trouble dont Xu se montra particulièrement fier. Dans l'après-midi, Cí nettoya et mit de l'ordre dans le Mausolée Éternel. La pièce contiguë dans laquelle le devin entreposait ses instruments tenait davantage du tas de fumier et il en déduisit que la maison de Xu devait être une porcherie ou encore pire. Aussi, lorsque le devin lui proposa d'aller vivre chez lui avec Troisième, l'idée ne l'enthousiasma pas.

— Qu'est-ce que tu en penses ? demanda le devin sans remarquer la tête de Cí. Puisque nous sommes associés, c'est le moins que je puisse faire pour toi, non ? (Il s'arrêta un instant et fronça les sourcils.) Bien sûr, il va sans dire qu'il faudra me payer… Mais au moins cela résoudrait le problème de ta sœur.

— Te payer ? Mais je n'ai pas d'argent !

— T'inquiète pas pour ça. Ce serait une bagatelle et en plus je la retiendrai sur tes honoraires. Disons… le dixième ?

— Le dixième !? (Cí écarquilla les yeux.) Et c'est ça que tu appelles une bagatelle ?

— Mais oui ! dit-il avec conviction. Et ajoute à ce prix que ta sœur devra aider ma femme à la poissonnerie, car je ne veux pas d'oiseux chez moi.

Bien que le prix lui parût exorbitant, Cí fut rassuré d'apprendre que sa femme s'occuperait de Troisième.

Xu lui expliqua qu'il vivait avec ses deux épouses. Il avait eu trois filles mais, par chance, il avait déjà réussi à les marier, si bien qu'il en était débarrassé. La seule chose qui préoccupait Cí, c'était la santé de sa sœur. Lorsqu'il exposa son inquiétude à Xu, celui-ci lui expliqua que la seule chose dont devrait s'occuper Troisième, ce serait de nettoyer le poisson et de ranger la marchandise. Cí se détendit. Sa vie semblait tout à coup commencer à se redresser.

Ils discutèrent de la manière dont ils organiseraient le travail. Xu mit Cí au courant de la cadence des enterrements, qu'il estima à une cinquantaine par jour, parmi lesquels une bonne partie était causée par des accidents, des règlements de comptes ou des assassinats. Il lui expliqua qu'il y avait d'autres fossoyeurs, mais qu'il s'arrangerait pour s'adjuger les enterrements les plus profitables. Parmi ses projets ne figurait pas seulement la collecte de renseignements sur les morts. Ils en profiteraient également pour faire des affaires avec les vivants.

— En fin de compte, tu t'y connais un peu en maladies. Tu peux sûrement, d'un coup d'œil, deviner si quelqu'un souffre de l'estomac, des tripes ou des intestins…

— Les tripes et les intestins, c'est pareil, précisa Cí.

— Eh, fiston ! Fais pas le malin avec moi, le coupa-t-il. Comme je te disais, les gens viennent toujours ici avec des remords. Tu sais bien : un comportement désagréable, une petite trahison, un larcin que le défunt a commis de son vivant… Si nous établissons une relation entre le mal qui les afflige et l'âme tourmentée du mort, ils voudront se débarrasser de la malédiction et nous on pourra leur soutirer de l'argent.

À la grande contrariété de Xu, Cí refusa tout net. Une chose était d'appliquer ses connaissances pour vérifier les circonstances des décès et une autre, très différente, de profiter de naïfs qui avaient besoin de consolation.

Xu ne s'avoua pas vaincu.

— D'accord. Toi tu identifies la maladie et moi je m'occupe du reste.

Cí se gratta la tête. Il était clair que travailler avec Xu lui occasionnerait plus d'un désagrément.

Cet après-midi-là ils assistèrent à six enterrements. Cí essaya d'examiner un cadavre dont les paupières gonflées semblaient annoncer une mort violente, mais les parents du défunt l'en empêchèrent. Lorsque cela se produisit pour la troisième fois, Xu commença à se demander s'il avait vraiment fait une bonne affaire. Il dit à Cí qu'il allait devoir se secouer s'il ne voulait pas qu'il rompe leur accord.

Cí resta songeur. La nuit tombait et les portes du cimetière allaient bientôt fermer. Il respira profondément et regarda le cortège qui montait lentement la pente. Ce pourrait être sa dernière chance. Il comprit tout de suite qu'il s'agissait d'une famille aisée, parce que le cercueil était luxueusement ouvré et que, derrière eux, un groupe de musiciens payés entonnait une mélodie lugubre. Rapidement, il chercha parmi les assistants celui qui semblait le plus affecté, un jeune homme en deuil dont les yeux rougis montraient une souffrance palpable. Cí eut honte de ce qu'il allait faire, mais il n'hésita pas. D'une façon ou d'une autre, il devait nourrir Troisième ; il s'assura que ses mains restaient cachées sous les gants et il s'approcha du jeune homme sous prétexte de l'accompagner dans sa peine. Puis il lui offrit un bâton d'encens auquel il attribua un pouvoir spécial. Tandis qu'il affabulait sur les qualités du parfum, il chercha dans l'apparence du jeune homme le symptôme d'une quelconque maladie. Il perçut bientôt le ton jaunâtre de ses yeux qu'il identifia, grâce à ses connaissances médicales, comme une affection du foie.

— Parfois, la mort d'un parent aggrave les vomissements et les nausées, lui avoua-t-il. Si vous n'y remédiez pas, la douleur dont vous souffrez du côté droit vous mènera tôt ou tard à la tombe.

En l'entendant, le jeune homme se mit à trembler comme si un spectre venait de lui annoncer un destin fatidique. Lorsqu'il lui demanda s'il était devin, Cí resta muet.

— Et l'un des meilleurs, intervint Xu avec un sourire.

Xu ne perdit pas de temps. Il s'approcha du jeune homme et, après lui avoir fait une courbette exagérée, il le prit par le bras et l'écarta un peu du cortège. Cí ne sut pas de quoi ils parlèrent, mais à voir l'air satisfait de Xu et la bourse qu'il lui montra ensuite, il en déduisit que le commerce commençait à donner des fruits.

*

Ce soir-là, Cí fit la connaissance de la barcasse dans laquelle vivait le devin. Il y avait sans doute bien longtemps que le bateau avait effectué son dernier voyage ;

ce qu'il en restait était amarré au quai grâce à des cordages de chanvre qui l'empêchaient de couler. Il grinçait à chaque pas et empestait le poisson pourri. Aux yeux de Cí, c'était tout sauf une maison, mais Xu en était visiblement très fier. Le jeune homme allait passer derrière la petite bâche qui faisait office de porte lorsqu'il se trouva tout à coup nez à nez avec une femme qui criait comme si on était en train de la dévaliser. La femme voulut jeter Cí et la petite dehors, mais le devin l'arrêta.

— Voici mon épouse, Pomme, dit Xu en riant, et aussitôt une autre femme sortit, plus jeune, qui s'inclina devant eux. Et celle-ci aussi, Clarté, dit-il d'un ton prétentieux sans cesser de rire.

Pendant le dîner, Cí dut supporter les chuchotements des deux femmes. Toutes deux refusèrent à plusieurs reprises l'idée de loger deux personnes de plus dans un endroit où ne tenait même pas un grillon, mais lorsque Xu leur jeta la bourse qu'il avait gagnée au cimetière grâce à Cí, les femmes changèrent de visage et présentèrent un large sourire.

— Je te paierai ta part, murmura-t-il à Cí, et il haussa les épaules.

Ils se couchèrent, entassés comme des harengs. Il revint à Cí de s'allonger près des pieds de Xu, et il se dit alors qu'il aurait sans doute été préférable de dormir près du poisson pourri. Il se demanda si son incapacité de percevoir la douleur lui donnait également une habileté spéciale pour sentir les parfums, et aussitôt lui vint à l'esprit l'étrange odeur qu'il avait remarquée dans sa maison le jour où elle avait été foudroyée. Cette odeur âcre et intense… cette odeur… Il essaya de se retourner pour trouver une position plus confortable, sans succès.

Bercé par le clapotement de l'eau, il chercha le sommeil. On entendait au loin les faibles coups de gong qui annonçaient les heures. Il ne sut combien de temps s'écoulait avant que l'assoupissement ne l'envahisse peu à peu. Des images du temps qu'il avait passé à l'université affleurèrent dans sa pensée et un étrange bonheur le submergea. Il rêvait de sa réussite aux examens lorsqu'il sentit tout à coup qu'on lui fermait la bouche et le secouait avec violence. Il ouvrit les yeux, effrayé, et reçut en plein visage l'haleine de Xu qui lui intimait de se lever en silence.

— Nous avons des problèmes ! Vite ! murmura-t-il.

— Pourquoi ? Que se passe-t-il ?

— Je t'ai dit que ce serait dangereux.

16

La nuit, pratiquement aucune barque ne circulait dans Lin'an, aussi leur fallut-il oublier les canaux et suivre à pied l'inconnu qui les avait réveillés. Cí réussit à apercevoir un visage sombre dissimulé sous une tunique râpée qui autrefois avait pu être orange. L'homme se déplaçait avec une discrétion absolue et s'arrêtait à chaque coin de rue pour s'assurer que personne ne les suivait, leur faisant signe d'attendre ou d'avancer. Cí redemanda à Xu ce qui se passait, mais celui-ci lui conseilla de garder le silence et de marcher.

Ils traversèrent la ville en passant par les ruelles les moins éclairées afin d'éviter les pelotons de la préfecture qui patrouillaient habituellement dans la ville. Cí remarqua qu'ils se dirigeaient vers les montagnes de l'Ouest, l'endroit où s'élevait le principal monastère bouddhiste de la ville. Bien que son nom officiel fût le Palais des Âmes élues, la plupart des citoyens l'appelaient le Rôtisseur de Cadavres, car c'était là que, nuit et jour, on brûlait les morts qu'on ne pouvait enterrer. Lorsqu'ils atteignirent la Grande Pagode, dominée par l'interminable tour aux milles marches, la lune brillait encore entre les nuages menaçants.

L'homme qui les avait guidés jusque-là leur fit signe de s'arrêter et il s'identifia devant celui qui gardait l'entrée. Puis il entra dans l'enceinte et leur ordonna d'attendre. Quand l'homme disparut, Cí pria Xu de lui expliquer ce qui se passait, mais tout ce que le devin trouva à lui dire fut de suivre son exemple et de ne pas ouvrir la bouche.

Peu après apparut un vieillard aux yeux pâles et à la voix chevrotante. Xu s'inclina devant lui et Cí l'imita. L'homme rendit la courbette et il les invita aimablement à l'accompagner. Tous deux avancèrent lentement derrière lui, tandis que Cí s'étonnait de l'exubérante décoration qui ornait les murs, à l'opposé de la sobriété des temples érigés à la gloire de maître Confucius. Ils traversèrent les dépendances de l'édifice principal et s'acheminèrent vers l'aile septentrionale où, disait-on, la chair des morts brûlait jusqu'à être consumée. Là ils prirent une galerie dont la nudité décharnée contrastait avec la fastueuse ornementation qu'ils avaient laissée derrière eux ; elle paraissait descendre jusqu'aux profondeurs des enfers. Une odeur nauséabonde annonça la proximité de la salle d'incinération. L'endroit remplit Cí d'effroi.

La salle était une caverne moisie creusée dans la colline, dans laquelle flottait une brume de cendres qui rendait la respiration difficile. Dans cet épais brouillard, Cí distingua un énorme bûcher sur lequel reposait un cadavre nu qu'entouraient plusieurs silhouettes debout. Il en compta une dizaine.

Comme s'il savait ce qu'il devait faire, Xu s'approcha du bûcher.

— C'est celui-ci ? demanda-t-il, et il fit signe à Cí de s'approcher. (Puis il demanda aux personnes présentes de lui laisser assez d'espace pour examiner le cadavre.) Je n'ai pas voulu te le dire pour ne pas t'inquiéter, murmura-t-il à Cí tandis qu'il palpait négligemment les membres du mort, mais cette momie était le chef d'une des bandes mafieuses les plus puissantes de la ville. Ceux qui nous entourent sont ses fils et ils veulent que nous leur disions qui l'a tué.

— Et comment veulent-ils que nous nous y prenions ? répondit Cí dans un autre chuchotement.

— Parce que hier je leur ai assuré que tu pourrais le faire.

— Toi ? Mais tu as perdu la tête ? Eh bien, dis-leur que tu t'es trompé et allons-nous-en, susurra-t-il.

— Je peux pas faire ça.

— Pourquoi ?

Xu avala sa salive.

— Parce que j'ai déjà touché l'argent.

Cí observa les membres de la famille. Leurs regards froids étaient aussi tranchants que le fil des dagues qu'ils serraient dans leurs poings. Il pensa que s'il échouait, il y aurait plus d'un cadavre dans la salle.

Avec une moue de désapprobation, il demanda plus de lumière et s'avança vers Xu en priant de tirer correctement profit de ce qu'il avait appris avec le juge Feng.

Il approcha la lanterne du visage du mort, un amas de chair et de sang séché auquel manquaient une oreille et une partie des pommettes. Un cas de violence inutile. Pourtant, aucune des blessures ne paraissait mortelle.

D'après la rigidité des membres et la coloration de la peau, il estima que la mort remontait au moins à quatre jours. Il demanda une grande quantité de vinaigre et interrogea les présents sur les circonstances dans lesquelles le défunt avait été trouvé. Il demanda également si un juge l'avait déjà inspecté.

— Personne ne l'a examiné. Le cadavre a été trouvé dans son jardin, au fond d'un puits. C'est le domestique qui était de service à ce moment-là qui l'a découvert, dit l'un des présents, ajoutant que Xu leur avait assuré qu'il devinerait le nom de l'assassin.

Cí prit une grande inspiration. S'il permettait à ces hommes d'avoir la certitude de son infaillibilité, il n'y aurait ensuite aucun moyen d'alléguer le contraire. Il réfléchit à la manière de résoudre le malentendu.

— Tout ne dépend pas de moi, dit-il en haussant le ton pour s'assurer qu'ils l'entendaient. Il est vrai que je peux deviner certaines choses, mais il faut toujours compter avec les dieux et leurs desseins. – Et il regarda en direction du grand moine, quêtant son approbation.

Le moine acquiesça d'une courbette et fit de même devant quelques parents que cette déclaration ne troubla pas.

Cí avala sa salive. Il se retourna vers le mort et poursuivit son examen. Le cou paraissait intact, mais en écartant la couverture qui cachait le torse, une myriade d'asticots frémit sur le tas graisseux des intestins répandu sur le flanc droit. La puanteur le prit à la gorge et, descendant jusqu'à son estomac, le fit vomir. Xu lui vint en aide. Lorsqu'il eut repris ses esprits, il réclama de la charpie trempée dans de l'huile de chanvre qu'il introduisit dans ses fosses nasales dès qu'il l'eut entre les mains. Alors, comme par magie, la puanteur disparut. Puis il chargea Xu de creuser un trou dans lequel pourrait tenir le corps.

— L'homme était bouddhiste. Ils veulent l'incinérer, prévint Xu.

Cí expliqua à Xu qu'il avait besoin de la fosse pour réchauffer le corps. C'était une chose qu'il avait vu faire de nombreuses fois par son maître Feng, mais surtout qui leur donnerait du temps. Tandis que plusieurs moines se mettaient à creuser, Cí entreprit l'examen détaillé. Il demanda aux parents de s'écarter pour se faire valoir.

— Avec la permission de l'aîné, je me trouve devant un homme honorable d'une soixantaine d'années, de stature et de complexion moyennes, de constitution normale pour son âge. Pas de cicatrices ou de marques anciennes qui révéleraient une maladie grave ou mortelle. (Il les regarda.) Sa peau est molle et dépressible, mais elle se déchire si on la tire avec force. Les cheveux sont blancs et clairsemés, et eux aussi se détachent si on les tire. Il présente de nombreuses contusions à la tête et au visage, sans doute produites par l'impact d'un objet contondant.

Il s'arrêta pour observer les lèvres du mort. Il mémorisa un détail et poursuivit.

— Le torse est égratigné, probablement parce qu'il a été traîné sur le sol. Le ventre… (Il tenta de dissimuler une grimace de dégoût.) Le ventre présente une entaille qui part de la base du poumon gauche et va jusqu'à l'aine droite, laissant la plupart des viscères à l'extérieur. (Il s'interrompit pour retenir une nausée.)

Il a les intestins gonflés d'humeurs, mais pas le ventre. Sa tige de jade est normale. Les jambes ne présentent aucune éraflure...

Il regarda les parents, espérant qu'ils trouvaient l'information satisfaisante. Mais ceux-ci demeurèrent imperturbables, dans l'expectative, comme qui, assistant à un long spectacle, attend la révélation d'une fin étonnante.

« Dans quel guêpier m'as-tu fourré, Xu ? S'il m'est déjà difficile de déceler la cause de la mort, comment peuvent-ils imaginer que je saurai le nom du coupable ? »

Cí pria le devin d'interrompre le creusement de la fosse et de l'aider à retourner le cadavre. Lorsque celui-ci fut couché sur le ventre, il ordonna aux moines de terminer la fosse. Malheureusement, une fois examiné, le dos du défunt n'offrait que peu d'indices remarquables, aussi couvrit-il le corps et commença-t-il à énumérer ses conclusions.

— Aux yeux du premier venu, cet homme a été assassiné par l'énorme entaille qui lui a ouvert le ventre. La blessure a provoqué l'éviscération qui...

— Nous n'avons pas payé pour que tu nous racontes ce qu'un aveugle serait capable de deviner ! l'interrompit un vieil homme, et il fit un signe à un jeune homme élancé dont le visage était traversé d'une balafre.

Sans un mot, le défiguré s'approcha de Xu, il l'attrapa par les cheveux et appuya sa dague sur sa gorge. Le vieux alluma une toute petite bougie qu'il posa près de Cí.

— Vous avez jusqu'à ce que la bougie s'éteigne. Si à ce moment-là vous n'avez pas prononcé le nom de l'assassin, toi et ton associé, vous le regretterez.

Un frisson glacé parcourut Cí. Il ignorait encore l'origine du décès ; il se tourna vers Xu en quête d'une réponse que celui-ci ne lui donna pas. Il contempla le faible vacillement de la flamme tandis qu'elle descendait, lentement mais inexorablement.

Xu aida à finir le trou. Lorsqu'ils eurent terminé, Cí ordonna qu'on le remplît de charbons ardents qu'il envoya chercher dans les cuisines. Quand les braises s'éteignirent, il posa dessus une natte, l'arrosa de vinaigre et demanda que l'on transportât le cadavre dans la fosse. Ceci fait, il le couvrit avec le plaid et attendit, nerveux.

Agitée par la brise, la bougie languit. Cí sentit son estomac se nouer.

Il aspira une bouffée d'air et révisa ses options. Tout au plus pourrait-il hasarder la cause, mais de là à en déduire le nom du coupable il y avait un abîme impossible à franchir. Et, bien sûr, il ignorait si une telle réponse serait suffisante pour apaiser la colère de ces hommes. Il prit un temps qu'il n'avait pas pour découvrir le cadavre et adopta un air solennel. Puis il examina ses chevilles.

— Comme je le disais (il chercha les présents du regard), aux yeux de n'importe quel observateur cet homme est mort de la brutale blessure qui a déchiqueté son ventre… Mais une telle évidence démontre seulement l'astuce et la perversité de son assassin. (Du bout des doigts il caressa les chevilles du mort.) Un homme sournois, froid et inquiétant qui non seulement a disposé du temps nécessaire pour perpétrer le crime, mais qui ensuite a manipulé le cadavre pour nous faire croire qu'il était arrivé quelque chose d'autre que ce qui s'est réellement passé.

Les personnes présentes écoutèrent avec attention. Mais Cí, lui, n'avait d'yeux que pour le vacillement de la flamme de la bougie qui diminuait à pas de géant. Il essaya de détourner le regard et de se concentrer sur son allocution.

— Quand je vous ai posé la question, vous m'avez répondu que la nuit de sa disparition le défunt était gardé par des hommes dignes de confiance. Ce fait écarte une éventuelle conspiration et par là même nous conduit vers un seul responsable. Un être cruel et violent, excessivement lâche, semblable à un chacal.

— Le temps passe, l'avertit l'homme qui menaçait Xu.

Cí regarda la cire du coin de l'œil. Il serra les mâchoires et s'approcha de l'homme à la dague.

— Mais cet homme n'est pas mort poignardé. Bien sûr que non, comme le démontre la peau coupée qui borde l'entaille. (Il la montra.) Si vous l'observez avec soin, vous constaterez que les vers ont respecté les lèvres de la blessure, une blessure qui au moment où elle a été faite n'a pas saigné. Et elle n'a pas saigné parce que lorsqu'on a ouvert ce malheureux de haut en bas, il y avait déjà des heures qu'il était mort.

Une rumeur parcourut la caverne jusqu'à devenir une clameur de stupeur.

Cí poursuivit.

— Curieusement, il n'est pas mort non plus noyé, comme le démontre le fait que son estomac se révèle

259

vide lorsqu'on le comprime et que ses fosses nasales ainsi que l'intérieur de sa bouche, y compris les dents et la langue, sont exempts de restes végétaux, d'insectes ou de la saleté qu'on trouve dans les puits et qu'il aurait sans doute avalés s'il avait été vivant. La seule réponse possible, c'est donc qu'il était déjà mort quand on l'a jeté dans le puits. (Il se tourna vers la famille.) Ce qui nous conduit finalement à la question de la manière dont il est mort.

— Et s'il n'a été ni poignardé ni asphyxié, s'il n'a même pas été frappé, alors comment est-il mort? demanda le fils.

Cí savait que de ses paroles pouvaient dépendre leurs vies, aussi les soupesa-t-il.

— Votre père est mort d'horrible façon, très lentement. Sans avoir la possibilité de parler. Sans être capable d'appeler à l'aide. Votre père est mort dans les râles, empoisonné. (Un nouveau murmure se répandit dans la crypte.) C'est ce que nous confirment ses doigts raides et ses lèvres noircies, de même que sa langue obscure nous parle sans doute du cinabre: l'élixir mortel des taoïstes, le poison des alchimistes fous. (Cí fit une pause, juste avant de constater que la flamme se débattait dans son dernier souffle.) Une fois mort, poursuivit-il, et en profitant de l'obscurité de la nuit, votre père a été attaché par les chevilles puis traîné face contre terre jusqu'au puits de son jardin, dans lequel il fut ignominieusement jeté. Mais peu satisfait de son acte, l'assassin a encore eu le temps de fendre son estomac et de mutiler son visage, dans l'unique intention de cacher la véritable cause de la mort.

— Comment peux-tu savoir cela? l'interrompit l'un des présents.

Cí ne fut pas effrayé.

— Parce que les marques révélées par les vapeurs de vinaigre ne laissent place à aucun doute. (Il leur montra les chevilles.) C'est pour cette raison que je sais qu'il a été traîné sur le ventre, encore agonisant, comme l'attestent ses ongles, lesquels se sont fendus alors qu'il tentait de s'accrocher à la vie. – Il montra les ongles pleins de terre, pariant qu'elle correspondait à celle de son jardin.

Cí vit la bougie défaillir. L'homme au couteau tendit ses muscles au moment où la flamme exhalait son dernier soupir.

— Impressionnant, admit le parent le plus âgé, mais tu n'as toujours pas prononcé le nom de l'assassin. (Et il fit un geste au balafré qui tenait le couteau.) Le nom, exigea-t-il.

Désespéré, Cí regarda autour de lui, cherchant une issue. Il n'y avait ni fenêtres ni couloirs. Rien que la roche nue. Deux hommes armés gardaient la seule porte qui communiquait avec l'extérieur et Xu était prisonnier. Il devait prendre tout de suite une décision qui pourrait les sauver.

L'homme au couteau pressa l'arme sur le cou de Xu. Ses yeux insensibles révélaient sa détermination. Cí comprit que s'il ne lui donnait pas un nom, il trancherait le cou du devin.

Quelques instants de silence s'écoulèrent pendant lesquels il n'entendit que sa respiration.

Le plus âgé n'en supporta pas davantage. Il donna l'ordre au balafré et celui-ci leva le bras pour abattre le couteau sur le cou de Xu. Alors Cí poussa un cri.

— L'Homme du Grand Mensonge ! inventa-t-il.

Déconcerté, le balafré s'arrêta. Il chercha sur le visage de l'ancien un signe d'approbation.

— C'est le coupable que vous cherchez, insista Cí, tentant de garder l'équilibre sur la toile d'araignée qu'il s'efforçait de tisser.

Il regarda Xu, attendant que le devin dise quelque chose, qu'il fasse un geste qui lui indiquerait un chemin, un indice qui lui révélerait comment sortir de ce bourbier, mais Xu gardait ses paupières closes, serrées comme des verrous.

— Tue-le, condamna le vieillard.

— Chang ! C'est Chang qui l'a assassiné ! cria brusquement Xu.

Le vieillard pâlit.

— Chang ! – Ses lèvres remuèrent. Ensuite, ses mains tremblantes cherchèrent dans ses vêtements un couteau qui brilla à la lumière des lanternes. Lentement, sans dire un mot, il s'avança vers l'un des présents qui recula, atterré, jusqu'à ce que plusieurs hommes l'arrêtent en le saisissant par les bras. L'homme terrifié était Chang. Celui que Xu venait de nommer. L'accusé nia le crime, mais lorsqu'ils lui arrachèrent les ongles, il avoua qu'il n'avait pas voulu le faire et demanda pardon en sanglotant. Son visage était celui d'un transfiguré. L'image de celui qui comprend que sa vie s'éteint, de celui qui se sait mort avant que cela n'arrive.

Il n'opposa pas de résistance.

Son exécution fut lente. Le vieillard sectionna avec habileté les veines de son cou afin que l'assassin se voie mourir. Lorsqu'il exhala un dernier râle, les hommes se tournèrent vers Cí et le complimentèrent par une courbette. Puis le vieil homme remit au devin une bourse bien remplie.

— Ton second versement. (Il s'inclina. Xu lui rendit son salut tandis qu'il reprenait son souffle.) Et maintenant, si vous le permettez, nous devons honorer nos morts.

Xu allait se retirer, mais Cí l'en empêcha.

— Écoutez-moi tous ! exhorta-t-il. Les dieux ont parlé par ma bouche. Leurs desseins ont rendu possible la révélation de l'assassin et, avec le pouvoir qu'ils m'ont accordé, je vous conjure de garder le silence sur tout ce que vous venez de voir. Qu'aucune âme autre que la vôtre n'ait vent de ce secret. Que personne ne permette à sa langue de trahir ce prodige, sinon je vous promets que les spectres des enfers vous poursuivront vous et vos familles jusqu'au jour où vous tomberez dans votre tombe.

Le vieillard garda le silence, les lèvres serrées. Puis il s'inclina une nouvelle fois et se retira avec toute sa suite. Enfin, le même moine qui les avait conduits jusqu'à la crypte les accompagna vers la sortie.

Cí et Xu prirent le chemin du retour à la ville, descendant la colline de la Grande Pagode par son versant oriental. On devinait le point du jour là où la mer se fondait dans l'horizon. Un soleil qui pour Cí existait à peine. Ils marchèrent sans s'adresser la parole, chacun méditant sur ce qui s'était passé. Un peu avant de franchir le rempart qui défendait la ville, Xu fit face à Cí.

— Quel démon t'a poussé à leur dire ça ? marmonna-t-il. Nous avions entre nos mains l'affaire de nos vies et toi tu as tout fiché par terre. À quoi pensais-tu quand tu les as menacés ? Ces gens connaissent tout le monde. Sans ton sermon stupide, dans quelques heures tout Lin'an saurait ce qui s'est passé, les clients pleuvraient sur nous et nous aurions gagné assez pour acheter notre propre cimetière.

Cí ne pouvait dire à Xu qu'un gendarme le poursuivait et que ce dont il avait le moins besoin c'était que tout Lin'an apprenne qu'un garçon aux mains brûlées travaillait au cimetière. Malgré tout, ses tripes se retournèrent. Ils avaient failli mourir, et au lieu de le remercier de l'avoir sauvé, Xu ne pensait qu'à lui reprocher d'avoir porté tort à leur futur négoce.

Il eut envie de s'éloigner de lui. Il pensa à tout laisser tomber, prendre Troisième et fuir n'importe où, mais le froid de l'aube apaisa sa colère et calma sa réponse.

— C'est ainsi que tu me paies de ce que j'ai fait pour toi ? dit-il à la fin.

— Prends garde, fiston ! Va pas t'attribuer un mérite qui n'est pas le tien ! C'est moi qui ai prononcé le nom de Chang ! brama Xu. – Son visage était celui des illuminés qui se croient dépositaires de la vérité absolue.

Cí le regarda comme si c'était un margoulin et il se demanda s'il valait la peine de discuter avec quelqu'un dont les seuls raisonnements se rapportaient à l'argent. Il supposa que non, mais il n'était pas disposé à se laisser asservir. Pas si en dépendaient l'avenir de sa sœur et le sien.

— Je comprends, dit-il. Sans doute aurait-il mieux valu les laisser te poignarder. Ou peut-être que j'aurais pu rester muet devant le cadavre, en attendant que toi tu trouves la solution.

— J'ai dit le nom de l'assassin ! répéta Xu.

— D'accord ! Ça revient au même ! De toute façon, c'est la première et la dernière fois que nous discutons de cette affaire.

— Je comprends pas. Qu'est-ce que tu veux dire ?

— Eh bien je veux dire que jamais, tu m'entends, jamais je ne participerai à ce qui pour tout être à peu près normal serait une folie, et qui pour toi n'est qu'un commerce lucratif. (Il s'arrêta net.) Par tous les dieux ! Tu crois vraiment que je peux tout deviner ? Maudit sois-tu ! Je ne suis qu'un pauvre diable qui n'a même pas terminé ses études et tu veux que je me comporte comme un dieu face à des énergumènes qui n'auraient pas hésité un instant à nous trancher le cou… Vraiment, j'ai beau y réfléchir, je ne comprends toujours pas comment tu as pu avoir cette idée.

Xu sortit la bourse qui contenait les pièces et il la secoua devant son visage.

— Elles sont en argent !

— Je ne veux pas d'un cercueil en argent. – Cí les écarta de lui.

— Et en quoi le préfères-tu ? En chanvre ? Parce que c'est ce que tu obtiendras si tu suis ton chemin. Où crois-tu pouvoir aller sans moi ? Dis-moi. Me prends-tu pour un idiot ? Si tu avais quelque chose de mieux à faire, ou un endroit où aller, tu serais pas ici avec moi, alors remercie-moi de ce que je fais pour toi et arrête de faire la fine bouche. Tiens. (Et il lui donna le tiers des pièces.) C'est plus que ce que tu gagnerais en six mois de travail.

Cí les refusa. Il savait bien où conduisait l'avarice. Son père le lui avait appris.

— Maudit sois-tu, fiston. Mais que voulais-tu ? Gagner de l'argent sans prendre de risques ?

— Peut-être que cet homme... Chang...

— Quoi ?... brama Xu.

— Ce Chang, pourquoi l'as-tu accusé ? Il était peut-être innocent.

— Innocent ? Ha ! Ne me fais pas rire. De tous ceux qui se trouvaient là, même le plus innocent est capable de poignarder son propre fils et ensuite de l'enterrer vivant. De quoi crois-tu qu'ils vivent ? Que penses-tu qu'ils auraient fait de nous ? Je connaissais Chang. Tout le monde le connaissait. Cet homme enviait la place du mort. Et tu as vu qu'il a avoué. En plus, qu'est-ce que ça peut faire qu'il soit innocent ou pas ? C'était un voleur, un indésirable, et tôt ou tard il aurait terminé comme ça, alors tant mieux si sa mort a contribué à nous rendre moins pauvres.

— Je me moque de ce qu'il était, dit Cí en élevant la voix. Tu n'étais pas certain, tu n'avais pas de preuves, et sans preuves on ne peut condamner personne. Il a peut-être avoué parce qu'ils l'ont torturé. Non. Je ne me prêterai plus à pareil simulacre. Tu m'as compris ? Peu m'importe de travailler, de creuser des fosses, d'ausculter des patients, d'examiner des vivants ou des morts... quoi que ce soit. Peu m'importe. Mais je t'avertis : ne me redemande jamais d'accuser quelqu'un sans en avoir les preuves... parce que alors je t'accuserai toi.

*

Pendant le trajet, Xu lança des regards venimeux à Cí mais celui-ci n'y prit pas garde. Le garçon marchait tête basse, plongé dans ses pensées, réfléchissant au dilemme de sa situation. Un dilemme qui le rongeait intérieurement et qu'il ne savait comment résoudre.

S'il oubliait le devin et disparaissait, peut-être pourrait-il recommencer une nouvelle vie loin de Lin'an. Il n'avait qu'à ramasser l'argent que Xu venait de lui offrir, réveiller Troisième et fuir cet essaim de dangers. Mais prendre la fuite signifiait aussi renoncer à tout ce dont il avait rêvé : à ses illusions, à l'université, aux examens impériaux qui, s'il les réussissait, lui rendraient l'honneur et le respect pour lesquels il avait tant lutté et que le délit de son père l'empêchait maintenant d'atteindre.

D'un autre côté, demeurer à Lin'an signifiait rester à la merci du devin, de ses ruses capricieuses et de leurs terribles conséquences. Et attendre la mort dès lors que Kao mettrait la main sur lui.

Il envoya un coup de pied dans une pierre et se maudit.

Il regretta de ne pas avoir un père intègre à invoquer, un esprit droit et vertueux à qui faire part de ses angoisses et de ses peines. Il regarda l'horizon. Les rayons de l'aube commençaient à baigner la ville. Il se jura que cela n'arriverait jamais à ses fils. Lorsqu'il en aurait, il ferait l'impossible pour qu'ils soient fiers de lui. Et tout ce que lui avait ravi son père, il le leur offrirait.

Sans bien savoir comment, ils arrivèrent à la maison flottante de Xu. Cí n'avait pas encore pris de décision, mais Xu l'y aida. Le devin posa un pied sur la barcasse et garda l'autre sur la terre ferme, empêchant Cí de passer.

— Tu as deux options : soit tu continues à travailler comme jusqu'à présent, soit tu fiches le camp d'ici. C'est aussi simple que ça, dit-il.

Cí le regarda.

Il n'avait pas deux options. Il n'en avait qu'une : garder sa sœur en vie.

Il serra les dents et écarta le devin.

17

Au cours des semaines qui suivirent, rien ne fut facile pour Cí.

Chaque nuit il se levait en silence pour se rendre à la halle impériale et transporter le poisson que la femme de Xu y achetait tous les jours. De retour à la barcasse, il aidait à le trier et le nettoyer afin d'avancer une partie du travail qui revenait à Troisième et que celle-ci, malade ou pas, devait accomplir. Ensuite, il accompagnait Xu dans la ronde matinale qu'il faisait sur les quais et les marchés pour s'enquérir de toutes les morts accidentelles ou violentes qui étaient survenues la veille. En général, cela comprenait une visite aux hôpitaux et aux dispensaires où Xu, en échange d'une somme modique, recueillait auprès des surveillants les noms et la situation personnelle des malades les plus graves, les affections dont ils souffraient et les traitements qu'ils suivaient ; il faisait de même à la Grande Pharmacie de Lin'an. Avec cette liste, Xu planifiait le travail, choisissant parmi les cas les plus faciles ceux qui pourraient rapporter les plus gros bénéfices.

Sur le chemin des Champs de la Mort, Cí rassemblait et évaluait les informations. Il examinait les antécédents et consultait les renseignements des jours précédents, s'assurant qu'ils disposaient des détails nécessaires qui lui permettraient d'accroître la crédibilité de ses constatations. Une fois au cimetière, il mettait de l'ordre dans les instruments qu'il emploierait plus tard pour les examens, et dont le nombre augmentait peu à peu grâce à une part des bénéfices que lui remettait Xu. Ensuite, il aidait Xu à creuser les fosses, à charrier la terre d'un endroit à un autre, à poser les pierres tombales ou à transporter les cercueils que les parents se sentaient incapables de traîner. Après le repas, ils se préparaient pour le numéro, ce qui consistait à se laver et à s'habiller d'une sorte de déguisement de nécromancien que la première épouse de Xu lui avait confectionné et auquel il avait ajouté un masque pour cacher son visage.

— Ainsi nous donnerons plus de mystère, avait suggéré Cí à Xu, au lieu de lui expliquer qu'étant fugitif il n'avait aucune envie d'être connu.

L'idée ne fut pas du goût du devin, mais lorsque Cí insinua que, de cette façon, si un jour il lui arrivait quelque chose, n'importe qui pourrait le remplacer sans qu'il soit besoin pour lui d'interrompe le négoce, Xu l'accepta, ravi.

Habituellement, ils alternaient les travaux du cimetière et les déplacements au Grand Monastère bouddhiste. Les incinérations leur procuraient moins de revenus que les enterrements, mais elles généraient une publicité qui ne faisait qu'allonger la liste des clients avides de savoir.

Le soir, lorsqu'il retournait à la barcasse, il réveillait Troisième pour s'assurer qu'elle allait bien et qu'elle avait accompli ses obligations à la poissonnerie. Si c'était le cas, il lui donnait des petits cadeaux, des figurines en bois qu'il sculptait lui-même entre deux enterrements. Puis il lui administrait son médicament, vérifiait ses exercices d'écriture et récitait avec elle la liste des mille mots que les enfants devaient mémoriser pour apprendre à lire.

— J'ai sommeil, se plaignait-elle, mais il lui caressait les cheveux et insistait pour qu'elle apprenne quelques mots de plus.

— Tu ne veux pas être toujours poissonnière... – Alors elle attrapait la feuille des caractères, tirait la langue et s'appliquait à la lecture.

Ensuite, lorsque tous dormaient, il sortait dans le froid vif de la nuit et, muni d'une petite lanterne, s'abîmait les yeux sous le reflet des étoiles à réviser les chapitres des *Prescriptions laissées par les esprits de Liu Juanzi*, un passionnant traité de chirurgie qu'il avait acheté d'occasion au marché aux livres. Là, il étudiait jusqu'à ce que le sommeil le force à abdiquer ou que la pluie éteigne la lanterne. Alors, et seulement alors, il cherchait un espace où se reposer entre les pieds de Xu et le poisson pourri.

Mais chaque nuit, sans en manquer une seule, avant que ses paupières se ferment de fatigue, il se souvenait du déshonneur de son père et l'amertume le submergeait.

*

Les mois passant, Cí apprit à distinguer les blessures accidentelles de celles produites dans l'intention de tuer ; à discerner entre les coupures produites par les haches de celles causées par des dagues, des couteaux de cuisine, des coupe-coupe ou des épées ; à faire la différence entre une pendaison et un suicide ; à observer – sachant que la quantité de poison ingéré pour un suicide est toujours inférieure à celle utilisée pour un assassinat – les effets différents produits par un même venin selon la personne qui l'avait administré. Il découvrit que les procédés employés pour assassiner étaient le plus souvent grossiers et instinctifs quand les mobiles obéissaient à la jalousie, à la fureur ou à une brusque dispute, mais qu'ils augmentaient en raffinement et en ruse lorsqu'ils avaient pour origine l'obsession et la préméditation.

Chaque nouveau cas constituait un défi qui réveillait non seulement son intelligence, mais aussi son imagination. N'ayant ni temps ni moyens, il devait replacer chaque cicatrice, chaque blessure, chaque inflammation, chaque induration ou coloration, chaque détail, aussi infime qu'il paraisse, dans une mosaïque complète. Parfois, une simple mèche de cheveux ou une légère suppuration fournissait la clé permettant de résoudre une affaire inexplicable.

Et lui, il détestait ne pas les découvrir.

Cadavre après cadavre, il dut accepter l'ampleur de son ignorance. Ses conclusions avaient beau faire figure de magie aux yeux des autres, plus il apprenait plus il se rendait compte de la médiocrité de ses connaissances. Il lui arrivait de se désespérer devant un symptôme inconnu, un cadavre muet, une cicatrice impossible à identifier ou une déduction erronée. Quand cela lui arrivait, il admirait encore plus son ancien maître, le juge Feng, l'homme qui lui avait inculqué l'amour de la recherche et du détail. Avec lui, il avait appris des choses qu'on ne lui avait jamais enseignées à l'université. Et tout comme autrefois, Cí découvrait maintenant un nouveau monde de sagesse que Xu partageait avec lui.

Car Xu aussi savait beaucoup de choses sur les morts.

— Celui-ci, c'est pas la peine de l'ouvrir. Regarde son ventre. Il est crevé de l'intérieur, lui disait-il plein d'arrogance, fier de connaître quelque chose dont il pensait que Cí l'ignorait.

En effet, Xu dominait l'observation des cadavres de la même façon qu'il exerçait avec habileté l'interprétation des expressions des vivants. Il savait retourner les corps, trouver des os brisés, deviner les coups de bâton, reconnaître les hématomes, prédire les causes et les origines, et même déterminer le métier des morts qui passaient entre ses mains, comme s'il avait interrogé un vivant. Cela faisait des années qu'il manipulait les cadavres au cimetière, qu'il aidait à l'incinération des défunts bouddhistes et, à ce qu'il disait, il avait même travaillé comme fossoyeur dans les prisons du Sichuan, où les tortures et les morts violentes étaient quotidiennes. Une expérience qui faisait défaut à Cí.

— Là, oui, on voyait des exécutions. De vrais assassinats, pas ces jeux d'enfants ! se vantait-il devant Cí. Si leurs familles ne leur apportaient pas à manger à la prison, le gouvernement ne leur donnait rien, aussi c'était une meute de loups.

En l'entendant, Cí se souvint de son frère Lu et de la terrible mort qu'il avait eue. Il voulut croire que dans les prisons du Sichuan son sort n'aurait pas été très différent.

L'expérience de Xu était une inépuisable source de connaissances, à laquelle Cí s'abreuvait sans se lasser ; un torrent dont il s'imbibait avec avidité en attendant le jour où il pourrait se présenter aux examens impériaux.

Mais tout cela n'était pas suffisant, aussi consacrait-il ses rares moments de liberté à l'étude.

Quand l'hiver arriva, il proposa au devin d'élargir son instruction en achetant de nouveaux livres. Xu fut d'accord.

— Mais tu devras te les payer avec ton argent.

Cí n'y vit pas d'inconvénients. Finalement, le négoce rapportait suffisamment pour nourrir Troisième et acheter de nouveaux médicaments, qui étaient de plus en plus chers. Le reste serait bien employé si Xu lui permettait de disposer de temps pour étudier.

Au cours du printemps, Cí prit de l'assurance. Sa vue s'était affinée au point de distinguer, au premier coup d'œil, la couleur violacée d'une contusion du ton pourpre caché sous un coup sec ; son odorat avait appris à séparer la puanteur de la corruption de la fétidité plus douceâtre de la gangrène ; ses doigts percevaient les indurations sous les tissus, les petites plaies produites par une corde autour d'un cou, la mollesse de la vieillesse, les brûlures causées par les soins de moxibustion, et même les infimes cicatrices provoquées par les aiguilles d'acupuncture.

Chaque jour il se sentait plus sûr. Plus confiant.

Et ce fut son erreur.

Un jour pluvieux d'avril, un important groupe de nobles luxueusement vêtus gravit lentement le flanc du cimetière, portant un cercueil. Les deux serviteurs qui le précédaient devancèrent le cortège à la recherche de Xu pour lui demander d'éclairer la famille sur les causes du décès. Apparemment le défunt, un haut fonctionnaire du ministère de la Guerre, était mort la nuit précédente après une longue maladie dont on venait à peine d'établir la cause, et ses parents voulaient savoir si le décès aurait pu être évité.

Après être convenu du prix, Xu alla chercher Cí. Il le trouva où il l'avait laissé, couvert de boue à l'intérieur d'une tombe dont les parois s'étaient écroulées tandis qu'il l'agrandissait. Ses vêtements étaient si sales que Cí demanda à Xu suffisamment de temps pour se nettoyer, mais celui-ci le pressa d'enfiler le déguisement et de recevoir ces personnes. Cí obéit à contrecœur, mais les gants que lui avait confectionnés la femme de Xu pour cacher les brûlures de ses mains étaient tachés de boue.

« Et j'ai oublié l'autre paire dans la barcasse. »

Il ne pouvait prendre le risque que ses brûlures le trahissent.

— Tu sais que je ne peux pas le faire sans gants, dit-il à Xu, à qui il avait expliqué bien des fois que cela le dégoûtait d'examiner les cadavres sans eux.

— Maudit sois-tu, Cí. Eh bien cache-les ou mets-les-toi dans le cul. Tu pourrais le faire même avec les mains derrière le dos.

Il aurait dû refuser, mais il accepta. Finalement, pensa-t-il, ce serait une fois de plus un vieillard mort de maladie. Il passa le déguisement dans le pavillon et sortit pour recevoir le cortège, essayant de tenir ses mains cachées sous les manches. Il lui suffit de voir le visage du cadavre pour savoir qu'il s'agissait d'une simple histoire d'apoplexie.

« C'est bon. Jouons la scène. »

Il commença par s'incliner devant la famille, puis s'approcha du cercueil. Le cou du défunt était légèrement enflé, son visage ridé, affable, ses habits de fête sentaient l'encens et le santal. Rien d'anormal. Il n'avait pas besoin de le toucher. Les parents désiraient seulement une confirmation et c'est ce qu'il allait faire. Il s'assura que ses mains restaient sous les manches et fit semblant d'examiner le visage, le cou et les oreilles, promenant les manches au-dessus.

— Il est mort d'apoplexie, opina-t-il.

Les parents s'inclinèrent pour le remercier et Cí fit de même en réponse. Le travail n'avait présenté aucune difficulté. Cependant, alors qu'il se retirait, une voix résonna dans son dos.

— Attrapez-le !

Avant qu'il pût l'éviter, deux hommes le saisirent et un troisième se mit à le fouiller.

— Que se passe-t-il ? – Cí tenta de s'enfuir.

— Où est-elle ? Où l'as-tu mise ? apostropha l'un d'eux.

— Je l'ai vu la cacher sous ses manches, l'accusa un autre.

Cí regarda Xu, cherchant une explication, mais celui-ci resta à l'écart. Alors ceux qui le retenaient lui enjoignirent de rendre la broche de perles qu'il venait de voler. Cí ne sut quoi dire. Il eut beau essayer, il ne parvint pas à les convaincre de son innocence. Même lorsqu'ils l'eurent dénudé ils ne furent pas rassurés. Après lui avoir jeté ses vêtements à la figure pour qu'il se couvre, ils se remirent à l'invectiver.

— Maudit brûlé ! Ou tu nous dis où est la broche ou nous te rouons de coups.

Cí tenta de réfléchir. L'un des parents avait ordonné à un domestique de retourner en ville et de porter plainte pour vol auprès des autorités, mais les autres ne paraissaient pas disposés à attendre son retour. Les deux hommes qui le retenaient lui tordirent les bras, mais, à leur grande surprise, Cí ne s'émut pas.

— Je vous répète que je n'ai rien volé ! Je ne l'ai même pas effleuré, se défendit-il.

Un coup de poing dans l'estomac le plia en deux. Il sentit l'air lui manquer.

— Rends-la ou tu ne sortiras pas vivant.

Ces hommes allaient le tuer. Il pensa à Troisième et cria d'impuissance. Il n'avait rien volé. C'était une erreur. Il le répéta à satiété, mais ils refusèrent de le croire. Alors un homme s'approcha, une corde à la main. Cí devint muet.

Il sentit un nœud lui serrer la gorge. L'homme allait l'étrangler lorsqu'une voix autoritaire résonna comme un coup de tonnerre.

— Arrête ! Lâche-le !

Cí ne comprit pas. Soudain, ceux-là mêmes qui venaient de le frapper le remirent sur pied en baissant la tête. Face à eux, le chef de famille brandissait, tremblant, la broche perdue.

— Je… Tu ne sais pas combien je regrette. Mon fils vient de la retrouver au fond du cercueil. Elle a dû se détacher pendant le transport et... – Le patriarche s'inclina, rongé par le remords.

Cí ne dit mot. Il secoua la poussière de ses vêtements et se perdit entre les haies.

Ce soir-là, il médita sur le pont de la barcasse jusqu'à une heure avancée de la nuit. Peut-être son incapacité à percevoir la douleur physique exacerbait-elle la douleur de son esprit, mais ce qui était sûr, c'est qu'il se sentait en grande partie responsable de ce qui s'était passé. Si au lieu de se préoccuper de garder les brûlures de ses mains cachées il avait inspecté le cadavre avec soin et proprement, peut-être personne ne l'aurait-il soupçonné. Il ne reprochait pas non plus son attitude à Xu. Il s'était simplement tenu à l'écart parce qu'il ne comprenait pas ce qui se passait. En tout cas, il avait appris qu'il ne devait jamais prendre un examen à la légère, aussi évident que parût son résultat, et que la plus petite erreur pouvait le conduire à la mort, ou du moins lui causer de graves problèmes.

Il se coucha en regardant les étoiles. Cette journée n'avait pas été bonne. Bientôt arriverait la nouvelle année et il aurait vingt et un ans. C'était un mauvais présage pour la commencer.

Deux jours plus tard, les choses empirèrent.

Ce matin-là il se trouvait près de Xu en train de faire briller un cercueil dans le Mausolée Éternel quand son attention fut brusquement attirée par un étrange murmure qui provenait de l'extérieur. Au début il l'attribua au fredonnement du garçon qui ratissait les jardins, mais peu à peu la rumeur s'amplifia jusqu'à se transformer en aboiements de chien. En l'identifiant, ses poils se hérissèrent. La dernière fois qu'il avait entendu des aboiements, c'était lorsqu'il avait fui Kao le gendarme. Dans le cimetière n'entrait d'habitude aucun chien. Il courut vers la porte et regarda à travers une fente. Son visage s'altéra.

Sur la colline montait un fin limier excité par un gendarme en uniforme. C'était Kao. Instinctivement, Cí s'accroupit.

— Tu dois m'aider ! implora-t-il le devin.

— Que je t'aide ? À quoi ? demanda Xu sans rien comprendre.

— L'homme qui vient ! Sors et distrais-le pendant que je trouve une idée. – Xu approcha ses petits yeux de la fente.

— Un gendarme ! (Incrédule, il se tourna vers Cí.) Mais qu'as-tu fait, maudit diable ?

— Rien ! Dis-lui que je suis parti !

— Que tu es parti ? Où ça ?

— Je ne sais pas. Invente quelque chose !

— Bon… Et le chien, je lui dis quoi ?

— Je t'en supplie, Xu !

Le devin se redressa et sortit du pavillon à l'instant où le gendarme atteignait le porche du mausolée. Xu respira en voyant qu'il retenait le chien.

— Belle bête, dit-il à une certaine distance. Puis-je vous aider en quelque chose ? – Il ferma la porte et s'inclina avec respect.

— Je suppose que oui, grogna l'homme. (Le chien l'imita.) C'est toi qu'on surnomme le devin ?

— Mon nom est Xu, affirma-t-il.

— Eh bien, Xu. Il y a deux jours on a déposé une plainte concernant le vol d'une broche, ici, au cimetière. Tu sais de quoi je parle ?

— Ah ! Ça ? Bien sûr que je m'en souviens... Un honteux malentendu, sourit-il nerveusement. Des parents irritables ont cru qu'on leur avait volé une broche, mais ils ont ensuite découvert qu'en réalité elle s'était détachée et se trouvait au fond du cercueil. Tout a fini par être résolu.

— Oui. C'est ce que l'un des parents a ensuite confirmé.

— Alors... ? s'étonna Xu.

— Le fait est qu'ils ont parlé d'un jeune qui t'aidait. Un jeune déguisé, avec les mains et le torse brûlés... Cela correspond à la description d'un fugitif que je recherche. Un garçon grand et mince, pas mal, avec les cheveux bruns rassemblés dans un chignon.

— Ah ! Ce bâtard ? Maudite soit l'heure où je l'ai embauché. (Il cracha, indigné.) Il est parti hier avec ma bourse sans donner d'explications. Justement, j'avais l'intention de porter plainte après ma journée de travail et...

— D'accord... (Il secoua la tête.) Et bien entendu, tu ne sais pas où il a pu aller...

— Eh bien je ne sais pas... N'importe où. Peut-être au port. Pourquoi ? Il a fait quelque chose ?

— Il a volé de l'argent. Il y a une récompense qui pourrait t'intéresser..., ajouta-t-il.

— Une récompense ? – Son visage changea.

Soudain, un bruit provenant de l'intérieur du mausolée fit dresser l'oreille au gendarme.

— Qui est là-dedans ? – Il fixa les yeux sur le petit temple.

— Personne, monsieur. Je…

— Écarte-toi, l'interrompit Kao.

De l'intérieur, Cí vit Xu essayer de retenir le gendarme, sans succès. D'un coup d'œil il vérifia que la pièce était une prison, un cercueil géant sans nulle part où se cacher. S'il tentait de fuir par la fenêtre de derrière, le chien le poursuivrait en terrain dégagé. Il n'y avait pas d'échappatoire. Il n'avait pas le choix.

— Y a que des morts là-dedans, entendit-il le devin crier tandis que Kao donnait des coups de pied dans la porte fermée de l'intérieur.

— Quand je serai entré, c'est ce qu'il y aura, hurla le gendarme.

Kao s'acharna contre la grosse porte sans pouvoir faire céder le verrou. La porte était robuste et la fermeture résistait. Il recommença à lui envoyer des coups de pied jusqu'à ce qu'il découvre une pelle par terre. Il la saisit et sourit à Xu. Le premier coup fit sauter des éclats du loquet ; celui-ci supporta le deuxième coup, mais au troisième il craqua. Il se préparait à faire éclater la fermeture quand tout à coup, sans qu'il usât de violence, la porte s'ouvrit de l'intérieur. Le gendarme recula en voyant une silhouette vêtue d'un déguisement de devin qui levait les bras en tremblant.

— Sors de là ! ordonna-t-il. Le masque, enlève-le ! Allez ! Obéis ! – Et il excita le chien, qui aboya comme s'il allait le dévorer.

L'homme masqué tenta d'obéir mais ses mains gantées et tremblantes ne parvenaient pas à défaire les nœuds.

— Ne mets pas ma patience à bout ! Enlève tes gants ! Vite !

Doigt après doigt, le masqué se débarrassa lentement du gant de la main droite. Puis il fit de même avec la gauche. Lorsqu'il eut terminé, il les laissa tomber au sol. Alors le visage de Kao passa de sa mine triomphante à une grimace de stupeur.

— Mais… Mais tu…

Le gendarme vit des mains ridées sans aucune trace de brûlure, comme si un miracle les avait effacées. Fou de rage, il lui arracha le masque pour se trouver nez à nez avec un vieillard effrayé.

— Écarte-toi !

Il repoussa l'imposteur et entra dans le mausolée, frappant et dispersant tout ce qui se trouvait à sa portée. Il regarda partout, mais l'endroit était vide. Kao hurla comme un animal blessé. Puis il sortit de la pièce et saisit Xu par le devant de sa chemise.

— Maudit menteur ! Dis-moi tout de suite où il est ou tu vas goûter de ses crocs sur ta gorge ! – Le chien claqua des dents à côté de lui.

Malgré la terreur, Xu jura qu'il n'en savait rien. Le gendarme le saisit par le cou.

— Je vais te surveiller jour et nuit, et si ce garçon revient pour t'aider dans tes écœurants négoces, je ferai en sorte que tu le regrettes le reste de ta vie !

— Monsieur, tenta de dire Xu, c'est par pitié que j'ai embauché ce brûlé. J'ai inventé ses habiletés et ce déguisement pour que les naïfs aient confiance en moi, mais c'était moi qui lui murmurais ce qu'il devait dire. C'est pour ça que j'ai cherché un nouvel assistant… (Il montra le jardinier qui tremblait en silence à quelques pas.) Ce garçon ne reviendra pas. Je vous ai déjà dit qu'il m'avait volé. S'il revenait, je lui arracherais moi-même les yeux.

Kao cracha sur les pieds de Xu. Puis il serra les dents et quitta le cimetière en proférant un chapelet d'injures.

*

Quand Cí expliqua à Xu qu'il avait convaincu le jardinier de se cacher sous son déguisement, le devin éclata de rire.

— Mais par la barbe de Confucius, comment as-tu fait pour qu'il ne te trouve pas ?

La peur au ventre, Cí lui révéla que, se voyant pris, il avait appelé le jardinier par la fenêtre de derrière et l'avait persuadé de se déguiser en échange d'un pot-de-vin substantiel.

— Et je lui ai fait clouer le cercueil dans lequel je me suis caché, pour qu'il paraisse scellé.

Xu lâcha un autre éclat de rire tandis que Cí payait au jardinier la somme dont ils étaient convenus. Quand le devin en eut assez, il fit part à Cí de la conversation qu'il avait eue avec le gendarme.

— Apparemment, tout ça c'est à cause de l'épisode des nobles et de la broche de perles, lui confia-t-il. À ce qu'il paraît, celui qui t'a dénoncé t'a décrit comme un jeune déguisé avec les mains brûlées et ta description a fait naître des soupçons. (Il le regarda fixement.) Je suppose que tu vas devoir m'expliquer maintenant pourquoi tu es recherché. En fait (il s'assura que le jardinier ne l'écoutait pas), il a parlé d'une récompense juteuse… Mais pas autant que ce que tes numéros nous rapportent. – Il sourit.

Cí garda le silence. Expliquer les avanies qu'il avait traversées depuis la tragique disparition de sa famille était non seulement compliqué, mais également difficile à croire. D'un autre côté, quelque chose en Xu le poussait à se méfier de lui. Il aurait eu la même impression si quelqu'un lui avait offert un verre d'eau trouble en lui certifiant qu'elle était cristalline.

— Peut-être que je devrais partir, risqua-t-il.

— Pas question, dénia Xu d'un ton tranchant. Nous allons remplacer le déguisement par un autre moins voyant. Et nous choisirons bien les défunts. Et comme tu l'as fait au monastère, nous menacerons nos clients pour qu'ils ne révèlent pas le secret. Je ne suis pas ambitieux. (Il sourit.) Pour l'instant, nous avons assez de clientèle pour tenir quelques mois, alors on va continuer comme ça.

Cí eut la nette sensation que Xu le disait comme si ses désirs étaient les maîtres de son destin. D'après ce qu'il lui avait commenté, depuis qu'il travaillait pour lui il avait gagné plus d'argent qu'en toute une année d'escroqueries avec les grillons. Et maintenant, tout laissait présager qu'il n'allait pas permettre qu'une affaire aussi prometteuse s'écroule brusquement pour protéger un fugitif.

— Je ne suis pas sûr, Xu. Je ne veux pas t'impliquer dans mes problèmes, dit Cí.

— Tes problèmes sont mes problèmes…, l'assura Xu. Et tes bénéfices, mes bénéfices. (Il rit exagérément.) Alors n'en parlons plus. Oublions pour un temps le théâtre avec les cadavres et voilà.

Cí accepta à contrecœur et Xu s'en réjouit.

Mais quelques jours plus tard, quand Troisième retomba malade, Cí constata que ses problèmes n'étaient pas ceux du devin.

Par un matin froid, les deux épouses de Xu se plaignirent que Troisième n'était qu'un embarras. La petite n'apprenait rien, elle était constamment distraite, elle confondait les crevettes avec les bouquets, et mangeait trop. Elles devaient en outre la surveiller et être attentives à sa santé qui semblait empirer de jour en jour. Elles le dirent à Xu et celui-ci le transmit à Cí.

— On devrait peut-être la vendre, lui exposa le devin.

Xu insista sur le fait que cette solution était habituelle dans les familles sans ressources, mais Cí refusa catégoriquement.

— Eh bien alors marions-la, intervint la première épouse.

Le devin accueillit la proposition avec enthousiasme. D'après lui, c'était là une idée que Cí ne pouvait refuser. Il suffisait de chercher un candidat qui apprécierait la jeunesse de la petite et se chargerait d'elle. Tout compte fait, une fillette était une gêne qui ne cessait de l'être que lorsqu'elle quittait la maison.

— C'est ce que nous avons fait avec nos filles, expliqua le devin. Tu as dit qu'elle avait eu huit ans, non ? (Il fit mine d'attraper Troisième.) Tu verras. Nous la maquillerons un peu pour qu'elle n'ait pas l'air malade. J'en connais quelques-uns à qui ce chiot plaira.

Cí s'interposa entre sa sœur et le devin. Même si offrir des fillettes en mariage était chose courante, qui se révélait même parfois comme le meilleur choix pour l'avenir des gamines, il n'allait pas permettre que sa sœur devînt l'esclave d'un vieillard baveux. Xu insista. Il dit que les filles étaient comme la langouste : tout ce qu'elles faisaient, c'était manger et occasionner des dépenses. Ensuite, quand elles se mariaient, elles appartenaient à la famille de leur mari et c'était à lui de s'en charger, et à leurs beaux-parents dont elles s'occupaient jusqu'à leur mort.

— Et nous, elles nous oublient, ajouta-t-il. C'est un malheur de ne pas avoir d'enfants mâles. Eux, au moins, ils trouvent des femmes qui nous soignent quand nous sommes vieux.

Comme toujours, Cí parvint à mettre fin à cette discussion en donnant plus d'argent à Xu.

Mais au fil des semaines ses économies s'épuisèrent. Chaque jour Troisième avait besoin de plus de médicaments. Xu les achetait au cours de sa ronde dans les pharmacies, Cí les lui payait plus cher, il les administrait avec tristesse à sa sœur et la voyait languir. Lentement, Troisième dépérissait sans qu'il trouvât le moyen de l'empêcher. Ça lui brisait le cœur de partir chaque jour au cimetière en la laissant prostrée dans la barcasse, presque sans forces, ses petites mains rougies essayant de nettoyer le poisson du jour tandis qu'elle lui disait au revoir dans un filet de voix, une ébauche de sourire sur le visage.

— Je te rapporterai un bonbon, lui disait-il. – Il ravalait sa peine comme si c'était du fiel et s'en allait en priant qu'elle guérît.

Et le peu d'argent qu'il était parvenu à économiser lui glissait des mains comme de l'eau conservée dans une poche en tissu.

Au cimetière, Xu avait décidé de passer de simple fossoyeur à nécromancien de cadavres en prenant la place de Cí, mais ses prédictions erronées avaient effrayé les quelques naïfs qui l'avaient consulté. Et cela avait réduit ses revenus à presque rien.

C'est du moins ce qu'il répondit à Cí lorsque celui-ci le supplia de lui faire une avance.

— Tu crois qu'on m'en fait cadeau ? Assez de temps a passé maintenant. Si tu as besoin d'argent, tu vas devoir te remettre à en gagner. – Et il lui montra le déguisement qui attendait, jeté sur un cercueil démantibulé.

Cí secoua la poussière de ses mains que le travail avait rendues calleuses, et il regarda le déguisement dont son avenir dépendait. Xu ne l'avait pas modifié. Il prit une grande respiration et plissa les lèvres. Il avait peur que le gendarme revînt, mais s'il voulait sauver sa sœur, il lui fallait assumer ce risque.

Le moment d'enfiler le déguisement se présenta l'après-midi même, lorsqu'un cortège d'étudiants guidés par un professeur monta jusqu'au mausolée en une procession ordonnée. D'après ce que lui avait dit Xu, de temps en temps les élèves de la fameuse Académie Ming venaient au cimetière et, pour une modique somme qu'ils versaient au responsable des Champs de la Mort, on leur permettait d'examiner les cadavres qui n'avaient pas été réclamés dans les jours précédents. Par chance, ce jour-là trois corps attendaient encore des sépultures, et Xu s'en réjouit comme si on l'avait tout à coup invité à un banquet.

— Prépare-toi à les satisfaire, l'avertit Xu en lui indiquant le déguisement. Ces jeunes gens sont généreux en pourboires si tu sais les flatter.

Cí acquiesça.

Lorsqu'il se dépouilla de ses vêtements, un frisson lui parcourut le dos. Les mois de travail comme fossoyeur avaient durci son corps au point de le transformer en un faisceau de fibres qui se tendaient lorsqu'il le sollicitait, même cachées sous les brûlures qui ravageaient sa poitrine. Il prit le déguisement et s'en vêtit. Il pensa à Troisième. Il essaya de se concentrer et attendit que Xu l'avertisse qu'il pouvait entrer en scène. Lorsqu'il lui ferait signe, il serait prêt.

Dissimulé dans un coin il vit comment le professeur, un homme chauve vêtu de rouge dont l'aspect lui parut familier, plaçait les élèves autour du premier corps. Avant de commencer, le maître exposa aux étudiants leurs responsabilités en tant que futurs juges : ils devaient toujours respecter les morts et émettre leur jugement de façon aussi honnête que possible. Puis il souleva la toile qui couvrait le cadavre. Il s'agissait d'une fillette de quelques mois qui était apparue le matin même dans les canaux de Lin'an. Le professeur établit un tour de questions entre les étudiants pour discerner les causes du décès.

— Sans doute est-elle morte noyée, commença le premier, un jeune imberbe au visage d'enfant. Elle a le ventre gonflé et ne présente pas d'autres marques. – Il regarda fièrement.

288

Le professeur acquiesça avant de céder la parole à l'élève suivant.

— Un cas typique de « noyer l'enfant ». Ses parents ont dû la jeter dans le canal pour ne pas avoir à la nourrir, argumenta le second.

— Peut-être ne pouvaient-ils pas le faire, nuança le maître. Un autre point ?

Un étudiant aux cheveux blancs, plus grand que les autres, bâilla étourdiment. Le professeur l'observa du coin de l'œil, mais ne dit rien. Il couvrit le cadavre et demanda à Xu d'apporter le corps suivant, moment dont le fossoyeur profita pour présenter Cí comme le grand devin du cimetière. En voyant son déguisement, les étudiants le regardèrent avec mépris.

— Nous n'avons pas besoin de supercheries, rétorqua le maître. Ici, nous ne croyons pas aux devins.

Déconcerté, Cí garda le silence et revint près de Xu qui lui ordonna d'enlever le masque et de rester attentif. Les étudiants poursuivirent. Devant eux attendait le cadavre blanchâtre d'un vieillard qu'on avait trouvé mort derrière une baraque, sur un marché.

— Il s'agit d'un cas de mort par inanition, commenta un quatrième étudiant en examinant le pauvre squelette sous la peau. Il a les chevilles et les pieds enflés, il devait avoir environ soixante-dix ans. C'est donc une mort naturelle.

Le professeur approuva de nouveau la conclusion et tous se congratulèrent. Cí observa que l'étudiant aux cheveux blancs acquiesçait d'un air ironique, comme si ses compagnons découvraient que la pluie tombait du ciel vers le bas. L'instructeur posa deux ou trois autres questions aux élèves qui participaient le moins, et ceux-ci répondirent rapidement. Ensuite, frappant dans leurs mains, ils avertirent Xu d'apporter le dernier corps. Cí l'aida à traîner le cercueil, une caisse en pin de grandes dimensions. Lorsqu'ils soulevèrent le couvercle et déposèrent le corps sur la table, les élèves les plus proches reculèrent épouvantés, avec une grimace de stupeur. Alors seulement l'étudiant aux cheveux blancs se fraya un passage pour examiner le cadavre. Son air d'ennui fit place à un air de grande satisfaction.

— Il semble que tu vas avoir l'occasion de montrer ton talent, lui dit le maître.

Au lieu de répondre, l'étudiant s'inclina devant son professeur avec un sourire ironique. Puis, ayant obtenu son approbation, il s'approcha lentement du cadavre comme s'il se trouvait devant un trésor. Ses yeux brillaient de convoitise, s'ouvrant et se fermant à demi devant le spectacle qu'offrait ce corps lardé de coups de poignard. Il prépara une feuille de papier, une pierre d'encre et un pinceau. Cí l'observa.

Contrairement à ses compagnons, cet étudiant semblait suivre une méthode semblable à celle que Cí avait vu employer par le juge Feng au cours de ses enquêtes.

Il commença par inspecter les vêtements du cadavre : il regarda sous ses manches, dans la partie interne de la chemise, dans le pantalon et dans les chaussures. Après l'avoir déshabillé, il examina entièrement le corps, puis exigea que Cí lui apportât un récipient avec de l'eau. Il nettoya alors soigneusement la masse de chair sanglante, la laissant aussi rose que celle d'un cochon. Il mesura ensuite la longueur du corps et parla pour la première fois, annonçant que la taille du défunt dépassait de deux têtes celle d'un homme normal.

Sa voix trahissait son plaisir.

Le jeune homme étudia le visage bouffi du cadavre, indiquant l'étrange blessure ouverte qui barrait son front et laissait voir le tissu du crâne. Au lieu de la laver, il retira un fragment de la terre qui l'imprégnait, suggérant que c'était assurément le produit d'une chute contre un pavé aux bords tranchants. Il nota quelque chose avec son pinceau, puis décrivit les yeux entrouverts et sans éclat, semblables à ceux d'un poisson sec ; il détailla ses pommettes proéminentes, sa moustache fine et négligée, sa mâchoire puissante. Il s'arrêta ensuite sur l'entaille grotesque qui sectionnait la gorge de la pomme d'Adam à l'oreille droite. Il en examina les bords et, à l'aide d'un petit bout de bois, en mesura la profondeur. Il sourit et se remit à écrire.

Il passa ensuite au torse, une montagne de muscles criblée de coups de couteau. Il en compta onze au total, tous concentrés dans la zone dorsale. Il les palpa de ses doigts et nota de nouveau quelque chose. Cela fait, il examina les aines, qui encadraient une tige de jade petite et fripée. Enfin, il observa ses muscles, également puissants, ses mollets vigoureux et dépourvus de poils.

Aidé de Cí, il retourna le cadavre pour le poser sur le ventre. Malgré les taches de sang provoquées par le nettoyage, son dos paraissait net et sain. Le jeune homme jeta un dernier coup d'œil et se retira, satisfait.

— Eh bien ? questionna le maître.

Un sourire insolent se dessina sur le visage de l'étudiant. Il prit son temps avant de répondre, un temps pendant lequel il regarda un à un les présents avec une moue d'affectation. Sans doute jouissait-il de ce moment. Cí haussa un sourcil et attendit.

— Il est évident que nous nous trouvons devant un cas singulier, commença-t-il. Un homme jeune, extraordinairement fort et robuste, poignardé et égorgé. Un assassinat dont la cruauté est terrifiante et qui semble indiquer une lutte acharnée.

Ce fut au tour de Cí de ne pouvoir réprimer un bâillement. Xu le réprimanda.

Le maître encouragea l'étudiant à poursuivre son exposé.

— À simple vue nous pourrions avancer qu'il s'agit de l'attaque d'une foule, ce qui paraît évident étant donné la nature du mort. Sans doute a-t-il fallu le concours de plusieurs hommes pour assaillir et faire plier un géant qui a reçu de nombreux coups de poignard pendant le combat et qui, malgré tout, a continué à lutter jusqu'à ce qu'un assaillant parvienne à lui donner le coup décisif à la gorge. L'entaille au cou l'a fait s'écrouler et aller se cogner le front, causant cette curieuse marque rectangulaire qui nous a déconcertés. (Il marqua une pause excessive, créant une attente.) Le mobile de son assassinat ? Peut-être devrions-nous spéculer sur plusieurs. Depuis les conséquences d'une simple fanfaronnade dans une taverne, en passant par une dette impayée ou le résultat d'une vieille rancœur, jusqu'à une âpre dispute pour une belle *fleur*… Toutes seraient possibles, bien sûr, mais moins probables que celle qui semble provenir du simple vol, comme le démontre le fait qu'on l'ait trouvé dépouillé de tout objet de valeur (il consulta ses notes), y compris les bracelets qu'il devait porter à cette main. (Il montra au poignet la marque due à l'absence de soleil, là où devait se trouver le bijou.) Donc, si une plainte a été déposée, le juge chargé de l'affaire ferait bien d'ordonner sur-le-champ une recherche dans les environs de l'endroit où il a été trouvé. Moi, évidemment, je suggérerais les tavernes du quartier, en portant particulièrement l'effort sur les chahuteurs blessés qui dépenseraient plus que nécessaire. – Il plia ses notes, couvrit le cadavre et fixa les présents dans l'attente de leurs applaudissements.

À cet instant, Cí se souvint du conseil de Xu sur les flatteries et les pourboires, aussi s'approcha-t-il pour féliciter l'étudiant, mais celui-ci le regarda avec dédain, comme si un lépreux s'était approché de lui.

— Stupide fanfaron, murmura Cí.

— Comment oses-tu ? – L'étudiant le saisit par le bras. Cí se libéra d'une secousse et tendit les muscles tout en le défiant du regard. Il allait répliquer lorsque le professeur s'interposa entre eux.

— Ainsi, le sorcier croit que nous fanfaronnons. – Il regarda étrangement Cí, comme si son visage lui était vaguement familier. Il lui demanda s'ils se connaissaient par hasard.

— Je ne crois pas, monsieur. Il y a peu de temps que je suis dans la capitale, affirma-t-il. – Cependant, dès qu'il eut prononcé la phrase, Cí reconnut le professeur Ming comme la personne à laquelle il avait tenté de vendre le livre de son père au marché aux livres de Lin'an.

— Tu en es sûr ? Bon, c'est égal. (Il hocha la tête, surpris.) En tout cas, je crois que tu dois des excuses à Astuce Grise. – Et il montra l'étudiant dégingandé aux cheveux blancs, qui cligna nerveusement des yeux en le regardant par-dessus son épaule.

— Peut-être me les doit-il à moi, répliqua Cí.

Tous murmurèrent devant l'impertinence du fossoyeur.

— Monsieur, je vous prie de l'excuser, intervint Xu rapidement. Dernièrement, il ne sait plus ce qu'il dit.

Mais Cí ne fut pas intimidé. Puisqu'il n'allait pas avoir de pourboire, au moins effacerait-il le sourire stupide de cet étudiant bouffi d'orgueil et inepte. Il se tourna vers Xu et lui dit de parier sur lui. Xu ne comprit pas.

— Tout ce que tu as. C'est ce que tu sais faire, non ?

18

Le professeur ne s'en mêla pas, mais finalement, poussé par la curiosité, il accéda aux prières de quelques étudiants exaltés, avides de la charogne en laquelle, pensaient-ils, Cí serait transformé après le défi. Xu clôtura habilement les paris, tenant sa tête dans ses mains pour mettre sa peur en évidence et augmenter les bénéfices.

— Si tu me fais perdre, je vendrai ta sœur pour le prix d'un cochon, dit-il à Cí.

Le jeune homme n'en fut pas troublé. Il demanda de l'espace et posa près du cadavre une musette dont il tira un marteau métallique, deux pinces en bambou, un scalpel, une petite faucille et une spatule en bois. Les étudiants sourirent, mais le professeur fronça les sourcils, stupéfait. Aux instruments, Cí ajouta une cuvette et plusieurs bols contenant de l'eau et du vinaigre, ainsi que sa pierre d'encre, une feuille de papier et un fin pinceau déjà humide. Avant de commencer il arracha son déguisement et le jeta au fond du mausolée. Astuce Grise dut se baisser pour l'éviter.

Cí dépouilla le cadavre du suaire qui le couvrait. Il avait suivi avec curiosité l'examen pratiqué par Astuce Grise, et bien qu'il eût quelques soupçons, il devait à présent les confirmer. Il prit une bouffée d'air en se souvenant de Troisième. Il ne pouvait lui faire défaut, car c'était peut-être sa dernière chance.

Il porta son attention sur la nuque du mort. Il examina la peau pâle et molle sans rien découvrir d'étrange. Puis il défit son chignon et du bout des doigts palpa le cuir chevelu jusqu'au sommet du crâne. À l'aide d'une spatule, il inspecta les oreilles à l'extérieur comme à l'intérieur. Cela fait, il redescendit vers le cou, aussi dur que celui d'un taureau, puis vers les épaules d'une largeur impressionnante. Il observa la partie interne des bras, les coudes et les avant-bras, sans rien remarquer qui attirât spécialement l'attention. Cependant, il s'arrêta sur la main droite, portant un soin particulier à la base du pouce.

« Une callosité circulaire… »

Il nota quelque chose dans ses papiers.

Il fit glisser ses doigts le long du dos jusqu'aux fessiers en appuyant sur les vertèbres et les muscles. Il ne trouva pas d'indurations ou de fractures, rien qui pût révéler un homicide. Après avoir terminé l'examen des jambes, il tourna de nouveau le cadavre. Il nettoya encore une fois le visage, le cou et le torse en utilisant un mélange d'eau et de vinaigre, avant de s'arrêter sur les coups de poignard qui lardaient le corps. Trois au moins étaient mortels. Il étudia leur forme et les mesura.

« C'est bien ce que je pensais… »

Il monta jusqu'au cou. La blessure était terrible. Elle partait de la gauche, traversait complètement la pomme d'Adam et arrivait presque jusqu'à l'oreille droite. Il vérifia la profondeur de l'entaille, sa direction et les déchirures sur les bords. Il hocha la tête.

Il laissa pour la fin l'étrange blessure du front et se concentra sur le visage. Il inspecta d'abord les fosses nasales. Il utilisa ensuite les pinces pour fouiller à l'intérieur de la bouche, d'où il sortit une substance blanchâtre qu'il approcha de son nez. Il la sentit avec dégoût et la déposa dans l'un des bols. Il nota de nouveau quelque chose.

— Le temps passe, avertit le maître.

Cí ne lui prêta pas attention. Dans sa tête se bousculaient une multitude de données et il ne parvenait toujours pas à bâtir la réponse. Il continua, concentré sur les joues de l'homme, qu'il frotta avec du vinaigre jusqu'à ce qu'apparaissent de légères égratignures. Il monta ensuite jusqu'aux yeux et, enfin, s'arrêta sur le front, l'endroit où la peau semblait avoir été écrasée avec un objet rectangulaire et lourd.

S'aidant d'un scalpel, il retira des restes de terre qui étaient encore collés sur les bords de la blessure. À sa grande surprise, il constata que l'enfoncement rectangulaire n'obéissait à aucun impact, mais répondait plutôt à une brutale dissection pratiquée avec un objet tranchant, que la terre avait dissimulée.

Il posa ses instruments et mouilla le pinceau sur la pierre d'encre. Son cœur s'accéléra. Il venait de découvrir quelque chose.

Il revint vers les bras et les mains, où il découvrit d'autres égratignures. Puis il inspecta de nouveau le sommet du crâne, écartant les cheveux avec précaution. Une fois ses soupçons confirmés, il couvrit le corps avec le suaire. Lorsqu'il se tourna vers le maître, il savait qu'il avait gagné.

— Eh bien, sorcier, quelque chose à ajouter ? demanda Astuce Grise en souriant.

— Bien peu de chose. – Et il baissa la tête pour relire ses notes.

Les étudiants éclatèrent de rire et à grands cris exigèrent que Xu les paie. Le devin leur demanda, nerveux, d'attendre le rapport de Cí, mais celui-ci était toujours absorbé dans ses notes.

Xu le maudit.

Il allait se mettre à payer lorsque Cí l'arrêta, affirmant que ce serait aux étudiants de payer jusqu'au dernier *qian*. Le sourire moqueur des élèves se changea en un air de stupeur.

— Que veux-tu dire ? avança Astuce Grise. Si ton intention est de te moquer de nous…

Cí ne le regarda même pas. Il se tourna vers l'endroit où se tenait le maître et attendit que celui-ci lui permît de poursuivre. Le professeur le fixa un moment en silence, comme s'il pressentait qu'il se trouvait face à quelqu'un de très spécial. Quelqu'un qui, à l'évidence, n'était pas un vulgaire sorcier.

— Vas-y, dit-il.

Cí obéit. Il avait bien préparé son discours.

— Je dois d'abord vous avertir que tout ce que vous entendez ici répond fidèlement aux desseins des dieux du ciel. Les mêmes desseins qui m'obligent à vous exhorter au respect des obligations auxquelles vous vous engagez dès cet instant. Je vous enjoins de garder le secret sur les révélations que je vais vous faire et sur celles qui concernent leur auteur, votre humble serviteur. – Puis il s'inclina, dans l'attente d'une approbation.

— Continue. Ton secret sera gardé, dit le maître sans trop de conviction.

— Votre élève, Astuce Grise, a pratiqué un examen grossier et superficiel. Égaré par la vanité, il s'est arrêté aux choses banales, négligeant les détails dans lesquels réside la vérité. De même qu'un millier de *li* doivent être parcourus pas à pas, l'examen d'un cadavre exige la lenteur de la modestie et la minutie de l'humilité.

— Une humilité dont tu sembles dépourvu…, remarqua Ming.

Cí se mordit la langue. Il s'inclina et poursuivit.

— La victime s'appelait Fue Lung. Jugé pour des crimes graves, il avait été condamné à servir comme soldat dans le détachement de Xiangyang, à la frontière du fleuve Han, détachement qu'il a récemment déserté. Il est arrivé à Lin'an dans l'intention de commencer une nouvelle vie, mais son caractère violent l'en a empêché. Comme tant de fois, hier après-midi il s'est disputé avec son épouse, qu'il a agressée avec brutalité, sans ménagement. La femme n'en a pas supporté davantage. Elle a profité du moment où son mari dînait, confiant, pour l'attaquer par-derrière et lui trancher le cou. En ce qui concerne cette malheureuse, vous pourrez la trouver chez elle, près des murailles où le cadavre est apparu. Vous n'aurez qu'à demander à la boutique des Yurchen*, celle qui se trouve près du quai du Nord. On vous y indiquera où elle vit, si elle ne s'est pas suicidée.

Personne ne répondit. Xu lui-même fut incapable d'articuler un mot quand Cí lui indiqua de récupérer ses gains. Enfin, Astuce Grise s'avança d'un pas et, brusquement, gifla Cí.

— Mais... – Cí resta muet.

— Jusqu'à présent je croyais avoir entendu divaguer toutes sortes de charlatans, de fouineurs et de fripouilles, l'interrompit-il, mais ton insolence dépasse toute imagination. Disparais avant que nous nous fâchions !

Pour toute réponse, Cí lui rendit la gifle.

— Maintenant écoute-moi, toi. Je ne suis coupable ni de ton ineptie ni de ton indolence. Car tu es allé jusqu'à nettoyer le corps avant de vérifier toute évidence.

Astuce Grise tenta de répondre à Cí, mais Ming l'arrêta.

— Mais maître... Ne voyez-vous pas que tout ce qu'il veut, c'est nous tondre ?

— Du calme, Astuce Grise. Les paroles de ce garçon sont empreintes d'une telle certitude qu'il se peut qu'elles correspondent à une vérité ou une autre. Toutefois, comme je vous l'ai commenté en d'autres occasions, même si la conviction peut nous aider dans notre travail, elle est parfois aussi l'arme du fanatisme et de l'intolérance. L'exaltation n'est pas suffisante en soi pour condamner une personne, et pour cette raison même aucun tribunal ne l'accepterait comme preuve, aussi laissez vos pièces dans vos ceintures, car elles y sont encore en lieu sûr. (Il se tourna vers Cí.) Et elles y resteront tant que cet insolent n'aura pas argumenté ses affirmations. Dans le cas contraire, nous devrons conclure qu'elles ne sont que le fruit de son imagination. Ou, pire encore, de sa présence sur le lieu du crime.

Cí respira péniblement. Cette fois, il ne se trouvait pas devant un cortège crédule de parents désolés, mais devant l'élite de l'Académie Ming, où étaient formés les meilleurs enquêteurs de l'État, et devant son plus haut représentant, le maître Ming. S'il refusait de donner des explications ils le prendraient pour un plaisantin, mais s'il les leur apportait, ils sauraient forcément qu'il avait des connaissances en médecine. Et cela pourrait être dangereux.

Il tenta de l'éviter en arguant que s'ils avaient besoin de preuves il leur suffisait de se rendre sur les lieux du crime pour vérifier la véracité de ses affirmations, mais au lieu de convaincre le maître, tout ce qu'il obtint, c'est que celui-ci le menaçât d'aller le dénoncer aux autorités.

Il serra les poings. Il savait qu'il courait un risque, mais le moment était venu de clouer le bec à ces riches présomptueux.

— D'accord. Commençons par la cause de sa mort, dit-il enfin. Cet individu n'est pas mort dans une bagarre. Il n'y a eu ni plusieurs agresseurs ni plusieurs attaques. Il est mort d'une seule blessure, celle du cou, qui sectionne entièrement la gorge et les conduits sanguins de son flanc droit. Son début et sa direction indiquent qu'elle a été réalisée de l'arrière et du bas vers le haut. On aurait pu la lui faire alors qu'il était debout, mais n'oublions pas que nous parlons d'un géant, d'un homme dont la taille dépasse de deux têtes celle de n'importe quel autre, ce qui en principe nous conduirait à un agresseur d'une taille bien supérieure, et donc inexistant. À moins, bien sûr, que notre homme ait été assis, accroupi ou à terre. En ce qui concerne les autres coups de poignard, ceux qu'il présente sur la partie frontale du torse, il ressort de l'analyse des blessures que toutes ont été provoquées par la même arme, sous le même angle et avec la même intensité, c'est-à-dire que toutes ont été portées par la même personne. Curieusement, trois d'entre elles, celles qui traversent le cœur, le foie et le poumon gauche, sont évidemment mortelles, ce qui rendrait inutiles les autres coups de poignard, y compris celui qui l'a égorgé. (Il s'approcha du cadavre et le découvrit afin de les montrer.) Il n'y a donc aucun rapport avec l'étrange fable d'une bande d'assaillants.

— Présomptions, dit Astuce Grise.

— Tu en es sûr ?

Sans un mot, Cí saisit sa spatule à la manière d'un poignard et se jeta sur Astuce Grise dans l'intention de l'agresser. Voyant cela, l'étudiant recula d'un bond et se défendit comme il put, interposant ses bras face aux coups que Cí lui portait à plusieurs reprises avec l'instrument en bois. Cí accula le jeune homme dans un coin, mais il eut beau essayer, il ne parvint pas à frapper sa poitrine.

Soudain, de la même façon qu'il avait commencé, Cí s'arrêta.

Astuce Grise resta debout, bouche bée et les yeux encore incrédules, exorbités. À sa grande surprise, personne n'était venu à son secours. Pas même le maître Ming qui, impassible, avait observé la scène.

— Maître ! protesta Astuce Grise.

Pour toute réponse, Ming donna la parole à Cí.

Celui-ci le remercia.

— Comme tu le vois (il s'adressa à Astuce Grise), malgré tous mes efforts, je n'ai pas pu venir à bout de ta défense. Imaginons à présent la situation : si au lieu d'une spatule en bois j'avais utilisé un poignard, tes bras montreraient maintenant des coups de couteau. Et même si j'avais atteint ta poitrine, les angles et la profondeur des blessures auraient été différents.

Astuce Grise ne répondit pas.

— Mais cela n'explique pas que l'assassin soit une femme, ni que cette femme soit son épouse, ni que cet homme soit un ancien condamné, ni qu'il ait déserté le régiment de Xiangyang, ni bien sûr les autres inventions que tu as osé prononcer, l'apostropha le maître.

Au lieu de répondre tout de suite, Cí revint près du cadavre. Puis il leva la tête et montra la blessure du front, s'assurant que tous puissent la voir.

— Le résultat d'une chute ? Une erreur de plus. Astuce Grise a nettoyé le corps là où il n'aurait pas dû et, au contraire, il ne l'a pas fait là où c'était nécessaire. S'il l'avait fait, il aurait découvert que la peau qu'il a supposé écrasée avait en réalité été arrachée du crâne avec le même couteau qui avait servi à égorger le défunt. Observez les bords de la blessure. (Cí les parcourut de ses doigts gantés.) Leurs limites, auparavant dissimulées par la terre, se révèlent précises après le nettoyage, définies selon une trajectoire quadrangulaire pratiquée dans un seul but.

— Un rituel démoniaque ? le devança Xu.

« Je t'en prie, Xu, ne m'aide pas maintenant. »

— Non, continua Cí. Le découpage dans la peau tentait d'éliminer une chose qui, si elle était restée, aurait rendu possible l'identification du cadavre. Un signe qui établissait sans le moindre doute que le défunt était un dangereux criminel, condamné au pire des châtiments. Et un fait qui reliait indéfectiblement le mort à son assassin. (Il fit une pause et s'adressa au maître.) La peau qui lui a été retirée n'était pas ordinaire. Au contraire, le fragment qui lui a été extirpé portait le tatouage que l'on pratique sur les individus déclarés coupables d'homicide. Voilà pourquoi son assassin a essayé d'en effacer la trace. Mais par chance il a oublié, ou peut-être l'ignorait-il, que non seulement on tatoue leur forfait sur le front des coupables d'homicide, mais aussi qu'on grave leurs noms au sommet du crâne, ici, sous les cheveux.

Les visages des étudiants commencèrent à changer, passant du dédain à la stupeur. Le maître s'avança.

— Et la conclusion selon laquelle il a déserté de Xiangyang ?

— Il est bien connu que notre code pénal établit l'exécution, l'exil et les travaux forcés dans l'armée comme peines possibles pour les délits d'assassinat. Comme nous savons que le sujet était encore vivant hier, il nous reste l'exil et les travaux forcés. (Il se déplaça jusqu'à l'endroit où reposait la main du cadavre.) Cependant, la callosité circulaire qui borde la base de son pouce droit confirme sans doute possible que cet homme portait, il y a encore très peu de temps, l'anneau de bronze avec lequel on tend la corde des arcs.

— Laisse-moi voir. – Le maître l'écarta.

— Et nous savons qu'actuellement, étant donné la pression des envahisseurs Jin*, toute notre armée est concentrée à Xiangyang.

— Voilà pourquoi tu affirmes qu'il a déserté.

— En effet. En situation d'alerte, personne ne peut abandonner l'armée, mais cet homme l'a fait pour revenir à Lin'an. Et il n'y a pas longtemps, à en juger par le teint mat de son front.

— Je n'arrive pas à comprendre, s'étonna le maître.

— Regardez bien cette faible marque horizontale. (Il montra le front.) Il existe une très légère différence dans le ton de sa peau, ici, le long des sourcils.

Le maître constata que c'était vrai, mais il ne comprenait toujours pas.

— C'est la marque caractéristique d'un mouchoir. Dans les champs de riz, on appelle les paysans qui le portent les « deux couleurs ». Mais ici, c'est beaucoup plus ténu, ce qui indique qu'il a commencé il y a peu à porter le mouchoir pour cacher son tatouage.

Le maître retourna à sa place. Cí constata que son visage se plissait, comme s'il soupesait longuement sa question suivante.

— Et l'endroit où nous pouvons trouver sa femme ? Pourquoi devons-nous demander au marché ?

— Là, j'ai eu de la chance. (Sa spontanéité le trahit, mais il poursuivit.) Dans sa bouche j'ai trouvé des restes d'un aliment blanchâtre en quantité tellement abondante que cela me porte à déduire qu'il a été assassiné pendant qu'il mangeait.

— Mais je ne vois toujours pas…

— L'histoire du marché, oui… Regardez. (Il prit le bol où il avait déposé les restes de nourriture.) C'est du fromage.

— Du fromage ?

— Surprenant, n'est-ce pas ? Un mets si peu courant sous ces latitudes et si peu conforme à nos goûts, mais typique des tribus du Nord. À ma connaissance, il n'est importé que par la boutique de mets exotiques que le vieux Panyu tient depuis des années, et lui doit connaître sur le bout des doigts les clients qui lui commandent un aliment aussi répugnant.

— Auquel le géant a dû prendre goût pendant son séjour dans l'armée…

— C'est ce que je suppose. Là-bas ils mangent ce qu'ils trouvent.

— Mais cela n'explique pas qu'il ait été assassiné par sa femme.

Cí consulta ses notes. Il acquiesça de la tête et leva un bras du mort.

— J'ai aussi découvert ceci. – Et il lui montra des marques à peine visibles.

— Des égratignures ?

— Et sur ses épaules. Sur les deux. Elles sont apparues quand j'ai utilisé le vinaigre.

— Je vois. Et cela te fait supposer…

— Que ce jour-là il l'a durement maltraitée. La femme n'en a pas supporté davantage et elle a profité de ce que son mari dînait pour lui trancher le cou. Puis, dans une crise de rage et d'impuissance, elle s'est assise à califourchon sur lui et a continué à le poignarder alors qu'il était déjà mort. Enfin, lorsqu'elle s'est calmée, elle l'a dépouillé de tout ce qui pouvait le relier à elle : l'anneau, les objets de valeur…

— Et le tatouage de son front.

— Et le tatouage de son front. Puis elle l'a tiré comme elle a pu hors de la maison, pour le laisser là où il a été trouvé. À cause de sa taille, elle n'a pas pu le transporter plus loin.

— Vraiment fantastique…, admit le maître.

— Merci, dit Cí en s'inclinant.

— Pas si vite, mon garçon. Ce n'est pas un compliment. (Ming effaça l'expression aimable de son visage.) J'ai dit fantastique à cause de l'immense imagination qui a entouré chacune de tes affirmations. Ou sinon, comment définirais-tu celui qui ose affirmer sans rougir que la meurtrière de cet homme a été sa femme et non sa sœur ? Et si tu n'as pas la peau du front, comment oses-tu affirmer qu'il y avait là un tatouage annonçant publiquement qu'il était un assassin ?

— Mais je…

— Silence, l'interrompit-il. Tu es intelligent. Ou plutôt : débrouillard. Mais pas autant que tu le crois.

— Alors, le pari…, intervint Xu.

— Ah oui, le pari… (Il sortit une bourse qu'il remit au devin.) Considérez que la dette est soldée.

Le maître ferma à demi les paupières. Puis il le salua et fit signe à ses élèves de quitter le mausolée. Il partait déjà lorsqu'il appela Cí.

— Monsieur…, dit celui-ci en s'inclinant.

Le maître lui demanda de l'accompagner dehors. Une fois là, il l'emmena à l'écart vers l'une des haies. Cí imagina que quelque chose de fâcheux allait arriver et son pouls s'accéléra. Il le sentait battre avec force dans ses tempes. Il attendit qu'il parlât.

— Dis-moi une chose, mon garçon. Quel âge as-tu ?

— Vingt et un ans, répondit-il.

— Et où as-tu étudié ?

— Étudié ? Je ne sais pas de quoi vous parlez, mentit-il.

— Allons, jeune homme. Ma vue faiblit, mais même un aveugle distinguerait d'où viennent tes connaissances.

Cí garda la bouche cousue. Le maître insista, mais Cí ne l'ouvrit pas.

— C'est bien… comme tu voudras… Mais c'est vraiment dommage que tu ne souhaites pas collaborer, parce que malgré ta hardiesse, je dois reconnaître que tu m'as impressionné.

— Dommage, monsieur ?

— C'est ainsi. Il se trouve que la semaine dernière l'un de nos étudiants est tombé malade et a dû retourner dans sa province. L'académie dispose donc d'une place vacante, et bien que nous ayons une longue liste d'attente, nous recherchons toujours des élèves talentueux. J'ai pensé que cela pourrait t'intéresser… (Il fit une pause.) Mais je vois que non.

Cí n'en croyait pas ses oreilles. L'Académie Ming était le rêve de tous ceux qui aspiraient à faire carrière dans la judicature, l'objectif de ceux qui voulaient éviter les difficiles examens impériaux et se faire une place parmi l'élite de la société. Entrer à l'académie était bien au-dessus de ce qu'il aurait jamais pu désirer. Le premier pas vers sa rédemption et celle de sa famille.

Et soudain elle apparaissait devant lui comme une pomme mûre. Il n'avait qu'à tendre la main et profiter de cette chance.

Puis il sourit avec amertume. Pour autant qu'il voulût s'abuser, ce n'était qu'un triste rêve. Ming lui offrait une place, mais il n'avait pas les moyens de faire face à ses honoraires très élevés. C'était comme le bonbon au miel avec lequel on trompait les lèvres d'un enfant malade afin qu'il ouvrît la bouche pour y verser un médicament amer. Voilà pourquoi, quand le maître ajouta qu'il lui permettrait de loger à l'académie avec les autres étudiants et qu'il pourrait couvrir les honoraires correspondant au logement et à la nourriture en travaillant le soir à la bibliothèque, Cí ne voulut pas se réveiller. Cela supposait qu'il pourrait étudier jour et nuit, apprendre des techniques inconnues, faire des expériences sur les dernières découvertes, sur les dernières potions. Cela signifiait se battre pour atteindre son but. Cela signifiait qu'enfin sa vie allait s'éclairer.

Il ne sut quoi dire, mais ses yeux brillaient intensément, révélant ce que son âme ressentait. Et le maître sut l'interpréter.

Pour cette raison même, lorsque Cí rejeta sa proposition, Ming ne put éviter une grimace de stupeur.

19

Tandis qu'il retournait à son travail, Cí maudit son sort ; cette fortune adverse qui lui servait tout ce à quoi il aspirait sur un plateau pour ensuite le lui arracher sans autre forme de procès.

Ce que Ming lui avait offert était plus que n'aurait pu espérer n'importe quel jeune homme ambitieux. Un cadeau impossible à refuser, tellement extraordinaire que tout le jade du monde ne pourrait le payer. Il avait mis à sa disposition un trésor en échange de bien peu. Mais pour son malheur, ce peu avait un prix qu'il ne pouvait se permettre.

Il ne pouvait abandonner sa sœur.

L'académie ne lui aurait occasionné aucune dépense. Ni pour ses livres, ni pour son hébergement, ni même pour son entretien. Tout était compris en échange de deux choses : étudier durement et travailler à la bibliothèque. Mais il ne percevrait aucune rémunération, car dans le cas contraire ce serait déshonorant. Il avait demandé à Ming s'il lui serait possible d'assister aux cours et de garder son emploi au cimetière, mais sur cette question le maître s'était montré inflexible.

Il n'avait pas accepté non plus de discuter d'emplois extérieurs à mi-temps. S'il décidait d'entrer, il devait entièrement se consacrer à l'étude. Mais sans l'argent que lui procurait son travail de devin, il lui serait impossible d'acheter les médicaments de Troisième, pas plus que sa subsistance et son hébergement.

Il se mit à creuser encore plus dur et continua jusqu'à ce que le manche de la houe fût couvert du sang des plaies de ses mains. Même ainsi il ne s'arrêta pas. C'est seulement lorsque le crépuscule étendit son manteau sur le cimetière que Cí se souvint que sa sœur l'attendait dans la barcasse. Alors il s'arrêta. Il se nettoya comme il put et prit le chemin du retour.

Cette nuit-là il lui fut impossible de dormir. Troisième transpirait et n'arrêtait pas de tousser. Il se tourna d'un côté et de l'autre près du grabat malodorant sur lequel la petite se débattait, se demandant quoi faire. Il lui avait fait prendre la dernière dose de médicaments quelques heures plus tôt. Il n'en avait pas d'autre, pas plus qu'il n'avait d'argent pour s'en procurer. Xu avait refusé de partager la bourse que lui avait remise le maître Ming, alléguant que c'était lui qui avait risqué son argent et que c'était donc à lui que revenaient les gains.

Il le détesta pour cela. Lorsque de bon matin Xu l'avertit que c'était l'heure de partir pour le cimetière, Cí fit la sourde oreille. Bien que ce fût l'été, il couvrit sa sœur pour qu'elle cesse de trembler et défia le devin.

— Et ne vous avisez pas de la faire travailler.

Puis il prit son sac et quitta la barcasse.

*

Tandis qu'il déambulait sur le port au milieu de la foule des affamés qui cherchaient quelque chose à se mettre sous la dent, Cí se demanda si le juge Feng était revenu à Lin'an.

Il ne disposait plus d'aucune ressource ni de temps. Il ne pouvait chercher un autre travail ni attendre que Xu le prît en pitié. Et bien qu'il eût honte de le dés- honorer par sa présence, étant donné sa condition de fugitif, Feng était son dernier espoir.

Il s'emmitoufla dans sa chemise et pressa le pas. Il traversa la ville de barque en barque pour atteindre le quartier du Phénix, au sud de la ville. Ayant dépassé les premiers hôtels particuliers, il reconnut le pavillon de Feng, un édifice ancien de plain-pied, avec un petit jardin sur le devant et un autre à l'arrière. Il trembla d'émotion en se souvenant qu'il avait passé quelques- unes des journées les plus heureuses de sa vie au milieu de ces pommiers. Cependant, ce qu'il découvrit le laissa pantois. Là où quelques années plus tôt fleuris- sait un jardin soigné, un sentier effacé se perdait à pré- sent sous les mauvaises herbes. Contournant un bassin rempli de pierres, il avança jusqu'à quelques marches qui sous son poids craquèrent comme un pauvre vieux. Tout était à l'abandon. Craignant le pire, il frappa à la porte. Sa peinture rouge autrefois brillante était main- tenant une peau desséchée, écaillée, dont les fragiles croûtes se détachaient telle une pelure d'oignon. Une lanterne grinça au-dessus de sa tête. Levant les yeux, il s'aperçut qu'elle n'était plus qu'un squelette en métal qui se balançait, battu par le vent comme un pendu. Il n'obtint pas de réponse. Il frappa de nouveau, mais personne ne répondit. Il regarda à travers les fenêtres et, soudain, crut voir passer devant lui une tête aussi ridée qu'une vieille châtaigne. Ce fut une vision fugace à travers une fente dans le papier déchiré d'une fenêtre. Il lui sembla que c'était une femme. Cí l'appela, mais la silhouette disparut derrière les murs.

Il tira le heurtoir et la porte s'ouvrit, laissant passer une pénétrante odeur de moisi et d'humidité qui envahit ses poumons. Il entra dans la maison et traversa le salon en direction des appartements privés de Feng. Stupéfait, il constata que l'endroit était absolument vide. Les anciens meubles ouvrés avaient disparu, leur place étant occupée par une couche impressionnante de toiles d'araignée et de poussière. Seules de vieilles traces d'étoffe sur les murs semblaient attester que la vie avait autrefois existé dans cette maison.

Tout à coup, un bruit dans son dos le fit sursauter. Il se retourna et parvint à distinguer une masse courbée qui courait vers une autre pièce. Son cœur galopa. Il s'empara d'une latte de bambou à terre et suivit le corps jusqu'à la pièce où il s'était réfugié. Il voyait à peine où il posait les pieds, car les volets clos l'en empêchaient. Il avança à tâtons jusqu'à ce qu'il entendît quelque chose se traîner à quelques pas de lui. Il prêta l'oreille et hésita. Quelqu'un paraissait respirer près de lui. À ce moment, quelque chose bougea. Sans réfléchir, Cí se déplaça latéralement pour l'intercepter, mais la masse le frappa à la jambe, le faisant tomber. Il tenta de se redresser lorsque des mains l'attaquèrent. En se défendant, il sentit que c'étaient des membres faibles, mous et squameux, semblable au corps d'un poisson.

Cette chose cria, terrorisant Cí qui se leva comme il put et traîna son assaillant à l'extérieur, s'apercevant alors qu'il pesait à peine le poids d'une brebis. La brume du matin éclaira le tas d'os tremblants que Cí essayait de tenir. Il fut étonné de constater qu'il s'agissait d'une pauvre vieille aussi effrayée que lui. La femme tentait de se protéger de ses bras maigres, tandis qu'elle geignait comme un chiot abandonné. Elle le supplia de ne pas la frapper. Elle lui dit qu'elle n'avait rien volé. Qu'elle vivait seulement cachée là.

Lorsque Cí parvint à se calmer, il l'examina. Sous un sac crasseux luisaient des yeux blancs impressionnants, pur reflet de la peur. Il lui demanda ce qu'elle faisait dans la maison du juge Feng. Au début elle ne répondit pas, mais lorsqu'il la secoua par les épaules, la femme lui assura que cela faisait des mois que personne ne vivait là.

Cí la crut. La tignasse hirsute de cheveux blancs cachait un visage brun maltraité par la vieillesse et la faim. Ses yeux ne mentaient pas. Ils ne faisaient que regarder, apeurés. Soudain ils s'écarquillèrent encore, illuminant son visage.

— Par tous les cieux ! Cí ? C'est toi, mon garçon ?

Cí ne dit mot lorsque, l'espace d'un instant, ces yeux resplendissants prirent sens. Peu à peu, la figure flétrie se lissa et la saleté de ses rides s'estompa jusqu'à retrouver son ancien visage. La vieille femme qui le serrait à présent nerveusement dans ses bras, les yeux noyés de larmes, était Doux Cœur, la servante du juge Feng. La femme qui pendant des années avait pris soin du magistrat et de sa maison.

314

Cí la contempla avec tristesse. Il se souvint que la vieille femme avait commencé à perdre la tête dans les derniers jours qu'il avait passés avec le juge Feng. Pourtant, Feng l'avait gardée à son service. Ou du moins en avait-il été ainsi jusqu'à ce que son grand-père meure et qu'ils doivent quitter Lin'an.

Doux Cœur ne sut lui en dire beaucoup plus. Seulement qu'elle avait cessé de servir le juge lorsque cette femme était arrivée.

— Quelle femme ?

— La femme maudite. Elle était belle, oui. Mais elle ne te regardait jamais dans les yeux. (La vieille gesticulait, les bras levés, comme si elle voulait dessiner la forme dont elle parlait. Elle regardait dans le vide, où elle voyait ce qu'elle décrivait comme si c'était vraiment là.) Elle a fait venir de nouveaux serviteurs… et aussi le malheur.

— Mais où sont-ils à présent ?

— Je vis seule. Je me cache… Parfois ils apparaissent dans l'obscurité et ils me parlent… (De nouveau ses yeux parurent terrorisés.) Qui es-tu ? Pourquoi me tiens-tu ? – Elle se libéra de Cí et recula.

Cí la regarda, elle était redevenue une masse voûtée qui délirait. Il tenta de l'aider, mais la femme fit demi-tour et se mit à courir comme si le diable la poursuivait, et elle disparut dans les fourrés.

« Pauvre vieille. Elle est toujours sur terre, mais vit déjà avec les esprits. »

Il retourna dans la maison en quête d'une piste qui pût l'éclairer d'une façon ou d'une autre, mais il ne trouva que les détritus accumulés par Doux Cœur. Sans doute y avait-il longtemps que cette maison était abandonnée. Il fut étonné que le juge Feng ne lui eût rien dit la dernière fois qu'il l'avait vu.

Lorsqu'il sortit du petit palais, un soleil pâle se cachait sous une épaisse couche de nuages. La pluie ne prit pas la peine de s'annoncer. De retour à la barcasse, une trombe d'eau l'obligea à s'abriter dans le marché aux esclaves. Là, sous une bâche qui amortissait la pluie, le froid lui saisit les os, le désespoir l'étreignit. Son dernier recours avait disparu avant qu'il ne le trouve. Peut-être Feng n'était-il pas encore rentré de son périple dans le Nord, ou peut-être l'avait-on envoyé dans une autre ville. De toute façon, ça lui était égal. Il n'avait ni temps, ni argent, ni travail. Il n'avait nulle part où aller. Il ne pouvait acheter des médicaments et Troisième ne pouvait attendre. Il regarda autour de lui et se retrouva nez à nez avec un groupe d'esclaves venant du Nord qui marchaient attachés comme du bétail. Des Yurchen capturés pendant les escarmouches, supposa-t-il. Leur aspect était pitoyable, mais au moins auraient-ils de la nourriture et un lit. D'une certaine manière, il les enviait.

Il prit une décision. C'était peut-être la plus terrible de sa vie, mais il n'allait pas croiser les bras sans essayer. Il sortit sous la pluie et courut en direction des Champs de la Mort.

Son cœur frémissait tandis qu'il gravissait la colline au sommet de laquelle se dressait le mausolée.

Il trouva Xu en train de travailler à un cercueil. Le devin le regarda du coin de l'œil, comme s'il l'attendait. Il cessa de clouer et se redressa.

— Tu as l'air d'un poulet mouillé. Change-toi et aide-moi avec ça.

— J'ai besoin d'argent, lui annonça-t-il sans se troubler.

— Moi aussi. Nous en avons déjà parlé.

— J'en ai besoin tout de suite. Troisième se meurt.

— C'est ce qui arrive à beaucoup de gens. Tu as vu où nous sommes ?

Cí attrapa la chemise de Xu. Il allait le frapper, mais il se retint. Il le lâcha et remit de l'ordre dans ses vêtements. Puis il baissa le front, comme s'il ne voulait pas entendre ce qu'il allait dire. Il plissa les lèvres avant de lui jeter au visage :

— Combien paierais-tu pour moi ?

Xu laissa tomber le marteau. Il ne pouvait croire ce que Cí venait de lui proposer. Quand le jeune homme lui confirma qu'il voulait se vendre comme esclave, Xu souffla.

— Dix mille *qian*. C'est tout ce que je peux t'offrir.

Cí inspira. Il savait que s'il marchandait il pourrait obtenir beaucoup plus, mais il n'avait plus de forces. Il les avaient perdues nuit après nuit, à écouter les gémissements étouffés de sa sœur et à chercher une solution qu'il n'avait pas trouvée. Tout lui était égal à présent. L'air et la vie lui manquaient. Il était épuisé. C'est pourquoi il accepta.

Xu abandonna le cercueil et courut rédiger le document qui certifierait la vente. Il mouilla son pinceau de sa salive et griffonna précipitamment le contrat. Puis il se leva, appela le jardinier afin qu'il serve de témoin et le tendit à Cí pour qu'il le valide.

— J'ai mis le plus important. Que tu me prêteras tes services et m'appartiendras jusqu'à ta mort. Tiens. Signe.

— L'argent d'abord, exigea-t-il.

— Je te le donnerai dans la barcasse. Ta signature maintenant.

— Alors je le signerai là-bas, quand je l'aurai dans mes mains.

Xu accepta en rechignant. Mais il ordonna à Cí de clouer les cercueils comme s'il lui appartenait déjà. Lui, pendant ce temps, fredonnait une petite chanson pour accompagner son plus beau coup de chance depuis des années.

*

Ils prirent le chemin du retour dans le milieu de l'après-midi.

Xu le fit d'un pas léger, ne cessant de chantonner la même mélodie. Cí le suivit lentement, tête basse, traînant les pieds à chaque pas, conscient que tout ce dont il avait rêvé dans sa vie était en train de disparaître, comme le soleil qui s'éteignait derrière l'horizon. Il tenta d'écarter ces pensées pour se concentrer sur le petit visage de sa sœur. Il sourit, certain qu'il finirait par la guérir. Il lui achèterait les meilleurs médicaments et elle grandirait pour devenir une belle demoiselle. C'était son seul rêve désormais.

Pourtant, au fur et à mesure qu'ils approchaient du quai, son esprit s'assombrissait.

Lorsque Cí aperçut la barcasse, il sut que quelque chose de terrible venait d'arriver. Dehors, les épouses de Xu criaient et agitaient les bras, désespérées, leur enjoignant de se presser. Xu pressa le pas et Cí vola. Il sauta dans la barcasse depuis la terre et se précipita dans la cahute où Troisième se reposait quand son état empirait. Il la chercha en criant, mais personne ne répondit. Seules les larmes des femmes lui indiquèrent ce qui était arrivé.

Il se retourna sur lui-même jusqu'à ce qu'il la trouve.

Au fond de la pièce, couvert d'un bout d'étoffe à côté d'une caisse de poisson, gisait le petit corps mou de sa sœur. Elle était là, muette, pâle, dormant pour toujours.

QUATRIÈME PARTIE

20

Pendant l'inhumation, Cí eut l'impression qu'une partie de lui-même restait dans le petit cercueil. L'autre partie était un amas de chair démembrée, des morceaux qui, même si on les recousait, ne seraient plus jamais comme avant. Pour la première fois, il eut plus de peine pour son âme que pour son corps, comme si les brûlures qui le défiguraient depuis l'enfance l'embrasaient maintenant à l'intérieur et qu'il ne trouvait pas l'eau qui pût les éteindre.

Il pleura jusqu'à ne plus avoir de larmes. Il était vide, comme si son corps n'était qu'une carapace creuse. Il n'éprouvait qu'amertume et désespoir. D'abord, ses sœurs étaient décédées. Puis, son frère et ses parents. Et maintenant, la plus jeune.

Personne ne l'accompagnait. Hormis Xu. Le devin attendait en silence, mâchonnant des racines près de la brouette louée dans laquelle ils avaient transporté le cercueil. Cí n'avait pas encore terminé de disposer les fleurs avec lesquelles il voulait dissimuler la tristesse de la fosse quand le devin s'approcha de lui et lui mit le contrat de sa vente comme esclave sous le nez. Cí fit volte-face. Il saisit le papier et le déchira en mille morceaux. Cela ne parut pas affecter Xu. Il se baissa pour les ramasser tranquillement et se mit à les rassembler avec soin, comme s'il avait l'intention de les recoller.

— Tu veux pas le signer ? sourit-il. Dis-moi une chose, Cí. Crois-tu sérieusement que je vais laisser échapper le meilleur atout de mon commerce ?

Cí le foudroya du regard. Il allait s'éloigner lorsqu'il entendit Xu hurler.

— Où crois-tu aller comme ça ? Sans moi tu n'es rien ! Rien qu'un prétentieux mort de faim.

— Où ? (Cí explosa.) Loin de toi et de ton écœurante cupidité. À l'Académie Ming !

Il était incapable de penser. À peine eut-il terminé sa phrase qu'il se repentit de l'avoir prononcée.

— Tu crois vraiment ça ? Mais tu te trompes lourdement ! dit-il en riant. Si tu me quittes, je te dénoncerai à ce gendarme qui est venu te chercher au cimetière, puis je pisserai sur la tombe de ta sœur et j'irai aux putes avec la récompense.

Un éclair en forme de coup de poing interrompit les menaces de Xu. Le second coup lui fit sauter les dents. Cí secoua sa main, se retenant de lui fracasser le crâne. Xu cracha du sang, mais il garda son sourire crétin.

— Tu resteras avec moi et avec personne d'autre.

— Écoute-moi bien, toi ! le défia-t-il. Enfile ton maudit déguisement et tire toutes les miettes que tu peux. Tu en tromperas sûrement assez pour gagner bien plus qu'avec la récompense. Si j'apprends un jour que tu as parlé à Kao, je ferai courir le bruit de tes mensonges et tu pourras dire adieu à ton commerce. (Il allait partir, mais il s'arrêta.) Et si j'apprends que tu as effleuré un seul grain de terre de cette tombe, je t'ouvrirai en deux et je mangerai ton cœur.

Il laissa une dernière fleur sur la tombe de Troisième et descendit la colline en direction de Lin'an.

*

Cí contempla les saules nus agités par le vent en se disant que même les branches les plus décharnées ne devaient pas se sentir aussi abandonnées que lui. La pluie hivernale traversait ses vêtements et frappait sa peau tandis qu'il errait, ne pensant à rien, seul avec sa tristesse. Des pas orphelins l'amenèrent dans un tumulte dont il ne prit pas conscience, au milieu d'une myriade d'âmes qui ne prêtèrent pas attention à lui.

Il passa toute la matinée à déambuler par les mêmes canaux, les mêmes ruelles, refaisant les trajets sans s'en rendre compte. Il regardait à terre. Il foulait la saleté qui peu à peu semblait grimper le long de ses jambes pour le prendre à la gorge. À midi, il s'arrêta pour respirer. Il leva les yeux et se trouva pris dans une douleur plus forte que la solitude, l'âme étouffée sous le poids du désespoir. Alors qu'il glissait son dos contre un vieux pilier en bois pour s'accroupir, il se demanda s'il valait la peine d'étudier à l'académie. La connaissance qu'il y acquerrait lui rendrait-elle la joie de Troisième, la tendre affection de sa mère ou l'honnêteté que son père lui avait refusée ?

Des images estompées de sa sœur, des petits sourires qui semblaient s'évaporer dans la pluie, ses yeux vifs brillants de fièvre… Tout disparaissait, prenant un ton gris plomb uniforme, l'horrible couleur du découragement.

Il pensa à sa famille : à sa mère, à son père, à son frère et ses sœurs... Il se souvint du temps où ils étaient heureux tous ensemble et où ils partageaient des espérances qui bondissaient des uns aux autres. Un temps qui ne reviendrait jamais.

Il resta assis et l'eau qui coulait sur son visage troublait sa vue, de la même manière que la solitude assombrissait son âme. Il serait resté là s'il n'y avait eu ce jeune mendiant qui vint tout à coup s'asseoir près de lui, en quête d'un refuge. Le gamin n'avait pas de bras. Seulement deux moignons auxquels on avait attaché des sacs de toile afin qu'il pût transporter des grains. Malgré son handicap, le garçonnet souriait en montrant ses gencives nues et des yeux qui disparaissaient dans un clin d'œil joyeux. Il lui dit qu'il aimait la pluie parce qu'elle lavait son visage. Cí ajusta ses sacs et lui essuya la figure avec un chiffon mouillé. Il se souvint alors du visage de Troisième, toujours souriant malgré la maladie. Il imagina son esprit près de lui, l'encourageant à se lever et à courir vers ses rêves. Il sentit sa présence. L'espace d'un instant il la toucha presque.

Il caressa la tête du gamin et se leva. Il ne pleuvait presque plus. S'il se hâtait, il atteindrait l'Académie Ming avant le crépuscule.

Il arriva plus vite qu'il n'avait prévu, poussé par une anxiété qu'il fut incapable de dominer. De l'extérieur du vieux palais où l'académie était située, il devina les silhouettes des étudiants qui discutaient avec entrain derrière les fenêtres éclairées. Leurs rires traversaient les vergers de pruniers, de poiriers et d'abricotiers qui se dressaient devant le puissant mur de pierre protégeant l'édifice. Il rêva qu'il était l'un d'eux et son âme pétilla. À cet instant, un groupe d'étudiants apparut dans une ruelle et se dirigea vers l'académie. Ils discutaient des livres qu'ils venaient d'acheter et pariaient sur celui qui réussirait le premier les examens qui les conduiraient à la judicature. Derrière eux, deux domestiques tiraient une petite charrette chargée de fruits, de gâteaux et de mets.

Lorsque le groupe franchit la porte, son cœur se serra. Pendant un instant il se demanda si sa place était vraiment dans un endroit réservé aux jeunes fortunés, descendant de nobles et de juges écrasés de richesses. Il s'aperçut que l'un des étudiants le regardait par-dessus son épaule, comme s'il craignait que sa proximité contaminât sa noblesse. Se sentant découvert, le garçon détourna le regard et murmura quelque chose à ses compagnons, qui se tournèrent pour le dévisager d'un air dédaigneux. Puis ils disparurent derrière la porte à double battant qui donnait accès au palais. Cí les vit s'en aller. À l'intérieur on veillait sur la sagesse et la propreté. Dehors restaient les ordures et l'ignorance.

Il s'arma de courage et les suivit.

Il se dirigeait vers le jardin quand un petit homme vint au-devant de lui, un bâton à la main qu'il agitait comme s'il chassait une mouche. Lorsque Cí lui communiqua son intention de s'entretenir avec le maître Ming, le domestique le regarda de haut en bas et lui répondit que c'était impossible. Cí lui assura que Ming lui-même l'avait invité, mais le gardien ne le crut pas.

— Le maître n'invite pas de mendiants. – Et il le poussa brutalement vers la porte.

Tandis qu'il reculait, Cí vit les étudiants se moquer de lui avant de disparaître derrière les arbres.

Il ne put le supporter. C'était sa chance et il n'allait pas la laisser passer. Il se libéra du petit homme et se mit à courir vers le bâtiment tandis que derrière lui résonnaient des cris d'alarme. Il franchit le seuil de l'entrée et traversa un salon au moment où une meute d'étudiants s'unissaient au domestique qui essayait de le rattraper. Cí ferma une deuxième porte derrière lui et sauta par une fenêtre dans une autre pièce où plusieurs jeunes gens étaient en train de méditer. Sans leur donner le temps de réagir, il traversa la salle de classe et courut vers une bibliothèque où il se retrouva nez à nez avec un groupe d'élèves qui consultaient leurs livres, provoquant la chute de plusieurs volumes qui se répandirent à terre. Il regarda autour de lui. Où qu'il allât de nouveaux étudiants se joignaient au petit homme qui marchait sur ses talons. Il était cerné. Il aperçut un escalier qui conduisait vers les dépendances de l'étage supérieur et l'emprunta, montant les marches quatre à quatre. Mais arrivé en haut, il constata que la porte sur laquelle elles aboutissaient était fermée. Il tenta de la forcer en poussant, mais elle ne céda pas. Lorsqu'il voulut reculer, une foule furieuse commençait à monter vers lui en brandissant toutes sortes de bâtons et de bouts de bois. Cí appuya le dos contre la porte et se remit à pousser. Il pouvait presque sentir les coups sur son visage. Il se protégea la face, en attente du premier choc, mais il ne le reçut pas, car la porte s'ouvrit seule vers l'intérieur.

Brusquement, les poursuivants s'immobilisèrent.

Cí ne comprit ce qui arrivait que lorsqu'il tourna la tête. Derrière lui, la personne muette de Ming, sous un bonnet ailé, l'observait d'un air féroce.

Ses explications ne servirent à rien. Lorsque Ming entendit la version du domestique, il ordonna qu'on l'expulsât. Aussitôt une demi-douzaine d'étudiants se précipitèrent sur Cí, ils le traînèrent au bas des escaliers et le jetèrent brutalement dans le jardin, non sans l'avertir que la prochaine fois ils n'useraient pas d'autant d'égards.

Il était encore en train de secouer la poussière sur lui lorsqu'un bras l'aida à se relever. C'était le gardien qui surveillait l'entrée. Lorsqu'il fut debout, le petit homme lui tendit une écuelle de riz. Cí parut ne pas comprendre, mais il le remercia tout de même.

— Remercie le maître, dit-il, et il indiqua la direction de son bureau. Il a dit qu'il te recevra demain si tu te présentes correctement.

*

Cí avala la ration de riz avec voracité, mais bientôt le riz lui retourna l'estomac et le fit vomir. Ensuite les heures s'écoulèrent lentement, tandis que s'épuisaient les derniers rayons de lumière.

Il passa la nuit dehors, couché comme un chien contre la porte de l'académie. Il dormit à peine. Il ferma seulement les yeux en imaginant Troisième, heureuse désormais. Il ne pouvait pas faire grand-chose de plus pour elle sinon l'honorer comme les autres membres de sa famille et souhaiter que son esprit aussi le protège.

Le lendemain matin, une secousse le tira de son demi-sommeil.

Entre ses paupières chassieuses, Cí distingua le domestique qui l'avait poursuivi la veille avec un bâton et qui maintenant lui souriait en lui montrant sans honte les trous de ses gencives, le pressant de se lever et de se rendre présentable. Cí secoua la poussière sur ses vêtements et rassembla ses cheveux sous son bonnet. Puis il suivit le bonhomme qui courait à petits pas, comme s'il avait les pieds attachés. Le jardinier s'arrêta un instant près d'une fontaine pour permettre à Cí de se rafraîchir, et il continua à travers le jardin jusqu'à ce qu'ils arrivent à la bibliothèque. Une fois là, il s'inclina devant la silhouette paisible du maître Ming, qui impassible feuilletait les pages d'un livre. Lorsqu'il s'aperçut de la présence de Cí, le maître ferma le volume et le déposa sur une table basse qui se trouvait devant lui. Il leva les yeux et le regarda avec curiosité.

Cí s'inclina devant lui, mais Ming lui fit signe de s'avancer et de prendre un siège. Lorsqu'il l'eut fait, le professeur prit son temps pour l'observer. Cí remarqua sa peau claire et ses moustaches de chat. L'homme portait la même robe en soie rouge qu'il lui avait vue au cimetière. Cí tambourina des doigts, attendant qu'il parle. Enfin, le maître se leva.

— Jeune homme, jeune homme… Comment devrais-je t'appeler ? (Il se promena d'un côté à l'autre de la pièce.) L'étonnant devin d'assassinats ? Ou peut-être l'envahisseur inattendu d'académies ?

Cí rougit. Il réussit à balbutier qu'il s'appelait Cí, mais quand le maître lui demanda son nom de famille il se souvint du rapport concernant la conduite déshonorante de son père et, prévoyant d'autres questions embarrassantes, il garda le silence.

— C'est bien, Cí *Sans Parents*. Réponds à une autre question, poursuivit Ming. Pourquoi devrais-je maintenir mon offre à quelqu'un qui renie ses géniteurs en simulant l'oubli ? C'est vrai, l'autre jour, au cimetière, j'ai non seulement pensé qu'un garçon doué de ta perspicacité méritait une chance, mais j'ai même osé imaginer que tu avais peut-être quelque chose à apporter à la difficile science des morts. Et pourtant, vu ta violente irruption d'hier, qui est davantage celle d'un vulgaire brigand de grands chemins que d'un garçon honnête, je suis à présent assailli d'énormes doutes.

Cí chercha une réponse. Il ne pouvait révéler son ascendance sans compromettre sa sécurité, mais il ne voulait pas non plus commencer un enchaînement de mensonges. L'idée lui vint de dire qu'il était orphelin, mais il supposa que le maître l'interrogerait tout de même. Quelques secondes s'écoulèrent, qui lui parurent éternelles. Finalement il prit une décision.

— Il y a trois ans environ j'ai eu un grave accident, un terrible malheur qui a effacé mes souvenirs. (Il déboutonna lentement sa chemise et lui montra les cicatrices qui couvraient sa poitrine. Tout aussi lentement, il la reboutonna.) Je me souviens seulement qu'un jour je me suis retrouvé au milieu de la campagne. Une famille m'a recueilli et a soigné mes blessures, mais lorsqu'ils ont émigré dans le sud j'ai choisi de venir à la ville. Ils ont toujours dit que ce devait être ma place.

— Bon. (Ming lissa lentement ses moustaches.) Et pourtant, tu sais quelles méthodes employer pour révéler des blessures cachées, à quel endroit on tatoue le nom d'un prisonnier ou de quelle manière des coups de couteau provoquent ou pas la mort.

— Avec cette famille j'ai travaillé dans un abattoir, improvisa-t-il. Le reste, je l'ai appris au cimetière.

— Jeune homme, au cimetière on apprend seulement à enterrer… et à mentir.

— Honorable seigneur, je…

— Sans parler de ta grossière irruption d'hier soir… l'interrompit-il.

— Ce gardien était un idiot ! Je lui ai parlé de la proposition que vous m'aviez faite au cimetière, mais il a refusé de m'écouter.

— Silence ! Comment oses-tu insulter quelqu'un que tu ne connais pas ? Ici, chacun fait ce qu'on lui ordonne, y compris ce gardien que tu taxes si gratuitement d'idiot… et qui sans doute te qualifie également d'idiot. (Il lui montra un volume posé sur la petite table.) Tu le reconnais ?

Cí prit le volume et l'examina avec soin. Il essaya d'avaler sa salive, mais ne le put. Il le connaissait bien, car ce livre était celui de son père. Celui qu'il avait perdu près du canal alors qu'il fuyait Kao.

— Où… où l'avez-vous trouvé ? bégaya-t-il.

— Où l'as-tu perdu toi-même ? répliqua maître Ming.

Cí évita son regard. Quoi qu'il invente, Ming le découvrirait.

— On me l'a volé, parvint-il à dire.

— Eh bien c'est peut-être ce même voleur qui me l'a vendu, répliqua de nouveau Ming.

Cí se tut. Sans doute Ming l'avait-il reconnu et peut-être savait-il aussi quelque chose du gendarme qui le poursuivait. Venir à l'académie avait été une erreur. Il laissa le livre où il l'avait trouvé et soupira. Puis il se leva, prêt à partir, mais le maître l'en empêcha.

— Je l'ai acheté à un rufian sur le marché. Pendant notre rencontre au cimetière tu m'as semblé familier, mais je ne t'ai pas reconnu à ce moment-là. Ma mémoire n'est plus ce qu'elle était, constata-t-il. Mais la semaine dernière, au cours de mon habituelle promenade sur le marché aux livres, mon attention a été attirée par un exemplaire proposé à un étal peu recommandable. Alors je me suis souvenu de toi. J'ai imaginé que tôt où tard tu apparaîtrais par ici, et c'est pourquoi je l'ai acheté. (Il plissa les lèvres et appuya sa main sur son visage en respirant lentement, comme s'il réfléchissait à ce qu'il allait dire. Il demanda à Cí de se rasseoir.) Cher enfant, je m'en repentirai sûrement, mais malgré tes mensonges et les puissantes raisons que tu as, je l'espère, de les énoncer, je vais maintenant mon offre et te donner une chance. (Il prit le livre.) Il ne fait aucun doute que tu possèdes des qualités exceptionnelles et il serait vraiment dommage que, parmi tant de médiocrité, elles soient gaspillées. Donc, si tu es réellement disposé à faire ce que je t'ordonne… (Il lui tendit le livre de son père.) Tiens. Il est à toi.

Cí l'accepta en tremblant. Il ne comprenait toujours pas pourquoi Ming l'acceptait à l'académie, mais de ses paroles semblait au moins se détacher le fait qu'il n'avait pas connu Kao. Il s'agenouilla devant lui, mais le maître le releva.

— Ne m'en remercie pas. Tu devras le mériter jour après jour.

— Vous ne vous en repentirez pas, monsieur.

— Je l'espère, mon garçon. Je l'espère.

*

Cí fit la connaissance de ses futurs compagnons dans la Digne Salle des Discussions, le fastueux salon tilleul où avaient lieu les débats et les examens. Comme à l'accoutumée, une vaste assemblée de professeurs et d'élèves des différentes disciplines attendait, tous alignés en formation parfaite pour connaître le nouvel aspirant et exprimer leurs objections. Observé par des centaines d'yeux, Cí se tenait debout au centre de la salle, essayant de dissimuler le tremblement de ses mains comme tout autre signe de nervosité.

Dans un silence solennel, Ming s'avança jusqu'à la vieille estrade en bois qui dominait la salle. Il gravit les quelques marches, s'inclina devant les professeurs et fit de même devant les élèves pour les remercier de leur présence. Puis il se mit à relater la rencontre fortuite du cimetière, qui lui avait permis de découvrir l'étonnant talent de Cí, le lecteur de cadavres, qu'il qualifia de mélange incompréhensible de sorcellerie, de pratique de guérisseur et d'érudition, dont l'aspect et les manières grossières pourraient peut-être – et il appuya sur le « peut-être » – être polis au point de le faire briller comme un joyau taillé. Raison pour laquelle il sollicitait de l'assemblée que la place vacante fût provisoirement attribuée à Cí, afin que celui-ci ait l'opportunité de prouver les qualités que, selon lui, il possédait.

À la surprise de Cí, quand l'assemblée interrogea Ming sur les origines du postulant, il raconta comme certaine la fable de l'accident qui lui avait fait perdre la mémoire, mentionnant au passage son passé de fossoyeur, de boucher et de devin.

Lorsque la présentation fut terminée, Ming céda l'estrade à Cí. C'était le tour des professeurs. Cí chercha parmi leurs visages une expression aimable, mais il se trouva face à une rangée de statues. Les premiers professeurs l'interrogèrent sur sa connaissance des classiques, un second groupe sur les lois et quelques autres sur la poésie. Ensuite, quand vint le tour des objections, un professeur maigre aux sourcils exagérément fournis prit la parole.

— Sans aucun doute, ébloui par l'artifice de tes prédictions, notre collègue Ming n'a pas hésité à te présenter avec toutes sortes d'éloges. Et je ne lui en fais pas critique. (Il fit une pause pour chercher ses mots.) Il est parfois difficile de distinguer entre l'éclat de l'or et le brillant du laiton. Mais, apparemment, la véracité de ces mêmes prédictions l'a conduit à imaginer qu'il se trouvait devant un être différent, un illuminé capable de côtoyer ceux qui ont consacré leur vie à l'étude des lettres. Mais je n'en suis pas surpris. Ming est connu pour la passion insolite qu'il porte aux reins, aux viscères et autres abats, au détriment de sujets vraiment importants, comme la littérature ou la poésie. En fait (il se tourna vers lui), il ne s'est même pas irrité de certaines de tes réponses erronées. Cependant, et comme tu devrais le savoir, la résolution de crimes et l'application ultérieure de la justice exigent un examen qui dépasse les simples conjectures sur le qui ou le comment. La vérité ne resplendit que lorsqu'on comprend les motifs qui poussent à œuvrer, lorsqu'on comprend les inquiétudes, les situations, les causes... Quelque chose qui ne se trouve ni dans les blessures ni dans les entrailles. Et pour cela il faut des personnes cultivées dans l'art, dans la peinture et dans les lettres.

Muet, Cí contemplait le professeur qui venait d'exprimer ses objections. Il admettait sa part de raison, mais divergeait sur son total mépris de la médecine. Si les juges se montraient incapables de distinguer une mort naturelle d'un assassinat, comment diable exerceraient-ils la justice ? Il y réfléchit avant de répondre.

— Honorable professeur, je ne me présente pas ici pour gagner une bataille, le complimenta-t-il. Je ne prétends pas faire prévaloir le peu que je sais, ni abaisser le mérite de tout ce que savent les maîtres et élèves qui habitent cette académie. Je veux seulement apprendre. La connaissance ignore les murailles, les limites ou les compartiments. Elle n'entend rien non plus aux préjugés. Si vous m'acceptez parmi vous, je vous assure que je travaillerai aussi dur que le meilleur, jusqu'à abandonner, s'il le faut, ces viscères qui vous importunent tant.

Un gros professeur mou avec une bouche en cul de poule leva le bras pour intervenir. Sa respiration était un halètement pénible et fatigué, et les quelques pas qu'il fit pour s'avancer l'essoufflèrent comme s'il avait gravi une montagne. Ses mains se croisèrent sous son ventre tandis qu'il observait longuement Cí.

— À ce que je vois, hier tu as flétri l'honneur de cette académie en faisant irruption comme un sauvage, et cela me rappelle un citoyen dont ses voisins me disaient : « D'accord, c'est peut-être un voleur, mais un merveilleux flûtiste. » Et sais-tu ce que je leur ai répondu ? « D'accord, c'est peut-être un merveilleux flûtiste, mais c'est un voleur. » (Sa langue fine humidifia des lèvres charnues tandis qu'il grattait son cou graisseux. Il baissa lentement la tête, comme s'il réfléchissait à ce qu'il allait dire ensuite.) Quelle part de vérité y a-t-il en toi, Cí ? Celle du garçon qui désobéit aux ordres mais qui lit dans les cadavres, ou celle du garçon qui lit dans les cadavres mais désobéit aux ordres ? Plus encore : pourquoi devrions-nous accepter dans l'académie la plus respectable de l'empire un vagabond comme toi ?

Cí frémit. Il avait donné pour acquis que Ming, en sa qualité de directeur, aurait fait prévaloir son opinion, mais, étant donné les circonstances, il décida de modifier son discours.

— Vénérable maître (de nouveau il s'inclina), je vous prie d'excuser mon inacceptable comportement. Ce fut un acte honteux qui n'a obéi qu'à mon inexpérience, à l'impuissance et au désespoir. Je sais que cela ne m'excuse pas, et qu'en tout cas je devrai montrer par des faits que je mérite votre confiance. Mais pour cela, j'ai également besoin de votre indulgence. (Il fit une nouvelle révérence et se tourna vers le reste de l'assemblée.) Les hommes commettent des erreurs. Même les plus sages. Et je ne suis qu'un jeune paysan. Un jeune paysan avide d'apprendre. Et n'est-ce pas ce que l'on pratique ici ? Si je connaissais toutes les règles, si je respectais tous les préceptes, si je n'abritais pas en moi la nécessité de connaître, pourquoi aurais-je besoin d'apprendre ? Et comment pourrais-je alors éviter ce qui me rend imparfait ?

« J'ai aujourd'hui devant moi une opportunité aussi grande que la vie, car qu'est la vie sans connaissance ? Il n'y a rien de plus triste qu'un aveugle ou un sourd. Et moi, dans une certaine mesure, je le suis. Permettez-moi de voir et d'entendre, je vous assure que vous ne le regretterez pas.

Le gros maître souffla deux ou trois fois. Puis il acquiesça et recula lourdement, réintégrant sa place dans la rangée pour céder la parole au dernier professeur, un vieillard voûté aux yeux éteints, qui s'intéressa au motif qui avait conduit Cí à accepter l'invitation de Ming.

Cí ne trouva qu'une réponse.

— Parce que c'est mon rêve.

Le vieux hocha la tête.

— C'est la seule raison ? Un homme a existé qui rêvait de voler dans les cieux, mais après s'être jeté d'un précipice, tout ce qu'il a obtenu, c'est de s'écraser sur les rochers…

Cí contempla les yeux éteints du vieillard. Il descendit de l'estrade et s'approcha de l'homme au regard vide.

— Quand nous désirons quelque chose que nous avons vu, il nous suffit de tendre le bras. Lorsque ce que nous désirons est un rêve, nous devons tendre notre cœur.

— Tu en es sûr ? Les rêves conduisent parfois à l'échec…

— Peut-être. Mais si nos ancêtres n'avaient pas rêvé pour nous d'un monde meilleur, nous serions encore vêtus de haillons. Mon père m'a dit un jour (sa voix trembla en disant cela) que si je m'obstinais à construire un palais dans les airs, je ne perdrais pas mon temps. Car c'était sûrement là qu'il devrait être. Il suffisait que je fasse suffisamment d'efforts pour construire les fondations qui le soutiendraient.

— Ton père ? Comme c'est étrange ! Ming nous a dit que tu avais perdu la mémoire.

Cí se mordit les lèvres tandis que ses yeux s'embuaient.

— C'est la seule chose de lui dont je me souvienne.

*

La Salle des Juges grouillait d'étudiants qui chuchotaient en chœur, dans l'attente de l'apparition du nouvel élève. Tous se demandaient qui était réellement ce lecteur de cadavres et quels pouvaient être les dons extraordinaires qui lui avaient permis d'esquiver la très sévère procédure de sélection qui ouvrait les portes de l'académie. Les plus surpris avaient fait courir le bruit qu'il tirait ses étranges pouvoirs de la sorcellerie, tandis que d'autres plus sceptiques, à la lumière de la présentation, le dépouillaient de toute aura surnaturelle et avançaient qu'ils venaient peut-être de son expérience de boucher d'abattoir. Cependant, étranger à la controverse, un élève grand et mince attendait à l'écart des autres, mordillant un bâton de réglisse. Lorsque Cí entra accompagné de Ming, Astuce Grise cracha le réglisse par terre et s'écarta encore davantage. Puis il les observa du coin de l'œil.

Ming présenta Cí aux élèves avec lesquels il allait vivre désormais, tous aspirants à un poste dans la magistrature impériale. La plupart d'entre eux étaient de jeunes aristocrates aux ongles longs et aux cheveux coiffés dont les manières raffinées évoquèrent à Cí celles de courtisanes. Ming l'informa qu'à l'académie on étudiait divers arts, parmi lesquels la peinture et la poésie, mais que lui serait logé dans le dortoir des étudiants en droit. Malgré quelques expressions de rejet, tous les étudiants le saluèrent avec courtoisie, à l'exception de celui qui restait à l'écart dans un coin. Lorsque Ming s'en aperçut, il l'appela en élevant la voix. Le garçon aux cheveux gris se décolla lentement du mur contre lequel il était appuyé et s'avança nonchalamment vers le maître.

— Je vois que tu ne partages pas la même curiosité que tous tes camarades, Astuce Grise.

— Je ne vois pas pourquoi cela devrait m'intéresser. Je suis venu ici pour étudier, pas pour me laisser séduire par les mystifications d'un crève-la-faim.

— Eh bien c'est parfait, cher enfant... Parce que tu vas avoir l'occasion de le surveiller de près et de vérifier tout ce qu'il y a de vrai en elles.

— Moi ? Mais je ne comprends pas...

— À partir d'aujourd'hui, c'est ton nouveau compagnon de chambre. Vous partagerez les livres et les lits.

— Mais, maître... ! Je ne peux pas vivre avec un paysan... Je...

— Silence ! lui lança Ming. Dans cette académie ne comptent ni l'argent, ni les négoces, ni les influences de ta famille ! Obéis et salue Cí, ou prends tes livres et prépare ton équipage !

Astuce Grise inclina la tête, mais ses yeux se fixèrent sur Cí. Il demanda ensuite la permission de se retirer.

Ming la lui accorda, mais alors que le jeune homme aux cheveux gris atteignait le seuil de la porte, sa voix l'arrêta.

— Avant de t'en aller, ramasse donc le réglisse que tu as craché sur les dalles.

Cí passa le reste de la journée à se familiariser avec les activités habituelles de l'académie. Ming l'informa qu'il devrait se lever avec le soleil pour faire sa toilette et accomplir les rites dus à ses ancêtres. Il prendrait ensuite son petit déjeuner avec les autres étudiants avant d'aller en cours. Ils auraient une pause pour déjeuner et passeraient le reste de l'après-midi à étudier ou discuter de cas pratiques dans les différentes disciplines. Après le dîner il travaillerait à la bibliothèque pour payer sa pension. Il lui expliqua que bien que le Gouvernement des Universités eût fermé la Faculté de Médecine, lui-même consacrait toujours une partie de son programme au savoir médical et à l'étude des causes qui provoquaient les décès. De temps en temps ils se rendaient dans les dépendances judiciaires pour observer *in vivo* les examens que les magistrats effectuaient sur les cadavres et, à l'occasion, ils assistaient à des procès afin de connaître de première main les comportements criminels et la manière dont les juges agissaient pour les découvrir ou les condamner.

— Nous procédons à des examens trimestriels, car nous devons nous assurer que les élèves progressent conformément à ce qui est prévu. Dans le cas contraire, nous expulsons ceux qui ne méritent pas nos efforts. Et souviens-toi que ta place est provisoire, ajouta-t-il.

— Avec moi, monsieur, il n'arrivera pas ce qui se passe avec certains de ces fils de riches.

Ming le regarda de haut en bas.

— Je vais te donner un ou deux conseils, mon garçon. Ne te laisse pas abuser par l'apparence recherchée de ces jeunes gens. Et ne va surtout pas la confondre avec de l'indolence. Il est vrai qu'ils appartiennent à l'élite du pays, mais ils étudient avec acharnement pour atteindre leurs objectifs. (Il en montra quelques-uns qui dévoraient le contenu de plusieurs livres.) Et s'ils voient que tu es contre eux, ils te dépèceront comme un lapin.

Cí acquiesça. Pourtant, il douta que les motivations de ces jeunes gens puissent seulement approcher celles qui le mouvaient lui.

Au milieu de l'après-midi, ils furent convoqués pour le dîner au Réfectoire des Abricots, une salle ornée de soies exquises qui montraient des peintures de paysages, de pavillons et d'arbres fruitiers. Lorsque Cí arriva au réfectoire, les autres élèves avaient déjà pris place, formant des cercles autour de petites tables en osier. Il admira la mer d'assiettes et de bols remplis de soupes, de sauces et de fritures qui semblaient déborder sur les napperons à côté des plateaux de poissons et de fruits variés qui attendaient sur d'autres tables. Il chercha une place libre où s'asseoir, mais lorsqu'il trouva le premier espace, les élèves se déplacèrent pour éviter qu'il l'occupât. Il essaya à la table suivante avec le même résultat. À la quatrième tentative il s'aperçut que ceux qui l'empêchaient de s'asseoir semblaient obéir aux signes d'un étudiant élancé qui se trouvait au fond de la salle. Cí observa Astuce Grise. Non seulement le jeune homme soutenait son regard, mais il le défiait par un sourire sarcastique.

Cí comprit que s'il reculait il devrait supporter les caprices de cet étudiant tout le temps qu'il demeurerait à l'académie. Et il n'avait pas souffert autant pour consentir maintenant à cette situation.

Il s'avança vers la table qu'occupait Astuce Grise et avant qu'on pût l'en empêcher il glissa le pied entre les deux garçons qui tentaient de lui barrer le passage. Les deux étudiants lui jetèrent des regards de bêtes féroces, mais Cí ne recula pas. Il appuya avec son mollet et, de force, se fit une place. Il allait s'asseoir lorsque Astuce Grise se leva.

— Tu n'es pas bienvenu à cette table.

Cí s'assit sans lui prêter attention. Il prit un bol de soupe et se mit à la boire.

— Tu ne m'as pas entendu ? demanda Astuce Grise en haussant la voix.

— Je t'ai entendu, toi, mais je n'ai pas entendu les protestations de la soupe. – Et il continua à boire sans le regarder.

— Le fait que tu ne connaisses pas ton père ne signifie pas que tu ne puisses connaître le mien, le menaça-t-il.

Cí cessa de manger. Il posa le bol de soupe au milieu des soucoupes et il se leva lentement, jusqu'à ce que ses yeux fussent à la hauteur de ceux de son adversaire. Si le regard de Cí avait pu tuer, Astuce Grise serait tombé foudroyé.

— Maintenant écoute-moi bien, toi, le défia-t-il. Si tu tiens à ta langue, fais qu'elle ne prononce jamais à nouveau le nom de mon père ou je ferai en sorte que tu parles uniquement par signes. – Et il s'assit pour continuer à dîner comme si de rien n'était.

Astuce Grise le regarda, rouge de colère. Puis, sans dire un mot, il tourna le dos et quitta le réfectoire.

Cí se félicita du résultat. Son rival avait essayé de provoquer un incident afin de le discréditer lors de sa première journée à l'académie, mais il n'avait réussi qu'à se rendre ridicule devant ses propres camarades. Il savait qu'Astuce Grise ne se résignerait pas à une défaite, mais y parvenir en public lui serait difficile.

À la tombée de la nuit, la tension s'accrut. La chambre qu'ils devaient partager était une pièce étroite séparée des autres par des panneaux en papier, ce qui limitait l'intimité à la pénombre diffusée par les petites lanternes qui pendaient au plafond. La cellule disposait à peine de l'espace suffisant pour loger deux lits l'un contre l'autre, deux petites tables et deux armoires où ranger leurs effets et leurs livres. Cí constata que celle d'Astuce Grise débordait d'autant de soies que celle d'une fille à marier, mais qu'elle abritait aussi une volumineuse collection de livres luxueusement reliés. La sienne n'était habitée que de toiles d'araignées. Il les écarta de la main et déposa le livre de son père au centre de la première étagère. Puis il s'agenouilla et pria pour ses parents sous le regard méprisant d'Astuce Grise, qui commençait alors à se dévêtir pour se mettre au lit. Il fit de même, tentant de profiter de l'obscurité pour cacher les brûlures de son torse, mais Astuce Grise les vit.

Chacun se coucha et ils restèrent silencieux. Cí écoutait la respiration d'Astuce Grise avec la crainte de celui qui perçoit la proximité d'un animal. Il ne pouvait trouver le sommeil. Dans sa tête s'agitaient mille pensées : l'absence de sa sœur, la perte de sa famille, la terrible révélation sur son père… Et à présent que les dieux lui offraient enfin la chance de sa vie, un étudiant mal luné paraissait prêt à la lui empoisonner. Il tenta de trouver la manière d'apaiser l'aversion qu'il semblait avoir éveillée chez Astuce Grise, mais il ne savait comment s'y prendre. Finalement, il en vint à la conclusion qu'il devait consulter Ming. Lui saurait certainement comment l'aider et cela le rassura. Il commençait à sombrer dans le sommeil lorsqu'un sifflement venant du lit d'Astuce Grise le réveilla.

— Eh, avorton ! rit-il entre ses dents. C'était ça ton secret, hein ? Tu es malin, c'est sûr, mais aussi répugnant qu'un cafard. (De nouveau il rit.) Je ne suis pas étonné que tu lises dans les morts, car tu es un cadavre pourri.

Cí ne répondit pas. Il serra les dents et ferma les yeux en essayant de ne pas l'écouter tandis qu'une rage acide lui rongeait l'intestin. Il s'était tellement habitué à ses cicatrices qu'il avait oublié combien elles pouvaient attirer l'attention des autres. Et même si, aux dires de ceux qui le connaissaient, il avait un beau visage et un sourire lumineux, sa poitrine et ses mains étaient incontestablement des lambeaux de peau grillés. Il s'enroula dans sa couverture et pressa sa tempe contre la pierre qui lui servait d'oreiller jusqu'à ce qu'il sente son cerveau réduit à néant, se maudissant pour le don pervers qui l'empêchait de percevoir la douleur et faisait de lui une triste aberration.

Mais juste avant de s'assoupir épuisé, alors que le sommeil s'emparait peu à peu de lui, il pensa que ses brûlures lui serviraient peut-être à calmer l'animosité d'Astuce Grise. Et c'est sur cette pensée qu'il parvint à trouver le sommeil.

*

Les jours suivants passèrent à une allure vertigineuse. Cí se levait avant tout le monde et il profitait de la lumière jusqu'au dernier rayon pour revoir ce qu'il avait appris pendant la journée. Les rares moments de repos, il les occupait à relire le livre de son père, essayant de mémoriser dans les moindres détails les chapitres concernant les aspects criminels.

Quand les cours le lui permettaient, il accompagnait Ming dans ses visites aux hôpitaux. Les guérisseurs, les herboristes, les acupuncteurs et les applicateurs de moxa y étaient nombreux, mais il y avait peu de chirurgiens malgré leur évidente nécessité. La doctrine confucéenne interdisait d'intervenir à l'intérieur des corps et la chirurgie se limitait donc aux actes indispensables : la réduction des fractures ouvertes, les coutures de blessures ou les amputations. Contrairement à la plupart de ses collègues, qui dénonçaient la pratique des guérisseurs, Ming montrait un intérêt inusité pour la médecine avancée. Le professeur se plaignit amèrement de la fermeture de la Faculté de Médecine.

— Elle a été inaugurée il y a vingt ans et maintenant elle est fermée. Ces traditionalistes du rectorat affirment que la chirurgie est une régression. Et après ça, ils veulent que nos juges trouvent les criminels grâce à leurs études de littérature et de poésie.

Cí acquiesça. Il avait eu le privilège d'assister à quelques cours magistraux dans cette faculté, avant sa fermeture, et depuis il regrettait ses enseignements. Mais il était l'un des rares à les apprécier. La plupart des étudiants préféraient se concentrer sur les canons confucianistes, sur la calligraphie et la poésie, sachant qu'ils leur seraient plus utiles lorsqu'ils se présenteraient aux examens officiels. Lorsqu'ils accéderaient au poste de juge, ils consacreraient en fin de compte la plus grande partie de leur temps à des tâches bureaucratiques, et si un jour ils étaient confrontés à un assassinat, alors ils feraient appel à un boucher ou à un tueur d'abattoir pour qu'il leur donne son avis et nettoie les cadavres.

Tout lui paraissait nouveau, et même s'il avait déjà vécu cela à l'époque où il était étudiant, se voir entouré de compagnons ayant les mêmes centres d'intérêt, discuter à nouveau de philosophie ou exercer les rites était pour lui aussi fascinant qu'examiner les modèles anatomiques taillés dans le bois ou participer à de passionnantes discussions juridiques. C'est pourquoi il était si heureux à l'Académie Ming.

Il apprenait chaque jour de nouvelles choses et, à la surprise de ses camarades, il montra bientôt que ses connaissances ne se limitaient pas aux blessures et aux décès, mais s'étendaient également au contenu de l'épais code pénal, aux démarches administratives pertinentes dans les procès ou aux procédures lors de l'interrogatoire d'un suspect. Ming l'avait intégré au groupe des élèves avancés, ceux qui à la fin du cours académique auraient une chance d'entrer directement dans la judicature.

Et, à mesure que croissait la confiance de Ming en Cí, la jalousie d'Astuce Grise augmentait.

Il eut l'occasion de le vérifier lorsque Ming les convoqua en urgence pour l'examen du mois de novembre, leur annonçant que cette fois ils le réaliseraient ensemble et qu'il aurait lieu à l'extérieur de l'académie, au siège de la préfecture de la province.

— Il se tiendra dans la Chambre des Morts. Il s'agit de chercher à égaler le déroulement habituel d'une enquête et vous vous pencherez sur un cas qui n'a pas encore été résolu, leur dit-il. Comme dans la vie réelle, l'un de vous tiendra le rôle du juge principal et pratiquera le premier rapport. Le second sera le juge superviseur, c'est-à-dire qu'il révisera le rapport de son camarade et en rédigera un deuxième. Ensuite, à vous deux, vous devrez émettre un verdict unique. Vous serez en concurrence avec deux autres couples aussi préparés que vous, et il est possible que votre force vous oppose et devienne votre plus grande faiblesse. Et je vous prédis dès maintenant que, tout comme le feraient les criminels, vos adversaires la mettront à profit. C'est donc un travail en association, pas en concurrence. Si vous additionnez vos connaissances, vous sortirez vainqueurs. Si vous vous affrontez, seule triomphera la sottise. Avez-vous compris ? (Ming les scruta sans que Cí ni Astuce Grise ne bougent un seul muscle. Il approuva. Puis il inspira avant de les défier du regard.) Autre chose : les vainqueurs de cette épreuve se placeront en première position pour le poste d'Officier impérial que la Cour nous accorde chaque année. Je vous parle du poste permanent dont vous avez toujours rêvé. Donc, préparez-vous bien et travaillez dur.

Cí ne fut pas ennuyé qu'Astuce Grise le devance pour solliciter le rôle de juge principal. Ce qui le dérangea vraiment, ce fut l'argument qu'il avança : que Cí n'était pas prêt. Ming accepta la répartition des rôles proposée par Astuce Grise, non tant à cause de son plaidoyer qu'en raison de l'ancienneté de chacun des élèves à l'académie, mais il s'assura que tous deux travailleraient ensemble sans problème.

Il obtint la promesse de Cí. Seulement un grognement de la part d'Astuce Grise.

En chemin vers la Salle du Silence, l'endroit où ils se réunissaient pour étudier, Cí comprit que cette opportunité était trop importante pour entretenir des rancunes stériles. De plus, jusqu'à ce jour, il n'avait pas eu de gros problèmes avec Astuce Grise en dehors des insultes et des moqueries sur ses brûlures qu'il lui avait adressées dès le premier instant, mais il les avait peu à peu délaissées en constatant qu'elles ne l'affectaient pas. Il devait d'ailleurs reconnaître que les connaissances d'Astuce Grise sur les questions légales et littéraires étaient supérieures aux siennes et qu'il avait besoin de sa capacité s'ils voulaient gagner le concours. Après le dîner, il essaierait d'en discuter avec lui.

Il trouva le moment opportun lorsqu'ils se levèrent de table. Quelques élèves étaient déjà partis à la bibliothèque pour continuer la préparation du travail, aussi lui proposa-t-il de les imiter.

— La Chambre des Morts… Demain sera un grand jour. Nous pourrions revoir certains cas et…

— Il y a quatre mois que tu es ici et tu crois vraiment que je vais travailler avec toi ? l'interrompit Astuce Grise d'un air moqueur. Nous sommes ensemble parce qu'on nous l'a ordonné, mais je n'ai pas besoin d'un idiot à mes côtés. Toi fais ton travail, moi je ferai le mien. – Et il partit dormir aussi calmement que si le lendemain matin, au lieu d'affronter le défi le plus important de sa carrière, il allait simplement se promener.

Cí ne le suivit pas. Il resta éveillé jusque tard dans la nuit pour réviser ses notes, examiner les fiches et revoir les sujets sur lesquels Ming avait insisté.

L'étude n'était pas la seule chose qui le préoccupait. Dès l'instant où il avait appris que l'examen se tiendrait dans la Chambre des Morts, il avait pris conscience qu'il allait s'exposer à un grand danger. Six mois s'étaient écoulés depuis l'apparition inattendue de Kao au cimetière et il n'avait plus entendu parler de lui, mais si, comme l'avait alors mentionné le devin, il y avait une récompense pour son arrestation, il était probable que sa description dût encore traîner à la préfecture.

Malgré tout, l'opportunité était tellement extraordinaire qu'il était prêt à prendre le risque.

Dès l'aube, alors que les caractères imprimés commençaient à danser devant ses yeux, il prépara le petit matériel apporté avec lui du cimetière, auquel il avait ajouté plusieurs grandes feuilles de papier, des fusains, des aiguilles déjà enfilées de fils de soie ainsi qu'un flacon de camphre qu'il avait obtenu dans les cuisines. Il posa tout cela près des besaces que les autres élèves avaient préparées et vérifia que parmi les ustensiles courants qu'il emporterait à la Chambre des Morts se trouvait tout ce dont il aurait besoin.

Ensuite il entreprit sa transformation.

Avec le plus grand soin, il introduisit deux petites boules de coton dans ses fosses nasales afin de les dilater au maximum. Avec un couteau, il rasa ses quelques poils de moustache et rassembla ses cheveux sous un nouveau bonnet que lui avait prêté un élève. En contemplant le résultat dans le miroir de bronze poli, il sourit, satisfait. Ce n'était pas un grand changement, mais il aiderait.

Lorsqu'il prit conscience de l'heure, il y avait un moment qu'Astuce Grise s'était levé. Son estomac se noua. Il nettoya ses yeux dans la cuvette commune et courut rejoindre ses compagnons tout en enfilant ses gants. Sa tête bourdonnait, comme si on lui avait donné des coups de pied, aussi prêta-t-il à peine attention aux cris le pressant de rattraper le cortège qui quittait déjà l'académie. Il attrapa sa musette et se précipita au bas des escaliers.

En le voyant arriver, Ming hocha la tête.

— Où étais-tu fourré ? Et par tous les dieux, qu'est-il arrivé à ton nez ?

Cí répondit qu'il avait préparé des mèches de coton trempés dans du camphre pour supporter la puanteur. Telle était la cause de son retard.

— Tu me déçois, lui dit-il, et il lui montra les cheveux en bataille qui dépassaient du bonnet.

Cí se tut. Il se contenta d'incliner la tête et se mit dans la file à côté d'Astuce Grise, dont l'apparence était impeccable.

Peu après ils arrivaient au quartier de la préfecture, une superbe construction fortifiée située entre les canaux principaux qui délimitaient la place Impériale, et qui occupait l'espace normalement assigné à quatre bâtiments. Ses très longs murs nus, sans aucun quémandeur, contrastaient avec les constructions voisines, dévorées par un grouillement d'échoppes, d'étalages de fruits et légumes, de vagabonds désœuvrés et de passants pressés se déplaçant en tous sens, telles des fourmis désorganisées. Vue ainsi, la préfecture avait l'air d'un édifice mort et désolé, comme si une crue avait balayé ceux qui s'étaient postés contre ses murailles. Tous les habitants de Lin'an connaissaient et craignaient l'endroit. Mais Cí le redoutait plus qu'aucun d'eux.

Il ne put retenir un frisson.

Il enfonça son bonnet jusqu'aux tempes et s'emmitoufla dans sa tunique. En entrant, il se colla à Astuce Grise comme s'il était son ombre et ce n'est que lorsqu'ils atteignirent la Chambre des Morts qu'il osa relever la tête. Le camphre n'eut aucun effet. Il respira l'odeur de la mort, mais au moins il respira.

La pièce était un cabinet de travail asphyxiant où tous tenaient à peine, serrés les uns contre les autres. Sur un côté, une auge remplie d'eau semblait attendre son tour de nettoyer toute l'immondice collée dans le petit canal qui traversait la salle et faisait office d'écoulement. Au centre, sur une longue table, se détachait la silhouette d'un corps couvert d'un drap. Ça empestait le cadavre. Un garde maigre au visage de lévrier apparut par une autre porte pour leur annoncer l'arrivée imminente du préfet et leur exposer les détails préliminaires. Selon ses dires, ils se trouvaient devant un cas obscur qui exigeait la plus grande discrétion ; pour cette raison même, on ne leur fournirait pas tous les détails.

Deux nuits plus tôt un corps était apparu flottant dans le canal. Le cadavre, un homme d'apparence et de complexion banales qui devait avoir une quarantaine d'années, avait été découvert par l'un des responsables des écluses. On l'avait trouvé vêtu, une chope d'alcool à la main. Il ne portait pas de papiers d'identité, pas d'argent ou d'effets de valeur, et si ses vêtements avaient permis de déterminer son métier, c'était un renseignement qui ne leur serait pas révélé. La veille, les praticiens de la préfecture avaient déjà effectué leurs examens sous la supervision du juge chargé de l'affaire et leurs conclusions étaient gardées secrètes. À présent, ils offraient aux étudiants les plus avancés l'opportunité de donner leur avis. Lorsqu'il eut expliqué les procédés élémentaires qu'ils devaient employer au cours de l'inspection, le garde donna la parole à Ming.

Ils disposaient d'une heure.

Rapidement, le maître instruisit les trois équipes qui allaient examiner le cadavre : chaque groupe aurait un temps limité que lui-même contrôlerait en brûlant des bâtons d'encens. Un bâton par équipe. Ils feraient abstraction des formalités administratives et commenceraient directement l'examen. Il insista pour qu'ils notent toutes les remarques et indices qui leur sembleraient importants, car ils en auraient besoin pour rédiger le rapport qui serait comparé aux rapports officiels. Enfin, il établit un ordre de travail. D'abord interviendraient les deux frères cantonais experts en littérature, puis ce serait au tour des deux étudiants en droit et, pour terminer, Astuce Grise et Cí.

Aussitôt, Astuce Grise fit remarquer le désavantage que supposait le fait de s'occuper d'un cadavre aussi manipulé. Mais Cí n'y vit pas d'inconvénients. En fin de compte, les duos qui les précédaient, n'ayant pas de connaissances d'anatomie, toucheraient à peine le cadavre, alors que leur troisième place leur donnerait l'occasion de suivre les progrès de leurs compagnons. Tandis que les frères cantonais se dirigeaient vers la table centrale, il prépara le papier et le pinceau qu'il utiliserait pour ses notes. Il se plaça du mieux qu'il put et commença à humidifier la pierre d'encre.

Ming alluma le bâton qui annonçait le début de l'épreuve. Les étudiants cantonais s'inclinèrent devant le professeur, puis ils se placèrent chacun d'un côté de la table et ensemble retirèrent le linceul qui cachait le cadavre. Ils allaient commencer l'examen lorsqu'un grand bruit retentit brusquement derrière eux. Les étudiants s'arrêtèrent et tous les présents se retournèrent pour découvrir l'énorme tache d'encre noire qui s'étendait à leurs pieds. Cí en était la cause. Ses doigts gantés conservaient la position dans laquelle ils avaient tenu la pierre d'encre qui était maintenant à terre en mille morceaux. Devant lui, sur la table d'inspection, reposait le cadavre du gendarme Kao.

21

Tous jetèrent à Cí un regard plein de mépris, à l'exception d'Astuce Grise qui se contenta de cracher.
Cí s'excusa en silence et, malgré l'émotion que provoquait en lui le cadavre de Kao, il se plaça le plus près possible de la table afin d'observer le travail de l'équipe qui les précédait. Coûte que coûte, il avait besoin de savoir ce qui était arrivé à Kao. La peur le tenaillait, mais il avala sa salive et se ressaisit. Il regarda ses compagnons examiner le corps nu, mémorisant tous les détails qu'ils décrivaient. Ainsi, la première équipe remarqua l'absence de blessures qui auraient pu faire penser à une mort violente, avançant qu'il s'agissait peut-être d'un simple accident, tandis que la deuxième remarqua les petites morsures que présentaient ses lèvres et ses paupières, ce qu'elle attribua aux bandes de poissons affamés qui infestaient les canaux. Les autres réflexions portaient sur des faits indiscutables tels que la complexion, la couleur de la peau ou de vieilles cicatrices qui n'éclairaient en rien les causes du décès.

Lorsque le deuxième bâton d'encens s'éteignit, ce fut le tour d'Astuce Grise. Le garçon s'approcha lentement, comme si le nouveau bâtonnet ne mesurait que son temps à lui, et non celui de Cí. Tel un félin qui renifle sa proie, il tourna autour du cadavre pour commencer l'examen dans le sens inverse de celui qui était habituel. Il toucha ses pieds bleutés. Puis il remonta en palpant ses mollets, épais mais bien formés, ses genoux noueux et ses puissantes cuisses pour s'arrêter sur sa tige de jade, également mordillée par les poissons. Il la souleva avec précaution pour observer ses testicules flasques et Cí jugea qu'il les tripotait un peu trop. Il constata aussi que le bâton d'encens diminuait à vue d'œil. Astuce Grise n'était pas encore arrivé au torse et déjà un quart du temps s'était écoulé. L'étudiant poursuivit son ascension vers la tête, qu'il tourna d'un côté et de l'autre. De même que pour le reste du corps, il ne fit aucun commentaire. Enfin, il demanda de l'aide pour retourner le cadavre, moment que Cí mit à profit pour vérifier la rigidité des membres.

Astuce Grise poursuivit avec une exaspérante lenteur, contrastant avec la rapidité à laquelle l'encens se consumait. Il inspecta les oreilles, le dos large, les fesses, qu'il écarta et rapprocha, et de nouveau ses extrémités inférieures.

Cí regarda le bâton. Plus de la moitié était consumée. Cependant, ni Astuce Grise ni Ming lui-même, qui bavardait distraitement avec un autre étudiant, ne semblaient y prêter attention. Cí choisit de ne pas l'interrompre, imaginant que Ming prolongerait le temps que dépasserait son compagnon. Lorsque Astuce Grise dit avoir terminé son inspection, il restait à peine un soupir d'encens. En toute hâte, Cí prit sa place.

Au cours des inspections préliminaires il avait constaté que le corps ne présentait effectivement aucun signe de violence, aussi s'intéressa-t-il directement à la tête, prêtant une attention particulière à la nuque. Il espérait y découvrir quelque chose, mais il ne décela rien de remarquable. Il continua ensuite avec la bouche, les yeux et les fosses nasales. Il n'y trouva pas non plus de blessures étranges ou de signes qui puissent révéler l'effet d'un poison. En dernier, il s'arrêta aux oreilles. La droite lui parut normale, mais soudain, sur la gauche, il crut voir quelque chose. Ce n'était qu'une intuition, mais il avait besoin de la confirmer. Il courut jusqu'à sa musette et fouilla parmi ses instruments. Les secondes s'écoulaient et il ne trouvait pas ce qu'il cherchait. Il regarda le bâtonnet d'encens à l'instant même où il s'éteignait. Alors il renversa ses instruments, les répandit sur le sol et attrapa une pince et une petite pierre, comme si sa vie en dépendait. Il serra les dents et pria d'être dans le vrai. Mais alors qu'il se disposait à achever l'examen, l'un des gardes s'interposa entre lui et le cadavre. Son visage était grave. Cí pensa qu'on l'avait découvert. Il baissa les yeux et attendit quelques instants qui lui parurent interminables.

— L'épreuve est terminée, indiqua l'homme.

Son cœur palpita. Il ne pouvait en croire ses oreilles. Il devait continuer. Il venait à peine de commencer.

— Mais monsieur, Astuce Grise a utilisé une partie de mon temps, osa-t-il répondre. Lui…

— Ce n'est pas mon affaire. Le préfet nous attend, dit-il sans s'écarter.

Cí se tourna vers Ming, cherchant son aide, mais celui-ci évita son regard. Il était seul.

« Je dois le faire. Je dois y parvenir. »

Cí s'inclina en signe d'acceptation. Il recula lentement et posa les pinces dans la musette. Cependant, avant de se retirer, il demanda la permission de recouvrir le cadavre avec le drap. Le garde hésita, mais il la lui accorda, et Cí obéit avec empressement.

Tout autre que lui aurait changé de visage. Lorsqu'ils quittèrent la Chambre de la Mort, les yeux de Cí brillaient de satisfaction.

*

De retour à l'académie, Ming s'excusa auprès de Cí.

— Je t'assure que je pensais t'accorder plus de temps, mais je n'imaginais pas que cela contrarierait les plans du préfet.

Cí ne répondit pas. Il ne pensait qu'aux conséquences de sa découverte. Le préfet, un homme trapu qui empestait la sueur, leur avait rappelé l'impérieuse confidentialité du cas, leur donnant rendez-vous deux jours plus tard pour récupérer les rapports écrits. Deux jours pour décider quoi faire de son destin.

Cí ne mangea presque rien pendant le repas. Tout de suite après, ils devaient présenter à Ming les résumés préliminaires et il ne savait toujours pas quoi lui raconter. À la préfecture, sans doute connaissait-on le métier de Kao, on ne pouvait expliquer autrement le secret qui semblait entourer cette affaire. Ce qui n'était pas aussi évident, c'était qu'ils sachent, comme il le savait lui-même, qu'il avait été assassiné. Mais s'il communiquait ses conclusions, il alerterait les autorités sur l'existence d'un assassin et, dans ce cas, le premier suspect serait peut-être lui. Il avala une bouchée qui lui resta en travers de l'estomac. La deuxième équipe était déjà dans le bureau de Ming. Bientôt ce serait leur tour. Il regarda Astuce Grise qui révisait ses notes, allongé sur une natte. Son cœur palpita.

« Dieux, que dois-je faire ? »

Il se demanda ce qu'aurait fait son père à sa place et sentit une oppression dans la poitrine. Chaque fois qu'il devait prendre une décision importante, son spectre l'assaillait et le torturait. Il se souvint des années où son père était honnête et respecté, celles où il l'avait aidé et encouragé à se présenter aux examens impériaux, et il regretta de ne pas avoir quelqu'un comme le juge Feng sur qui s'appuyer.

La bourrade d'Astuce Grise l'arracha à ses pensées. Cí le regarda. Il était debout devant lui, le regard arrogant, le pressant de se lever. Cí obéit, il secoua les miettes sur sa tunique et le suivit sans lui adresser la parole.

C'était la première fois qu'il venait dans le bureau privé de Ming. Il fut surpris de pénétrer dans une salle sombre, sans fenêtres ni paravents en papier qui auraient permis le passage de la lumière. Sur les murs en bois rougeâtre, on distinguait à peine de vieilles illustrations sur soie montrant des dessins grossiers de figures humaines avec divers détails de leur anatomie. Le maître attendait, assis derrière une table en ébène, consultant un volume dans la pénombre. Derrière lui, sur une étagère éclairée par de petites lanternes, luisait lugubrement une collection de crânes classés selon leur taille, comme s'il s'agissait d'une précieuse et étrange marchandise. Astuce Grise le devança. Avec l'approbation de Ming, il s'agenouilla devant la table et Cí l'imita. Enfin Ming termina ses annotations et leva les yeux. Son visage fatigué reflétait l'ennui.

— J'espère que vous au moins jouissez du minimum d'intelligence dont vos camarades paraissent dépourvus. Jamais de ma vie je n'avais entendu autant de bêtises à la fois ! Qu'attendez-vous ? Commencez !

Astuce Grise se racla la gorge. Son regard hautain était resté à l'extérieur du bureau. Il sortit ses notes et commença.

— Très honorable sagesse, je remercie avec une sincère humilité l'opportunité de...

— Tu peux t'épargner tes humilités. Je t'en prie, commence une fois pour toutes, l'interrompit-il.

— Bien sûr, monsieur. (Il se racla la gorge.) Mais je me demande si Cí ne devrait pas rester dehors. Comme vous le savez, un second juge ne doit jamais contaminer son jugement avec la connaissance des conclusions du premier.

— Par tous les dieux, Astuce Grise ! Veux-tu bien commencer ?

De nouveau il se racla la gorge. Il posa ses notes à terre et regarda Ming.

— Monsieur, avant d'élucubrer sur les causes de la mort, nous devrions nous demander la raison de tant de prudence. En d'autres occasions, une telle réserve n'a pas été nécessaire, ce qui me conduit à penser que le défunt devait être quelqu'un d'assez important, ou lié à quelqu'un d'assez important.

— Continue, dit Ming avec intérêt.

— Dans ce cas, il faut se demander pourquoi les autorités sont intéressées par l'opinion de quelques étudiants. Si elles exigent la confidentialité, la meilleure façon de la garantir est de ne pas nous la dévoiler, ce qui signifie qu'elles ne savent pas, ou du moins ne sont pas sûres, de ce qui s'est passé.

— C'est possible, en effet.

— En ce qui concerne le métier et la condition sociale du défunt, ne pas disposer d'informations sur ses vêtements nous prive de renseignements précieux, mais l'absence de callosités nous indique au moins un travail de bureau, de même que ses ongles émoussés écartent une connaissance littéraire.

— Une observation intéressante…

— C'est ce que je crois. (Il eut un large sourire.) Enfin, pour ce qui est des causes du décès, le cadavre ne présentait aucun signe de violence : ni hématomes, ni blessures, ni signe d'empoisonnement récent. Aucune excrétion non plus dans aucun des sept orifices naturels qui puisse mettre en évidence une mort provoquée et qui, si elles avaient existé, auraient perduré sous forme de petits restes malgré l'action de l'eau.

— Donc…

— Donc nous devrions en conclure que sa mort s'est produite après la chute dans le canal. Selon moi, que l'homme soit mort noyé n'a pas grande importance. Le fait vraiment important, c'est que cela est arrivé à la suite d'une beuverie, comme l'indique le fait qu'on l'ait repêché alors qu'il tenait une carafe contenant des restes d'alcool.

— Bon… (L'expression de Ming passa de l'intérêt à la déception.) Eh bien alors, ta conclusion… ?

— Oui, vénérable maître, bégaya-t-il en voyant sa moue. Comme je le disais, le malheureux travaillait sans doute sur une chose importante. Sa mort, de toute évidence inattendue, a occasionné un contretemps et on veut s'assurer qu'elle est réellement accidentelle.

Ming retrouva son visage las. À l'exception des détails relatifs à la condition sociale du défunt, tout ce qu'avait relaté Astuce Grise n'était qu'un calque de ce qu'avaient déduit ses camarades. Il le remercia de son effort et se tourna vers Cí.

— À ton tour, dit-il sans conviction.

— Si nous pouvions examiner ses vêtements… Ou parler avec la personne qui l'a trouvé…, s'interposa Astuce Grise.

— À ton tour, répéta Ming.

Cí se redressa. Il avait écouté Astuce Grise avec attention et regrettait qu'il l'eût devancé avec deux ou trois bonnes conclusions. Jusqu'à cet instant il avait décidé de raconter ces mêmes trouvailles ou un peu plus et de garder pour lui sa terrible découverte. Mais s'il se contentait de répéter devant Ming les paroles de son collègue, il le prendrait pour un idiot. Malgré cela, il se jeta à l'eau.

Ming haussa un sourcil. Il attendit que Cí continuât, mais le jeune homme resta silencieux.

— C'est tout ?

— Au vu des recherches effectuées, c'est tout ce que je peux dire. Ce qu'a relaté Astuce Grise ne manque pas de fondement (il tenta de paraître convaincant). Au contraire, ses observations paraissent subtiles et justes, et elles concordent avec les miennes sur ce que j'ai vu et touché.

— Eh bien alors tu devrais prêter plus d'attention, parce que nous ne t'entretenons pas dans cette académie pour que tu répètes ce que pourrait baragouiner un perroquet. (Il garda un instant le silence, comme s'il réfléchissait à ce qu'il allait dire.) Et encore moins pour que tu essaies de nous tromper.

— Je ne vous comprends pas. – Cí rougit.

— Vraiment ? Dis-moi une chose, Cí, me prends-tu pour un idiot ?

Cí remarqua que ses joues s'empourpraient. Il ignorait à quoi il faisait précisément référence, mais il imaginait qu'il allait très vite l'apprendre.

— Je ne vous comprends pas…, répéta-t-il.

— Par tous les dieux ! Cesse de jouer la comédie ! Crois-tu que je n'ai pas vu quand tu as découvert quelque chose dans son oreille ? Crois-tu que je n'ai pas vu tes étranges mouvements lorsque tu as fait mine de couvrir le cadavre ? J'ai même pu voir ton sourire voilé…

— J'ignore de quoi vous parlez, mentit Cí.

Ming se dressa, les narines dilatées et les yeux injectés de sang.

— Retirez-vous ! Allons ! Retirez-vous ! hurla-t-il.

Tandis qu'ils fuyaient la salle, tous deux purent l'entendre murmurer entre ses dents : « Maudit menteur… »

*

Cí passa l'après-midi à réfléchir à la manière de résoudre une situation qui lui paraissait intenable. Les heures s'écoulaient lentement devant ses notes ; la seule chose qui lui venait à l'esprit était de renoncer à son rêve et de fuir Lin'an. Mais il restait dans la bibliothèque, se creusant la cervelle pour trouver une solution. Finalement, il saisit un pinceau et se mit à écrire. Pendant un long moment il transcrivit tout ce qu'il avait constaté dans le moindre détail, sans savoir encore s'il remettrait son rapport à un moment ou un autre. Il envia la situation d'Astuce Grise. Il l'avait vu plaisanter avec d'autres compagnons, une cruche de liqueur à la main ; l'échec semblait glisser sur lui comme l'alcool dans sa gorge. À la dernière heure, peu avant le dîner, Astuce Grise s'approcha de lui en titubant. Ses yeux brillaient, comme son sourire humide. Il avait l'air content. Il lui offrit une gorgée d'alcool, mais Cí refusa et cacha rapidement son rapport.

— Allons camarade, balbutia-t-il. Oublie Ming et bois un coup.

Cí s'émerveilla des effets que l'alcool avait sur certaines personnes. Depuis son arrivée à l'académie, c'était la première fois que son collègue s'adressait à lui sans l'insulter. De nouveau il refusa, mais Astuce Grise insista.

— Tu sais quoi ? Je dois t'avouer que jusqu'à cet après-midi je te détestais… Ce malin de Cí… Cet intelligent de Cí… (Il avala une autre goulée.) Mais par le Grand Bouddha, aujourd'hui tu n'as pas été le plus dégourdi. Je me rappelle encore tes paroles : « Ce qu'a relaté Astuce Grise ne manque pas de fondement. Au contraire, ses observations se révèlent subtiles et justes, elles coïncident avec les miennes pour tout ce que j'ai vu et touché », l'imita-t-il. Tu m'as été sympathique. Tiens.

Il lui tendit le pichet et éclata d'un rire tonitruant.

Cí saisit le pichet et but une gorgée dans l'unique intention d'avoir la paix. Il sentit la chaleur de la liqueur de riz traverser sa gorge et lui brûler l'estomac. Il n'avait pas l'habitude d'ingérer des boissons aussi fortes.

— Fantastique ! dit Astuce Grise en riant. Écoute. Ce soir, avec plusieurs étudiants, nous allons dîner au Palais du Plaisir et nous trinquerons à la santé du vieux Ming. Tu veux venir ? Nous rirons comme des ivrognes et nous nous amuserons comme des princes.

— Non, merci. Je n'aimerais pas que Ming l'apprenne…

— Et alors ! Qu'importe qu'il l'apprenne ? Crois-tu donc que nous sommes ses prisonniers ? Ming n'est qu'un pauvre aigri qui n'en a jamais assez. Viens, décide-toi ! Nous passerons un bon moment. Nous t'attendrons au deuxième gong, en bas, près de la fontaine du jardin.

Il posa l'alcool aux pieds de Cí et partit par où il était venu en fredonnant.

Cí prit le pichet et regarda à l'intérieur. Le liquide s'agitait dans l'obscurité comme sa propre âme. Il avait passé tout l'après-midi à chercher une solution inexistante et il ne savait plus quoi faire. S'il révélait tout ce qu'il savait, il retrouverait la confiance de Ming, mais il deviendrait la cible de la justice. S'il se taisait, il perdrait l'opportunité, à laquelle il avait tellement rêvé, d'accéder à la magistrature. Il approcha le pichet de ses lèvres et se remit à boire. Cette fois, l'alcool le réconforta. Peu à peu, son entendement se troubla et ses problèmes s'estompèrent.

Le deuxième gong le surprit assis dans la bibliothèque. Sa pensée n'était pas claire, mais il n'en avait aucun besoin. Le pichet d'alcool reposait à côté de lui, vide. Il se demanda pendant combien de temps encore Ming le garderait en pension à l'académie. Combien de temps il tarderait à le renvoyer au cimetière.

Qu'est-ce que ça pouvait bien lui faire ?

Il entendit des rires venant du jardin. Il se leva en vacillant et descendit l'escalier. En bas, près de la fontaine, quatre étudiants tenant chacun une cruche entouraient Astuce Grise. Cí les regarda un instant. Ils paraissaient heureux. Il ne se décidait pas. Finalement, il fit demi-tour pour se diriger vers les dortoirs lorsque Astuce Grise s'aperçut de sa présence. Cí l'entendit lui demander de s'approcher. Son ton était aimable et persuasif. Il hésita, mais ne bougea pas. Il avait encore envie de boire, mais une voix intérieure lui disait que ce n'était pas une bonne idée. À cet instant Astuce Grise s'approcha de lui. Il souriait. Il passa un bras sur son épaule et insista pour qu'il les accompagne, l'assurant qu'ils allaient se divertir. Au dernier instant, Cí se dit que si tout finissait mal pour lui, au moins n'aurait-il pas perdu l'occasion de sympathiser avec Astuce Grise.

*

Dans le Palais du Plaisir, Cí découvrit les plus belles femmes qu'il eût jamais imaginées.

Dès qu'ils entrèrent, un serveur plein d'entrain s'avança au-devant d'Astuce Grise et avec de grandes gesticulations lui chercha une place au milieu du brouhaha d'hommes fortunés, de marchands et d'universitaires qui couraient après les danseuses. La musique des luths et des cithares excitait les clients, qui riaient, pantelants devant les femmes maquillées qui tourbillonnaient autour d'eux tels des nénuphars. Cí remarqua que, de temps à autre, les jeunes femmes soulevaient légèrement leurs robes, laissant voir leurs petits pieds chaussés de guêtres, ce qui éveillait la luxure des hommes en même temps que leurs cris. Astuce Grise semblait faire partie du spectacle, saluant des amis, des connaissances et des serveurs comme s'il était le propriétaire du lupanar. Bientôt, une nuée de serveurs se mit à encombrer la table de plats et d'alcools de toutes sortes. Astuce Grise ne tarda pas à réclamer deux *fleurs* pour leur tenir compagnie. Aussitôt deux beautés souriantes prirent place auprès des six jeunes gens tandis qu'Astuce Grise versait à boire. Huit était le chiffre parfait.

— Elles te plaisent, hein ? sourit Astuce Grise à Cí en caressant la jambe de l'une d'elles. Occupez-vous bien de lui (il s'adressa aux *fleurs* comme s'il les connaissait de longue date.) Je vous présente Cí. Le lecteur de cadavres. Mon nouveau compagnon. Il peut parler avec les esprits, soyez donc aussi douces que le miel ou il vous changera en baudets.

Et il rit à se décrocher la mâchoire, accompagné de ses amis.

Cí fut gêné que les *fleurs* changent de place pour venir s'asseoir près de lui. Mais l'aiguillon du désir le blessa avec force. Cela faisait longtemps qu'il n'avait pas effleuré une femme. Si longtemps qu'il avait oublié la douceur de leur peau et la caresse de leurs parfums. Ses sens se troublèrent, mais l'arrivée des mets le détourna d'autres appétits. Il y en avait tant et de si différents qu'ils semblaient donner raison au dicton selon lequel, à Lin'an, on mangeait tout ce qui volait hormis les comètes, tout ce qui nageait hormis les bateaux et tout ce qui avait des pattes hormis les tables. Sur les napperons s'amoncelaient des entrées froides d'escargots au gingembre cuits à la vapeur, de pudding aux huit gemmes ou de crabes perliers qui disputaient la place aux premiers plats de riz frit, de côtelettes de porc aux châtaignes, de friture d'huîtres à la dent de dragon et de poissons de rivière croustillants. Sur une table annexe, plusieurs bols de soupes épicées attendaient leur tour d'exercer leur rôle digestif. Le vin de riz tiède coulait de bol en bol et les rires fusaient au même rythme que les taches sur les plastrons. Cí engloutissait, heureux, encore abasourdi par le changement d'attitude d'Astuce Grise, qui entre deux gorgées l'invitait à s'amuser.

Cí n'avait pas besoin qu'on l'y encourageât. Les deux *fleurs* s'en chargeaient déjà.

La première fois qu'il sentit la main de l'une d'elles glisser entre ses jambes, il recracha d'un coup la gorgée qu'il avait dans la bouche. La deuxième fois, Cí voulut être honnête envers la jeune femme. Il lui avoua que son parfum le troublait et que le rouge foncé de ses lèvres l'étourdissait au plus profond de sa tige de jade, mais qu'il était aussi pauvre qu'un rat et ne pourrait la remercier de ses services. Mais la *fleur* ne sembla pas s'en inquiéter, elle inclina doucement la tête et effleura son cou de sa langue.

Un frisson de plaisir lui parcourut le dos et lui donna la chair de poule. Il entendit les rires d'Astuce Grise et de ses quatre amis qui l'encourageaient à accompagner la fille.

Cí pouvait à peine penser. Les derniers bols d'alcool l'avaient transporté dans les brumes d'un monde de caresses et d'essences qui l'entraînaient dans un vertige de plaisirs jamais soupçonnés. Il allait embrasser la *fleur* lorsqu'il sentit quelqu'un lui secouer l'épaule. Il crut entendre un reproche.

— Je te dis de la lâcher et d'en chercher une autre ! bredouilla de nouveau un homme d'âge mûr qui tenait un bâton à la main.

— Eh ! Laisse-le tranquille ! intervint Astuce Grise.

L'homme ne l'écouta pas. Il saisit la *fleur* par le bras et tira dessus comme s'il allait le lui arracher, emportant tous les plats qu'il y avait encore sur la table. Cí se leva pour l'en empêcher, mais avant d'y parvenir il reçut un coup de bâton sur le visage qui le jeta à terre. L'homme allait lui en donner un autre quand Astuce Grise se jeta sur lui et le fit tomber. Aussitôt plusieurs serveurs arrivèrent pour les séparer.

— Sale ivrogne ! brama Astuce Grise en nettoyant la petite blessure qu'il venait de se faire à la main. Vous devriez faire attention aux personnes que vous laissez entrer. (Et il aida Cí à se relever.) Ça va ?

Cí ne savait pas encore avec certitude ce qui s'était passé, car l'alcool était le maître de ses mouvements empotés. Il se laissa aider par Astuce Grise, lorsque celui-ci le conduisit à une table propre dans un coin tranquille de la salle. Les autres étudiants préférèrent rester auprès des *fleurs*.

— Par le Grand Bouddha ! Cet imbécile a failli nous gâcher la soirée. Tu veux que j'appelle la fille ?

— Non, laisse tomber. – Tout tournait autour de lui.

— Tu en es sûr ? Elle paraît experte et a des pieds délicieux. Je parie qu'elle remue la queue comme un poisson pris à l'hameçon. Mais si tu n'en as pas envie, oublions ça. Nous sommes là pour nous amuser ! – Il fit signe à un employé de leur apporter plus d'alcool.

Cí commença à se divertir avec Astuce Grise. Le jeune homme semblait s'être débarrassé de ses airs de supériorité et il bavardait et riait comme s'ils étaient amis depuis toujours. Ses commentaires sur les vieux qui faisaient les jolis cœurs au milieu des danseuses tandis que celles-ci leur chipaient leur argent, et ses grimaces les imitant de manière irrévérencieuse le faisaient rire d'une façon qu'il avait oubliée. Ils demandèrent des petits gâteaux au sésame et un peu d'alcool de riz, puis continuèrent à boire jusqu'à ce que leurs mots s'embrouillent. Pendant un moment ils restèrent silencieux, maladroits, se reposant.

Alors, le visage d'Astuce Grise changea.

L'étudiant lui parla de sa solitude. Son père l'avait envoyé dès son plus jeune âge dans les meilleurs collèges et les meilleures écoles, où il avait grandi entouré de sagesse, mais éloigné de l'affection de ses frères et sœurs, des baisers de sa mère ou des confidences d'un ami. Il avait appris à ne compter que sur lui-même, mais aussi à ne faire confiance à personne. Sa vie était celle d'un beau pur-sang enfermé dans une écurie dorée, mais prêt à ruer contre le premier qui s'approchait de lui. Et il détestait cette vie triste et solitaire.

Cí eut pitié de lui. Il pouvait à peine garder les yeux ouverts.

— Il faudra que tu m'excuses, lui avoua Astuce Grise. Je me suis comporté avec toi comme avec un indésirable, mais c'est qu'au moins à l'académie je jouissais du respect de Ming... Ou c'est ce que je croyais jusqu'à ce que tu arrives. Maintenant, il n'a d'yeux que pour tes déductions...

Cí regarda le jeune homme sans savoir quoi dire. L'alcool assoupissait sa pensée.

— Oublie ça, balbutia-t-il. Je ne suis pas si brillant.

— Bien sûr que tu l'es, répéta-t-il en baissant la tête. Ce matin, par exemple, dans la Chambre des Morts, tu as découvert ce qu'aucun de nous n'a été capable de voir.

— Moi ?

— Ce que tu as découvert dans l'oreille de cet homme. Malédiction ! Je suis un incapable et un vaniteux...

— Ne dis pas ça. N'importe qui aurait pu le voir.

— Non. Pas moi. – Et il plongea son visage dans un autre verre d'alcool.

Cí vit la défaite dans ses yeux. Il fouilla dans une de ses poches et en sortit gauchement une petite pierre en métal.

— Observe ceci, dit-il en lui montrant la pierre. – Puis il l'approcha lentement d'un plat en fer jusqu'à ce que brusquement, comme par magie, elle sautât de sa main et allât se fixer sur le plat. Les yeux d'Astuce Grise s'arrondirent dans leurs orbites et ils en sortirent presque lorsqu'il essaya de la décoller sans y parvenir.

— Mais... (Il ne comprenait pas.) Un aimant ?

— Un aimant, lui confia Cí en le détachant. Si tu en avais eu un, tu aurais toi aussi découvert la baguette enfoncée dans son oreille. La baguette en métal avec laquelle on a assassiné ce gendarme.

— Assassiné ? Un gendarme ? Mais qu'est-ce que tu racontes ? Tu es vraiment un diable, Cí. (Et il se remit à boire avec plus d'entrain.) Alors, le pichet d'alcool qu'ils ont trouvé accroché à sa main...

Cí jeta un coup d'œil autour d'eux jusqu'à ce qu'il découvre un vieil homme qui dormait sur un divan, un bâton entre les mains. Il le montra à Astuce Grise.

— Regarde bien. Il ne le tient pas. (Ses yeux se fermèrent. Il les rouvrit un instant plus tard et continua.) Le bâton ne fait que reposer docilement entre ses mains. Lorsqu'une personne meurt, avec son dernier souffle elle laisse échapper toutes ses forces. Mais si après sa mort quelqu'un lui met le pichet, et le maintient jusqu'à ce que la rigidité cadavérique agisse...

— Un leurre ?

— En effet. – Et il vida son verre sans pouvoir articuler sa pensée.

— Tu es vraiment un diable.

Cí ne sut quoi dire. L'alcool ralentissait de plus en plus sa raison. L'idée lui vint de trinquer.

— À mon nouvel ami, dit Cí.

Astuce Grise vida son verre.

— À mon nouvel ami, répéta Astuce Grise.

Astuce Grise appela un serveur pour demander plus d'alcool, mais Cí le renvoya. Il pouvait à peine distinguer le tourbillon des verres, des clients et des danseuses qui tournaient autour de lui. Mais il lui sembla distinguer une silhouette svelte qui se détachait du remous et s'approchait lentement de lui. Cí crut reconnaître la beauté fugace aux yeux en amande à un soupir des siens. Puis l'humidité de lèvres chargées de désir l'inonda, le transportant au paradis.

Pendant que Cí se laissait envelopper par les bras de la *fleur*, Astuce Grise se leva.

Si au lieu de s'abandonner aux caresses Cí avait levé les yeux à ce moment-là, il aurait été étonné de voir comment Astuce Grise se défaisait de son ivresse et s'avançait avec détermination pour donner les pièces dont ils étaient convenus à l'homme qui les avait attaqués un peu plus tôt.

22

Lorsque Cí se réveilla au milieu des ordures de la ruelle, le soleil brillait déjà sur les toits humides de Lin'an.

Les cris des passants retentirent dans sa tête encore ensommeillée comme si éclataient mille éclairs. Il se leva lentement et, déconcerté, regarda tout autour avant de distinguer au-dessus de lui l'enseigne qui annonçait le Palais du Plaisir. Un frisson le parcourut. Il avait encore sur la peau le goût du corps de la *fleur* vibrant sur lui, mais il était également pris d'une étrange confusion. Il ne vit ni Astuce Grise ni aucun de ses compagnons, aussi, très lentement, se mit-il en route vers l'académie.

Dès son arrivée dans l'édifice, le gardien l'informa que Ming avait demandé plusieurs fois après lui. Apparemment, le maître avait décidé que les élèves qui avaient été à la préfecture présenteraient leurs rapports devant l'assemblée des professeurs dans la Digne Salle des Discussions.

— Ça fait un moment qu'ils sont réunis, mais n'entre surtout pas dans cet état si tu ne veux pas être chassé à coups de bâton.

Cí s'examina. Ses vêtements étaient souillés de reliefs de nourriture et il empestait l'alcool. Il maudit son sort sans encore comprendre pourquoi Astuce Grise ne l'avait pas attendu, mais il préféra oublier les plaintes pour courir vers une cuve d'eau où il se nettoya. Il fit sa toilette en un clin d'œil et se précipita vers sa chambre pour y chercher des vêtements propres. Une fois changé, il attrapa la musette dans laquelle il avait mis son rapport et repartit en courant à perdre haleine vers la Digne Salle des Discussions. Avant d'entrer, il s'arrêta pour reprendre souffle. Dans la salle, tout le monde le regarda. Il s'assit en silence, s'apercevant qu'à ce moment justement Astuce Grise allait commencer la lecture de son exposé.

Cí lui fit un signe du regard, mais Astuce Grise détourna les yeux. Cí en fut surpris. Il mit cela sur le compte de la nervosité, aussi plaça-t-il sa musette entre ses jambes et prêta-t-il attention. Pendant ce temps, au centre de la salle, Astuce Grise tapotait de ses doigts le petit pupitre sur lequel il avait posé ses conclusions. Lorsqu'on lui fit signe, l'élève sollicita la permission des professeurs et entreprit de relater les procédés préliminaires qu'il avait suivis au cours de l'examen. Cí n'avait pas encore décidé ce qu'il allait faire de son rapport, mais il ouvrit son sac afin de le réviser. Stupéfait, il s'aperçut alors qu'il n'était pas où il l'avait rangé. Il était encore en train de le chercher lorsque dans la salle commencèrent à résonner ses propres mots sortant de la bouche d'Astuce Grise.

« C'est impossible. »

Ses mains tremblèrent tandis qu'il vidait son sac et son émotion augmenta lorsqu'il trouva son manuscrit tout au fond, froissé au lieu d'être soigneusement plié, comme il l'avait rangé. Son sang ne fit qu'un tour.

Au fur et à mesure qu'Astuce Grise avançait dans son récit, Cí comprenait à quel point il l'avait utilisé. Son apparente amitié avait été une abominable feinte, et l'alcool, le moyen dont il s'était servi pour le tromper. Cí entendit ses propres mots ralentis résonner encore et encore dans sa tête, lui rappelant combien il avait été idiot de faire confiance à celui qui lui assénait à présent le pire des coups de poignard. Ce qui pour Astuce Grise revenait à gagner un atout sur Ming pouvait signifier pour lui une condamnation à vie.

Il entendit son rival détailler l'impossibilité de l'accident ou du suicide, démontrant que le mort n'aurait pu garder le pichet à la main. Il s'appropria sa découverte sur la cause de la mort, s'attribuant la trouvaille d'une longue baguette en métal introduite dans l'oreille gauche ; puis il s'excusa de ne pas l'avoir dit à Ming au cours de la première audience, alléguant la nécessité de préserver *sa* découverte. Il lisait posément tout cela dans un rapport – la copie exacte du sien – qu'il remit à la fin à Ming. Il n'avait rien omis. Pas même le métier de l'homme assassiné.

Cí dut se retenir pour ne pas bondir sur lui et le frapper.

Et le pire, c'était qu'il ne pouvait le dénoncer. S'il le faisait, non seulement il lui serait difficile de démontrer que son compagnon lui avait volé le rapport, et non l'inverse, ce qu'Astuce Grise se chargerait sans doute de clamer, mais en plus, au cas où il y parviendrait, il se verrait obligé d'expliquer comment il avait constaté que le mort était un gendarme. Par chance, cette explication était la seule qu'il avait évité de signaler dans le rapport original.

Pour cette raison, Astuce Grise ne sut que répondre lorsque Ming lui posa la question.

— J'ai déduit sa profession de l'étrange et insistante demande de confidentialité, argua-t-il dubitatif.

— *Déduit ?* Ne devrais-tu pas plutôt dire… *copié ?* lui demanda Ming.

Astuce Grise haussa les sourcils tandis que ses joues s'empourpraient.

— Je ne comprends pas de quoi vous voulez parler.

— Dans ce cas, peut-être Cí pourra-t-il nous l'expliquer lui-même. – Et il le montra du doigt, lui faisant signe de se lever.

Cí obéit, non sans avoir pris soin auparavant de froisser son rapport et de le mettre dans sa musette. Lorsqu'il arriva à la hauteur d'Astuce Grise, il vit la crainte dans son regard. Pas de doute, Ming soupçonnait quelque chose. Il resta silencieux tout en réfléchissant à la manière de résoudre cette situation.

— Nous attendons, le pressa Ming.

— Je ne sais trop quoi, monsieur, dit enfin Cí.

La réponse déconcerta Ming.

— Tu n'as donc rien à objecter ? dit-il d'une voix rageuse.

— Non, vénérable maître.

— Allons, Cí ! Ne me prends pas pour un idiot. Tu n'as même pas un avis ?

Cí tourna son regard vers Astuce Grise. Il vit celui-ci avaler sa salive. Avant d'ouvrir la bouche, il soupesa bien sa réponse.

— Je suis d'avis que quelqu'un a réalisé un travail excellent, finit-il par dire en montrant son compagnon. Il ne reste donc qu'à féliciter Astuce Grise, et quant aux autres, continuons à travailler. – Et sans attendre que Ming lui en donnât la permission, il descendit de l'estrade et sortit de la Digne Salle des Discussions, ravalant son propre fiel à grandes gorgées.

*

Il se maudit mille fois de sa stupidité, et mille fois plus de sa lâcheté.

Il aurait avec grand plaisir expédié son poing dans la figure d'Astuce Grise, mais cela ne lui aurait servi qu'à se faire expulser de l'académie et à laisser son adversaire s'en tirer à bon compte. Il n'allait pas permettre que cela arrive. Il se dirigea vers la bibliothèque, chercha un coin à l'écart et sortit son rapport froissé de la musette, cherchant un détail qui exposerait Astuce Grise. Quelque chose qui pût le démasquer et ne le compromettrait pas lui-même. Cela faisait un moment qu'il le relisait lorsque quelqu'un s'approcha de lui par-derrière. Il sursauta. C'était Ming. Le maître hocha la tête et s'assit en face de lui. Il se mordit les lèvres. Son visage reflétait l'indignation.

— Tu ne me laisses pas le choix. Si tu ne changes pas, je devrai t'expulser de l'académie, dit-il enfin. Mais que t'arrive-t-il, mon garçon ? Pourquoi l'as-tu laissé arriver à ses fins ?

— Je ne vois pas ce que vous voulez dire. – Il dissimula le rapport sous ses manches. Ming le vit.

— Que caches-tu là ? Fais-moi voir. (Il se leva et lui arracha le papier. Il y jeta un rapide coup d'œil et son expression changea.) C'est bien ce que je pensais, marmotta-t-il en levant les yeux. Astuce Grise n'aurait jamais rédigé un rapport dans ces termes. Crois-tu que je ne connais pas son style ? (Il fit une pause, attendant une réponse.) Par tous les dieux ! Tu es ici parce que je t'ai fait confiance, alors maintenant, fais-moi confiance et raconte-moi ce qui s'est passé. Tu n'es pas seul au monde, Cí…

« Bien sûr que si. Bien sûr que je suis seul. »

Cí essaya de récupérer son rapport, mais Ming l'éloigna hors de sa portée.

Il garda le silence, rongé par la rage. Qu'est-ce que cet homme pouvait savoir de ce qui lui arrivait ? Comment lui faire comprendre que non seulement il avait gâché la possibilité de parvenir à son rêve, mais qu'en plus il était de nouveau la cible de la justice ? De quelle manière pouvait-il lui expliquer que tous ceux à qui il avait fait confiance l'avaient trahi, à commencer par son propre père ? Que pouvait-il bien savoir, lui, de la confiance ?

*

Au cours des jours suivants, Cí tenta d'éviter Ming et Astuce Grise. Ce fut difficile avec le premier, mais impossible avec le second, car ils partageaient toujours la même chambre. Par chance, son compagnon avait opté pour une stratégie semblable à la sienne et il se tenait éloigné de lui autant qu'il le pouvait. En fait, il assistait à des cours différents, s'écartait lorsqu'ils se croisaient et, pendant les repas, cherchait une place aux tables les plus éloignées. Cí imagina qu'Astuce Grise devait craindre une riposte, ce qui selon lui en faisait un fauve acculé capable de lui sauter à la gorge au moment où il s'y attendrait le moins.

Pour sa part, Ming n'était pas revenu sur le sujet et cette attitude le déconcerta.

Mais cela ne le calma pas. L'après-midi, après les cours de rhétorique, il se mit à travailler sur le document qui, à ce qu'il fit croire à ses camarades, démontrerait l'imposture d'Astuce Grise. Il s'en vanta même au réfectoire, dans l'espoir que cela arrivât aux oreilles de son rival. Il était convaincu qu'Astuce Grise mordrait à l'hameçon et que tôt ou tard, comme il l'avait fait avec l'original, il succomberait à la tentation de dérober le nouveau rapport.

Lorsque tout fut prêt, il fit courir la rumeur assurant qu'il le présenterait le lendemain devant le conseil et démasquerait Astuce Grise. Puis il alla dans sa chambre et, assis, attendit son rival.

Astuce Grise se présenta au milieu de l'après-midi. À peine entré il toussa en voyant Cí, baissa la tête et s'écroula sur le lit comme s'il s'était évanoui. Cí s'aperçut qu'il faisait semblant de dormir. Un peu plus tard, il se leva, laissa le rapport dans sa musette en s'assurant que son rival pouvait le voir, et mit celle-ci dans son armoire. Puis il attendit le gong qui annonçait l'heure de silence et quitta la pièce.

À ce moment, Ming attendait déjà dans le couloir, comme Cí l'en avait supplié.

— J'ignore comment tu m'as convaincu de cette folie, murmura le maître.

— Il vous suffit de vous cacher et d'attendre. – Il s'inclina devant lui.

Imitant Cí, Ming se cacha derrière une colonne. La lumière de l'unique lanterne scintillait au loin comme si elle faisait partie de la conspiration. Quelques instants s'écoulèrent qui leur parurent une éternité, mais bientôt, depuis leur cachette, ils virent Astuce Grise passer la tête et regarder d'un côté et de l'autre, avant de disparaître à nouveau. Quelques instants plus tard, dans le silence, on entendit le grincement de l'armoire.

— Il va le faire ! dit Ming à Cí.

Cí nia de la tête et il lui fit signe d'attendre. Il compta jusqu'à dix.

— Allons-y ! cria Cí.

Ils se précipitèrent et firent irruption dans le dortoir, surprenant Astuce Grise la main dans le sac. Se voyant découvert, son visage s'altéra.

— Toi ! maudit-il Cí.

Sans leur donner le temps de réagir, il émit un rugissement et se jeta sur Cí, le faisant tomber. Tous deux roulèrent sur le sol, renversant les chaises de la chambre. Ming tenta de les séparer, mais les deux jeunes gens étaient comme des chats sauvages prêts à se déchirer. Astuce Grise profita de son envergure et il s'assit à califourchon sur Cí, mais celui-ci se retourna et se libéra de son adversaire. Astuce Grise expédia son poing dans le ventre de Cí, mais celui-ci n'accusa pas le coup. Il le frappa une deuxième fois de toutes ses forces, et Cí resta impassible, ce qui provoqua le désarroi de son rival.

— Tu es surpris, hein ? (Cí expédia un coup de poing qui atteignit Astuce Grise au visage.) C'est ma démonstration que tu cherchais ? (Il lui asséna un autre coup qui lui ouvrit la lèvre.) Eh bien la voilà ! – Un troisième coup fit tomber Astuce Grise à la renverse avant que Ming pût l'arrêter.

Cí se leva, la respiration haletante et les cheveux en bataille, tandis qu'Astuce Grise grognait, le visage en sang, au pied du lit. Cí cracha devant ses menaces. Il avait avalé beaucoup de fiel par sa faute et il n'avait pas l'intention d'en avaler davantage.

*

Le lendemain, Cí et Astuce Grise se croisèrent alors que celui-ci abandonnait l'académie. Personne n'était venu lui dire adieu. Pas même les amis qu'il invitait toujours. Cí vit qu'à la porte l'attendait une suite de personnages dont les vêtements coûteux semblaient sortis d'une célébration impériale. Il n'en fut pas surpris. Pendant le petit déjeuner, le bruit courait déjà que la place offerte par la préfecture avait été attribuée à Astuce Grise. Il serra les dents, résigné. Peut-être avait-il perdu la chance de sa vie, mais du moins avait-il pris sa revanche. À sa grande surprise, Astuce Grise lui sourit.

— Je suppose que tu sais que je m'en vais…

— Quel dommage ! ironisa Cí.

Astuce Grise fit la grimace. Il s'inclina pour s'approcher de son oreille.

— Profite bien de l'académie et essaie de ne pas m'oublier, parce que moi je ne t'oublierai pas.

Cí le regarda avec dédain tandis que son rival tournait les talons.

«Et toi, profite bien de tes nouvelles lèvres»,
murmura-t-il.

*

Cet après-midi-là, l'assemblée se réunit en urgence
pour débattre de l'expulsion de Cí.

Les professeurs qui l'avaient convoquée alléguèrent
que, avérées ou pas, les prédictions de Ming sur les
immenses capacités de Cí ne justifiaient en aucun cas
la véhémence de son comportement. Cí occupait une
place qui non seulement ôtait de la crédibilité, mais
également des revenus à l'académie. Et par son dernier acte de violence, il avait failli réduire la généreuse donation que versait annuellement la famille
d'Astuce Grise.

— En fait, nous avons dû donner notre aval à la can-
didature d'Astuce Grise à la judicature pour éviter le
désastre.

Ming s'y opposa. Il insista sur le fait que, comme
cela avait été démontré, Cí était l'auteur du rapport que,
par tromperie, Astuce Grise avait soustrait et utilisé.
Mais ses adversaires lui rappelèrent que pendant la
présentation du rapport Cí lui-même avait accepté l'autorité de son compagnon, et que ni ses arguments ulté-
rieurs ni le comportement par lequel il avait tenté de les
appuyer n'étaient acceptables. L'opinion majoritaire
était que Cí devait sur-le-champ quitter l'académie.

Ming ne s'avoua pas vaincu. Il était persuadé que,
tôt ou tard, la présence du jeune homme leur rapporterait plus de bénéfices que tous les *qian* qu'un père pouvait offrir. Pour cette raison, et pour éviter des dépenses

à l'académie, il proposa à l'assemblée de prendre le jeune comme son assistant personnel.

Un murmure de désapprobation parcourut l'assistance. Yu, l'un des professeurs les plus belliqueux, qualifia Cí d'être aussi menteur que les marchands qui vendaient des pièces de papier au lieu de soie ou les charlatans exécrables qui promettaient des remèdes inutilisables. Il qualifia même Ming d'excentrique, doutant que son intérêt obéît simplement à des motifs altruistes et jugeant plutôt qu'il répondait à des appétits plus intimes. En l'entendant, Ming baissa la tête et garda le silence. Depuis longtemps, un groupe d'envieux dirigé par le maître Yu voulait sa destitution. Il allait répliquer lorsque le membre le plus ancien se leva.

— Cette insinuation insidieuse est hors de propos. (Sa voix résonna avec autorité.) Ming est non seulement le directeur de cette académie, mais en outre un professeur reconnu dont la moralité n'admet aucune discussion. Ici, il a toujours répondu par son travail ; les rumeurs qui courent sur ses goûts, ou ce qu'il fait hors de cette institution, sont quelque chose qui ne concerne que sa famille et lui-même.

Un lourd silence s'empara de la salle tandis que tous les yeux scrutaient Ming. Le maître demanda la parole et le vieillard la lui accorda.

— Ce n'est pas ma réputation qui est ici en jeu, mais celle de Cí, défia-t-il le professeur qui venait de lui adresser des reproches. Depuis le premier jour, ce garçon travaille brillamment. Pendant tous les mois qu'il a passés à l'académie, il s'est levé tôt, a nettoyé, étudié et bien plus appris que nombre de ses camarades au cours de toute leur vie. Ceux qui ne veulent pas le voir ou, pire, qui prétendent utiliser pour leur profit personnel des arguments fallacieux contre ma personne font fausse route. Cí est un étudiant rude et impulsif, mais également un garçon doué d'un talent que l'on rencontre rarement. Et même si son comportement mérite parfois notre réprobation, il mérite aussi notre générosité.

— Notre générosité lui a déjà été accordée lorsqu'il a été admis dans cette académie, fit remarquer le vieil homme.

Ming se tourna vers les membres de l'assemblée.

— Si vous ne lui faites pas confiance, au moins fiez-vous à moi.

*

À l'exception des quatre détracteurs qui convoitaient le poste de Ming, le reste de l'assemblée accepta que le jeune homme restât à l'académie sous la stricte responsabilité du directeur. Cependant, ils convinrent aussi que toute infraction supposant le plus infime discrédit pour l'institution entraînerait leur expulsion immédiate. Celle du garçon et celle de Ming lui-même.

Lorsque Ming en informa Cí, celui-ci ne le crut pas.

Ming lui expliqua à grands traits qu'il n'était plus un simple élève, mais devenait son assistant. Il lui annonça qu'à partir de ce jour il abandonnait la cellule qu'il avait partagée avec Astuce Grise pour s'installer dans ses dépendances privées, à l'étage supérieur, où il pourrait consulter sa bibliothèque chaque fois qu'il en aurait besoin. Le matin, il continuerait à assister aux cours, mais l'après-midi il le seconderait dans ses recherches. Cí accueillit la proposition avec surprise et, bien qu'il ne comprît pas pourquoi Ming pariait tellement sur lui, il préféra ne pas poser de question.

Dès ce moment, l'académie devint pour Cí une sorte de paradis. Chaque matin il était le premier arrivé pour participer aux dissertations sur les classiques, et le dernier à s'en aller. Il assistait avec avidité aux cours de droit et effectuait les rondes dans les hôpitaux de Lin'an avec l'énergie d'un adolescent qui voudrait impressionner son amoureuse. Mais bien que le contact avec les cadavres fût enrichissant, c'étaient les après-midi qu'il préférait. Après le repas, il s'enfermait dans le bureau de Ming et passait des heures plongé dans l'arsenal de traités médicaux que Ming avait pu récupérer à l'université avant sa fermeture. En les lisant et relisant, Cí comprit que, malgré la sagesse qu'ils renfermaient, ils traitaient parfois les matières de façon confuse, répétitive et désordonnée, raison pour laquelle il proposa à Ming d'organiser ce chaos. D'après le jeune homme, la solution consistait à rédiger de nouveaux traités classés par maladies, afin qu'il fût possible de les consulter sans avoir besoin de recourir plusieurs fois à des sources différentes qui, au bout du compte, répétaient et recouvraient les même concepts.

Ming fut si enthousiasmé par cette proposition qu'il la fit sienne et lui accorda la plus grande priorité. Il convainquit même l'assemblée des professeurs de la nécessité de réaliser ce travail, obtenant d'eux une assignation budgétaire additionnelle qu'il consacra en partie à l'acquisition de matériel et en partie pour rémunérer Cí.

Cí travailla dur. Au début, il se contenta de recopier et d'ordonner les informations contenues dans des livres de médecine comme le *Wuzang Shenlu* (*Discours divin des systèmes fonctionnels du corps*), le *Jingyan Fang* (*Prescriptions à travers l'expérience*) ou le *Nei Shulu* (*Traité de médecine chinoise*). Il étudia également des traités de criminologie, comme le *Yiyu Ji* (l'ancienne *Collection de cas douteux*) ou le *Zhiyu Guijing* (le *Miroir magique pour guérir*). Les mois passant, non content de poursuivre le travail d'analyse, Cí commença à exprimer ses propres pensées. Il faisait cela la nuit, quand Ming était couché. Après ses prières, il allumait sa lanterne et, sous la flamme jaunâtre, décrivait les méthodes qu'il fallait selon lui employer avant l'examen d'un cadavre. À son avis, non seulement une connaissance exhaustive des circonstances d'un décès était essentielle, mais on devait exiger la perfection dans les actes les plus simples ou les plus ordinaires. Afin d'éviter les négligences, il fallait absolument suivre un ordre précis, en commençant par le sommet de la tête, les sutures crâniennes et la ligne de naissance des cheveux, continuer ensuite par le front, les sourcils et les yeux, en n'omettant pas d'ouvrir les paupières, sans craindre que l'esprit du mort s'échappât. Puis on descendait vers la gorge, la poitrine de l'homme et les seins de la femme, le cœur, la luette et le nombril, la région pubienne, la tige de jade, le scrotum et les testicules, en les palpant soigneusement pour vérifier qu'ils étaient complets. Chez les femmes, et avec l'aide d'une accoucheuse si possible, il faudrait vérifier la porte de la naissance des enfants, ou la porte cachée s'il s'agissait de jeunes vierges. Enfin, on examinerait les jambes et les bras sans oublier les ongles et les doigts. La partie arrière exigeait le même soin, raison pour laquelle on commencerait par la nuque, l'os qui repose sur l'oreiller, le cou, le dos et les fesses. On inspecterait également l'anus, ainsi que la partie postérieure des jambes, en pressant toujours les deux membres à la fois afin de remarquer toute disparité produite par des coups ou des inflammations. À partir de cette reconnaissance préalable, on déterminerait l'âge du défunt et la date approximative de sa mort.

Lorsque Ming lut les premiers feuillets il ne sut trop quoi dire. Nombre de ses réflexions, en particulier celles sur la manière d'aborder les examens légistes, étaient bien plus claires et précises que celles qui émaillaient certains traités de façon désordonnée, mais il y en avait d'autres qui intégraient des expériences et des procédés inconnus de lui, sans parler de ses propositions nouvelles concernant les instruments de chirurgie et l'étrange glacière que Cí avait acquise et modifiée pour conserver longtemps les organes, qu'il avait baptisée « chambre de conservation[*] ».

Cí avait peu de relations avec les autres étudiants. Ses fantômes le poussaient à travailler comme un esclave, mais il n'avait besoin de rien d'autre. C'était la seule chose qui occupait son esprit. Il faisait son travail de son mieux et se maudissait quand une question restait sans réponse ou qu'une blessure passait inaperçue lors de l'examen d'un cadavre. Ainsi, lorsqu'il résolvait un cas, il le savourait seul. Il n'avait pas d'amis, pas même de compagnons. Peu lui importait. Il passait son temps à travailler, isolé du monde. Il n'avait d'yeux que pour les livres et de cœur que pour ses rêves.

Mais Ming insistait souvent sur les aspects légaux.

— Il pourra arriver que ta fonction ne consiste pas à déterminer les causes d'un décès, lui expliquait-il. Que se passerait-il si un homme était frappé par plusieurs personnes ? Ou, pire encore : qu'arriverait-il s'il mourait au bout de quelques jours ? Comment déterminerais-tu si son décès est la conséquence des blessures infligées ou s'il a été causé par une maladie qu'il avait déjà ?

Ming lui exposa alors les délais de la mort.

Cí connaissait la classification des blessures d'après l'instrument avec lequel elles ont été causées, mais il fut surpris d'apprendre que cette catégorisation était utilisée pour déterminer le délai écoulé entre la blessure et la mort. Ming lui précisa qu'aux blessures produites par des coups de poing et de pied correspondait une période de dix jours, alors que pour celles causées par n'importe quelle autre arme, y compris les morsures, le délai maximum était de vingt jours. Il ajouta que par ébouillantement ou brûlures il passait à trente jours, ce qui était aussi le délai correspondant à l'évidage des yeux, à des lèvres coupées ou des os brisés.

— Et ceci est déterminant, car si la mort survient avant la date limite on considérera qu'elle a été causée par les blessures, mais si elle survient plus tard, on devra conclure qu'elle n'est pas la conséquence directe des séquelles et l'inculpé ne pourra être accusé d'assassinat.

Cí s'étonna qu'une chose aussi subjective fût réglée de façon aussi précise.

— Mais s'il y a des blessures ultérieures ? Ou s'il meurt à cause des premières blessures, mais après le délai prescrit ?

— Je te donne un exemple. Imaginons un homme blessé par une arme. À peine une égratignure, mais qui dans la semaine s'envenime et le mène à la mort. Supposons que celle-ci survienne avant vingt jours : le criminel sera accusé d'assassinat, aussi légère qu'ait été la blessure qui l'a causée. Maintenant, si pendant l'évolution de la blessure ce même homme est mordu par une vipère et meurt à cause du venin, le criminel ne sera jugé que pour des lésions.

Cí remua la tête, et il la remua encore davantage lorsqu'il eut connaissance de complications supposées comme celles affectant les femmes enceintes, pour qui le délai est augmenté de trente jours. Si elles avortaient après avoir été blessées, le temps limite considéré serait donc de cinquante jours. Lorsqu'il lui dit qu'il était partisan d'individualiser chaque cas, ce fut au tour de Ming de s'étonner.

— Les lois sont faites pour être respectées. Ta rébellion t'a déjà causé assez de problèmes, lui reprocha-t-il.

Cí n'en était pas sûr. Les lois prétendaient certes faire le bien, mais dans le respect des règles la Cour avait octroyé le titre d'Officier impérial à un imposteur comme Astuce Grise. À ce souvenir, il eut un pincement à l'estomac. Il baissa la tête pour mettre fin à la discussion et se remit au travail, ruminant sur ce qu'avait pu devenir Astuce Grise.

*

L'hiver passa rapidement, mais le printemps pénétra l'âme de Cí.

Il se réveillait souvent tremblant, il regardait désespérément le vide, cherchant le fantôme de Troisième dans l'obscurité la plus totale. Il la cherchait autant avec ses yeux qu'avec son cœur. Il passait ensuite le reste de la nuit à trembler, terrorisé par son absence et par celle d'une famille qu'il lui semblait parfois n'avoir jamais eue. En de telles occasions, il se souvenait avec nostalgie du juge Feng. Il avait autrefois voulu savoir où il se trouvait, mais à présent les choses se passaient bien à l'académie, et il avait en outre la conviction que s'il entrait dans sa vie, sa condition de fugitif le déshonorerait tôt ou tard.

Un soir de congé, il décida de chercher de la compagnie au Palais du Plaisir.

La *fleur* qu'il choisit fut aimable avec lui. Cí pensa même qu'elle était douce. Ses caresses ne s'arrêtèrent pas devant ses brûlures et ses lèvres le parcoururent d'une manière qu'il n'avait jamais imaginée. Il lui donnait ses *qian* et elle calmait sa solitude.

Il y retourna la semaine suivante, puis la suivante et encore celle d'après. Ainsi jusqu'à ce qu'un soir de brouillard il tombât sur Astuce Grise assis à la table même où, quelques mois plus tôt, il l'avait trompé. Sa seule vue lui retourna l'estomac. Le jeune fonctionnaire buvait avec entrain, entouré d'une cohorte d'idiots qui riaient de ses plaisanteries sans prêter attention à la vilaine cicatrice de sa lèvre, lorsqu'il l'aperçut. Cí voulut s'éclipser, mais alors qu'il allait atteindre la porte, Astuce Grise l'arrêta. Il s'approcha lentement de lui, l'attrapa par le cou et lui ordonna

de le regarder. Les amis qui l'accompagnaient le saisirent aussi.

Comme il ne sentait pas les coups, ceux-ci se firent
plus violents, plus sauvages. Ils ne s'arrêtèrent que
lorsqu'il fut inerte. Ils s'acharnèrent contre lui.

Il se réveilla à l'académie, soigné par Ming.
L'homme passait une serviette humide sur son front
avec la délicatesse d'une mère veillant sur son petit. Cí
pouvait à peine bouger. Il pouvait à peine voir. Le noir
l'enveloppa. Lorsque de nouveau il se réveilla, Ming
était toujours là. Il entendit sa voix, mais ne comprit
pas ce qu'il disait. Il ne sut combien de temps s'écoulait avant de pouvoir comprendre.

Le maître lui dit qu'il était resté trois jours inconscient.
Une jeune fille, qu'apparemment il connaissait, l'avait
prévenu de son état et, accompagné de plusieurs élèves,
il était allé le chercher.

— D'après ce qu'elle a dit, plusieurs inconnus t'ont
attaqué. C'est du moins ce que j'ai raconté ici.

Cí essaya de se lever, mais Ming l'en empêcha. Le
guérisseur qui lui avait rendu visite avait prescrit le
repos jusqu'à ce que les côtes brisées soient guéries.
Il devait garder le lit pendant deux ou trois semaines.
Assez pour perdre les cours les plus importants. Mais
Ming lui dit de ne pas s'inquiéter. Il lui prit la main
avec la même douceur qu'une *fleur*.

— Je veillerai sur toi.

*

Pendant sa convalescence, outre ses soins, Cí dut supporter les reproches continuels de Ming. Le maître lui fit

grief de ce que son comportement l'empêchât de jouir de la connaissance, de la joie des autres élèves. Il louait son application au travail, mais la supériorité qu'il montrait dans ses analyses paraissait le condamner à un isolement pernicieux. Et, à en juger par les conséquences, la compagnie d'une *fleur* ne semblait pas être le meilleur antidote. Cí faisait semblant de ne pas l'écouter, mais la nuit, quand les heures passaient lentement, il méditait sur les paroles qu'il avait feint de ne pas entendre. Des paroles qui le tourmentaient, car il savait qu'elles étaient pleines de raison. Les fantômes qui l'assaillaient dans le noir l'enterraient vivant. Les doutes sur son père le dévoraient peu à peu, accrochés à ses viscères, augmentant chaque jour davantage. S'il voulait vraiment réaliser son rêve, il devrait expulser ce spectre de son cœur.

Mais il ignorait comment.

Il décida ce soir-là de le confesser à Ming.

Il le trouva dans son bureau, à moitié caché derrière un nuage d'encens qui, avec son halo fantasmagorique, imprégnait l'obscurité d'un gris sale. Le parfum dense et douçâtre du santal pénétra dans ses poumons, qui faiblirent en se gonflant. Ses yeux découvrirent un Ming immobile en train de méditer devant une tasse de thé. Son visage avait l'éclat blafard de la cire. En le reconnaissant, le maître l'invita à s'asseoir dans un filet de voix. Cí lui obéit et garda le silence. Il ne savait par où commencer, mais Ming l'y aida.

— Ce doit être important pour que tu interrompes mes prières, mais vas-y, je serai ravi de t'entendre.

Sa voix était douce. Cí respira. Ming savait comment transformer les arêtes d'une branche brisée en un pinceau fin, prêt pour le travail.

Il lui expliqua qui il était et d'où il venait. Il lui parla de l'étrange maladie qui marquait son corps, de son séjour à l'université quelques années plus tôt, de la période où il avait été l'assistant du juge Feng, de la disparition de sa famille et de sa terrible solitude. Mais surtout, il lui révéla la conduite ignominieuse de son père et le déshonneur qu'il avait répandu sur lui. Lorsque vint le moment de lui raconter que lui-même était un fugitif du gendarme qu'on avait retrouvé assassiné, il n'en eut pas le courage.

Ming l'écouta tranquillement en dégustant son thé fumant comme s'il s'agissait d'un mets coûteux et exquis. Son teint impassible était celui d'un vieillard qui venait d'entendre une histoire mille fois racontée. Lorsqu'il eut terminé, il posa la tasse de thé sur la table basse et le regarda fixement.

— Tu as vingt-deux ans. Un arbre est toujours responsable de ses fruits, mais un fruit ne peut l'être de son arbre. Pourtant, je suis certain que si tu cherches en toi, tu trouveras des raisons d'être fier de ton père. Je les vois dans ta sagesse, dans tes expressions, dans ton éducation.

— Mon éducation ? Depuis que je suis arrivé à l'académie, ma vie n'a été que tromperies et mensonges. Je...

— Tu es un garçon ambitieux et impétueux, mais pas un scélérat. Sinon, tu ne serais pas assailli par ces remords qui t'empêchent de dormir. Quant à tes mensonges... (il versa un peu plus de thé dans sa tasse), ce n'est pas un bon conseil, mais tu devrais apprendre à mieux mentir.

Ming se leva et se dirigea vers la bibliothèque, d'où il revint avec un livre que Cí reconnut. C'était un code pénal semblable à celui de son père.

— Un boucher qui domine le *Song Xingtong*? le défia-t-il. Un fossoyeur qui vient d'arriver à Lin'an et connaît pourtant le seul endroit où l'on vend un aliment aussi rare que le fromage ? Un pauvre inculte qui a tout oublié sauf ses immenses connaissances des blessures et de l'anatomie ? Dis-moi, Cí, tu pensais vraiment pouvoir me tromper ?

Cí ne sut quoi dire. Par chance pour lui, Ming interrompit son balbutiement.

— J'ai vu quelque chose en toi, Cí. Derrière les mensonges que ta bouche déversait, j'ai remarqué une ombre de tristesse. Tes yeux appelaient à l'aide. Innocents... déshérités. Ne me déçois pas, Cí.

Cette nuit-là, Cí trouva enfin le sommeil.

Ce fut la première et la dernière fois. Le lendemain, une nouvelle le prit au dépourvu.

CINQUIÈME PARTIE

23

Ce matin-là aurait dû être semblable à n'importe quel autre matin de ce mois de juin. Cí s'était levé à l'aube, il avait fait sa toilette dans la cour privée de Ming et avait honoré ses défunts. Après le petit déjeuner, il s'était précipité à la bibliothèque pour se plonger dans l'exposé qu'il devait présenter dans l'après-midi à l'assemblée des professeurs, un résumé des procédés et pratiques de médecine légale qui illustreraient le travail qu'il avait entrepris depuis qu'il travaillait pour Ming. Mais au milieu de la matinée il s'était aperçu avec horreur qu'il avait omis d'inclure des passages d'une importance capitale extraits du *Zhubing Yuanhou Zonglun*, le *Traité général sur les causes et symptômes des maladies*, qu'il avait oublié dans le bureau de Ming.

Cí frappa du poing sur la table. Il avait besoin du traité de toute urgence, mais justement, ce matin-là, Ming avait été convoqué de façon imprévue à la préfecture provinciale et il ne reviendrait pas avant un moment. S'il attendait son retour, il ne terminerait pas sa présentation à temps. Il pensa à l'audace que supposait entrer dans son bureau privé sans sa permission. Mais il avait besoin du traité…

« Ce n'est pas une bonne idée. »

Il poussa la porte et pénétra dans le bureau. Tout était plongé dans l'obscurité, aussi avança-t-il à tâtons jusqu'à la bibliothèque privée de Ming.

Tandis qu'il cherchait le texte, il sentit son cœur se glacer. Lentement, ses doigts tâtèrent l'étagère où Ming avait l'habitude de ranger le volume mais ils ne trouvèrent qu'un emplacement vide. Un frisson le parcourut.

Il maudit sa malchance, et se mit à scruter autour de lui.

Il localisa enfin le traité sur le bureau, sous un autre volume relié de soie. Il s'approcha lentement, presque dans un glissement. Il tendit le bras avec crainte, mais lorsqu'il effleura le dos du livre il s'arrêta, hésitant. Que devait-il faire ?

« Ce n'est pas une bonne idée », se répéta-t-il.

Il allait reculer lorsque la porte s'ouvrit brusquement. Cí sursauta et le livre tomba à terre, entraînant avec lui l'exemplaire en cuir.

En se retournant il vit Ming. Le maître entra dans le bureau et alluma une lanterne. Dès qu'il reconnut Cí, il cilla, confus, et lui demanda ce qu'il faisait là.

— Je… J'a-vais be-soin de consul-ter le *Zhubing Yuanhou Zonglun*, bégaya-t-il.

— Je t'ai mis en garde de ne pas toucher à mes affaires. – Sa voix était pleine de colère.

Cí s'accroupit aussitôt pour ramasser les livres et les remettre à Ming, mais ce faisant, le volume en cuir s'ouvrit, laissant voir des dessins d'hommes nus que Ming cacha comme il put.

— C'est un traité d'anatomie, s'excusa-t-il.

Cí acquiesça sans comprendre pourquoi Ming tentait de le tromper. Il connaissait bien les dessins physiologiques, et ceux-ci ne représentaient jamais deux hommes accouplés. Il s'excusa de nouveau et demanda la permission de se retirer.

— Il est curieux que tu demandes mon autorisation de sortir et que tu ne la demandes pas pour entrer. Et ton traité, tu n'en as plus besoin ? demanda Ming.

— Pardonnez-moi, monsieur. J'ai été stupide.

Ming ferma la porte et invita Cí à s'asseoir. Puis il fit de même. Les veines de son visage irrité faisaient concurrence à son regard furieux.

— Dis-moi une chose, Cí, t'es-tu demandé un jour pourquoi quelqu'un ferait pour toi ce que je fais ?

— Bien des fois. – Il baissa la tête, plein de remords.

— Et, sincèrement, considères-tu que tu le mérites ? Cí plissa les lèvres.

— Je suppose que non, monsieur.

— Tu le supposes ? Sais-tu d'où je viens ? (Il éleva la voix.) J'étais à la préfecture provinciale. On m'a ordonné d'assister les juges impériaux en qualité de conseiller, parce que quelqu'un, apparemment, a commis une monstrueuse aberration. Un crime tellement effrayant que même l'esprit le plus sauvage ne pourrait le concevoir. Ils m'ont demandé de venir à la Cour. Et sais-tu ce que j'ai fait, moi ? Eh bien je leur ai parlé de toi. Oui, tu entends bien ! (Il sourit avec amertume.) Je leur ai dit qu'à l'académie se trouvait un étudiant tout à fait exceptionnel. Meilleur que moi ! Un garçon doué d'une capacité d'observation inouïe, hors du commun. Et je les ai suppliés, oui, suppliés de te permettre de m'accompagner. Je leur ai parlé de toi comme tout père orgueilleux parlerait de son fils, de celui à qui il confierait le soin de sa maison et même de sa propre vie. Et voilà comment tu me récompenses ? En trahissant ma confiance ? En entrant chez moi et en furetant dans mes livres ? Que pouvais-je faire de plus pour toi, Cí ? Dis-moi ! Je t'ai engagé, je t'ai sorti de l'immondice, je t'ai défendu et protégé. Que pouvais-je faire de plus !?

Et il asséna un coup de poing sur la table.

Cí resta muet. Tremblant de tout son corps, il était incapable d'articuler un seul mot malgré son désir de s'expliquer. Cette seule pensée lui faisait mal. Il lui aurait dit qu'il ne serait jamais entré dans son bureau s'il n'avait pas eu absolument besoin de ce traité. Il aurait ajouté que s'il n'avait pas autant aimé l'étude, s'il n'avait pas attaché autant d'importance à tout ce qu'il avait fait pour lui, s'il ne s'était pas senti dans l'obligation de répondre à chacune de ses attentes, il n'aurait pas violé son intimité. Et que s'il était entré de façon injustifiable, c'était uniquement pour ne pas le décevoir devant le conseil et afin qu'il se sente fier de lui. Mais tout ce qu'il pouvait exprimer sortait de ses yeux sous forme d'un éclat humide.

Il se leva avant que Ming ne perçût sa faiblesse, mais le maître lui saisit le bras.

— Pas si vite. (De nouveau il haussa le ton.) J'ai donné ma parole que tu irais à la Cour et c'est ce que tu vas faire. Mais après cette visite, tu partiras. Tu prendras tes affaires et tu disparaîtras pour toujours de cette académie. Je ne veux pas te voir un instant de plus.

Et il lui lâcha le bras pour lui permettre de s'en aller.

*

Tout mortel saint d'esprit se serait laissé couper la main pour avoir l'autorisation de franchir la muraille du Palais Impérial. Mais, à cet instant, Cí se serait laissé couper les deux mains pour percevoir une expression aimable sur le visage de Ming.

Tête basse, il suivit les pas poudreux du cortège judiciaire tandis qu'il avançait dans l'avenue Impériale en direction de la colline du Phénix. Deux assistants ouvraient le cortège en agitant frénétiquement les tambourins pour annoncer la présence du juge de la préfecture qui, installé dans son palanquin, était ballotté au milieu de la foule de curieux avides de tout commérage sur les tortures ou les exécutions. Ming marchait derrière, la mine abattue. Chaque fois que Cí le regardait, il se demandait comment il avait pu trahir ainsi sa confiance.

Il ne lui adressait même plus la parole. Tout ce qu'il lui avait dit, c'était que l'empereur Ningzong les attendait au palais.

Ningzong, le Fils du Ciel, l'Ancêtre serein. Rares étaient les élus autorisés à se prosterner devant lui, et encore plus rares ceux qui pouvaient le regarder. Seuls ses conseillers les plus proches osaient l'approcher, seuls ses épouses et ses enfants avaient le droit de le frôler, seuls ses eunuques parvenaient à le persuader. Sa vie s'écoulait à l'intérieur du Grand Palais, derrière les murs qui le protégeaient de la pourriture et du malheur extérieur. Enfermé dans sa cage dorée, l'Augure suprême consumait son existence dans un interminable protocole de réceptions, de cérémonies et de rites conformes aux procédures confucéennes sans qu'il fût jamais possible d'y introduire une variation. Son immense responsabilité était connue de tous. Son poste, plus qu'un plaisir, était un sacrifice constant, une obligation pesante.

Et maintenant il allait passer le seuil qui séparait l'enfer du ciel, sans bien savoir où chacun des deux se situait.

Lorsqu'ils franchirent l'entrée, un monde de luxe et de richesse apparut aux yeux de Cí. Des fontaines sculptées dans la roche agrémentaient la verdure d'un jardin dans lequel s'ébattaient les chevreuils et défilaient des paons royaux d'un bleu si vif qu'ils semblaient parés pour l'occasion. Les ruisselets coulaient bruyamment entre les massifs de pivoines et les arbres aux troncs noueux tandis que l'éclat de l'or disputait la primauté au vermillon et au cinabre des colonnes, des avant-toits et des balustres. Cí fut émerveillé par les toits qui se tordaient, vivants, sur leurs corniches, en se courbant capricieusement vers le firmament. L'ensemble impressionnant de bâtiments, orientés en un parfait quadrillage et alignés selon un axe central nord-sud, s'élevait provocant et menaçant, tel un gigantesque soldat qui, confiant en sa puissance, dédaignerait toute protection. Cependant, une rangée sans fin de sentinelles était postée des deux côtés de la voie qui reliait la porte de la muraille à la cité.

Le cortège avança en silence et s'arrêta devant l'escalier qui donnait accès au premier palais, le Pavillon des Réceptions, entre le Palais du Froid et le Palais de la Chaleur. Là, sous le portique aux tuiles émaillées, un gros homme au visage mou et ridé attendait, impatient, coiffé du bonnet qui l'identifiait comme le respectable Khan, ministre du Xing Bu, le redoutable Conseil des Châtiments. En s'approchant, Cí remarqua l'orbite vide dans son visage. Son œil unique clignait nerveusement.

Un fonctionnaire à la mine sévère fit les présentations protocolaires. Puis, après les révérences, il invita les nouveaux venus à le suivre.

Le cortège s'engouffra en silence dans un couloir interminable. Ils traversèrent plusieurs salles ornées de vases en porcelaine blanche qui se détachaient sur les laques pourpres des murs, laissèrent derrière eux un cloître carré dont la splendeur aurait pu rivaliser avec une mine de jade, puis pénétrèrent dans un nouveau pavillon d'aspect moins raffiné mais tout aussi imposant. Là, d'un geste, le fonctionnaire qui les guidait demanda l'attention de tous.

— Honorables experts, saluez l'empereur Ningzong. – Et il montra le trône vide qui dominait la salle dans laquelle ils venaient d'entrer.

Tous se prosternèrent devant le trône et frappèrent le sol de leur front comme si l'empereur l'occupait réellement. Une fois le rituel accompli, le fonctionnaire céda la parole au conseiller Khan. L'homme borgne monta d'un pas lourd sur une estrade et scruta l'assistance. Cí devina sur son visage une légère grimace de terreur.

— Comme vous le savez, nous vous avons convoqués pour une affaire des plus scabreuses. Une situation qui fera davantage appel à votre instinct qu'à votre acuité. Ce à quoi vous allez assister dépasse ce qui est humainement admissible et appartient à la monstruosité. J'ignore si le criminel auquel nous avons affaire est un homme, une bête nuisible ou une aberration, mais, quoi qu'il soit, vous êtes ici pour attraper cet être abominable.

Puis il descendit de l'estrade et se dirigea vers une salle gardée par deux soldats aussi imposants que les haches qu'ils arboraient. Cí s'émerveilla devant la porte d'ébène sur le linteau de laquelle étaient sculptés les dix rois de l'enfer. Lorsqu'elle s'ouvrit, il reconnut la puanteur de la putréfaction.

Avant d'entrer, un disciple de Khan présenta aux assistants de la charpie imprégnée de camphre qu'ils s'empressèrent d'introduire dans leurs fosses nasales. Puis il les invita à entrer dans la chambre de l'horreur.

Tandis qu'ils prenaient place autour de la masse sanglante, les visages des assistants passèrent de la curiosité à la consternation, puis, peu à peu, à l'épouvante. Sous le drap, on devinait le corps mutilé de quelque chose qui ressemblait à un être humain. Les stigmates incarnats dégouttaient sur le tissu, le trempant dans la zone qui correspondait à la poitrine et au cou. Ensuite, le linceul s'enfonçait brusquement dans le creux qu'aurait dû occuper la tête.

Sur un signe, la sage-femme suprême du palais découvrit le cadavre, provoquant un murmure de terreur. L'un des invités fut pris de nausées, un autre vomit. Lentement, tous reculèrent. Tous, à l'exception de Cí.

Le jeune homme ne cilla pas. Au contraire, il observa impavide le corps dépecé de ce qui, jusqu'à il y a peu, avait été une femme. Ses chairs molles, impitoyablement profanées, ressemblaient à celles d'un animal en partie dévoré. La tête avait été entièrement détachée, et les restes de la trachée et de l'œsophage pendaient du cou comme les tripes d'un cochon. De même, les deux pieds avaient été amputés à la hauteur des chevilles. Sur le tronc, deux blessures brutales étaient différentes des autres : la première, sous le sein droit, montrait un profond cratère, comme si une bête y avait enfoncé son museau pour dévorer le poumon. La seconde était si terrifiante que Cí eut un frisson. Une atroce incision triangulaire parcourait les deux aines pour se fermer horizontalement sous le nombril, laissant apparaître un tas de graisse, de sang et de chair. Toute la caverne du plaisir avait été extirpée lors d'un étrange rituel. Ni ses restes ni la tête n'avaient été retrouvés.

Cí contempla le cadavre avec tristesse. La barbarie qu'avait subie ce corps contrastait avec la délicatesse de ses mains. Le doux parfum qu'il exhalait encore luttait contre la puanteur de la décomposition. Il sentit la main de l'officier lui indiquer de se retirer et Cí obéit. Khan entreprit ensuite de leur lire le rapport préliminaire élaboré par ses officiers à partir des explorations pratiquées par la sage-femme suprême. Cí pensa qu'il n'apportait pas grand-chose à ce que lui-même avait remarqué. Il mentionnait seulement des détails comme l'âge approximatif de la femme, qu'on avait estimé à une trentaine d'années, la conservation des deux seins, aussi petits et flasques que leurs mamelons, ou la blancheur veloutée de sa peau. Il faisait également remarquer que la femme avait été trouvée vêtue, jetée dans une ruelle proche du marché du sel. Enfin, il opinait sur l'espèce d'animal qui avait pu causer une telle mutilation, hésitant entre un tigre, un chien ou un dragon.

Tandis que les autres chuchotaient, Cí hocha la tête. La sage-femme suprême s'y connaissait assurément en accouchements, en ordonnances domestiques et en organisation de banquets, mais il doutait qu'elle pût distinguer la piqûre d'un insecte d'une simple brûlure. Or il ne pouvait pas faire grand-chose à ce sujet. Il était formellement interdit à un homme de toucher le cadavre d'une femme. Les lois du confucianisme étaient ainsi faites et personne en son sain jugement ne prendrait le risque d'y contrevenir.

La lecture du rapport terminée, Khan sollicita le verdict des personnes présentes.

Le juge de la préfecture fut le premier à se décider. Il s'avança, tourna lentement autour du cadavre et demanda à la matrone de le retourner afin d'examiner son dos. Les autres profitèrent de la manipulation pour s'approcher. Lorsque la femme parvint à déplacer le corps, on vit un dos blanchâtre dépourvu de blessures. La taille était épaisse, les fesses molles et douces. Le juge fit un tour de plus avant de tirer sur les rares poils de sa barbiche. Puis il se dirigea vers les vêtements que portait la victime au moment où on l'avait trouvée. C'était une simple tunique de lin, semblable à celles que portent les domestiques. Il se gratta le crâne et s'adressa à Khan.

— Conseiller des Châtiments… Devant un fait aussi haïssable, c'est avec crainte que les mots s'échappent de ma gorge. Je crois inopportun d'énumérer les sortes de blessures et leur nombre, qu'ont répertoriées avec justesse ceux qui m'ont précédé dans l'examen. Je suis bien sûr d'accord avec mes collègues pour ce qui est de l'intervention d'un animal, dont je ne parviens pas à discerner la nature étant donné le caractère absolument inhabituel des blessures. (Il parut réfléchir à sa phrase suivante.) Mais au vu des faits, j'oserai affirmer que nous nous trouvons devant l'une de ces sectes qui pratiquent les arts obscurs de la sorcellerie. Les disciples du Lotus Blanc peut-être, ou les manichéens, les chrétiens nestoriens ou les messianistes de la Maitreya. La preuve en est que, poussés par une concupiscence abominable, les assassins ont décapité et tranché les pieds de cette malheureuse lors d'une cérémonie sanglante et que, non satisfaits, ils ont assouvi leur appétit d'horreur et de dépravation en permettant à une bête de dévorer le poumon. (Il regarda Khan, attendant son approbation.) Les mobiles ? Ils pourraient être aussi nombreux que paraissent dépravés leurs esprits assassins : un rituel d'initiation, le châtiment d'une désobéissance, une offrande aux démons, la recherche de quelque élixir qui nécessite un composant humain…

Khan approuva d'un signe de tête tandis qu'il soupesait les paroles du juge. Puis il céda la parole à Ming.

Le professeur se leva lentement sous le regard attentif de Cí. Le jeune homme prêta attention à ses gestes et à ses paroles.

— Très digne conseiller des Châtiments, permettez-moi de m'incliner devant votre magnanimité. (Il salua Khan d'une révérence.) Je ne suis qu'un humble professeur, et c'est pourquoi je vous remercie d'avoir accepté ma présence dans ce terrible événement. J'espère qu'avec l'aide des esprits mon jugement s'avivera et qu'il parviendra à jeter quelque lumière dans ces ténèbres. (Khan lui fit signe de continuer.) Je voudrais également m'excuser devant ceux que je pourrais offenser si mes appréciations diffèrent de celles exposées jusqu'à présent. Dans ce cas, je m'en remets à votre bienveillance.

Ming observa le dos du cadavre en silence. Puis il demanda à la sage-femme de le remettre dans sa position originelle. Observant de près le trou laissé sur son sexe amputé, il ne put éviter une grimace de dégoût. Il observa longuement les blessures. Puis il demanda une baguette de bambou pour fouiller les blessures, ce que Khan autorisa. Il y jeta un dernier coup d'œil avant de se tourner vers le conseiller.

— Les blessures sont des témoins fidèles qui nous parlent de ce qui s'est passé. Parfois, elles nous éclairent sur le comment, d'autres fois sur le quand ; parfois même sur le pourquoi. Mais celles ici présentes aujourd'hui ne clament que la vengeance. La connaissance des cadavres nous permet d'estimer la profondeur d'une incision, l'intention d'un coup ou même la force avec laquelle il a été asséné, mais pour résoudre un crime il est essentiel d'entrer dans l'esprit de l'assassin. (Il fit une pause qui provoqua chez Khan un tambourinage nerveux des doigts.) Et bien qu'il ne s'agisse que de spéculations, dans cette pensée je crois percevoir que l'extirpation de la caverne du plaisir a obéi à une pulsion de dépravation. À une pulsion luxurieuse qui a déchaîné un crime d'une rare violence. J'ignore si la mutilation obéit à l'action d'une secte occultiste. Il est possible que la blessure de la poitrine le démontre, mais ce dont je suis convaincu, c'est que l'assassin n'a pas tranché la tête et les pieds de la victime pour accomplir un rituel macabre. S'il l'a fait, c'est pour éviter son identification. Il a éliminé son visage parce que, à l'évidence, n'importe qui aurait pu le reconnaître. Et il a sectionné ses pieds parce qu'ils cachaient le secret de son lignage ou de sa position.

— Je ne vous suis pas, intervint Khan.

— Cette femme n'était pas une simple paysanne. La finesse de ses mains, ses ongles soignés et même les traces de parfum que conserve encore le cadavre nous indiquent une personne appartenant à la noblesse. Pourtant, son assassin tente de nous faire croire le contraire, en l'habillant de vêtements grossiers. (Il se promena lentement dans la salle.) Tout le monde sait que, depuis leur enfance, les femmes de la haute société embellissent leurs pieds en les entourant de bandes qui les compriment et empêchent leur croissance. Mais ce que la plupart des gens ignorent, c'est que cette déformation douloureuse, qui transforme leurs extrémités en moignons de la taille d'un poing, est différente chez chaque femme. Comprimés par les bandages, les gros orteils se déboîtent vers l'arrière et les autres orteils vers la plante du pied, les pliant et les serrant jusqu'à ce que les ligatures et la marche terminent le travail. Un résultat difforme et, par chance, différent chez chaque jeune femme. Même si elles ne montrent jamais leurs pieds de lotus en public, elles les cajolent et leurs servantes en prennent soin en privé. Ainsi donc, toute femme, même sans visage, serait facilement reconnue par ces mêmes servantes par le simple examen de ses moignons. Ce qui est précisément ce que son assassin voulait empêcher.

— Intéressant… Et quant à la blessure de sa poitrine… ?

— Ah, oui ! L'étrange cratère ! Mon prédécesseur a insisté sur la cruauté de l'assassin, ce qui n'admet pas de discussion, mais je ne vois aucune raison de conclure que la blessure a été causée immédiatement après sa mort. Il est vrai qu'elle semble révéler les morsures d'un animal, mais n'importe quel chien a pu la dévorer après qu'elle eut été abandonnée dans la ruelle.

Khan serra ses lèvres épaisses. Puis, tout en réfléchissant, il tourna le regard vers la clepsydre* qui marquait les heures.

— Très bien, messieurs. Au nom de l'empereur je vous remercie de votre effort. Si nous avons à nouveau besoin de vous, nous vous appellerons sur-le-champ, ajouta-t-il. Maintenant, soyez aimables, mon officier va vous raccompagner jusqu'à la sortie.

Et il fit demi-tour pour quitter le salon.

— Excellence ! Pardon… ! osa l'interrompre Ming. Il manque le lecteur… J'ai parlé de lui au magistrat de la préfecture et il a donné son accord pour qu'il nous accompagne.

— Le lecteur ? s'étonna le conseiller des Châtiments.

— Le lecteur de cadavres. Mon meilleur élève, dit-il, et il montra Cí.

— Je n'ai pas été informé. (Il adressa un regard sévère à son assistant, qui baissa la tête.) Et qu'est-il capable de faire que vous n'ayez déjà fait, vous ?

— Cela va peut-être vous paraître étrange, mais ses yeux sont capables de voir ce qui n'est que ténèbres pour les autres.

— En effet, cela me paraît étrange. (Khan regarda Cí avec la même incrédulité qu'il aurait manifestée si on lui avait assuré que le jeune homme pouvait ressusciter les morts. Il marmonna quelque chose et se retourna.) C'est bien, mais faites vite. Un détail à ajouter ?

Cí s'avança et prit un couteau.

« C'est ce que j'espère », murmura-t-il.

Puis, à la surprise de l'assistance, il donna un coup de couteau dans le ventre de la femme. La sage-femme tenta de l'arrêter, mais Cí continua.

— Vous comprenez maintenant ? – De ses mains ensanglantées, Cí lui montra les intestins apparents.

— Que faudrait-il comprendre ? parvint à répondre Khan.

— Que ce cadavre est celui d'un homme, pas celui d'une femme.

24

« C'est un homme, pas une femme… »

Lorsque les praticiens de Khan eurent confirmé que sous les intestins du cadavre ne se trouvait aucun organe féminin mais la châtaigne de la virilité, le conseiller resta muet. Lentement, il s'assit et demanda à Cí de poursuivre.

D'une voix anxieuse mais ferme, Cí affirma que l'origine de la mort provenait de la blessure au poumon. Ses bords ne présentaient pas les rétractions typiques et les indurations roses qui se produisaient lorsque la chair était coupée encore vivante, ce qui n'était pas visible non plus sur les moignons des chevilles, à la section du cou, ni sur l'entaille qui avait détaché son sexe, mais il avait la certitude que l'origine de la mort se trouvait dans le poumon, car celui-ci apparaissait affaissé, comme s'il avait été perforé par un objet pointu.

Quant à la cause de la blessure, Cí écarta l'intervention d'un animal. Il était certain qu'on avait farfouillé dans le poumon avec rage, comme si on avait voulu atteindre l'intérieur des entrailles, mais à l'extérieur on ne voyait ni égratignures ni morsures. Il n'y avait pas la moindre éraflure, rien qui indiquât la présence d'une bête. En outre, les côtes étaient certes brisées, mais proprement, presque soigneusement, comme si on les avait cassées à l'aide d'une tenaille. Indépendamment du mode opératoire, il semblait que l'assassin cherchait quelque chose à l'intérieur. Quelque chose qu'il avait apparemment trouvé.

— Quoi donc ? l'interrompit Khan.

— Je l'ignore. Peut-être l'extrémité d'une flèche dont la pointe se serait brisée en essayant de l'extraire. Il est possible qu'elle ait été forgée dans un métal précieux ou qu'elle porte une marque identifiable, je ne sais pas, mais ce qui est sûr, c'est que l'assassin s'est soucié d'éliminer tout détail qui puisse l'incriminer.

— Comme les amputations…

— Avec sa prudence proverbiale, le maître Ming a parié pour une femme appartenant à la noblesse, dont les pieds déformés jusqu'à la miniature auraient révélé sa condition. Et c'était justement de cette façon que l'assassin espérait nous tromper. Car quoi d'autre si nous n'avions pas pensé à un corps doux et féminin, avec des seins et des formes de femme ?

« L'assassin a mutilé tout ce qui pouvait indiquer sa véritable condition. Il a tranché la tête pour empêcher son identification, scié ses grands pieds, qui l'auraient dénoncé comme homme, pour nous faire croire qu'il s'agissait d'une noble dame, et il a amputé la zone de sa tige de jade et des bourses de semences de la fertilité. Cependant, astucieusement, il a laissé intacts ses seins féminins. Et il aurait à coup sûr atteint son but si nous n'avions pas remarqué la taille de ses mains, exagérément grandes, bien qu'aussi douces et délicates que celles d'une femme.

— Mais, alors, je ne comprends pas… (Khan secoua la tête.) Tige de jade… seins de femme. Si ce n'est ni une chose ni l'autre, quelle sorte de monstre est-ce là ?

— Aucun monstre, conseiller des Châtiments. Ce pauvre malheureux était simplement un eunuque impérial.

Khan souffla comme un buffle. Bien que ce ne fût pas habituel, l'existence d'eunuques d'aspect efféminé était chose connue à la Cour, surtout parmi ceux dont la castration avait eu lieu avant la puberté. Il serra les poings avec rage et se maudit de n'avoir pas envisagé cette possibilité. S'il y avait une chose que Khan détestait plus que la rébellion, c'était que quelqu'un se révélât plus malin que lui. Le conseiller regarda Cí comme si celui-ci était responsable de sa propre ignorance.

— Vous pouvez aller, lui ordonna-t-il. Je n'ai besoin de rien d'autre.

*

Sur le chemin du retour à l'académie, Ming interrogea Cí.

— J'ai beau réfléchir, je ne comprends toujours pas comment tu as déduit…

— C'est pendant votre intervention, lui répondit Cí. Lorsque vous avez mentionné qu'il aurait été facile de reconnaître la femme à ses pieds déformés et que l'assassin les avait coupés pour cette raison…

— Oui ? – Il le regarda sans comprendre.

— Comme vous l'avez indiqué vous-même, le bandage des pieds est une coutume relativement moderne, uniquement répandue parmi la noblesse. Chose que Khan sait, bien sûr. On pouvait donc supposer qu'il avait déjà interrogé toutes les familles fortunées sur la disparition de certains de leurs membres. S'il vous a demandé conseil ultérieurement, c'est sans doute parce qu'il n'a rien tiré de ses investigations.

— Mais l'histoire de l'eunuque…

— Comme l'a dit Khan, le mort n'était ni homme ni femme… Ç'a été quelque chose d'inconscient, une image comme un éclair. Peu après mon arrivée à Lin'an, j'ai eu le malheur d'assister à une émasculation pratiquée sur un petit garçon dont les parents rêvaient de faire un eunuque impérial. Le gamin est mort vidé de son sang sans que je puisse rien faire pour lui. Je peux encore le voir comme si c'était arrivé hier.

*

Ming n'ouvrit pas la bouche pendant tout le reste du trajet. Son visage sérieux et ses mâchoires serrées soulevèrent les craintes de Cí. Avant de se rendre à la Cour, Ming lui avait annoncé son intention de le renvoyer de l'académie. Il craignait à présent que sa révélation concernant l'eunuque eût blessé son orgueil et qu'elle influençât négativement sa décision. Il se souvint du jour où il avait aidé Feng, au village, et des conséquences néfastes de cette collaboration. Il garda le silence.

Un peu avant d'arriver à l'académie, Ming l'informa qu'il devait s'absenter. Il lui dit qu'il rentrerait à la nuit tombée et qu'ils auraient alors une conversation. Cí préféra ne pas poser de question. Il le salua et s'achemina seul vers le bâtiment, convaincu qu'il franchissait ses portes pour la dernière fois. Il se préparait à entrer lorsque, dès qu'il le vit, le domestique qui surveillait l'entrée vint à sa rencontre, le saisit par le bras et, sans lui donner le temps de répliquer, le conduisit en courant vers le jardin. Lorsque Cí lui demanda ce qui se passait, le petit homme rougit.

— Un homme étrange est venu te voir. Il m'a dit qu'il était ton ami, mais il avait l'air d'un ivrogne. Quand je lui ai appris que tu n'étais pas là, il est devenu furieux et s'est mis à crier comme un fou, aussi je l'ai renvoyé sans ménagement. Il a dit qu'il était devin et je ne sais quoi d'une récompense, et qu'il reviendrait ce soir, lui murmura-t-il. J'ai pensé que je devais te mettre au courant. Tu m'es sympathique, mais moi, à ta place, j'essaierais d'éviter certaines fréquentations. Si les professeurs te voient avec cet homme, je ne crois pas que ça leur plaira.

Cí rougit. Xu l'avait retrouvé et il paraissait disposé à mettre sa menace à exécution.

Tout était terminé. Ce soir même il rassemblerait ses affaires et quitterait la ville avant que les choses ne se compliquent davantage. Il avait essayé de réaliser son rêve, mais n'y était pas parvenu. Ming allait l'expulser de l'académie, et dans le cas contraire cela permettrait seulement à Xu de lui faire du chantage ou de le dénoncer. Il regarda le ciel nuageux et maudit son sort. Tout ce dont il avait rêvé disparaissait à jamais. Ses espoirs s'assombrissaient, comme la brume grisâtre de la ville.

Une fois dans ses appartements, tandis qu'il rassemblait ses affaires, le souvenir de Feng lui revint. Depuis le jour où il l'avait accueilli comme disciple, Feng ne l'avait pas seulement instruit avec honnêteté et sagesse, il était également devenu le père qu'il aurait aimé avoir.

Il se rappela le jour où, harcelé par la maladie de Troisième, il était allé dans son ancien petit palais. À cette occasion, il s'était demandé ce que le juge était devenu, mais ensuite il avait choisi de l'oublier. Renoncer à le rencontrer lui était finalement apparu comme ce qu'il pouvait faire de plus digne. Feng ne méritait pas qu'un fugitif souillât son honneur.

Il déambula pour la dernière fois dans l'académie. Il contempla les salles désertes et tristes, comme contaminées par le chagrin qui l'écrasait lui-même, témoins muets d'une quête vaine et illusoire, d'un rêve dont il devait à présent se réveiller. En passant devant la bibliothèque, il regarda les volumes qui reposaient sur les étagères, attendant leurs maîtres, impatients d'être ouverts pour partager la sagesse que les ancêtres y avaient déposée. Il les contempla avec envie, puis leur fit ses adieux.

La rue commençait à s'endormir. Une traînée d'êtres anonymes somnolents grouillait comme un essaim désorganisé dans lequel, malgré la confusion, chaque individu savait où aller. Tous paraissaient avoir un refuge. Tous sauf lui.

Il mit son sac sur son épaule et se mit à avancer sans savoir où il allait. Il marcherait jusqu'à ce qu'il trouve un chariot ou un bateau qui l'emporterait au loin, vers une autre vie, une vie malheureuse. Il tourna un instant la tête pour regarder la maison qui avait été la sienne, priant intérieurement pour qu'à l'une des fenêtres surgît une silhouette qui l'appelle. Mais personne n'apparut. À sa grande surprise, lorsqu'il se retourna il se trouva nez à nez avec un soldat impérial, escorté par trois autres aussi armés que lui.

— Le lecteur de cadavres ?

— C'est ainsi qu'on m'appelle, balbutia Cí en reconnaissant l'un des gardes présents lors de l'examen à la Cour.

— Nous avons l'ordre de te ramener avec nous.

Cí ne résista pas.

Ils l'emmenèrent à pied à la préfecture de la province. Une fois arrivés, sans un mot ils lui enfoncèrent une capuche sur la tête et le firent monter dans une charrette tirée par des mules qui le conduisit pendant un long trajet dans les rues de Lin'an. Pendant le parcours il dut subir les insultes et les moqueries des passants qui s'écartaient au passage du cortège, mais peu à peu les cris diminuèrent jusqu'à n'être plus qu'un murmure qui disparut au moment où la charrette s'immobilisa devant un énorme portail. Cí perçut le grincement des gonds ainsi que des voix qu'il ne parvint pas à comprendre. Puis la charrette se remit en route avant de s'arrêter à nouveau, et on le fit descendre. On le guida sur un sol pavé qui plus loin se transforma en une rampe glissante. Cí sentit une odeur de moisi, de froid et de saleté. Sans savoir pourquoi, il présuma qu'il ne sortirait pas vivant de là. Enfin, il perçut le bruit d'une serrure et une poussée le fit avancer de deux ou trois pas. De nouveau la serrure grinça. Et ce fut le silence complet. Lorsqu'il s'imagina seul, il ôta la capuche qui couvrait sa tête. À cet instant, il entendit les pas d'un cortège.

— Debout ! ordonna une voix.

Les yeux de Cí se fermèrent devant une torche qui menaçait de lui brûler les cils. Ce n'est que lorsque le soldat s'écarta qu'il commença à percevoir la noirceur du cachot où on l'avait enfermé. Une pièce sans portes ni fenêtres. Rien que des murs de pierre crasseux qui dégageaient une étrange odeur d'humidité poisseuse. Devant lui s'étendait une grande salle sur les murs de laquelle pendaient des chaînes, des tenailles et autres instruments de torture. Enfin, lorsque ses yeux s'accoutumèrent à la pénombre, il parvint à distinguer une silhouette épaisse abritée derrière un groupe de sentinelles. Lentement, l'homme s'approcha.

— Nous nous retrouvons, se réjouit le conseiller Khan.

Cí ne put éviter un frisson. Il aspira profondément en apercevant les chaînes et les pinces qui reposaient sur un banc et se maudit de n'avoir pas pris la fuite plus tôt. Au loin, un cri déchirant fit croître son inquiétude et trembler ses mains.

— Oui. Pure coïncidence ! ironisa-t-il.

— À genoux !

Cí se prépara au pire. Ses genoux se posèrent sur le sol et sa tête s'inclina jusqu'à tremper dans une flaque, attendant le coup définitif. Mais au lieu de cela, une autre silhouette s'avança. Lorsque la lumière des torches l'éclaira, il perçut la présence d'un homme mince d'aspect maladif, au regard inquiétant. À un empan de ses yeux, il contempla les pointes courbes de chaussures noires incrustées d'or et de pierres. Lentement, son regard monta le long de la tunique de brocart rouge, il balaya avec crainte la ceinture de perles et continua son ascension pour s'arrêter, incrédule, sur l'extraordinaire collier doré qui pendait sur sa poitrine. Un frisson l'envahit. Le sceau qui à l'extrémité brillait plus que l'or était celui de l'empereur.

Il ferma les yeux et baissa la tête. Contempler le Fils du Ciel signifiait la mort si cela se faisait sans son autorisation. Il pensa que l'empereur voulait assister personnellement à son exécution. Il serra les dents et attendit.

— Es-tu celui qu'on appelle le lecteur de cadavres ? – Il avait la voix cassée.

Cí resta muet. Il tenta d'avaler sa salive, mais sa gorge était aussi sèche que s'il avait mangé une cuillerée de sable.

— C'est ainsi qu'on me surnomme, très honorable empereur.

— Lève-toi et suis-nous.

Des bras aidèrent un Cí encore paralysé par ce qui lui arrivait. Aussitôt, un cortège de gardes armés suivis d'une cohorte d'assistants entourèrent l'empereur Ningzong qui, flanqué du conseiller des Châtiments, s'engouffra dans un couloir ténébreux. Cí le suivit, escorté par deux sentinelles.

Après avoir avancé dans un tunnel étroit, le groupe déboucha dans une salle voûtée au centre de laquelle reposaient deux cercueils en pin. Plusieurs torches grésillaient dans l'obscurité, répandant leur lumière lugubre sur les corps qui se trouvaient à l'intérieur. Les sentinelles s'écartèrent, laissant seuls le conseiller et l'empereur. Khan fit un signe et les gardes qui surveillaient Cí le conduisirent jusqu'à eux.

— Son Altesse impériale requiert votre opinion, dit Khan sur un ton empli de rancœur.

Cí chercha des yeux la permission de l'empereur. Il remarqua que son visage émacié était une couche de cire étalée sur une tête de mort-vivant. Le mandataire lui donna son agrément.

Cí s'approcha du premier cercueil. Le corps était celui d'un homme âgé, de complexion mince, aux longs membres. Il constata que les vers avaient envahi son visage au point de le défigurer complètement, et qu'ils dévoraient son ventre à travers une brèche dont l'aspect lui parut familier. Il estima que la mort remontait à environ cinq jours.

Il demeura silencieux. Puis il se dirigea vers le second cercueil, où se trouvait un homme plus jeune et dans le même état de décomposition. Les larves apparaissaient dans les orifices naturels et couvraient la blessure qui s'ouvrait au niveau de son cœur.

Les deux hommes avaient sans doute péri des mains du même assassin. Le même qui avait tué l'eunuque de la veille. Il en informa Khan, mais l'empereur l'interrompit.

— Adresse-toi à moi, lui ordonna-t-il.

Cí s'inclina devant lui. Au début il n'osa pas parler, mais peu à peu, à mesure que le sang revenait dans ses veines, il trouva le courage de le regarder et osa confirmer d'une voix ferme que sa prédiction se fondait sur les ressemblances insolites que présentaient toutes ces morts.

Le plus important était que dans les trois cas les décès obéissaient à des blessures identiques : celle qui apparaissait béante sur le torse avait été ensuite étrangement creusée. La largeur de chacune des plaies et l'apparence de leurs lèvres donnait l'impression qu'elles avaient été causées par le même objet, une sorte de couteau aux bords incurvés, et toutes dans le même but : extraire quelque chose de l'intérieur. Mais cela n'avait pas beaucoup de sens. Une flèche pouvait se briser, mais cela arriverait difficilement deux fois de suite, et encore moins trois fois. Curieusement, sur aucun des corps on ne percevait de signes de résistance ou de lutte. Enfin, il était important de signaler ce qui selon lui était le plus troublant : malgré la puanteur de la putréfaction, tous dégageaient une légère mais intense fragrance d'un même parfum.

Toutefois, il existait également des différences. Aussi bien dans le cas de l'eunuque que sur le corps du premier cercueil, l'assassin s'était efforcé d'éliminer tout détail qui pût faciliter son identification : pour l'eunuque, en lui amputant le sexe, les pieds et la tête, et pour le cadavre du premier cercueil, en le défigurant par des dizaines d'estafilades qui avaient favorisé la prolifération des vers.

— Mais si vous prêtez attention au troisième corps, vous remarquerez que malgré l'action des larves son visage est presque intact.

L'empereur dirigea son regard cadavérique vers le point qu'indiquait la main brûlée de Cí. Il acquiesça sans faire de commentaire et lui demanda de poursuivre.

— À mon avis, un tel fait n'est dû ni à la négligence ni à l'improvisation. Si nous prêtons attention aux mains, nous constatons que celles du plus jeune présentent les callosités et la saleté propres à un déshérité. Ses ongles sont cassés et les petites cicatrices de ses doigts nous indiquent un travailleur rude et de basse extraction sociale. En revanche, ceux de l'eunuque et du vieillard sont délicats et soignés, ce qui nous incite à établir leur position élevée.

— Intéressant... Poursuivez.

Cí fit un signe affirmatif de la tête. Il s'arrêta un instant pour préciser ses idées et montra de nouveau le plus jeune cadavre.

— D'après moi, soit l'assassin a été surpris par un événement qui l'a fait se hâter, soit il lui importait peu qu'on pût identifier le corps d'un pauvre ouvrier que sa mère elle-même serait peut-être incapable de reconnaître. Mais il a pris grand soin d'éviter que cela arrive avec les deux autres, car connaissant l'identité des morts, nous pourrions trouver un lien avec leur exécuteur.

— Donc, votre verdict...

— Je voudrais bien en avoir un, se lamenta Cí.

— Je vous ai averti, Majesté. Il ne peut lire dans les corps ! intervint Khan.

— Mais peux-tu tirer une conclusion ? lui demanda l'empereur. – Son visage ne reflétait aucun sentiment.

Cí serra les dents avant de répondre.

— Je regrette de vous décevoir, Majesté. Je suppose que vos experts ont deviné juste en supposant que ces assassinats obéissent au dessein d'une secte maléfique. Si j'avais disposé des instruments nécessaires, peut-être aurais-je pu vous être plus utile. Mais sans pinces ni vinaigre, sans scie ni produits chimiques, j'oserais difficilement hasarder davantage que ce que j'ai suggéré jusqu'alors. Ces cadavres présentent un tel degré de putréfaction que tout ce qu'on peut dire, c'est que les deux crimes ont été commis à des dates proches. D'après l'étendue de la corruption, le vieillard est mort le premier, et ensuite l'ouvrier.

Ningzong lissa les fines moustaches qui pendaient, transparentes, de chaque côté de ses lèvres tandis qu'il gardait le silence. Enfin il fit un signe à Khan, qui s'approcha de lui comme s'il allait l'embrasser. L'empereur murmura quelque chose et le visage de Khan changea. Le conseiller regarda Cí avec mépris et se retira accompagné d'un fonctionnaire.

— Bien, lecteur de cadavres, une dernière question, dit l'empereur à voix basse. Précédemment tu as mentionné mes juges. Y a-t-il quelque chose qu'ils n'ont pas encore fait et qu'ils devraient peut-être faire ? – Il indiqua deux membres de sa suite vêtus de tuniques vertes et coiffés d'un bonnet, qui attendaient à l'écart.

Cí contempla leurs visages circonspects. Ils avaient l'attitude de cette espèce de fonctionnaires qui méprisaient les médecins, comme ils le méprisaient lui-même, supposa-t-il.

— L'ont-ils dessiné ? – Il montra le jeune homme dont le visage était encore reconnaissable.

— Dessiné ? Je ne comprends pas.

— Dans deux ou trois jours il ne restera que le crâne. Moi, j'en ferais un portrait le plus précis possible. Peut-être en auront-ils besoin pour une future identification.

*

Ils sortirent des oubliettes et se rendirent dans une salle voisine. C'était une pièce austère, mais qui au moins sentait le propre, et aucune chaîne ne pendait sur les murs. L'empereur n'y entra pas. Il adressa quelques mots à un officier aux cheveux blancs et au teint olivâtre, qui acquiesça à plusieurs reprises. Puis Ningzong se retira escorté de toute sa troupe, laissant Cí en tête à tête avec l'officier auquel il venait de donner ses instructions.

Une fois les portes fermées, l'officier s'approcha de Cí.

— Le lecteur de cadavres… curieux nom. C'est toi qui l'as choisi ? – Il le scruta de bas en haut en tournant autour de lui.

— Non. Non monsieur. – Cí observa ses petits yeux vifs briller sous des sourcils fournis.

— Bien. Et que signifie-t-il ? – L'homme aux cheveux blancs continua à tourner autour de Cí.

— J'imagine qu'il fait référence à mon habileté pour observer les cadavres et comprendre les causes de la mort. On me l'a donné à l'académie où j'étudie… où j'étudiais, corrigea-t-il.

— À l'Académie Ming… Oui. Je la connais. Tout le monde la connaît à Lin'an. Mon nom est Bo, lui confia-t-il d'un air affable. L'empereur vient de m'attacher à toi comme officier de liaison, ce qui veut dire qu'à partir de maintenant, tout ce dont tu auras besoin et tout ce que tu découvriras, c'est à moi que tu devras le communiquer. (Il s'arrêta devant lui.) J'ai assisté à ton intervention d'hier, pendant l'examen de l'eunuque… Je dois reconnaître que j'ai été impressionné. Et apparemment, l'empereur aussi l'a été.

— Je ne sais pas si je dois m'en réjouir. Son Excellence le conseiller des Châtiments n'a pas paru très satisfait.

— Eh bien... (Il hésita, réfléchissant à la manière de poursuivre.) Khan s'est personnellement chargé de cette affaire, mais l'idée de te consulter est venue de l'empereur. Le conseiller est un homme sec, discipliné, dur, un homme à l'ancienne mode. Un guerrier habitué à mâcher des pierres et à boire du feu. (Il eut un sourire condescendant.) Au palais on dit que son éducation était si stricte qu'il n'a jamais pleuré au cours de son enfance, mais moi je parierais qu'il est né sans larmes. Khan a assisté le père de l'empereur jusqu'à sa mort, et au fil du temps il est devenu l'un des conseillers les plus fidèles de l'empereur Ningzong. Il est intègre. Sans doute rigide à l'excès, et en certaines occasions il peut même paraître tordu, comme ces arbres qui grandissent courbés et qu'il est impossible de jamais redresser. Mais on peut lui faire confiance. En ce qui concerne le fait que tu mentionnes, qu'il n'a pas paru satisfait de tes nouvelles fonctions, apparemment il n'a pas apprécié ton attitude lorsque tu as pris le poignard et ouvert le ventre de cette femme sans son autorisation. S'il y a quelque chose que Khan ne tolère pas, je dirais même plus, s'il y a quelque chose qui le rend furieux, c'est l'orgueil. Et toi, hier, tu as franchi une frontière que peu ont été capables de repasser en sens inverse.

— Je suppose que oui..., s'inquiéta Cí. Ce que je n'ai pas compris, c'est que vous soyez mon officier de liaison et que tout ce que je découvre... Qu'est-ce que je dois découvrir ?

428

— L'habileté que tu as montrée hier a ravi l'empereur, qui a considéré que tu pourrais nous être utile. Tu as découvert des faits que les juges du palais n'ont même pas été capables de soupçonner. (Il garda le silence, comme s'il hésitait soudain à continuer. Il regarda Cí, aspira une bouffée d'air et poursuivit.) Bon. J'y ai été autorisé, donc prête attention. Ce que je vais te dire, tu dois l'écouter comme si tu n'avais pas de langue. Si tu en parles à qui que ce soit, rien en ce monde ne te sauvera. Tu as compris ?

— Je serai une tombe, monsieur. – À peine l'eut-il prononcée qu'il regretta cette malheureuse métaphore.

— Je me réjouis de l'entendre, soupira Bo. Depuis quelques mois, le pire des maux habite Lin'an. Une chose qui se cache et menace de nous dévorer. Peut-être est-elle encore faible, mais la dimension du danger est immense. Aussi mortelle qu'une invasion, aussi terrible qu'un fléau, et bien plus difficile à combattre.

Il tira sur la barbiche grise qui jaillissait de sa peau olivâtre.

Cí n'y comprenait rien. Les paroles de l'officier Bo semblaient laisser entendre que les soupçons se concentraient sur quelque être surnaturel, mais à l'évidence les trois corps qu'il avait examinés avaient été assassinés par quelqu'un de très concret. Il allait le lui dire lorsque Bo le devança.

— Nos policiers cherchent en vain. Ils établissent des conjectures, suivent des indices qui les conduisent à d'autres plus obscurs, et lorsque nos juges croient avoir trouvé un suspect, ou bien celui-ci disparaît ou il réapparaît assassiné. (Il se leva et se remit à marcher de long en large dans la salle.) Ton intervention de ce soir a incité l'empereur à décider de t'impliquer dans l'enquête. Je regrette si les méthodes t'ont surpris, mais il fallait agir vite et avec discrétion.

— Mais, officier, je ne suis qu'un simple étudiant. Je ne vois pas comment je pourrais…

— Étudiant, c'est possible, mais simple, sûrement pas. (Il le regarda comme s'il le jugeait.) Nous avons enquêté sur toi. L'empereur a même parlé personnellement au magistrat de la préfecture, celui qui a donné son aval à ta présence pour l'examen d'hier et qui, apparemment, est un ami intime du professeur Ming. Le magistrat a eu la bonté de nous dévoiler tes nombreux succès à l'académie, et il a même mentionné que tu as entrepris de condenser une série de traités de médecine légale, ce qui en dit long sur ta capacité d'organisation.

Cí sentit le poids de la responsabilité.

— Mais ce n'est pas la réalité, monsieur. Les gens se font l'écho des réussites dont la répercussion se répand à la manière d'une tache d'huile, mais ils oublient souvent de parler des échecs. Je me suis trompé des dizaines de fois dans mes prédictions, et pour des centaines d'entre elles je n'ai apporté que des données que même un nouveau-né aurait pu voir. Je passe mes journées au milieu des cadavres. Comment ne trouverais-je pas ? La plupart des cas dont s'occupe l'académie sont des assassinats grossiers, survenus lors de crises de jalousie, de bagarres de cantine ou de disputes à propos de terres. Toute personne qui poserait des questions dans l'entourage des défunts serait capable d'émettre un verdict sans même assister à l'enterrement. Mais ici nous ne sommes pas confrontés à un assassin ordinaire dont le cerveau a été troublé par le vin. Celui qui a per-pétré ces crimes n'est pas seulement quelqu'un d'une extrême cruauté : son intelligence dépasse sans doute sa malfaisance. Et vos magistrats ? Ils ne consentiront jamais à ce qu'un nouveau venu, sans études ni expé-rience, leur dise comment agir.

— Pourtant, aucun de nos juges n'a révélé que la femme morte était en réalité un eunuque…

Cí se tut. Il était fier que la Cour reconnût ses mérites, mais il craignait que, s'il s'impliquait trop, ils finissent par découvrir qu'il était un fugitif. Son visage parla pour lui.

— Oublie les magistrats, insista Bo. Dans notre nation, il n'y a pas de place pour les privilèges. Nous sommes justes envers ceux qui veulent progresser, envers ceux qui font des efforts, envers ceux qui démontrent leur courage et leur sagesse. Nous avons appris que ton rêve est de te présenter aux examens impériaux. Des examens auxquels, comme tu le sais, n'importe qui peut accéder indépendamment de sa pro-venance ou de son origine sociale. Dans notre nation, un paysan peut devenir ministre, un pêcheur juge, un orphelin percepteur. Nos lois sont sévères envers les délinquants, mais elles récompensent aussi ceux qui le méritent. Et souviens-toi de ceci : si tu vaux plus qu'eux, non seulement tu as le droit d'aider, mais tu as également l'obligation de le faire.

Cí accepta. Il pressentait que rien ne le délivrerait d'un engagement empoisonné auquel il lui serait diffi-cile d'échapper.

— Je comprends ta perplexité, mais de toute façon, personne ne prétend t'accabler d'une responsabilité

431

que tu n'auras pas en réalité, poursuivit l'officier. À la Cour, nous avons des juges compétents que tu ne devrais pas sous-estimer. Il n'est pas question que tu diriges une enquête. Seulement que tu apportes ta vision. Ce n'est pas si compliqué. De plus, l'empereur est disposé à être généreux à ton égard et, en cas de succès, il te garantit un poste dans l'administration.

Cí tituba. Une telle offre était plus qu'il n'avait jamais rêvé. Malgré tout, il continuait à penser que c'était un cadeau empoisonné.

— Monsieur, je peux vous parler franchement ?

— Je l'exige. – Il tendit les paumes des deux mains.

— Il se peut que les juges du palais soient plus intelligents que vous ne le croyez.

Bo haussa un sourcil, ce qui rida la peau fine de son front.

— Maintenant, c'est moi qui ne comprends pas.

— La justice même dont vous parlez. Celle qui punit et celle qui récompense, et qui est reflétée dans le *Catalogue des mérites et des démérites*...

— Tu veux parler de la classification par laquelle nous qualifions légalement la bonté ou la méchanceté des hommes ? Il semble juste que si nous punissons ceux qui commettent un crime, nous récompensions également ceux qui font le bien. Qu'est-ce que cela a à voir avec les magistrats de la Cour ?

— Que ce même principe s'applique également aux juges. Eux aussi sont récompensés lorsqu'ils émettent des opinions justes, mais durement punis s'ils se trompent dans leur verdict. Ce ne serait pas la première fois qu'un juge est expulsé de la carrière judiciaire à la suite d'une erreur.

— Bien sûr. La responsabilité ne va pas dans une seule direction. La vie de ceux qu'ils jugent dépend d'eux. Et s'ils se trompent ils doivent le payer.

— Parfois même de leur propre vie, souligna Cí.

— Cela dépend de l'ampleur de l'erreur. C'est juste.

— Il paraît donc logique qu'ils craignent d'émettre un jugement. Devant un cas épineux, pourquoi prendre le risque d'un verdict erroné ? Il vaut mieux se taire et sauver sa peau.

À ce moment les portes s'ouvrirent et Khan entra dans la salle. Le conseiller s'avança, l'air grave ; il ordonna à Bo de se retirer et, après avoir toisé Cí, il se plaça à côté de lui. Ses sourcils froncés et ses lèvres serrées parlaient d'eux-mêmes.

— À partir d'aujourd'hui tu seras sous mes ordres. Si tu as besoin de quelque chose tu devras d'abord me le demander. On va te donner un sceau qui t'ouvrira les portes de toutes les salles de la Cour, à l'exception du Palais des Concubines et de mes appartements privés. Tu pourras consulter nos archives judiciaires et tu auras accès aux cadavres si nécessaire. On te permettra aussi d'interroger le personnel de la Cour. Tout cela, toujours avec mon autorisation préalable. Tu pourras discuter des autres détails avec Bo.

Cí nota que son cœur galopait. Les questions qui planaient au-dessus de lui étaient si nombreuses, si nombreux les difficultés et les éventuels dangers qu'il avait besoin de temps pour y réfléchir.

— Excellence. (Cí s'inclina.) Je ne sais pas si j'ai la capacité…

Khan ferma à demi les yeux et lui jeta un regard froid.

— Personne ne te l'a demandé.

*

Ils traversèrent les oubliettes en direction des archives impériales. Le conseiller des Châtiments avançait rapidement, comme s'il voulait se débarrasser de Cí au plus vite. Peu à peu, l'humidité et l'étroitesse disparurent pour laisser place à des galeries dallées. Lorsqu'ils atteignirent la Salle des Secrets, Cí resta sans voix. Comparées à la bibliothèque de l'université, ces archives étaient un gigantesque labyrinthe qui paraissait s'étendre à l'infini. Devant lui, des milliers d'étagères chargées de dossiers occupaient tous les coins auxquels on pouvait avoir accès. Cí suivit Khan dans d'étroits corridors pleins à craquer de volumes, de manuscrits et de cahiers qui montaient vers le plafond, jusqu'à une petite embrasure par laquelle filtrait à peine la faible lumière du matin. Khan s'arrêta devant une table laquée de noir sur laquelle reposait une seule liasse de papiers. Il prit une chaise et s'assit, laissant Cí debout. Il feuilleta un moment le document avec calme et donna à Cí la permission de s'asseoir.

— J'ai eu l'occasion d'entendre tes dernières paroles, commença Khan, et je veux qu'une chose soit bien claire : que l'empereur t'offre cette possibilité ne signifie pas que je te fasse confiance. Notre système judiciaire est inflexible envers ceux qui le corrompent ou le violent, et nos juges ont passé leur vie à l'étudier et l'appliquer. Ta vanité te porte peut-être à douter de l'intelligence de ces magistrats, peut-être les vois-tu comme des vieux sclérosés, incapables de voir plus loin que l'endroit où ils parviennent à pisser. Mais je t'avertis : ne va pas mettre en doute la capacité de mes hommes ou je ferai en sorte que tu le regrettes avant même de pouvoir seulement y penser.

Cí feignit d'accepter ses paroles, mais dans son for intérieur il était convaincu que si ces mêmes juges avaient prouvé leur compétence, il ne se trouverait pas là en ce moment. Il prêta attention à Khan lorsque celui-ci lui montra le contenu des pages.

— Ce sont les rapports sur les trois morts : ceux de la première enquête, et également ceux de la seconde. Ici tu as un pinceau et de l'encre. Consulte-les autant que tu veux, et écris ensuite ce que tu en penses. (Il sortit un sceau carré et le lui remit.) Chaque fois que tu voudras accéder à une dépendance, présente-le aux sentinelles afin qu'elles l'impriment sur les registres correspondants.

— Qui sont ceux qui ont pratiqué les examens ? osa-t-il demander.

— Tu trouveras leurs signatures dans les rapports.

Cí jeta un coup d'œil.

— Ici ne figurent que les magistrats. Je veux parler des examens techniques.

— Un *wuzuo*[*] comme toi.

Cí fronça les sourcils. Un *wuzuo* était le terme méprisant employé pour désigner ceux qui préparaient les linceuls et lavaient les morts. Il ne voulut pas discuter et poursuivit la lecture du dossier. Au bout de quelques instants, il l'écarta.

— Il n'est rien dit ici du danger dont m'a parlé l'officier de liaison. Bo a mentionné une terrible menace, un mal aux dimensions immenses, mais ici il n'est question que de trois cadavres. Pas un mobile, pas un soupçon… Rien.

— Je regrette, mais je ne peux te donner plus d'informations.

— Mais, Excellence, si vous voulez que je vous aide, j'aurai besoin de savoir…

— Que tu m'aides ? (Il s'approcha à quelques centimètres de son visage.) Il semble que tu n'aies rien compris. Personnellement, peu m'importe que tu découvres quelque chose ou pas, fais donc ce qu'on t'ordonne et, au passage, aide-toi toi-même.

Cí serra les poings et se mordit la langue. Il tourna de nouveau les yeux vers les rapports et commença à les examiner. Lorsqu'il eut terminé, il les rangea dans un classeur. Il n'y avait rien là-dedans. Même un paysan aurait pu les écrire.

— Excellence (il se leva), j'aurai besoin d'un endroit approprié pour examiner les cadavres de façon approfondie et qu'on y apporte tout mon matériel. Si possible, cet après-midi même. Il faut aussi que l'on trouve un parfumeur. Le plus réputé de Lin'an. J'ai besoin qu'il assiste aujourd'hui à l'inspection que je dois effectuer. (Il ne se troubla pas devant l'air surpris de Khan.) Au cas où se produiraient de nouveaux assassinats, il faudra aussitôt m'en avertir, quels que soient l'heure ou le lieu de la découverte. Le corps ne devra pas être touché, transporté ou nettoyé avant mon arrivée. Même un juge ne pourra le déplacer. S'il y a des témoins, on les arrêtera et on les séparera. On convoquera également le meilleur portraitiste disponible. Pas l'un de ceux qui embellissent les visages des princes, mais un qui soit capable de reproduire la réalité. J'ai également besoin de connaître tout ce qu'on sait de cet eunuque : quelle charge il occupait dans le palais, quels étaient ses goûts, ses vices, ses faiblesses et ses vertus. S'il avait des amants masculins ou féminins, s'il entretenait des liens familiaux, quelles possessions il accumulait et avec qui il était en relation. J'ai besoin de savoir ce qu'il mangeait, ce qu'il buvait et même combien de temps il passait dans les latrines. Une liste de toutes les sectes taoïstes, bouddhistes, nestoriennes et manichéennes sur lesquelles on aurait enquêté pour occultisme, sorcellerie ou actes illicites me sera utile. Enfin, je veux un rapport complet de toutes les morts qui se sont produites au cours des six derniers mois dans des circonstances étranges, ainsi que toute dénonciation, disparition ou témoignage qui, aussi étrange qu'il puisse paraître, ont pu avoir un lien avec ces assassinats.

— Bo s'occupera de tout.

— Il me serait pratique d'avoir un plan du palais où soient identifiées les différentes dépendances et leurs fonctions, ainsi que celles auxquelles je peux accéder.

— Je vais voir si un artiste peut t'en réaliser un.

— Une dernière chose.

— Oui ?

— J'aurai besoin d'aide. Je ne pourrai tout résoudre seul. Mon maître Ming pourrait…

— Je m'en suis déjà occupé. Quelqu'un qui a ta confiance, j'espère.

Le conseiller se leva, frappa dans ses mains et attendit. Un grincement se fit bientôt entendre au bout d'un couloir. Cí dirigea son regard vers le point de lumière sur lequel se découpait une silhouette élancée qui s'avançait vers eux. Il cligna des yeux mais ne put l'identifier. Cependant, à mesure qu'elle approchait, la silhouette se précisait et lui devint familière. Il supposa qu'il s'agissait de Ming. Mais un frisson lui parcourut le dos lorsqu'il constata que le visage souriant était celui d'Astuce Grise. L'espace d'un instant il ne put prononcer un mot.

— Excellence, excusez mon insistance, dit-il enfin, mais je ne crois pas qu'Astuce Grise soit la personne la plus appropriée. Je préférerais…

— Assez d'exigences ! Ce juge a toute ma confiance, ce que tu n'as pas encore pour ta part, alors moins de bla-bla et au travail. Tu partageras avec lui tout ce que tu découvriras, de la même manière qu'il le fera avec toi. Tout le temps que durera cette enquête, Astuce Grise sera ma bouche et mes oreilles, mieux vaut donc que tu collabores.

— Mais cet homme m'a trahi. Jamais il…

— Silence ! Il est le fils de mon frère ! Et il n'y a rien à ajouter.

*

Son ancien compagnon attendit que Khan se fût retiré. Puis il sourit à Cí.

— Nous revoilà face à face, dit-il.

— Un malheur comme n'importe quel autre. – Cí ne lui accorda pas un regard.

— Et comme tu as changé ! Lecteur de cadavres de l'empereur…, ironisa-t-il. – Il prit le dossier et s'assit.

— Toi, en revanche, tu continues à t'approprier ce que tu trouves. – Il lui arracha les rapports qu'il venait de prendre.

438

Astuce Grise se leva comme un éclair, mais Cí lui fit face. Leurs nez se frôlèrent presque. Aucun des deux ne s'écarta.

— Sais-tu ? La vie est pleine de coïncidences, dit Astuce Grise en reculant, un sourire aux lèvres. En fait, ma première affaire en arrivant à la Cour a été d'enquêter sur la mort de ce gendarme. Celui que nous avons examiné ensemble à la préfecture. Kao…

Un frisson parcourut Cí.

— Je ne sais pas de quoi tu parles, parvint-il à balbutier.

— C'est curieux. Plus j'enquête sur ce gendarme, plus tout me paraît étrange. Savais-tu qu'il avait fait le voyage depuis le Fujian à la recherche d'un fugitif ? Apparemment, il y avait une récompense à la clé.

— Non, pourquoi devrais-je le savoir ? hésita-t-il.

— Enfin, c'est de là que tu viens. C'est du moins ce que tu as dit à l'académie le jour de ta présentation.

— Le Fujian est une vaste province. Chaque jour des milliers de personnes en arrivent. Pourquoi ne le leur demandes-tu pas ?

— Comme tu es méfiant, Cí ! Si je t'en parle, c'est parce que nous sommes amis. (Il sourit faussement.) Mais ça n'en reste pas moins une curieuse coïncidence…

— Et tu connais le nom du fugitif ?

— Pas encore. Apparemment, le dénommé Kao était un type réservé et il a peu parlé de l'affaire.

Cí respira. Il pensa se taire, mais il pouvait devenir suspect de ne pas montrer d'intérêt.

— C'est étrange. La judicature n'offre pas de récompenses, dit-il pour dissimuler.

— Je sais. L'offre venait peut-être d'un propriétaire privé. Ce fugitif doit être quelqu'un d'important.

— Peut-être le gendarme a-t-il découvert une piste et voulu s'approprier la récompense, suggéra Cí, ou peut-être l'a-t-il touchée et c'est pour cette raison qu'il a été assassiné ?

— Peut-être. (Il parut y réfléchir.) Pour le moment, j'ai adressé un courrier à la préfecture de Jianningfu. Dans deux semaines j'espère avoir le nom du fugitif et sa description. L'attraper sera comme prendre une pomme à un enfant.

25

Pendant le repas, Cí fut incapable d'avaler un seul grain de riz. Savoir qu'Astuce Grise serait son compagnon d'enquête l'avait indigné, mais savoir qu'il enquêtait sur l'assassinat du gendarme Kao l'avait fait blêmir. Il disposait de deux semaines avant qu'arrive une information qui pût le relier à Kao. En attendant, il devait se concentrer et découvrir ce qui se passait à la Cour. S'il résolvait l'affaire, peut-être aurait-il une chance.

Astuce Grise absorbait la soupe avec l'avidité d'un porc. Cí écarta son assiette et s'éloigna de lui, mais il le suivit. On venait de leur confirmer le transfert des cadavres dans un dépôt des oubliettes et aucun des deux ne voulait perdre l'occasion de les étudier avant que la décomposition ne progresse. Cí pressa le pas. Cependant, lorsqu'il arriva dans la salle, il constata que le matériel qu'il avait réclamé n'était pas encore arrivé. Bo, l'officier de liaison, dit ignorer tout ordre à ce sujet.

Cí maudit Khan. Il s'empara du sceau qui lui ouvrait l'entrée et sans attendre que Bo lui donnât l'autorisation, il lui annonça son intention de se rendre personnellement à l'académie, lui suggérant de l'accompagner. Sans attendre sa réponse, il quitta simplement la salle et partit. L'officier lui emboîta le pas. Par chance, Astuce Grise ne l'imita pas.

À l'académie, pendant que Bo s'occupait de faire porter le matériel par un domestique, Cí chercha désespérément Ming. Il le trouva dans son bureau, penché sur ses livres. Ses yeux étaient rouges. Cí pressentit qu'il avait pleuré, mais n'en dit rien. Il s'inclina seulement devant lui et lui demanda de le recevoir avec un peu de miséricorde.

— Maintenant tu as besoin de moi ? lui reprocha-t-il. Toute l'académie sait que l'empereur t'a engagé comme assesseur. Le lecteur de cadavres... « Le fougueux jeune homme qui a dépassé son stupide maître... », voilà ce qu'on murmure maintenant. – Il sourit avec amertume.

Cí baissa la tête. Le ton de Ming était empreint de ressentiment, mais ce ne fut qu'un battement de paupières qui s'estompa aussitôt pour faire place à une profonde tristesse. Il se sentait en dette envers cet homme fini, qui l'avait accueilli et lui avait tant appris sans rien demander en échange. Il voulut lui expliquer qu'il avait besoin de lui, qu'il avait réclamé sa présence au palais, mais qu'on ne lui avait pas laissé le choix. Il allait le lui dire lorsque l'officier de liaison se présenta, réclamant son retour.

— Il se fait tard, lui dit-il.

— Ah, je vois ce que tu es venu chercher... dit Ming en remarquant le domestique chargé des instruments et de la chambre de conservation.

Cí pinça les lèvres.

— Je regrette. Je dois m'en aller…, marmotta-t-il.

— Va-t'en, oui.

De nouveau les yeux de Ming s'embuèrent ; cette fois, Cí sentit que ce n'était pas par rancœur, mais par compassion.

Lorsque Cí arriva au dépôt, Astuce Grise n'y était plus. D'après ce qu'on lui dit, le jeune homme était parti après une brève inspection dont rien n'avait transpiré. Cí décida de profiter de son absence pour terminer son examen. Il s'apprêtait à installer son matériel lorsqu'il vit un petit homme bien vêtu et d'aspect craintif qui attendait près de la porte. Lorsqu'il interrogea Bo, celui-ci lui précisa que c'était le parfumeur qu'il avait réclamé. Il s'appelait Huio et il était le fournisseur officiel du palais.

Cí le salua, mais le petit homme n'y prêta pas attention. Ses petits yeux tremblaient, fixant l'épée que portait la sentinelle à l'entrée, comme s'il craignait que son cou fût en danger. Cí s'en aperçut, mais il ne réussit pas à le rassurer.

— Je vous répète que je n'ai rien fait ! assura-t-il. Je l'ai expliqué aux gardes qui m'ont arrêté, mais ces sauvages ne m'ont pas écouté.

Cí comprit que le petit homme ignorait totalement le motif de son arrestation. Avant qu'il pût lui expliquer ce qui se passait, Bo le devança.

— Obéis à cet homme, lui dit-il en lui montrant Cí. Et si tu veux conserver ta langue, garde la bouche fermée.

Il n'eut pas besoin d'en dire plus, car le petit homme se prosterna aux pieds de Cí en pleurnichant, le suppliant de ne pas le tuer.

— J'ai des petits-enfants, monsieur…

Cí le releva avec précaution. Huio tremblait comme un chiot apeuré. Il le calma.

— Nous avons seulement besoin que vous nous donniez votre avis sur un parfum. Rien de plus.

Huio le regarda, incrédule. Tout homme sain d'esprit savait que les gardes impériaux n'arrêtaient personne pour demander conseil sur des arômes, mais les paroles de Cí parurent le tranquilliser. Cependant, quand l'officier ouvrit la porte et que le petit homme vit les trois cadavres en décomposition, il s'affaissa comme un sac de riz.

Cí le réveilla à l'aide des sels qu'il utilisait d'habitude pour ranimer les parents des victimes d'assassinats. Huio sursauta et cria jusqu'à l'épuisement. Lorsqu'il n'eut plus de voix, Cí lui expliqua l'objet de sa mission.

— C'est tout ? – Il restait méfiant.

— Il s'agit seulement de reconnaître le parfum, l'assura Cí.

Il expliqua à Huio que, par chance, les vers n'avaient pas encore envahi les bords des blessures, peut-être rebutés justement par le parfum. Puis il lui montra comment utiliser la charpie camphrée pour combattre l'odeur fétide, mais le petit homme refusa. Huio prit une bouffée d'air et pénétra dans le dépôt. Cí enfonça de la charpie dans ses narines et le suivit. La puanteur inondait la salle et s'accrochait à la gorge tel un écœurant vomi. Huio eut un haut-le-cœur en apercevant le festin de mouches et de vers qui pullulaient sur les corps, puis il avança, tremblant. Cependant, avant d'arriver, il nia de la tête et sortit de la salle, épouvanté. Cí le rejoignit alors qu'il vomissait.

— C'est... c'est épouvantable, parvint-il à dire entre deux spasmes.

— Je vous en prie, essayez encore. Nous avons besoin de vous.

Huio essuya sa bouche et fit mine de prendre la charpie, mais finalement il la laissa. Il entra cette fois d'un pas décidé, armé de petites baguettes de bambou. Une fois devant les corps, il les frotta contre les bords des différentes blessures, les introduisit dans de petits flacons et sortit en courant. Cí le suivit et referma la porte derrière lui.

— Il est impossible de respirer là-dedans, soupira Huio. C'est l'odeur la plus répugnante que j'aie jamais reniflée.

— Je vous assure que non, répondit Cí. Quand pourrons-nous savoir quelque chose ?

— Il est difficile de faire des prédictions. Je devrai commencer par discerner entre les restes de parfum et la puanteur de la corruption. Si j'y parviens, il me faudra le comparer aux milliers de parfums qui sont vendus dans la ville. C'est très compliqué..., balbutia-t-il. Chaque parfumeur confectionne ses propres parfums. Même lorsqu'ils proviennent d'essences semblables, ils sont mélangés dans des proportions secrètes qui altèrent la composition finale.

— Vu sous cet angle, ce n'est pas très prometteur.

— Cependant, j'ai remarqué une particularité... un détail qui va peut-être faciliter la tâche. Le simple fait qu'il reste encore des traces de parfum après plusieurs jours nous indique sans doute une très haute concentration mêlée à un excellent fixateur. Ce ne sera peut-être pas déterminant, mais par la combinaison du parfum (il

445

déboucha l'un des flacons et l'approcha de son nez), je pourrais avancer qu'il ne s'agit pas d'une essence pure.

— Et cela signifie… ?

— Que nous avons peut-être de la chance. Je vous en prie, laissez-moi faire mon travail. Il se peut que vous ayez une réponse dans deux ou trois jours.

*

L'examen ultérieur des cadavres apporta à Cí un renseignement important qui lui avait échappé la première fois. Outre les terribles blessures sur la poitrine, le vieil homme présentait dans le dos, sous l'omoplate droite, une blessure circulaire, du diamètre d'une pièce de monnaie, dont les bords étaient déchirés et tournés vers l'extérieur. Il prit note de ses observations et continua son exploration.

L'absence de marques de défense indiquait que les victimes n'avaient pas opposé de résistance à leur assassin, ce qui à son tour impliquait soit qu'elles avaient été surprises, soit qu'elles connaissaient leur bourreau. C'était en tout cas une chose à laquelle il devrait réfléchir. Enfin, il découvrit un détail passé jusqu'alors inaperçu : les mains du cadavre le plus âgé, celui qui avait le visage défiguré, présentaient une étrange corrosion qui partait des doigts et s'étendait sur les paumes, mais aussi sur le dos. C'était une ulcération fine et uniforme qui n'affectait que la partie externe de la peau, dont l'aspect, malgré l'état avancé de putréfaction, était plus blanchâtre que le reste du corps. On aurait dit qu'elles avaient été attaquées par une poudre acide de la couleur du kaolin. Il nota également la présence, sous le pouce de la main droite, de ce qui paraissait être un petit tatouage rouge ayant la forme d'une flamme ondulante. Il prit une scie et sectionna le membre à la hauteur du poignet. Puis il ordonna qu'on le mît dans la glace et qu'on le gardât dans la chambre de conservation. Il jeta un dernier coup d'œil et sortit pour prendre l'air.

Bo se présenta bientôt accompagné de l'artiste qui devait réaliser le portrait de l'un des corps. Contrairement au parfumeur, le peintre avait déjà été averti du caractère délicat de sa tâche, mais, malgré cela, il ne put retenir une exclamation de terreur en entrant dans le dépôt. Lorsqu'il se fut remis, Cí lui montra le visage qu'il fallait reproduire ainsi que les zones qu'il devait interpréter afin qu'elles aient leur apparence en vie. L'homme approuva. Il sortit ses pinceaux et se mit au travail.

Tandis que l'artiste dessinait, Cí lut attentivement les rapports que Bo venait de lui remettre. Il y était indiqué que l'eunuque assassiné, du nom de Doux Dauphin, avait commencé à travailler au Palais des Concubines le jour de son dixième anniversaire*. Depuis, il avait prêté ses services comme surveillant du harem, animateur de divertissements, musicien et lecteur de poèmes. Sa remarquable intelligence lui avait valu la confiance des responsables du trésor, qui pour ses trente ans lui avaient attribué le poste d'assistant de l'administrateur, charge qu'il avait occupée jusqu'au jour de sa mort, à quarante-trois ans.

Cí ne s'en étonna pas. Il était habituel et connu que les eunuques étaient les candidats parfaits pour administrer le patrimoine du palais, car, étant dépourvus de descendance, ils n'avaient pas la tentation de détourner des ressources à leur propre bénéfice.

Le rapport indiquait qu'une semaine avant sa disparition Doux Dauphin avait sollicité la permission de s'absenter du palais, alléguant qu'il avait reçu un appel de son père tombé subitement malade. La permission lui avait été accordée, raison pour laquelle sa disparition n'avait pas éveillé de soupçons.

En ce qui concernait ses vices ou vertus, les notes signalaient uniquement une passion pour les antiquités, dont il possédait une petite collection qu'il conservait dans ses appartements privés. Enfin étaient consignées les activités qu'il effectuait chaque jour ainsi que les personnes qu'il fréquentait, principalement des eunuques de sa condition. Mais il n'y avait rien sur les examens pratiqués sur le corps.

Cí rangea le rapport avec le plan du palais sur lequel étaient indiquées les dépendances où il serait logé tant que durerait l'enquête. Il constata que la chambre qu'on lui avait réservée était attenante au Palais des Concubines auquel, se souvint-il, il n'avait pas accès. Il rassembla ses instruments et jeta un coup d'œil à l'esquisse que le portraitiste était en train d'achever. C'était sans aucun doute un professionnel réputé, car il avait reproduit jusqu'au moindre détail du visage du défunt. Il lui serait d'une grande utilité. Il le laissa travailler, demanda à Bo de commander à un ébéniste la fabrication d'une pique aux caractéristiques déterminées et s'en alla.

Il consacra le reste de l'après-midi à déambuler dans les zones du palais auxquelles il avait librement accès.

Il commença par inspecter l'extérieur, une enceinte carrée d'environ trente-six *li* de côté protégée par deux murailles crénelées dont il estima qu'elles étaient plus hautes que six hommes disposés l'un au-dessus de l'autre. Aux angles, quatre tours de guet flanquaient les quatre portes cérémonielles qui, orientées vers les points cardinaux, permettaient l'accès au palais ; leur épaisseur les rendait inexpugnables à quiconque tenterait de les franchir.

Après cette promenade, il s'enfonça dans la luxuriante ceinture de végétation qui agrémentait le lieu. Tandis qu'il avançait, il se laissa baigner par le torrent jaspé de verts intenses : tonalités émeraude, mousse humide aussi brillante que si l'on venait de la vernir, péridot vert tendre et pomme légère, turquoises douces et pâles mêlées en un tableau exubérant dont la splendeur blessait la vue. Le parfum frais et pénétrant des pruniers, des pêchers et des jasmins le purifia de l'odeur putride collée à ses poumons. Il ferma les yeux et aspira une goulée d'air. Il sentit la vie entrer de nouveau en lui.

Il s'accorda du temps pour jouir des massifs de pivoines qui alternaient harmonieusement avec des massifs d'orchidées et de camélias, il admira les bosquets de pins et de bambous parcourus de ruisselets, ponctués d'étangs, de ponts et de pavillons. Il pensa que ce lieu réunissait tout ce dont un homme pouvait rêver.

Finalement, il s'assit près d'une formation rocheuse artificielle imitant les petites crêtes d'une cordillère. Là, accompagné par les roulades des chardonnerets, il ouvrit le carnet qui accompagnait le plan du palais.

449

Il constata qu'il s'agissait de la section du code pénal qui réglait les obligations affectant tous les ouvriers qui demeuraient dans les palais impériaux une fois leurs tâches quotidiennes terminées. Parmi ces obligations était spécifiée l'heure de *shen*, la période comprise entre trois et cinq heures de l'après-midi pendant laquelle lesdits travailleurs devaient se présenter devant l'officier chargé de vérifier leur identité. Cet officier vérifiait en outre que la sortie du palais s'effectuait par la porte empruntée pour y entrer. Si l'un des ouvriers, faisant fi de ces dispositions, restait volontairement dans le palais, il encourrait la peine de prison pendant le temps habituel pour ce genre de délits et subirait la mort par strangulation.

Cí ne comprenait pas la raison de cet avertissement. Le sceau qu'on lui avait remis lui permettait non seulement de déambuler dans les dépendances indiquées, mais aussi de passer la nuit dans la chambre que Khan lui avait assignée. Peut-être son hébergement était-il seulement provisoire ou devrait-il faire plus attention.

Il ne put réprimer un frisson.

La réglementation continuait avec une mention spéciale concernant les horaires. D'après ce qui était rapporté, aucun ouvrier extérieur ne pouvait demeurer dans le palais une fois son temps de travail expiré. Dans le cas contraire, les inspecteurs du travail, les officiers responsables, les soldats et les portiers se mettraient immédiatement à sa recherche et l'empereur en serait informé. Concernant la domesticité attachée à la Cour, ceux qui ne se présentaient pas ponctuellement pour accomplir leurs tâches ou qui les suspendaient avant d'avoir fini seraient condamnés à la peine de quarante coups par journée d'absence. Enfin, il était spécifié que si le coupable était un officier civil ou un militaire, la peine imposée s'appliquerait au degré supérieur immédiat, sans excéder en aucun cas les soixante coups et une année d'exil.

Il referma le carnet. Il préféra penser que rien de ce qu'il contenait ne le concernait. Soudain, toute la magnificence des jardins lui apparut comme une extraordinaire mais désolante prison.

Il se leva et se dirigea vers les bâtiments de la cour extérieure érigés plus au sud, dans lesquels se trouvaient les bureaux de la branche exécutive du gouvernement. Il avait tenté de les mémoriser, aussi essaya-t-il de se rappeler leur position. À l'entrée se situait le Conseil du Personnel, ou *Li Bu*, qui s'occupait du grade et de la répartition des fonctionnaires. Venait ensuite le Conseil des Rentes ou des Finances, également nommé *Hu Bu*, chargé des impôts. Plus vers l'intérieur se trouvait le Conseil des Rites, chargé de superviser les cérémonies, les oppositions et les protocoles d'État. À côté il y avait le Conseil de l'Armée, ou *Bing Bu*, qui administrait les affaires militaires. Le Conseil des Châtiments, dirigé par Khan, contrôlait les questions judiciaires et était situé à l'étage supérieur, près du Conseil des Travaux, également connu sous le nom de *Gong Bu*, responsable des projets de travaux publics tels que les avenues, les canaux et les ports. Sur le plan était précisée la situation des différents bureaux spécialisés dans des affaires mineures, comme l'agriculture, la justice, les banquets et les sacrifices impériaux, les réceptions diplomatiques, les étables impériales, les voies fluviales, l'éducation et les ateliers impériaux, mais Cí fut incapable de les identifier.

Devant l'entrée principale, il décida de vérifier sa connaissance de l'enceinte. Il montra son sceau à la sentinelle, qui après avoir noté son nom et l'heure le laissa passer. Cí traversa la vaste réception centrale et vérifia sur la carte la précision de sa reproduction. Il se dirigea ensuite vers l'immense *siheyuan*, le patio entouré d'arcades qui établissait la frontière avec la cour intérieure où se dressaient le Palais des Concubines et le Palais Impérial.

Depuis la porte, il admira la majesté des deux palais dont les chambres, environ deux cents d'après le plan, restaient cachées sur la façade intérieure. C'est là qu'étaient logés, outre l'empereur, ses épouses et ses concubines, les eunuques ainsi qu'un détachement permanent de la garde impériale.

Cí se pencha de nouveau sur la carte. Apparemment, dans l'aile orientale, face au Palais des Concubines, étaient situés les magasins et les cuisines, tandis que l'aile opposée abritait les étables et les écuries. Il imagina que les oubliettes se trouvaient au-dessous de celles-ci, mais étant donné le labyrinthe que formaient les caves, ce n'était qu'une supposition. Pour finir, il vérifia que les deux palais d'été – Fraîcheur Matinale et Éternelle Fraîcheur –, dans l'aile septentrionale, restaient invisibles à ses yeux. Lorsqu'il fut satisfait, il sortit le rapport qu'on lui avait fourni pour le comparer à ses propres notes. Après l'avoir lu, il serra les dents.

Jusque-là, il ne pouvait présumer que d'une seule certitude : celle de se trouver face à un assassin extrêmement dangereux et d'une intelligence supérieure, dont l'habileté à déguiser ses crimes n'avait d'égale que la cruauté de leur exécution. Pas beaucoup plus. Son seul avantage, c'était la découverte de la nature masculine de l'eunuque, et il espérait que son exécuteur n'en savait rien, mais contre lui jouaient deux ou trois choses difficilement contrôlables. D'une part, la totale ignorance du mobile qui avait guidé l'assassin, mobile qu'il fallait absolument découvrir, étant donné la décomposition avancée des corps. D'autre part, l'hostilité manifeste de Khan, pour qui sa présence semblait être davantage une charge qu'une solution. Mais ces deux inconvénients représentaient à peine un grain de riz si on les comparait à celui qu'il jugeait le plus dangereux : avoir pour compagnon d'enquête un rat comme Astuce Grise.

Il se dirigea vers ses appartements pour réfléchir tranquillement.

La chambre était une pièce propre meublée d'un lit bas et d'un bureau. Il n'avait besoin de rien d'autre et fut reconnaissant que l'unique fenêtre lui offrît la vue du patio intérieur. Il s'assit pour remettre de l'ordre dans ses idées et se mit au travail. Malheureusement, ses plus grands espoirs reposaient sur les progrès du parfumeur et sur la diffusion du portrait qu'il avait ordonné de réaliser. Dans les deux cas, les résultats n'étaient pas garantis et ne dépendaient pas de lui. Il le regretta. Il détestait se trouver entre les mains du hasard.

Il ouvrit la chambre de conservation qu'il avait fait apporter du dépôt et en sortit la main qu'il avait coupée afin de l'examiner à la lumière du soleil. Il remarqua que les bouts des doigts semblaient avoir été piqués de dizaines d'aiguilles, au point de les transformer en une sorte de *fu hai shi*, la pierre ponce rugueuse du Guangdong. Il jugea leur origine comme étant une corrosion ancienne, mais ne s'aventura pas plus loin. Il examina ensuite les ongles. Sous ceux-ci, il crut détecter des fragments noirs semblables à des échardes. Mais en les extrayant et les pressant, il constata qu'ils se délitaient, car il s'agissait en réalité de minuscules restes de charbon. Il remit la main dans la caisse et réfléchit aux étranges cratères que l'assassin avait pratiqués sur les trois blessures principales. Pourquoi les avait-il parfumées ? Pourquoi avait-il creusé de cette façon brutale ? Cherchait-il vraiment quelque chose ou, comme l'avaient suggéré Ming et le magistrat, répondaient-elles à un rite ou à un instinct bestial ?

Il se leva et ferma vivement le dossier. S'il voulait avancer, il devait interroger les amis de l'eunuque Doux Dauphin.

*

Un officier informa Cí qu'il trouverait Aube Languissante à la bibliothèque impériale.

Le meilleur ami de Doux Dauphin était un jeune eunuque d'aspect enfantin, qui ne devait pas avoir plus de dix-sept ans. Bien que ses yeux fussent rougis par les larmes, sa voix était douce et ses réponses calmes, pleines de maturité. Mais lorsqu'il le questionna sur Doux Dauphin, le ton changea.

— J'ai déjà dit au conseiller des Châtiments que Doux Dauphin était très réservé. Il est vrai que nous passions beaucoup de temps ensemble, mais nous parlions peu, répondit-il.

Cí s'abstint de lui demander à quoi ils passaient leur temps, l'interrogeant plutôt sur la famille de Doux Dauphin.

— Il n'en parlait presque jamais, répondit-il soulagé en comprenant qu'il ne le rendait pas responsable de sa disparition. Son père était un pêcheur du lac, comme ceux de nombre d'entre nous, mais lui n'aimait pas le reconnaître et il avait l'habitude de rêvasser à ce sujet.

— De rêvasser ?

— D'exagérer, d'imaginer…, lui expliqua-t-il. Lorsqu'il faisait référence à sa famille, c'était avec respect et admiration, non par piété filiale, mais avec une certaine prétention. Comme s'il descendait de gens riches et puissants. Pauvre Doux Dauphin. Il ne mentait pas par méchanceté, mais parce qu'il haïssait la misère de sa jeunesse.

— Je comprends. (Il jeta un coup d'œil sur ses notes.) Apparemment, il était très minutieux dans son travail.

— Oh oui, c'est sûr ! Il notait toujours ce qu'il faisait, il passait ses moments libres à revoir ses comptes et sortait toujours le dernier. Il était fier d'avoir autant progressé. C'est pour ça qu'il provoquait l'envie. Et c'est pour ça qu'on m'enviait moi aussi.

— L'envie ? De qui ?

— De presque tous. Doux Dauphin était beau et doux comme la soie. Et riche aussi. Il était économe.

Cí n'en fut pas surpris. Les eunuques qui s'élevaient à la Cour étaient nombreux et ils se faisaient une petite fortune. Tout dépendait de leur travail et de leur habileté dans l'éloge et l'adulation. Cependant, lorsque Cí le lui fit remarquer, le jeune eunuque ne partagea pas cet avis.

— Lui, il n'était pas comme les autres. Il n'avait d'yeux que pour le travail, pour ses antiquités… et pour moi. – Il éclata en sanglots.

Cí tenta de le consoler, mais n'y parvint pas. Il ne voulut pas insister. S'il était besoin, il l'interrogerait à nouveau… Le garçon allait partir lorsqu'une question traversa l'esprit de Cí.

— Une dernière chose, lui indiqua-t-il. Tu as dit que Doux Dauphin éveillait l'envie de presque tous.

— C'est ainsi, monsieur, pleurnicha-t-il.

— Et qui ne l'enviait pas, à part toi ?

Le jeune eunuque regarda Cí dans les yeux comme s'il lui était reconnaissant d'avoir posé cette question. Puis il baissa les siens.

— Je regrette. Je ne peux pas vous le dire.

— Tu n'as rien à craindre de moi, s'étonna Cí.

— Celui que je crains, c'est Khan.

*

Tandis qu'il réfléchissait à la complexité de sa situation, Cí s'achemina vers les appartements où Doux Dauphin avait résidé jusqu'au jour de sa disparition. En sa qualité d'assistant de l'administrateur, ceux-ci se trouvaient près du Conseil des Finances, à l'étage supérieur.

Il trouva la porte gardée par une sentinelle peu loquace qui le laissa cependant entrer après avoir noté son nom sur le registre et vérifié l'authenticité du sceau impérial. Une fois à l'intérieur, Cí constata que Doux

Dauphin était en effet un fervent adepte de l'ordre et de la propreté. Non seulement les différents livres de son bureau, tous dédiés à la poésie, étaient alignés avec une précision maniaque, mais ils avaient en outre été recouverts de papiers de soie de la même couleur. Rien dans la pièce n'était disposé au hasard : les vêtements, impeccablement pliés et empilés dans un grand coffre parfaitement propre ; les pinceaux pour l'écriture, si scrupuleusement nettoyés qu'un nouveau-né aurait pu les sucer ; les bâtons d'encens, ordonnés selon leur taille et leur parfum. Mais sur la table un élément discordant attirait l'attention : un journal, négligemment jeté, ouvert en son milieu. Cí demanda à la sentinelle si quelqu'un avait eu accès aux dépendances après la disparition de l'eunuque et celui-ci, après avoir consulté le registre, répondit que non. Cí entra de nouveau et il se dirigea vers la pièce suivante.

Cette deuxième pièce était un grand salon dont les cloisons semblaient avoir été envahies par une armée d'antiquités. Sur le mur de l'entrée, des dizaines de statuettes de bronze et de jade des dynasties Tang et Qin étaient classées avec des étiquettes qui illustraient leur insigne provenance. Le long du mur extérieur, de chaque côté de la fenêtre qui donnait sur le Palais des Concubines, quatre vases d'une délicate porcelaine de Ruzhou exposaient leur éclat de neige. Sur le mur opposé, des peintures raffinées de paysages montagneux, de jardins, de rivières et de couchers de soleil brillaient sur de luxueuses étoffes de soie. Mais sur le quatrième mur ne figurait qu'une toile admirablement calligraphiée, au-dessus de l'entrée de la dernière salle. Il l'examina. Le texte était un poème aux traits vigoureux et fermes qui progressaient de droite à gauche en une harmonieuse colonne de lyrisme et de dextérité. Il remarqua les nombreux sceaux rouges qui indiquaient ses précédents propriétaires et fut attiré par la forme légèrement courbe du châssis, qu'il regarda avec attention.

Il jugea qu'il devait être d'une valeur inestimable. Certainement trop onéreuse, même pour un eunuque aussi prospère que Doux Dauphin.

Enfin, il pénétra dans la troisième pièce, une chambre à coucher où trônait un lit enveloppé de gaze et généreusement parfumé. L'édredon s'ajustait aux angles avec une délicate précision, telle une main dans un gant. Les murs, très propres, étaient garnis d'étoffes de soie brodée. Rien dans ces pièces n'était laissé au hasard.

Rien, sauf le journal de Doux Dauphin.

Il retourna dans la première pièce pour l'examiner.

Il s'agissait d'un volume de fines feuilles de papier décoré de fleurs de lotus. Après avoir vérifié qu'il était complet, il se plongea dans sa lecture, sans hâte, cherchant un indice qui pût lui être utile. Curieusement, le journal ne faisait aucune allusion à son travail, il n'évoquait que des sujets personnels. L'eunuque égrenait ses sentiments pour le jeune Aube Languissante dont il semblait profondément amoureux. Il parlait de lui avec délicatesse et affection, presque avec la même passion qui transparaissait lorsqu'il faisait référence à ses parents, qu'il mentionnait pratiquement à chaque page.

Lorsqu'il eut terminé, il fronça les sourcils. Il ressortait de sa lecture qu'en dépit de sa vie amoureuse agitée, l'eunuque avait été une personne sensible et honnête.

Et l'on pouvait également en déduire que, d'une manière ou d'une autre, il avait été trompé par son exécuteur.

*

Le lendemain, Cí arriva très tôt aux archives. Astuce Grise passait la nuit hors du palais et, sachant qu'il n'avait pas l'habitude de se lever tôt, il voulait profiter de la tranquillité du matin et vérifier sur quoi avait travaillé Doux Dauphin avant de mourir.

D'après ce qu'il put constater dans les dossiers, depuis l'année précédente l'eunuque s'était occupé de la comptabilité du commerce du sel, l'un des monopoles qui, avec le thé, l'encens et l'alcool, était exclusivement contrôlé par l'État. Cí n'était pas familiarisé avec les écritures commerciales, mais, par simple comparaison avec celles des années antérieures, il constata que les bilans présentaient un déclin constant et prononcé. La perte pouvait obéir soit à des fluctuations du marché soit à un enrichissement illégitime qui justifierait en quelque sorte la très précieuse collection d'antiquités que Doux Dauphin avait accumulée.

Pour s'en assurer, il se rendit au Conseil des Finances, où on lui confirma que le montant total des transactions avait diminué en raison de l'avancée des barbares du Nord. Cí comprit. D'une façon ou d'une autre, tous les habitants de l'empire avaient subi dans leur chair les conséquences de l'invasion des Jin. Après voir été contenues pendant des années, les troupes ennemies avaient progressé et occupaient tout le nord du pays. Depuis, les relations commerciales s'en étaient ressenties, surtout au cours des dernières années lorsque, malgré les pactes et les tributs, leurs armées avaient menacé d'étendre leur expansion. Il remercia le fonctionnaire de son explication et se dirigea vers le dépôt. Il voulait nettoyer les cadavres afin de se rendre compte de leur évolution.

Avant de descendre aux oubliettes, il passa par les cuisines et les étables pour prendre les fournitures qu'il avait commandées à Bo. Cela fait, il se dirigea vers l'antichambre du dépôt. En y pénétrant il fut pris de nausées, submergé par la puanteur de la décomposition. Il imagina que la charpie camphrée la pallierait à peine. Mais il l'enfonça dans ses narines et commença à travailler. Juste à ce moment Bo apparut.

— Je suis en retard, mais la voici. – Il lui montra la pique qu'il lui avait demandée.

Cí examina attentivement la lance, il soupesa sa masse, vérifia son diamètre et sa rectitude. Il s'en dit satisfait. C'était exactement ce dont il avait besoin. Il la laissa de côté et continua ses préparatifs. Dans une marmite en terre cuite, il introduisit une grande quantité de feuilles de chardon blanc et de gousses de février. Il les pressa puis y mit le feu : leur fumée combattrait la puanteur. Il remplit ensuite un bol de vinaigre, inhala quelques gouttes d'huile de graines de chanvre et mordit un morceau de gingembre frais. Il ne pouvait pas faire grand-chose de plus. Il aspira une bouffée d'air et avec le reste du matériel pénétra dans la salle, prêt à affronter l'ultime examen.

Malgré le lavage pratiqué la veille, les vers s'étaient reproduits et ils infestaient les cadavres. Il étouffa rapidement les braises avec le vinaigre afin que la fumée se répande, puis procéda au rinçage définitif. Il mélangea le reste du vinaigre à du fumier fermenté afin d'obtenir une bouillie visqueuse qu'il dilua avec de l'eau ; il enduisit une raclette en bois de cette mixture et s'en servit pour éliminer les larves et les asticots. Enfin, il acheva le nettoyage en jetant plusieurs seaux d'eau sur les corps. Il éprouva du dégoût en percevant sous ses pieds la flaque graisseuse de sang, d'insectes et de pourriture, mais il serra les dents et commença l'inspection.

Sur l'eunuque et sur le cadavre défiguré, il ne découvrit rien de notable. Sur les deux corps, la corruption avait progressé, noircissant la peau et la détachant des muscles ; en de nombreux endroits elle paraissait cartonnée. Cependant, sur le visage de l'homme le plus jeune, celui pour lequel il avait demandé de réaliser un portrait, il découvrit une multitude de marques aussi fines que des graines de coquelicot. Cí nettoya avec soin les zones de peau les mieux conservées et il les examina avec attention. Les minuscules cicatrices paraissaient anciennes et elles étaient disséminées sur tout le visage, semblables à de petites brûlures ou des piqûres de vérole, à l'exception d'étranges traces carrées autour des deux yeux. Il nota cela dans son carnet et fit une ébauche reproduisant le modèle. Il constata que ces mêmes marques étaient présentes sur les mains. Enfin, il saisit la pique.

Il n'était pas certain que son idée fût concluante, mais il s'avança tout de même vers le corps mutilé du plus âgé. Il empoigna la lance et pointa son extrémité vers le cratère ouvert de la poitrine. Puis il l'y introduisit avec le plus grand soin, cherchant un chemin qui permît de l'enfoncer. Lorsque la pique céda sous la pression, il poussa un rugissement de satisfaction. Peu à peu, comme s'il se glissait dans un passage secret, le dard pénétra à l'intérieur du corps, s'inclinant vers le bas et vers l'extérieur. Lorsqu'il arrêta sa progression, Cí demanda à Bo de l'aider à retourner le cadavre. Ce faisant, il constata que l'extrémité de la pique apparaissait par la blessure ouverte dans le dos, confirmant ses soupçons. Il ne s'agissait pas de deux blessures différentes, mais d'une seule avec l'entrée et la sortie. Il s'apprêtait à extraire la pique lorsque à l'extrémité un éclat brillant attira son attention. Avec précaution, il prit des pinces et sépara le fragment luisant du sang séché. L'examinant avec soin, il détermina qu'il s'agissait d'une esquille de pierre. Il ne sut identifier sa provenance, mais il la garda comme preuve.

— J'aurai besoin d'un autre cadavre, dit-il à l'officier.

Bo le regarda avec inquiétude.

— Ne compte pas sur moi, répondit-il.

Cí rit et Bo respira lorsqu'il comprit qu'il n'était pas nécessaire de tuer quelqu'un. Ce que Cí lui demandait expressément, c'était un corps mort pour vérifier sa théorie. Mais lorsque Bo lui proposa d'aller le chercher au cimetière de Lin'an, Cí refusa tout net. Il se souvenait du devin.

— Nous devrons le trouver ailleurs, le pressa-t-il.

Il tira de son matériel deux grandes feuilles de papier : l'une présentait le dessin d'une forme humaine dans sa partie ventrale ; l'autre, la même image dans sa partie dorsale. Les deux croquis étaient complétés par une série de points noirs et blancs qui parsemaient les différentes parties de l'anatomie de manière précise. Bo s'y intéressa.

— Je les utilise comme modèles. Les points noirs indiquent les endroits qui sont mortels lorsqu'ils sont atteints par une lésion ou une blessure. Les blancs indiquent ceux qui peuvent provoquer un grand mal. – Il les étala par terre et dessina l'endroit exact et la forme des blessures.

Lorsqu'il eut terminé, il nettoya la pique, prit les dessins sur lesquels il avait indiqué les blessures du vieillard et, après avoir autorisé l'inhumation des cadavres, quitta le palais en compagnie de Bo.

*

L'Hôpital Central était une sorte de grange remplie de moribonds qui passaient chaque jour des grabats au cimetière tels des œufs dans un panier. Cí avait pensé que ce serait l'endroit idéal pour pratiquer sur un corps, mais le directeur de l'hôpital les informa que les derniers morts avaient déjà été emportés par leurs familles. Bo savait que Cí voulait vérifier les blessures que produisait une pique en traversant un corps humain. C'est pourquoi, lorsque Bo suggéra, à la place, de se servir d'un malade, Cí ne le crut pas. L'officier argua que le volontaire qui accepterait la proposition recevrait un enterrement digne ainsi qu'une compensation pour ses parents, et bien que Cí eût refusé, Bo ordonna au directeur de diffuser la proposition. À la surprise de Cí, le directeur accepta sans opposer d'objections.

Ils parcoururent une salle après l'autre à la recherche de candidats, que Cí écarta parce qu'ils étaient trop sains. Finalement, le directeur leur proposa un homme brûlé qui se débattait entre la vie et la mort, mais Cí refusa, prétextant que ses brûlures altéreraient les résultats. Ils continuèrent jusqu'à une natte proche sur laquelle gisait un ouvrier dont le visage portait la couleur de la mort. L'homme avait été écrasé sous un éboulement et il agonisait. Cí observa comment la douleur le consumait dans ses derniers instants. Il le refusa également. Bo comprit alors que Cí n'accepterait jamais sa proposition. Il fit demi-tour et sortit de l'hôpital, contrarié.

— Je ne sais même pas comment j'ai pu avoir cette idée, dit Bo, repenti.

— Et les exécutions ? répondit Cí.

Il proposa à Bo d'utiliser le cadavre d'un condamné.

*

Le responsable de la prison extra-muros, un militaire couvert de cicatrices, parut se réjouir à l'idée de transpercer un mort.

— Ce matin justement nous en avons étranglé un, se félicita-t-il. Je savais que dans le passé on avait utilisé des prisonniers décédés pour expérimenter les effets de l'acupuncture, mais on ne m'avait jamais proposé une chose pareille. Enfin, si c'est pour le bien de l'empire, au moins ces criminels serviront à quelque chose.

Il les conduisit jusqu'à l'endroit où gisait le corps du malheureux. Le responsable du bagne les informa que l'exécution publique avait eu lieu la veille dans l'un des marchés, mais qu'ensuite il avait été transporté dans la cour de la prison et que depuis il y était resté exposé, pour servir d'exemple aux autres prisonniers. Ils le trouvèrent jeté à terre, vêtu de guenilles, une vraie loque.

— Ce salaud a violé deux petites filles et il les a jetées dans le fleuve. La foule l'a lynché, justifia-t-il.

Quand le militaire lui demanda s'il avait besoin qu'on le déshabille, Cí répondit par la négative. Le vieil homme avait été assassiné tout habillé et il voulait reproduire les faits de la manière la plus fidèle possible. Il sortit les dessins et vérifia la position des blessures. Il fixa ensuite une pince en bambou sur la chemise du cadavre pour indiquer l'endroit où il devait planter la pique.

— Il faudrait le redresser, indiqua-t-il.

Plusieurs soldats parvinrent à soulever le corps et à lui passer une corde sous les aisselles, qu'ils fixèrent à une poutre. Enfin, le cadavre pendit comme un mannequin. Cí le regarda. Lorsqu'il saisit la pique il ne put éviter d'avoir de la peine pour le criminel. Ses yeux entrouverts semblaient le défier d'au-delà de la mort. Cí brandit la lance. Il pensa aux fillettes assassinées et lança de toutes ses forces la pique sur le cadavre. On entendit un craquement et le bois pénétra dans le corps comme s'il tranchait un cochon. Cependant, il s'accrocha à mi-parcours sans le transpercer.

Cí grommela un juron. Il retira la pique et s'apprêta à répéter l'opération. Il tendit chacun de ses muscles et de nouveau pensa aux fillettes. Cette fois, le coup fut plus violent, mais il ne parvint pas non plus à le traverser. Il tira la lance et cracha à terre.

— Vous pouvez le descendre. – De rage, il expédia un coup de pied dans une pierre. Il secoua la tête de droite à gauche.

Il ne donna pas d'explication. Simplement, il remercia pour la collaboration et dit que l'essai était terminé.

*

Il consacra le reste de l'après-midi à mettre de l'ordre dans ses idées, ce qu'il put faire jusqu'à ce qu'Astuce Grise vienne le retrouver. Le jeune juge s'enquit de ses progrès, mais Cí n'hésita pas à lui mentir. Il n'était pas d'humeur à se laisser tromper une nouvelle fois.

— Apparemment, ce Doux Dauphin était un homme honnête, lui répondit Cí. Il ne vivait que pour son travail, mais je n'ai pas creusé beaucoup plus. Et toi ? – Il fit semblant de s'intéresser, lui aussi.

— Tu veux que je sois sincère ?

Cí se souvint de la dernière fois où son rival lui avait assuré la même chose. Il pensa que même s'il s'était agi de son propre père, Astuce Grise lui aurait également menti.

— Cette affaire est un cadeau empoisonné, bredouilla Astuce Grise. Ils n'ont pas la moindre idée. Ils nous cèdent un cas sans queue ni tête et, comme ils ne savent pas le résoudre, ils font tout pour que nous passions, nous, pour des incapables.

466

— Sans queue ni tête, on n'a jamais mieux dit, ironisa Cí sans plaisir. Et qu'as-tu prévu de faire ?

— Eh bien je vais accélérer l'autre affaire. Celle de l'assassin du gendarme. J'y ai bien réfléchi et je ne vais pas permettre à ces malins de souiller de merde ma carrière.

Cí aussi s'activa. Malgré ses craintes, il essaya d'en savoir plus sur ses intentions et lui demanda si des nouvelles étaient arrivées de Fujian.

— Au contraire, la valise a du retard. En fait, hier est arrivé un courrier que nous attendions depuis six jours. C'est pourquoi j'ai décidé de m'y rendre en personne. (Il fit une pause.) Je t'en donne ma parole. J'ai besoin d'un succès immédiat. Je n'aurai de cesse d'avoir résolu l'assassinat de ce Kao.

— Mais, et les ordres de Khan ? tenta-t-il de le dissuader.

— Je lui ai parlé et il ne s'y est pas opposé. (Il sourit.) L'avantage d'être de la même famille. Tu vas devoir te débrouiller tout seul.

Cí regretta de l'avoir interrogé. Jusqu'à cet instant, il avait espéré que les recherches d'Astuce Grise resteraient infructueuses, mais il était sûr à présent que le jeune juge établirait qu'en fait c'était lui le fugitif que poursuivait le gendarme assassiné. Il lui demanda quand il partait.

— Je pars ce soir. Plus longtemps je reste ici, plus il leur sera facile de me coller une étiquette de raté.

Cí ne sut s'il devait s'en réjouir. D'un côté, il serait plus à l'aise pour travailler sur les assassinats, mais parler de tranquillité alors que celle-ci dépendait de l'enquête d'Astuce Grise lui parut idiot.

— Bonne chance, lui dit-il.

Il n'avait jamais souhaité de « bonne chance » aussi hypocrite. Après l'avoir salué, il se leva pour se diriger vers son logement. Il y avait beaucoup de choses auxquelles il devait réfléchir.

« Aucune de bonne », se lamenta-t-il.

26

L'arrivée du parfumeur surprit Cí alors qu'il réfléchissait à l'origine des minuscules cicatrices sur le visage de l'un des cadavres. Bien qu'il eût avancé plusieurs hypothèses, il n'était encore arrivé à aucune conclusion, si bien que lorsque le petit homme lui affirma qu'il avait de la chance, Cí s'en réjouit. Mais ce à quoi il s'attendait le moins c'était que, pour toute réponse, le parfumeur lui offrît un petit sourire en lui tendant un flacon scellé à la cire.

— Vous pouvez le sentir, lui proposa-t-il fièrement.

Cí brisa le sceau et approcha son nez de l'arôme intense qui jaillissait du flacon et pénétrait sa membrane pituitaire. C'était un parfum profond, dense, doux, aussi poisseux que de la marmelade, avec des notes qui lui rappelaient le santal et le patchouli. Sa vigueur l'enivra. Cependant, bien qu'il lui parût familier, il fut incapable de l'identifier. Le parfumeur parut contrarié.

— Vous ne le reconnaissez pas ?

— Je devrais ? s'étonna Cí.

— Je suppose que oui. C'est Essence de Jade, la fragrance que j'élabore depuis des années pour l'empereur.

Cí fronça les sourcils. Il n'avait aucune idée de la portée de la révélation, aussi avoua-t-il au parfumeur qu'il ne séjournait dans le palais que depuis deux jours, passés entre des dossiers et des cadavres.

— Et bien que j'aie eu le grand privilège de connaître l'empereur, je peux vous assurer que les circonstances de cette rencontre n'ont pas permis que je prête attention à son parfum.

— Oh non ! Cette essence n'est pas pour lui, l'avertit le parfumeur.

Cí se frotta le visage, révélant son intérêt. Le parfumeur lui raconta que depuis des années il élaborait, avec des ingrédients secrets et dans des proportions rigoureuses, ce parfum dont l'usage était absolument interdit à toute personne qui ne fût une épouse ou une concubine de l'empereur.

— Et que, bien sûr, je fabrique exclusivement pour elles.

Cí garda le silence tandis qu'il méditait sur la révélation du parfumeur, lequel semblait attendre impatiemment son approbation. Finalement, il lui demanda s'il était possible que quelqu'un, dans son atelier, en eût soustrait une partie. Le petit homme s'offusqua.

— C'est impossible ! À chaque nouvelle commande, je m'occupe moi-même de préparer le parfum, de le mettre en flacon, de le numéroter et de le porter personnellement à la Cour, assura-t-il d'un ton catégorique.

— Et si quelqu'un avait imité votre parfum ?

— Imiter ? Non seulement c'est improbable, mais ce serait également inutile. D'abord parce que je suis le seul à connaître les ingrédients, et je vous assure qu'ils ne sont pas faciles à découvrir. Et ensuite parce

470

que s'il était démasqué le falsificateur serait exécuté sur-le-champ.

— Bien, je comprends. Mais est-il possible que vous vous trompiez ?

— Que voulez-vous insinuer ? – Le parfumeur le regarda comme s'il l'avait insulté.

— Je veux dire, êtes-vous absolument certain de ce que vous avancez… En fin de compte, les traces de parfum étaient infimes et elles étaient contaminées par la pourriture.

— Écoutez, jeune homme, affirma-t-il sans l'ombre d'un doute. Si vous aviez travaillé dans la parfumerie depuis le jour de votre naissance, vous sauriez de quoi je parle. Vous seriez capable de reconnaître mon parfum et cela même si une armée d'éléphants campait à côté.

Il le dit d'un air si convaincu que Cí n'en douta pas. Il allait poursuivre l'interrogatoire quand le parfumeur ajouta :

— Certes, cela peut paraître curieux, mais il y avait quelque chose d'autre… Une odeur étrange. Âcre, à peine quelques traces, mais elles étaient là.

— Un autre parfum ?

— Non, ce n'était pas un parfum. Et cela ne venait pas non plus de la putréfaction. Je ne sais pas. J'ai essayé de l'identifier, mais ça m'a été impossible.

Cí en prit note dans son carnet. Avec ces données il en avait assez, mais une dernière question lui vint à l'esprit.

— À propos de ce parfum que vous préparez, Essence de Jade… au palais, qui est celui chargé de le recevoir ?

— Pas celui, mais celle. (Les yeux du petit homme s'ouvrirent comme s'il la contemplait nue à cet instant.) Une *nüshi*. Celle chargée d'organiser les rencontres de l'empereur avec ses concubines. En général, je lui fournis le parfum à chaque nouvelle lune. Une trentaine de pots comme celui-ci, selon la demande. N'oubliez pas que dans le harem, outre la *nüshi*, un millier de concubines vivent ensemble. C'est elle qui reçoit et contrôle tous les lots, et je vous assure qu'elle y veille comme si c'étaient les enfants qu'elle ne peut avoir.

Après avoir raccompagné le parfumeur jusqu'à la sortie, Cí s'enfonça dans les jardins. Apprendre l'existence d'une *nüshi* l'avait intrigué et, tout en sachant qu'il ne pouvait franchir ses limites, il éprouvait le besoin de s'approcher du Palais des Concubines. Tandis qu'il marchait, il révisa mentalement les données dont il disposait.

D'une part, il y avait les cadavres. En premier lieu, celui de l'eunuque : un homme laborieux et minutieux, aimant sa famille et apparemment honnête, dont le travail d'assistant de l'administrateur justifiait difficilement une collection d'antiquités d'une aussi grande valeur. Puis venait celui d'un homme d'une cinquantaine d'années, au visage défiguré et aux mains extrêmement rongées par un acide quelconque ou une maladie ; peut-être le seul indice par lequel il pourrait l'identifier, mais dont il ne savait pas grand-chose de plus. Enfin restait le corps du plus jeune, au visage piqueté de minuscules cicatrices apparemment anciennes, à l'exception de deux étranges cercles situés sur les yeux.

Quant aux sujets sur lesquels il lui fallait encore enquêter, sans doute s'intéresserait-il aux aspects communs aux trois assassinats : l'intérêt de l'assassin d'empêcher l'identification des cadavres, les terribles blessures en forme de cratères forés dans leurs torses et l'insolite odeur d'un parfum élaboré par un parfumeur unique dont la garde était confiée à la *nüshi* de l'empereur.

Lorsqu'il reprit conscience de la réalité, il déambulait aux abords du Palais des Concubines, ce qui pouvait être dangereux s'il était découvert par un eunuque. Il se terra derrière un arbre et regarda l'édifice dont les jalousies cachaient jusqu'au moindre recoin. C'était une construction délicate, comme les dames qui logeaient à l'intérieur. Derrière les stores de papier il lui sembla deviner les silhouettes de jeunes femmes graciles qui couraient en tous sens, nues, et sans le vouloir il fixa son regard sur elles. Il sentit l'aiguillon du désir parcourir son corps. Cela faisait longtemps qu'il ne s'était pas étendu auprès d'une *fleur*.

Il tenta d'éloigner la luxure de sa pensée en se concentrant sur les paroles qu'avait prononcées le parfumeur. La *nüshi* était la seule personne qui administrait ce parfum. Personne d'autre n'y avait accès. Pas même les eunuques. Et si, comme l'affirmait le chimiste, il était le seul à fabriquer cette essence, il n'y avait d'autre solution que d'interroger la responsable de sa distribution.

De retour à la cour extérieure, il alla trouver le portraitiste afin de voir comment progressait son travail. Arrivé dans son atelier, Cí ne put réprimer une exclamation d'admiration. Devant lui, sur une toile posée sur un chevalet, se détachait un visage si net et si vivant qu'il paraissait pouvoir parler. L'artiste avait reproduit avec une perfection absolue chaque trait du cadavre, au point de lui redonner vie. Parfait en tout, à l'exception d'une terrible erreur.

— J'aurais dû le préciser, mais il aurait fallu le dessiner les yeux ouverts.

La nouvelle surprit le portraitiste, qui s'inclina à plusieurs reprises en signe de repentir, mais Cí l'excusa, assumant sa part de responsabilité. Par chance, l'artiste lui affirma qu'il pouvait y remédier.

— Dans l'autre sens, ç'aurait été plus compliqué.

— Pourriez-vous lui ajouter aussi quelques cicatrices ?

Sur le portrait même, Cí lui expliqua l'aspect, la taille, la forme, le nombre et la répartition, en lui précisant de s'abstenir d'en mettre autour des yeux. Il attendit qu'il eût terminé le travail en prévision de nouvelles erreurs, mais lorsqu'il eut fini et qu'il put contempler le résultat, Cí lui exprima sa satisfaction.

— C'est vraiment magnifique.

Le portraitiste respira avec fierté, il s'inclina devant Cí et lui remit l'étoffe de soie, que ce dernier enroula comme si c'était de l'or, avant de la ranger dans un sac en toile. Ils se séparèrent et Cí retourna dans ses appartements. Là, il déroula le portrait et le contempla avec attention. En effet, l'image paraissait vivante. Le seul problème, c'était l'impossibilité de la reproduire, ce qui empêchait sa diffusion et sa publicité de façon massive. Mais il pensait malgré tout qu'elle lui serait

utile lorsqu'il aurait découvert l'origine de ces minuscules cicatrices.

Après un moment de réflexion, ne sachant comment
continuer, il pensa à son maître Ming, dont il regrettait
les conseils et la douceur. Il se souvint que Ming savait
toujours quoi dire et comment agir. Il se sentait en dette
envers lui, dans la mesure même où il avait honte de
l'avoir trahi. Il devrait aller lui rendre visite pour lui
faire part des questions qui l'intriguaient toujours. De
nouveau il roula le portrait, se munit de ses notes et
sortit, prêt à se réconcilier avec la seule personne qui
l'avait aidé depuis son arrivée à Lin'an.

Il traversa le jardin sans problème. Cependant, lorsqu'il voulut franchir la muraille du palais, la sentinelle
l'en empêcha avec brusquerie.

— Épargne-toi cet effort, lui lança le gardien en
regardant avec mépris le sceau que Cí s'obstinait à lui
mettre sous le nez.

Lorsqu'il lui précisa que c'était un sauf-conduit
délivré par le conseiller des Châtiments lui-même, la
sentinelle ne se troubla pas.

— Alors adresse-toi à lui. C'est Khan qui a donné
l'ordre.

Cí n'accorda aucun crédit à ses paroles, mais la sentinelle ne recula pas.

Il serra les dents et de rage expédia un coup de pied
dans un caillou, comme il l'aurait expédié à Khan s'il
l'avait eu devant lui. Finalement, il fit demi-tour. Si
l'empereur voulait qu'il progressât dans son enquête,
il devrait décider quoi faire d'un ministre qui semblait
plus désireux de lui mettre des bâtons dans les roues
que de lui faciliter la tâche. Par chance, le sauf-conduit

semblait toujours valable à l'intérieur de l'enceinte, ce qui lui permit d'accéder au bureau du secrétaire personnel de l'empereur. Cí déclina son identité et il sollicita une entrevue, mais le secrétaire, un homme âgé aux manières affectées, le regarda comme si une mouche venait de se poser sur lui. Il était non seulement insolite, mais également insultant qu'un simple travailleur prétendît à une audience avec l'empereur.

— Certains sont morts pour moins que ça, dit-il sans presque le regarder.

Cí pensa que si on le voulait mort on l'aurait déjà tué.

Il insista, mais tout ce qu'il obtint, c'est d'accroître l'indignation du secrétaire. L'homme lui ordonna de se retirer en le menaçant d'appeler la garde, mais Cí ne se démonta pas. Il était prêt à éclaircir cette situation quoi qu'il lui en coûtât, aussi resta-t-il à sa place, provocant, sans seulement ciller quand le secrétaire le menaça de l'inculper et d'assister à sa décapitation. Alors que l'homme élevait de plus en plus la voix, Cí vit s'approcher la suite impériale dans laquelle avançaient Khan et l'empereur. Il ne se laissa pas arrêter. Plantant là le secrétaire qui avait encore la bouche ouverte, et avant que la garde ne pût l'en empêcher, il se jeta devant eux face contre terre. L'ayant reconnu, Khan ordonna qu'on se saisît de lui, mais Ningzong s'y opposa.

— Étrange manière de te présenter devant ton empereur.

Conscient de son insolence, Cí n'osa pas lever les yeux. Il frappa le sol de son front et implora l'indulgence. N'obtenant pas de réponse, il balbutia qu'il s'agissait d'une affaire concernant les crimes qui n'admettait pas de délai.

476

— Majesté, c'est intolérable ! brama Khan.

— Le temps des châtiments viendra. Tu as découvert quelque chose ? se contenta de demander l'empereur.

Cí se demanda s'il ne vaudrait pas mieux parler seul à seul avec le souverain. Il fut sur le point de le solliciter, mais il ne voulut pas tenter davantage le sort. Bien qu'il fût toujours prosterné, il regarda Khan du coin de l'œil.

— Majesté, avec tout mon respect, je crois que quelqu'un tente de saboter mon travail, osa-t-il dire enfin.

— Saboter ? À quoi fais-tu référence ? – Il fit signe à la garde de s'éloigner de quelques pas. Cí ne bougea pas.

— Il y a quelques instants, alors que je m'apprêtais à effectuer des démarches à l'extérieur, les sentinelles m'ont interdit de sortir du palais, dit-il dans un filet de voix. Le sceau que Son Excellence le conseiller m'a remis ne m'a servi à rien, et…

— Je comprends. (Il regarda Khan, qui prêta à peine attention à la dénonciation de Cí.) Autre chose ?

Perplexe, Cí ouvrit la bouche. Mais il garda le front collé au sol.

— Oui, Majesté, bredouilla-t-il. Dans les rapports qu'on m'a remis, il n'y a rien sur les enquêtes réalisées par les juges du palais. Il n'y a même pas une seule ligne sur le lieu et la manière dont on a découvert les corps. Ils ne contiennent ni témoignages, ni dénonciations sur des disparitions, ni aucune note sur des soupçons, ni aucune référence à un mobile. (Il regarda Khan du coin de l'œil, mais celui-ci évita l'affrontement.) Hier j'ai interrogé un ami intime de Doux Dauphin, un jeune eunuque qui s'est d'abord montré coopératif, puis a cessé de l'être. Et l'explication de son soudain silence fut que le conseiller des Châtiments lui avait interdit d'en parler.

Un instant l'empereur resta silencieux.

— Et c'est pour cette raison que tu crois pouvoir m'importuner en te présentant à moi comme une bête sauvage ?

— Altesse, je…, s'étonna-t-il en même temps qu'il comprenait la bêtise de son emportement. Le conseiller Khan a prétendu que personne n'était entré dans les appartements privés de Doux Dauphin, mais c'est faux. Non seulement il y est entré, mais il a également interdit à la sentinelle de le dire. Votre conseiller ne veut pas que l'on découvre quelque chose ! Il méprise toute méthode fondée sur l'examen et la raison, et il s'obstine à cacher tout ce qui pourrait le mettre en évidence. Je ne peux pas interroger les concubines, je ne peux pas avoir accès aux rapports, je ne peux pas sortir du palais.

— J'ai entendu suffisamment d'impertinences ! Gardes ! Conduisez-le à ses appartements !

Cí ne résista pas, mais alors que les gardes le relevaient, il vit le sourire empoisonné de Khan et l'éclat de son œil unique.

*

Il entendit les gardes fermer la porte et se poster à l'extérieur. Puis il se rongea les ongles jusqu'à ce que la porte s'ouvre à nouveau. Bo entra sans le saluer, le visage rouge de colère.

478

— Vous les jeunes, vous vous croyez les maîtres du monde ! murmura-t-il en déambulant dans la pièce. Vous arrivez avec vos grands airs, avec vos techniques nouvelles et vos analyses expertes, vous vous présentez devant vos aînés, pleins d'orgueil et d'arrogance, confiants dans votre capacité de vérifier l'impossible et vous oubliez les règles les plus élémentaires du protocole. (Il fit une pause pour fixer les yeux sur Cí.) Peut-on savoir ce que tu veux ? Comment as-tu pu accuser un conseiller ?

— Un conseiller qui m'empêche d'enquêter, et qui m'enferme comme un prisonnier…

— Par le Grand Bouddha, Cí ! L'histoire de la muraille n'était pas son idée à lui. Il n'a fait que suivre les ordres de l'empereur.

Cí pâlit.

— Mais…, balbutia-t-il atterré.

— Stupide rêveur ! Si tu sortais sans escorte du palais, ta vie durerait moins qu'un œuf dans la gueule d'un renard. (Il fit une pause, cherchant l'acquiescement de Cí.) Ce n'est pas que tu ne peux pas sortir. C'est que si tu le fais, tu dois être protégé.

— Mais alors…

— Et bien sûr que Khan est entré dans les appartements de Doux Dauphin. Que voulais-tu ? Qu'on laisse tout entre tes mains ?

— Et vous, comprenez-vous que je ne pourrai jamais vous aider si vous ne m'expliquez pas à quel danger je m'expose ? dit Cí en haussant le ton.

Bo parut réfléchir. Il s'approcha de la fenêtre et regarda à l'extérieur. Puis il se tourna vers Cí, la mine changée.

— Je comprends ton impuissance, mais c'est toi qui dois comprendre ses raisons. D'accord, l'empereur a sollicité ton aide, mais ne t'attends pas à ce qu'il confie ses secrets au premier venu qui l'éblouit avec ses artifices.

— Très bien. Alors si vous ne me permettez pas d'avancer, demandez à l'empereur de me relever. Je vous dirai tout ce que j'ai découvert et…

— Ah ! Tu as donc découvert quelque chose ? s'étonna Bo.

— Moins que je ne le pourrais, et plus qu'on ne me l'a permis.

— Écoute-moi bien, je ne suis qu'un officier, mais je peux ordonner qu'on te fouette à l'instant même, alors oublie les sarcasmes.

Cí comprit que son insolence le conduisait à une impasse. Il baissa la tête et s'excusa. Puis il sortit ses notes et les révisa tandis que Bo s'asseyait sur un tabouret proche. Cí respira profondément, attendant de retrouver son calme. Une fois rasséréné, il entreprit de détailler point par point ses avancées : la découverte des petites cicatrices sur le visage du plus jeune des cadavres, l'existence du parfum Essence de Jade dont la garde revenait à la *nüshi* du palais, et la tromperie de Doux Dauphin.

— Que veux-tu dire ? – Les yeux de Bo brillèrent.

— Qu'il a menti à Khan. L'eunuque n'est jamais allé rendre visite à son père, car son père n'est jamais tombé malade. En fait, Doux Dauphin s'est vu obligé d'utiliser cette excuse afin que personne ne se méfie de son absence.

Mais comment peux-tu l'affirmer ? s'intéressa Bo. Son père tombait parfois malade.

— En effet. Et chaque fois que cela arrivait Doux Dauphin le notait dans son journal. Il détaillait jusqu'à l'exténuation ses soucis et ses craintes, les préparatifs pour aller lui rendre visite, les présents qu'il lui apporterait et les dates auxquelles il voyagerait. Il n'oubliait rien. Et cependant, au cours du dernier mois il n'y a aucune référence à une maladie, pas même à un rhume.

— Ça a pu être quelque chose d'urgent et de soudain. Au point qu'il n'a pas eu temps de le noter, suggéra l'officier, visiblement mal à l'aise.

— Bien sûr, cela aurait pu se passer ainsi. Mais il n'en est rien. Les rapports attestent que Doux Dauphin a déposé sa demande d'autorisation un jour après la première lune du mois, et il n'est parti en voyage que le lendemain soir, intervalle plus que suffisant pour noter dans son journal tout ce qu'il aurait voulu préciser.

— Et à quoi cela nous conduit-il ? lui demanda l'officier surpris.

— À quelque chose qui, je le suppose, devrait vous inquiéter. Doux Dauphin a été assassiné par une personne connue, peut-être quelqu'un en qui il avait confiance. Rappelez-vous qu'il n'y avait sur son corps aucune marque indiquant qu'il avait opposé une résistance, donc, soit il ne s'est pas défendu, soit il ne s'attendait pas à ce que son assassin le tue. La raison pour laquelle il a inventé un mensonge pour quitter le palais devait être très puissante, car il savait sûrement le châtiment auquel il s'exposait s'il était découvert.

— Ce que tu dis est inquiétant. Je vais devoir en référer à l'empereur.

27

Lorsque Cí eut franchi la porte des Archives secrètes, son cœur se serra. L'empereur avait accepté que les soupçons lui fussent révélés en échange d'une promesse vitale : il pourrait consulter les documents approuvés par Khan, mais s'il s'avisait d'effleurer le dos de tout autre volume, il serait exécuté sous la pire des tortures. Pour cette raison, chaque fois qu'il aurait besoin de consulter une information, il devrait le faire en présence du conseiller en personne.

Cí suivit la silhouette corpulente de Khan à travers des couloirs sombres dévorés par une légion de dossiers qui menaçaient de s'écrouler sur eux. Le conseiller des Châtiments portait une petite lanterne qui éclairait son visage mutilé, le transformant en un masque grotesque. Celui de Cí reflétait la crainte. Il regrettait d'avoir fait pression sur Khan. Avant sa conversation avec Bo, il pensait que le conseiller refusait de l'aider. Il avait maintenant le sentiment d'avoir un ennemi. Tout en marchant, il remarqua certaines étiquettes qui identifiaient les dossiers : *Soulèvement et étouffement de l'armée yurchen,*

Tactiques d'espionnage de l'empereur Jaune, *Armes et armures des guerriers-dragons*, *Systèmes pour provoquer maladies et pestilences…*

Il s'aperçut que Khan s'arrêtait devant un dossier intitulé : *Honneur et trahison du général Yue Fei*. Il le sortit et le remit à Cí.

— Tu le connais ?

Cí acquiesça. À l'école, il était obligatoire d'apprendre l'histoire de Yue Fei, le héros national. Yue Fei était né un siècle plus tôt dans une famille modeste. À dix-neuf ans il s'était enrôlé dans l'armée et avait été envoyé sur les frontières septentrionales du pays où il avait prêté des services extraordinaires contre les envahisseurs Jin. Grâce à son courage et à son habileté de stratège, il avait été promu sous-chef du conseil privé de l'empereur. La légende selon laquelle Yue Fei avait mis cinq cent mille hommes en déroute avec seulement huit cents soldats dans les environs de Kaifeng était populaire.

— Ce que je ne comprends pas, c'est le terme « trahison » qui figure dans l'intitulé du dossier, répliqua Cí.

Khan se saisit du dossier et l'ouvrit.

— Il fait référence à un fait peu divulgué, l'un des épisodes les plus déshonorants de la dynastie Song, lui avoua-t-il. Malgré son dévouement inconditionnel, à trente-neuf ans le général Yue Fei fut accusé de haute trahison et exécuté dans le déshonneur. Le temps passant, on découvrit le mensonge exécrable de ses accusateurs et il fut réhabilité par l'empereur Xiaozong, le grand-père de notre actuel empereur ; celui-ci fit ériger un temple en son honneur sur le lac de l'Ouest, au pied de Qixia Ling.

— Oui, je le connais. Sa tombe est gardée par quatre statues agenouillées, torse nu et les mains attachées dans le dos.

— Les effigies représentent le premier ministre Qin Hui, son épouse et leurs laquais Zhang Jun et Mo Qixie, les quatre dévoyés qui ont ourdi le complot ayant entraîné l'exécution de Yue Fei. (Il hocha la tête en signe de désapprobation.) Depuis cette époque nous sommes en lutte contre les maudits Yurchen, ces barbares du Nord à qui, au lieu de les expulser, nous payons des tributs pour survivre. Ils ont envahi le berceau de nos ancêtres, se sont emparés de nos terres, de notre ancienne capitale, de nos champs et de nos récoltes. Par leur faute, nos territoires ne couvrent aujourd'hui que la moitié de ce qu'ils étaient. Et tout cela parce que nous vivons dans une terre de paix ! Voilà notre grande erreur. Nous nous lamentons aujourd'hui de ne pas avoir une armée qui défende notre nation et nous nous contentons de payer des impôts pour contenir leur avance tandis qu'ils ravagent tout ce qui nous appartenait.

Il asséna un coup de poing sur le dossier.

— C'est terrible... (Cí se racla la gorge.) Mais quel rapport tout cela a-t-il avec les assassinats ?

— C'en a un. (Sa respiration agitée gonflait et vidait sa grosse carcasse.) D'après les chroniques, Yue Fei a engendré cinq fils dont les destins ont été marqués par l'opprobre et la honte de leur géniteur. Leurs carrières, leurs mariages et leurs biens se sont évanouis comme des cendres emportées par un ouragan. La haine et la rancœur ont fini par les ruiner jusqu'à les plonger dans l'oubli, et leur lignée a disparu avant que survînt la réhabilitation. Cependant, d'après nos rapports (il chercha une page précise), Yue Fei a eu aussi un fils naturel qui a pu échapper à l'ignominie, il a émigré dans le Nord et a prospéré. Nous pensons aujourd'hui que l'un de ses descendants cherche à se venger de cette trahison subie par son ancêtre sur la personne de l'empereur.

— Et pour cette raison il tuerait trois hommes qui n'ont rien de commun entre eux ?

— Je sais de quoi je parle ! brama Khan. (Son visage reflétait la gravité d'un enterrement.) Nous sommes à la veille de signer un nouveau traité avec les Jin. Un armistice qui garantira la sécurité précaire de notre frontière au prix de nouveaux impôts. (Il allait se saisir d'un dossier différent, mais il se retint.) Là réside le mobile du traître.

— Je regrette, mais je ne vois pas…

— C'est assez ! l'interrompit-il. Cet après-midi, une réception sera célébrée au palais, à laquelle assistera l'ambassadeur des Jin. Tiens-toi prêt. On va te donner des vêtements et une identité appropriée. Tu y feras la connaissance de ton adversaire, la vipère qui descend de Yue Fei. La personne que tu devras démasquer avant qu'elle ne te découvre, toi.

*

Dans l'attente de l'arrivée de l'ambassade, Cí enfila l'uniforme de soie verte que venait de lui apporter le tailleur impérial et qui, d'après lui, l'identifierait comme l'assesseur personnel de Khan. Cí se coiffa du bonnet orné de brocarts d'argent, puis il se contempla dans le miroir de bronze. Il haussa un sourcil. Son aspect lui rappelait celui d'un faux chanteur de théâtre qui voudrait resquiller et se glisser dans un banquet pour déjeuner sans bourse délier. Cependant, sa méfiance ne parut pas affecter le tailleur. Il prit ses mesures avec des épingles et des pinces, et il l'assura qu'une fois le costume ajusté à sa taille, il aurait l'air d'un prince. Cí laissa l'homme s'affairer tandis qu'il méditait sur les paroles de Khan. Son cœur battait fort à la pensée de se trouver face à l'assassin, mais il ne cessait de se demander pourquoi, si Khan le connaissait déjà, il préférait le lui présenter au lieu de l'arrêter lui-même.

La cérémonie débuta au milieu de l'après-midi, peu avant que le soleil commence à décliner avant de disparaître derrière le Palais de l'Éternelle Fraîcheur. Un serviteur avait conduit Cí jusqu'aux dépendances privées de Khan qui, en costume de cérémonie, l'attendait déjà à sa porte. Le conseiller approuva la tenue de Cí et ils se dirigèrent ensemble vers le Salon des Salutations, où aurait lieu la réception. En chemin, Khan renseigna Cí sur les mystères du cérémonial, lui précisant qu'il justifierait sa présence en le présentant comme un expert des coutumes jin.

— Mais je ne sais rien de ces barbares…

— À la table où nous nous installerons tu n'auras pas à parler d'eux, déclara-t-il.

Lorsqu'ils entrèrent dans le Salon des Salutations, Cí pâlit.

Dans un gigantesque espace diaphane où aurait pu tenir tout un régiment, des dizaines de tables regorgeaient d'une multitude de mets de couleurs et de formes extraordinaires. L'arôme de plats de soja, de crevettes frites et de poisson aigre-doux se mêlait au parfum des chrysanthèmes et des pivoines, tandis que des récipients en bronze remplis de neige transportée des montagnes rafraîchissaient l'atmosphère grâce aux nombreuses roues à vent placées derrière les fenêtres. Les murs, laqués d'un rouge aussi intense que le sang, brillaient dans l'éclat de la lumière qui pénétrait par les jalousies ouvertes, laissant voir un paysage dans lequel les pins japonais, aussi blancs que le marbre, disputaient le privilège de la beauté aux grands bambous, aux massifs de jasmin, aux orchidées et aux fleurs de cannelle, ou encore aux nénuphars blanc et carmin qui flottaient doucement sur le lac, éclaboussés par le clapotement incessant d'une cascade artificielle.

Encore bouche bée, Cí se rendit compte que jusqu'alors sa conception de la richesse était aussi dérisoire que celle d'un pauvre ermite ébloui par un grabat neuf. À son avis, même le plus rêveur des mortels serait incapable d'imaginer le luxe répandu autour de lui.

Il s'intéressa à l'armée de serviteurs qui se tenaient immobiles, telles des statues rigides sorties du même moule rangées l'une derrière l'autre dans un alignement parfait, attendant de servir l'assistance. Au fond, sur une estrade couverte de satin jaune, il distingua la table impériale, avec dix faisans rôtis, tandis qu'à ses pieds, près des tables, des centaines d'invités élégamment vêtus de costumes magnifiques conversaient avec animation.

Khan lui fit signe de le suivre.

Le conseiller des Châtiments le guida à travers un catalogue d'aristocrates, de nobles pompeux et fortunés, de notables arrivés des confins de l'empire, de poètes reconnus, de licenciés en calligraphie, de préfets et de sous-préfets, de hauts personnages de l'administration et membres des différents conseils, tous accompagnés de leurs familles respectives. Il l'informa que l'empereur avait préféré donner un ton festif à la rencontre afin qu'elle ne fût pas considérée comme une reddition.

— En réalité, nous avons fait coïncider l'audience avec la fête, et non l'inverse.

Il occupèrent une table avec d'autres invités, et s'assirent en respectant la coutume des huit places. La règle était de réserver le siège orienté à l'est à l'invité le plus important, et ce fut celui qu'occupa le conseiller des Châtiments. Tous les autres s'installèrent selon leur rang et leur âge, à l'exception de Cí qui prit place à côté de Khan.

Tandis qu'ils attendaient l'arrivée de l'empereur, Khan confia tout bas à Cí qu'il avait cédé sa place à la table impériale pour ne pas être autant contraint par le protocole. Puis il présenta Cí à leurs compagnons de table : deux préfets, trois lettrés et un fabricant de bronzes réputé.

— Cí est mon assistant, expliqua Khan.

Le jeune homme acquiesça. Tandis que Khan s'entretenait avec ses collègues, Cí observa que les femmes se rassemblaient à des tables séparées, ce qui était habituel dans toute célébration, car cela permettait aux hommes de parler de leurs affaires. On n'avait pas encore commencé à servir ceux déjà installés qu'un coup de gong venu d'on ne sait où annonça l'entrée imminente de l'empereur.

Ningzong apparut accompagné d'une suite de courtisans si nombreuse et d'un contingent de soldats si menaçant que tout autre dirigeant de la terre en aurait eu le souffle coupé. Au son d'une symphonie de timbales et de trompettes qui le précédait, tous les assistants se levèrent à l'unisson pour lui rendre hommage. L'empereur n'en fut pas troublé. Ses yeux à demi fermés semblaient contempler l'infini tandis qu'il avançait tel un fantôme, absent, étranger à l'admiration et à la splendeur. Une fois près du trône, Ningzong s'assit et d'un geste autorisa les invités à faire de même. Aussitôt, un nouveau coup de gong mit en mouvement un essaim de domestiques, d'aides, de serveurs et de cuisiniers qui s'empressèrent de défiler, comme si leur vie en dépendait, dans un ballet bruyant de plateaux, de boissons et de mets.

En attendant l'ambassadeur des Jin, l'un des commensaux fit les honneurs à Cí.

— Je te recommande le poulet du mendiant parfumé à la feuille de lotus. Mais si tu préfères le piquant, goûte la soupe de poisson de Songsao. Elle est un peu aigre, mais magnifique pour l'été, lui suggéra le fabricant de bronzes.

— Peut-être préfère-t-il la soupe de papillons accompagnée de galettes frites, proposa l'un des lettrés. Ou alors une tranche de cochon de Dongpo.

— Mmm ! De la liqueur de raisin ! Ça oui c'est un délice, pas comme la lie de vin de riz qu'on nous sert en d'autres occasions ! (L'un des préfets s'empressa de s'en servir un verre.) Pour la nourriture, ne vous pressez

490

pas. D'après ce que j'ai entendu dire, cent cinquante plats différents vont être servis.

Cí remercia pour les suggestions, mais il se servit de simples boulettes bouillies au gingembre. Quant à la boisson, il choisit le vin de céréales chaud et épicé auquel il était accoutumé. Son attention fut attirée par la présence d'un plateau contenant des vermicelles et du fromage de brebis, aliments propres aux gens du Nord.

— En l'honneur de l'ambassadeur, marmotta Khan, et il cracha dans ces plats. Les autres convives l'imitèrent. Cí, perplexe, fit de même.

— Et quelle sorte d'assistant es-tu ? intervint le fabricant de bronzes en s'adressant à Cí. Notre conseiller des Châtiments n'est pas homme à se laisser conseiller, dit-il en riant.

Cí s'étrangla avec sa soupe. Il se racla un peu la gorge et s'excusa maladroitement.

— Je suis un spécialiste des Jin, répondit-il sans réfléchir, se rendant immédiatement compte de son impair.

— Ah oui ? Et que sais-tu de ces canailles que nous devons rétribuer ? Est-il vrai qu'ils veulent nous envahir ?

Cí fit mine d'avoir encore quelque chose dans la gorge et, pour gagner du temps, il but un verre d'eau.

— Si je le révélais à cette table, Khan me trancherait la gorge et alors, en plus de vous éclabousser, je perdrais probablement mon emploi, dit-il enfin, et il sourit.

Le fabricant de bronzes le regarda d'un air étonné avant de comprendre qu'il plaisantait. Puis il éclata de rire… Cí vit Khan lui adresser un regard furibond, puis souffler avec soulagement.

— Alors comme ça vous travaillez le bronze…, dit Cí pour détourner l'attention. J'ai eu aujourd'hui l'occasion de me regarder dans un miroir de cette matière. Son poli était si parfait qu'on aurait dit de la glace. J'en suis encore ébahi. Je n'avais jamais vu une telle précision.

— Ici, au palais ? Alors, c'est sans doute moi qui l'ai fabriqué. Je ne devrais pas le dire, mais aucun autre métallurgiste ne travaille le bronze avec autant d'habileté, se vanta-t-il en lui montrant les bagues de bronze surchargées qu'il portait aux doigts.

— C'est certain, tout à fait certain, dit Khan en fixant le fabricant avec sévérité. Cí vit le visage de ce dernier perdre son sourire sous le regard de Khan.

Pour éviter que les invités ne compromettent Cí par de nouvelles questions, Khan prit la parole. Il ne lui fut pas difficile de poursuivre sur le sujet qui semblait avoir éveillé un intérêt évident.

— Chaque chose à la bonne température, dit-il avec un sourire. La soupe chaude, le riz tiède, le jus et les boissons fraîches, à l'exception du vin et du thé. Saviez-vous qu'il est conseillé de manger plus sucré en automne, plus salé en hiver, plus acide au printemps et plus amer en été ?

— Moi, tout ce que je sais, c'est que ma femme me rend les repas amers toute l'année, répondit l'un d'eux, provoquant l'hilarité générale.

Comme stimulés, les convives se lancèrent dans la conversation. L'un commenta que la chair de bœuf était douce et tendre par nature, et qu'il fallait donc la

492

cuisiner avec de la nourriture amère et légère, mais un autre préféra parler des cinq alcools.

— Ceux où macèrent les cinq animaux. J'espère qu'on nous en servira ce soir.

Et tous approuvèrent.

À peine l'eut-il dit qu'un serveur apparut avec cinq flacons d'eau-de-vie de sorgho, chacun contenant une bestiole répugnante. Cí distingua un scorpion, un lézard, un mille-pattes, un serpent et un crapaud. Il fut le seul à ne pas y goûter.

Ils allaient trinquer lorsque Khan interrompit Cí.

— Voilà l'ambassadeur jin qui arrive. – De nouveau il cracha.

Aucune des personnes présentes ne se leva.

Cí se tourna vers la porte et l'aperçut. L'ambassadeur entrait suivi de quatre officiers de sa garde. Dans son visage brun, de la couleur de la terre sale, se détachaient des dents éclatantes, extraordinairement blanches. Cí eut l'impression de voir un chacal. L'homme s'avança et s'arrêta à cinq pas de la table impériale. Comme ses officiers, il s'agenouilla et se prosterna devant Ningzong. Puis il fit signe à ses hommes de remettre des présents à Sa Majesté impériale.

— Maudits fourbes, murmura Khan. D'abord ils nous volent et les voilà maintenant pleins de prévenance à notre égard.

Cí vit l'ambassadeur et ses officiers prendre place à une table proche de l'empereur, sur laquelle était posé le plat préféré des barbares : un énorme mouton rôti, entier. Peut-être n'en avaient-ils pas l'air à cause de leurs vêtements, mais leur façon de dévorer montrait bien que c'étaient des sauvages.

Malgré l'interminable défilé des plats, Khan ne mangea rien d'autre. Par prudence, Cí l'imita. Les autres convives, quant à eux, se jetèrent sur les desserts qui couvraient les nattes de bambou. L'alcool passait de main en main, se répandant sur les rondelles de racines de lotus au sirop, les tranches de pastèques et de melons, et les onctueux sorbets aux fruits soigneusement émulsionnés, lesquels, pour la plupart, finirent sur leurs plastrons. Khan avertit Cí qu'il lui indiquerait la personne qu'il soupçonnait dès que commenceraient les feux d'artifice.

Cí tressaillit.

Quelques instants plus tard, un nouveau coup de gong informait les invités que l'empereur annonçait la fin du banquet pour aller prendre le thé et les liqueurs dans les jardins.

Tous se levèrent. Khan attendit que les invités avec lesquels il avait partagé la table cessent de tituber avant de se mettre en chemin. Cí dut soutenir le fabricant de bronzes.

— La nuit s'annonce prometteuse, annonça Khan. Sortons voir le spectacle.

*

Dès qu'il fut sur la terrasse, Cí constata que les familles restaient séparées : les hommes, près des alcools, riaient et buvaient sur le balcon principal ; les femmes, de leur côté, commençaient à préparer la cérémonie du thé sur les petites tables proches de l'étang. Le reflet clair de la lune accompagnait les cygnes et les lanternes, dispersées au milieu des pins japonais, éclairaient la nuit. Cí pensa que lorsque arriverait le moment d'affronter le suspect l'obscurité serait son alliée. Ses mains tremblaient, comme s'il pressentait que s'approchait une bataille. Cependant, Khan paraissait n'avoir d'yeux que pour le fabricant de bronzes, qu'il ne cessait de surveiller. Lorsque Cí l'interrogea sur l'assassin présumé, le conseiller lui enjoignit d'attendre.

Après avoir bavardé un moment avec plusieurs inconnus, Khan lui fit signe.

— Accompagne-moi. Allons prendre le thé.

Malgré sa corpulence, Khan descendit le perron avec la souplesse d'un chat et s'enfonça dans l'obscurité. Cí le suivit dans l'épaisseur de la végétation en contournant les différents groupes qui bavardaient tranquillement près des tables basses. Laissant derrière eux quelques massifs de fleurs, ils se dirigèrent vers la berge de l'étang. Une cage à papillons pleine de lucioles éclairait quelques personnes groupées autour d'une théière. Cí distingua des hommes et des femmes qu'il supposa être des vieillards et des courtisanes, car autrement ils n'auraient pas partagé la même table. Sans attendre qu'on l'y invitât, Khan s'agenouilla près d'eux.

— Vous ne voyez pas d'inconvénient à ce que nous nous joignions à vous…

Le sourire d'une femme d'âge mûr leur souhaita la bienvenue.

— Tu es chez toi, susurra-t-elle. Qui t'accompagne ?

Cí pâlit devant la beauté sereine de cette femme. Elle pouvait avoir quarante ans, mais ne les faisait pas. Elle et Khan se connaissaient.

— Je te présente Cí, mon nouvel assistant. – Le conseiller s'assit à côté de la femme et fit une place au jeune homme.

Cí examina les personnes présentes. Quatre hommes et six femmes, qui tous riaient distraitement. Les hommes étaient âgés, mais leurs manières soignées et leurs vêtements de prix semblaient compenser leur vieillesse aux yeux des courtisanes. Celles-ci, à l'exception de la femme qui venait de les recevoir, paraissaient très jeunes. Pourtant, aucune ne possédait la perfection des traits de leur aînée. C'est d'un autre œil qu'il analysa les hommes, imaginant que l'auteur des assassinats devait se trouver parmi eux.

Tandis que la femme qui les avait reçus leur servait une tasse de thé avec la douceur d'un soupir, Cí scruta les visages des hommes présents. Celui qu'il avait en face de lui était un homme nerveux, dont les yeux à demi fermés par l'alcool avaient une désagréable expression lascive, quelle que fût la jeune femme sur laquelle ils se posaient. Il pensa que, s'il l'avait pu, il les aurait consommées d'une bouchée sans faire la différence entre elles, les vidant comme le bol d'alcool qu'il dégustait. Les trois autres ne paraissaient pas dangereux. Ce n'étaient que des vieux ivrognes qui bavaient devant la jeunesse de courtisanes qui auraient pu passer pour leurs petites-filles.

Il but une gorgée de thé et concentra son regard sur le premier homme qui, s'en apercevant, lui jeta un regard méprisant.

— Que regardes-tu ? l'apostropha-t-il. Serais-tu un inverti ?

Cí baissa les paupières. Il aurait dû essayer de passer inaperçu, au lieu de se faire remarquer.

— Je pensais que je vous connaissais, dit-il enfin, et il but une autre gorgée de thé.

Khan se racla la gorge. Il lui fit un signe que Cí ne comprit pas.

Les hommes continuèrent à boire tandis que les courtisanes riaient quand elles sentaient leurs caresses sous leurs robes. Cí commençait à se sentir mal à l'aise. Il ne comprenait pas ce qu'attendait Khan pour prendre l'initiative. Il n'avait pas la moindre idée de ce qu'il voulait. De nouveau il fixa le suspect. L'homme tentait d'ouvrir le décolleté de la plus jeune fille, mais celle-ci résista.

— Du calme, bon sang ! brama l'homme en la giflant. (Cí fit mine de l'en empêcher, mais l'homme se retourna.) Et toi ! Que veux-tu ?

Cí s'alarma. Il imagina que l'homme allait se jeter sur lui, mais Khan lui fit signe de se calmer.

— Comment oses-tu ? lança l'hôtesse au malappris. – Sa voix était ferme, impérative. Cí en fut surpris et l'homme s'insurgea.

— Quoi ? – Il était prêt à affronter la femme. Cí tendit ses muscles, mais Khan le retint. La femme sortit un petit flacon de son giron.

— Ce n'est pas ainsi que l'on conquiert une jeune fille, lui conseilla-t-elle dans un murmure. – Elle versa un peu de breuvage et le lui offrit.

— Qu'est-ce que c'est ? grogna l'homme en humant le contenu.

— Un stimulant amoureux. Tu en auras besoin.

L'homme parut se méfier. Puis il avala la boisson d'un trait et aussitôt la recracha.

— Par tous les dieux ! rugit-il. Quelle sorte de cochonnerie est-ce là ?

La femme sourit, laissant voir une rangée de dents parfaites.

— Du jus de chat.

Cí sourit. Le jus de chat était en effet un revigorant. Mais Cí n'était pas très sûr que le procédé employé pour l'obtenir fût à son goût.

— Si un jour tu as pressé une éponge, tu pourras l'imaginer, lui expliqua la femme en lui servant un autre verre. On attrape un beau chat et on lui brise les os avec un marteau en prenant soin de ne pas lui écraser la tête afin qu'il reste vivant. On le laisse reposer un peu et on met le feu à ses poils. Puis on l'ébouillante et on l'assaisonne à son goût. Après une heure de cuisson, on filtre dans un pichet et voilà.

L'homme la regarda déconcerté. Ses yeux dansaient de stupeur, brillants sous l'effet de l'alcool. Il ne savait quoi faire. Il essaya de bredouiller quelque chose, mais même lui ne se comprit pas. Il jeta à terre le bol d'alcool qu'elle lui offrait et partit en proférant des injures. Les autres hommes le suivirent comme s'ils lui devaient obéissance, emmenant avec eux les courtisanes.

Khan éclata de rire. Dès que les autres convives eurent disparu, il porta son attention sur l'hôtesse. Il se servit du thé après s'être lavé les mains. Puis il se tourna vers Cí, s'assurant qu'il lui prêtait attention.

— Cí, je te présente Iris Bleu. La descendante du général Yue Fei.

La femme inclina la tête tandis que Cí restait muet de stupeur. Puis il vit dans ses yeux clairs quelque chose qui l'effraya.

28

Lorsqu'il apprit qu'Iris Bleu était la descendante de Yue Fei, Cí eut l'impression qu'on lui avait brusquement secoué la tête avant de la lui vider à coups de massue. Mais la femme aux yeux pâles qui le regardait avec la délicatesse d'une gazelle, l'hôtesse à la coiffure exquise vêtue d'un magnifique *hanfu** en soie dont les manières raffinées auraient pu rivaliser avec celles d'une souveraine, était la meurtrière que Khan soupçonnait d'avoir assassiné brutalement trois hommes.

Aussitôt, la troublante beauté d'Iris Bleu prit une autre dimension, et bien que la douceur de ses paroles fût toujours présente, les manières aimables qui l'avaient auparavant séduit commencèrent à l'inquiéter.

Cí ne savait quoi dire. Il parvint seulement à balbutier un « enchanté », puis resta absorbé dans la contemplation de ses traits purs. Elle était toujours aussi belle, mais dans la beauté de ses yeux il crut déceler un voile de froideur qui semblait la trahir. Il se souvint du calme trompeur du scorpion juste avant de lancer son attaque mortelle, et son estomac se noua.

Pendant ce temps, étrangère à ses inquiétudes, Iris Bleu s'intéressait au travail que Cí exerçait en tant qu'assistant de Khan. Le conseiller en profita pour prendre les devants.

— C'est pour cela justement que je voulais te le présenter. Cí travaille à un rapport sur les peuples du Nord et j'ai pensé que tu pourrais l'aider. Tu t'occupes toujours des affaires de ton père, n'est-ce pas ?

— Dans la mesure de mes possibilités. Depuis que je me suis mariée, ma vie a bien changé. Mais bon, tu sais déjà cela… (Elle fit une pause.) Ainsi tu travailles sur les Jin…, dit-elle en s'adressant à Cí. Dans ce cas tu as de la chance. Tu pourras interroger leur ambassadeur.

— Ne dis pas de bêtises, l'ambassadeur est occupé. Presque autant que moi, intervint de nouveau Khan.

— Par des histoires de jupons, lui aussi ?

— Iris… Iris… Toujours aussi mordante. (Khan fit la grimace.) Cí ne veut pas les paroles vides d'un homme entraîné au mensonge. Ce garçon cherche la vérité.

— Ce garçon n'a pas de langue ? dit Iris Bleu.

Cí perçut un peu de provocation dans son ton.

— J'aime respecter mes aînés, lui répondit-il.

Cí constata qu'elle se sentait visée et, dans la pénombre, il sourit avec malice. Puis il se tourna vers Khan, cherchant une réponse. Il ne comprenait pas les intentions du conseiller ni où il voulait en venir. De plus, il commençait à s'apercevoir que la relation entre Khan et Iris Bleu n'était pas aussi idyllique qu'il l'avait imaginée.

Il attendait une réplique lorsqu'une silhouette se découpa tout à coup sous l'éclairage des lanternes. Cí crut identifier le fabricant de bronzes qu'il avait rencontré au dîner. En le reconnaissant, Khan se leva avec difficulté.

— Veuillez m'excuser, je dois résoudre une affaire, dit le conseiller, et il partit rejoindre l'homme.

Cí se mordit les lèvres. Il ne savait toujours pas quoi dire. Du bout de ses doigts il tapota la tasse de thé, puis l'approcha de sa bouche.

— Nerveux ? questionna la femme.

— Devrais-je l'être ?

Pendant un instant, il lui passa par la tête que le thé pourrait contenir un poison et il retint sa tasse. Lentement, il l'éloigna de ses lèvres et jeta un coup d'œil au liquide. Puis il observa la femme. Elle le regardait d'une façon étrange qu'il ne parvint pas à interpréter.

— Ainsi tu respectes tes aînés…, insista-t-elle. Quel âge as-tu ?

— Vingt-quatre ans, mentit-il, se vieillissant de deux ans.

— Et quel âge me donnes-tu ?

Sachant que l'obscurité le protégeait, Cí la dévisagea sans rougir. Les scintillements orangés des lanternes embellissaient un visage délicatement sculpté et atténuaient les légères lignes d'expression que les années semblaient lui avoir offertes. Sa poitrine, de la taille d'oranges, se gonflait légèrement sous son *hanfu*, contrastant avec une taille mince et des hanches inhabituellement larges. Il fut surpris de ce que son examen ne la mît pas mal à l'aise. Ses yeux gris, d'une couleur que Cí n'avait jamais vue, brillaient.

— Trente-cinq ans. – Il avait calculé quelques années de plus, mais il pensa que la flatter l'aiderait.

La femme haussa le sourcil.

— Pour travailler avec Khan il faut être très téméraire ou très sot. Dis-moi, Cí, quel genre de personne es-tu ?

Cí s'étonna de l'impertinence de cette femme. Il ne connaissait pas son rang, mais elle devait être très sûre d'elle pour critiquer Khan devant un inconnu qui en théorie travaillait pour lui.

— Je suis peut-être le genre de personne qui n'insulte pas les nouveaux venus, répondit-il.

La femme fit la grimace et baissa les yeux. Cí perçut en elle un soupçon de remords.

— Pardonne-moi, mais cet homme m'a toujours agacée. (Elle répandit un peu de thé en voulant se servir.) Il sait que je ne connais pas aussi bien les Jin qu'il le prétend, je ne vois donc pas comment je pourrais t'aider.

— Je ne sais pas, peut-être pourriez-vous me parler de votre travail. À l'évidence, vous n'êtes pas une maîtresse de maison, improvisa-t-il.

— Mon travail est aussi ordinaire que moi-même. – Elle but sans entrain.

— Vous ne me paraissez pas ordinaire. (Cí se racla la gorge.) À quoi vous consacrez-vous exactement ?

La femme resta un moment silencieuse, comme si elle hésitait, se demandant s'il convenait ou pas de répondre.

502

— J'ai hérité d'une affaire d'exportation de sel, dit-elle enfin. Les relations avec les barbares ont toujours été difficiles, mais mon père a su s'y prendre et il a établi plusieurs magasins près de la frontière. Par chance, et malgré les obstacles que met le gouvernement, ils ont rapidement prospéré. À présent, c'est moi qui m'en occupe.

— Malgré les obstacles ?

— C'est une triste histoire. Et ceci est une fête.

— D'après ce que vous dites, un métier dangereux pour une femme seule…

— Personne n'a affirmé que je le suis.

Cí but à nouveau un peu de thé. Il ne sut quoi dire.

— Khan a mentionné quelque chose sur votre mari. Je suppose que vous parlez de lui.

— Khan parle trop. Oui, mon mari s'occupe de beaucoup de choses. – Son ton était amer.

— Et où est-il maintenant ?

— Il voyage. Cela lui arrive souvent. (Elle se servit un peu d'alcool.) Mais pourquoi tant de questions sur lui ? Je pensais que c'étaient les Jin qui t'intéressaient.

— Entre autres sujets, répondit-il.

Cí comprit que la situation lui échappait. Ses doigts se remirent à pianoter. Il resta muet, s'apercevant que le silence cessait d'être un léger malaise pour devenir une lourde pierre. Iris Bleu allait bientôt penser la même chose. Le temps jouait contre lui, mais il ne savait comment relancer la conversation.

À ce moment la femme fit un mouvement. Cí fixa son regard sur la blancheur de son avant-bras lorsqu'elle sortit lentement un éventail de sa manche. Elle l'ouvrit avec la même lenteur et se mit à l'agiter. Peu après, les effluves d'un intense parfum atteignirent Cí. Ses notes pénétrantes lui parurent étrangement familières.

— Essence de Jade ? dit-il.

— Comment ?

— Le parfum. C'est Essence de Jade, affirma-t-il. Comment l'avez-vous obtenu ?

— On ne pose ce genre de questions qu'à une certaine catégorie de femmes (elle sourit avec chagrin), et elles induisent des réponses qu'on ne fait qu'à un certain type d'hommes, ajouta-t-elle.

— Eh bien ? insista-t-il.

Pour toute réponse, Iris Bleu vida son verre d'alcool.

— Je dois m'en aller, lui dit-elle.

Cí allait la retenir lorsqu'une déflagration les surprit. Il leva la tête. Au-dessus d'eux, des guirlandes de lumières scintillaient dans le ciel, s'éteignant et s'allumant. Des éclats verts et rouges éclairaient leurs visages dans d'incessantes explosions de lumière, tels des milliers de soleils naissant dans le firmament.

— Les feux d'artifice ! (Cí fut émerveillé par les bouquets fleuris qui brillaient dans le ciel.) Ils sont magnifiques. (Il chercha la complicité d'Iris Bleu, mais trouva son regard absent, perdu dans la nuit.) Vous devriez les regarder, lui conseilla-t-il.

Au lieu de tourner son regard vers le ciel, la femme tourna la tête vers Cí. Mais son visage ne s'aligna pas exactement avec le sien. Elle avait les yeux humides à cause de l'éclat des feux. Le garçon vit que ses pupilles restaient immobiles devant les explosions de lumière.

— Si au moins je le pouvais, dit-elle.

Cí vit la femme, aidée d'une canne, faire demi-tour et s'éloigner.

Il hocha la tête. Iris Bleu, la petite-fille de Yue Fei, l'assassin que Khan soupçonnait, était complètement aveugle.

*

De retour au palais, Cí scruta la foule fascinée par le spectacle pyrotechnique qui continuait à parsemer le ciel d'éclats de lumière. Il cherchait Khan, mais il ne le trouva pas. Il regarda dans la galerie supérieure, dans le Salon des Salutations et dans les petites salles annexes avec le même résultat. Il redescendit dans les jardins, mais il n'y était pas non plus. Ne sachant quoi faire, il décida de contempler les feux d'artifice jusqu'à leur extinction définitive, jusqu'à ce qu'il ne reste dans l'air qu'un brouillard dense à la forte odeur âcre. Un brouillard qui lui rappela le jour où sa maison s'était écroulée, anéantissant sa famille.

De nouveau il songea à son père. Il ne se passait pas un jour sans qu'il y pensât.

Plongé dans ses rêveries, il perdit la notion du temps.

Il devait être plus de minuit lorsqu'il crut apercevoir la silhouette de Khan se déplacer derrière les taillis. On aurait dit que quelqu'un l'accompagnait. Il se leva et partit à sa rencontre. Cependant, lorsqu'il distingua la personne avec laquelle il conversait, il s'arrêta net. C'était l'ambassadeur des Jin. Cí se demanda de quoi ils pouvaient parler avec autant d'effusion, dissimulés dans la végétation. Il ne trouva pas de réponse. Il était confus. Peut-être l'alcool qu'il avait bu ne lui permettait-il pas de penser avec clarté. Il se dit qu'il ferait mieux de s'en aller et de rejoindre ses appartements.

Son lit était aussi dur que la pierre. Il dormit par moments, avec des douleurs au ventre, jusqu'à ce qu'un officier le réveillât en l'agitant comme une natte. L'homme lui dit de se lever. Il avait ordre de le conduire à la chambre des cadavres.

— Tout de suite ! dit-il sans ménagement en faisant coulisser le store qui masquait la fenêtre.

Cí se frotta les yeux. Il crut que son crâne allait éclater.

— Mais ils n'ont toujours pas enterré les corps ? – Il couvrit ses yeux. La lumière le gênait.

— Un nouveau cadavre est apparu. Ce matin.

En chemin vers le dépôt, l'officier l'informa qu'ils avaient trouvé un corps près du palais, de l'autre côté des remparts. Cí demanda si quelqu'un l'avait examiné. L'homme répondit qu'à l'instant Khan était en train de le reconnaître avec l'un de ses inspecteurs.

Lorsque Cí entra dans la pièce des cadavres, Khan était penché sur le corps. Le malheureux gisait sur la table, nu, sur le dos, et comme l'eunuque il n'avait plus de tête. S'apercevant de sa présence, le conseiller des Châtiments le pressa d'approcher.

— Décapité lui aussi, indiqua-t-il.

Il était inutile de le lui dire. Il se protégea d'un tablier et jeta un rapide coup d'œil. Comme d'habitude, l'inspecteur qui accompagnait Khan s'était contenté de relever dans son rapport des aspects superficiels comme l'énumération des blessures et la couleur de la peau. Sans visage, l'inspecteur n'avait pas osé hasarder un âge.

Après avoir lu le rapport, Cí sollicita la permission de pratiquer l'examen.

La première chose qui attira son attention fut la blessure du cou produite par la décapitation. Contrairement à celle de l'eunuque, l'entaille était sale, avec des déchirures, d'où il déduisit que l'assassin n'avait pas eu le temps d'agir tranquillement. La blessure de la poitrine était moins profonde que celles découvertes sur les autres cadavres. Il nota ses observations et continua l'exploration. Sur le cou, au niveau de la nuque, il y avait des égratignures longitudinales qui descendaient jusqu'aux épaules. Il s'intéressa tout de suite au dos des mains, découvrant la même sorte d'excoriations. Enfin, il examina les chevilles où il trouva les marques qu'il attendait. Il en informa Khan.

— Les éraflures se sont produites pendant le transport du cadavre, qui a été tiré par les pieds et traîné sur le dos (il les lui montra). À l'évidence, il était encore vêtu, sinon les égratignures se seraient étendues jusqu'aux fesses.

Il prit des pinces, tira des restes de terre qui restaient collés sous les ongles et sur la peau, et il les déposa dans un petit flacon qu'il boucha d'un morceau d'étoffe. Puis il essaya de plier les bras et les jambes aux articulations et découvrit que la rigidité cadavérique se trouvait encore dans sa phase initiale. Il estima que la mort remontait à moins de six heures.

Soudain, il s'arrêta. Il avait toujours mal à la tête, mais crut très nettement distinguer un parfum.

— Vous ne sentez pas ? – Il huma.
— Quoi donc ? s'étonna Khan.
— Le parfum.

Aussitôt, Cí approcha le nez du cratère creusé entre les mamelons. Puis il se redressa tout en plissant les lèvres. Il n'avait aucun doute. C'était Essence de Jade. La même odeur qui parfumait Iris Bleu la veille. Il ne dit rien à Khan de sa découverte.

— Où sont ses vêtements ? demanda-t-il.

— Il a été découvert nu, répondit le conseiller.

— Et on n'a rien trouvé à côté de lui ? Aucun objet ? Rien qui puisse l'identifier ?

— Non. Rien.

— Il y a les bagues…, intervint l'inspecteur.

— Les bagues ? – Surpris, Cí regarda Khan.

— Ah oui ! Je les avais oubliées. – Il se racla la gorge. Il s'approcha d'une petite table et les lui montra. Cí resta ébahi.

— Vous ne les reconnaissez pas ? questionna Cí.

— Non, pourquoi ? Je devrais ?

— Parce que ce sont les bagues que portait le fabricant de bronzes avec lequel nous avons dîné hier soir pendant la réception.

*

Lorsqu'ils furent seuls, Cí fit part à Khan de ses objections concernant l'implication d'Iris Bleu.

— Par le Grand Bouddha, conseiller, cette femme est aveugle ! lança-t-il.

— Cette femme est le diable ! lui assura Khan. Et sinon, dis-moi un peu, combien de temps t'a-t-il fallu pour te rendre compte qu'elle ne voyait pas ? Combien de temps t'a-t-elle abusé ?

— Mais vous imaginez vraiment une aveugle couper des têtes et traîner des corps ?

— Ne sois pas stupide ! Personne ne dit que c'est elle qui les dépèce ! – Son visage se durcit.

— Ah non ? Qui alors ?

— Si je le savais je ne serais pas ici en train de te supporter ! brailla-t-il, et d'un revers de main il dispersa tout le matériel de Cí.

Cí sentit le sang lui monter à la tête. Il inspira et poussa un profond soupir. Puis il ramassa les instruments qui avaient roulé à terre.

— Écoutez, Excellence, nous savons tous qu'il existe de nombreuses sortes d'assassins. Mais écartons un instant ceux qui ne prévoient pas de tuer : des gens normaux qui un jour perdent la raison lors d'une dispute ou parce qu'ils surprennent leur femme dans les bras d'un autre. Ces personnes commettent une folie dont elles n'auraient seulement jamais imaginé être capables dans leur état normal, et elles en supportent les conséquences toute leur vie. (Il termina de ranger ses instruments.) Et maintenant, pensons aux autres : aux vrais assassins, aux monstres.

« Dans ce groupe, nous trouvons différents types. D'un côté il y a ceux qui agissent poussés par la luxure, des êtres aussi insatiables que des requins. En général, leurs victimes sont des femmes ou des enfants. Ils ne se satisfont pas de les tuer : d'abord ils les profanent et les brisent, puis ils les massacrent. D'un autre côté, il y a les violents, les viscéraux : des hommes irascibles capables de détruire une vie pour le motif le plus absurde, comme des tigres paisiblement endormis qui vous dévoreraient parce que vous avez effleuré leur moustache. Il y a aussi les illuminés : ceux qui fanatisés par des idéaux ou par des sectes commettraient les plus exécrables des barbaries, comme un chien de chasse entraîné à se battre. Enfin, nous trouverions les plus étranges : ceux qui jouissent du plaisir de tuer. Ce genre d'assassin ne peut se comparer à aucun animal, parce que le mal qui les habite les rend infiniment plus cruels. Et maintenant, dites-moi, dans quel groupe placeriez-vous cette femme ? Parmi les luxurieux ? Les colériques ? Les déments ?

Khan regarda Cí de travers.

— Mon garçon, mon garçon… Je t'assure que je ne mets pas en doute ton habileté pour ce qui concerne les os, les armes ou les vers. Allez ! Pour moi tu peux même écrire un livre et donner ensuite des conférences sur le marché ! brama-t-il. Mais avec toutes tes connaissances, tu as oublié une espèce essentielle, sanguinaire comme peu, intelligente, posée. Tu as dédaigné le serpent : il est capable d'attendre blotti le moment propice, d'hypnotiser sa victime et, d'un coup, de décharger sa morsure vénéneuse. Je veux parler de ceux dont les actes sont mus par le venin de la vengeance. Ou, ce qui revient au même : par une haine si atroce qu'elle empoisonne leurs entrailles. Et je t'assure que l'un d'eux est Iris Bleu.

— Et avec quoi les hypnotise-t-elle ? Avec ses yeux morts ? jeta-t-il.

— Il n'y a pas de plus grand aveugle que celui qui ne veut pas voir ! (Il asséna un coup de poing sur la table.) Tu es obnubilé par tes absurdes connaissances pratiques et tu méprises le sens commun. Je t'ai déjà dit qu'elle utilise des complices.

Cí préféra taire qu'il l'avait vu converser en cachette avec l'ambassadeur des Jin, sachant qu'un affrontement avec Khan ne le conduirait à rien. C'est pourquoi il choisit de changer de stratégie.

— D'accord. Alors, qui l'aide dans ses assassinats ? Son mari, peut-être ?

Khan jeta un coup d'œil vers la porte derrière laquelle attendait l'inspecteur.

— Sortons, suggéra-t-il.

Cí rangea son matériel et suivit Khan, maudissant son sort. Il avait de moins en moins confiance en lui. Il ne comprenait pas pourquoi Khan lui avait caché le détail des bagues, et encore moins pourquoi, après qu'il lui eut révélé que le défunt était le fabricant de bronzes, il n'avait fait aucun commentaire. Surtout s'il considérait que le conseiller était probablement la dernière personne à avoir parlé à la victime. Une fois dehors, Khan le conduisit jusqu'aux abords de l'étang où la fête avait eu lieu la veille. Il fronça les sourcils et regarda Cí.

— Oublie son mari. Je le connais depuis longtemps et ce n'est qu'un vieillard honnête dont la seule stupidité a été d'épouser cette harpie. (Il fit une pause.) Je pense plutôt à son serviteur. Un Mongol qu'elle a ramené du Nord et qui a une tête de chien.

Cí se frotta le menton. Un nouveau personnage apparaissait.

— S'il en est ainsi, pourquoi ne l'arrêtez-vous pas ?

— Combien de fois devrai-je te le répéter ? (Il gesticula.) Parce que je suis convaincu qu'elle a d'autres complices. Une seule personne serait incapable de commettre ces crimes atroces et tout ce qu'ils cachent.

Cí se mordit la langue. Il en avait assez de ce grand mystère qu'apparemment tout le monde connaissait et que personne ne pouvait lui expliquer. En supposant que les soupçons de Khan fussent avérés, pourquoi ne faisait-il pas suivre le Mongol ? Et dans le cas où il en avait déjà donné l'ordre, quel rôle absurde jouait-il, dans cette enquête ? La seule explication était que tout cela consistât en un grand mensonge planifié par Khan lui-même. Cependant, il y avait quelque chose qui à ses yeux ne cadrait pas : le parfum trouvé sur les cadavres. Il n'avait aucun doute sur le fait que Khan, avec son incontestable pouvoir, avait pu s'emparer d'une livraison dans le but d'accuser Iris Bleu, mais ce qu'il ne comprenait pas, c'était comment Iris Bleu avait pu utiliser ce parfum s'il revenait exclusivement aux concubines de l'empereur.

Lorsqu'il demanda à Khan comment il était possible qu'une femme de sa position reçût des courtisanes, celui-ci n'eut aucune hésitation.

— Elle ne te l'a pas dit ? s'étonna-t-il. Iris Bleu a été une *nüshi*. La favorite de l'empereur.

*

Une *nüshi*... Voilà pourquoi Iris Bleu faisait office d'intermédiaire entre les nobles et les *fleurs* : l'art de courtiser lui était aussi familier qu'à une prêtresse du plaisir.

— Il plaît à l'empereur de régaler ses invités et, chaque fois qu'il le peut, il invite Iris Bleu, grommela Khan. Cette femme a le feu en elle, et aujourd'hui encore, malgré son âge, je t'assure qu'elle te consumerait.

Khan lui raconta que, malgré sa cécité, la réputation de sa beauté avait franchi les murailles du palais à l'époque où régnait l'ancien empereur. Le souverain d'alors n'avait pas hésité. Il avait ordonné qu'on dédommageât sa famille et qu'on l'amenât dans son harem.

— C'était alors une fillette, mais j'ai vu moi-même de quelle façon elle a ensorcelé l'empereur. Le père de Ningzong en a oublié toutes ses autres concubines et il en est devenu fou, jouissant d'elle jusqu'à l'épuisement. Quand la maladie s'est emparée des membres du souverain, il l'a nommée *nüshi* impériale. Ce n'était plus qu'un vieillard perclus de rhumatismes, mais elle a continué à s'arranger pour qu'il copule aussi souvent que possible avec les femmes de moindre rang et, une fois par mois, avec la reine. Elle conduisait les concubines dans l'alcôve royale, leur remettait l'anneau d'argent qu'elles devaient porter à la main droite avant d'entrer, elle les déshabillait, les parfumait avec l'Essence de Jade et assistait à la consommation de l'acte. (Khan sembla l'imaginer.) Bien qu'elle ne puisse voir, on disait qu'elle prenait plaisir à regarder.

À la mort de son père, Iris Bleu avait abandonné son poste de *nüshi* avec l'assentiment du nouvel empereur. Malgré sa cécité, elle avait dirigé d'une main de fer les affaires dont elle avait hérité avant d'épouser son actuel mari, qu'elle avait également envoûté.

— Elle a quelque chose qui rend les hommes fous. Elle a ensorcelé l'empereur, elle a ensorcelé son mari et si tu n'y prends garde, elle t'ensorcellera toi aussi, ajouta-t-il.

Cí médita sur les paroles de Khan. Il ne croyait pas aux envoûtements, mais ce qui était sûr, c'est qu'il ne pouvait s'enlever Iris Bleu de l'esprit. Cette femme avait quelque chose qui la rendait différente des autres et qu'il ne savait expliquer. Il secoua la tête et essaya de raisonner. L'affaire du fabricant de bronzes restait en suspens, et c'est ce qu'il fit savoir à Khan.

— Hier soir, quand je l'ai quitté, il semblait nerveux, répondit le conseiller. Je l'ai interrogé sur le nouvel alliage sur lequel il travaillait et dont il ne cessait de se vanter. Tu t'es sans doute rendu compte que c'était un fanfaron, mais je ne vois pas qui a pu vouloir le tuer.

— Pas même Iris Bleu ? demanda Cí.

— Ça, c'est à toi de l'établir.

29

« Si tu n'y prends garde, elle t'ensorcellera toi aussi. »

Cí pensa que Khan avait peut-être vu juste avec sa prédiction à propos d'Iris Bleu, car quelque chose dans cette femme l'attirait, tel un aimant. C'était peut-être l'habileté qu'elle montrait malgré sa cécité, peut-être l'incapacité où elle était de voir ses cicatrices, ou encore la ténacité dont elle faisait preuve face aux pressions de Khan, mais quoi que ce fût, ses yeux gris, l'ovale délicat de son visage et la profondeur de sa voix sereine semblaient avoir envahi son esprit. Et il avait beau essayer de les en écarter, il ne parvenait qu'à les y enraciner davantage.

Lorsqu'il retrouva ses esprits, il avait perdu presque toute la matinée. Il secoua la tête. Il devait se concentrer sur l'enquête. Et cela surtout parce que le retour d'Astuce Grise approchait, et que l'information qu'il rapporterait de Fujian pourrait conduire à sa propre exécution.

Il décida de procéder par étapes.

D'abord, il se concentra sur l'homme du portrait. Tout ce qu'il avait, c'était son image, rien d'autre. Au début il avait pensé que le dessin l'aiderait à l'identifier, mais en absence de nouvelles preuves, questionner un à un les deux millions d'habitants qui peuplaient Lin'an serait une tâche impossible, et il lui fallait résoudre ce problème. Il s'arracha les cheveux, le regard fixé sur le dessin, comme si sa seule contemplation était capable de lui fournir une solution. Au bout d'un moment, il se demanda quelle pouvait être l'origine de la myriade de cicatrices qui parsemaient son visage. Elles ne semblaient pas être les séquelles d'une maladie, aussi ne restait-il que la possibilité d'un accident. Mais alors, quel accident ? Il ne trouva pas de réponse. Il paraissait clair cependant, quelle que fût leur cause, que ces blessures avaient sans doute provoqué une forte douleur. Et si cette supposition était exacte, cette douleur même l'avait assurément conduit à chercher de l'aide dans un dispensaire ou un hôpital.

La justesse de sa réflexion le surprit lui-même. C'était ça ! Il avait une piste ! Le nombre d'hôpitaux et de dispensaires où il aurait pu se rendre était limité et le médecin qui l'aurait reçu se souviendrait probablement d'avoir traité un patient dont le visage était marqué par des lacérations si peu ordinaires.

Immédiatement, il demanda à Bo de mettre en place le dispositif de recherche, le priant instamment de lui rapporter les nouveautés qui se produiraient tout le temps que durerait l'enquête ; il lui demanda aussi de revenir à son appartement, dès qu'il aurait ordonné les préparatifs, pour sortir du palais.

Une fois l'affaire du portrait conclue, il s'occupa du cadavre du défiguré, dont il conservait la main. Il sortit le membre de la chambre de conservation et de nouveau l'examina. Par chance, la glace avait fait son travail et la main était exactement dans le même état qu'au moment où il l'avait coupée. La main piquetée et blanchâtre avait l'aspect d'une passoire dont le fond aurait été perforé par des centaines d'aiguilles. La corrosion de la peau affectait tous les doigts et s'étendait sur la paume et le dos, comme si elle obéissait à l'effet d'un acide avec lequel il aurait travaillé. Les jours précédents il avait établi une liste de métiers aussi différents que ceux de teinturier de soie, tailleur de pierre, blanchisseur de papier, cuisinier, laveur, peintre de façades, calfat ou chimiste, ce qui constituait un éventail décourageant. Il devait limiter la recherche. En plus de tout cela, il lui fallait inspecter le lieu où l'on avait trouvé le corps du fabricant de bronzes et visiter son atelier, mais le plus urgent était de transporter le membre sectionné pour interroger les employés de la Grande Pharmacie de Lin'an.

Les assistants de Bo durent jouer des coudes pour disperser l'interminable foule de malades, estropiés et blessés qui leur obstruaient l'accès à l'établissement. À l'intérieur, Cí se vit débordé par une avalanche de curieux qui se jetèrent sur le comptoir lorsqu'il sortit la main amputée de la chambre de conservation. Une fois les curieux écartés, Cí posa le membre mutilé devant les employés, qui tremblaient comme s'ils craignaient qu'à tout moment la main tranchée puisse être une des leurs. Les paroles de Cí ne parvinrent pas à les rassurer.

— Je veux seulement que vous examiniez ce membre avec attention et que vous me disiez si vous avez prescrit un traitement pour une telle maladie.

Après avoir examiné l'extrémité morte, les employés se regardèrent étonnés, car ce qui aux yeux de Cí apparaissait comme une maladie requérant un traitement n'était pour eux qu'une simple érosion. Cí ne s'en contenta pas. Il plaça la main amputée sur le comptoir et réclama la présence du responsable, leur assurant qu'il ne partirait pas tant que celui-ci ne viendrait pas. Au bout de quelques instants arriva un homme trapu à l'air ahuri, vêtu d'un tablier et d'un bonnet rouges. Ayant examiné le membre amputé il se montra assez surpris, mais il proposa tout de même à Cí la même réponse que lui avaient donnée ses subordonnés.

— Personne ne demanderait un traitement pour une chose aussi banale.

Cí serra les poings. Ces hommes ne faisaient aucun effort.

— Et peut-on savoir pourquoi vous en êtes aussi sûr ? demanda-t-il.

Pour toute réponse, l'homme posa ses mains à côté de celle tranchée.

— Parce que je souffre de la même corrosion.

*

Lorsque Cí se fut remis de sa confusion, il constata qu'en effet l'érosion des mains du responsable était

518

pratiquement un calque de celle que présentait la main amputée. Il dut faire un effort pour pouvoir continuer.

— Mais comment… ? balbutia-t-il.

— C'est le sel. (Il lui montra ses mains.) Les marins, les mineurs, ceux qui salent le poisson et la viande pour les conserver… Nous tous qui touchons quotidiennement le sel, nous finissons tôt ou tard par avoir les mains piquées. Je l'utilise moi-même chaque jour pour préserver mes compositions, mais ce n'est pas une affection grave. Je ne crois pas qu'il était nécessaire d'amputer la main de ce malheureux, ironisa-t-il.

La remarque ne plut pas du tout à Cí. Il remit le membre dans la chambre de conservation, il les remercia tous de leur aide et quitta la Grande Pharmacie de Lin'an.

*

Une porte s'ouvrait devant lui et une autre se fermait. Le fait d'écarter la présence d'un acide comme cause de la corrosion éliminait plusieurs métiers, mais l'irruption du sel en ajoutait autant ou davantage. Le quart de la population de Lin'an vivait de la pêche, et même si seule une partie de ce quart quittait le fleuve Zhe pour travailler en haute mer, si on y ajoutait les travailleurs des fabriques de conserves et les marchands de sel, le nombre de suspects dépasserait largement les cinquante mille. Ses espoirs reposaient donc sur un dernier détail : la minuscule flamme ondulée tatouée sous le pouce. Bo lui assura qu'il s'occuperait de son identification.

Il restait encore la visite de l'atelier du bronzier, une visite dans laquelle il mettait de grands espoirs et dont il espérait tirer des preuves concluantes. Il chargea les assistants d'emporter la chambre de conservation au palais, leur donna des instructions pour remplacer la glace dès qu'ils arriveraient, et il se mit en route en compagnie de l'officier vers les quartiers portuaires du sud de la ville.

Lorsqu'ils arrivèrent à l'adresse que Khan lui avait communiquée, Cí pâlit. Devant lui, là où la veille encore s'élevait l'atelier de bronzes le plus important de la ville, il ne restait plus qu'un désolant paysage d'horreur et de destruction. Les braises crépitaient encore au milieu d'un cimetière de poutres rongées par le feu, de bois brûlé, de métal fondu et de briques entassées. Une armée de feu semblait avoir rasé l'atelier jusqu'à ses fondations, laissant un amas fumant.

Cí se souvint de l'incendie qui avait ravagé sa maison au village. Il eut l'impression de respirer la même odeur.

Il se dirigea tout de suite vers la foule des curieux en quête de témoins qui pourraient l'informer de ce qui était arrivé. Quelques voisins lui parlèrent d'un feu vorace qui avait débuté à l'aube, d'autres mentionnèrent de grands bruits lorsque la construction s'était écroulée et plusieurs autres regrettèrent que le retard des pompiers eût permis aux flammes de se propager aux ateliers attenants, mais personne n'apporta aucun fait qui, au-delà de la confusion, fût révélateur. Par chance, un garçon d'aspect éveillé qui déambulait aux alentours offrit de lui apporter une information de première main pour seulement dix *qian*. Le gamin semblait n'avoir que la peau sur les os, raison pour laquelle Cí ajouta à sa demande une poignée de riz bouilli qu'il acheta à un étal proche. Entre deux bouchées, le garçon lui raconta qu'un bruit avait précédé l'incendie, mais il fut incapable d'en dire plus. Déçu, Cí allait quitter les lieux lorsque le gamin lui saisit le bras.

— Mais je connais quelqu'un qui a tout vu.

Il lui confia que depuis des années un compagnon du syndicat des mendiants passait ses nuits dans l'un des hangars de l'atelier.

— Il est boiteux. C'est pour ça qu'il s'éloigne jamais de l'endroit qui lui est assigné pour mendier. Quand je suis arrivé ce matin, je l'ai trouvé là-derrière, caché comme un rat dans un terrier. On aurait dit qu'il avait vu le dieu de la mort. Il m'a dit qu'il devait s'enfuir. Que s'ils le trouvaient ils le tueraient.

— Qui le tuerait ? (Cí ouvrit les yeux comme des soucoupes.) Qui ?

— Je sais pas. Je vous dis qu'il était terrifié. Quand le jour s'est levé, il a profité du désordre pour se perdre dans la foule. Il a même laissé ses affaires ici. (Il montra une sébile et une cruche en céramique au coin de la rue.) Il a pris sa béquille et il a disparu.

Cí se lamentait encore sur cette contrariété lorsque le gamin le surprit.

— Mais, monsieur, si ça vous intéresse, je peux le retrouver.

— Qui ? – Cí était navré.

— Mon ami le boiteux !

Cí essaya de découvrir dans ses yeux une lueur de sincérité qui brillerait davantage que celle de la convoitise. Il ne la vit pas.

— Très bien. Amène-le-moi et je te récompenserai.

— Monsieur, je suis malade. Et j'ai des besoins. Si je dois le chercher, je pourrai pas mendier…

— Combien ? – Il plissa les lèvres.

— Ça vous coûtera… dix mille *qian*. Cinq mille ! se corrigea-t-il.

Cí hocha la tête en signe de désapprobation. Cependant, il n'avait pas d'autre choix. De nouveau il fixa les yeux dans ceux du mendiant. Il ne savait quoi penser. Il se maudit en demandant les pièces de monnaie à Bo, mais l'officier refusa.

— Il disparaîtra et tu ne le reverras jamais, l'avisa-t-il.

— L'argent ! insista Cí, sachant que Khan lui avait donné des instructions pour satisfaire les dépenses nécessaires. – L'homme hocha la tête en signe de mécontentement et le lui remit.

Cí commença à égrainer les pièces tandis que les yeux du gamin brillaient comme s'il contemplait une montagne d'or. Mais ils s'éteignirent lorsqu'il constata que Cí s'arrêtait à cinq cents *qian*.

— Le reste, tu l'auras quand tu m'amèneras ton ami. Il y en aura autant pour lui. (Et il rendit la bourse à Bo. Le gamin tournait déjà le dos quand, cette fois, ce fut Cí qui l'attrapa.) Et je t'avertis ! Si je n'ai pas de nouvelles de toi, je ferai en sorte qu'on t'expulse du syndicat et je paierai pour qu'on te roue de coups.

Il lui donna son nom et la manière de le localiser. Ensuite, le garçon disparut dans la foule.

Avant de prendre le chemin du retour, Cí fouilla dans les ruines de l'atelier, espérant dénicher un indice, mais il ne trouva que quelques moules en terre cuite brisés, des outils de forge fondus et des fours écroulés, qui pour lui avaient la même signification qu'un texte pour un analphabète. Curieusement, il ne vit aucun objet en bronze, aucun dépôt de cuivre et d'étain, ce qu'il attribua à la rapine. Il demanda à Bo d'obtenir une liste des ouvriers qui avaient travaillé dans l'atelier au cours des derniers mois et il le chargea de faire transporter au palais tous les débris, à l'exception des briques et des poutres.

— Peu importe qu'ils soient en morceaux. Qu'on identifie toutes les pièces avant de les mettre dans des caisses et qu'on note l'endroit où elles ont été trouvées.

— Khan ne va pas apprécier que tu transformes le palais en poubelle, objecta Bo.

Cí ne lui répondit pas. Il se contenta d'attendre que Bo eût transmis sa requête. En chemin vers sa mission suivante, Cí se demanda si l'on pouvait faire confiance aux membres du corps de pompiers que Bo avait délégués. Bien qu'il eût de sérieux doutes, il fut rassuré de savoir que l'absence d'objets de valeur ne tenterait pas ceux qui seraient chargés du transport.

De retour au palais ils s'arrêtèrent à l'endroit où l'on avait découvert le cadavre du métallurgiste. Cí se félicita que fût encore de garde celui qui avait trouvé le corps. L'homme, une montagne de granit, lui confirma que le cadavre était en effet apparu décapité et nu, à cet endroit exactement, au pied de la muraille. Cí examina les traces de sang qui tachaient encore la chaussée de pierre, il sortit son carnet et esquissa un croquis, essayant de représenter au mieux la forme de la traînée. Il demanda au factionnaire si pendant son tour de garde il restait toujours à la même place ou, au contraire, effectuait régulièrement des rondes.

— Quand sonne le gong, nous nous déplaçons de trois cents pas vers l'ouest, nous revenons et faisons trois cents autres pas dans le sens opposé. Puis nous revenons et attendons jusqu'au signal suivant.

Cí acquiesça. Il jeta un dernier coup d'œil aux abords avant de demander au garde s'il se souvenait de quelque chose qui aurait attiré son attention. Comme il l'imaginait, l'homme répondit que non.

Il n'y attacha que peu d'importance. Il en avait suffisamment découvert pour avancer dans son enquête.

*

Au cours de son inspection des jardins impériaux, Cí recueillit plusieurs échantillons de terre. Une fois dans ses appartements, il sortit les flacons dans lesquels il avait conservé les restes de terre qu'il avait trouvés sous les ongles et sur la peau du fabricant de bronzes et il les posa sur la table. Les quatre échantillons recueillis quelques instants plus tôt étaient assez différents les uns des autres : la terre provenant des abords de l'étang était humide, compacte et noirâtre, contrairement à celle prise dans le bois, plus légère, d'une teinte marron et contenant des débris d'aiguilles de pin. La troisième, ramassée juste au pied du balcon, était composée de minuscules fragments de cailloux écrasés. Enfin, celle trouvée dans le secteur bordant la muraille montrait un aspect jaunâtre et onctueux, probablement dû à la haute concentration d'argile utilisée comme mortier pour la construction de l'enceinte. Lentement, il prit le flacon dans lequel il gardait les fragments pris sur le cadavre et il les déposa à côté du petit tas provenant de la muraille.

Ils étaient semblables.

Il remit l'échantillon extrait du cadavre dans son flacon et étiqueta les quatre autres.

Il passa le reste de l'après-midi à relire ses notes, se reposant à peine. Astuce Grise reviendrait bientôt et le temps coulait comme de l'eau entre les doigts. À la tombée de la nuit, il jeta toutes ses notes à terre. Il attendait encore les résultats du portrait qu'il avait envoyé aux dispensaires et hôpitaux, ainsi que l'interrogatoire des ouvriers de l'atelier de bronzes, mais il ne nourrissait que peu d'espoirs. Son idée au sujet de la pique avait échoué et la seule alternative qu'il avait envisagée, l'existence d'une arbalète modifiée capable de tirer avec suffisamment de puissance une pointe d'un calibre semblable, était infondée. Pourquoi quelqu'un voudrait-il créer une flèche lourde et massive, incapable de voler sur de longues distances ? Quelle raison y aurait-il à transformer une arme presque parfaite en une autre plus grande et plus lourde, plus difficile à transporter, à charger et à manipuler ? Et le plus inexplicable : quelle raison aurait pu avoir l'assassin de toujours utiliser une arme si spectaculaire pour éliminer ses victimes ?

À l'évidence, son hypothèse s'avérait aussi idiote que considérer qu'une aveugle était incapable de tuer un homme.

Malgré ses doutes, il n'avait pas écarté l'implication d'Iris Bleu dans les assassinats. Le lien de la *nüshi* avec l'Essence de Jade, bien que circonstanciel, ne l'en plaçait pas moins près de chacune des évidences et, aux dires de Khan, Iris Bleu avait plus de mobiles qu'il n'en fallait de haïr l'empereur. Une haine enracinée au plus profond de son être, que son propre père s'était chargé d'alimenter avec la légende des offenses subies par son grand-père Yue Fei.

Il pensa à la *nüshi*. En fait il n'avait pas cessé de penser à elle depuis le soir où il l'avait connue. Car bien qu'il lui déplût de l'admettre, il y avait quelque chose de plus ; quelque chose qui dépassait les assassinats ; quelque chose qu'il n'arrivait pas à comprendre, et encore moins à contrôler. Il ne comprenait pas pourquoi il ne cessait de s'en souvenir ; pourquoi il se remémorait sa voix chaude, grave et sinueuse ; pourquoi il s'égarait dans ses yeux pâles et sans vie ; pourquoi son cœur se serrait chaque fois qu'il pensait à elle. De plus, malgré le risque que supposait le retour d'Astuce Grise, malgré le danger que représenterait pour lui l'échec des enquêtes et bien que la raison le pressât de préparer une alternative, il refusait absolument de considérer la fuite. Il avait trop parié pour seulement l'envisager. Il touchait du doigt son désir d'accéder à la judicature. L'empereur le lui avait promis et, aussi grandes que fussent les difficultés, c'était son ambition de toujours ; le rêve que le juge Feng lui avait inculqué.

Il devait tout à Feng. S'il fermait les yeux, il pouvait voir l'homme qui l'avait accueilli dès son adolescence et lui avait appris tout ce qu'il savait. Et s'il les gardait fermés, il pouvait se contempler lui-même devant son père, lui montrant le titre de juge qu'il avait été incapable d'obtenir.

Il se demanda ce qu'avait pu devenir le juge Feng. Depuis la fois où il l'avait cherché, des mois plus tôt, lorsqu'il avait pensé à lui comme le dernier recours pour sauver sa sœur, il n'avait plus essayé de le localiser.

Que pouvait-il faire ? Ming écarté, Feng était peut-être la seule personne en qui il pouvait avoir confiance. Mais il avait beau tout faire pour l'oublier, il était toujours un fugitif. Il n'avait pas le droit de l'entraîner avec lui dans le précipice du déshonneur. C'est pourquoi il décida de renoncer à le chercher et de continuer seul les enquêtes.

Quelques coups de l'autre côté de la porte le tirèrent de sa rêverie. Il ouvrit et se trouva face à Bo. L'officier venait l'informer que le transfert des restes récupérés dans l'atelier du bronzier avait commencé et que la dame Iris Bleu avait fait savoir au palais son désir de le rencontrer le lendemain au Pavillon des Nénuphars.

— Moi ? s'étonna-t-il.

Cí confia à Bo son inquiétude du fait qu'une femme mariée reçût un étranger en l'absence de son mari, mais l'officier le rassura, arguant que son époux était déjà revenu, et qu'il serait également présent dans le pavillon. Malgré tout, Cí ne put réprimer un frisson. Les règles de conduite obligeaient les femmes à rester cachées tandis que leurs époux recevaient, ne pouvant paraître en silence que pour servir le thé ou les liqueurs. Mais il était évident que ces règles ne concernaient pas la *nüshi*.

Cí ne put dormir de toute la nuit, mais il rêva qu'Iris Bleu lui chantait une berceuse.

*

Il se réveilla à l'aube aussi fourbu que s'il avait labouré une montagne. Ce n'était pas la première fois que ses nerfs lâchaient, mais il déplora qu'ils le trahissent cette nuit-là, car il voulait faire bonne impression à Iris Bleu. Même si sa cécité l'empêchait de s'en rendre compte, Cí décida de porter l'habit qu'on lui avait confectionné pour la réception de l'ambassadeur. Cependant, quelques livres abandonnés sur le costume de cérémonie avaient transformé la soie en quelque chose qui avait l'aspect du papier froissé, si bien que lorsqu'il se contempla dans le miroir il se sentit affreusement ridicule. Après avoir lissé en vain le plastron, il se parfuma de quelques gouttes d'essence de santal. Puis il relut les notes qu'il avait prises pendant la nuit sur l'histoire des Jin et partit à la poursuite d'un cœur qui marchait plusieurs pas devant lui.

Le Pavillon des Nénuphars était situé à côté d'autres semblables dans le Bois de la Fraîcheur, le périmètre entouré de murailles annexes de l'ensemble du palais où logeaient les hautes personnalités impériales. Cí n'eut aucun problème pour franchir le secteur du rempart par lequel communiquaient les deux enceintes. Ensuite, il n'eut qu'à suivre l'allée dallée bordée de cyprès que lui avait indiquée Bo.

Quelques minutes avant l'heure convenue il s'arrêta devant le magnifique pavillon, un édifice à un étage entouré d'un verger de citronniers qui l'intimida. Ses avant-toits dont la courbe s'élançait vers le ciel imitaient le vol des grues, fiers d'appartenir à une demeure qui jouissait de la protection de l'empereur. Il replaça son bonnet et constata avec déplaisir que son plastron était toujours aussi froissé. Il fit une dernière tentative pour le lisser, mais ce fut pire.

Il allait frapper à la porte lorsqu'elle s'ouvrit brusquement. Un serviteur mongol s'inclina devant lui, l'invitant à entrer. Cí le suivit jusqu'à un salon lumineux dont les éblouissants murs rouges brillaient tellement qu'ils paraissaient vernis de frais. Il s'avança dans la lumière qui filtrait à travers les grandes fenêtres et finit par distinguer, assise de dos à une extrémité de la pièce, la silhouette d'une femme vêtue d'un ample *hanfu* de couleur turquoise, dont la chevelure était prise dans un large ruban de soie. Lorsque le serviteur annonça la présence de l'invité, la femme se leva et se tourna vers lui. Cí rougit en la saluant. À la lumière du jour, Iris Bleu était encore plus captivante. Il tenta de contrôler ses émotions. Il regarda autour de lui, cherchant son mari, mais ne le trouva pas. Il ne vit que les merveilleuses antiquités qui ornaient chaque coin du salon.

— Nous nous voyons de nouveau, dit-il, et aussitôt il toussota, prenant conscience de la maladresse de son commentaire.

Iris Bleu sourit. Ses dents étaient une invitation à la luxure. Il vit son *hanfu* s'entrouvrir, laissant apparaître la rondeur d'un sein. Oubliant sa cécité, Cí détourna le regard, craignant qu'elle s'en aperçût. La femme l'invita à s'asseoir. Sans attendre qu'il accepte, elle lui servit une tasse de thé. Ses mains caressèrent la théière avec une douceur que Cí envia.

— Je vous remercie de votre invitation, parvint-il à articuler.

Elle inclina la tête en signe de courtoisie. Puis se servit avec la même délicatesse tout en l'interrogeant sur la réception de l'ambassadeur. Cí conversa avec amabilité, mais il évita de mentionner l'assassinat du bronzier. Puis il se fit un silence qui n'incommoda pas Cí. Absorbé comme il l'était dans sa contemplation, chaque mouvement d'Iris Bleu, chaque cillement, chaque respiration troublait tous ses sens. Il détourna le regard. Lorsqu'il but son thé, Cí perçut sur ses lèvres le frémissement de l'eau bouillante et, pour simuler le naturel, il émit une plainte.

— Que se passe-t-il ? demanda Iris Bleu.

— Rien. Je me suis brûlé, mentit-il.

— Je suis désolée, s'excusa-t-elle, effrayée. – À tâtons, elle mouilla aussitôt un mouchoir avec lequel apaiser la brûlure. Ce faisant, ses doigts effleurèrent les lèvres de Cí, qui tremblèrent de honte.

— Ce n'est rien. J'ai seulement été surpris. (Il s'éloigna d'elle.) Et votre mari ? s'intéressa-t-il.

— Il viendra bientôt, dit-elle le visage calme, sans un soupçon de honte. Ainsi tu es logé au palais ? Pour un simple conseiller, cela semble un privilège hors du commun...

— Il n'est pas non plus commun qu'une femme de votre classe n'ait pas les pieds bandés, répondit-il sans réfléchir, dans une tentative de détourner la conversation. – La femme glissa ses pieds sous le long *hanfu*.

— Cela te paraît peut-être détestable, mais grâce à cela je ne suis pas totalement invalide. (Son visage se durcit.) Une coutume moderne que, par chance, mon père a refusée.

Cí regretta son manque de tact. De nouveau il se tut.

— Il y a peu de temps que je loge au palais, dit enfin Cí. Khan m'a invité pour quelques jours, mais j'espère m'en aller bientôt. Ma place n'est pas ici.

— Non ? Et où est-elle ?

Il réfléchit à la réponse.

— J'aime étudier.

— Ah oui ? Quel genre d'étude ? Les classiques ? La littérature ? La poésie ?

— La chirurgie, répondit-il sans y penser.

Une moue de dégoût effaça la beauté du visage d'Iris Bleu.

— Tu devras m'excuser, mais je ne comprends pas l'intérêt qu'il peut y avoir à ouvrir un corps, s'étonna-t-elle. Et encore moins ce que cela a à voir avec ton emploi comme conseiller de Khan.

Cí commença à regretter sa propre indiscrétion. Il craignit que l'invitation d'Iris Bleu, au lieu de supposer pour lui une aide, obéît à son propre intérêt, aussi se promit-il de se montrer plus prudent, se rappelant qu'il était face à la suspecte d'agissements criminels.

— Les Jin ont des habitudes alimentaires différentes des nôtres, des habitudes qui provoquent la présence de certaines maladies et l'absence d'autres. Voilà l'objet de mon investigation et la raison pour laquelle je me trouve ici maintenant. Mais dites-moi, à quoi dois-je l'honneur de votre invitation ? L'autre soir vous ne paraissiez pas très disposée à parler des Jin.

— Les personnes changent, ironisa-t-elle en lui servant une autre tasse de thé. Mais bien sûr, ce n'est pas la raison. (Elle lui sourit comme si elle pouvait le voir.) Si tu veux que je sois sincère, ton comportement de l'autre soir m'a intriguée, lorsque tu as défendu la courtisane face à la violence de cet énergumène. C'est quelque chose d'inhabituel chez les hommes du palais. Et cela m'a surprise.

— Et c'est pour cela que vous m'avez invité ?

— Disons simplement que cela... m'a donné envie de te connaître.

Cí aspira une gorgée de thé afin de dissimuler son embarras. Jamais auparavant une femme ne l'avait tutoyé. Il rougit encore plus lorsque la *nüshi* s'inclina et que de nouveau le *hanfu* s'entrouvrit. Il ignorait si Iris Bleu était consciente de ses mouvements, mais il détourna tout de même le regard.

— Belles antiquités, dit-il enfin.

— Sans doute, pour quelqu'un qui peut les apprécier. Je ne les collectionne pas pour moi, mais pour le plaisir de ceux qui m'entourent. C'est le miroir de ma vie, affirma-t-elle.

Cí perçut l'amertume de ses paroles, mais il ne sut quoi répondre. Il allait l'interroger sur sa cécité lorsqu'il entendit des éclats de voix à l'extérieur.

— Ce doit être mon mari, l'informa-t-elle.

Iris Bleu se leva calmement et attendit que la porte s'ouvrît. Cí l'imita. Il observa que la femme ajustait son vêtement.

Au fond du couloir, Cí aperçut la silhouette d'un homme assez âgé. Khan l'accompagnait et tous deux avaient une conversation animée. Le vieillard portait dans ses bras des fleurs dont Cí supposa qu'il les offrirait à Iris Bleu. L'inconnu salua sa femme depuis l'entrée et se réjouit que l'invité fût déjà arrivé. Cependant, lorsqu'il s'avança suffisamment pour regarder Cí, ses bras se relâchèrent et les fleurs tombèrent à terre.

Le vieillard ne put articuler un mot. Il resta debout à le regarder, incrédule, tout comme Cí le regardait, tandis que la servante s'empressait de ramasser les fleurs qui les séparaient. Voyant que personne ne réagissait, Iris Bleu s'avança.

— Cher époux, j'ai le plaisir de te présenter notre invité, le jeune Cí. Cí, je vous présente mon mari, l'honorable juge Feng.

30

Cí resta planté devant le juge, paralysé. Feng n'émit qu'un balbutiement. Lorsque enfin il se reprit, le juge ouvrit la bouche mais le jeune homme le devança.

— Honorable Feng. – Il s'inclina devant lui.

— Que fais-tu ici ? parvint à prononcer le juge.

— Vous vous connaissez ? intervint Khan, surpris.

— Un peu seulement… Il y a des années mon père a travaillé pour lui, s'empressa de répondre Cí. – Il s'aperçut que Feng n'arrivait pas à comprendre. Mais le vieil homme ne le démentit pas.

— Excellent ! applaudit Khan. Alors, tout sera bien plus facile. Comme je te le disais à l'instant (il s'adressa à Feng), Cí m'aide pour la préparation de plusieurs rapports sur les Jin. J'ai pensé que l'expérience de ton épouse pourrait nous être utile.

— Et tu as bien fait ! Mais asseyons-nous et fêtons cette rencontre, les invita Feng, encore troublé. Cí, je t'imaginais au village, dis-moi, comment va ton père ? Et qu'est-ce qui t'a amené à Lin'an ?

Cí baissa la tête. Il n'avait pas envie de parler de son père. En fait, il n'avait envie de parler de rien. Il avait honte d'avoir apporté le déshonneur sur Feng et, surtout, d'avoir désiré sa femme. Il essaya d'éviter la conversation, mais le juge insista.

— Mon père est mort. La maison s'est écroulée. Ils sont tous morts, résuma Cí. Je suis venu à Lin'an en pensant aux examens... – De nouveau il baissa les yeux.

— Ton père, mort ! Mais pourquoi n'es-tu pas venu me voir ? – Étonné, il demanda à Iris de servir plus de thé.

— C'est une longue histoire, voulut trancher Cí.

— Eh bien nous allons y remédier, répondit Feng. Khan m'a expliqué que tu loges au palais, mais puisque tu dois travailler avec mon épouse, je te propose de t'installer ici. Si Khan ne s'y oppose pas, bien entendu...

— Au contraire, dit Khan. Ça me paraît une excellente idée.

Cí voulut refuser l'invitation. Il ne pouvait trahir celui qu'il considérait comme son père. Lorsque Astuce Grise reviendrait, on découvrirait qu'il était un fugitif et son déshonneur éclabousserait Feng. Mais le juge insista.

— Tu verras. Iris est une excellente hôtesse, et nous parlerons du bon vieux temps. Tu seras heureux ici.

— Vraiment, je ne veux pas déranger. De plus, tous mes instruments et mes livres sont au palais et...

— Bagatelles ! l'interrompit-il. Je ne me pardonnerais pas de te laisser partir, et ton père ne me le pardonnerait pas non plus. Nous allons donner l'ordre d'apporter tes affaires afin que tu puisses t'installer tout de suite.

535

Ils parlèrent de choses sans importance que Cí entendait sans y prêter attention. Il ne regardait que le visage
de Feng, creusé par les rides. La seule idée de vivre
sous le même toit lui blessait le cœur, aussi poussa-t-il
un soupir de soulagement lorsque, se levant, Khan mit
fin à la réunion et lui demanda de l'accompagner. Feng
et Iris les suivirent jusqu'à la porte.

— À bientôt, salua Feng.

Cí lui rendit son salut, priant pour que ce soit en réalité un « à jamais ».

*

En chemin vers le palais, Khan se félicita de l'au-
baine de cette rencontre.

— Tu ne comprends pas ? (Il se frotta les mains.)
Cela t'offre l'occasion de percer les secrets de cette
femme ! D'enquêter sans qu'elle le sache ! De surveiller son serviteur mongol !

— Avec tout mon respect, Excellence, la loi interdit
expressément qu'un enquêteur soit logé au domicile
d'un suspect.

— La loi…, cracha-t-il. Cette règle prétend seulement empêcher qu'un enquêteur soit corrompu par les
gens de la famille, mais si ces derniers ignorent qu'ils
sont l'objet d'une enquête, ils pourront difficilement
corrompre qui que ce soit. En plus, tu n'es pas juge.

— Je regrette, le coupa-t-il. Je continuerai à enquêter
si telle est votre volonté, mais je n'habiterai pas chez
cette femme.

— Mais quelle bêtise dis-tu ? C'est une occasion
unique ! Je ne l'aurais pas imaginée moi-même !

Cí en était persuadé, car le visage de Khan était celui d'un déprédateur. Il tenta de le dissuader, arguant qu'il ne pouvait trahir la confiance de l'homme qui avait été l'ami de son père. Qu'il déshonorerait son père, le juge Feng et lui-même, et que c'était une chose qu'on ne pouvait permettre.

— Et à cause de cette confiance tu permettras à sa propre femme de le mener à la ruine ? Tôt ou tard sa perfidie sera mise au jour, elle frappera Feng et l'abattra comme une marionnette.

— Très bien ! Si l'avenir de Feng vous importe tellement, arrêtez-la, répliqua-t-il.

— Maudit crétin ! (Son visage changea.) Je t'ai déjà expliqué que nous avons besoin de savoir qui sont ses complices. Si je l'arrêtais maintenant, ils s'enfuiraient avant que la torture nous donne leurs noms. De plus, il y a beaucoup plus en jeu que l'honneur d'un pauvre vieillard : l'avenir de l'empereur est en lice.

Cí réfléchit bien à ce qu'il allait dire. Il savait que cela pouvait lui coûter la vie, mais il n'hésita pas.

— Faites comme vous voulez, mais je n'y participerai pas. Je ne ferai pas passer l'avenir de l'empereur avant celui du juge Feng.

Khan foudroya Cí du regard. Le conseiller ne dit rien, mais le jeune homme sentit dans sa gorge le goût d'une indicible crainte.

*

De retour dans sa chambre, Cí comprit que le moment de fuir était venu. S'il se dépêchait, il pouvait encore y parvenir. Il suffisait d'appeler Bo et de trouver une excuse pour qu'il l'accompagnât de l'autre côté des murailles. Ensuite, à la première inattention, il s'éclipserait et quitterait Lin'an pour toujours. Il appela un serviteur et le chargea d'avertir l'officier.

Pendant qu'il rassemblait ses affaires, il eut le temps de ruminer ses regrets. Il savait qu'une pareille occasion ne se représenterait jamais. Il avait touché du doigt son rêve et devait à présent le laisser échapper à jamais. Il se remémora sa jeune sœur, son innocent petit visage de pêche. Il se remémora la perte de sa famille, son désir de devenir juge et de montrer au monde qu'il existait d'autres manières d'enquêter et de chercher la vérité. Cela aussi il allait le perdre. Maintenant, la seule chose qu'il pouvait faire était de conserver sa dignité.

Lorsqu'il entendit frapper à la porte, il mit sa tristesse de côté et prit une petite musette dans laquelle il glissa ses carnets de notes. Dehors, Bo attendait ; il lui expliqua qu'il avait besoin de lui pour l'accompagner de nouveau à l'atelier du bronzier. Bo n'eut aucun soupçon. Ils sortirent du palais et se dirigèrent vers les remparts. Cí craignait qu'à tout moment un bras inconnu le saisît par-derrière. Il pressa le pas. Alors qu'ils allaient franchir la première muraille, une sentinelle les arrêta. Cí serra les dents pendant que Bo montrait les sauf-conduits et que la sentinelle les examinait en prenant son temps. Tout en vérifiant les autorisations, l'homme regarda Cí avec attention. Après quelques instants d'hésitation, il leur ouvrit le passage qui communiquait avec la seconde muraille. Ils avancèrent. Au contrôle suivant, une autre sentinelle les arrêta encore. Bo répéta l'opération tandis que Cí attendait en regardant de l'autre côté. Le garde l'observa du coin de l'œil. Cí se mordit les lèvres. C'était la première fois qu'on se montrait réticent. Il aspira avec force et attendit. Bientôt, la sentinelle revint, les sauf-conduits à la main. Cí tenta de les saisir, mais le garde les retint.

— Ils sont signés par le conseiller des Châtiments, lui fit observer Cí de mauvaise humeur.

Cela ne parut pas intimider la sentinelle.

— Suivez-moi dans la tourelle, lui ordonna-t-il.

Cí obéit. En entrant, il sursauta. Khan attendait à l'intérieur. Le conseiller se leva, il prit les laissez-passer que lui tendait la sentinelle et les chiffonna sans les regarder.

— Où allais-tu ? demanda Khan. – Son regard était plein de dédain.

— À l'atelier du fabricant de bronzes. (Cí sentit son cœur battre la chamade.) Il y a une piste que j'ai besoin d'approfondir. Bo m'accompagne, ajouta-t-il.

Khan fronça un sourcil. Il attendit avant de questionner.

— Quelle sorte de piste ?

— Une, balbutia Cí.

— Il se peut que ce soit vrai… Ou il se peut, comme je le soupçonne, que tu aies envisagé l'idiote possibilité de t'enfuir. (Il fit une pause et sourit.) Si tel était le cas, je veux t'avertir qu'il serait très impoli de le faire sans prendre congé de ton maître Ming. Il est dans un cachot. Arrêté. Et il y restera jusqu'à ce que tu acceptes de loger dans le pavillon de Feng.

*

Lorsque Cí vit l'état dans lequel se trouvait Ming, la rage le submergea. L'homme gisait sur un grabat défoncé, le visage impavide et le regard perdu. Lorsqu'il prit conscience de la présence de Cí, il tenta de se lever pour le saluer, mais ses jambes l'en empêchèrent. Elles étaient violacées, tuméfiées par les coups de bâton. Le professeur balbutia, laissant voir dans sa bouche un trou sanguinolent.

— Ces barbares… ils m'ont frappé, réussit-il à dire.

Cí n'avait pas le choix. Il plaida pour qu'il fût soigné et transporté ailleurs. Puis il assura Khan de sa collaboration.

*

Plusieurs serviteurs l'aidèrent à transporter ses effets au Pavillon des Nénuphars. Lorsqu'ils se retirèrent, Cí admira avec tristesse sa nouvelle chambre. C'était une pièce vaste qui donnait sur le verger de citronniers. Le parfum des arbres l'inondait, en faisant un paradis de fraîcheur. Il laissa ses affaires et sortit à la rencontre du juge Feng, qui attendait dehors, montrant sa satisfaction. Lorsqu'il arriva à sa hauteur, Cí s'inclina pour le complimenter, mais Feng l'accueillit dans ses bras avant qu'il eût terminé sa révérence.

— Mon garçon ! (Il lui ébouriffa les cheveux avec enthousiasme.) Comme je me réjouis de t'accueillir parmi nous !

À la chaleur d'un délicieux thé noir, Feng s'intéressa aux circonstances qui avaient entouré la mort de son père. Cí lui raconta la perte de sa famille, ses vicissitudes à la ville, sa rencontre avec le devin, la tragique disparition de sa sœur, son entrée à l'Académie Ming et son arrivée ultérieure au palais, mais il évita les détails concernant sa fugue et le motif de sa présence dans cette chambre. Feng l'écoutait bouche bée, comme s'il n'en croyait pas ses oreilles.

— Mais toutes ces peines… pourquoi n'as-tu pas essayé de me retrouver ? lui demanda-t-il.

— Je l'ai fait. (Il pensa lui avouer sa condition de fugitif. Finalement, il baissa les yeux.) Monsieur, je ne devrais pas être là. Et je ne suis pas digne de partager…

Feng l'arrêta en posant un doigt sur ses lèvres. Il l'assura qu'il avait déjà assez souffert pour discuter de ce qui convenait ou pas. Il se réjouissait de l'avoir trouvé et partagerait ses chagrins avec la même volonté que ses joies. Cí ne dit mot. Les remords lui serraient la gorge. Il resta silencieux jusqu'à ce que Feng l'interroge à propos des examens.

— Tu voulais te présenter, n'est-ce pas ?

Cí acquiesça. Il lui raconta qu'il avait tenté d'obtenir le certificat d'aptitude, mais qu'il lui avait été refusé à cause du comportement déshonorant de son père. Les larmes lui montèrent aux yeux.

Feng baissa la tête avec tristesse.

— Alors tu l'as appris, se lamenta-t-il. Je n'ai jamais voulu te le dire. Ce fut quelque chose de très désagréable. Même lorsque tu te posais des questions au sujet du changement d'attitude de ton père, quand tu m'as demandé, au village, pourquoi il refusait de revenir à Lin'an, je n'ai pas osé te le dire. (Il se mordit les lèvres.) À ce moment-là, tu avais déjà assez de soucis avec l'arrestation de ton frère. Mais peut-être vais-je pouvoir t'aider maintenant. J'ai de l'influence et sans doute ce certificat…

— Monsieur, je ne veux pas que vous fassiez pour moi quoi que ce soit qui puisse vous porter préjudice.

— Tu sais combien je t'ai toujours apprécié, Cí. Et maintenant que te revoilà, je veux que tu fasses partie de ma famille pour toujours.

Il lui parla de son épouse, Iris Bleu.

— Nous nous sommes rencontrés peu après votre départ. Ce qui est sûr, c'est que les choses n'ont pas été faciles. Les commérages nous accompagnaient partout où nous allions, mais je peux t'assurer qu'avec elle j'ai trouvé le bonheur.

Cí observa la *nüshi* du coin de l'œil. La femme se reposait dans le jardin, regardant paisiblement l'infini. La lumière baignait ses cheveux noirs soyeux, rassemblés en un chignon qui laissait à découvert un cou ferme et lisse. Alors il détourna les yeux comme s'il était sur le point de voler une bouchée interdite et il but une gorgée de thé pour dissimuler la rougeur qui envahissait son visage. Lorsqu'il eut terminé, il demanda à Feng la permission de se retirer dans ses appartements, car il devait étudier ; Feng la lui accorda. Déjà il s'éloignait lorsque le juge l'arrêta pour lui offrir un gâteau de riz. Cí l'accepta, honteux. En se retournant, il entendit de nouveau la voix douce de Feng.

— Cí.

— Oui, monsieur ?

— Merci de rester. Cela me rend très heureux.

Cí se laissa tomber sur le lit de plumes et contempla la richesse qui s'étalait autour de lui. En toute autre circonstance il aurait joui de la situation, mais à cet instant il se sentait comme un chien sauvage recueilli par un maître qu'il dévorerait dès qu'il en aurait l'occasion.

Ses yeux se brouillèrent en même temps que son entendement. Mais que pouvait-il faire ? S'il désobéissait à Khan, le conseiller des Châtiments exécuterait Ming aussi froidement que s'il écrasait une limace. Mais s'il accédait à ses désirs, il trahirait Feng. Il mit dans sa bouche un petit gâteau de riz, et eut l'impression que c'était du fiel. Incapable de l'avaler, il le recracha avec dégoût, comme si sa propre âme le rendait amer. Peut-être ne valait-il pas la peine de vivre ainsi.

Il ne sut combien de temps il se martyrisa, s'accusant du tort qu'il allait infliger à la seule personne qui l'avait vraiment aidé. Dehors, la lumière des grandes fenêtres commençait à s'éteindre, tout comme ses espérances.

Il pensa à tous les hommes assassinés : l'eunuque Doux Dauphin, un inverti élégant et sensible, amateur d'antiquités ; l'homme aux mains corrodées, relié d'une façon ou d'une autre au commerce du sel ; le jeune homme du portrait, au visage piqué de blessures et toujours pas identifié ; le fabricant de bronzes, dont l'atelier avait brûlé, comme par hasard, la nuit même où il avait été décapité... Rien n'avait de sens, du moins pour ce qui concernait Iris Bleu. Car même si cette femme voulait vraiment faire du tort à l'empereur, pour quelle raison aurait-elle tué quatre individus n'ayant apparemment aucune relation entre eux ? Ou, exposé autrement, de quelle manière ces terribles morts affectaient-elles l'empereur ? En fin de compte, et malgré la similitude de tous ces assassinats, il n'était même pas certain qu'ils eussent été commis par la même personne.

Il médita jusqu'au crépuscule et plus tard, simulant des maux d'estomac qui lui permirent d'éluder le dîner. Lorsque enfin la fatigue le vainquit, il ferma les yeux, et Iris Bleu apparut dans son esprit. Bien que ce fût sans le vouloir, cela ne l'empêcha pas de se sentir comme un indésirable. Il eut beau faire, il ne put l'éloigner de sa pensée.

Le lendemain matin il se leva avant ses hôtes. Il voulait s'assurer que Ming allait bien. Il remercia les serviteurs pour le petit déjeuner et, après leur avoir précisé qu'il reviendrait pour le déjeuner, il partit vers les cachots.

Il trouva Ming dans une cellule qui était un infâme dépotoir, où l'humidité, les restes pourris de nourriture et les excréments cohabitaient avec les rats qui sortaient des cloaques. La colère lui embrasa les entrailles. Le maître gisait à terre, gémissant à cause des plaies qui lacéraient ses jambes. Cí exigea à grands cris une explication de la sentinelle, mais celle-ci montra la même pitié qu'un boucher d'abattoir dans son travail. Le jeune homme le maudit en lui arrachant une jarre d'eau, et il s'accroupit près de Ming pour le réconforter. Il se dépouilla aussitôt de sa chemise et s'en servit pour nettoyer le sang séché sur ses lèvres. Les blessures de ses jambes avaient mauvais aspect. Cí trembla. Chez un homme jeune les coups de bâton pourraient peut-être guérir rapidement, mais chez Ming… Il ne savait trop quoi faire. Il tenta de le rassurer, mais en réalité il était plus nerveux que son maître. Finalement, il l'assura qu'il le sortirait de là. Ming sourit sans conviction, laissant entrevoir ses gencives ensanglantées.

— Ne te donne pas ce mal. Nous les efféminés, nous n'avons jamais été du goût de Khan, ironisa-t-il.

Cí maudit le conseiller. Il regretta que Ming se trouvât dans cette situation par sa faute. Il lui avoua combien la situation était délicate en raison du chantage auquel Khan le soumettait et lui promit qu'il ferait tout ce qui était en son pouvoir pour le sauver.

Ming acquiesça.

— C'est comme donner des coups à l'aveuglette. À quoi me sert-il de suivre des pistes si j'ignore le mobile qui guide l'assassin ? se plaignit-il amèrement.

— As-tu considéré la vengeance ?

— C'est ce que Khan m'a suggéré. Mais par tous les dieux, il soupçonne une aveugle ! – Il lui détailla la situation de la *nüshi*.

— Et se pourrait-il qu'il ait raison ?

— Bien sûr que c'est possible ! Cette femme dispose d'une telle fortune qu'elle pourrait engager une armée. Mais pourquoi le ferait-elle ? Si ce qu'elle veut c'est se venger, pourquoi assassiner des malheureux ?

— Et il n'y a pas d'autres suspects ? Un ennemi des morts ?

— Je ne sais plus quoi penser. L'eunuque n'avait pas d'ennemis. Sa seule obsession était le travail.

— Et le fabricant de bronzes dont tu m'as parlé ?

— On a incendié son atelier. J'enquête là-dessus.

Ming essaya de se lever, mais une douleur fulgurante le fit retomber à terre.

— Je suis désolé de ne pas pouvoir t'aider, Cí. Dans mon état… Mais peut-être peux-tu faire quelque chose pour moi. (Il sortit une clé qui pendait à son cou.) Prends-la. C'est celle de ma bibliothèque. Il y a une fausse petite porte sur la dernière étagère. (Un tremblement le secoua.) Je garde là les secrets de ma vie, des petites choses qui m'ont accompagné : quelques livres, des dessins, des poésies, des souvenirs... Des objets sans valeur qui signifient beaucoup pour moi. S'il m'arrivait quelque chose, je ne veux pas que quelqu'un les trouve. Demande à voir Sui. Lui te laissera entrer.

— Mais, monsieur...

— Promets-moi que tu les sauveras et les enterreras à côté de moi.

— Rien de cela ne sera nécessaire.

— Promets-le-moi, le pressa-t-il.

Cí se mordit les lèvres. Il le lui promit à voix haute, mais ajouta intérieurement une promesse de son cru : si son maître Ming mourait, Khan ne tarderait pas à l'accompagner.

Il se dirigea ensuite vers le bureau de Khan, auquel il accéda grâce à son sceau. Il n'attendit pas que la sentinelle l'eût annoncé. Il poussa simplement la porte et entra. Il surprit Khan penché sur des papiers qu'il ramassa en toute hâte. Ses yeux se remplirent de colère, mais ceux de Cí en contenaient encore davantage. Il ne laissa pas le conseiller ouvrir la bouche.

— Ou vous sortez Ming à l'instant même de ce cloaque, ou je révèle à Iris Bleu toutes vos manigances ! le défia-t-il.

En l'entendant, Khan parut soulagé.

—Ah ! C'est ça ? Je pensais qu'on l'avait déjà transféré, dissimula-t-il.

Cí perçut chez Khan la puanteur du mensonge.

— Si vous ne l'en sortez pas, je le lui dirai. S'il ne va pas mieux, je lui raconterai tout. Et s'il meurt…

— S'il meurt, ce sera parce que tu n'as pas accompli ton travail, et alors vous mourrez tous les deux ! le coupa-t-il. Laisse-moi te dire une chose, mon garçon : jusqu'à maintenant tes enquêtes ont satisfait l'empereur, mais moi, pas du tout. Tes chances s'épuisent au même rythme que ma patience et je t'assure que je ne plaisante pas quand je te dis que j'en ai très, très peu. Aussi oublie ce qui peut arriver à ce dégénéré et retourne tout de suite à ton travail si tu ne veux pas finir comme lui. – Khan lui tourna le dos, confiant.

Cí ne bougea pas.

— Tu ne m'as donc pas entendu ? ! cria Khan en s'apercevant qu'il était toujours là.

— Quand vous aurez transféré Ming, le défia-t-il.

Le conseiller dégaina un poignard de sa ceinture, et dans un mouvement d'une rapidité extraordinaire il posa la lame sur la veine jugulaire de Cí. Le jeune homme perçut la pression du métal. À chaque battement de son cœur, l'acier caressait le contour bleu de sa veine, mais il avait déjà pris une décision. Il pensait que si Khan avait voulu le tuer, il y a longtemps qu'il en aurait donné l'ordre.

— Quand vous aurez fait transférer Ming, répéta-t-il.

Il sentit le fil de la lame vibrer de rage. Finalement, Khan l'écarta.

— Garde ! hurla-t-il. (Aussitôt la sentinelle entra.) Faites le nécessaire pour qu'on soigne les blessures du prisonnier Ming et qu'il soit transféré dans cet édifice. Quant à toi (il approcha sa grosse figure au point de frôler celle de Cí), tu as trois jours. Si dans trois jours tu n'as pas trouvé l'assassin, un assassin te trouvera, toi.

*

Dès qu'il eut quitté le bureau de Khan, Cí trouva l'air qui lui manquait. Il se demandait encore comment il avait osé défier le conseiller de cette façon, mais il n'avait pas le temps de chercher une réponse. Le délai accordé par Khan coïncidait à peu près avec le retour d'Astuce Grise. Il serra les poings, y enfonçant ses ongles. S'il voulait sauver Ming, sa seule issue passait par la découverte de l'assassin, même si cela supposait trahir le juge Feng.

En compagnie de Bo, il retourna dans les oubliettes pour vérifier qu'on exécutait les ordres de Khan. Là, quatre serviteurs accompagnés d'un médecin s'occupèrent de Ming et le transportèrent sur une civière. Une fois satisfait, il convint avec Bo de se rendre dans la salle où l'on avait déposé les pièces récupérées dans l'atelier du bronzier.

En entrant dans le magasin, il put constater que l'endroit n'était pas mieux que le dépotoir où ils avaient enfermé Ming. Il était seulement plus grand et contenait plus de saleté. Il écrasa un morceau de bois carbonisé et écarta quelques tisonniers en métal. Ceux qui avaient effectué le transport des ustensiles avaient non seulement oublié d'étiqueter leur provenance, mais ils les avaient entassés sur un plan en hauteur et dispersés sur le sol. Bo s'en excusa auprès de Cí et l'aida à mettre de l'ordre dans ce matériel. Ils commencèrent par séparer tous les objets en métal. Puis l'officier se chargea de classer les morceaux de bois tandis que Cí numérotait les moules. Cependant, ce qui au début lui avait paru une tâche simple s'avéra être un vrai casse-tête. Pour la plupart des moules, les fragments en terre cuite et en céramique étaient si nombreux et si petits que la seule idée de les reconstituer lui paraissait impossible, mais les différents tons des argiles, modifiés par la chaleur de la cuisson, lui permirent d'individualiser chaque pièce.

Il en était à la moitié du travail lorsqu'il tomba tout à coup sur un tesson qui le surprit.

— Oubliez les morceaux de métal. Vous avez vu ça ? (Il montra le fragment à Bo.) Il est différent des autres.

Bo examina le morceau de terre cuite verdâtre avec le même enthousiasme que si on lui avait montré n'importe quelle autre pierre.

— Qu'est-ce que c'est ? parvint-il à dire.

— Cherchons-en d'autres !

Tous deux localisèrent un total de dix-huit fragments qui, par leur aspect, semblaient faire partie de la même matrice. Lorsque Cí se fut assuré qu'il n'y en avait pas d'autres, il les mit de côté dans un morceau d'étoffe qu'il garda dans un sac à part. Bo lui demanda pourquoi, mais au moment où il allait lui répondre, Cí se méfia de lui. Pour éviter les soupçons, il lui dit de faire la même chose avec le reste des moules pendant qu'il finissait d'examiner les pièces en métal. L'heure du déjeuner venue, il cessa de dissimuler et prit congé de Bo pour retourner au Pavillon des Nénuphars, le sac sur l'épaule.

Dès qu'il fut dans sa chambre, il sortit les fragments pour procéder à leur assemblage. En les comparant avec les fragments des autres moules, son attention avait été attirée non seulement par leur ton verdâtre, mais aussi par leur uniformité, ce qui selon lui indiquait un usage peu fréquent. Mais un tel raisonnement allait à l'encontre de la finalité d'un moule : ces derniers servaient à reproduire de nombreuses pièces en séries. Il en vint à la conclusion que cette matrice devait être relativement neuve. Il avait commencé à assembler les tessons lorsqu'il s'aperçut qu'on l'observait depuis l'embrasure de la porte.

— La table est mise, annonça Iris Bleu.

Cí se racla la gorge et ramassa aussitôt les pièces, comme s'il avait été surpris en train de les voler. Alors qu'il les cachait sous le lit il constata que la femme regardait dans le vide tandis que sa silhouette se détachait à contrejour, tel un luth joliment sculpté. Il la remercia et la suivit jusqu'au salon où Feng attendait déjà.

Pendant le repas, Feng révéla à Iris Bleu le lien qui l'unissait à Cí.

— J'aurais aimé que tu le connaisses adolescent, c'était un paquet de nerfs, et vif comme la faim ! assura-t-il. Son père travaillait pour moi, c'est pourquoi je l'ai pris comme assistant. Je me souviens qu'à peine sorti de l'école, il était déjà à la porte, attendant que je commence ma ronde pour m'accompagner dans mes enquêtes. (Son visage s'illumina.) Il me rendait fou avec ses questions et ses discussions… Et par le vieux Confucius, il fallait tout lui expliquer ! Il ne se satisfaisait jamais d'un simple « parce que c'est comme ça ».

Cí sourit. Il se souvint de cette époque comme la plus heureuse de sa vie.

— Je t'ai bien regretté, mon garçon, confia Feng. Sais-tu, Iris ? En plus d'être un assistant indispensable, avec le temps Cí est presque devenu le fils que je n'ai jamais pu avoir. (Son regard se teignit de tristesse.) Mais oublions les peines. Maintenant il est parmi nous ! (Il sourit.) Et c'est ce qui compte.

— Je n'ai jamais été aussi bon, rougit Cí.

— Aussi bon ? s'énerva Feng. Tu étais le meilleur ! Rien à voir avec les assistants qui t'ont précédé. Je me souviens encore de l'affaire de ton village.

— Qu'est-il arrivé ? demanda Iris Bleu.

— Rien de particulier. (Cí se racla la gorge, gêné de se rappeler le délit de Lu et sa fin tragique.) Tout le mérite en revient à Feng.

— Comment ça rien de particulier ? J'aurais voulu que tu sois là ! Cela s'est passé dans son village natal. Cí avait découvert le cadavre d'un certain Shang. Nous étions enlisés. Aucun suspect ni une seule piste face à un crime épouvantable. Mais Cí ne s'est pas avoué vaincu et il m'a aidé jusqu'à ce que je découvre la preuve dont j'avais besoin.

Cí se remémora l'instant où Feng avait chassé les mouches qui étaient ensuite allées se poser sur la faucille de son frère et comment, tout de suite après, le juge en avait déduit son implication dans l'assassinat.

— Je ne suis pas étonnée que Khan l'ait engagé, répliqua Iris Bleu, mais il est curieux que la raison en soit les Jin. D'après ce qu'il m'a dit, ce qui l'intéresse chez eux, ce sont leurs habitudes alimentaires.

— Vraiment ? (Surpris, Feng regarda Cí.) Je ne savais pas que tu te consacrais maintenant à ce genre de choses. Je pensais que ton travail avait plus à voir avec ton habileté de *wuzuo*.

En l'entendant, Cí avala de travers, mais il s'empressa d'expliquer que c'était le vin de riz. Il mentionna en passant qu'il avait étudié les barbares du Nord à l'Académie Ming. Par chance, Iris Bleu ne parut pas y prêter attention.

— Et qu'est-ce qui vous a séparés ? demanda-t-elle. Je veux dire, pourquoi a-t-il cessé d'être ton assistant ?

— Un événement affligeant, répondit Cí. Mon grand-père est mort, et mon père s'est vu obligé de solliciter le congé qu'exige le deuil. Nous avons quitté Lin'an et nous avons émigré au village, dans la maison de mon frère. (Il regarda Feng, craignant que celui-ci ne développe les explications qui faisaient référence au comportement déshonorant de son père. Mais le juge n'en dit rien.) Le poulet est délicieux, ajouta-t-il, essayant de détourner l'attention.

Pendant le reste du repas, Feng parla à Cí de sa promotion et de son emménagement au Pavillon des Nénuphars. Le juge lui confia qu'il devait tout cela à Iris Bleu.

— Depuis que je l'ai rencontrée, ma vie a changé. – Il caressa la main de son épouse. Pour toute réponse, elle la retira.

— Je vais redemander du thé.

Cí vit Iris Bleu se lever et se diriger vers les cuisines sans s'aider de l'étrange canne rouge qui l'accompagnait toujours. Il ne pouvait cesser de penser à sa peau. Feng la regarda aussi.

— Personne ne dirait qu'elle est aveugle. (Il sourit avec fierté.) Elle pourrait parcourir jusqu'au dernier recoin de la maison sans trébucher et elle serait de retour ici avant toi.

Cí approuva en la regardant s'éloigner. Il avait l'impression d'être un véritable traître. Les remords le dévoraient. Il pensa confesser la vérité à Feng, ou au moins en partie. Il avait besoin de le faire pour ne pas exploser.

Il profita de cet intermède pour lui parler de Khan mais, auparavant, fit jurer à Feng de garder le secret sur tout ce qu'il allait lui confesser.

— Y compris Iris Bleu, ajouta-t-il.

Feng jura sur l'âme de ses défunts.

Alors Cí lui raconta sa fuite du village et sa situation de fugitif, puis il lui parla d'Astuce Grise. Il s'étendit ensuite sur l'affaire des étranges assassinats sur lesquels il enquêtait, en profitant pour lui détailler chacune des morts et tout ce qu'il avait constaté. Lorsqu'il eut terminé avec les aspects sinistres, il l'assura que Khan était persuadé que tout cela était un complot contre l'empereur. Évidemment, il omit ses soupçons au sujet d'Iris Bleu.

En l'écoutant, Feng s'étonna.

— Mais tout cela est incroyable… Je vais voir en quoi je peux t'aider. Et à propos de ce jeune homme que tu crains… Astuce Grise, ne t'inquiète pas. Lorsqu'il reviendra du Fujian, je parlerai avec lui et tout s'éclaircira.

Cí le regarda dans les yeux. Le visage de Feng débordait de confiance alors que lui-même était sur le point de le trahir. Son estomac se serra. Il allait lui avouer que le véritable motif de sa présence au Pavillon des

Nénuphars obéissait à l'implication présumée de son épouse, lorsque Iris Bleu revint.

— Le thé.

Feng lui sourit. Il fit de la place sur la table et s'empressa de soutenir le plateau pour qu'elle s'assoie. Puis elle les servit avec douceur, caressant la théière. Cí la contempla, ébahi. Ses gestes calmes le captivaient. Il but le liquide en même temps que Feng, puis elle les imita. À cet instant Feng se leva comme si un éclair l'avait frappé.

— J'allais oublier ! s'exclama-t-il, et il partit précipitamment en direction de sa chambre. (Il en revint bientôt avec plusieurs papiers.) Prends, Cí. (Il les lui tendit.) Ils sont à toi.

Cí suça ses doigts avant de les essuyer avec une serviette, il prit les imprimés, surpris, et les lut avec attention.

— Mais ceci…, balbutia-t-il en regardant Feng, incrédule.

Il relut une nouvelle fois le certificat d'aptitude dont il avait besoin pour se présenter aux examens. Il n'y était fait aucune mention du comportement ignominieux de son père. Il était propre. Il était apte. Il regarda Feng, les yeux embués, s'inclina devant lui et sourit.

Ils terminaient le thé quand le serviteur mongol les interrompit pour informer Feng que des commerçants l'attendaient à la porte. Il précisa que c'était urgent. Feng s'excusa auprès de Cí et partit les recevoir. Il revint peu de temps après, indigné. À ce qu'il paraissait, l'un des convois qui transportaient des marchandises vers la frontière avait été attaqué.

— Apparemment, les assaillants ont été repoussés, mais nous avons subi des pertes et une partie de la marchandise est perdue. Je vais devoir partir tout de suite, regretta-t-il.

Cí le regretta plus encore. Il aurait donné n'importe quoi pour lui avouer les véritables raisons de sa présence, mais Feng ne lui en donna pas l'occasion. Le juge profita du moment des adieux pour murmurer quelque chose à l'oreille de Cí.

— Prends garde à Khan... Et prends soin d'Iris Bleu.

Et il partit très vite.

31

Feng avait assuré qu'il ne serait absent que quelques jours, le temps d'organiser un nouveau convoi depuis les magasins proches de la ville, mais la seule idée de se savoir en tête à tête avec Iris Bleu fit tout de même trembler Cí. C'est sans doute pour cette raison qu'en entendant la porte se fermer il ne put empêcher ses doigts de lâcher le certificat d'aptitude. Et lorsqu'en se penchant pour le ramasser il frôla sans le vouloir les mains d'Iris Bleu, son cœur fut agité d'un sursaut.

Quand il voulut s'excuser, les mots s'embrouillèrent dans sa gorge, aussi argua-t-il qu'il était fatigué et qu'il avait besoin de regagner ses appartements pour se reposer. Iris n'y vit pas d'inconvénient et lui proposa de poursuivre la conversation sur les Jin lorsqu'il irait mieux. Cí accepta dans un balbutiement, il prit une assiette de riz gluant en prétextant qu'il le mangerait plus tard et se retira.

Une fois dans sa chambre, il ressortit les fragments de terre cuite et se mit au travail. Il commença par les plus gros tessons, qu'il numérota à l'aide d'un fusain, afin de se rappeler leur position. Lorsqu'il eut terminé, il se mit à les assembler en utilisant le riz gluant pour les coller et reconstituer le moule. Mais à chaque instant ses nerfs le trahissaient et les rares fragments qu'il parvenait à unir finissaient par s'effondrer sur le tapis de la table. Il fit plusieurs tentatives avant de maudire le moule et de l'écarter. Il avait beau vouloir s'abuser, il savait bien que le tremblement de ses mains ne provenait ni de leur manque de fermeté ni de la peur de l'échec. L'origine de son agitation résidait en lui, dans l'irrépressible séduction qu'Iris Bleu exerçait sur lui.

Il se laissa tomber sur le lit et essaya de se reposer, mais il en fut incapable. Les draps de soie caressaient sa peau, le faisant rêver d'elle. Il tenta de se retenir en pensant à Feng, mais ne parvint qu'à imaginer les seins turgescents de son épouse.

Il décida de prendre un bain pour se détendre. Il demanda des serviettes à une servante. La baignoire, remplie d'eau, l'attendait dans une pièce contiguë. Une fois seul, il se déshabilla en prenant son temps, puis s'y plongea lentement. La fraîcheur le calma. Fermant les yeux, il mit la tête sous l'eau, se laissant étreindre par la masse liquide qui le réconforta. Lorsqu'il émergea il regarda ses mains couvertes de cicatrices. Il contempla celles qui traversaient son torse, le torse brûlé d'un mutilé. Jusqu'à cet instant, il ne s'était que peu soucié des marques qui parcouraient son corps, sans doute parce que, comme un boiteux avec son déhanchement ou un sourd avec son silence, il s'était habitué à vivre avec elles. Cependant, maintenant qu'il les regardait, il avait honte de son apparence. Ou, ce qui était pire encore : il se méprisait. Les brûlures qui sillonnaient sa peau telles des racines de chair noueuses lui semblaient à présent aussi tordues que ses pensées.

De nouveau il ferma à demi les paupières, à la recherche d'une paix dont il savait qu'elle n'habitait pas en lui, et demeura silencieux ; le temps se traînait lentement tandis que par moments se faisait sentir l'aiguillon venimeux du désir.

Comment était-il possible qu'une telle chose lui arrivât ? Comment pouvait-il seulement penser à l'épouse de l'homme qui l'avait accueilli ? Plus il essayait de raisonner, plus il cherchait à s'éloigner de cette douce tentation, plus elle s'accrochait à lui, l'attrapant, triomphant de sa volonté comme celui qui, épuisé, se rend devant le calme d'un rêve profond.

Peu à peu sa nuque se détendit, ses épaules perdirent leur tension et ses bras se laissèrent porter par le léger clapotement et la caresse de l'eau étale. Une douce somnolence s'empara de lui et le conduisit jusqu'à un lieu brumeux où la paix dont il avait la nostalgie l'accueillit entre ses bras. Soudain, il perçut un parfum intense, enivrant. Aussi pénétrant que s'il était réel. Alors il l'entendit.

En ouvrant les yeux, il la découvrit devant lui, ses yeux aveugles fixés sur son corps. Il voulut se couvrir, oubliant qu'elle ne pouvait le voir.

— Tu vas bien ? dit Iris Bleu d'une voix douce. La servante m'a dit que tu allais te baigner, mais tout l'après-midi est passé et…

— Je suis désolé, répondit-il effrayé. J'ai dû m'assoupir.

Pour toute réponse, la femme tâta les murs jusqu'à ce qu'elle trouvât un coffre sur lequel elle s'assit délicatement. Cí en fut gêné. Il ne comprenait pas pourquoi Iris Bleu restait près de lui. Il vit que son regard n'était pas fixé sur lui, mais légèrement détourné, et son erreur, en quelque sorte, le rassura.

— Ainsi tu es un *wuzuo*. Étrange profession.

— Seules m'intéressent les causes de la mort, s'excusa-t-il. Comme votre mari…

— Pas depuis qu'ils l'ont élevé en grade. Dès lors, il ne se consacre qu'à des tâches administratives. Et toi ? À quoi te consacres-tu en réalité ? – Elle se leva et s'approcha de la cuve.

Cí toussota.

— Je vous l'ai dit. Je travaille comme assesseur de Khan. Et une *nüshi* ? À quoi une *nüshi* se consacre-t-elle ?

— Oh ! tu le sais déjà. (La femme fit le tour de la baignoire d'un pas léger, effleurant le bord de ses doigts.) Entre autres choses, je savonnais l'empereur. – Elle plongea ses mains dans l'eau.

Cí resta immobile, incapable de respirer, imaginant qu'Iris Bleu devait entendre les battements de son cœur. Il perçut la pression de ses doigts près de ses pieds. Il trembla, pensant qu'elle allait le caresser, mais à cet instant la femme déboucha l'écoulement de la baignoire et se leva.

— Le dîner est prêt. Je t'attends dans la salle à manger. – Et elle quitta la pièce tandis que la baignoire se vidait.

Cí pensa que cela avait été comme se trouver devant une déesse capable de lui susurrer un baiser tandis qu'elle préparait sa perte.

S'il n'avait pas eu le souci de paraître impoli par son absence, Cí aurait renoncé au dîner. Propre et parfumé, il se présenta dans le petit salon où le guida la servante, une pièce paisible où Iris Bleu attendait, assise sur une banquette. Il prit place en face d'elle sans oser la regarder. À peine eut-il levé les yeux qu'il resta émerveillé. Elle portait une blouse vaporeuse qui laissait entrevoir sa peau. Il avala sa salive et détourna le regard, comme s'il craignait qu'Iris Bleu pût le voir, mais ensuite, alors qu'elle lui offrait une assiette de pousses de soja, il se permit de la contempler. Lorsqu'elle bougeait, la courbe de ses seins se découpait contre la soie, imprimant la protubérance de ses mamelons. Comme elle restait lointaine, son regard se fit plus inquisiteur, plus intense. Il vit ses bras galbés. Ses mains soignées exploraient les fruits avec délicatesse, les palpant, les caressant pour en percevoir la maturité et la texture. La respiration de Cí devint pénible. Il ne pouvait la quitter des yeux.

— Que regardes-tu ? demanda-t-elle.

Cí sursauta.

— Rien, répondit-il.

— Rien ? Tu n'aimes pas ce qu'on nous a servi ? Il y a même des raisins secs…

— Oh oui ! Bien sûr ! – Il prit l'un de ces fruits étranges.

— Tout à l'heure tu m'as posé une question sur mon ancien métier… Cela t'intéresse-t-il vraiment ? demanda Iris en le servant.

— Beaucoup. (Il admira la beauté de ces yeux qui lui faisaient oublier tout le reste.) Pardon ! s'excusa-t-il, et il prit la coupe. – Ce faisant, il effleura de nouveau ses mains. Il frissonna.

Iris but et ses lèvres s'humidifièrent. Elle posa lentement la tasse sur le napperon en bambou et mit ses mains dans son giron. Cí supposa qu'elle savait qu'il la regardait.

— Ainsi tu veux savoir à quoi se consacre une *nüshi*... Tu devrais finir de manger, ou peut-être boire un peu plus, car tu vas entendre une histoire bien amère. (Elle inspira en regardant dans le vide. Puis elle eut un sourire teinté d'angoisse.) Quand je suis entrée au service de l'empereur, j'étais une fillette, condition que j'ai rapidement perdue, car en quelques jours cet homme a mis un terme à mon enfance. Il avait dû voir quelque chose en moi. Il l'a vu et il l'a pris, tout simplement. (Son regard devint triste.) J'ai grandi au milieu des concubines. Elles ont été les sœurs qui m'ont appris à vivre. À vivre pour lui, pour satisfaire le Fils du Ciel par un art raffiné, subtil... et qui arrache le cœur. (Ses yeux s'embuèrent.) Au lieu de jouer, j'ai appris à embrasser et à lécher. Au lieu de rire, j'ai appris à donner du plaisir...

« Des textes de Confucius... ? Les Cinq Classiques... ? Je ne les ai jamais entendus. Les livres qu'on me lisait étaient les classiques du plaisir : le *Su Nu Jing*, le libidineux *Manuel de la jeune vierge* ; le *Xufangnei Mishu*, la *Préface de l'art secret de l'alcôve* ; le *Wu Fang Mijue*, *Les Formules secrètes de la chambre nuptiale* ; le *Sou Nu Fang*, *Les Recettes de la fille de candeur*... Tandis que mon corps grandissait et que ma poitrine se formait, une haine aussi profonde et intense que ma propre cécité s'est emparée de moi. Et plus je le haïssais, plus il me désirait.

Elle ferma à demi les paupières, comme si elle le voyait.

— J'ai appris à être meilleure que les autres. À mieux sucer, à utiliser chaque orifice, à bien cambrer les hanches, sachant que plus il me désirerait, plus ma vengeance aurait d'effet.

« C'était là mon désir. (Elle tourna les yeux vers Cí.) Avec le temps, je suis devenue sa favorite. Il jouissait de moi jour et nuit. Il me possédait, me léchait, me pénétrait avec avidité. Et lorsqu'il eut tout obtenu de moi, lorsqu'il ne put plus rien tirer de mon corps, alors il désira aussi mon âme.

Cí contempla le visage abattu d'Iris Bleu, semblable à une fleur fanée. Elle était oppressée. Les larmes ne cessaient de couler sur ses joues soyeuses.

— Il n'est pas nécessaire que tu poursuives. Je...

— Tu voulais l'entendre, non ? l'interrompit-elle. Sais-tu ce que c'est que d'être pressée comme un citron ? De te sentir utilisée et, pire : usée, vidée. Lorsque tu en viens à ne même plus avoir le respect de toi-même ; lorsqu'on t'a pris ton honneur, ta fierté, ton estime de soi... – Elle essuya ses larmes.

« Je n'étais qu'une coquille, une épluchure desséchée sans couleur ni parfum. Une jeunesse vide et blessée que je détestais. Et le plus drôle, c'est que mes compagnes m'enviaient. N'importe laquelle d'entre elles aurait voulu être moi, même avec ma cécité, pour être la favorite. Mais moi je ne pouvais avoir d'enfant, comme elles. – Elle rit de nouveau et ses lèvres dessinèrent un rictus d'amertume.

« J'ai obtenu ce que je voulais au prix de ma dignité. Je t'assure que j'aurais fait tout ce qu'il me demandait. Ou je l'ai fait… je ne m'en souviens plus. Mais finalement, j'ai atteint mon but. La coquille s'est endurcie, et quand l'empereur a eu besoin de ma peau autant que de sa vie, quand j'ai obtenu qu'il m'appelle dans ses rêves, qu'il se réveille fiévreux en me cherchant pour assouvir sa soif de chair, alors je me suis refusée à lui. Brusquement, ma joie s'est transformée en tristesse ; ma passion en langueur, mon désir en prostration… Pour y parvenir, j'ai pleuré, crié et me suis traînée. J'ai invoqué une maladie à laquelle ses médecins n'ont pas trouvé de remède. Pas plus qu'à la sienne, comme je le savais déjà. À partir de ce jour, sa fière tige de jade est devenue un doux mouchoir de soie, car aucune concubine, aucune courtisane, aucune prostituée du royaume n'a été capable de lui donner ce que moi je lui donnais.

Cí l'écoutait, muet. Sa main s'approcha d'elle dans un désir de la réconforter, mais au dernier moment elle s'arrêta. Il se réjouit que ses yeux n'aient pu le voir.

— Il n'est pas nécessaire que tu poursuives, insista-t-il.

— Malgré tout, il m'a gardée auprès de lui. Il m'a nommée *nüshi* afin que j'enseigne mes talents à ses nouvelles acquisitions, que je forme ses concubines aux arts du plaisir. Et je l'ai fait pour être près de lui et jouir de sa décrépitude. Pour le voir vieillir et, en même temps, devenir fou.

« Plus tard, quand son fils Ningzong a accédé au trône, je suis passée au second plan. Le nouvel empereur m'a fait don de son indifférence, égale à celle que je lui portais. Je suis restée à la Cour jusqu'à la mort de mon père. Je ne pouvais hériter tant que je restais au palais, mais c'est alors que j'ai rencontré Feng.

Cí la regarda. Ses larmes avaient séché. Il imagina que pendant sa vie à la Cour elle avait dû verser toutes les autres. Elle lui servit un peu d'alcool.

— Et qu'est-il arrivé ? demanda Cí.

— Je ne veux pas en parler. – Sa réponse fut aussi sèche qu'un coup de marteau.

Ils gardèrent un moment le silence. Puis elle se leva, s'excusa de sa conduite et se retira dans ses appartements.

Cí resta assis face à l'alcool, le crâne battant dans un tourbillon d'idées et de désirs. Il prit la bouteille et but au goulot. Il pensa à Feng. Il pensa à Iris Bleu. Tout tournait dans sa tête. Il saisit la bouteille et regagna sa chambre.

Au milieu de la nuit, un bruit étrange le réveilla. Cí se frotta les tempes. Sa tête palpitait comme si on la lui avait frappée avec une massue. Il ouvrit les paupières et vit la bouteille vide près de son visage. L'odeur douçâtre et poisseuse de l'alcool le gifla. La pièce était dans l'obscurité. Il crut entendre un bruit de pas et une porte s'ouvrir. Son pouls s'accéléra. Sans bouger, il tourna le regard vers l'entrée de la chambre. Il cligna des yeux, étonné. Sur le seuil, une faible luminosité éclairait la silhouette nue d'Iris Bleu.

Il la contempla en silence, imaginant son corps de déesse au milieu de la pénombre. La femme entra et ferma la porte. Un frisson l'ébranla. Il la vit entrer doucement, marcher calmement dans sa direction. Lentement, Iris s'avança jusqu'au pied du lit. Cí resta immobile, mais sa respiration saccadée trahissait son émoi.

Iris écarta le drap qui le couvrait et elle se glissa dessous avec la délicatesse de qui caresse une fleur. Quelque chose en lui voulait l'en empêcher. Quelque chose d'encore plus fort désirait toucher sa peau. Il pouvait imaginer la chaleur que dégageait son corps, à un cheveu du sien. Il soupira.

Il pouvait à peine penser. Son parfum intense pénétrait ses poumons, l'enivrait au point de le rendre fou. Soudain, il sentit la main d'Iris glisser lentement le long de sa jambe, dans une caresse qui montait paresseusement jusqu'à sa taille. Il respira avec force et son abdomen se contracta. Il résista, inanimé, suppliant qu'elle s'éloignât et priant en même temps pour qu'elle continuât. En sentant le contact de ses seins contre sa poitrine il frémit. Il perçut sa respiration profonde près de son cou.

Jamais pareille sensation ne s'était emparée de lui.

Une peur terrible le paralysa. Ses cicatrices le retenaient, mais il se laissa emporter par la chaleur qui émanait du corps de la femme. Il plongea ses lèvres dans son cou aussi doux et sucré que la confiture, sentant les battements d'une gorge qui exhalait de doux gémissements, comme si elle mourait. Ses mains cherchèrent les siennes, elles s'y accrochèrent et les pressèrent contre lui, dans une tentative désespérée de les garder pour toujours. Il se pencha sur elle, cherchant ses espaces, ses replis, savourant ses épaules et ses clavicules tandis qu'Iris laissait aller sa tête en arrière, inerte, et dressait ses seins pour qu'il les prenne.

Cí les parcourut avec sa langue. Ils avaient le goût du désir, ils tremblaient sous ses lèvres. Il remarqua sa peau hérissée, la fermeté de ses mamelons, le murmure des gémissements qui s'échappaient de sa bouche tandis qu'il l'embrassait. Il but sa langue avec désespoir, comme s'il avait besoin d'étancher une soif aussi ancienne que sa propre vie. Et elle répondit de même. L'étreignant, l'attirant. L'embrassant comme si elle avait besoin de lui, comme si elle s'agrippait à un rocher au milieu de la tempête.

Ils continuèrent à s'embrasser et se caresser. Les halètements d'Iris l'excitaient, aiguillonnant son désir. La femme éloigna sa bouche et chercha sa poitrine. Elle la lécha et le suça tandis que Cí la contemplait dans la pénombre. Il la désirait. Il désirait la pénétrer et le lui susurra. Elle ne parut pas l'entendre. Ses lèvres descendirent sur le ventre de Cí, sans se soucier de ses cicatrices, jusqu'à atteindre sa tige de jade dure et vibrante. Lorsque Iris l'enveloppa de ses lèvres, Cí crut mourir. La femme glissait ses lèvres avec fougue, accrochée à lui, emportée par une avidité inconnue du jeune homme. Sa langue le bouleversait et l'affolait. Il ferma les yeux afin de graver à jamais cet instant en lui. Brusquement, il sentit les jambes d'Iris le serrer comme si à cet instant justement elle le voulait en elle. Cí tenta de la pénétrer, mais Iris l'en empêcha, se tournant pour s'asseoir à califourchon sur lui. La femme s'éleva jusqu'à ce que sa caverne du plaisir frôlât la tige de Cí, qui trembla, tendu. D'une main, Iris lui cacha les yeux. De l'autre, lentement, elle glissa le membre en elle. Cí soupira. Il tenta d'écarter la main qui l'aveuglait, mais elle se pressa contre lui et lui lécha les lèvres.

— Égaux, susurra-t-elle.

— Égaux, répondit-il, et il laissa sa main lui fermer les paupières.

La femme baissa ses hanches jusqu'à ce que sa caverne l'enserrât, chaude, humide. Cí sentit une chaleur intense qui le dominait, l'anéantissait. Son balancement le berçait dans un plaisir inconnu. Sa bouche le grisait, l'embrasait de passion, le rendait fou. Jamais il n'avait senti quelque chose de semblable. Iris continua à danser, se cambrant, l'embrassant avec avidité, comme si elle prenait des bouffées d'air avant de mourir asphyxiée, comme si elle en avait besoin pour vivre.

Puis son corps s'agita. Sa taille avança et recula sur Cí dans une torture prolongée de plaisir, de plus en plus rapide, de plus en plus violente. Sa bouche ne quittait pas celle de Cí, même pour respirer. Le jeune homme la sentit se mouvoir et s'agiter, ses mouvements perdant tout contrôle pour devenir pure frénésie. Puis, Cí se retourna en d'impétueux coups de fouet avant de se répandre en elle, ayant l'impression de défaillir.

Elle resta collée à lui, comme si on leur avait cousu la peau. Leurs respirations étaient un halètement syncopé, encore tourmenté par le plaisir. Avant de se séparer, Cí sentit le goût salé des larmes qui coulaient des yeux aveugles d'Iris. Il désira qu'elles fussent de bonheur.

Il se trompait.

Quand il se réveilla le lendemain, elle n'était plus là. Il demanda à la servante où se trouvait sa maîtresse, mais celle-ci ne sut le lui dire.

Il déjeuna dans la petite salle où ils avaient dîné la veille. Le thé n'eut aucun goût. Il aspira fortement, essayant de retrouver le parfum d'Iris Bleu dont sa peau était encore imprégnée. Mais sa douce saveur lui laissait maintenant un arrière-goût d'amertume.

Il pensa à Feng, se demandant s'il serait capable de l'affronter sans baisser les yeux. Il savait qu'il ne pourrait pas. Il n'était même pas capable de se regarder lui-même dans le magnifique miroir en bronze qui ornait la salle. Il termina son thé, cherchant à effacer les effets de l'alcool qui l'assaillaient encore. Puis il se leva pour aller faire sa toilette ; comme si l'eau pouvait effacer de son corps l'indignité dont il s'était couvert. Il désira ardemment le plaisir d'Iris Bleu, mais il se haït d'avoir perdu son âme.

En chemin vers sa chambre, il s'arrêta dans le salon principal, captivé par la beauté des antiquités qui décoraient ses murs. Les potiches, les étoffes, les miroirs et les tableaux étaient d'une telle splendeur qu'ils ridiculisaient ceux qui, quelques jours plus tôt, l'avaient fasciné dans les appartements de l'eunuque Doux Dauphin. La collection de poésies anciennes, magnifiquement calligraphiées sur des toiles montées dans des cadres courbes, qui se détachaient sur le rouge sang du mur tapissé de soie, était particulièrement sublime. Les textes appartenaient au célèbre taoïste Li Bai, le poète immortel de la dynastie Tang. Il lut lentement le quatrain intitulé « Pensée nocturne ».

> *Devant mon lit clarté lunaire*
> *Est-ce du givre sur la terre ?*
> *Tête levée, je vois la lune ;*
> *Yeux baissés songe au pays natal*[1].

1. Traduction de F. Cheng in *Entre source et nuage*, Albin Michel, 1990, p. 26.

L'espace d'un instant il se vit reflété dans ces vers.

Il continua à lire jusqu'à parvenir à une courte épigraphe annonçant que la composition faisait partie d'une série de onze poèmes, chacun calligraphié sur une seule toile. Sur ce mur n'étaient pourtant accrochés que dix tableaux. À l'endroit qu'aurait dû occuper le onzième se trouvait un mauvais portrait du poète qui ne parvenait pas à cacher la marque laissée par un châssis précédent. Une empreinte semblable à celle que les dix autres avaient laissée sur la soie.

Il avala sa salive. Ce n'était pas possible.

Il allait s'en assurer lorsque, dans son dos, un bruit l'alarma. En se retournant il se trouva nez à nez avec Iris Bleu. Il sursauta. La femme était vêtue d'une robe rouge très voyante.

— Que fais-tu ici ? lui demanda-t-elle.

— Ri-en, bredouilla-t-il.

— La servante m'a dit que tu as demandé à me voir.

— C'est vrai. Mais elle m'a dit qu'elle ne savait pas où tu étais. – Il voulut caresser sa main, mais elle la retira.

— Je suis allée me promener, dit-elle prudemment. Je le fais toujours.

Cí la contempla. Quelque chose dans son expression lui semblait étrange. De nouveau il regarda l'emplacement où, supposait-il, avait dû se trouver la onzième toile.

— Impressionnants, ces poèmes. Il y en a toujours eu dix ? demanda-t-il.

— Je l'ignore. Je ne peux les voir.

Cí pinça les lèvres. Il ne comprenait pas son attitude.

— Il se passe quelque chose ? Cette nuit tu étais plus…

— Les nuits sont toujours obscures. Les jours nous apportent la clarté. Dis-moi, qu'as-tu l'intention de faire aujourd'hui ? Nous n'avons pas encore parlé des Jin.

Cí se racla la gorge. En réalité, il ne savait pas très bien comment présenter la question des gens du Nord. Peut-être pourrait-il demander conseil à son maître Ming. Ainsi, il vérifierait au passage si Khan avait tenu sa promesse de s'occuper de lui. Il s'excusa auprès d'Iris Bleu en lui disant qu'il devait aller visiter un ami malade, et ensuite se rendre dans un magasin.

— À midi, alors ? suggéra-t-elle.

— Oui.

— D'accord. Je t'attendrai ici.

Cí quitta l'édifice, étouffé par l'inquiétude. Bien qu'il refusât de l'admettre, il croyait de moins en moins à l'innocence d'Iris Bleu. Mais il désirait lui faire confiance. Il se demanda s'il devait en parler à Ming.

Il retrouva le vieux maître dans une chambre modeste mais propre, proche des pièces qu'occupait l'officier Bo. Il avait meilleure mine, mais le ton toujours violacé de ses jambes l'inquiéta. Il lui demanda si le médecin était venu le voir. Ming fit non de la tête.

— Je n'ai pas besoin de ces médicastres, grommela-t-il. (Il se redressa, étouffant quelques plaintes.) Mais j'ai pu me laver et la nourriture n'est pas mauvaise.

Cí regarda l'écuelle contenant des restes de riz séché qui se trouvait à côté de lui. S'il avait su, il lui aurait apporté des fruits et du vin. Il le regretta. Lorsqu'il se fut assuré que personne ne pouvait les entendre, il lui fit part de ses inquiétudes concernant Iris Bleu. Des soupçons auxquels il ne voulait pas croire, mais qui ne cessaient d'augmenter. Il lui énuméra les circonstances qui l'incitaient à se méfier de la *nüshi*, bien qu'il la défendît immédiatement après.

Ming l'écouta avec attention. Son visage trahissait l'inquiétude.

— D'après ce que tu dis, cette femme semble avoir de sérieux mobiles, argua Ming.

— Je vous répète qu'ils ne sont que circonstanciels. Il n'y a aucune preuve contre elle. De plus, comment ne détesterait-elle pas l'empereur ? Si vous aviez subi ce qu'elle a subi, vous aussi le haïriez, mais de là à vouloir le tuer, il y a un abîme… J'aimerais que vous la connaissiez. (Il baissa les yeux.) Cette femme n'est que douceur.

— Et qui te dit que je ne la connais pas ? Ce qui est étrange, c'est que tu ne saches rien d'elle. Tu m'as beaucoup parlé de son charme, mais ne confondrais-tu pas tes pensées avec tes désirs ?

Cí rougit.

— À quoi faites-vous allusion ? lâcha-t-il. Iris Bleu serait incapable de tuer une mouche.

— C'est ce que tu crois ? Alors je suppose que tu connais la raison pour laquelle l'empereur Ningzong lui a retiré sa charge de *nüshi*.

— Bien sûr que je la connais ! Lorsque Ningzong est monté sur le trône, il s'est débarrassé d'elle parce qu'elle a été la cause de la maladie de son père. Le vieil empereur est devenu fou lorsqu'elle l'a rejeté.

— C'est ce qu'elle t'a raconté ? (Il le regarda avec une mine sévère.) Je suis surpris que tu ne sois pas au courant d'une histoire que tout le monde connaît.

— Et quelle est cette histoire ? le défia Cí.

Ming fit une grimace de reproche.

— Eh bien que le vieil empereur n'est pas devenu fou à cause de son rejet. Les médecins qui l'ont soigné ont trouvé du poison dans le thé qu'elle lui préparait.

Les paroles de Ming claquèrent en lui, il eut l'impression qu'on lui tordait l'estomac. Il refusait de le croire, mais le visage du maître ne laissait place à aucun doute. Il maudit sa faiblesse de vouloir croire à l'innocence d'Iris Bleu, de même que l'instant où il avait succombé à ses charmes. Il se sentit infiniment stupide, comme s'il avait vendu son âme pour deux misérables pièces de monnaie. Il allait interroger Ming sur les détails quand la présence d'une sentinelle l'obligea à s'interrompre. Il attendit que le garde fût parti, mais celui-ci s'appuya contre un mur et prêta attention à la conversation. Après avoir attendu un moment, Cí renonça à ses questions ; il insista auprès de Ming pour qu'il se laisse ausculter par le médecin et quitta la salle en proie à une terrible confusion.

Encore accablé, il essaya d'envisager sous un autre angle les événements dans lesquels Iris Bleu s'était vue impliquée. En fin de compte, elle avait un mobile : une rancœur exacerbée envers l'empereur que non seulement elle ne cachait pas, mais dont elle semblait se vanter sans réserve devant le premier venu. Et si elle avait été capable d'empoisonner l'empereur, sans doute pouvait-elle planifier d'autres crimes. À cela, il pouvait ajouter son absence de scrupules à trahir Feng – même si lui-même avait été complice de son infidélité –, ou l'affaire du parfum, qui la reliait directement aux cadavres. Cependant, il lui restait encore à trouver la raison pour laquelle Iris Bleu tuerait des inconnus étrangers à l'empereur. Ou du moins l'un d'entre eux. Car dès qu'il découvrirait sa relation avec l'un, il était convaincu que les autres viendraient derrière.

Il décida de retourner visiter les appartements de l'eunuque. Il lui fallait vérifier quelque chose.

Les dépendances de Doux Dauphin étaient toujours surveillées par une sentinelle qui lui permit de passer après avoir vérifié le sceau et inscrit son nom sur le registre des entrées. Une fois à l'intérieur, Cí se dirigea directement vers la salle dont l'eunuque avait fait son musée particulier d'antiquités. Le magnifique tableau qui avait attiré son attention lors de sa première visite y était toujours accroché. Il ne s'était pas trompé. C'était le poème de l'immortel Li Bai. Le numéro onze. Celui qui manquait à la collection d'Iris Bleu.

Il vit que la moulure blanche qui l'encadrait était courbe, comme la série qu'il avait admirée dans le pavillon de la *nüshi*. Il déplaça légèrement le châssis pour voir son empreinte sur le mur. Puis il répéta l'opération avec les autres toiles de la salle. Lorsqu'il eut terminé, sur son visage se mêlaient la rage et la satisfaction. En sortant, il se souvint du livre dans lequel étaient consignées les personnes qui pénétraient dans les dépendances. Peut-être n'allait-il rien trouver, mais il n'avait pas grand-chose à perdre. Quelques pièces de monnaie changèrent de main et le garde lui permit de le consulter. Cí révisa les noms avec avidité. La plupart lui étaient inconnus, mais ses yeux brillaient sur les lignes verticales. Par chance était également indiquée la charge qu'ils occupaient au palais, aussi lui fut-il facile d'écarter les serviteurs qui avaient travaillé dans les appartements. Sur la liste figuraient entre autres

Khan et Bo, mais il lut enfin le nom qu'il cherchait en réalité. La calligraphie était claire, précise. Deux jours après la disparition de l'eunuque, une dénommée Iris Bleu avait visité ces appartements.

Son cœur palpita car il eut l'impression de toucher du doigt la vérité. Il lui restait encore une heure avant de retrouver la *nüshi*, et il en profita pour se rendre à l'entrepôt où étaient entassés les restes calcinés de l'atelier du bronzier afin d'y jeter un coup d'œil.

Il sourit. Les parties commençaient à s'emboîter.

Tout paraissait se mettre en ordre. Mais lorsqu'il arriva à l'entrepôt, il découvrit que la porte était ouverte et sans surveillance. Il regarda d'un côté et de l'autre, mais ne vit personne. Sa joie se mua aussitôt en inquiétude. À l'intérieur, l'obscurité attendait, menaçante. Il s'avança lentement, prudemment, mais au bout de quelques pas il buta sur une masse et tomba ; en tâtonnant pour se lever, il constata que la plupart des objets que lui-même et Bo avaient classés gisaient, dispersés sur le sol. Il maudit les coupables. Rapidement il ouvrit les portes, qui laissèrent entrer assez de lumière pour découvrir que le magasin avait été pillé. Il se dirigea tout de suite vers l'endroit où ils avaient posé les moules, pour s'apercevoir, désespéré, que presque tous avaient été détruits, transformés en sable. Il semblait qu'on avait employé une masse sur l'énorme enclume qui se trouvait près de lui. Soudain, il entendit un bruit au-dessus de lui et, instinctivement, empoigna la masse avant de tourner son regard vers l'endroit où ils avaient entassé les pièces de métal.

Il ne distingua personne, aussi continua-t-il à inspecter les restes, jusqu'à ce qu'il trouve un sac qui

574

contenait du plâtre, de celui utilisé pour réaliser les positifs des moules. Il le prit et le conserva. Un autre craquement se fit entendre, cette fois plus fort. Cí leva de nouveau les yeux, suffisamment pour distinguer une silhouette accroupie sur le tas. Il n'eut pas le temps d'en voir davantage, car subitement une avalanche de barres, de grilles, de morceaux de bois lui tomba dessus et le recouvrit.

Cí n'osa ouvrir les yeux que lorsque la poussière cessa de se coller à ses poumons. Il ne distinguait presque rien, mais au moins il était vivant, aussi remercia-t-il la chance d'avoir glissé sous l'enclume, qui avait fait office de parapet. Cependant, l'une des barres de fer retenait sa jambe droite prisonnière, lui interdisant tout mouvement. Il essaya de se libérer, en vain. Peu à peu, les rayons du soleil filtrèrent à travers la poussière, découpant à contre-jour la silhouette ténébreuse d'un inconnu. Cí se paralysa. Il resta silencieux, pensant qu'il s'agissait de la personne qui avait provoqué l'éboulement, mais cela n'empêcha pas la silhouette de s'approcher. Cí avala une salive pâteuse. Il attrapa une barre de fer près de lui et s'apprêta à défendre chèrement sa vie. La silhouette se trouvait à un pas de lui. Il tendit ses muscles, entendant le bouillonnement du sang qui frappait ses tempes. Soudain, la forme le vit. Cí resta immobile, attentif aux mouvements de la vipère. Sa respiration s'accéléra. Il allait lui jeter la barre de métal à la tête quand l'inconnu parla.

— Cí, c'est toi ?

Cí sursauta. C'était la voix de Bo. L'espace d'un instant il fut rassuré, mais il garda tout de même la barre à la main.

— Tu vas bien ? Que s'est-il passé ? demanda Bo tout en s'efforçant de dégager les morceaux de fer qui emprisonnaient Cí.

Cí l'aida jusqu'à ce qu'il pût se libérer. Puis il s'appuya sur lui pour sortir de l'entrepôt. Dehors, il aspira une grande bouffée d'air pur. Il se méfiait encore de Bo, aussi lui demanda-t-il ce qu'il était venu faire là.

— La sentinelle qui a découvert les destructions m'a informé que quelqu'un avait profité de l'absence de la garde nocturne pour forcer la porte, je suis donc venu constater les dégâts.

Cí douta de Bo. En fait, il doutait de tous. Il essaya de marcher, mais n'y parvint qu'avec difficulté, c'est pourquoi il demanda à l'officier de l'accompagner jusqu'au Pavillon des Nénuphars, car il craignait que, dans son état, on pût de nouveau l'attaquer. Pendant le trajet, Cí s'intéressa aux progrès dans l'affaire du portrait du cadavre qui avait été diffusé dans la ville.

— Cela n'a toujours rien donné, s'excusa Bo. Mais j'ai des nouvelles sur la main coupée. L'étrange tatouage en forme de flamme que tu as découvert sous le pouce, ce n'était pas ça.

— Que voulez-vous dire ?

— Je l'ai fait examiner par Chen Yu, un tatoueur réputé du marché de la soie. L'un des meilleurs de Lin'an. L'homme lui a consacré un bon moment avant d'affirmer que, selon lui, une partie du cercle externe avait été effacé à cause du sel. (Il s'accroupit sur le sol sablonneux et dessina une courte flamme ondulée. Puis

576

il l'entoura d'un cercle.) En réalité, ce ne sont pas des flammes. C'est un yin-yang.

— Le symbole des taoïstes ?

— Plus concrètement, celui d'un moine alchimiste[*]. Le tatoueur m'a assuré que le pigment employé était du cinabre, l'élément identifiant les occultistes qui cherchent l'élixir de la vie éternelle.

Cí ne fut pas surpris de sa réponse. En réalité, après ce qui s'était passé dans l'entrepôt, rien ne l'étonnait plus. Il se souvint que la seule personne à qui il avait fait part de son intention de se rendre à l'entrepôt était Iris Bleu, et sur-le-champ il comprit combien il avait été stupide de vouloir croire à son innocence. La *nüshi* avait un mobile : sa vengeance contre l'empereur. L'occasion s'était présentée, grâce à son serviteur mongol, et elle possédait le sang-froid nécessaire, comme le montrait le fait qu'elle ait tenté d'empoisonner l'empereur quelques années plus tôt, et aujourd'hui de tenter de le tuer, lui. Le plus raisonnable serait d'aller voir Khan et de lui révéler ses découvertes. Mais auparavant il devait protéger son bien le plus précieux : le moule qu'il avait caché dans le pavillon.

Quand les domestiques du Pavillon des Nénuphars virent dans quel triste état il se trouvait, ils voulurent prévenir leur maîtresse, mais Cí leur ordonna de le conduire directement à ses appartements et de le laisser seul. Il remercia Bo de son aide et prit congé de lui.

Dès qu'il entra dans sa chambre, Cí se précipita vers l'endroit où il avait rangé le moule en terre cuite vert. Il en ignorait encore la raison, mais il pressentait que c'était précisément la pièce que cherchait la personne qui avait voulu l'assassiner. Par chance, les fragments se trouvaient toujours à la même place. Il était en train de les cacher à nouveau lorsque Iris Bleu entra, sans frapper. Le cœur de Cí fit un bond.

— On m'a dit que tu as eu un accident, dit Iris en émoi.

Cí ne s'émut pas. Il acheva de cacher les morceaux du moule, sachant qu'Iris ne pouvait le voir, puis il se redressa.

— Oui. Un accident assez étrange. En fait, je qualifierais plutôt cela de tentative d'assassinat. – Il regretta aussitôt son incontinence verbale.

En l'entendant, Iris ouvrit les yeux, mettant encore plus en évidence leur étrange couleur.

— Que… que s'est-il passé ? balbutia-t-elle.

C'était la première fois que Cí la voyait vaciller.

— Je l'ignore. J'espérais que tu me le dirais, toi. – Il arracha sa chemise en lambeaux et la jeta sur le lit.

— Moi ? Je ne comprends pas…

— Assez de mensonges. (Il lui saisit le poignet.) Dès le premier instant j'ai refusé de croire Khan, mais il avait raison.

— Mais quelles bêtises dis-tu ? Lâche-moi, lâche-moi ou je te ferai fouetter ! – Elle se libéra.

Iris se mit à trembler tandis qu'elle reculait en titubant. Cí s'empressa de fermer la porte. En l'entendant claquer, elle fit un bond. Cí l'accula.

— C'est pour ça que tu m'as séduit, hein ? Khan m'a averti à ton sujet ; au sujet de tes plans contre l'empereur. Je n'ai pas voulu le croire et cela m'a presque coûté la vie, mais tous tes stratagèmes ont échoué. Comme tes mensonges.

— Tu es fou. Lâche-moi.

— L'eunuque travaillait sur le monopole du sel. J'ignore s'il a découvert quelque chose dans les comptes et si tu l'as suborné ou s'il t'a simplement fait chanter, mais tu connaissais son obsession des antiquités et tu l'as payé avec l'une d'elles à laquelle il n'a pu résister. Et lorsqu'il a continué à te faire chanter, tu l'as éliminé.

— Va-t'en d'ici ! Quitte ma maison ! sanglota-t-elle.

— Tu étais la seule personne qui savait que j'irais à l'entrepôt, et c'est pour cette raison que tu as envoyé un sicaire, pour qu'il me tue. Probablement le même qui a mis fin à la vie de Doux Dauphin et des autres.

— Je t'ai dit de partir ! cria-t-elle.

— Tu as utilisé l'Essence de Jade pour leur faire peur, pour qu'ils sachent qu'une aveugle pouvait mettre fin à leurs jours. Tu te savais protégée à cause de ce qui s'est passé avec ton ancêtre ; tu savais que l'empereur ne prendrait pas de nouveau le risque d'accuser sans preuves la petite-fille du fameux héros que notre empire avait trahi. Mais ta soif de vengeance était sans limites. Tu m'as menti en me disant que l'empereur était tombé malade d'amour. Tu l'as empoisonné, comme moi hier !

Iris Bleu tenta de sortir de la pièce, mais Cí l'en empêcha.

— Avoue-le ! hurla Cí. Avoue que tu m'as menti. Que tu m'as fait croire que tu éprouvais un sentiment pour moi. – Il sentit tout à coup ses propres yeux se remplir de larmes.

— Comment oses-tu m'accuser de quoi que ce soit ? Toi ! Toi qui le premier m'as menti sur ta véritable profession, toi qui as trahi ton cher Feng avec sa belle épouse aveugle !

— Tu m'as ensorcelé ! hurla Cí.

— Tu es pathétique. Je ne sais ce que j'ai pu voir en toi. – Elle tenta de fuir à nouveau.

— Crois-tu donc que tes larmes vont te sauver ? Khan avait raison sur tout. Tu m'entends ? Sur tout ! – De nouveau il la retint.

Les yeux humides d'Iris étaient emplis de rage.

— La seule chose sur laquelle ce conseiller peut avoir raison, c'est que je suis une idiote ! Sais-tu ? Le soir où tu as défendu cette courtisane, j'ai cru que tu étais peut-être différent. Maudite niaise ! se lamenta-t-elle. Tu n'es pas différent des autres. Tu crois avoir le droit de m'accuser et de me condamner, de m'utiliser et de me mépriser parce que je ne suis qu'une vieille *nüshi*. Une experte dans les arts de l'alcôve. Eh oui, c'est vrai. Je t'ai séduit. Et alors ? le défia-t-elle. Que sais-tu de moi ? Sais-tu seulement ce qu'est ma vie ? Non. Bien sûr que non ! Jamais tu ne pourrais imaginer, même un instant, l'enfer qu'il m'a été donné de vivre.

Cí pensa à son propre enfer. Il savait bien ce qu'était souffrir, de même qu'il savait qu'elle était coupable. Cette femme n'avait aucun droit de lui reprocher quoi que ce soit. Et encore moins après ce qu'il avait découvert.

— Khan me l'a dit, réussit-il à répéter.

— Khan ? Cette boule de graisse vendrait ses enfants pour parvenir à ses fins. Qu'est-ce qu'il t'a raconté ? (Elle le frappa à la poitrine.) Que j'ai essayé d'empoisonner l'empereur ? Eh bien non ! Je ne l'ai pas fait, même si je m'en repens aujourd'hui ! Et crois-tu que si c'était vrai l'empereur m'aurait laissée en vie ? Khan t'a-t-il seulement révélé le motif de sa rancune ? T'a-t-il dit qu'il a essayé mille fois de me posséder et que je l'ai toujours repoussé ? T'a-t-il dit qu'il m'a demandée en mariage et que j'ai refusé ? T'a-t-il révélé l'affront qu'a supposé pour le grand conseiller des Châtiments qu'une *nüshi* le méprise ? – Elle se laissa tomber à terre, accablée, en larmes.

Cí la regarda sans savoir quoi dire. D'un côté il voulait la croire, mais les preuves…

— Ton nom apparaît sur le registre des dépendances de Doux Dauphin, lui avoua-t-il. J'ignore comment tu as pu entrer, mais tu l'as fait. Et à l'intérieur est accrochée une toile avec le onzième poème de Li Bai. Une antiquité qui t'appartient. Une relique qui devrait être sur tes murs et que tu as remplacée par un grossier portrait de l'auteur. Un texte que l'eunuque n'aurait jamais pu acquérir. (Il attendit qu'elle le démentît, mais Iris resta muette.) J'ai lu les sceaux de propriété. Ces poèmes ont appartenu à ton grand-père. S'il est vrai que tu l'aimais tant, tu n'aurais jamais permis qu'ils quittent ton foyer. À moins…

— À moins… ? sanglota-t-elle, et elle se tourna pour s'en aller.

— Où vas-tu ?

— Laisse-moi tranquille ! (Elle se retourna et regarda dans la direction où elle pensait que se trouvaient les yeux de Cí.) Demande-le à Khan ! Il conserve des douzaines de flacons d'Essence de Jade qu'il s'est appropriés pour me les offrir. Quant au poème de Li Bai, mon mari en a fait cadeau à Khan, c'est donc à lui qu'il faut demander comment il est arrivé entre les mains de Doux Dauphin. (Elle fit mine de partir, mais s'arrêta.) Et, au cas où tu ne le saurais pas, le jour où je suis entrée dans les dépendances de l'eunuque, je l'ai fait pour récupérer des miniatures en porcelaine. Oui, l'eunuque était mon ami. C'est pourquoi Khan m'a avertie qu'il avait disparu et il m'a demandé d'aller récupérer les miniatures qui m'appartenaient... Si tu ne me crois pas, demande-le-lui.

Une fois seul, Cí tenta de secouer la confusion qui le submergeait. Lorsqu'il fut calmé, il ressortit le moule et s'assit à terre pour achever de le reconstituer. Il commença en suivant l'ordre marqué, mais les fragments tombèrent. Il regarda ses mains. Elles tremblaient comme celles d'un enfant effrayé. D'un geste brusque il écarta les morceaux et les envoya au loin.

Il ne pouvait s'enlever Iris Bleu de la tête. Il se repentit d'avoir retenu de force la femme qui l'avait aimé avec tant de douceur la nuit précédente. Il regrettait de s'être laissé emporter par son tempérament, mais il croyait être dans le vrai en l'accusant. Cependant, le comportement de la *nüshi* ne correspondait pas à celui d'une coupable. Une femme acculée, peut-être, mais coupable... ? Il existait des preuves qúi l'incriminaient, mais de nombreuses lacunes accompagnaient aussi l'accusation.

Pour quelle raison Iris Bleu aurait-elle voulu tuer ces hommes ? C'était la question qui le tourmentait. Il ne cessait de se la poser. La réponse résidait peut-être dans les fragments de terre cuite, ou alors chez Khan lui-même.

Il reprit plusieurs fois sa respiration avant de s'intéresser de nouveau au moule. Il ne pouvait se permettre d'autres erreurs, aussi s'obstina-t-il à recoller les fragments avec les restes de riz gluant. Peu à peu, la matrice apparut, formant deux moitiés qui, une fois réunies, constituèrent un bloc prismatique de la taille d'un avant-bras. Il écarta les fragments en trop, qui semblaient être une partie de baguette interne, et, avec précaution, il réunit les deux coques à l'aide d'une ceinture. Ceci fait, il gâcha dans une cuvette le plâtre qu'il avait apporté de l'entrepôt et le versa dans le trou du moule. Tandis qu'il attendait qu'il durcît, il nettoya avec soin les restes blanchâtres. Enfin, lorsqu'il se fut assuré de leur solidité, il sépara les deux moitiés.

Cí contempla le résultat de son travail. Sur le sol reposait une pièce en plâtre dont l'aspect lui rappelait une sorte de sceptre de commandement. Il était long d'environ deux empans, et son périmètre, de la taille d'une poignée d'épée, pouvait tenir dans la main. Il ne voyait pas à quoi cela pouvait servir, aussi remit-il les fragments du moule dans l'armoire. Quant à ceux qui appartenaient à la baguette intérieure, il choisit de les cacher avec le sceptre de plâtre dans le plancher, sous une lame décollée. Puis il quitta le Pavillon des Nénuphars. Il se sentait oppressé et avait besoin de respirer.

Il flâna, déconcerté. Il était habitué à analyser des cadavres et à examiner des cicatrices, à chercher des marques et à dévoiler des blessures invisibles, mais il ne savait comment faire face à des intrigues et des rancœurs, des passions et des mensonges pour lesquels sa pensée rationnelle semblait ne pas avoir de réponse. Plus il réfléchissait, plus il était persuadé que Khan l'avait manipulé dès leur première rencontre. Si

Iris Bleu avait dit vrai, le conseiller des Châtiments aurait agi contre elle mû par un dépit encore plus fort que celui qu'elle vouait à l'empereur. Khan avait pu accompagner Iris Bleu dans les dépendances de l'eunuque, et si le conseiller avait réellement accès à l'Essence de Jade, il était plausible qu'il eût laissé des traces de ce parfum pour l'incriminer. Car qu'elle l'eût fait elle-même pour s'inculper échappait à la compréhension. De plus, Iris Bleu n'avait jamais caché son ressentiment vis-à-vis de l'empereur, ce qui faisait d'elle une cible facile à qui faire porter n'importe quelle accusation. S'il ajoutait à cela que Khan était le dernier à avoir vu le fabricant de bronzes en vie, que c'était lui qui avait tenu une étrange réunion avec l'ambassadeur des Jin, et enfin que ses explications étaient quelque peu embrouillées, peut-être la solution se trouvait-elle chez le conseiller lui-même.

Il regarda autour de lui. S'il devait choisir un endroit où loger, il se méfierait davantage de ce palais que d'un nid de vipères.

Il réfléchit à la manière d'agir. Il ne pouvait s'adresser à Khan, car tout ce qu'il réussirait à faire, ce serait de le prévenir. Peut-être le conseiller était-il l'assassin. Ou alors le commanditaire. Ou peut-être n'avait-il rien à voir et avait-il simplement voulu utiliser ces assassinats, qui ne supposaient en rien une menace, pour imaginer un plan et se venger de la femme qui l'avait humilié, et qui, d'une certaine manière, jouissait encore de la protection de l'empereur. Il se souvint alors que Ningzong lui-même l'avait mis en garde contre le tempérament irascible de Khan.

Ningzong lui-même…

Peut-être devrait-il en parler à l'empereur. En fait, il ne voyait pas d'autre façon d'éclairer une affaire qui non seulement languissait, mais commençait à devenir extrêmement dangereuse.

Il s'arma de courage, prit une respiration profonde et partit à la recherche de Bo. Il avait besoin de son aide s'il voulait être reçu par l'empereur.

*

Il trouva Bo chez lui, en train de faire sa toilette. Lorsqu'il lui dit qu'il avait besoin d'une audience immédiate avec l'empereur, Bo refusa tout net.

— Il existe un protocole que nous devons tous respecter. Si nous l'ignorons, nous serons fouettés, ou pire, l'assura-t-il.

Cí connaissait bien les interminables rituels qui marquaient le quotidien de l'empereur, mais il savait aussi que pour atteindre ses objectifs il ne devait pas reculer devant les difficultés. Il dit à Bo qu'il avait résolu les crimes et que, précisément pour cette raison, il ne pouvait ni s'adresser à Khan ni attendre plus longtemps.

— De plus, si l'on vous blâme, je dirai que c'était mon idée.

— D'accord... Mais si on m'a désigné pour être ton escorte, c'est justement pour éviter des idées de ce genre, dit-il en séchant ses cheveux.

— Auriez-vous oublié ce qui s'est passé dans l'entrepôt ? Si vous ne m'aidez pas, il se peut que demain vous n'ayez personne à escorter.

Bo se maudit. Il serra les dents en regardant fixement Cí. Enfin, après quelques instants d'hésitation, il décida de transmettre la question à son supérieur immédiat. Celui-ci, à son tour, en référa au sien, et ce dernier à un groupe d'anciens cérémonieux qui resta muet en prenant connaissance de la prétention du nouveau venu. Par chance, le plus maigre parut comprendre l'importance de l'affaire et, profitant d'un creux dans ses activités, il fit parvenir la requête à l'empereur. Un moment s'écoula, qui parut interminable à Cí, puis l'ancien revint. Son visage était aussi sec qu'une pierre.

— Son Honorable Majesté te recevra sur le trône, dit-il d'un ton sérieux. (Il alluma une baguette d'encens de la taille d'un ongle et la remit à Cí.) Tu pourras parler jusqu'à ce qu'elle s'éteigne. Pas un soupir de plus, le prévint-il.

Cí suivit l'ancien jusqu'au salon royal sans prêter attention à la splendeur du lieu. Son seul intérêt consistait à maintenir en vie une flamme qui menaçait déjà de lui brûler le pouce. Il mouilla ses doigts et tenta de faire de même avec l'extrémité de la baguette pour prolonger son existence. Soudain, l'ancien s'écarta et Cí se trouva devant l'empereur.

L'or de sa tunique l'éblouit tellement qu'il faillit perdre la baguette quand l'ancien lui donna un coup sur le côté pour qu'il se mît à genoux. Cí retrouva aussitôt ses esprits et s'accroupit pour baiser le sol. Il ne lui restait presque pas de temps et l'ancien n'en finissait pas d'expliquer à nouveau le motif de sa présence. Il pensa l'interrompre, mais il attendit jusqu'à ce qu'il reçût enfin l'autorisation de parler. Cí s'embrouilla dans le récit de ce qui était arrivé. Il fit part à l'empereur de ses soupçons concernant Khan, de ses mensonges et de ses tentatives détournées visant à inculper Iris Bleu.

L'empereur l'écouta en silence, ses yeux éteints scrutant chacune de ses paroles. Son visage de cire demeura impassible, sans la moindre trace d'émotion.

— Tu accuses de déshonneur l'un de mes hommes les plus loyaux, un conseiller impérial pour lequel je me ferais couper une main. Une offense qui, si elle est fausse, est punie de mort, l'avertit calmement Ningzong. Et cependant, tu es toujours là... tenant entre tes doigts les restes d'une baguette qui lutte pour s'éteindre... – Il joignit les paumes de ses mains et les posa sur ses lèvres serrées.

— C'est ainsi, Majesté. – Il trembla en sentant la brûlure au bout de ses doigts.

— Si je donne l'ordre que Khan soit conduit jusqu'ici et que celui-ci réfute tes accusations, je me verrai obligé de t'exécuter. Si, au contraire, tu réfléchis et retires ton accusation, je serai magnanime et oublierai ton audace. Donc, réfléchis bien et dis-moi : es-tu disposé à maintenir ta dénonciation ?

Cí prit une grande respiration. La flamme pâlit jusqu'à disparaître.

Il dit « oui » sans réfléchir.

L'officier chargé d'avertir le conseiller des Châtiments fit irruption dans la Salle du Trône en tremblant comme s'il avait vu le diable. Son visage était couvert de sueur et ses yeux sortaient de leurs orbites. Il courut comme un exalté et se jeta à plat ventre aux pieds de l'empereur qui, surpris, recula comme si un pestiféré l'avait embrassé. Plusieurs sentinelles l'écartèrent et l'obligèrent à se lever. L'homme balbutia quelque chose d'inintelligible. Ses pupilles dilatées étaient le reflet de la terreur.

— Il est mort, Majesté. Khan s'est pendu dans sa chambre !

SIXIÈME PARTIE

32

Dès qu'il apprit la nouvelle, Ningzong décréta la suspension immédiate de tous les actes et ordonna qu'on localisât les juges impériaux. Lorsqu'ils se présentèrent, l'empereur partit aussitôt vers les dépendances de Khan, escorté d'une suite de fonctionnaires dont le nombre rivalisait avec celui des gardes armés chargés de le protéger. Avec l'assentiment de Ningzong, Cí les accompagna.

Lorsqu'ils arrivèrent sur le seuil de la chambre, Cí et tout le cortège s'arrêtèrent horrifiés. Devant eux, pendu tel un gros sac, se balançait le corps nu de Khan. Son visage bouffi était celui d'un crapaud crevé, tout comme ses chairs molles qui débordaient sous sa peau blême parcourue de veines. Près de ses pieds reposait un énorme coffre qui lui avait apparemment servi de socle. Ningzong ordonna qu'on décrochât tout de suite le cadavre, mais les juges le lui déconseillèrent, d'accord entre eux sur la nécessité de pratiquer une inspection préalable. Cí reçut l'autorisation de rester quelques pas en arrière. Pendant que les juges commentaient l'aspect de la victime, Cí observa sur le dallage la très fine couche de poussière que la lumière venant de la fenêtre révélait en tombant sur le sol. Il releva ensuite la disposition et le nombre des meubles, et en fit un croquis sur le carnet qu'il avait toujours sur lui. Quand on lui permit enfin d'examiner le cadavre, il trembla comme si c'était la première fois.

Cí observa la tête de Khan, penchée de façon grotesque sur la gauche. Son œil unique était fermé et ses lèvres, noires, de même que sa bouche entrouverte, les dents serrées sur la langue. Le visage avait une teinte bleutée, et aux commissures des lèvres ainsi que sur la poitrine apparaissaient des filets de salive mousseuse. Ses mains raidies serraient les pouces, alors que les orteils étaient crispés vers l'intérieur de façon effrayante. L'estomac et la partie inférieure de l'abdomen, d'un bleu noirâtre, semblaient relâchés. Les jambes, aussi épaisses que des tonneaux, montraient de petites taches de sang sous la peau, semblables à celles produites par la moxibustion. Sur le sol, à ses pieds, gisaient des restes d'urine et de fèces.

Cí demanda la permission de monter sur le coffre. Une fois qu'il l'eut obtenue, il y grimpa d'un bond et constata que la corde, de la grosseur du petit doigt, était faite de chanvre tressé. Étant donné sa finesse, elle s'enfonçait dans la gorge, sous la pomme d'Adam. Derrière, sur la nuque, il remarqua un nœud coulant, différent du nœud fixe. La corde était croisée derrière la tête, laissant une profonde cicatrice noirâtre, sale, qui allait d'une oreille à l'autre, juste sous la ligne de naissance des cheveux. À la surprise de l'assistance, il réclama une chaise et la plaça sur le coffre. Puis il grimpa dessus pour vérifier la traverse sur laquelle était accrochée la corde. Il examina le nœud et la poutre avec un égal intérêt. Enfin il descendit de la chaise, essaya de déplacer le coffre, sans succès, et annonça qu'il avait terminé son inspection.

Sur-le-champ Ningzong ordonna qu'on décrochât le corps et avertit le conseiller des Rites qu'il pouvait commencer les préparatifs des funérailles.

Deux sentinelles hissèrent l'énorme masse morte tandis qu'un troisième homme relâchait la corde. Puis ils déposèrent le cadavre sur le sol, ce que Cí mit à profit pour faire une vérification complémentaire et confirmer ou rejeter la rupture de la trachée. Les juges le regardèrent de haut, mais ils n'y virent aucune objection. Tandis que Cí palpait le double menton, Bo vit une note manuscrite sur la petite table où se trouvaient les vêtements parfaitement pliés de Khan. Après l'avoir lue rapidement, il la remit à Ningzong.

L'empereur s'empressa de la lire à voix basse. Tandis qu'il avançait dans sa lecture, ses mains furent prises d'un frémissement, puis d'un tremblement perceptible. À la fin, ses doigts se crispèrent sur le papier, le froissant comme s'il s'agissait d'une véritable ordure. Ningzong baissa la tête tandis que son rictus de douleur se changeait en une expression de colère que personne n'osa regarder. Brusquement, il rendit le billet à Bo et révoqua l'ordre qu'il venait de donner, décrétant à la place que tout acte de condoléances fût suspendu. On ne célébrerait pas de funérailles publiques ; seuls les domestiques s'occuperaient du cadavre, qui serait enterré dans un cimetière quelconque sans aucune sorte de cérémonie.

Un murmure de stupeur parcourut la salle. La nouvelle paralysa Cí. Tandis que tous se hâtaient d'emboîter le pas à l'empereur qui s'en allait, Bo tendit la note à Cí qui la déplia, hésitant, s'efforçant de lisser les plis qui en gênaient la lecture. Dans celle-ci, écrite de sa propre main et signée de son sceau, Khan confessait être le coupable des assassinats, affirmant les avoir commis à seule fin de discréditer Iris Bleu.

Cí se laissa glisser contre le mur d'acajou et se retrouva assis par terre. Il ne pouvait en croire ses yeux. Le conseiller des Châtiments se déclarait coupable. Tout était terminé. Il n'y avait plus rien à chercher.

Il resta assis jusqu'à ce que Bo lui enjoignît de se lever. Alors, lentement, il parut recouvrer ses esprits. Une fois debout, il rendit le billet à Bo, qui lui certifia que la calligraphie ainsi que le sceau appartenaient à Khan. Cí acquiesça. Il prit congé de Bo dans un balbutiement et, tête basse, abandonna le palais en direction des jardins.

Incrédule, il marcha, se demandant quoi faire. Plus rien ne le retenait au palais. Khan coupable et immolé, il pourrait exiger de l'empereur le poste promis et entreprendre une carrière judiciaire lucrative. Ming serait libre, Iris Bleu disculpée, Feng l'exempterait de toute accusation que pourrait présenter Astuce Grise contre lui et tous ses rêves deviendraient réalité. Pourtant, pendant qu'il déambulait au milieu des saules, son cœur battait, plein de crainte, car bien que ses rêves fussent à sa portée il savait que tout cela était une illusion. Il le savait parce qu'il avait la certitude que la mort de Khan n'obéissait pas à un suicide, mais à un acte criminel.

*

Il se dirigea vers le Pavillon des Nénuphars, disposé à préparer ses bagages. Il l'avait décidé. Dès que la libération de Ming serait officielle, il quitterait le palais et oublierait à jamais cette triste affaire. Peu lui importait ce qui arriverait ensuite à l'empereur. On l'avait obligé à enquêter, on l'avait menacé, torturé, et on lui avait fait du chantage, on avait tenté de l'assassiner, on avait emprisonné Ming… Que pouvait-on exiger de plus de sa personne ? Ils avaient à présent le coupable qu'ils cherchaient et celui-ci avait payé son châtiment. Si quelqu'un devait découvrir la vérité, que ce soit l'un de ces vieux juges qui le regardaient de haut ! Ou Astuce Grise lui-même, lorsqu'il rentrerait de son périple. Et si celui-ci avait découvert quelque chose à Jianyang, il lui faudrait le chercher ailleurs, car alors lui serait loin de Lin'an.

Il aperçut au loin la silhouette d'Iris Bleu. Désormais, il ne saurait jamais si elle était coupable ou non. Il souhaita qu'elle ne le fût pas et eut un sourire ironique. Cela lui était égal. Il avait commis une sottise en tombant amoureux d'une femme dont il savait qu'elle lui était interdite et, ce qui était encore pire, il avait trahi la confiance du seul homme qui s'était comporté comme un père à son égard. Il maudit la nuit où il l'avait connue, bien qu'il eût toujours sur les lèvres le souvenir de ses baisers.

Il s'approcha lentement, évitant son regard bien qu'il le sût vide.

Il gravit les quelques marches de l'entrée et entra dans le pavillon sans la saluer. La *nüshi* suivit de ses yeux aveugles le bruit de ses pas, comme si elle pouvait, d'une manière ou d'une autre, deviner à qui ils appartenaient. Une fois dans sa chambre, Cí entreprit de rassembler ses affaires. Il avait déjà plié ses vêtements lorsqu'il se souvint des fragments de moules qu'il avait cachés. Il résolut aussitôt que, s'il voulait oublier cette histoire, le mieux serait de les détruire. Il sortit le sceptre de plâtre qu'il avait dissimulé sous l'estrade et le posa sur le lit. Puis il courut chercher les morceaux du moule qu'il avait cachés dans l'armoire, mais à sa grande stupeur, il ne les y trouva pas. Il s'en assura en vidant tout le contenu du meuble, mais ce fut en vain. Ils n'y étaient pas. Quelqu'un les avait volés. Une profonde crainte l'assaillit.

Il comprit qu'il ne lui serait pas facile de clore cette affaire, mais il était bien décidé à suivre ses plans. En fait, la disparition du moule était peut-être ce qui pouvait lui arriver de mieux. Si la cause de la tentative d'assassinat qu'il avait subie dans l'entrepôt était ce morceau de terre cuite, le mieux, pour qu'on le laisse tranquille, était que celui qui le cherchait, quel qu'il soit, l'ait entre ses mains.

Dès qu'il eut terminé de fermer son paquetage, il resta à contempler l'étrange sceptre en plâtre. Il le prit et l'examina attentivement. L'extérieur laissait apparaître un ouvrage soigné de motifs floraux. Concernant l'intérieur, il supposa qu'il avait dû être occupé par la barre cylindrique qu'il n'avait pas placée. Il se demanda si, au lieu d'un sceptre, ce ne serait pas une sorte de flûte.

Il hocha la tête. Il ne savait pas pourquoi il divaguait sur sa forme et son utilité. Il l'éleva pour le briser contre le sol quand, soudain, il s'arrêta. Il baissa lentement la main et reposa le sceptre sur ses vêtements. Il venait de mieux y réfléchir. Si elle était si importante, il ferait bien de conserver une pièce dont, en définitive, tout le monde ignorait l'existence. S'il la gardait cachée, non seulement la conserver ne lui ferait courir aucun risque, mais, le moment venu, il pourrait l'utiliser comme preuve.

Une fois décidé, il n'avait besoin que d'un endroit où la cacher. Chose simple s'il avait eu un domicile, mais compliquée dans sa situation.

Essayant d'imaginer un endroit sûr, il se frotta la poitrine d'une main et sentit la clé qu'il portait à son cou. Il l'avait oubliée. C'était la clé que Ming lui avait remise en vue d'un dénouement fatidique, afin qu'il se chargeât de ses biens les plus précieux. Et s'il avait bonne mémoire, ceux-ci étaient cachés dans un compartiment secret de son bureau.

Alors il se décida. Il dissimula le sceptre entre ses vêtements et sortit de la pièce avec ses affaires. Dans le salon, il vit Iris Bleu debout, près de la porte. Elle portait une robe en tulle sous laquelle on devinait une forme troublante. Pourtant, il n'eut d'yeux que pour son visage. Lorsqu'il vit l'humidité de ses paupières, il ne put éviter une pointe d'amertume. En passant près d'elle, il fut sur le point de lui expliquer pourquoi il s'en allait. Il essaya, mais n'osa pas, et ne put prononcer qu'un « adieu » honteux. Puis il baissa la tête et quitta le pavillon en direction de l'académie.

Il pensait que les sentinelles le laisseraient sortir, mais il décida de s'en assurer en demandant à Bo de l'accompagner. L'officier commença par refuser, mais Cí le persuada, alléguant que si son travail à la Cour était terminé, peut-être ne le savait-on pas encore aux remparts. De plus, il voulait remettre à son maître Ming un livre qu'il devait récupérer dans sa bibliothèque et, s'il sortait seul, il était possible qu'il eût de nouveau des problèmes au retour. Finalement, Bo accepta. Ils franchirent les remparts sans être enregistrés et, ensemble, s'acheminèrent vers l'académie.

Lorsqu'ils y arrivèrent, Cí demanda à voir Sui, le serviteur de Ming. Le jardinier qui les reçut disparut un instant et revint bientôt accompagné d'un homme d'âge mûr qui le regarda d'un air étonné à travers ses épais sourcils. Mais lorsque Cí lui montra la clé, son étonnement se changea en inquiétude.

— Le maître est… ?

Cí fit non de la tête. Il lui avoua que, bien qu'encore faible, le maître serait bientôt rétabli et qu'il l'avait chargé de lui apporter un livre de sa bibliothèque pour le lire pendant sa convalescence. Le serviteur acquiesça et l'invita à le suivre. Bo attendit dans le jardin.

Une fois dans le bureau, Sui s'approcha d'une étagère d'où il sortit calmement plusieurs livres qui faisaient office de parapet pour laisser apparaître une petite trappe d'acajou fermée par une serrure. Cí attendit que le serviteur se retirât, mais, à sa grande contrariété, Sui ne bougea pas.

Cí serra les dents. C'était une situation inattendue qui l'obligeait à modifier ses plans et il devait le faire rapidement s'il ne voulait pas éveiller les soupçons de Sui. Il introduisit la clé dans la serrure et ouvrit la petite porte qui donnait accès à un minuscule réceptacle plein à ras bord. Cí se maudit en constatant que le moule qu'il voulait cacher ne tiendrait pas dans ce trou.

Il essaya de gagner du temps en examinant les volumes entassés dans la cachette, mais ses yeux tombèrent tout à coup sur l'un d'eux qui retint immédiatement son attention. C'était un manuscrit moderne intitulé *Ying Ming Ji*, *Traité des procès judiciaires*, dont la calligraphie était celle de Ming. Il le sortit pour ne pas éveiller la méfiance de Sui, arguant que c'était justement le livre que lui avait demandé Ming. Cependant, il n'avait toujours pas trouvé le moyen de cacher le sceptre.

— Que vous arrive-t-il ? demanda finalement le serviteur.

Cí le regarda. Il lui remit le sceptre et une bourse.

— J'ai besoin que tu me rendes un service. J'ai besoin que tu le fasses pour Ming.

*

Khan était mort, et Cí retourna au palais dans le seul but d'obtenir la libération de son maître. Bo l'accompagna pour accélérer les formalités, mais les infirmiers qui soignaient Ming ignoraient encore les conséquences de la mort de Khan, si bien que leurs démarches furent infructueuses. Une fois seul avec Ming, Cí tenta de le réconforter. L'état de ses jambes s'était amélioré et le sang revenait à ses joues, aussi se dit-il certain qu'il pourrait marcher et reprendre ses travaux d'ici peu. En attendant, il pouvait aussi bien se remettre dans ces dépendances *accueillantes* qu'à l'académie. Ming sourit du bon mot de Cí. Mais lorsque ce dernier l'informa des circonstances du suicide de Khan, le visage du malade blêmit à nouveau. Il y avait quelque chose d'étrange dans la voix de Cí, un ton qui l'inquiéta.

— Que me caches-tu ? lui demanda-t-il.

Cí observa les sentinelles autour d'eux. Elles semblaient prêter attention à leur conversation. Il lui répondit qu'il ne lui cachait rien.

— Tu es sûr ? insista Ming.

Cí mentit mieux que jamais ; il s'en rendit compte parce que le visage de Ming retrouva la tranquillité, tandis que le sien s'assombrissait dans la même mesure. Il détestait mentir, mais dernièrement il semblait être devenu un maître en la matière. Il avait menti à Iris Bleu, au juge Feng, et à présent il mentait à Ming. Il prit congé de lui en l'assurant qu'il allait faire en sorte qu'on le transporte dès que possible à l'académie. Cependant, pour ne pas l'alarmer davantage, il lui cacha qu'il avait pris un livre dans sa bibliothèque.

Une fois dehors, Cí hocha la tête. Il n'était pas précisément fier de lui. Tout au contraire, il se méprisait. Où qu'il se regardât il se voyait reflété dans la figure de son père ; et tout ce qu'il réprouvait chez lui, il le voyait maintenant en lui-même. Son père avait été un tricheur, et tout ce qu'il avait tellement abhorré alors, il le commettait à son tour. Il se vit comme un être sans scrupules qui préférait regarder ailleurs pour servir ses intérêts en faisant fi de la vérité ; en mettant sur un pied d'égalité coupables et innocents. Les sages enseignements de Feng et les honnêtes conseils de Ming étaient oubliés. Il pensa à sa sœur Troisième. Elle ne serait pas fière de lui.

Le fantôme de la fillette le secoua intérieurement. Il s'assit à terre, abattu, se demandant ce qu'il était en train de faire, ce qu'il voulait obtenir et ce qu'il devenait... Sa raison exigeait de lui qu'il oublie ses remords et profite de l'occasion de s'enfuir, qui ne se présenterait pas une seconde fois. Mais au fond de lui quelque chose le rongeait lentement. Une agonie dont il devinait qu'elle ne le laisserait jamais en paix.

Il envoya un coup de pied rageur dans une pierre. Il ne savait même pas s'il serait capable d'oublier Iris Bleu. Il se souvenait encore de la chaleur de sa peau et de la tristesse de son regard. Elle lui manquait. Brusquement, un éclair en lui le poussa à lui dire adieu. Il ne réfléchit pas. Il se leva et se mit à avancer en direction du Pavillon des Nénuphars, sans discerner si une telle impulsion obéissait à un désir charnel ou à une dernière lueur de dignité.

Il s'approchait de l'édifice lorsqu'il crut distinguer au loin la silhouette de Feng. D'un peu plus près, il constata qu'en effet le juge se tenait à côté d'une voiture et dirigeait le transfert de ses affaires par une demi-douzaine de domestiques qui allaient et venaient avec des paquets et des sacs. En remarquant sa présence, Feng abandonna son occupation et s'approcha en souriant.

— Cí ? Iris m'a dit que tu étais parti, mais je lui ai affirmé que c'était impossible. – Il l'étreignit avec force, dans un geste peu habituel.

Se considérant comme un traître, Cí n'avait jamais serré personne dans ses bras. Il fut pris de nausées lorsqu'il sentit contre lui le corps abandonné du vieux Feng qui lui donnait des tapes affectueuses dans le dos.

— Vous êtes revenu plus tôt que prévu, parvint à répondre Cí en baissant la tête. – Il pensa que Feng allait découvrir la honte qui le faisait rougir.

— Par chance, j'ai pu organiser rapidement le nouveau convoi. Allons ! Donne-moi un coup de main avec ces cadeaux. Tu te rends compte, Iris ? lui cria-t-il. Cí est revenu !

Chargé d'une besace, Cí contempla la *nüshi* dans l'encadrement de la porte. Il la salua timidement, mais elle entra dans le pavillon sans un mot.

Pendant le repas, Feng s'informa de ce qui s'était passé en son absence. Il notait Iris préoccupée et le lui fit savoir, mais sa femme attribua son manque d'entrain à un malaise passager, tandis qu'elle lui resservait maladroitement un peu de poulet caramélisé qu'on venait de leur apporter. Feng s'intéressa ensuite à l'événement que tout le monde commentait.

— Un suicide ! Allez savoir ce qui lui est passé par la tête… ! objecta le juge. J'ai toujours perçu quelque chose d'obscur chez Khan, mais je n'ai certes jamais imaginé qu'il pourrait commettre un tel forfait. Que vas-tu faire à présent, Cí ? Tu travaillais pour lui.

Cí avala le poulet sans le mâcher. Il n'osait pas regarder Feng dans les yeux. Encore moins en présence de sa femme.

— Je suppose que je vais retourner à l'académie, répondit-il.

— Pour manger chaque jour du riz passé ? N'y pense pas ! Tu vas rester ici avec nous ! N'est-ce pas, Iris ?

Sa femme ne répondit pas. Elle ordonna aux servantes de débarrasser la table des plats vides et s'excusa pour son brusque mal de tête. Lorsqu'elle se leva dans l'intention de se retirer, Feng offrit de l'accompagner, mais elle refusa son aide et s'en fut seule vers ses appartements.

— Tu dois l'excuser, sourit Feng en revenant s'asseoir. Les femmes se comportent parfois de façon étrange. Mais bon... Tu auras tout le temps de la connaître !

Cí fut incapable d'avaler le morceau qu'il avait dans la bouche. Il le cracha dans un bol et se leva de table.

— Je suis désolé. Je ne me sens pas bien, dit-il, et lui aussi se retira dans ses appartements.

*

Il s'enferma dans sa chambre, se demandant quoi faire. Il essayait de réfléchir, mais il ne réussissait qu'à se détester, sachant que Feng attendait à l'extérieur, prêt à offrir son foyer à un loup déguisé en agneau. Il se maudit à maintes reprises et se dit que Feng ne le méritait pas. Il envisagea d'avouer son délit, mais il comprit tout de suite qu'il ne rachèterait pas sa faute tandis qu'il atteindrait aussi Iris Bleu et qu'il entraînerait irrémédiablement Feng dans son déshonneur. Il se sentait pieds et poings liés, avec l'horrible sensation que, quoi qu'il fasse, il causerait un tort irréparable. Et le pire, c'est qu'il avait la certitude de l'avoir déjà fait.

Le soleil commençait à décliner peu à peu, comme ses espoirs.

Il se leva les yeux rougis et sortit de la chambre, décidé à parler à Feng. Peut-être n'irait-il pas jusqu'à lui révéler ce qui s'était passé avec Iris Bleu, mais il pouvait lui raconter tout le reste sans rien garder pour lui. Il le trouva en train de prendre le thé dans sa bibliothèque, une pièce confortable avec de grandes baies vitrées. Les livres étaient soigneusement rangés sur des étagères pleines de sagesse. Une légère brise apportait le parfum des jasmins. Lorsque Feng vit Cí, il eut un large sourire et l'invita à s'asseoir.

— Tu te sens mieux ? lui demanda-t-il.

Il ne se sentait pas mieux, mais il accepta le thé que Feng lui offrit avec son amabilité coutumière. Il ne savait par où commencer. Simplement, il se jeta à l'eau. Il lui avoua que la raison pour laquelle Khan l'avait engagé était d'espionner Iris.

— Ma femme ? – La tasse de thé trembla entre ses doigts.

Cí lui assura que, lorsqu'il avait accepté, il ignorait qu'il était son époux. Plus tard, l'ayant appris, il avait refusé de continuer, mais Khan l'avait fait chanter en mettant la vie du professeur Ming sur l'autre plateau de la balance.

Les lèvres de Feng tremblèrent. Son visage n'était que stupeur, mais en entendant que l'ordre de Khan obéissait au soupçon qu'Iris Bleu était la responsable des assassinats, son expression se mua en indignation.

— Ce maudit bâtard… ! S'il ne s'était pas suicidé, je l'aurais dépecé de mes propres mains ! mugit-il en se levant.

Cí se mordit les lèvres. Puis il regarda Feng dans les yeux.

— Si au moins c'était vrai ! Mais Khan ne s'est pas suicidé.

De nouveau la perplexité submergea Feng. Il avait cru à la rumeur du palais qui évoquait l'existence d'une note posthume dans laquelle le conseiller reconnaissait sa culpabilité. Cí le lui confirma. Le billet existait, il l'avait lu et, d'après Bo, la calligraphie était bien celle de Khan, il n'y avait aucun doute là-dessus.

— Mais alors ? Que veux-tu dire ?

Cí lui demanda de s'asseoir. L'heure était venue de dévoiler toute la vérité et d'aller trouver l'empereur pour la lui révéler. Il lui narra les détails de l'examen qu'il avait pratiqué sur Khan, en commençant par le genre de corde qui avait été employée pour le pendre.

— Une corde de chanvre tressé. Fine mais résistante. De celles employées pour pendre les cochons...

— Celle qui lui convenait le mieux, murmura Feng d'un air indigné.

— Oui. Mais indépendamment de cela, j'ai parlé la veille avec Khan et je peux vous assurer que son attitude n'était pas celle de quelqu'un qui préparait son suicide. Il avait des projets pour l'immédiat.

— Les gens changent d'avis. Peut-être a-t-il été pris de remords pendant la nuit. Il s'est effondré et a agi de façon précipitée.

— Et il est sorti de bon matin chercher ce genre de corde ? S'il avait vraiment agi sous le coup de l'angoisse, il aurait utilisé la première chose qui lui serait tombée sous la main. Dans sa chambre, il avait à sa disposition les cordons des rideaux, des ceintures, de longues écharpes de soie, des draps qu'il pouvait nouer, des lacets... Mais apparemment, à ce moment de désespoir, la seule chose qui lui est venue à l'esprit a été d'aller chercher une corde.

— Ou de demander qu'on la lui apporte. Je ne comprends pas la cause de ta défiance. En plus, il y a cette note que tu as lue toi-même. Celle qui annonçait son suicide.

— Pas exactement. Sur la note il reconnaissait sa culpabilité, mais à aucun moment il n'évoquait son intention de se supprimer.

— Je ne sais pas. Cela ne paraît pas concluant… Tu ne peux te présenter devant l'empereur avec une simple supposition.

— Il pourrait s'agir d'une supposition si d'autres faits ne venaient la corroborer et la changer en certitude, affirma-t-il. En premier lieu, il y a ses vêtements, parfaitement pliés et posés sur la petite table.

— Cela ne prouve rien. Tu sais aussi bien que moi que se déshabiller avant une pendaison est chose courante chez de nombreux suicidés… Et le fait qu'il plie ses vêtements concorde avec l'exaspérante application et le soin dont il entourait tous ses gestes.

— En effet, Khan était un homme routinier et soigné. Et pour cette raison même il est étrange que la manière dont ses vêtements étaient pliés sur la table basse soit complètement différente de celle que j'ai observée dans le reste de sa garde-robe.

— Maintenant je comprends. Et tu suggères donc que ce n'est pas lui qui les a pliés.

Cí confirma.

— Une subtile observation, mais également une erreur de débutant, dénia Feng. Dans n'importe quelle famille humble ta supposition aurait été juste, mais je t'assure que les conseillers du palais ne plient pas eux-mêmes leurs vêtements. Cette tâche revient aux domestiques ; tout ce que démontre le détail que tu dénonces, c'est que Khan a plié son linge d'une façon différente de celle de ses serviteurs.

Cí haussa les sourcils. L'espace d'un instant il se sentit stupide, mais du moins se réjouit-il que celui qui le corrigeait fût son ancien maître. Il ne se découragea pas pour autant. Cette histoire de vêtements n'était qu'un détail mineur et il avait encore deux raisons puissantes.

— Excusez ma suffisance. Je ne voulais pas… (Il cessa de s'excuser et poursuivit.) Alors, dites-moi, pourquoi un coffre ?

— Un coffre ? Je ne comprends pas…

— Il a utilisé un coffre en guise de socle. Apparemment, il l'a placé sous la poutre centrale, il est monté dessus et s'est jeté de là.

— Et qu'y a-t-il d'étrange à cela ?

— Pas grand-chose (il fit une pause), si ce n'est que le coffre était rempli de livres. J'ai essayé de le bouger, mais cela m'a été impossible. Il aurait eu besoin de l'aide d'une autre personne pour le déplacer.

Feng fronça les sourcils.

— Tu es sûr qu'il pesait si lourd ?

— Plus que Khan. Pourquoi traîner quelque chose d'aussi lourd alors qu'il avait de nombreuses chaises à sa disposition ?

— Je l'ignore. Khan était très gros. Peut-être a-t-il craint la faiblesse du siège.

— La crainte d'un homme qui va se pendre ?

Feng fronça les sourcils.

— Mais ce n'est pas tout, poursuivit Cí. Pour revenir à la corde qu'il a utilisée pour se pendre, elle était neuve. Le chanvre n'était pas souillé. Comme si on venait de le tresser. Pourtant, un morceau était abîmé sur la partie qui dépassait du nœud de la poutre.

— Tu veux parler de l'extrémité libre ?

— Oui, depuis le nœud sur la poutre vers l'extrémité libre. Un bout éraflé d'une longueur d'environ deux coudées. Curieusement, la même distance qu'entre les talons du mort et le sol.

— Je ne vois pas où tu veux en venir.

— S'il s'était pendu lui-même, il aurait d'abord noué la corde autour de la poutre, puis il aurait introduit sa tête dans le nœud coulant et enfin il aurait sauté du haut du coffre.

— Oui. C'est ainsi que cela aurait dû se passer.

— Mais, dans ce cas, la corde n'aurait présenté aucune éraflure, or nous savons que ce n'est pas le cas. (Il se leva pour le mettre en scène.) D'après moi, Khan gisait inconscient avant d'être pendu. Selon toute vraisemblance, il a été drogué. Deux personnes ou davantage l'ont placé sur le coffre. Ensuite ils ont introduit sa tête dans le collet, ont passé l'extrémité de la corde sur la transverse et ont tiré sur celle-ci pour l'élever. Pendant l'élévation, à cause du poids de Khan, la poutre a raclé les fibres de chanvre, et la longueur de cette éraflure correspond à la distance entre ses pieds et le sol.

— Intéressant, concéda Feng. Et pourquoi supposes-tu que Khan était inconscient avant son assassinat ?

— En raison d'un détail pratiquement probant. Il n'y avait pas de rupture de la trachée. Quelque chose d'impensable s'agissant d'un nœud situé sous la pomme d'Adam qui a supporté un poids énorme lorsqu'il a été jeté d'une hauteur considérable.

— Khan aurait pu s'être laissé glisser au lieu de sauter.

— Peut-être. Mais si on admet l'évidence du crime, on peut supposer que s'il avait été conscient, Khan aurait résisté à ses assassins. Pourtant, son corps ne présentait pas de griffures, pas d'hématomes ou toute autre marque de lutte. Nous pourrions faire l'hypothèse d'un empoisonnement préalable, mais son cœur battait encore au moment où il fut pendu. La réaction vitale de la peau de la gorge, la protrusion de la langue contre les dents et le ton noirâtre des lèvres l'attestent ; il ne reste donc qu'une option : il a été drogué.

— Pas forcément. On a également pu l'obliger…

— J'en doute. Aussi terrible que soit la menace, une fois que la corde serrait son cou et que son corps restait suspendu, instinctivement il se serait débattu pour se libérer.

— Peut-être avait-il les mains liées…

— Je n'ai relevé aucune marque sur ses poignets. Mais j'ai trouvé une trace qui confirme définitivement toutes mes suppositions. (Il chercha dans la bibliothèque un livre poussiéreux et le tint en position horizontale, le dos vers le haut. Puis il dénoua un cordon de ses manches et le posa sur le dos du livre en laissant pendre ses deux extrémités au-dessous des couvertures.) Regardez. (Il saisit les deux extrémités en même temps et tira brusquement dessus. Puis il les enleva et montra la marque à Feng.) Le sillon que le cordon a laissé sur la poussière du dos est net et précis. Maintenant, observez ceci. (Il répéta l'opération sur un autre endroit du dos, mais en exerçant cette fois des mouvements qui simulaient un poids en train de se débattre aux extrémités.) Vous voyez la différence ? (Il montra des traces imprécises, larges et estompées.) Et pourtant, quand je suis monté vérifier la traverse à laquelle la corde était attachée, j'ai trouvé une trace identique à la première. Propre, sans aucune marque d'agitation.

— Tout cela est surprenant ! Et pourquoi ne l'as-tu pas dit à l'empereur ? admira Feng.

— Je n'en étais pas sûr, mentit Cí. Je voulais d'abord vous en parler.

— Eh bien à ce que je vois il n'y a pas de doute. La seule chose discordante est sans doute la note d'inculpation...

— Au contraire, monsieur. Elle colle parfaitement. Écoutez bien ! Khan ouvre la porte à deux hommes qu'il connaît et en qui il a confiance. Brusquement, ceux-ci le menacent en lui enjoignant de se reconnaître l'auteur des assassinats. Craignant pour sa vie, Khan leur obéit et écrit une note dans laquelle il avoue sa culpabilité. Cependant, il n'y annonce pas son suicide, parce que les assassins ne veulent pas que Khan s'inquiète davantage et qu'il puisse réagir avec violence. Une fois la confession signée, ils lui offrent un verre d'eau pour le calmer, une eau préalablement droguée, afin de s'assurer de l'absence de bruit et de résistance. Lorsqu'il tombe inconscient, ils le déshabillent, traînent le coffre massif jusqu'au centre de la pièce et attachent sur la traverse une corde de chanvre neuve qu'ils se sont procurée, très fine pour la dissimuler facilement. Puis ils transportent le corps endormi de Khan jusqu'au coffre, l'assoient dessus et introduisent sa tête dans le nœud. À deux, ils le hissent et le pendent, encore

610

vivant, afin que son corps réagisse comme dans un vrai suicide. Enfin, ils plient soigneusement ses vêtements et quittent la pièce.

Feng regarda Cí bouche bée, comprenant tout à coup que son ancien élève était devenu un enquêteur exceptionnel.

— Nous devons parler tout de suite à l'empereur !

Cí ne partagea pas son enthousiasme. Il lui fit remarquer que ses découvertes pouvaient de nouveau diriger les soupçons vers Iris Bleu.

— Souvenez-vous de l'affaire de la faux ensanglantée et des mouches (sa voix trembla). J'ai contribué à démasquer un coupable, mais j'y ai perdu un frère.

— Par tous les dieux, Cí, oublie cette histoire ! Ton frère s'est lui-même condamné en assassinant ce villageois. Tu n'as fait que ton devoir. En plus, c'est moi qui ai découvert le sang sur la faux, alors cesse de te culpabiliser à ce sujet. Quant à ma femme, ne t'inquiète pas. Je connais l'empereur et je saurai le convaincre. (Il se leva pour partir.) Au fait, j'ai oublié de te le dire. Ce matin, au palais, j'ai vu ce nouveau juge qui te préoccupait, un certain Astuce Grise.

Cí sursauta. Avec l'agitation des derniers événements, il l'avait complètement oublié.

— Ne t'en fais pas, le rassura Feng. Il est trop tard maintenant, mais demain à la première heure nous parlerons à l'empereur. Nous l'informerons de tes découvertes et clarifierons ta situation. J'ignore ce qu'a pu vérifier cet Astuce Grise, mais je t'assure que s'il pensait monter en grade à tes dépens, il n'a pas la moindre chance.

Cí l'en remercia. Cependant, l'idée de l'accompagner ne le convainquit pas.

— N'y voyez pas d'offense, mais vous allez parler d'Iris Bleu. Ce sont des affaires privées auxquelles je n'ai pas à assister, s'excusa Cí.

Feng convint qu'il avait raison. Mais il ne consentit pas à ce que Cí rejetât son offre d'hébergement.

— En aucune façon je ne permettrai que tu retournes à l'académie, s'indigna-t-il. Tu logeras chez nous au Pavillon des Nénuphars jusqu'à ce que ton nom soit totalement blanchi.

Il fut impossible à Cí de refuser.

Ils dînèrent frugalement, conversant sur des sujets sans importance qui n'apaisèrent pas Cí. Malgré ses efforts, il ne parvenait pas à empêcher la présence d'Iris Bleu de le troubler encore presque autant que la torture de voir un Feng souriant, étranger à tout ce qui se passait. Tandis qu'il mâchait sans appétit, il se demanda qui étaient les assassins de Khan. Il pensa à la *nüshi* et se demanda si Feng le défendrait aussi aveuglément s'il avait connaissance de son infidélité.

Avant de se coucher, il regarda le *Ying Ming Ji*, le manuscrit sur des procès judiciaires qu'il avait sorti de la bibliothèque de Ming. Quelques-unes des affaires les plus compliquées enregistrées au cours des cent dernières années s'y trouvaient rassemblées. Sa tête s'y intéressait, mais ses yeux n'en pouvaient plus. Il abandonna le volume et se coucha. Il ne parvint pas à trouver le sommeil. Il pensait à Iris Bleu.

Il la trouva le matin, lorsqu'elle entra dans sa chambre sans frapper. La femme posa un pantalon et une veste au pied du lit, puis elle attendit en silence tandis qu'il s'étirait. Cí se demanda pour quelle raison elle avait laissé là les vêtements, mais elle le devança.

— Tu vas avoir besoin de linge propre, n'est-ce pas ?

Cí ne répondit pas. Il se sentait tellement attiré par cette femme qu'il n'osait même pas la frôler de ses paroles. Mais lorsqu'il s'aperçut qu'elle ne se retirait pas, il se vit contraint de répondre.

— Que veux-tu ? dit-il enfin, indigné.

— Ton linge sale, répondit-elle sèchement. La lavandière attend dehors.

Cí le lui remit et elle lui dit qu'elle l'attendrait dans la salle à manger.

Lorsque Cí arriva, les servantes avaient déjà couvert la table de tartelettes de riz fumantes, de salade de chou aigre et de friands aux légumes cuits à la vapeur. Cí s'étonna de ne pas voir Feng, et Iris l'informa que le juge s'était levé tôt pour se rendre au palais. Cí acquiesça. Il ne goûta qu'au thé. La lumière blessait ses yeux gonflés. Il regarda Iris Bleu du coin de l'œil. Il devait absolument quitter cet endroit.

Il se dit qu'il allait rendre visite à Ming. Il prit congé et se dirigea vers l'infirmerie. Il était à mi-chemin lorsque, à l'improviste, plusieurs soldats vinrent à sa rencontre. Cí demanda des explications, mais le premier à le rejoindre le frappa au visage avec une baguette de bambou, ce qui le fit saigner. Aussitôt, sans un mot, les autres se jetèrent sur lui et le rossèrent jusqu'à ce qu'il se soumette. Lorsqu'ils furent fatigués, ils lui attachèrent les pieds et les mains et le soulevèrent de terre. Un dernier coup lui fit perdre connaissance, si bien qu'il ne put entendre le chef de la garde annoncer qu'il était arrêté pour avoir conspiré contre l'empereur.

Il se réveilla au milieu d'une cellule plongée dans la pénombre, entouré de dizaines de reclus couverts d'immondices. Il ne comprenait pas ce qui lui arrivait, mais l'un d'eux fouillait dans ses vêtements, paraissant avoir trouvé un nouveau trésor. Cí le repoussa comme s'il s'agissait d'un cafard et il essaya de se redresser. Quelque chose d'humide lui obscurcissait la vue. Il palpa sa tête et sa main se teignit de rouge. Soudain, le loqueteux qui tentait de le détrousser se jeta de nouveau sur lui, mais un garde sorti du néant le saisit par la peau du dos et l'écarta. Puis il souleva Cí par le plastron et lui asséna un coup de poing qui le réexpédia à terre.

— Lève-toi ! lui ordonna-t-il. – Près de lui se tenait un géant armé d'un bâton et arborant la même expression de haine.

— Il t'a dit de te lever ! beugla-t-il, et il lui donna un coup de bâton.

Cí obéit, non pas à cause d'une douleur qu'il ne percevait pas, mais parce qu'il ne comprenait pas ce qui se passait autour de lui. Il s'appuya contre le mur pour ne pas tomber, incapable de saisir pourquoi on l'avait enfermé ni pourquoi ces hommes s'obstinaient à le frapper. Il voulut poser la question, mais au premier mot le garde lui enfonça l'extrémité de son bâton dans l'estomac. Cí se plia en deux, le souffle coupé.

— Et tu parles quand on t'interroge ! ajouta la bête.

Cí le regarda à travers le voile sanguinolent qui coulait de son front. Il pouvait à peine respirer. Il attendit que quelqu'un lui expliquât pourquoi on le traitait comme un chien.

— Dis-nous qui t'a aidé.

— Qui m'a aidé à quoi ? – Il perçut le goût du sang.

Un nouveau coup de bâton l'atteignit au visage, lui ouvrant la joue. Cí trembla sous le choc et plia un genou. Le second coup le fit tomber.

— Tu choisis : tu peux nous le dire maintenant et garder tes dents, ou attendre qu'on te les casse et manger de la bouillie jusqu'à ce qu'on t'exécute.

— Je ne sais pas de quoi vous parlez ! Demandez au palais ! Je travaille pour Khan ! répondit-il hors de lui.

— Tu travailles pour un mort ? (Un coup de pied lui fit cracher une écume de sang.) Demande-le-lui toi-même quand tu arriveras en enfer.

*

Lorsqu'il se réveilla de nouveau, une silhouette s'appliquait à nettoyer sa blessure à la tête. Une fois que sa vue se fut éclaircie, Cí reconnut Bo.

— Que… ? Que se passe-t-il ? parvint-il à balbutier.

Pour toute réponse, Bo le traîna sur le sol jusqu'à un mur distant, éloigné des fouineurs. Une fois à l'abri, il le regarda d'un air sérieux.

— Que s'est-il passé ? Par le Grand Bouddha, Cí !
On ne parle pas d'autre chose à la Cour. On t'accuse de
la mort de Khan !

Cí cligna des yeux, incrédule, ne comprenant pas ce
que Bo lui disait. L'officier essuya le sang sur son front
avec un chiffon humide et il lui donna à boire. Cí avala
à grandes lampées.

— Ils… Ils m'ont frappé, murmura Cí.

— Pas besoin de me le dire. Le plus étonnant, c'est
qu'ils ne t'aient pas tué. (Il l'examina.) Apparemment,
ce matin un juge du nom d'Astuce Grise a examiné le
cadavre de Khan et a conclu que sa mort n'était pas due
à un suicide. Avec lui, il y avait un devin qui affirme
que tu as tué un gendarme. (Il secoua la tête.) Astuce
Grise t'a accusé, mais c'est l'empereur lui-même qui a
donné l'ordre de t'arrêter.

— Mais c'est ridicule ! Vous devez me sortir d'ici.
Feng sait que…

— Silence ! On peut nous entendre.

— Demandez à Feng, lui murmura-t-il à l'oreille. Il
vous confirmera que ce n'est pas moi.

— Tu as parlé au juge Feng ? (Son visage changea.)
Que lui as-tu raconté ?

— Ce que je lui ai raconté ? Eh bien la vérité !
Qu'ils ont drogué Khan. Qu'ensuite ils l'ont pendu et
ont laissé le billet du suicide. – Cí porta ses mains à sa
tête, vaincu par le désespoir.

— Et rien de plus ? Lui as-tu raconté ce qui s'est
passé à l'entrepôt ?

— Ce qui s'est passé à l'entrepôt ? Je ne comprends
pas. Que vient faire l'entrepôt ?

— Réponds ! Tu le lui as raconté, oui ou non ?

— Oui. Non ! Je ne m'en souviens pas, diable… !

— Malédiction, Cí ! Si tu t'obstines à ne pas collaborer, je ne pourrai pas t'aider. Tu dois me révéler tout
ce que tu as découvert !

— Mais, je vous ai déjà dit tout ce que je sais.

— Par tous les dieux ! Cesse de dire des bêtises !
(Il jeta le verre à terre, le brisant en mille morceaux.
Il se mordit les lèvres et se tut un instant. Il regarda
Cí.) Je suis désolé, dit-il. (Il se remit à l'essuyer, Cí
s'écarta.) Écoute, Cí. Je dois savoir si tu y es vraiment
pour quelque chose. Dis-moi ce que…

— Mais que voulez-vous que je vous dise ?!
hurla-t-il. Que je confesse que c'est moi qui l'ai tué ?
Par les esprits de mes ancêtres ! Que je l'aie fait ou non,
ces sbires vont me broyer.

— Comme tu voudras. Gardes ! cria-t-il.

Aussitôt, deux sentinelles ouvrirent la grille pour
laisser sortir Bo.

Cí resta accroupi dans un coin moisi, tel un chien
battu. Il ne comprenait pas ce qui lui arrivait. Il avait du
mal à réfléchir. Une somnolence s'empara peu à peu de
lui, le renvoyant lentement aux ténèbres.

Il ne sut pas bien à quel moment il reprit conscience,
mais lorsqu'il revint à lui, il s'aperçut tout de suite
qu'on lui avait volé sa veste. Il jeta un coup d'œil
autour de lui, mais ne la vit sur aucun des loqueteux.
Il ne prit pas la peine de la chercher. Sans doute en
avaient-ils plus besoin que lui, mais il se réfugia malgré
tout dans l'obscurité, honteux des cicatrices qui couvraient sa poitrine. Bientôt, l'un des prisonniers s'approcha de lui et lui offrit une couverture qu'il accepta.
Il allait s'en couvrir lorsqu'il leva la tête et vit que

l'homme qui l'avait secouru était un vieux rongé par la gale, aussi la lui rendit-il sur-le-champ. Quand le vieillard s'approcha pour la ramasser, Cí aperçut sur son visage des cicatrices qui lui parurent familières. Il pâlit. Il s'approcha pour vérifier, mais le vieux recula, effrayé. Cí le rassura. Il lui dit qu'il voulait seulement regarder ses étranges cicatrices et il lui montra les siennes pour le convaincre qu'il ne voulait pas lui faire de mal. Lorsqu'il accepta, Cí ne put en croire ses yeux : la même forme, la même taille… Elles étaient identiques à celles qu'il avait découvertes sur le cadavre du portrait. Il demanda tout de suite au vieil homme comment elles s'étaient produites, mais celui-ci jeta un coup d'œil autour de lui et recula. Cí se défit de ses chaussures et les lui offrit. Dans un premier temps, le vieux parut ne pas comprendre, mais ensuite il tendit ses mains tremblantes et les lui arracha d'un coup, comme s'il pensait que Cí voulait le tromper. Pendant que le prisonnier essayait les chaussures, Cí insista.

— Ça s'est passé pendant la nuit du Nouvel An, répondit enfin l'homme. Je suis entré dans une maison de riches pour voler de la nourriture. J'ai allumé entre les caisses et tout a explosé.

— Explosé ? Je ne comprends pas.

Le vieux le regarda de haut en bas.

— Ton pantalon…

— Comment ?

— Ton pantalon ! Allons ! – Il le lui montra pour qu'il l'enlève.

Cí obéit. L'homme s'en saisit alors qu'il l'avait encore sur les chevilles et il le lui arracha, laissant Cí entièrement nu.

— Ils avaient entreposé des pétards pour les fêtes, dit-il en enfilant le pantalon. Les imbéciles les gardaient à côté de la vaisselle. J'ai approché la lampe à huile et tout a sauté. J'ai failli perdre mes yeux !

Cí le regarda, abasourdi. C'était donc ça… ! Il allait lui demander s'il connaissait quelqu'un ayant ce genre de cicatrices lorsqu'il vit apparaître les deux gardes qui l'avaient frappé. Le vieux s'éloigna de lui comme s'il avait la peste. Cí s'accroupit.

— Lève-toi ! lui ordonnèrent-ils.

Le jeune homme obéit. En voyant qu'il était nu, l'un des gardes ramassa la couverture avec le bâton et l'approcha de lui.

— Couvre-toi et suis-nous.

Cí pouvait à peine se tenir debout, mais il avança en boitillant derrière eux à travers un couloir aussi ténébreux que la galerie d'une mine. Ils avancèrent jusqu'à une vieille porte en bois. Lorsque le premier des gardes y frappa de ses jointures, Cí pensa que sa dernière heure était venue. L'idée le traversa d'attaquer ses geôliers et d'entreprendre une fuite désespérée, mais il n'en avait pas la force. Il soupira. Plus rien ne lui importait. En entendant le grincement des gonds, son cœur se serra. Peu à peu, le portail s'ouvrit, laissant entrer un torrent de lumière éblouissante qui l'aveugla. Lorsque ses yeux s'accoutumèrent à la clarté, il vit se découper la silhouette de Feng. Cí balbutia avant que ses jambes ne flanchent. Feng l'empêcha de s'écrouler. Il lui arracha la couverture et le couvrit de sa veste. Puis il cria à ses geôliers de l'aider.

— Infâmes bâtards ! (Il soutint Cí.) Mais que t'ont-ils fait ? Mon pauvre garçon !

Feng signa et apposa son sceau sur le document de surveillance par lequel il prenait la responsabilité du prisonnier. Puis, avec l'aide de son serviteur mongol, il transporta Cí jusqu'à sa voiture et ils se mirent en route vers le Pavillon des Nénuphars.

Une fois dans sa résidence, Feng ordonna que l'on conduisît Cí dans sa chambre. Cí supplia qu'on le laissât dans celle qu'il avait déjà occupée, mais Feng n'y consentit pas, alléguant qu'il y serait mieux installé. Ils couchèrent le jeune homme dans le lit de Feng et le couvrirent d'un drap. Bientôt arriva un médecin acupuncteur. Feng et lui le dépouillèrent de la veste et avec l'aide d'un domestique nettoyèrent ses blessures. Cí ne se plaignit pas. Le médecin lui palpa les côtes, écouta sa respiration et inspecta la blessure à la tête. Dès qu'il eut terminé, il décréta qu'il devait garder le lit deux ou trois jours.

— Il a eu de la chance, l'entendit dire Cí. Il n'a rien de cassé. Ou du moins, rien que le repos et quelques bons soins ne soient capables de réparer.

Quand le médecin partit, Feng tira les rideaux pour adoucir la lumière et il s'assit près de Cí. Il hocha la tête. Son visage reflétait l'inquiétude.

— Maudits bâtards ! Je suis désolé d'avoir autant tardé, Cí. Ce matin je suis sorti de bonne heure pour régler quelques affaires et quand j'ai voulu m'entretenir avec l'empereur, cet Astuce Grise dont tu m'as parlé m'avait déjà devancé. Sa Majesté m'a informé qu'après un second examen du cadavre, Astuce Grise avait déterminé que Khan avait été assassiné. Il doit beaucoup te détester, car il t'a accusé avec une telle véhémence qu'il a convaincu l'empereur. D'après ce qu'on m'a raconté, il était accompagné d'un devin pouilleux, qui t'a rendu responsable de la mort d'un gendarme.

— Mais… ! Mais c'est moi qui ai conclu cela… !

— Et c'est grâce à cela que j'ai obtenu qu'on te libère ! J'ai assuré à l'empereur que tu m'avais mis hier au courant de ces mêmes découvertes : je lui ai détaillé l'histoire du coffre, les traces de la corde, le contenu de la lettre de confession… Je lui ai tout raconté et, malgré ça, j'ai eu du mal à le convaincre. J'ai dû engager ma parole et mon honneur pour lui arracher l'ordre provisoire de te mettre sous ma surveillance. Une garantie personnelle en échange d'un ultimatum. Le procès aura lieu demain.

— Le procès ? Alors il ne vous croit pas ?

— Je ne veux pas te mentir, Cí. (Il baissa la tête.) Astuce Grise remue ciel et terre en quête de mobiles pour t'inculper. Lorsqu'il a su que l'empereur t'avait promis un poste dans l'administration si tu parvenais à résoudre l'affaire, il a argué que la mort de Khan devenait la manière la plus simple d'atteindre ton but. Il t'accuse d'en être le grand bénéficiaire. Et il y a ce devin qui t'attribue un autre assassinat.

— C'est une farce. Vous savez parfaitement que…

— Le problème n'est pas ce que je sais ! l'interrompit-il. Le problème, c'est ce qu'ils croient, eux, et la seule chose certaine, c'est que nous ne disposons pas de preuves qui accréditent ton innocence. Ce sceau qu'ils t'ont remis te permettait d'accéder à n'importe quelle dépendance du palais, y compris l'aile où sont situés les appartements privés de Khan. Et plusieurs témoins t'ont vu te disputer avec lui, parmi eux l'empereur lui-même.

— C'est ça. Et j'ai également décapité des hommes que je n'avais jamais vus, et je les ai blessés aux poumons, et...

— Je te répète que le problème n'est pas là ! Demain, personne ne jugera les crimes de pauvres hères affamés. Ils jugeront l'assassin du conseiller des Châtiments ou, ce qui revient au même, ils t'accuseront de conspirer contre l'empereur. Et tant que nous ne démontrerons pas le contraire, que cela te plaise ou non, l'assassin, c'est toi.

Cí comprit qu'il devait raconter à Feng tout ce qu'il savait, mais sa tête allait exploser et les pistes qu'il avait peu à peu accumulées tourbillonnaient dans sa pensée. De plus, son carnet de notes était resté à l'académie avec le reste de ses affaires, aux bons soins du serviteur de Ming. Il demanda à Feng de lui permettre de se reposer un moment. Lorsqu'il fut seul, il ferma les yeux, entendant le bourdonnement de ses oreilles presque aussi fort que le galop de son cœur. Il avait peur. Quelques mois auparavant il avait assisté à l'horrible mort de son frère et il ne voulait pas finir comme lui. Par chance, avant que son souvenir le tourmente davantage, la fatigue eut raison de lui, le plongeant dans un profond sommeil.

Il se réveilla en entendant des voix à l'extérieur. Il ne savait quelle heure il était. Lorsqu'il se leva, la chambre se mit à tourner autour de lui, mais il se retint à une colonne du baldaquin et s'avança en titubant jusqu'à la clarté qui provenait de la fenêtre ouverte. Au moment où il allait l'atteindre, il trébucha et tomba à terre, ses yeux à la hauteur du rebord. Il allait se relever, lorsqu'il vit soudain quelque chose qui le surprit : cachées au milieu du feuillage, deux personnes à demi accroupies discutaient à voix basse, regardant furtivement d'un côté et de l'autre comme si elles craignaient d'être découvertes. Avec prudence, il se redressa un peu pour tenter de les distinguer. Lorsqu'il y parvint, son cœur s'arrêta de battre. Les deux personnes qui paraissaient conspirer étaient Iris Bleu et Bo.

Lorsque leur conversation prit fin, Cí revint vers le lit. Il n'avait pas réussi à entendre l'objet de la dispute, mais le ton de l'un comme de l'autre était incontestablement accusateur. Il prit une grande respiration tout en essayant d'imaginer le moyen de sortir de la souricière dans laquelle il s'était fourré. Aucune idée ne lui venait. Il n'avait plus confiance qu'en Feng. Au bout de quelques instants, il entendit frapper à la porte. Lorsqu'il donna l'autorisation Iris Bleu entra dans la chambre.

— Comment vas-tu ? demanda la femme, distante.

Cí la regarda de la tête aux pieds tandis qu'elle restait impassible, comme si elle se trouvait devant un inconnu qu'elle n'avait jamais aimé. Lentement, Iris Bleu s'approcha jusqu'au bord du lit et déposa la théière qu'elle portait sur un plateau. Cí contempla ses mains. Elles tremblaient comme celles d'une malade.

— Je vais bien.

Puis il lui demanda d'où elle connaissait Bo. En l'entendant, la femme renversa le thé. Cí essaya de nettoyer le liquide qui s'égouttait du plateau.

— Pardon, balbutia-t-elle en l'aidant. Ce sont des choses qui arrivent quand on est aveugle.

Elle lui répondit qu'elle ne connaissait pas Bo. Cí savait qu'elle lui mentait. Il ne voulut pas insister pour ne pas la mettre dans une situation embarrassante. Il allait avoir besoin de tous les avantages, et peut-être pourrait-il utiliser celui-ci.

— Nous n'avons pas eu l'occasion de parler de ce qui s'est passé l'autre nuit, dit-il.

— De quoi veux-tu parler ?

— Je veux parler de la nuit où nous avons couché ensemble. As-tu si mauvaise mémoire ou as-tu couché avec tant d'hommes que tu ne peux t'en souvenir ?

Elle voulut le gifler, mais il lui saisit le poignet.

— Lâche-moi ! cria-t-elle. Lâche-moi ou j'appelle mon mari.

Cí la lâcha juste au moment où Feng entrait. Tous deux toussotèrent. Elle s'écarta.

— J'ai renversé le thé, s'excusa-t-elle.

Feng n'y accorda pas d'importance. Au contraire, il se précipita pour ramasser la tasse et raccompagna Iris jusqu'à la porte. Puis il la ferma et s'approcha de Cí. Il se réjouit de le trouver réveillé, avec une meilleure mine que le matin. Mais il lui fit part de son inquiétude : les heures passaient et il n'y avait pas de preuves sur lesquelles appuyer sa défense.

— Tu sais que notre système judiciaire interdit la présence d'avocats. Tu devras te défendre toi-même, comme n'importe quel accusé, et nous n'avons que cet après-midi pour organiser ta défense.

Cí le savait. Son air résigné et abattu était une réponse amplement suffisante. Il envisagea de raconter à Feng la rencontre à laquelle il venait d'assister entre Iris Bleu et Bo, mais, ayant pesé le pour et le contre, il douta que cela servît à autre chose qu'à se mettre dans une situation fâcheuse et à révéler à Feng l'infidélité de sa femme. De plus, s'il voulait convaincre l'empereur, il devait se présenter avec quelque chose de plus probant. Mais quoi ? Feng parut le deviner.

— Essaie de te calmer. Maintenant, tu dois être comme le lac pendant la tempête : la tempête agite sa surface, mais en profondeur il reste calme.

Cí regarda les yeux bienveillants de Feng, voilés par les ans. L'humidité de ses canaux lacrymaux distillait la paix et la compréhension. Il ferma les siens, cherchant la paix dont il avait besoin. Il plongea dans les profondeurs de son esprit et en vint à la conclusion qu'il faisait fausse route en concentrant tous ses efforts sur l'assassinat de Khan. Alors il réfléchit à ce qu'il considérait comme la grande énigme. D'après ses recherches, toutes les morts étaient l'œuvre de la même main criminelle, si bien que la clé devait résider dans le lien qui les unissait : la mort de l'eunuque, celle du vieillard aux mains corrodées, celle de l'homme du portrait et celle du bronzier. Un lien qui devait aller au-delà de la présence d'un parfum ou des étranges blessures sur leurs poitrines. Un lien qu'il méconnaissait, mais qu'il lui fallait mettre au jour.

Soudain, tout disparut et se teinta de noir. Ensuite se présentèrent à son esprit, tels de lugubres invités, les visages des cadavres.

D'abord, il vit Doux Dauphin penché sur les livres de comptes dans lesquels il enregistrait les transactions de sel, le genre de travail que son père avait exercé pour Feng. L'eunuque notait les expéditions, les excédents, la distribution et les coûts. À un moment donné, il trouvait quelque chose qui ne concordait pas. Ensuite les comptes changeaient et les bénéfices diminuaient.

Puis apparut l'homme aux mains rongées. Rongées également par le sel. Il l'imagina les mains enfouies dans le minéral pulvérisé. Mais sous ses ongles on distinguait de petits fragments de charbon noirâtres. Alors il l'imagina travaillant avec les deux produits. Les mélangeant habilement avec le soin d'un alchimiste taoïste.

Aussitôt après se présenta l'homme du portrait, dont les blessures coïncidaient avec celles du détrousseur blessé par une explosion.

Finalement, la dernière image s'estompa pour céder sa place au présomptueux fabricant de bronzes, dont l'atelier avait brûlé le jour même de son assassinat, laissant un sceptre mystérieux en héritage. Un sceptre de bronze… creux…

Un éclair ébranla l'esprit de Cí.

Enfin il le voyait ! Enfin il trouvait une relation entre les différents assassinats ! Le sel, le charbon, les exportations, l'explosion… Les ingrédients d'un seul composant aussi rare que dévastateur.

Son cœur battait à tout rompre lorsqu'il le raconta à Feng.

— Vous vous rendez compte ? cria-t-il excité. La clé des crimes ne réside pas dans le modèle suivi par l'assassin ni dans le parfum employé pour dissimuler l'odeur de leurs blessures ! Les défigurations ne prétendaient pas occulter leurs identités, mais leurs métiers. Ce sont leurs métiers qui sont la cause de leur assassinat.

Feng regarda Cí avec surprise ; celui-ci avait déjà quitté le lit et commençait à s'habiller, mais le juge lui conseilla de se recoucher et de lui expliquer sa découverte.

— La poudre ! La clé, c'est la poudre ! s'exclama Cí.

Feng resta un instant muet.

— La poudre ? s'étonna-t-il. Quel intérêt peut avoir un produit qui ne sert qu'à célébrer la fin de l'année ?

— Comme ai-je pu être aussi stupide ! Comment ai-je pu être à ce point aveugle ? se maudit Cí. (Puis il regarda Feng, heureux de partager sa découverte avec lui. Il lui demanda de s'asseoir avant de continuer.) Pendant mon séjour à l'académie, j'ai eu l'occasion de consulter un traité intitulé *Wujing Zongyao*, le seul précis de techniques militaires qui existe, lui expliqua-t-il. Ming me l'a recommandé pour que je prenne connaissance des terribles blessures auxquelles s'exposent les combattants au cours d'un conflit armé. Vous le connaissez ?

— Non. Je n'en ai pas entendu parler. En fait, je ne pense pas qu'il soit très populaire. Tu sais que notre peuple déteste les armes presque autant que l'armée.

— En effet, Ming lui-même m'a prévenu de sa rareté. D'après ce qu'il m'a commenté, le traité original fut le résultat d'une commande que l'empereur Renzong, de l'ancienne dynastie Song du Nord, a faite aux universitaires Zeng Gongliang et Ding Du. La copie que possède l'académie est l'une des rares à être sortie du cercle militaire auquel elle était destinée. Il m'a en outre assuré qu'en raison de son contenu compromettant sa diffusion avait été interdite par l'empereur actuel.

— Vraiment curieux. Et quel rapport ce traité a-t-il avec les assassinats ?

— Peut-être aucun... Mais l'un des chapitres portait sur les applications de la poudre à un usage militaire.

— Tu veux parler des fusées incendiaires ? suggéra Feng.

— Pas exactement. En fin de compte, ces fusées ne sont que de simples flèches pourvues d'une propulsion à l'empennage ; celle-ci en augmente certes la portée, mais elle diminue sa précision. Non. Je veux parler d'une arme bien plus meurtrière. D'une arme mortelle. (Ses yeux s'ouvrirent comme s'il l'avait devant lui.) Les artilleurs de l'empereur Renzong ont découvert comment appliquer le pouvoir explosif de la poudre en remplaçant les anciens canons en bambou par d'autres en bronze et en substituant aux projectiles en cuir contenant de la mitraille et des excréments d'autres en pierre solide, capables d'abattre les plus puissantes murailles. Pendant ce temps, leurs alchimistes taoïstes se sont aperçus qu'en augmentant la quantité de nitrate, ils pouvaient créer une explosion beaucoup plus violente et plus efficace.

— Bien. Mais je ne comprends pas...

— Si au moins j'avais le livre pour être plus précis, se lamenta-t-il. Je me souviens qu'on parlait de trois sortes de poudre en fonction de l'engin utilisé : l'incendiaire, l'explosive et celle à propulsion, chacune contenant des proportions différentes de sulfure, de charbon et de salpêtre. Mais bon, tout ça est sans importance.

— À la bonne heure, car je nage dans la confusion. C'est peut-être clair pour toi, mais je n'arrive pas à voir le rapport entre la poudre et les assassinats.

— Vous ne le voyez pas ? (Le visage de Cí était celui d'un exalté.) Le sceptre n'est pas un sceptre ! C'est une arme terrifiante ! Un canon qu'on peut manœuvrer à la main !

— Le sceptre ? Un canon ? s'étonna Feng.

— Dans l'atelier du bronzier j'ai trouvé le moule d'une étrange terre cuite. J'ai réussi à le reconstituer et j'en ai fait un positif, une forme en plâtre dont j'ai supposé qu'elle devait correspondre au bâton de commandement d'un mandataire capricieux. (Il regarda vers l'infini, comme si la réponse s'y trouvait.) Mais à présent tout s'emboîte. Les blessures inhabituelles que nous avons trouvées sur les cadavres, ces étranges cicatrices circulaires ont été provoquées par un projectile tiré à partir de ce canon portatif. Un engin mortel. Une arme jusqu'alors inexistante de la taille d'une flûte qu'on peut porter sous ses vêtements pour tuer à distance avec une impunité absolue.

— Mais tu es sûr de ce que tu dis ? (Feng ne pouvait contenir sa stupéfaction.) Cela expliquerait bien des choses. Mieux encore : si nous présentions ce moule au procès, nous démontrerions que ton imputation n'a aucun fondement.

— Je n'ai pas le moule, se lamenta Cí. Je le gardais dans cette chambre, mais quelqu'un l'a volé.

— Ici ? Dans ma maison ? s'étonna-t-il.

Cí acquiesça. Feng plissa les lèvres.

— Par chance, j'ai réalisé un positif que j'ai encore. Le canon de plâtre que je viens d'évoquer. Je suppose qu'il fera l'affaire.

Feng fut d'accord avec Cí. En fait, c'était sa dernière chance. Le jeune homme demanda du papier et un pinceau afin de rédiger une autorisation.

— Et où est ce canon ?

— À l'académie. Un serviteur de Ming du nom de Sui le garde. (Il ôta la clé qu'il avait à son cou et la donna à Feng.) Je vais vous écrire une note pour qu'on vous le remette.

Feng acquiesça. Le juge prévint Cí que pendant qu'il la rédigeait il irait au palais pour s'informer des derniers événements, puis il reviendrait chercher l'autorisation et irait à l'académie récupérer la preuve. Avant de partir, il lui conseilla de se reposer.

Lorsque Feng eut disparu, Cí exhala un soupir interminable, comme s'il se libérait enfin du cauchemar qui le tenaillait au point de l'asphyxier.

*

Après avoir rédigé le billet, Cí tenta de se reposer un peu, mais n'y parvint pas. Il ne cessait de penser à Iris Bleu. Sa rencontre en cachette avec Bo l'avait déconcerté, au point de le plonger dans un doute qui le consumait : si Bo et Iris étaient de mèche, il était fort possible qu'elle fût l'auteur du vol du moule et l'officier, le complice indispensable dans chacun des assassinats.

Son pouls s'accéléra. Même en comptant l'atout du petit canon de plâtre, le danger le cernait de toutes parts.

En attendant le retour de Feng, il demanda à la servante qui veillait sur lui de lui apporter le *Ying Ming Ji*, le livre sur les procédures judiciaires qu'il avait sorti de la bibliothèque de Ming. Vu que la loi l'obligeait à assurer sa propre défense, il pensa que sa lecture le familiariserait avec les stratégies des juges de la Cour, et contribuerait de surcroît à approfondir toute jurisprudence qui pût lui être utile. Lorsqu'il l'eut entre les mains, il le feuilleta avidement. Il laissa de côté les chapitres qui faisaient référence aux châtiments applicables aux officiers corrompus et se concentra sur les litiges. Ming avait compilé les querelles les plus représentatives dans chacun des cadres du droit : les disputes occasionnées par les héritages, les divorces, les examens, les transactions commerciales et autres couvraient les deux premiers tiers du volume, mais le dernier tiers portait exclusivement sur les procédures pénales marquantes, soit en raison de l'importance du crime, soit à cause de la sagacité du juge instructeur. Il s'installa sur le lit de bambou et concentra son attention sur ces derniers. Ming avait relaté avec la précision d'un chirurgien chaque phase de la procédure, depuis la description du crime jusqu'à l'exécution en passant par la dénonciation, l'instruction du juge, la seconde enquête, la torture, le procès, la condamnation et les recours. Tout comme ceux qui attentaient contre l'empereur ou la suite impériale, les affaires relatives au trafic d'armes étaient passibles de la peine de mort. Cela ne le tranquillisa pas.

Il vérifiait la liste du sommaire lorsque, tout à coup, l'énoncé de l'un d'eux le paralysa. Avec une calligraphie parfaite, il disait :

Rapport de l'enquête instruite par l'honorable juge Feng en relation avec l'égorgement d'un paysan dans

632

un champ de riz et son étonnante résolution grâce à l'observation des mouches sur une faux. Fait survenu au cours de la troisième lune du septième mois de la treizième année du règne de l'empereur Xiaozong.

Il dut lire la date une seconde fois pour vérifier qu'il ne s'agissait pas d'une erreur. Un frisson lui serra le cœur.

Il continua à lire la description sans en croire ses yeux. On y détaillait comment le juge Feng, qui à cette époque venait d'entrer dans la judicature, avait obtenu la reconnaissance immédiate grâce à l'incroyable habileté avec laquelle il avait résolu un crime, démasquant le criminel parmi des dizaines de suspects. Pour ce faire, il avait ordonné de ranger toutes les faux suspectes en une file au soleil. Il avait posé une tranche de viande pourrie pour attirer les mouches et lorsqu'un essaim s'était formé dessus il l'avait retirée : le nuage d'insectes s'était alors envolé vers la seule faux qui conservait d'imperceptibles traces de sang.

Cí referma le livre et l'écarta comme si un démon habitait à l'intérieur. Ses mains tremblaient, dominées par la terreur. Xiaozong était le grand-père de l'actuel empereur. Dans sa treizième année de règne, Feng devait avoir une trentaine d'années. Pourtant, le fait relaté dans ces pages racontait dans le moindre détail le même procédé auquel lui-même avait assisté dans son village natal pendant le procès de Lu. Un calque de l'affaire qui avait conduit son propre frère à la mort, Feng étant son accusateur.

Sa vue se troubla.

Il prit de nouveau le livre et le relut. Son pouls s'emballait. Il n'y avait pas de confusion possible. Il n'y avait pas d'erreur. Comment avait-il pu être aussi bête, comment avait-il pu succomber à une si terrible mystification ? L'incrimination de son frère n'était due ni à une découverte accidentelle ni à l'heureuse perspicacité de Feng. Au contraire, elle était advenue parce que quelqu'un avait tout préparé pour y conduire. Quelqu'un qui avait déjà utilisé la même méthode. Et ce quelqu'un, c'était Feng en personne.

Mais pourquoi ?

Imaginant que Feng était toujours au palais, il quitta la chambre, décidé à l'affronter. Cependant lorsqu'il atteignit la sortie, un domestique inconnu lui barra le passage. Cí resta à regarder les fentes que formaient ses yeux, différents de ceux de sa race. Soudain, il le reconnut. C'était le Mongol qui avait accompagné Feng le jour où celui-ci s'était présenté au village. Cí ne lui adressa pas la parole, il tenta de l'esquiver, mais le domestique l'en empêcha.

— Le maître a ordonné que tu restes dans la maison, lui dit-il d'un ton menaçant.

Cí contempla le visage rébarbatif du Mongol. Il pensa le défier, mais la montagne de muscles qui faisait éclater sa chemise l'en dissuada, aussi recula-t-il de quelques pas, jusqu'à ce qu'un serviteur se chargeât de lui et le raccompagnât dans la chambre de Feng.

Dès qu'il fut seul, Cí se dirigea vers la fenêtre, décidé à sauter, mais celle-ci donnait sur un bassin derrière lequel deux sentinelles montaient la garde. Il fit la grimace ; dans son état, il ne parviendrait pas à s'échapper, même s'il lui naissait des écailles. Exaspéré, il regarda autour de lui. À part le lit dans lequel il s'était reposé et le bureau sur lequel se trouvait l'autorisation qu'il avait rédigée pour Sui, la chambre de Feng était un damier de bibliothèques et d'étagères couvertes de traités relatifs à des affaires judiciaires, mais, dans un coin à l'écart, il découvrit une section inédite entièrement consacrée au sel. Cí en fut étonné. Il savait que Feng avait abandonné ses activités de magistrat pour s'occuper de tâches administratives relatives au monopole du sel, mais une collection monographique aussi importante paraissait aller au-delà d'un intérêt purement professionnel. Guidé par une impulsion, il jeta un coup d'œil sur quelques ouvrages. La majorité faisait référence à l'extraction, à la manipulation et au commerce du minerai, tandis qu'une partie plus réduite se concentrait sur les propriétés du sel en tant que condiment, conservateur alimentaire ou médicament. Mais un volume de couleur verte détonnait au milieu des autres. Le titre le surprit. C'était une copie du *Wujing Zongyao*, le volume sur les techniques militaires dont il avait parlé à Feng et que celui-ci avait affirmé ne pas connaître. Puis il glissa les doigts sur les autres dos de livres parfaitement alignés, jusqu'à ce qu'ils tombent sur un volume dont le dos dépassait légèrement du reste. Il supposa que Feng l'avait consulté récemment et que pour quelque raison étrangère à ses habitudes il avait oublié de le remettre dans l'alignement des autres ; il le sortit donc de l'étagère afin d'en vérifier le contenu. Curieusement, sur sa couverture ne figurait aucun titre. Il ouvrit le volume et se mit à lire.

Le premier paragraphe lui glaça le sang. Le texte n'était qu'une succession d'écritures comptables sur des achats et des ventes de lots de sel, mais ce qui en fait l'avait ébranlé, c'était qu'il connaissait ces signes comme s'il les avait écrits lui-même ; le même tracé, la même cadence. Et son nom et sa signature à la fin de chaque bilan. C'était la calligraphie de son père. Sans en connaître la raison, il continua à l'étudier avec avidité.

Il constata que les bilans remontaient à cinq ans en arrière. Au fur et à mesure qu'il avançait, il s'aperçut que ce volume était une réplique exacte de celui qu'il avait consulté dans les archives du Conseil des Finances. Une sorte de comptabilité parallèle, mais identique à l'originale. Il ferma le volume et examina ses bords massicotés. Comme il l'imaginait, les feuilles étaient bien pressées les unes contre les autres, à l'exception de deux zones un peu entrouvertes qui devaient correspondre aux pages qu'on avait le plus consultées. Il glissa un ongle et ouvrit le livre à la marque la plus éloignée, constatant que son contenu concordait avec les étranges fluctuations découvertes dans les archives originales de Doux Dauphin. Puis il revint en arrière jusqu'à la première marque et lut avec attention. Le schéma des mouvements se répétait jusqu'à atteindre une baisse maximale. À partir de ce jour, la signature de son père disparaissait pour laisser place à celle de Doux Dauphin.

Il ferma les paupières avec une telle force qu'il pensa qu'elles allaient éclater. Qu'est-ce que cela pouvait bien vouloir dire ? Il examina de nouveau les chiffres, incapable de comprendre. Son crâne l'opprimait comme s'il allait exploser.

Soudain, un bruit à l'extérieur l'alerta. Il referma aussitôt le livre et s'empressa de le remettre dans la bibliothèque, mais ses nerfs le trahirent et le volume tomba à terre. Il était en train de le ramasser lorsqu'il entendit la porte s'ouvrir. Il cessa de respirer. En un clin d'œil il se redressa et introduisit le manuel à sa place à l'instant où quelqu'un entrait dans la pièce. C'était Feng, portant un plateau chargé de fruits. Cí s'aperçut qu'au lieu de remettre le livre comme il était, légèrement décalé, il l'avait aligné avec les autres. En un soupir il parvint à le tirer d'un doigt avant que Feng, occupé avec le plateau, ne levât les yeux. Alors, tandis que le juge se tournait pour fermer la porte, il découvrit avec horreur qu'au moment de la chute une feuille s'était détachée et qu'elle gisait par terre à ses pieds. Immédiatement il la poussa du pied sous la bibliothèque. Feng le salua et laissa le plateau sur le lit.

— Au palais, rien de nouveau. Tu as terminé l'autorisation ?

— Pas encore, mentit-il.

Cí courut vers le bureau et cacha la note qu'il avait préparée dans sa manche. Il se mit tout de suite à en écrire une autre. Feng remarqua qu'il tremblait.

— Quelque chose ne va pas ?

— Le procès me rend nerveux, feignit-il.

Il termina d'écrire la nouvelle autorisation et la lui remit.

— Mange quelques fruits. (Feng lui indiqua le plateau.) Pendant ce temps, je vais chercher le canon portatif.

Cí acquiesça. Feng se retirait déjà lorsque, arrivé à la porte, il s'arrêta.

— Tu es sûr que ça va ?

— Oui, oui, l'assura-t-il.

Feng allait sortir, mais quelque chose dans la bibliothèque l'arrêta. Il fronça les sourcils et se dirigea vers l'endroit où il avait trouvé Cí en train de fouiner. Le jeune homme vit que, malgré sa tentative de la cacher, un coin de la feuille qu'il avait poussée était visible. Il pensa que Feng l'avait vue. Mais le juge leva la main et tira le livre de comptes que Cí avait examiné quelques instants plus tôt. Cí retint sa respiration. Feng ouvrit le livre et constata qu'il était à l'envers. Il plissa le front. Il le retourna et le mit à sa place dans la bonne position, le laissant dépasser d'un doigt. Puis il prit congé et s'en fut.

Après s'être assuré qu'il ne revenait pas, Cí se jeta sur la feuille tombée. En l'examinant il s'aperçut que ce n'était pas une page détachée, mais une lettre que Feng avait dû garder à l'intérieur du volume. Datée de son village natal, elle était de son père. Il la déplia et se mit à lire.

Respecté Feng,

Bien qu'il manque encore deux ans avant que ne s'achève le deuil pour lequel j'ai dû abandonner mon poste, je souhaite vous communiquer mon désir de réintégrer immédiatement votre service. Comme je vous l'ai déjà exprimé dans de précédentes missives, mon fils Cí a l'ambition de reprendre ses études à l'Université de Lin'an et je partage cet espoir.

Pour votre honneur et pour le mien, je ne peux accepter que l'on m'accuse d'une infamie que je n'ai pas commise, ni rester dans ce village un jour de plus pendant que vous supportez et tentez de faire taire les rumeurs sur mes malversations. Les ignominieuses machinations qui m'accusent de corruption ne me découragent pas. Je suis innocent et je veux le démontrer. Par chance, je dispose de copies des écritures qui reflètent les irrégularités que j'ai décelées dans vos comptes, il ne nous sera donc pas difficile de réfuter toute accusation.

Il n'est pas nécessaire que vous veniez au village. Si, comme vous le dites, la raison pour laquelle vous vous opposez à mon retour est de me protéger, je vous prie de me permettre de venir à Lin'an afin de démontrer mon innocence avec des preuves.

Votre humble serviteur.

La stupeur paralysa Cí.

Que se passait-il ? D'après ce document, son père semblait être innocent des charges dont on l'accusait. Et, à l'évidence, Feng le savait. Pourtant, lorsqu'il avait avoué au juge que l'université lui avait refusé le certificat d'aptitude à cause du comportement indigne de son père, Feng avait tenu pour certaine la culpabilité de ce dernier.

Il aspira avec force et essaya de se remémorer les faits survenus au village pendant la visite de Feng. Si son père avait la ferme intention de retourner à Lin'an, pourquoi avait-il changé d'avis ? À quelle terrible pression s'était-il vu soumis pour renoncer, du soir au lendemain, à son honneur et accepter la charge d'un délit qu'il affirmait ne pas avoir commis ? Et pourquoi Feng était-il venu au village, malgré le souhait contraire exprimé par son père ? Et pourquoi avait-il inculpé son frère ?

Il se maudit d'avoir renié son père. L'homme qui l'avait engendré avait lutté pour lui jusqu'à son dernier souffle et en retour il lui avait retiré sa confiance et l'avait répudié. C'était lui, et non son père, le véritable stigmate de leur famille. Cí laissa échapper un hurlement de douleur.

Une souffrance inconnue lui opprima les poumons tandis que l'air se viciait dans sa gorge et que le sang affluait dans son cœur. La colère troubla sa pensée.

Il mit du temps à retrouver son calme. Lorsqu'il fut apaisé, il se demanda quel rôle jouait Feng dans cet imbroglio, mais il ne trouva pas de réponse qui pût satisfaire ses doutes. Feng, l'homme qu'il avait imaginé comme un père, était un traître en qui il ne pouvait avoir confiance.

Il se leva et glissa la lettre sous sa veste, près de son cœur. Puis il serra les dents et élabora un plan.

Il commença par fouiller la pièce dans ses moindres recoins. En quête de nouveaux documents et prenant soin de tout laisser en l'état, il sortit des livres, examina les espaces vides sur les étagères, souleva les tableaux et regarda sous les tapis, mais il ne trouva rien qui pût lui être utile. Finalement, il se dirigea vers le bureau. Les tiroirs supérieurs ne contenaient que du matériel d'écriture, deux sceaux et du papier blanc, rien qui attirât l'attention, hormis une petite bourse contenant une poussière noire, qu'à l'odeur il identifia comme de la poudre. Le tiroir inférieur était fermé à clé. Il tenta de le forcer, sans succès. Pendant un instant il pensa le défoncer, mais il ne voulait pas éveiller les soupçons ; il tira donc le tiroir du dessus et introduisit son bras dans le creux pour voir s'il communiquait avec celui du dessous. Malheureusement, un panneau de bois condamnait l'embrasure entre les deux tiroirs. Il retourna vers le lit et saisit le couteau des fruits. Puis, avec précaution, il mit la main dans le trou et commença à fendre le panneau du fond afin d'en extraire une latte et d'accéder au tiroir par cette ouverture. Peu à peu, la fissure s'agrandit jusqu'à atteindre la largeur du tiroir. Il enfonça le couteau dans la fente et souleva la lame, qui finit par sauter. Il tira la latte et plongea le bras à l'intérieur, mais son épaule l'empêcha d'aller plus loin. C'est à peine s'il pouvait frôler de ses doigts ce qui lui sembla être des fragments d'une matière quelconque. Désespéré, il poussa le bureau de son épaule, le faisant pivoter sur ses pieds arrière afin que l'inclinaison déplace le contenu du tiroir vers le fond. Ce faisant, il sentit le craquement de ses os sous le poids du meuble. Rapidement ses doigts, telles les serres d'un oiseau de proie, agrippèrent des fragments ; il attrapa tout ce qu'il put avant de laisser retomber violemment le bureau. Il remit en place les deux tiroirs supérieurs et courut jusqu'au lit pour examiner son butin, aspirant avec avidité l'air qui lui manquait. Il n'osait pas regarder. Il ouvrit lentement la main et laissa échapper une exclamation. Les fragments correspondaient aux restes du moule en terre cuite verte qui avaient disparu de sa chambre. Mais ce qui le surprit davantage fut de découvrir parmi eux une minuscule sphère en pierre couverte de sang séché.

*

Il essaya de remettre tous les objets à leur place, comme si la brise elle-même ne les avait pas effleurés. Puis, avec la discrétion d'un bandit, il se glissa jusqu'à sa chambre, emportant avec lui les preuves et le livre des procès cachés sous ses vêtements. Une fois dans sa chambre, il se laissa tomber sur le lit en bambou pour examiner la valeur de ses découvertes.

Les restes du moule ne lui apportèrent aucune nouveauté, mais en observant la petite sphère en pierre, il constata que de minuscules éclats de bois y étaient incrustés. Un examen plus approfondi lui révéla que sa surface était fracturée, comme si elle avait frappé quelque chose de dur et qu'une esquille s'en était détachée. Aussitôt, il sentit son cœur battre plus vite. Il se précipita sur ses affaires et chercha l'éclat qu'il avait trouvé dans la blessure de l'alchimiste. Il le prit en tremblant et l'approcha de la petite sphère. Lorsqu'il fit coïncider les deux pièces, un frisson le parcourut. En les unissant elles formaient une sphère parfaite. Pendant un instant il crut être en mesure de dévoiler à l'empereur le véritable visage de Feng, mais bientôt il se rendit compte que sa situation était désespérée : il n'avait pas affaire à un vulgaire délinquant. Feng s'était révélé un manipulateur capable de mentir, de simuler et sans doute même d'assassiner avec une froideur absolue. Et comme si ce n'était pas suffisant, il avait été assez stupide pour révéler toutes ses découvertes à Feng. S'il voulait le démasquer, il allait avoir besoin d'aide. Mais à qui en demander dans un repaire de loups ?

Le désespoir le consuma. Il ignorait le rôle que jouait Iris Bleu dans cette trame, mais à cet instant elle était son seul recours.

Il l'aborda dans le salon. Iris, assise dans un fauteuil, avait dans son giron un chat de couleur crème qui la remerciait en ronronnant des caresses qu'elle lui prodiguait. Elle reposait paisiblement, la vue perdue en un lieu qu'elle seule connaissait. En entendant ses pas elle sut que c'était lui. Elle laissa glisser le félin sur le sol et regarda en direction de l'endroit où elle pensait que Cí attendait. Ses yeux gris étaient plus beaux que jamais.

— Tu permets que je m'assoie ? lui demanda-t-il.

Iris tendit une main, lui indiquant le divan situé en face d'elle.

— Tu te sens mieux ? lui demanda-t-elle sans une trace d'émotion. Feng m'a dit que tu avais eu un accident.

Cí haussa les sourcils. Lui-même aurait trouvé mille qualificatifs plus adéquats pour définir la volée de coups qu'on lui avait infligée à la prison. Il lui répondit qu'il serait bientôt rétabli.

— Mais il y a une affaire qui me préoccupe plus que mes os et qui t'intéresse peut-être aussi, décocha-t-il.

— Je t'écoute, répondit-elle. – Son visage resta impassible, étranger à tout sentiment.

— Ce matin je t'ai vue dans le jardin alors que tu discutais avec Bo, mais plus tard tu m'as assuré que tu ne le connaissais pas. Je suppose que vous deviez parler d'une chose très grave si tu t'es vue obligée de mentir.

— Eh bien ! À présent non seulement tu passes ton temps à espionner, mais en plus tu oses accuser, fit-elle en se retournant. Tu devrais avoir honte de demander des explications, toi qui depuis ton arrivée dans cette maison n'as cessé de tromper tout le monde.

Cí ne dit mot. Iris étant la seule personne à qui il pouvait faire confiance, sans doute avait-il commencé du mauvais pied. Il s'excusa de son audace, l'attribuant à son désespoir.

— Cela va peut-être t'étonner, mais ma vie est entre tes mains. J'ai besoin de savoir de quoi tu parlais avec Bo.

— Dis-moi une chose, Cí. Pourquoi devrais-je t'aider ? Tu as menti sur ta profession. Tu as menti sur ton travail. Bo t'accuse et…

— Bo ?

— Eh bien pas exactement. – Elle se tut.

— Que se passe-t-il ? (Il se leva.) Par le Grand Bouddha, Iris ! Ma vie est en jeu !

En l'entendant, Iris pâlit.

— Bo… Bo m'a dit… – Elle tremblait comme une petite fille apeurée.

— Que t'a-t-il dit ? – Il la secoua par les épaules. Il perçut sa crainte.

— Il m'a dit que tu soupçonnais Feng. – Elle couvrit son visage de ses mains et éclata en sanglots.

Cí la lâcha. Cette réponse était la meilleure qu'il pouvait espérer, et pourtant, après l'avoir entendue, il ne savait quoi faire. Il s'assit à côté d'elle et fit le geste de la prendre dans ses bras, mais quelque chose l'en empêcha.

— Iris… Je… Feng n'est pas une bonne personne. Tu devrais…

— Que sais-tu des bonnes personnes ? (Elle se tourna vers lui, les yeux rougis par les larmes.) Est-ce toi qui m'as recueillie quand tous m'ont tourné le dos ? Est-ce toi qui m'as cajolée et t'es occupé de moi pendant toutes ces années ? Non. Tu n'as fait que jouir de moi une nuit et tu crois avoir le droit de me dire ce que je dois ou ne dois pas faire. Comme tous ceux que j'ai connus ! Ils te déshabillent, te baisent ou te font subir des outrages, ce qui revient au même, et ensuite ils t'oublient ou veulent que tu leur obéisses et baves comme un chien derrière eux. Non ! Tu ne connais pas Feng ! Lui, il a pris soin de moi. Il ne peut avoir fait ces choses horribles que dit Bo... – De nouveau elle éclata en sanglots.

Cí la regarda, empli de tristesse. Il imaginait sa souffrance, parce que lui-même continuait à ressentir une douleur semblable.

— Feng n'est pas la personne que tu crois ni celle qu'il dit être, lui assura-t-il. Il n'y a pas que moi qui suis en danger. À moins que tu m'aides, bientôt tu le seras toi aussi.

— T'aider, moi... ? Mais tu as vu à qui tu parles ? Réveille-toi, Cí ! Je suis une aveugle ! Une maudite prostituée aveugle et solitaire ! – Elle regardait d'un côté et de l'autre sans voir, les yeux pleins de désespoir.

— Écoute-moi ! Je te demande seulement de venir témoigner demain au procès. D'être courageuse et de dire la vérité.

— Ah ! Rien que ça ? dit-elle avec un sourire amer. Qu'il est facile de parler de courage quand on a la jeunesse pour lutter et deux yeux pour voir ! Tu sais ce que je suis ? La réponse est rien. Sans Feng, je ne suis rien !

— Tu auras beau détourner les yeux, tu ne pourras changer la vérité.

— Et quelle est la vérité ? Ta vérité ? Parce que la mienne, c'est que j'ai besoin de lui. Il a pris soin de moi. Quel époux ne commet pas d'erreur ? Qui ne commet pas d'erreur ? Toi peut-être, Cí ?

— Maudite sois-tu, Iris ! Nous ne parlons pas de petites erreurs ! Nous parlons d'un assassin !

Iris nia de la tête en balbutiant des paroles inintelligibles. Cí marmotta. Il n'arriverait à rien en faisant pression sur elle. Il se mordit les lèvres et acquiesça. Puis il se leva, disposé à s'en aller. C'est alors qu'il se retourna.

— Je ne peux t'y obliger, lui reprocha-t-il. Tu es libre d'aller à ce procès ou de me dénoncer ce soir à Feng, mais rien de ce que tu feras ou diras ne changera la vérité. Feng est un criminel. C'est la seule réalité. Et ses actions te poursuivront tant que tu vivras, si rester à ses côtés peut s'appeler vivre.

Cí ne voulut pas voir Feng, prétextant qu'il avait très mal à la tête et avait besoin de se reposer. Pour éviter ses soupçons, il lui fit savoir qu'il avait confiance en lui et dans toutes les preuves qu'il avait pu réunir pour sa défense. Il allait s'enfermer dans sa chambre quand Iris Bleu l'attrapa.

— Sais-tu, Cí ? Tu as raison. Feng connaît d'innombrables façons de mourir. Et ne doute pas qu'il choisira la plus douloureuse lorsqu'il lui reviendra de te tuer, toi.

34

Cí ne dormit pas de la nuit, et pourtant les heures lui manquèrent pour se détester et haïr Feng. Quand les premiers rayons de l'aube éclaboussèrent les rideaux, il se prépara. Il avait employé toute son énergie à chercher une stratégie qui démasquât Feng, mais ce qui pour lui était parfaitement clair ne serait peut-être que verbiage aux yeux de l'empereur.

Lorsque arriva le moment de partir, il dut faire un effort pour avoir l'air naturel et ne pas laisser transparaître ses sentiments vis-à-vis du juge. Feng attendait à la porte, vêtu de son ancienne toge de magistrat et coiffé du bonnet ailé, arborant un sourire affable dont Cí savait à présent qu'il était cynique. Il en coûta au jeune homme de bredouiller un salut amer qu'il justifia par le manque de sommeil. Feng ne se douta de rien. Dehors, la garde impériale attendait pour les escorter jusqu'au salon où aurait lieu l'audience. En voyant leurs armes, Cí s'assura que les siennes étaient bien cachées : le livre des procès, la missive de son père, la bourse contenant la poudre et la petite sphère de pierre ensanglantée qu'il avait trouvée dans le tiroir de Feng. Puis il se retourna dans l'espoir de trouver le soutien d'Iris Bleu. Il ne la vit pas.

Ils laissèrent derrière eux le Pavillon des Nénuphars sans que la *nüshi* sortît les saluer. Durant le trajet, il fit son possible pour éviter Feng. Il gardait les yeux baissés pour ne pas le voir, car il était certain que si le juge lui souriait de nouveau il se jetterait sur lui et lui arracherait le cœur.

Une fois dans le Salon des Litiges, Feng prit place avec les magistrats du Haut Tribunal qui conduiraient l'accusation. À côté d'eux, Cí distingua un Astuce Grise dont le visage arborait une moue de triomphe cabotine tandis qu'il se vantait devant ses collègues d'être à l'origine de son arrestation. On obligea Cí à s'agenouiller devant le trône vide du souverain. Le jeune homme trembla. Après qu'il fut resté un moment le front à terre, un coup de gong annonça la présence de l'empereur Ningzong qui, vêtu d'une tunique rouge couverte de dragons dorés, avança escorté d'un important cortège mené par le conseiller suprême des Rites et le nouveau conseiller des Châtiments. Cí attendit, sans changer de position.

Un ancien, le bonnet enfoncé sur la tête jusqu'aux sourcils et les moustaches huilées, se détacha du groupe des officiels pour présenter Sa Céleste Majesté et donner lecture des accusations. L'homme attendit que l'empereur fût assis et lui accordât son consentement. Lorsqu'il eut pris place sur le trône, et ses conseillers sur les sièges situés de part et d'autre, il s'inclina devant lui et commença.

— En tant que doyen des officiers de justice du palais, avec l'assentiment de notre magnanime et honorable monarque Ningzong, Fils du Ciel et Maître de la Terre, treizième empereur de la dynastie Song, en la huitième lune du mois de la grenade, de l'an premier de l'ère Jiading et dix-neuvième de son digne et sage règne, je déclare ouvert le procès instruit contre Cí Song, accusé de conjuration, de trahison ainsi que de l'assassinat du conseiller impérial Chou Khan, ce qui implique indiscutablement la charge de trahison et d'attentat contre la personne de l'empereur. (Il fit une pause avant de continuer.) Conformément aux lois de notre code de justice, le *Song Xingtong*, l'accusé a le droit d'assurer sa propre défense, ne pouvant être assisté par une autre personne ni condamné avant d'avoir avoué.

Cí, toujours prostré, l'écouta en silence, essayant d'examiner ses prochaines allégations. Lorsque l'ancien eut terminé, il céda la parole à Astuce Grise qui, après avoir rendu hommage à l'empereur et obtenu son agrément, sortit une série de plis et les ordonna sur la table qu'il partageait avec Feng. Ensuite, d'une voix prétentieuse, il présenta à l'assistance la filiation de l'accusé avant d'énumérer les différentes preuves qui, selon lui, le désignaient indubitablement comme coupable.

— Avant de les énumérer, permettez-moi d'esquisser un portrait qui vous donnera une idée du véritable visage de ce faussaire. (Il se tut et regarda Cí.) J'ai eu la malchance de me trouver en même temps que l'accusé à l'Académie Ming. Il a montré dans cette institution, non pas une fois mais de façon répétée, son incapacité de respecter les règles et les lois. C'est la raison pour laquelle il a été jugé par l'assemblée des professeurs convoquée au sujet de son expulsion, qui n'a été rejetée que grâce à la défense intéressée de son directeur inverti.

Cí le maudit. Astuce Grise commençait à saper devant l'empereur non seulement son intégrité, mais également celle de toute personne qui, à l'instar de Ming, voulait le défendre. Il tenta d'élaborer une réponse, sachant qu'il ne pourrait répliquer avant qu'on lui eût permis de s'exprimer.

— Ce qui aux yeux d'un profane pourrait seulement apparaître comme un comportement inapproprié, poursuivit Astuce Grise, reflète en réalité la rébellion et la haine qu'abrite l'esprit de l'accusé. Les professeurs qui ont tenté de l'expulser ont ratifié la vilenie de sa conduite, surtout si l'on considère que, par un exemple de philanthropie sans précédent, l'académie a recueilli l'accusé dans la plus grande indigence et lui a procuré instruction et subsistance. Vous savez déjà de quelle façon Cí a récompensé cette générosité : en se comportant comme une bête nuisible qui attend d'être libérée de son cep pour se retourner avec rage et mordre la main de son bienfaiteur. (Son expression se durcit.) J'ai voulu illustrer pour vous tous qui m'écoutez le véritable caractère d'un homme qu'habitent l'égoïsme et la méchanceté. Un homme qui, au moyen de ruses diaboliques et de grossiers tours d'illusionniste, a trompé le conseiller Khan et troublé l'esprit de l'empereur, convainquant le premier de lui confier l'enquête de mystérieux assassinats après avoir arraché au second la promesse de la concession d'un poste de membre de la judicature.

Les nerfs de Cí commençaient à craquer. Si Astuce Grise prolongeait sa harangue, il influencerait le jugement de l'empereur et affaiblirait l'efficacité de sa défense. Par chance, son rival garda le silence assez longtemps pour que l'officier de justice comprît qu'il cédait la parole à l'accusé. En entendant qu'on lui accordait le tour de défense, sans décoller le menton du dallage, Cí commença.

— Majesté… (Il serra les dents, dans l'attente de son autorisation.) Majesté, répéta-t-il lorsqu'il la reçut, Astuce Grise se contente de lancer des conjectures sans fondement qui n'ont aucun rapport avec le délit dont on m'accuse. Dans ce procès, on ne juge ni mes résultats académiques ni la nature ou la recevabilité de mes connaissances légistes. Ce qu'il s'agit d'établir ici, c'est si je suis ou non coupable de la mort du conseiller Khan. Et contrairement à ce que présume Astuce Grise, je n'ai jamais conçu aucun plan en vue de tirer un quelconque profit, ni n'ai menti ou usé de tours de magie pour troubler l'esprit de qui que ce soit. N'importe qui pourra confirmer que j'ai été conduit par les soldats de Sa Majesté et amené à la Cour alors que je m'apprêtais à quitter la ville. Votre Majesté était présente le jour où j'ai été invité, ou plus exactement sommé de participer à l'enquête sur des assassinats dont j'ignorais l'existence. Et la question que je me pose, moi, est celle-ci : pourquoi un homme aussi sage que le conseiller Khan et le Fils du Ciel lui-même ont-ils jeté leur dévolu sur un être aussi méprisable que moi ? Pourquoi, parmi tous leurs juges, ont-ils obligé un simple étudiant à accepter une responsabilité à laquelle, d'après ses antécédents, il n'était nullement préparé ?

Cí, agenouillé et le front à terre, garda exprès le silence. Tout comme Astuce Grise, il devait avancer ses arguments avec mesure. Et il devait le faire en semant le doute chez ceux qui l'écoutaient, afin qu'eux-mêmes apportent leurs réponses.

L'empereur le contempla avec un visage de pierre, immobile. Ses yeux éteints et son expression hiératique le plaçaient au-dessus du bien et du mal. D'un imperceptible geste de la main il indiqua à l'officier de rendre la parole à Astuce Grise.

Le jeune juge révisa ses notes avant de poursuivre.

— Majesté (il lui fit une révérence et attendit de recevoir son autorisation), je me concentrerai sur l'affaire qui nous occupe. (Il sourit en saisissant une feuille qu'il posa au-dessus des autres.) Je lis dans mes rapports que, peu avant l'assassinat de Khan, plus précisément le jour où il a examiné l'eunuque, l'accusé a brandi un couteau devant le conseiller lui-même. Il l'a fait de manière imprudente. Il s'en est emparé et a asséné un coup brutal au corps de Doux Dauphin, l'ouvrant en deux.

« Un corps mort », murmura Cí assez fort pour qu'on l'entende. Un coup de baguette le récompensa.

— Oui. Un corps mort. Mais aussi sacré qu'un vivant ! Ou l'accusé aurait-il oublié les préceptes confucéens qui régissent notre société ? (Astuce Grise éleva la voix.) Non. Bien sûr qu'il ne les a pas oubliés. C'est tout le contraire ! L'accusé possède une mémoire exceptionnelle. Il connaît les préceptes, mais les transgresse. Il sait parfaitement que l'esprit d'un défunt demeure dans le corps jusqu'à ce que celui-ci reçoive une sépulture et il sait aussi que, pour cette même raison, les lois confucéennes interdisent d'ouvrir les corps morts. Car le faire revient à agresser l'esprit qui réside toujours en eux. Et celui qui est capable de faire une chose pareille à un esprit sans défense est également capable d'assassiner un conseiller de l'empereur.

Cí se mordit les lèvres. Astuce Grise l'acculait au bord d'un précipice qu'enjambaient deux ponts. L'un conduisait à la mort et le second à la perdition.

— Jamais je ne tuerais personne, dit-il entre ses dents.

— Jamais ? Parfait ! sourit Astuce Grise en l'entendant. Dans ce cas, je demande à Votre Majesté la permission de laisser s'exprimer le témoin qui confirmera ma déclaration.

L'empereur fit de nouveau un signe à l'officier, afin qu'il autorisât le témoignage.

Sur un geste de l'officier, un homme ridé aux cheveux blancs, escorté par deux gardes, fit son apparition. Le nouveau venu marchait d'un pas nonchalant : à l'évidence, les coûteux vêtements qu'il portait lui avaient été prêtés pour la circonstance. Sous son aspect maladroit, Cí reconnut Xu le devin, l'homme pour lequel il avait travaillé au Grand Cimetière de Lin'an.

Astuce Grise fit s'installer le témoin près de lui, il lut son nom et obtint sa promesse que tout ce qu'il dirait serait la stricte vérité. Puis il leva les yeux et les posa sur Cí. Le devin tenta de faire de même, mais il n'y parvint pas.

— Avant son témoignage, poursuivit Astuce Grise, pour bien comprendre la nature criminelle de l'accusé, je me vois obligé de relater les rapports qui précèdent l'arrivée de Cí Song à Lin'an. À cette fin, il me faut mettre l'accent sur un fait qui nous donnera aussitôt une idée de la familiarité de l'accusé avec le crime.

« Il y a environ deux ans, à Jianyang, son village natal, une personne de son sang, son frère aîné pour être plus précis, a égorgé un paysan. L'accusé Cí, contaminé par le même instinct délictueux que son frère, a volé trois cent mille *qian* à un honorable propriétaire terrien, et aussitôt après il a pris la fuite avec sa sœur en direction de Lin'an, sans savoir qu'un gendarme du nom de Kao était parti à sa poursuite. J'ignore les vices qui ont entouré son exode, mais malgré la somme volée, lui et sa sœur sont bientôt tombés dans l'indigence. C'est alors qu'un homme pauvre mais magnanime (il montra le devin) a pris sa misère en pitié et lui a confié un travail d'ouvrier au cimetière de la ville.

« Comme le confirmera le devin Xu, peu de temps après, le gendarme Kao vint au cimetière à la recherche d'un fugitif nommé Cí. Xu, ignorant les délits de son protégé et trompé par lui sur son identité, le couvrit. Comme d'habitude, Cí répondit à la générosité par la trahison. Il abandonna son sauveur au moment où celui-ci en avait le plus besoin et disparut.

« Quelques mois plus tard, ayant réfléchi, Xu décida de collaborer avec la justice. Sachant que Cí se cachait à l'Académie Ming, il révéla l'information au gendarme. Mais Kao ne parvint jamais à le capturer, parce qu'auparavant il trouva la mort des mains de Cí lui-même.

Astuce Grise donna ensuite la parole au devin. Xu se prosterna devant l'empereur et, quand l'officier l'y autorisa, il fit sa déposition.

— Tout s'est passé comme l'a raconté le très illustre juge, complimenta-t-il Astuce Grise. Ce gendarme, Kao, m'a demandé de l'accompagner à l'académie parce qu'il ignorait où elle se trouvait, m'assurant qu'il arrêterait Cí au prix même de sa vie. Je lui ai dit que je ne voulais pas de problèmes, mais il a fini par me convaincre. C'est là que je l'ai laissé la veille de sa mort. Moi, je suis resté à épier dans les environs, et au bout d'un moment j'ai vu Cí et Kao sortir ensemble en direction du canal. J'ai constaté que le gendarme tenait à la main un pichet dans lequel il buvait. Au début ils parlaient normalement, mais tout à coup ils se sont mis à se disputer avec ardeur ; alors, dans un moment d'inattention, Cí s'est approché du gendarme, il lui a fait quelque chose à la tête, et avant qu'il tombe évanoui, il l'a poussé dans le canal et s'est enfui. J'ai couru pour tenter de le secourir, mais j'ai juste eu le temps de voir le malheureux disparaître sous l'eau.

Des centaines d'yeux accusateurs se fixèrent sur Cí tandis que s'élevait un murmure d'indignation. Le jeune homme chercha la façon d'apporter les preuves qui lui permettraient de réfuter les allégations de Xu.

— Ce devin ment ! Avec l'assentiment de Votre Majesté, si on m'autorise à parler, je démontrerai que le devin qui m'accuse ne se contente pas de me calomnier, mais qu'il veut vous tromper, vous, dit-il dans l'intention d'impliquer l'empereur.

Dès qu'il l'eut invoqué, l'officier de justice regarda son souverain en quête d'un geste de réprobation. Cependant, comme l'espérait Cí, Ningzong se montra intéressé.

— Laissez-le parler, murmura-t-il à l'officier.

Cí frappa le sol de son front et, sans le relever, il regarda Astuce Grise du coin de l'œil.

— Je ne peux le démontrer seul. J'ai besoin du témoignage du professeur Ming, déclara-t-il.

*

L'interruption permit à Cí de savourer un triomphe éphémère. En impliquant l'empereur il avait réussi à introduire le doute dans l'esprit de ce dernier, et en même temps obtenu un ajournement qui lui permettrait non seulement de profiter du conseil et des témoignages de Ming, mais également d'entreprendre la seconde partie d'une stratégie qui nécessitait absolument un entretien avec Bo. Avec Feng en face de lui, Ming malade et sans l'aide d'Iris Bleu, ses seuls espoirs reposaient dans l'officier aux cheveux blancs qui l'avait assisté dans son enquête.

Cela faisait un moment qu'il avait localisé Bo sur un côté du Salon des Litiges, aussi profita-t-il du moment où les gardes le conduisaient dans une salle annexe pour s'approcher de lui et le supplier de l'aider. Bo fut surpris, mais il fit oui de la tête et suivit les gardes qui le surveillaient jusqu'à une petite salle où Cí eut l'occasion de lui confier ses soupçons. Au début, l'officier hésita, mais lorsque Cí lui eut révélé ses arguments, Bo l'assura de sa collaboration. Puis les gardes revinrent pour transférer Cí dans la salle et Bo disparut.

Lorsqu'ils placèrent Cí devant l'empereur, le maître Ming attendait déjà, installé dans un fauteuil. L'étonnement était encore peint sur le visage du vieil homme, comme s'il ne savait pas qui on jugeait ni le motif de sa présence devant l'empereur ; Cí le lui expliqua donc aussi succinctement que possible. Ming cligna à peine des paupières. Cí constata que les jambes du vieux professeur semblaient aller mieux et cela le réconforta. Il se prosterna entre les deux sentinelles qui l'escortaient et s'adressa à l'empereur.

— Majesté (Cí attendit son consentement), comme vous le savez, depuis des années le vénérable maître Ming occupe la charge de directeur de l'académie qui porte son nom, une institution si reconnue qu'elle rivalise en prestige avec l'université elle-même. De fait, Astuce Grise y a été formé… même s'il lui a fallu six ans pour obtenir un titre que beaucoup ont obtenu en deux ans, ajouta-t-il.

Ningzong fronça les sourcils, surpris de ce que le juge chargé de l'accusation ne fût pas aussi compétent qu'on le lui avait fait croire. Cí s'en réjouit.

— Une personne comme Ming mérite toute notre confiance, poursuivit Cí sans lever la tête. Un homme juste qui par son honnêteté et son travail a contribué à accroître la sagesse des sujets de l'empereur, précisa-t-il pour le légitimer. Un homme dont on ne peut douter.

— Vos questions…, exigea l'officier judiciaire.

— Pardonnez-moi, s'excusa-t-il. Maître Ming, vous souvenez-vous du jour où, avec plusieurs élèves, nous avons examiné le cadavre d'un gendarme noyé à la préfecture de Lin'an ?

— Oui. Bien sûr. Ce fut un cas inhabituel à la suite duquel Astuce Grise a obtenu son poste à la Cour. Cela s'est passé deux jours avant les examens trimestriels.

— Et pendant la semaine qui précède les examens, les élèves peuvent-ils s'absenter de l'académie ?

— En aucune façon. C'est expressément interdit. En fait, si pour un cas de force majeure un étudiant se voit dans l'obligation de quitter l'édifice, sa sortie doit être notée par le garde à la porte, et nous savons qu'il n'en a rien été.

— Bien. Et de quelle façon les élèves se préparent-ils à ces examens trimestriels ?

— Cette semaine-là, les étudiants passent la journée dans la bibliothèque et la nuit dans leurs chambres respectives, étudiant jusqu'au petit matin.

— Vous souvenez-vous si à mon arrivée à l'académie on m'a adjugé un compagnon de chambre ?

— Oui, comme à n'importe quel autre élève. C'est ainsi, répondit-il.

— Si bien que, en plus du registre, ce compagnon qui m'a été assigné pourrait formellement témoigner si les nuits antérieures au crime je suis resté tout le temps à l'académie…

— En effet, il pourrait en témoigner.

— Et pourriez-vous relater le vol qui a eu lieu après l'inspection du cadavre du gendarme ?

— Le vol… ? Ah oui ! Tu veux parler du vol de ton rapport. Ce fut un épisode désagréable, répondit-il en s'adressant à l'empereur. Cí a rédigé un rapport détaillé sur la mort de Kao dans lequel il révélait qu'il avait été assassiné. Un rapport qui fut dérobé et présenté comme sien par son compagnon de chambre afin de bénéficier du poste que lui avait offert la Cour.

— Maître Ming, une dernière chose… Vous souvenez-vous du nom de mon compagnon à cette époque ?

— Bien sûr, Cí. Ton compagnon était Astuce Grise.

658

*

Astuce Grise froissa ses notes et lâcha un juron qu'on entendit à peine dans la clameur soudaine. Feng, immuable à côté de lui, lui murmura quelque chose à l'oreille tout en glissant une note vers lui. Le jeune juge la lut, approuva et demanda à interroger le professeur. L'empereur l'y autorisa.

— Estimé maître, le flatta Astuce Grise d'une voix amicale, êtes-vous sûr d'avoir déclaré la vérité ?

— Oui ! Bien sûr ! répondit Ming, surpris par la question.

— M'avez-vous vu voler ce rapport ?

— Non, mais…

— Non ? D'accord. Dites-moi alors, vous considérez-vous comme une personne honorable ?

— Oui, bien sûr.

— Sincère ? Intègre… ?

— Où veux-tu en venir ? (Il regarda Cí.) Bien sûr que oui.

— Vicieuse… ? – Son ton de voix changea.

Ming baissa la tête et garda le silence.

— Vous n'avez pas compris la question ? insista Astuce Grise. Ou avez-vous besoin que je la répète ?

— Non, dit-il dans un filet de voix.

— Non, quoi ? Vous n'êtes pas un vicieux ou vous n'avez pas besoin que je répète la question ? l'apostropha Astuce Grise.

— Je ne suis pas un vicieux ! prononça Ming plus fort.

— Non ? Eh bien ! (Il regarda la note que venait de lui donner Feng.) Alors, comment qualifieriez-vous

659

votre *penchant* démesuré pour les hommes ? N'est-il pas vrai qu'il y a trois ans un garçon nommé Liao-San vous a dénoncé pour avoir tenté d'abuser de lui ?

— Ce fut un abominable mensonge ! se défendit-il. Ce garçon a tenté de me faire chanter pour que je l'approuve et lorsque je m'y suis refusé…

— Mais ce qui est sûr, c'est qu'on vous a surpris nus tous les deux… l'interrompit-il.

— Je vous répète que ce fut une calomnie ! C'était l'été et je dormais dans ma chambre. Il est entré sans permission et s'est déshabillé en cherchant à me porter préjudice…

— Oui… bien sûr… Je lis aussi ici qu'il y a deux ans on vous a vu en compagnie d'un inconnu inverti, en train de le payer alors que vous entriez dans une auberge malfamée. Apparemment, pour ce même fait votre propre assemblée de professeurs vous a demandé de renoncer à la direction de l'académie.

— Soyez maudit ! Celui que vous qualifiez d'inverti était mon neveu, et le local où nous sommes entrés était l'endroit où il logeait, un établissement respectable. Sa famille m'a demandé de lui remettre de l'argent et je suis allé le lui donner. L'assemblée l'a vérifié…

— Calomnies… chantages… injures…, dit Astuce Grise dans un hochement de tête. En dépit des années, je dirais que vous conservez une certaine prestance. Vous êtes marié, Ming ?

— Non… Vous savez bien que non.

— N'avez-vous jamais prétendu à aucune femme ? Ming baissa la tête. Ses lèvres tremblaient en silence.

— Je… je ne suis pas un vicieux… seulement… – Il se tut.

— Mais vous êtes attiré par les hommes…

— Je n'ai jamais…

— J'essaie de vous comprendre, Ming. (Il s'approcha de lui et posa la main sur son épaule.) Alors, si ce n'est pas du vice, comment le définiriez-vous…? Comme de l'amour, peut-être ?

— Oui, c'est cela, dit-il abattu. Aimer serait-il un délit ?

— Non. Je ne crois pas. L'amour est un dévouement inconditionnel, sans rien demander en échange, n'est-ce pas ?

— Oui. Oui. C'est cela.

Ses yeux malades s'ouvrirent, le regard perdu dans l'infini, implorant la compréhension.

— Et vous feriez n'importe quoi par amour…

Ming regarda Cí.

— N'importe quoi, affirma-t-il.

— Merci, professeur Ming, ce sera tout, conclut Astuce Grise.

Ming, encore médusé, acquiesça de la tête.

Cí contempla le maître vaincu par le chagrin et se repentit d'avoir sollicité son témoignage. Le visage d'Astuce Grise, quant à lui, était empreint de pure satisfaction. Deux gardes allaient reconduire Ming à l'infirmerie lorsque Astuce Grise les arrêta, comme s'il venait de se rappeler quelque chose.

— Une dernière question, professeur. (Il le regarda dans les yeux et fit une longue pause.) Êtes-vous amoureux de Cí ?

Ming tituba comme s'il ne comprenait pas. Puis il posa sur Cí un regard empli de tristesse.

— Oui, répondit-il.

*

Cí se désola de la misérable stratégie d'Astuce Grise. N'ayant aucun meilleur argument à avancer, il avait affaibli la crédibilité de son maître en se servant de l'aversion et du rejet que produirait inévitablement la révélation de son homosexualité, aggravée par la confession qu'il était amoureux de lui.

Lorsqu'il retrouva ses esprits, Cí demanda à interroger le devin Xu, mais Astuce Grise s'y opposa comme si sa vie en dépendait.

— Majesté, brama-t-il, l'accusé veut insulter votre intelligence. La déclaration de Xu est aussi concluante qu'est inutile et biaisée la défense du professeur Ming. Le devin a assuré avoir vu de quelle façon Cí assassinait le gendarme, et avec votre assentiment il a déjà quitté la salle.

Cí ressentit dans sa chair le talent d'Astuce Grise. Au lieu d'en appeler à la raison, le juge suggérait à l'empereur l'idée que l'accusé se moquait de lui. Bien qu'il l'imaginât déjà, il se maudit lorsque Ningzong refusa sa demande.

— Dans ce cas, osa-t-il s'adresser de nouveau à l'officier de justice, je solliciterais de Sa Majesté qu'elle permette le témoignage des hommes qui ont découvert le cadavre du gendarme, dit Cí.

Avant d'accepter, Ningzong consulta ses deux conseillers. Une nouvelle interruption ne fut pas nécessaire, car les gardes qui avaient sorti Kao du canal avaient été convoqués par Astuce Grise. Après que les deux hommes eurent confirmé leurs filiations respectives, Cí les interrogea.

— Il me semble que votre métier consiste à effectuer des rondes aux abords des canaux. C'est bien ça ? leur demanda-t-il.

— C'est ça, monsieur, répondirent-ils à l'unisson.

— Et que faites-vous exactement ? Je veux dire… vous vous promenez près de l'eau… ? Y allez-vous de temps en temps… ?

— Chaque jour nous patrouillons le long des canaux pour vérifier leur propreté, les amarres et les vannes. Nous travaillons dans le secteur sud de la ville, dans la bande délimitée par le marché aux poissons, le quai au riz et le rempart, répondit le plus âgé des deux.

— Et depuis combien de temps effectuez-vous ce travail ?

— Environ trente ans. Mon compagnon, seulement dix.

— Cela vous donne une grande expérience. Vous effectuez certainement votre travail à la perfection, assura-t-il. Et dites-moi : pourriez-vous préciser où et dans quelles circonstances vous avez découvert le cadavre de Kao ?

— C'est moi qui l'ai vu, intervint le plus jeune. Il flottait comme un poisson mort dans un canal secondaire, à quelques pas du marché.

— Au sud de la ville ?

— Oui, bien sûr. Mon compagnon vous l'a dit. C'est là que nous travaillons.

— Et dans quelle direction le courant circule-t-il dans les canaux ?

— Du sud au nord. Comme le fleuve Zhe.

— Alors, à votre avis et en tenant compte de cette expérience de plus de trente ans, un corps jeté au nord de la ville pourrait-il voguer à contre-courant pour finir par flotter au sud ?

— Ce serait impossible, monsieur. Même si l'eau stagnait à certains endroits, les vannes des écluses empêcheraient sa circulation.

— Impossible ? intervint l'empereur.

Les gardes échangèrent un regard.

— Absolument, répondirent-ils tous deux.

Cí s'adressa tout de suite à l'empereur.

— Majesté, tout le monde sait que l'Académie Ming est située à l'extrême nord de la ville. Xu a affirmé que j'ai poussé le gendarme dans le canal le plus proche de l'académie. Ne croyez-vous pas qu'il vaudrait la peine de savoir pourquoi Xu a menti ?

*

Astuce Grise pâlit de colère quand les gardes de l'empereur se saisirent du devin pour le conduire devant Ningzong. Tandis qu'ils le traînaient à travers la salle, Xu maudit tous ceux qui le regardaient, jusqu'à ce qu'un coup de bâton l'obligeât à s'agenouiller devant l'empereur. Le devin grogna et cracha en jetant à Cí un regard assassin. Le jeune homme n'en fut pas intimidé.

— Quand vous voudrez, dit l'officier de justice.

À la surprise de celui-ci, Cí s'adressa à Astuce Grise.

— Bien que vous ayez oublié que nous étions ensemble les nuits qui ont précédé l'assassinat, peut-être vous rappelez-vous les causes qui ont conduit à la mort du gendarme. Vous le devriez, car elles figuraient dans le rapport qui vous a permis d'accéder à la judicature…

Astuce Grise plissa les lèvres, faisant semblant de consulter ses notes.

— Je m'en souviens parfaitement, se vanta-t-il avec hypocrisie.

— Et comment cela s'est-il passé ? Apparemment, c'est dans votre rapport. – Cí feignit de l'ignorer.

— Une baguette introduite dans l'oreille lui a traversé le cerveau, murmura-t-il.

— Une baguette métallique ?

— Oui, c'est cela. – Astuce Grise s'agita.

— Identique à celle-ci ? – Cí se jeta brusquement sur le devin et tira une longue aiguille cachée dans ses cheveux. Tout le tribunal resta interloqué.

Le visage d'Astuce Grise perdit sa couleur et se changea en une grimace de colère. Il fronça les sourcils lorsque Cí brandit la baguette métallique devant l'assistance et, furieux, quitta le Salon des Litiges. Cí ne s'en émut pas. En présence de Feng, il accusa le devin d'avoir assassiné le gendarme.

— Xu ambitionnait la récompense que Kao avait offerte pour moi. Le gendarme était apparemment un homme prudent, aussi a-t-il probablement refusé de donner la récompense avant que Xu ne l'ait conduit jusqu'à l'endroit où j'habitais. J'ignore si Xu a pensé que Kao essaierait de le tromper ou s'ils se sont disputés pour une raison ou une autre, mais le fait est qu'il a assassiné le gendarme pour le voler, en utilisant sa méthode habituelle : l'aiguille métallique. – Et de nouveau il la montra pour que tout le monde la voie bien.

— Mensonges ! cria Xu avant de recevoir un nouveau coup de bâton.

— Mensonges, dis-tu ? Les témoins ont affirmé avoir trouvé le cadavre flottant près du marché aux poissons… Curieusement, à quelques pas de l'endroit où tu vis, lui cria-t-il. Quant à l'argent de la récompense, je suis persuadé que si les gendarmes de Sa Majesté interrogent les taverniers et les prostituées de ce quartier, ils leur confirmeront les grosses sommes que le misérable Xu a dilapidées à pleines mains dans les jours qui ont suivi l'assassinat.

Dépassé par les circonstances, le devin bégaya. Puis il regarda l'empereur comme un chien en quête de clémence. Ningzong n'en fut pas troublé. Simplement, il décréta la détention du devin et interrompit le procès jusqu'après le zénith du soleil.

*

La reprise du procès ramena un Astuce Grise impatient de prouver qu'un tigre blessé, s'il attaquait dans le dos, était capable de déchiqueter ses adversaires. À côté de lui, Feng gardait une attitude distante que Cí interpréta comme de la pure hypocrisie. Lorsque l'empereur fit son entrée, tous s'inclinèrent, à l'exception de la femme qui venait d'entrer dans le salon. Cí découvrit qu'il s'agissait d'Iris Bleu.

Une fois l'agrément obtenu, Astuce Grise s'avança.

— Divin Souverain : le fait que le méprisable devin Xu ait tenté d'abuser de notre bonne foi n'exempte pas l'accusé Cí des crimes qui lui sont imputés. Bien au contraire, l'existence d'une seule accusation d'assassinat ne fera qu'aplanir le chemin qui conduira à sa condamnation. (Il s'avança de quelques pas pour se placer devant Cí.) Il est évident que l'accusé a ourdi un plan diabolique dans l'intention de mettre fin à la vie du conseiller Khan, qu'il l'a minutieusement exécuté et tenté d'occulter son exécrable crime en simulant grossièrement un suicide. Celui-ci, et pas un autre, est le véritable visage de Cí. L'ami des invertis. Le fugitif de la justice. Et l'associé des assassins.

Ningzong acquiesça avec un imperceptible mouvement de paupières et l'émotion d'une effigie. Aussitôt après, conformément aux règles établies par le protocole, il accorda la parole à Cí, afin qu'il poursuivît sa défense.

— Majesté, le complimenta-t-il. Bien que je l'aie exprimé dans ma première plaidoirie, je me permets d'insister sur le fait que je n'ai jamais voulu entrer au service de Khan et que c'est Votre Altesse qui m'a ordonné de participer à l'enquête sur les crimes qui ont précédé son assassinat. Cela étant dit, je soulignerai un fait répété à satiété dans les différents manuels judiciaires : pour qu'il y ait crime, l'existence d'un mobile incitateur qui guide l'assassin est indispensable. Il importe peu que ce mobile soit la vengeance, la fureur, la haine ou l'ambition. Mais en son absence, nous nous trouverions aussi démunis que moi devant cette fausse accusation.

« Dans cette perspective, je me demande pourquoi j'aurais voulu tuer Khan. Pour qu'on me juge et m'exécute ? Souvenez-vous qu'en cas de succès, Votre Majesté m'a promis un poste dans la judicature. Dites-moi donc, et il s'adressa à Astuce Grise, un affamé couperait-il le seul pommier de son verger ?

Astuce Grise ne parut pas s'inquiéter. Au contraire, son visage montrait une confiance qui ne rassura pas Cí. D'un geste, il sollicita la parole et attendit qu'on la lui accordât.

— Garde tes mauvais jeux de mots pour étudiants et maniérés, car nous, tu ne pourras nous tromper. Tu parles de mobiles ? De vengeance, de fureur, de haine ou d'ambition ? Eh bien parlons-en, le défia Astuce Grise. De tout ce que tu as dit, une seule chose est sûre : que l'empereur t'a promis un poste dans la magistrature si tu découvrais l'auteur des assassinats. (Il fit une pause.) Eh bien, l'as-tu découvert ? Car je ne me souviens pas l'avoir entendu de ta bouche. (Il sourit.) Tu as cité la haine et la vengeance, mais tu oublies de préciser que ce sont les sentiments que Khan a éveillés en toi quand il a forcé ta volonté en menaçant de tuer ton cher professeur. Tu as parlé de fureur, oubliant ce que toi-même as démontré quelques jours plus tôt lorsque tu as poignardé le corps de l'eunuque. Et enfin, tu as évoqué l'ambition, évitant de dire qu'avec le suicide de Khan et sa lettre d'inculpation opportune, tu t'assurais la récompense promise par l'empereur. Je ne sais ce qu'en pensera l'assistance, mais je trouve que ton émouvante comparaison avec un jardinier qui taille un arbre serait plus convaincante si nous le remplacions par le miséreux qui, affamé de viande, tue sa seule vache au lieu de se contenter de boire son lait.

« Mais puisque tu fais allusion aux traités judiciaires, il ne sera pas superflu de rappeler un autre élément indispensable dans tout assassinat : l'occasion. Dis-nous donc, Cí, où te trouvais-tu la nuit où le conseiller Khan est mort ?

Cí sentit son pouls galoper au rythme de sa respiration. Il regarda subrepticement vers l'endroit où se tenait la femme de Feng. Car la nuit où l'on avait assassiné Khan était celle où Iris Bleu l'avait rejoint dans son lit.

Après quelques instants de réflexion, il affirma avoir dormi seul, réponse qui ne donna satisfaction ni à Astuce Grise ni à l'empereur. Il sut qu'Astuce Grise allait en profiter, aussi, après avoir sollicité la permission de parler, tenta-t-il de le contrecarrer par une manœuvre de diversion.

— Vos arguments ont le bon sens d'une fuite précipitée d'éléphants. Ils sont si vagues et disparates qu'ils pourraient vous permettre d'accuser la moitié des personnes présentes dans cette salle. Mais qu'importe ce détail si l'essentiel est de parvenir à votre but ? Vous savez comme moi que Khan était un homme aussi détesté que redouté, et que dans cette Cour des dizaines de candidats ont certainement plus de mobiles que ceux que vous m'imputez. Mais répondez donc à cette question toute simple. (Il fit une longue pause.) Quelle raison stupide pousserait un assassin à révéler son propre crime ? Ou, plus simple encore : si j'avais été l'exécuteur, pour quel motif aurais-je été le premier à révéler à l'empereur que le suicide de Khan était en réalité un assassinat ?

Cí sourit fièrement, conscient d'avoir fourni l'argument irréfutable. Mais l'empereur haussa un sourcil et le regarda avec dédain.

— Tu ne m'as rien révélé, lui reprocha Ningzong. Celui qui a dévoilé l'assassinat du conseiller est Astuce Grise.

Cí balbutia, essayant de comprendre pour quelle raison l'empereur refusait de reconnaître ses découvertes. C'était son principal atout. S'il le perdait, rien ni personne ne pourrait le défendre. Alors, le sourire hypocrite de Feng répondit à sa question : Feng n'avait pas transmis ses découvertes à l'empereur. Il les avait révélées à Astuce Grise.

*

L'interruption du procès fournit à Cí le répit nécessaire pour surmonter l'aversion que soulevaient en lui Feng et Astuce Grise. Les rites du soir réclamant la présence de l'empereur, celui-ci décréta l'ajournement jusqu'au lendemain matin.

En chemin vers les oubliettes, Cí aperçut Feng. Le juge attendait, courbé, assis sur l'unique tabouret qui se trouvait au centre de la cellule. Feng fit signe à la sentinelle d'attendre derrière la grille en fer tandis qu'il s'entretenait avec le prisonnier. À ses pieds reposait un bol de soupe. Cí n'avait pas avalé une bouchée de toute la journée, mais il n'avait pas l'intention d'y toucher. La sentinelle enchaîna Cí au mur et attendit à l'extérieur.

— Tiens. Tu dois avoir faim, dit Feng sans lever les yeux. – Il approcha le bol de ses pieds.

Cí expédia un coup de pied au bol qui vola et se répandit sur la toge du juge. Feng sursauta et se leva. Tandis qu'il nettoyait sur lui les restes de nourriture, il regarda Cí comme un père résigné devant le vomi de son nouveau-né.

— Tu devrais te calmer, lui dit-il avec condescendance. Je comprends que tu sois indigné, mais nous pouvons encore arranger tout cela. (Il revint s'asseoir près de Cí.) Les choses sont allées trop loin.

Cí ne lui adressa même pas un regard. Comment avait-il pu un jour considérer ce traître comme un père ? S'il n'avait pas été enchaîné, il l'aurait étranglé de ses propres mains.

— Je comprends que tu ne veuilles pas parler, poursuivit Feng. Moi, à ta place, je ferais pareil, mais ce n'est pas le moment de montrer un orgueil stupide. Tu peux rester muet à attendre qu'Astuce Grise te mette en pièces ou écouter ma proposition et sauver ta peau.

Il demanda un autre bol de soupe à la sentinelle, mais Cí l'en empêcha.

— Buvez vous-même, maudit bâtard, lui lança-t-il.

— Oh ! Il semble que tu aies encore ta langue ! (Il prit un air étonné.) Par le vieux Confucius, Cí, écoute-moi ! Il y a des choses que tu ne peux comprendre, des questions que tu ne pourras jamais entrevoir. Tout ce procès n'est pas ton affaire. Oublie-le. Fais-moi confiance et je te protégerai. Khan est mort. Qu'importe qu'il ait été assassiné ou qu'il se soit suicidé ? Tout ce que tu as à faire, c'est de ne pas ouvrir la bouche. Je discréditerai Astuce Grise et je te sauverai.

— Ce n'est pas mon affaire ? Ont-ils donc arrêté quelqu'un d'autre ou ont-ils brisé les côtes de quelqu'un d'autre que moi ? C'est ce genre de confiance auquel vous faites allusion ?

— Maudit sois-tu ! Je voulais seulement t'écarter de cette affaire pour qu'Astuce Grise se charge de l'enquête. Avec lui à la tête, tout aurait été plus facile, mais l'envie a été la plus forte et il t'a accusé.

— Vraiment ? Comment se fait-il que je ne vous croie pas ? Si vous aviez vraiment voulu m'aider, vous l'auriez fait dans le Salon des Litiges, quand vous avez eu la possibilité de confirmer que celui qui a découvert l'assassinat de Khan n'a pas été Astuce Grise, mais moi.

— Et je l'aurais fait si cela avait servi à quelque chose, je t'assure, mais le confesser à ce moment-là n'aurait servi qu'à soulever la méfiance de l'empereur à mon égard. Ningzong a confiance en moi. Et j'ai besoin qu'il continue à me faire confiance si tu veux que je te sauve.

Cí fixa les yeux sur le visage de Feng.

— Tout comme vous avez sauvé mon père ? lui cracha-t-il.

— Je ne comprends pas. Que veux-tu dire ? – Le visage de Feng changea.

Pour toute réponse, Cí sortit la missive qu'il avait trouvée cachée dans la bibliothèque de Feng. Il la déplia et la jeta à ses pieds.

— Vous reconnaissez cette écriture ?

Surpris, Feng ramassa le pli. Lorsqu'il le lut, ses mains tremblèrent.

— D'où... d'où as-tu sorti ça... ? Je..., balbutia-t-il.

— C'est pour ça que vous n'avez pas permis que mon père revienne ? Pour continuer à détourner des livraisons de sel ? C'est pour ça que vous avez tué l'eunuque ? Parce que lui aussi avait découvert le pot aux roses ? hurla Cí.

Feng recula, les yeux exorbités, comme s'il contemplait soudain un spectre.

— Comment oses-tu, ingrat ? Après tout ce que j'ai fait pour toi !

— Vous avez trompé mon père ! Vous nous avez tous trompés ! Et vous osez encore me demander de vous remercier ?

Cí tira sur les chaînes, essayant de s'en libérer.

— Ton père ? Ton père aurait dû me baiser les pieds ! (Le visage de Feng se transforma.) Je l'ai tiré de l'indigence ! Je t'ai traité comme un fils ! avança-t-il.

— Ne salissez pas le nom de mon père ou... – De nouveau il tira sur ses chaînes, qui vibrèrent contre le mur.

— Mais tu ne te rends donc pas compte ? Je t'ai éduqué et formé comme le fils que je n'ai jamais eu ! (Ses yeux semblaient illuminés par la folie.) Je t'ai toujours protégé. Je t'ai même permis de rester en vie après l'explosion ! Pourquoi crois-tu qu'eux seuls sont morts ? J'aurais pu attendre que tu reviennes... – Il tendit une main tremblante pour caresser le visage de Cí.

En l'entendant, Cí eu l'impression qu'on le fendait en deux.

— Quelle explosion... ? Que voulez-vous dire ? balbutia-t-il, et il recula comme si le monde s'écroulait autour de lui. Comment ça eux seuls sont morts ? Comment ça eux seuls sont morts ? rugit-il en s'étirant et se désarticulant pour essayer d'atteindre Feng.

Feng resta près de Cí, les bras tendus comme s'il voulait le prendre dans ses bras. Son regard était celui d'un fou.

— Mon fils, sanglota-t-il.

Juste à cet instant, Cí parvint à saisir l'une de ses manches et le tira vers lui. Il passa les chaînes autour de son cou et se mit à l'étrangler tandis que Feng se débattait en vain, incapable de comprendre ce qui lui arrivait. Cí serra son cou de toute son âme tandis que le visage de Feng bleuissait. Le jeune homme continua à serrer, de plus en plus fort. Une écume blanchâtre commençait à jaillir de la bouche de Feng quand la sentinelle se jeta sur Cí.

La dernière chose que vit Cí avant de perdre connaissance, ce fut Feng toussant et le menaçant de la pire des tortures.

35

La sentinelle pensa que ce n'était pas la peine de le ranimer pour l'exécution. Mais elle obéit à son supérieur et jeta plusieurs seaux d'eau sur le visage ensanglanté de Cí.

Bientôt, une forme diffuse s'accroupit près du corps roué de coups. Cí gémit en essayant en vain de soulever ses paupières enflammées.

— Tu devrais faire plus attention à toi, entendit-il Feng lui dire. Tiens, essuie-toi. – Le juge lui tendit un carré de coton que Cí refusa.

Peu à peu, la silhouette perdit son flou et se grava avec netteté sur sa rétine. Feng restait accroupi près de lui, comme quelqu'un qui observe un insecte après l'avoir écrasé du pied. Il essaya de bouger, mais les chaînes le retinrent contre le mur.

— Je regrette la brutalité de ces sentinelles. Parfois elles ne font pas la différence entre les personnes et les bêtes. Mais c'est leur métier et personne ne peut le leur reprocher. Veux-tu un peu d'eau ?

Bien qu'elle eût pour lui le goût du poison, Cí l'accepta parce que ses entrailles le brûlaient.

— Sais-tu ? Je dois reconnaître que j'ai toujours admiré ta perspicacité, mais aujourd'hui tu as dépassé toutes mes attentes, poursuivit Feng. Et c'est bien dommage, parce qu'à moins que tu y réfléchisses sérieusement, cette finesse d'esprit va te conduire au gibet.

Cí parvint à ouvrir les paupières. À côté de lui, Feng avait le sourire cynique d'une hyène.

— Cette même perspicacité que vous avez employée pour inculper mon frère, maudit bâtard ?

— Ah ! Ça aussi tu l'as compris ? Enfin. D'expert à expert, tu m'accorderas que ce fut un coup de maître. (Il haussa un sourcil comme s'il parlait d'une partie de dés.) Une fois Shang éliminé, il me fallait incriminer quelqu'un et ton frère était le sujet idéal : les trois mille *qian* qu'un de mes hommes a perdus contre lui dans un faux pari… Le changement de la ligature de cuir par celle qui appartenait à Shang une fois Lu capturé… Le narcotique que nous lui avons administré pour l'empêcher de se défendre pendant le procès… Et le détail le plus important : la faux que nous lui avons subtilisée et que nous avons ensuite trempée dans du sang pour que d'innocentes mouches achèvent de l'inculper…

Cí ne comprit pas. Les coups frappaient encore son crâne.

— En tout cas, il semble que fouiner dans les livres des autres soit héréditaire, continua Feng. Ton père ne s'est pas contenté de consulter mes comptes, il s'est en outre obstiné à partager ses constatations avec le pauvre Shang. Voilà pourquoi j'ai dû l'éliminer… Ce fut juste un avertissement que ton père n'a pas compris. La nuit de l'explosion, je me suis rendu chez lui pour tenter de le convaincre, mais ton père est devenu fou.

Il a menacé de me dénoncer et finalement j'ai fait ce que j'aurais dû faire dès le début. J'avais besoin de la copie du document qui m'incriminait, mais il a refusé de me la remettre, aussi ne m'a-t-il pas laissé le choix. L'idée de l'explosion par la poudre pour couvrir ses blessures ne m'est venue qu'après, lorsque j'ai entendu le tonnerre gronder.

Cí resta muet. Voilà pourquoi, ne trouvant pas la sienne, son frère avait pris une autre faux. Et à ce moment-là il n'avait pas eu de soupçon sur son comportement : il paraissait logique que l'assassin se fût débarrassé de l'arme du crime.

— Allons, Cí ! rugit-il. Pensais-tu vraiment que c'était un éclair perdu qui avait ôté la vie de tes parents ? Par le Grand Bouddha ! Réveille-toi du pays des fables !

Cí le regarda, incrédule, comme s'il voulait croire que tout ce qu'il entendait n'était qu'un absurde cauchemar, qui s'évanouirait lorsqu'il se réveillerait. Mais Feng restait devant lui, en extase, ne cessant de vociférer.

— Ta famille… ! cracha-t-il. Eux, qu'ont-ils fait pour toi ? Ton frère était un rustre qui te battait comme plâtre et ton père, un timoré incapable de sauver ses filles et d'éduquer ses fils. Et tu regrettes encore de les avoir perdus ? Tu devrais me remercier d'avoir écarté de toi ces déchets. (Il se releva et se mit à marcher de long en large.) Oublies-tu que c'est moi qui t'ai arraché des canaux, qui t'ai éduqué, qui ai fait de toi ce que tu es… ? Maudit ingrat… ! se plaignit-il. Tu étais le seul valable de cette famille. Et à présent que tu étais revenu, je pensais que nous serions heureux.

Toi, moi et ma femme Iris Bleu. (En prononçant le nom de son épouse son visage s'adoucit comme par enchantement.) J'ai fait de vous deux ma famille... Que peut-on souhaiter de plus ? Je t'ai accueilli. Tu étais presque un fils pour moi...

Abasourdi, Cí contemplait sa démence. Rien de ce qu'il pourrait lui dire ne lui rendrait ses esprits.

— Mais nous pouvons encore redevenir comme avant, poursuivit Feng dans son monologue. Oublie le passé ! Ici t'attend un bel avenir. Que veux-tu ? La richesse... ? Avec nous tu l'auras. Les études... ? C'est ça ? Bien sûr que c'est ça ! C'est l'ambition que tu as toujours eue. Et tu y arriveras ! Je ferai que tu sois reçu aux examens et qu'on t'attribue le meilleur poste dans l'administration. Celui que tu voudras ! Te rends-tu compte de tout ce que je peux faire pour toi ? Pourquoi crois-tu que je te raconte tout cela ? Nous pouvons encore redevenir comme avant. Une famille. Toi, moi et Iris Bleu.

Cí regarda Feng avec mépris. Il y a peu encore, son plus cher désir était en effet d'accéder à un poste de juge. Mais à présent, son unique objectif était de rendre son honneur à son père et de démasquer son imposteur d'assassin.

— Fichez le camp ! hurla Cí.

— Mais que dis-tu ? s'étonna Feng. Crois-tu que tu peux me mépriser ? Ou penses-tu que tu pourras me dénoncer ? C'est ça ? C'est ça ? (Il rit.) Pauvre rêveur ! Me crois-tu vraiment idiot au point de t'ouvrir mon cœur et de permettre ensuite que tu me ruines ?

— Je n'ai pas besoin de votre confession, balbutia-t-il.

— Ah ! non ? Et qu'as-tu l'intention de raconter ? Que j'ai assassiné Khan ? Que j'ai détourné des fonds ? Que j'ai tué tes parents ? Par tous les dieux, mon fils… Il faut être vraiment idiot pour penser que quelqu'un te croira. T'es-tu bien regardé ? Tu n'es qu'un condamné à mort, un désespéré qui ferait n'importe quoi pour se sauver. Les geôliers témoigneront que tu as voulu me tuer.

— J'ai… des preuves… – Il pouvait à peine parler.

— Vraiment ? (Feng se dirigea vers le fond de la cellule et sortit d'une musette une forme en plâtre.) Tu veux parler de ça… (Il lui montra le modèle du canon manuel qu'il avait récupéré à l'Académie Ming.) C'est ça qui allait te sauver ?

Il le souleva au-dessus de sa tête et le jeta à terre, le brisant en mille morceaux.

Cí ferma les yeux en sentant l'impact des fragments. Il mit du temps à les rouvrir. Il ne voulait pas voir Feng. Il voulait seulement le tuer.

— Que vas-tu faire maintenant ? Implorer miséricorde comme l'ont fait tes parents pour qu'on les épargne ?

Cí tira sur les chaînes jusqu'à presque s'étrangler tandis que Feng jouissait de son désespoir.

— Tu es pathétique, dit Feng en riant. Me considères-tu vraiment assez bête pour te permettre de me détruire ? Je peux te torturer jusqu'à la mort, personne ne te viendra en aide.

— Et qu'attendez-vous ? Allez-y ! Je le veux, parvint-il à articuler.

— Pour qu'on me juge ensuite ? (De nouveau il rit.) J'oubliais combien tu es malin… (Il secoua la tête.) Sentinelle ! hurla-t-il.

Le garde qui entra brandissait une tige de bambou dans une main et des tenailles dans l'autre.

— Je te répète que je ne suis pas stupide. Sais-tu ? Il arrive que les prisonniers perdent leur langue, et ensuite il leur est impossible de se défendre, ajouta Feng en quittant la cellule.

*

Le premier coup de bâton fit se plier Cí suffisamment pour que le deuxième coup craque dans son dos. Le bourreau sourit et retroussa ses manches tandis que Cí cherchait à se protéger, sachant que le sbire ferait le nécessaire pour gagner sa journée. Il avait assisté à ce genre de choses en d'autres occasions. Il savait qu'il commencerait par le frapper jusqu'à l'épuisement. Il l'obligerait ensuite à signer le document de confession et, l'ayant obtenu, il lui arracherait les ongles, lui briserait les doigts et lui couperait la langue afin de s'assurer de son silence. Il pensa à ses parents et à l'horrible mort qui l'attendait. Imaginer qu'il ne pourrait les venger le désespéra.

Les coups suivants augmentèrent son impuissance, d'autant que le chiffon qu'il lui avait enfoncé dans la bouche l'empêchait de respirer. Sa vue commença lentement à se brouiller, faisant que l'image de ses parents devînt plus palpable. Quand, dans un murmure, les spectres qui flottaient devant lui l'incitèrent à lutter, il pensa qu'il agonisait et le goût ferreux de son propre sang le lui confirma. Il sentit ses forces l'abandonner. Il pensa se laisser mourir pour en finir avec une torture inutile, mais l'esprit de son père le poussa à résister. Un

nouveau coup le fit se ramasser au milieu de la carapace de chaînes qui l'écrasaient. Ses muscles se tendirent. Il devait arrêter la torture avant que le bourreau
lui assénât le coup fatal. Il aspira par le nez un mélange
liquide d'air et de sang qu'il cracha avec violence dès
qu'il atteignit ses poumons. Le chiffon fut expulsé de
sa bouche, lui permettant enfin de parler.

— J'avouerai, marmotta-t-il.

Ses mots n'empêchèrent pas le bourreau d'appliquer
avec rage un dernier coup, comme si cette brusque décision venait de le priver d'une distraction légitime. Une
fois satisfait, le gardien retira les chaînes qui retenaient
ses poignets et approcha de lui le document de confession. Cí prit le pinceau entre ses mains tremblantes et
écrivit quelque chose qui ressemblait vaguement à son
paraphe. Puis le pinceau lui glissa des doigts, laissant
une traînée de sang et d'encre sur le document. Le
bourreau l'examina d'un air dégoûté.

— Il fera l'affaire, affirma-t-il. (Il le remit à un gardien pour qu'il le fasse parvenir à Feng, puis saisit les
tenailles.) Voyons ces doigts maintenant.

Cí ne put résister. Ses mains inertes semblaient déjà
appartenir à un cadavre. Le bourreau saisit son poignet
droit et emprisonna l'ongle du pouce dans les tenailles.
Puis il serra avec force et tira dessus pour l'arracher,
mais Cí s'altéra à peine, ce qui provoqua une grimace
de contrariété chez le bourreau. L'homme prépara de
nouveau les pinces et s'apprêta à répéter l'opération
sur l'ongle suivant, mais au lieu de tirer dessus, il le
détacha en le soulevant vers le haut. Cí se contenta de
protester.

Contrarié par la passivité du prisonnier, le bourreau hocha la tête.

— Puisque tu n'utilises pas ta langue pour te plaindre, il vaut mieux que nous t'en débarrassions, grogna-t-il.

Cí s'agita. Les chaînes le retenaient, mais l'esprit de son père l'aiguillonna.

— Tu as… tu as déjà arraché une langue ? parvint-il à articuler.

Le bourreau le regarda avec ses petits yeux de cochon.

— Tu parles, maintenant ?

Cí tenta d'ébaucher un sourire, mais il ne parvint qu'à cracher une glaire sanguinolente.

— En le faisant, tu m'arracheras aussi les veines. Alors je perdrai tout mon sang et tu ne pourras m'empêcher de mourir. (Il garda le silence.) Sais-tu ce qui arrive à ceux qui tuent un prisonnier avant qu'il soit condamné ?

— Épargne-toi tes discours, grogna-t-il, mais il lâcha les pinces. – Le bourreau savait que dans ces cas-là, les responsables de la mort étaient immédiatement exécutés.

— Tu es tellement bête que tu ne te rends pas compte, murmura Cí. Pourquoi crois-tu que Feng est parti ? Il sait ce qui va m'arriver et ne veut pas être accusé de la faute.

— Je t'ai dit de te taire ! – Il lui expédia un coup de poing dans l'estomac. Cí se plia en deux.

— Où sont les médecins qui doivent étancher la blessure ? poursuivit-il dans un filet de voix. Si tu obéis à Feng, je mourrai vidé de mon sang. Ensuite, il niera…

il niera t'en avoir donné l'ordre. Il dira que c'est toi qui l'as décidé et tu auras signé ton arrêt de mort...

Le bourreau hésita, comme s'il retrouvait enfin ses esprits. Tout ce que disait Cí était vrai. Et il n'avait pas de témoins pour se porter garant de son innocence.

— Si j'obéis pas, je... – De nouveau il serra la pince.

— Il vaudrait mieux que tu arrêtes tout de suite ! hurla une voix de l'extérieur.

Cí et le bourreau se tournèrent à l'unisson. De l'autre côté de la porte, l'officier Bo, accompagné de deux gardes, ordonna au bourreau de s'écarter.

Cí ne comprit pas ce qui arrivait. Tout ce qu'il perçut, c'est qu'on le tirait et le soulevait pour essayer de le faire tenir sur ses jambes. Bo s'empara d'un petit flacon de sels, de ceux utilisés pour ranimer les torturés, et le lui fit renifler.

— Allons ! Dépêche-toi. Le procès va commencer, le pressa-t-il.

En chemin, Bo informa Cí du résultat de ses recherches, mais celui-ci l'entendit à peine. Son cerveau était celui d'un prédateur dont la seule proie serait la jugulaire de Feng. Mais alors qu'ils approchaient de la Salle des Litiges, il se mit à prêter attention aux découvertes de l'officier. Avant d'entrer, Bo essuya le visage de Cí et lui remit des vêtements propres.

— Sois prudent et tente de feindre la fermeté. Souviens-toi qu'accuser un officier de la Cour revient à accuser Ningzong lui-même, le pressa-t-il.

Lorsque les deux soldats eurent prosterné Cí devant le trône, l'empereur lui-même laissa échapper un murmure de stupeur. Le visage de Cí était un morceau de chair meurtrie dans lequel les yeux cherchaient à trouver un trou au milieu de l'inflammation. Un rictus de crainte apparut sur le visage de Feng. Bo se plaça à quelques pas de Cí, sans se défaire du sac de cuir qu'il portait en bandoulière. Aussitôt, l'empereur indiqua à un subalterne de frapper le gong pour annoncer la reprise de la séance.

Feng fut le premier à prendre la parole. Il portait son ancienne toge de juge et la toque qui lui revenait en tant que magistrat chargé de l'accusation. La bête avait décidé de sortir ses griffes. Il s'approcha de Cí et commença.

— Peut-être, en certaine occasion, l'un de vous s'est-il senti frappé par la déception due à un associé sans scrupules qui vous conduit à la ruine, la trahison d'une femme qui vous abandonne pour un prétendant plus fortuné ou la désillusion d'un poste injustement attribué à un autre. (Feng s'adressait à l'auditoire avec de grands effets de manches.) Mais je vous assure qu'aucune de ces situations ne peut être comparée à la souffrance et à l'amertume qui envahissent mon cœur à cet instant.

« Prosterné devant l'empereur, présentant un aspect tremblant et une affliction simulée, comparaît le pire des imposteurs, le plus ingrat et le plus insidieux des êtres humains. Un accusé qu'hier encore j'accueillais dans mon foyer et considérais comme mon fils. Un garçon que j'ai éduqué, nourri et aidé comme un chiot. Un jeune homme dans lequel j'ai déposé l'illusion d'un pauvre père sans descendance. Mais aujourd'hui, pour mon inconsolable infortune, j'ai pu vérifier que sous cette trompeuse peau d'agneau se cache la bête nuisible

684

la plus perverse, la plus traîtresse et la plus meurtrière qu'il se puisse imaginer.

« Les preuves étant connues, je me vois obligé d'assumer mon malheur, de le répudier, de diriger ma colère contre lui et d'appuyer l'accusation d'Astuce Grise. Avec toute la douleur de mon cœur, j'ai dû répandre son sang pour obtenir la confession de ses crimes. De la bouche de celui dont je pensais qu'il hériterait de mon honneur et de tous mes biens... j'ai entendu les mots les plus douloureux qu'un père puisse entendre. (Il prit le document de confession et l'exhiba devant l'empereur.) Par malheur, le dieu de la fortune a voulu nous priver du spectacle de ses mensonges, car il a permis que l'accusé, dans une démonstration de lâcheté, se morde la langue au point de se l'arracher. Un fait qui ne m'empêchera pourtant pas d'implorer la justice dont cet être méprisable m'a dépouillé par son déshonneur.

L'empereur lut avec attention le contenu de l'attestation dans laquelle Cí se reconnaissait l'auteur du crime et exposait le mobile qui l'avait poussé à le commettre. Il haussa les sourcils et la transmit à l'officier de justice qui enregistrait toutes les déclarations. Puis il se leva et s'adressa à l'accusé avec la moue de celui qu'un excrément a souillé.

— Ayant vu le document de confession et étant donné que le prisonnier n'est pas capable d'énoncer une dernière plaidoirie, je me vois dans l'obligation de me prononcer...

— Cette signature n'est pas la mienne..., l'interrompit Cí après avoir expulsé un crachat sanguinolent.

Un murmure de surprise se répandit dans la salle. Feng se redressa, tremblant.

— Cette signature n'est pas la mienne ! répéta-t-il, tenant à peine sur ses genoux.

Feng recula comme s'il entendait un fantôme.

— Majesté ! L'accusé a déjà avoué ! brama-t-il.

— Taisez-vous ! rugit Ningzong. (Il garda le silence, semblant réfléchir à sa décision.) Peut-être a-t-il vraiment ratifié ce document… Ou peut-être pas. En outre, tout accusé a droit à une dernière défense.

Il se rassit et, le visage sévère, donna la parole à Cí.

Cí rendit hommage à l'empereur.

— Honorable souverain. (Il toussa violemment. Bo voulut l'aider, mais un garde l'en empêcha. Cí reprit son souffle et continua.) Devant toutes les personnes présentes, je dois avouer ma faute. Une faute qui ronge mes entrailles. (Un autre murmure résonna dans la pièce.) L'ambition… Oui. L'ambition m'a aveuglé au point de faire de moi un stupide ignorant, incapable de distinguer la vérité du mensonge. Et cette stupidité m'a conduit à remettre mon cœur et mes rêves entre les mains d'un homme qui incarne comme personne l'hypocrisie et la noirceur ; un reptile qui a fait de la trahison l'art de sa vie, entraînant avec elle la mort des autres ; un homme que j'ai un jour considéré comme mon père et dont je sais aujourd'hui qu'il est un criminel. – Il regarda Feng.

— Retiens ta langue ! l'avertit l'officier de justice. Tout ce que tu dis contre un serviteur impérial, tu le dis contre son empereur !

— Je le sais. (De nouveau il toussa.) Et j'en connais les conséquences, le défia-t-il.

— Mais Majesté ! Est-ce que vous allez l'écouter ? cria Feng. Mensonge et calomnie pour sauver sa peau…

L'empereur plissa les lèvres.

— Feng dit vrai. Soit tu démontres tes accusations, soit j'ordonnerai sur-le-champ ton exécution.

— J'affirme à Votre Majesté qu'il n'est rien au monde que je désire avec plus de ferveur. (Le visage de Cí exprimait sa détermination.) C'est pourquoi je vous prouverai que c'est moi, et non Astuce Grise, qui ai découvert que la mort de Khan a obéi à un assassinat, que c'est moi qui l'ai révélé à Feng et que ce dernier, au lieu de le transmettre à Votre Altesse, a rompu sa promesse en le confessant à Astuce Grise.

— J'attends, le pressa Ningzong.

— Alors, consentez que je formule une question à Votre Majesté. (Il attendit sa permission.) Je suppose qu'Astuce Grise vous aura révélé les détails singuliers qui l'ont conduit à sa merveilleuse conclusion…

— En effet. Il me les a révélés, affirma l'empereur.

— Des détails si curieux, si précis et si cachés qu'aucun autre juge ne les avait observés auparavant…

— C'est exact.

— Des faits qui n'ont pas été révélés ici…

— Tu mets ma patience à bout !

— Dans ce cas, Majesté, éclairez-moi : comment est-il possible que je les connaisse aussi ? Comment est-il possible que je sache que Khan a été obligé de rédiger une fausse confession, qu'il a été drogué, dénudé et, toujours en vie, pendu par deux personnes qui ont déplacé un gros coffre ?

— Mais quelle sorte d'idiotie est-ce là ? intervint Feng. Il le sait parce que c'est lui-même qui l'a préparé.

— Je vais vous démontrer que non ! (Cí planta son regard sur Feng, qui ne put éviter une grimace de crainte.) Honorable souverain… (Il se tourna vers Ningzong.) Astuce Grise vous a-t-il parlé du curieux détail de la vibration de la corde ? Vous a-t-il expliqué que Khan, drogué comme il l'était, ne s'est pas agité au moment où il fut pendu ? Vous a-t-il expliqué dans le détail que la trace laissée par la corde sur la poussière de la poutre était nette, sans marques d'agitation ?

— Oui. C'est exact. Mais je ne vois pas la révélation…

— Permettez-moi une dernière question. La corde est-elle toujours attachée à la poutre ?

L'empereur consulta Astuce Grise qui le lui confirma.

— Dans ce cas vous pourrez vérifier qu'Astuce Grise ment. La trace qu'il vous a signalée n'existe pas. Je l'ai effacée par mégarde en vérifiant le mouvement de la corde, si bien qu'elle n'a jamais pu être découverte par Astuce Grise. Il n'en avait connaissance que parce que Feng le lui a raconté, l'homme à qui je l'avais moi-même confié.

Ningzong adressa un regard inquisiteur à l'accusation. Astuce Grise baissa la tête, mais Feng réagit.

— Tentative rusée, bien que prévisible, sourit Feng. Même le plus simple des esprits peut comprendre qu'en détachant le cadavre, les secousses provoqueraient l'effacement auquel tu fais allusion. Par la barbe de Confucius, Majesté ! Jusqu'à quand devrons-nous supporter les bêtises de cet imposteur ?

L'empereur lissa ses fines moustaches tandis qu'il jetait de nouveau un coup d'œil à la déclaration de culpabilité. Le procès s'enlisait. Il ordonna au copiste de se préparer et il se leva pour édicter la sentence, mais Cí le devança.

— J'implore de vous une dernière faveur ! Si elle ne vous satisfait pas, je vous assure que je me transpercerai moi-même le cœur.

Ningzong hésita. Il y avait un moment que l'incertitude se lisait sur son visage. Il fronça les sourcils avant de chercher du regard le conseil de Bo. Celui-ci acquiesça.

— La dernière, autorisa-t-il finalement avant de retourner s'asseoir.

Cí s'essuya une trace de sang avec sa manche. C'était sa dernière chance. Il fit un geste à Bo, qui lui tendit aussitôt le sac qu'il avait gardé depuis les oubliettes.

— Majesté (Cí leva le sac devant l'empereur), à l'intérieur de ce sac se trouve la preuve qui non seulement confirme mon innocence, mais qui de plus dévoile le visage caché d'une terrible machination. Une trame mise en place par une ambition insensée et impitoyable, celle d'un homme disposé à tuer grâce à une atroce découverte : l'arme la plus mortifère jamais conçue par l'homme. Un canon si maniable qu'il peut être utilisé sans appui. Si léger qu'on peut le transporter caché sous les vêtements. Et si mortel qu'il peut tuer plusieurs fois à distance, sans erreur possible.

— Quelle stupidité est-ce là ? Allons-nous à présent parler de sorcellerie ? hurla Feng.

Pour toute réponse, Cí plongea le bras dans le sac et en tira un sceptre de bronze. En le voyant, Ningzong fut surpris et Feng pâlit.

— Dans les ruines de l'atelier du fabricant de bronzes, j'ai découvert les restes d'un singulier moule en terre cuite, lequel, une fois réparé, fut volé dans ma chambre. Heureusement, j'avais pris la précaution d'en réaliser auparavant une copie en plâtre que j'ai cachée à l'Académie Ming, expliqua Cí. Lorsque Feng eut connaissance de son existence, il me suggéra de lui en confier la garde, requête à laquelle j'ai naïvement accédé. Par chance, j'ai découvert sa tromperie juste avant de lui remettre l'autorisation et j'ai changé le billet pour un autre dans lequel je spécifiais au dépositaire de lui donner la copie en plâtre... mais pas la réplique que je lui avais ordonné de faire exécuter. (Il dirigea son regard vers le juge, puis se tourna vers Ningzong.) Feng a détruit la pièce qui l'inculpait ; car il ne savait pas qu'en remettant le modèle de plâtre à l'académie j'avais non seulement recommandé qu'on le garde, mais également ordonné au serviteur de Ming, en lui laissant la somme nécessaire, d'en faire faire une réplique en bronze semblable à l'arme originelle. (Il leva l'instrument avec détermination.) C'est cette arme que vous pouvez à présent contempler.

Intrigué, l'empereur observa le canon portatif.

— Et quel rapport cet engin étrange a-t-il avec les assassinats ? demanda Ningzong.

— Dans cet engin, comme l'appelle Votre Majesté, réside la cause de tous les meurtres. (Il demanda à l'officier de justice l'autorisation de le remettre à l'empereur qui, le tenant dans ses mains, l'examina avec méfiance.) À seule fin de s'enrichir, Feng a dessiné et construit cet instrument pervers, une arme redoutable dont il était prêt à vendre les secrets aux Jin. Pour financer sa fabrication, il a détourné des fonds provenant du commerce du sel, poursuivit Cí. L'eunuque Doux Dauphin était un travailleur honnête, chargé du contrôle et de la gestion des commandes de sel. Lorsqu'il a découvert les détournements pratiqués par Feng, celui-ci a tenté de le corrompre et, n'y parvenant pas, il l'a éliminé.

— C'est une calomnie ! cria Feng.

— Silence ! le fit taire l'officier de justice. Continue, ordonna-t-il à Cí.

— Doux Dauphin n'a pas seulement découvert les malversations qu'avait déjà observées mon père, mais il a en outre constaté que les quantités d'argent détournées étaient destinées à acquérir des stocks de sel blanc, un produit coûteux, difficile à élaborer et principalement destiné à la fabrication de poudre militaire. Il a en outre établi l'existence de paiements importants versés à trois personnes qui ont finalement été assassinées : un obscur alchimiste, un fabricant de bronzes et l'artificier d'un atelier. Ayant gelé les comptes, il a interrompu l'approvisionnement de Feng. – Il montra le rapport que venait de lui remettre Bo.

« Mais Doux Dauphin n'a pas été la première victime. Ce triste honneur est revenu à l'alchimiste que je viens de mentionner, un moine taoïste du nom de Yu, dont les doigts rongés par le sel, les ongles imprégnés de charbon et un minuscule yin-yang tatoué sur le pouce ont établi ce qui le reliait à la manipulation des composants de la poudre. Lorsque Feng n'a pu assumer les paiements engagés, le vieil alchimiste s'est rebellé. Ils se sont disputés, le moine a menacé Feng et celui-ci l'a tué avec l'arme sur laquelle il avait travaillé. – Il se tourna vers Feng, le défiant du regard.

« La balle a pénétré dans la poitrine, elle a brisé une côte puis est ressortie par-derrière, restant logée dans un objet en bois. Pour éviter tout indice qui puisse l'incriminer, Feng a non seulement récupéré la balle, mais il a de surcroît camouflé sur le défunt le trou caractéristique laissé par le projectile en creusant dans la blessure de la poitrine de façon à la faire apparaître comme le produit d'un rituel macabre.

« Le lendemain, ce fut le tour de l'artificier, un jeune homme que j'ai réussi à identifier grâce aux étranges cicatrices provoquées par une ancienne explosion et que Feng a assassiné, pour les mêmes motifs, d'un coup de poignard dans le cœur. Bo m'a confirmé que ces ouvriers travaillent avec une protection oculaire en cristal, raison pour laquelle les cicatrices qui couvraient son visage n'apparaissaient pas au niveau des yeux. Après l'avoir tué, Feng a creusé la blessure de sa poitrine de façon à la rendre semblable à celle qu'il avait pratiquée la veille sur l'alchimiste pour simuler le même genre de crime rituel.

« En ce qui concerne Doux Dauphin, Feng a agi de manière différente. Comme il s'agissait de quelqu'un dont la disparition éveillerait forcément des soupçons, il a d'abord essayé de le corrompre. Connaissant la passion que l'eunuque avait pour les antiquités, il a tenté d'acheter son silence avec une ancienne poésie calligraphiée d'une valeur inestimable. Au début, Doux Dauphin a accepté, mais plus tard, en apprenant l'ampleur de ses véritables prétentions, il a refusé de le couvrir. Alors, malgré le risque qu'impliquait son assassinat, mais sachant que la dénonciation de l'eunuque entraînerait une enquête accusatoire, il l'a poignardé puis mutilé, creusant la blessure qui assimilerait son cas à celui des autres assassinés.

« Enfin, il a tué le fabricant de bronzes, l'homme qui avait fabriqué le canon portatif. Il a fait cela après la réception des Jin, dans vos propres jardins, comme le démontre le type de terre qui est apparu sous les ongles du cadavre. Il l'a poignardé, puis, avec l'aide d'un complice, il l'a traîné jusqu'à son palanquin ; après l'avoir décapité, il a abandonné le corps de l'autre côté de la muraille.

« Ainsi donc, Feng a prémédité tous ces crimes et exécuté chacune de ses victimes, il les a décapitées et défigurées pour rendre leur identification impossible, pratiquant sur elles d'étranges blessures dans la poitrine afin de simuler l'intervention d'une secte criminelle.

L'empereur se caressa le menton à plusieurs reprises.

— Si je comprends bien, d'après toi, ce petit engin a un immense pouvoir de destruction…

— Imaginez que chaque soldat en ait un. Le plus grand pouvoir qu'un esprit humain ait jamais conçu.

*

Lorsque l'empereur autorisa Feng à répondre, celui-ci s'avança en tremblant de façon perceptible. Sa face, livide de colère, paraissait plus redoutable que l'arme qui l'accusait. Il chercha le visage de Cí et le montra.

— Majesté ! J'exige que le prisonnier soit immédiatement châtié pour des accusations qui vous éclaboussent directement ! Jamais dans ce tribunal on n'a entendu pareil irrespect ! C'est une provocation qu'aucun de vos prédécesseurs sur le trône n'aurait acceptée.

— Laissez reposer les morts et surveillez votre impertinence ! trancha Ningzong.

De livide, Feng devint écarlate.

— Altesse impériale, l'insolent qui se fait appeler lecteur de cadavres n'est en réalité qu'un maître du mensonge. Il prétend accuser celui qui vous a servi avec courage, déguisant et troublant la vérité à seule fin d'éviter sa condamnation. Sur quoi fonde-t-il son accusation ? Où sont les preuves ? Ses paroles sont des feux d'artifice, aussi volatiles que la poudre imaginaire dont il parle. Où a-t-on vu semblable fourberie ? Des canons portatifs ? Tout ce que je vois, moi, c'est une flûte en bronze. Et que tirent-ils ? Des grains de riz ou des noyaux de pruneaux ? – Il se tourna vers Cí.

L'empereur ferma à demi les paupières.

— Calmez-vous, Feng. Sans que cela permette de considérer votre culpabilité, les paroles de l'accusé ne paraissent pas dénuées de fondement, indiqua Ning-zong. Je me demande pour quelle autre raison que la vérité il voudrait vous accuser.

— Vous vous le demandez ? Par mépris ! (Il haussa tellement la voix qu'elle se brisa.) Bien qu'il n'ait pas été dans mon intention de le dévoiler en public, il y a quelque temps, le père de Cí a travaillé pour moi. Engeance du même acabit ! J'ai découvert qu'il falsifiait les comptes de mes transactions à son profit et me suis vu obligé de le renvoyer. Par affection pour son fils, que j'aimais comme le mien, j'ai caché la faute de son géniteur, mais quand l'accusé l'a découvert, il est devenu fou et il m'a rendu coupable de son malheur.

« En ce qui concerne les crimes, selon moi il n'y a pas de doute possible : Khan a assassiné ces malheureux, Cí s'est trouvé incapable de résoudre l'affaire et, mû par l'ambition, il a simulé le suicide du conseiller pour obtenir les faveurs promises. C'est aussi simple que ça. Quant à tout le reste, ce n'est que le fruit de son imagination perturbée.

— Le canon portatif est aussi une de mes inventions ? hurla Cí.

— Taisez-vous, ordonna Ningzong.

Empoignant l'arme avec rage, l'empereur se leva, dit quelque chose à l'oreille de ses conseillers et fit un signe à Bo qui s'empressa de venir se prosterner à ses pieds. Après lui avoir permis de se relever, Ningzong ordonna à Bo de l'accompagner dans un bureau contigu. Ils en ressortirent tous deux au bout d'un moment. Lorsque Bo s'approcha de lui, Cí remarqua l'inquiétude qui ravageait son visage.

— Il m'a demandé de te parler, lui murmura-t-il à l'oreille.

Cí fut surpris de sentir l'officier le saisir par le bras et, avec l'assentiment de Ningzong, l'entraîner vers le bureau où ils avaient délibéré quelques instants plus tôt. Dès qu'il eut fermé la porte, Bo détourna le regard et se mordit les lèvres.

— Que se passe-t-il ?

— L'empereur te croit, dit l'officier.

— Oui ? (Cí poussa un cri de joie.) C'est magnifique ! Ce bâtard va enfin recevoir ce qu'il mérite et moi... ! (Il s'interrompit en voyant la moue circonspecte de l'officier.) Pourquoi cette tête ? Quelque chose ne va pas ? Vous venez de me dire que l'empereur me croit...

— C'est exact. – Bo fut incapable de soutenir son regard.

— Alors... ? Il ne croit pas à mon innocence ?

— Malédiction ! Je t'ai déjà dit que oui !

— Dans ce cas, par tous les démons, voulez-vous bien m'expliquer ce qui se passe ? (Il le saisit par le plastron tandis que Bo, sans forces, se laissait secouer comme une poupée de chiffon. Cí comprit son propre égarement et le lâcha.) Pardon. Je... – Il remit maladroitement sa chemise en ordre.

Bo parvint à lever les yeux.

— L'empereur souhaite que tu te déclares coupable, parvint-il à articuler dans un filet de voix.

— Comment ça ?

— C'est ce qu'il désire. Nous n'y pouvons rien...

— Mais... ? Mais pourquoi... ? Comment ça, c'est ce qu'il désire ? Pourquoi moi et pas Feng... ? balbutia-t-il en avançant et reculant, incapable de comprendre.

— Si tu acceptes et signes ta culpabilité, l'empereur te garantit un exil dans une province sûre, dit-il sans conviction. Il sera généreux avec toi. Tu ne seras ni marqué ni frappé. Il t'accordera une somme suffisante pour que tu t'établisses, et par contrat t'attribuera une propriété à ton nom que tu pourras léguer à tes héritiers. Il est également disposé à t'assigner une rente annuelle qui te mettra à l'abri de tout besoin matériel. C'est une offre très généreuse, conclut-il.

— Et Feng ? répéta Cí.

— Il m'a assuré qu'il se chargera personnellement de lui.

— Mais que signifie tout cela ? Vous êtes d'accord avec lui ? C'est ça ? Vous aussi vous complotez. – Cí recula, chancelant.

— Je t'en prie, Cí ! Calme-toi ! Je ne fais que te transmettre...

696

— Que je me calme ? Mais vous savez ce que vous me demandez ? J'ai perdu tout ce que j'avais : ma famille, mes rêves, mon honneur... Et vous voulez maintenant que je perde aussi ma dignité ? (Il s'approcha de lui jusqu'à frôler son visage.) Non, Bo ! Je ne vais pas renoncer à la seule chose qui me reste. Je me fiche de ce qui m'arrivera, mais je ne permettrai pas que le nom du bâtard qui a tué mon père reste impuni tandis que celui de ma famille s'enfoncera dans l'opprobre.

— Par l'honorable Confucius, Cí ! Tu ne te rends donc pas compte ? Il ne s'agit pas d'une requête. L'empereur ne peut consentir à un tel scandale. S'il le faisait, son autorité serait remise en question. Parmi ses détracteurs, il en est déjà qui le jugent faible de caractère. S'il laisse entrevoir que le désordre et la trahison règnent à la Cour, qu'il n'est pas capable de gouverner ses propres officiers, quelles seront ses armes face à ses adversaires ? Ningzong a besoin de démontrer qu'il a la capacité de diriger la nation avec toute la fermeté qu'exige la menace des Jin. Il ne peut admettre que ses conseillers soient assassinés par ses propres juges.

— Eh bien qu'il démontre sa fermeté en faisant justice ! hurla-t-il.

— Malédiction ! Cí, si tu refuses, l'empereur te jugera sans pitié, il te déclarera également coupable et alors tu affronteras sa colère. Il t'exécutera ou t'enverra dans une mine de sel et tu finiras tes jours enterré vivant. Pense à ton père. Il voudrait le meilleur pour toi. Si tu acceptes, tu auras une propriété, une rente, une vie tranquille et sûre loin d'ici. Avec le temps, il te réhabilitera et te permettra d'accéder à la judicature. Que peux-tu demander de plus ? Et quelle autre alter-

native as-tu ? Si tu sors et t'opposes à eux, ils t'écrase-
ront. Tu as signé ta confession, même si ce n'est qu'un
gribouillage. As-tu bien écouté tes plaidoiries ? Tes
preuves sont seulement circonstancielles. Tu n'as rien
contre Feng. Uniquement des soupçons…

Cí chercha dans les yeux de Bo le reflet de ses
propres sentiments, mais il ne le trouva pas.

— Reprends-toi, le supplia Bo. Non seulement c'est
le mieux, mais c'est la seule chose que tu puisses faire.

Cí sentit la main de Bo sur son épaule. Son poids
était celui de la sincérité. Il pensa à ses rêves, à ses
études, au désir de devenir le meilleur des juges
légistes. Il se souvint que cela aussi avait été le rêve de
son père… Il baissa la tête, résigné. Bo l'encouragea.

*

À peine sorti du bureau, Cí s'achemina lentement
vers le trône.

Il le fit tête basse, en traînant les pieds, comme s'il
tirait le cep d'un condamné. Une fois auprès de l'empereur, il se laissa tomber à genoux et frappa le sol de
son front. Derrière lui, Bo fit un signe affirmatif de la
tête, confirmant l'accord à l'empereur. Dès qu'il l'eut
vu, Ningzong ébaucha une moue de satisfaction qu'il
accompagna d'un signe à l'adresse de son scribe afin
qu'il préparât l'acte définitif. Lorsque Cí l'aurait signé,
le procès serait clos.

Une fois qu'il eut fini de le rédiger, un greffier procéda à sa lecture. La culpabilité de Cí y était accré-
ditée, toutes les accusations portées contre Feng étant
rejetées. Le fonctionnaire lut le document lentement,

sous le regard attentif de l'empereur. Lorsqu'il eut terminé, il le remit à Cí pour qu'il le signe. Les mains tremblantes, Cí saisit l'acte de confession. L'encre était encore fraîche sur le papier, comme offrant la possibilité d'une rectification. Il prit le pinceau entre ses doigts tremblants, mais ne fut pas capable de le retenir et il tomba à terre, laissant une tache noire sur l'impeccable tapis rouge. Cí s'excusa de sa maladresse, il ramassa le pinceau et médita un instant sur un acte de confession qui ne laissait aucun doute : en effet, le document le désignait comme le seul coupable, sans aucune mention de l'implication de Feng.

Il se remémora les arguments de Bo en se demandant si c'était vraiment ce que son père aurait voulu pour lui. Il pouvait à peine réfléchir. Il serra le pinceau et le mouilla sur la pierre d'encre. Puis, lentement, il commença à calligraphier les signes de son nom. Le pinceau glissa en titubant, comme tenu par la main d'un vieillard sans vie. Toutefois, quand vint le tour du nom de son père, quelque chose en lui l'arrêta. Ce ne fut qu'un instant. Le temps de lever les yeux et de voir le sourire triomphant de Feng. Alors apparurent dans son esprit les cadavres de ses parents enterrés sous les décombres, leurs corps défaits, le martyre de son frère et l'agonie de Troisième. Il ne pouvait les trahir. Il ne pouvait les laisser ainsi. Il regarda Feng le temps suffisant pour obtenir que son visage dessine une moue d'inquiétude. Puis il prit le document et le déchira en mille morceaux, jetant toute l'encre sur le tapis.

*

La colère de Ningzong ne se fit pas attendre. Immédiatement, il ordonna qu'on menottât le reclus et qu'on lui donnât dix coups de bâton pour son impertinence, annonçant qu'il rendrait ensuite son verdict. Mais cela n'empêcha pas Cí de réclamer son dernier plaidoyer. Il savait qu'une telle prérogative lui revenait de droit, et aussi que l'empereur, devant toute la Cour, n'oserait pas rompre un rituel établi depuis des siècles. En l'entendant, Ningzong se mordit la langue, mais il accepta tout de même.

— Jusqu'à ce que s'épuise la clepsydre ! marmotta-t-il, et il ordonna qu'on déclenchât le mécanisme hydraulique qui réglerait le temps de l'intervention.

Cí prit une grande respiration. Feng attendait, l'air provocant, mais le rictus de crainte restait figé sur son visage. L'eau commença à s'écouler.

— Majesté, il y a plus d'un siècle, votre vénérable arrière-grand-père s'est laissé influencer par des conseils tendancieux qui ont conduit à la condamnation du général Yue Fei, un homme innocent dont le courage et la loyauté envers notre nation sont aujourd'hui un exemple et un modèle dans toutes nos salles de classe. Cet abominable verdict reste de nos jours l'un des faits les plus ignominieux de notre heureuse histoire. Yue Fei a été exécuté, et bien que votre père l'ait ultérieurement réhabilité, le tort qu'il a causé à sa famille n'a jamais été suffisamment réparé. (Il fit une pause et chercha le visage d'Iris Bleu.) Je ne prétends pas me comparer à une figure comme celle de notre cher général… Mais j'ose cependant vous réclamer justice. Moi aussi j'ai un père qui a été déshonoré. Vous exigez de moi que j'assume la culpabilité de crimes dont non seulement je ne suis pas responsable, mais pour lesquels j'ai remué tout ce que je sais pour tenter de les élucider. Et je peux démontrer que tout ce que j'affirme est vrai.

— C'est ce que tu dis depuis le début du procès. – D'un geste impatient, Ningzong indiqua la clepsydre qui marquait le temps.

— Permettez-moi donc de vous montrer le terrible pouvoir de cette arme. (Il leva les mains, demandant qu'on le libérât.) Pensez à ce qui arriverait si une invention aussi mortelle tombait entre des mains ennemies.

Cí attendit que son invocation fît son œuvre dans l'esprit de Ningzong. L'empereur marmonna quelque chose tandis qu'il soupesait le canon portatif. Il regarda ses conseillers. Puis il se tourna vers Cí.

— Détachez-le ! grogna-t-il.

Le garde qui venait de libérer Cí s'interposa devant lui lorsqu'il comprit son intention de s'approcher de l'empereur, mais Ningzong l'y autorisa d'un signe. Cí s'avança en titubant, couvert de sang séché et l'estomac noué par la peur. À la hauteur du trône, il s'agenouilla. Puis il se redressa comme il put et tendit la main. L'empereur y déposa le petit canon.

Devant le souverain, Cí sortit de sa chemise la petite pierre sphérique et la bourse contenant la poudre noire qu'il avait dérobées dans le bureau de Feng.

— Le projectile que j'ai dans mes mains est celui qui a mis fin à la vie de l'alchimiste. Vous voyez qu'il n'est pas complètement sphérique, car en un point de sa surface vous pouvez constater qu'un minuscule éclat a sauté. Cette fracture s'est produite lorsque le projectile a heurté une vertèbre de l'alchimiste et elle coïncide avec l'éclat que j'ai découvert en introduisant une pique pour vérifier la trajectoire de la blessure.

Sans un mot, imitant ce qu'il avait lu dans les traités sur les canons conventionnels, il versa le contenu de la bourse dans la bouche de feu ; s'aidant du manche d'un pinceau, il pressa la poudre et introduisit la balle. Puis il arracha un morceau de sa chemise qu'il tordit de façon à confectionner une sorte de mèche, qu'il enfila dans un petit orifice pratiqué sur le côté de l'engin. Cela fait, il tendit le canon à Ningzong.

— Voilà ! Il ne reste plus qu'à allumer la mèche et viser...

L'empereur contempla l'arme comme s'il se trouvait en présence d'un miracle. Ses petits yeux brillaient de perplexité.

— Majesté ! l'interrompit Feng. Jusqu'à quand devrai-je supporter cette infamie ? Tout ce qui sort de la bouche de ce fourbe n'est que mensonge...

— Mensonge ? (Cí se retourna.) Dans ce cas, expliquez comment il est possible que les restes du moule que vous m'avez volé, la poudre militaire et la balle qui a tué l'alchimiste aient été cachés dans un tiroir de votre bureau, cria Cí en se tournant vers l'empereur. Car c'est là que je les ai trouvés et que vos hommes, si vous le leur ordonnez, trouveront d'autres projectiles.

Feng garda le silence devant le regard victorieux de Cí. Il serra les dents et s'approcha lentement du trône de l'empereur.

— Si tu les as sortis de mon bureau, tu as aussi bien pu les y mettre.

702

Cí resta muet. Il était certain que Feng s'effondrerait, mais il paraissait plus ferme que jamais. Il sentit ses jambes flageoler. Il avala sa salive tout en cherchant une porte de sortie.

— Très bien. Dans ce cas répondez à ma question, dit enfin Cí. Le conseiller Khan a été assassiné dans la cinquième lune du mois, une nuit au cours de laquelle, d'après ce que vous avez déclaré, vous vous trouviez hors de la ville. Cependant, Bo a constaté qu'une sentinelle vous avait reconnu alors que vous accédiez au palais, la veille au soir. (Il désigna Bo, qui confirma.) Vous aviez donc le mobile, vous aviez les moyens… et d'après ce que nous savons aussi maintenant, malgré vos mensonges, vous aviez aussi l'occasion.

— Est-ce vrai ? lui demanda Ningzong.

— Non ! Ça ne l'est pas ! hurla Feng comme un volcan sur le point d'entrer en éruption.

— Vous pouvez le certifier ? le pressa l'empereur.

— Bien sûr, souffla-t-il, et il lança à Cí un regard chargé de tension. Cette nuit-là, je l'ai passée chez moi, auprès de mon épouse. J'ai passé toute la nuit à jouir de sa compagnie. Est-ce là ce que vous vouliez entendre ?

En l'entendant, Cí recula bouche bée, dominé par la stupeur. Feng mentait. Il savait qu'il mentait car c'était précisément cette nuit-là qu'il avait passée avec Iris Bleu.

Il n'avait pas encore récupéré lorsque Feng l'accula.

— Et toi ? Où étais-tu la nuit où Khan a été assassiné ? l'apostropha-t-il.

Cí rougit. Il chercha dans le regard d'Iris Bleu un indice de complicité, une corde à laquelle s'accrocher pour échapper au tourbillon qui le menaçait. Il le fit en oubliant qu'elle était aveugle, espérant que d'une manière ou d'une autre elle pût lire dans ses yeux qu'il avait besoin d'elle. Mais Iris Bleu demeura impassible, muette, le visage résigné dans son rôle d'épouse soumise. Cí comprit qu'elle ne dénoncerait jamais Feng et qu'il ne pouvait l'en condamner. Si elle le trahissait, si elle révélait son infidélité, non seulement elle condamnerait son mari, mais elle se condamnerait elle-même. Et il n'avait pas le droit de la détruire.

— Nous attendons, le pressa Ningzong. Y a-t-il quelque chose que tu veuilles ajouter avant que j'émette mon verdict ?

Cí garda le silence. De nouveau il regarda Iris Bleu.

— Non. – Et il baissa la tête.

Ningzong secoua la tête avec dégoût.

— Dans ce cas, moi, l'empereur Ningzong, Fils du Ciel et souverain du Royaume du Milieu, je déclare prouvée la culpabilité de l'accusé Cí Song et je le condamne à…

— Il était avec moi ! résonna une voix forte au fond de la salle.

Une clameur se répandit parmi l'assistance en même temps que les regards se tournaient vers l'endroit d'où avait surgi la voix. Debout, sûre d'elle, se tenait Iris Bleu.

— Je n'ai pas dormi avec mon mari, déclara-t-elle d'un ton ferme. La nuit où Khan a été tué, j'ai partagé la couche de Cí.

Feng bégaya, incrédule, tandis que des centaines de visages se tournaient pour le regarder et que son teint prenait la lividité de la mort. Le juge recula de quelques pas en émettant un gargouillement incompréhensible, les yeux fixés sur ceux absents d'Iris Bleu.

— Tu ne peux pas… ! Toi… ! (Il chancela. Il était hors de lui. Il fit mine de s'enfuir, mais l'empereur ordonna qu'on l'arrêtât.) Lâchez-moi ! Maudite chienne ! hurla-t-il. Après tout ce que j'ai fait pour toi…

D'une secousse, il se libéra des mains de ceux qui le tenaient et se jeta sur l'arme que l'empereur avait toujours entre les mains.

— Arrière ! menaça-t-il. (Avant qu'on pût l'arrêter, il saisit une bougie et alluma la mèche.) J'ai dit reculez ! hurla-t-il de nouveau, et il pointa l'arme sur l'empereur. (Les soldats reculèrent.) Toi, bâtarde… (Il leva le bras et la visa.) Je t'ai tout donné… Tout ce que j'ai fait, c'était pour toi… (La mèche se consumait inexorablement.) Comment as-tu pu… ?

Tous ceux qui entouraient Iris Bleu s'accroupirent. Feng soutint l'arme à deux mains. Le canon tremblait autant que ses paupières. Sa respiration devint entrecoupée. La mèche était sur le point d'atteindre le bronze. Feng cria. Soudain, il tourna l'arme et la mit sur sa tempe. Puis un claquement sec tonna dans la salle et le corps du juge s'écroula comme un sac mou au milieu d'une flaque de sang. Aussitôt, plusieurs gardes se jetèrent sur lui, mais c'était déjà un cadavre. Ningzong se leva, médusé, le visage éclaboussé du sang de Feng. Il se nettoya gauchement, ordonna que Cí fût libéré et déclara le procès terminé.

Épilogue

Cí se réveilla avec les os endoloris. Une semaine seulement avait passé depuis le procès, et même s'il souffrait du manque d'exercice, il sentait que ses blessures cicatrisaient rapidement. Il se frotta les yeux et parcourut avec plaisir les humbles murs de son ancienne chambre. Dehors, on entendait l'agitation des élèves qui se pressaient pour entrer dans les classes. De nouveau il était chez lui, entouré de livres.

Le médecin qui attendait au pied du lit le salua, une boisson à la main. Comme chaque matin, Cí l'en remercia et but d'un trait.

— Comment se porte le maître ? demanda-t-il.

Le vieil homme aux yeux pétillants récupéra le verre avec un sourire.

— Il n'arrête pas de bavarder et ses jambes s'améliorent comme celles d'un lézard. (Il jeta un coup d'œil aux cicatrices de Cí.) Il m'a dit qu'il voulait te voir... et je crois qu'il est temps que tu commences à marcher.

S'étant assuré de l'amélioration de ses blessures, il lui donna une tape sur l'épaule.

Cí s'en réjouit. Depuis son arrivée à l'académie, il était resté prostré dans son lit, seulement informé de l'état de Ming par les nouvelles que lui transmettaient les médecins et les domestiques qui veillaient sur lui. Il se redressa péniblement et contempla les reflets que le soleil levant répandait sur le papier de la fenêtre. Leurs tons orangés brillaient avec force et dans leur éclat il crut voir ses ancêtres qui l'encourageaient à porter avec fierté le nom de sa lignée. Enfin il se sentait en paix avec eux. Il les honora d'un bâton d'encens dont il huma le parfum en se disant que, où qu'ils fussent, ils devaient reposer en paix.

Il se couvrit et sortit de la chambre en s'aidant de la canne rouge d'Iris Bleu. Elle la lui avait fait parvenir en lui souhaitant un prompt rétablissement, et depuis il rêvait de la tenir dans sa main. En chemin vers les dépendances de Ming, il croisa plusieurs professeurs qui le saluèrent comme s'il était l'un des leurs. Surpris, Cí leur rendit leur révérence. Il faisait chaud. Cette chaleur le réconforta.

Il retrouva Ming étendu sur son lit, couvert de contusions. La chambre était dans la pénombre, mais le visage du maître s'éclaira lorsqu'il le reconnut.

— Cí ! se réjouit-il. Tu peux marcher… !

Cí s'installa à côté de lui. Ming paraissait fatigué, mais ses yeux débordaient de vie. Le médecin lui ayant recommandé de le distraire, ils bavardèrent un moment de leurs blessures, du procès et de Feng.

Ming demanda à un domestique de leur servir une tasse de thé et la conversation reprit. Il y avait des choses qu'il ne comprenait pas encore bien et il avait hâte d'interroger Cí.

— Par exemple, le mobile de ces crimes.

— Je dois reconnaître qu'il n'a pas été facile de l'établir. Le fabricant de bronzes était un vaniteux dont la logorrhée n'avait d'égal que son égoïsme démesuré. En fait, son invitation à la réception des Jin était due à la menace qu'il avait exercée sur Feng, c'est ce dernier qui la lui avait obtenue. Le Mongol arrêté a avoué que le bronzier souhaitait ardemment être introduit auprès de l'élite de la société et il n'a pas hésité à faire pression sur la seule personne qui pouvait le lui permettre, sans se rendre compte qu'il traitait avec quelqu'un de dangereux. Selon ses dires, Feng a conclu que son indiscrétion comme son avarice le mettaient en péril, c'est pourquoi cette nuit-là il l'a assassiné. En ce qui concerne l'alchimiste taoïste et l'artificier, comme je l'ai dit au procès, il a préféré les tuer plutôt que de s'exposer à une dénonciation due à son incapacité de rembourser ses dettes. Apparemment, il leur devait de grosses sommes auxquelles il n'était pas en mesure de faire face.

— Mais pourquoi Feng a-t-il tué le conseiller ? Les assassinats de malheureux peuvent passer inaperçus, mais il a forcément imaginé qu'un tel crime ne resterait pas impuni.

Cí haussa les sourcils.

— Je suppose qu'il s'est vu obligé de le faire. Khan était obnubilé par la culpabilité d'Iris Bleu ; sa méfiance l'a peut-être conduit à découvrir que le véritable auteur était Feng, ou alors ce dernier a craint qu'il finisse par le découvrir. Le fait est que Feng a trouvé la formule idéale en simulant son suicide, une idée perfide qui, si tout s'était bien terminé, aurait écarté tout soupçon en obtenant par des menaces que le conseiller s'accuse lui-même. Ensuite, lorsque j'ai révélé à Feng l'imposture du suicide, il l'a confiée à Astuce Grise pour que celui-ci apparaisse comme l'auteur de la découverte et qu'il puisse ainsi m'accuser.

— Et cette histoire de parfum ? l'interpella-t-il. D'après ce qu'on a entendu au procès, il semble que celui qui a déposé l'essence sur les cadavres l'a fait dans l'intention d'inculper la *nüshi*… Mais si l'assassin est son propre époux, quel intérêt a pu le guider ? Je crois avoir compris que Feng était éperdument amoureux de sa femme.

— Bien que je ne puisse l'assurer, sur cette question je prendrais le risque de rendre Khan responsable. Je crois même que ce serait une erreur de présupposer l'innocence du conseiller pour la simple raison qu'il a finalement été assassiné. Le conseiller était obsédé par Iris Bleu, au point de confondre ses désirs et ses découvertes. Apparemment, à une époque, Khan l'a demandée en mariage et son refus a provoqué en lui une aversion aussi grande que celle qu'elle portait à l'empereur. Je crois que cette haine l'a aveuglé, et cet aveuglement l'a poussé à chercher quelque chose qui pouvait l'incriminer. Il avait accès à l'Essence de Jade, je suppose donc qu'une fois les cadavres découverts, il y a laissé la trace du parfum pour créer de fausses preuves qui l'accuseraient.

— Tu dois cependant reconnaître que Khan ne s'était pas trompé. Au bout du compte, le coupable était Feng. (Ming but le thé que Cí venait de lui servir.) C'est vraiment étrange ! Feng semblait être un homme cultivé. Je ne comprends pas les motifs qui ont pu le pousser à commettre des crimes aussi épouvantables.

— Et qui peut le comprendre ? Le problème réside en ce que nous essayons souvent de juger des actes insensés avec notre bon sens. Feng s'est avéré être un déséquilibré, et ce n'est qu'à partir de son raisonnement déséquilibré que nous pourrions avancer une justification de ses actes. Néanmoins, Bo m'a raconté ce que le serf mongol de Feng a avoué après son arrestation : non seulement il a confirmé avoir activement assisté son maître dans les assassinats, mais il les a justifiés par l'avarice de Feng.

— L'avarice ? Mais Feng était riche. Les négoces de sel de son épouse…

— Selon Bo, les affaires marchaient mal depuis un certain temps. En raison des conflits frontaliers, l'empereur Ningzong avait interrompu tout commerce avec les Jin, les principaux clients de Feng. En réalité, il était ruiné.

— Mais que gagnait Feng avec ces assassinats ?

— L'argent et le pouvoir. N'oubliez pas que Feng avait pris les rênes des activités commerciales qui étaient auparavant dirigées par Iris Bleu, et que sa mauvaise gestion les a conduits à la ruine. D'après ce que j'ai appris, Feng a entamé des relations avec Iris Bleu à l'époque où mon père travaillait encore pour lui, et bien qu'il ait tenu cette relation secrète à cause de sa condition de *nüshi*, il a commencé à s'occuper de ses affaires. Feng a investi ses dernières ressources pour tisser un réseau dense dont la fin ultime était de vendre le secret d'une arme mortelle à nos ennemis ; un secret qui inciterait probablement les Jin à entreprendre l'invasion que certains prédisaient déjà. Il se peut même que, dans son délire, Feng se soit imaginé qu'il obtiendrait le contrôle du monopole du sel après une hypothétique victoire des Jin. Mais tout cela n'est que spéculations. Bo et plusieurs juges continuent à enquêter…

— Mais comment Feng a-t-il pu avoir accès au secret d'une arme si mortifère ?

— Je me suis posé cette question moi aussi, et je crois que la réponse réside dans la famille d'Iris Bleu. Souvenez-vous que son ancêtre Yue Fei a été l'un des généraux les plus remarquables de notre royaume et un pionnier dans l'utilisation militaire de la poudre. En fait, j'ai découvert dans le bureau de Feng une copie du *Wujing Zongyao*, le traité sur les techniques militaires dans lequel sont exposés les rudiments de son application ; cela m'a amené à penser que, d'une façon ou d'une autre, Feng a trouvé appui dans sa belle-famille, dont tous les membres ont un rapport avec l'armée. Les vérifications effectuées par Bo semblent confirmer ces soupçons.

— Et tout ça pour une belle femme… Une femme qui finalement l'a trahi…

Cí garda le silence tandis qu'il caressait la canne d'Iris Bleu.

— Une femme qui m'a sauvé. – Son cœur se mit à battre la chamade.

Cí se leva, n'ayant aucune envie de prolonger une conversation inutile. Ming ne connaissait pas Iris Bleu. Personne ne la connaissait mieux que lui. Il avait rêvé d'elle chaque jour de sa convalescence et il voulait la voir. Il sortit de la chambre de Ming et retourna dans la sienne. Bien qu'il se sentît fatigué, ses membres mal-traités semblaient réclamer une promenade à la lumière du jour. Il fit sa toilette et s'habilla. Puis il prit appui sur la canne d'Iris Bleu et sortit de l'académie en direction du Pavillon des Nénuphars.

Arrivé à la muraille, il se réjouit que le sceau de Khan lui servît encore de sauf-conduit ; il salua la sentinelle et traversa péniblement les jardins pour gagner la résidence d'Iris Bleu.

Tout en avançant, il imaginait leurs retrouvailles. Il voulait la remercier de son intervention inespérée lors du procès ; il désirait la prendre dans ses bras et lui montrer qu'il l'aimait, lui dire qu'il n'avait jamais douté d'elle et que ni son âge ni sa cécité n'avaient d'importance à ses yeux. Mais tandis qu'il se rappro-chait du bâtiment, son visage s'assombrit. Lorsqu'il arriva à proximité, son cœur trembla.

Aux abords du pavillon, des dizaines de gardes allaient et venaient au milieu des cris, dans le désordre et la précipitation. Cí pressa le pas dans la mesure où le lui permettait le piteux état de ses jambes, imaginant le pire. Lorsqu'il arriva au seuil de la porte, un garde l'arrêta. Cí s'identifia et tenta de franchir l'entrée, mais l'homme l'en empêcha. Ses explications pas plus que ses prières pour qu'on lui dise ce qui se passait ne ser-virent à rien. Il s'apprêtait à l'écarter d'une poussée lorsque de l'intérieur de la maison surgit la silhouette de Bo.

— Que se passe-t-il ? Que font ici tous ces gens ? lui demanda Cí en le retenant par le bras.

— C'est Iris Bleu. Nous inspectons la maison… Elle avait l'ordre de rester dans le pavillon jusqu'à ce que les enquêtes soient terminées, mais elle a disparu.

— Disparu ? Que veux-tu dire ? – Il l'écarta et entra dans le pavillon.

Dévoré par l'incertitude, Cí parcourut les appartements en boitillant, Bo sur ses talons. Incrédule, il passa d'une pièce à l'autre, incapable de comprendre la disparition d'Iris Bleu. Lorsqu'il entra dans la chambre principale, son estomac se serra ; le sol était jonché de vêtements et d'objets éparpillés, comme si elle avait fait ses bagages en toute hâte avant de s'enfuir. Lentement il quitta la pièce et entra dans le bureau de Feng. Plusieurs officiers examinaient les volumes parfaitement alignés qui se trouvaient toujours sur les étagères. Cí les regarda distraitement, et c'est alors qu'il remarqua un espace vide sur l'une des étagères. Il s'agissait du rayon qui contenait les traités sur le sel. À sa grande surprise, le livre qui manquait était le précieux exemplaire à la couverture verte. Le manuel sur les techniques militaires et les applications de la poudre. Le très rare *Wujing Zongyao*.

Il fronça les sourcils et approcha la main de l'espace vide en percevant la présence d'un objet rouge caché derrière les livres. N'en croyant pas ses yeux, il plongea lentement la main jusqu'à l'effleurer. L'ayant sorti, il bégaya. C'était le coffre laqué de son père. Celui qui lui avait été dérobé le jour où on l'avait tué. Son cœur s'arrêta de battre. Il l'ouvrit, empli de crainte, comme s'il contenait l'esprit de son géniteur. À l'intérieur, il reconnut l'écriture de son père sur plusieurs documents. Ceux reflétant la comptabilité parallèle qu'il avait élaborée et qui prouvait les malversations de Feng.

714

Anéanti, Cí quitta le pavillon, incapable de réfléchir au-delà de sa propre confusion ; incrédule face à sa propre crédulité, abasourdi par la réalité et ébahi par sa stupidité. Il s'éloigna lentement et avança tel un fantôme jusqu'à la porte de l'académie. Là, le portier l'avertit que quelqu'un l'attendait dans le jardin. Le cœur de Cí fit un bond, persuadé qu'il s'agissait probablement d'Iris Bleu, mais à sa grande déception, ceux qui se tenaient dans le cloître étaient deux mendiants qu'il aurait juré n'avoir jamais vus. Déconcerté, il se fit confirmer par le portier que c'était bien lui qu'ils attendaient et il se dirigea vers les deux inconnus.

— Vous vous souvenez pas de moi ? lui demanda le plus jeune. Le jour de l'incendie à l'atelier. Vous m'avez dit de venir pour l'argent quand j'aurais trouvé le boiteux.

Cí le dévisagea et tout à coup il le reconnut. C'était le garçon qu'il avait interrogé aux abords de l'atelier du fabricant de bronzes.

Il constata que le malheureux qui l'accompagnait s'appuyait sur une béquille. Ce devait être le témoin dont il avait parlé. Il hocha la tête.

— Tu arrives bien tard, mon garçon. L'affaire est résolue…, s'excusa-t-il.

— Mais monsieur ! Vous m'aviez promis que si je l'amenais vous nous donneriez le reste de l'argent…, se plaignit-il.

Cí regarda le gamin droit dans les yeux. Il paraissait vraiment nécessiteux. Il sortit une bourse et la garda dans sa main.

— C'est bien. Et qu'a vu ton ami ?

— Allez ! Dis-lui ! le poussa-t-il du coude.

Le boiteux s'avança en sautillant.

— Trois personnes sont arrivées, raconta-t-il. Une commandait et les autres obéissaient. Moi j'étais caché, alors j'ai pu les voir et je les ai bien entendues. Celle qui commandait a attendu dehors pendant que les autres cherchaient quelque chose à l'intérieur du bâtiment. Ensuite ils ont tout arrosé d'huile et après ils ont mis le feu.

— Bon… Tu les reconnaîtrais si tu les voyais ? lui demanda-t-il sans conviction.

— Je crois que oui, monsieur. L'un des hommes, ils l'appelaient Feng. L'autre ressemblait à un Mongol.

Cí sursauta. Il s'approcha du gamin.

— Et le troisième homme ? Que peux-tu dire de lui ?

— Non ! C'était pas un homme ! confessa-t-il. La personne qui les commandait, en fait, c'était une femme.

— Comment ça une femme ? balbutia-t-il. Quelle femme ? – Il secoua le gamin par les épaules.

— Je sais pas ! J'ai juste vu qu'elle avait du mal à se déplacer et s'appuyait sur un drôle de bâton. Un bâton comme… – Soudain, il se tut.

— Que se passe-t-il ? Maudit sois-tu ! Parle ! le pressa Cí.

— Un bâton comme le vôtre…, dit-il en le montrant du doigt.

*

Cí passa trois jours enfermé dans sa chambre sans avaler une bouchée ni soigner ses blessures. Il laissa simplement passer le temps en se demandant si Iris

Bleu était réellement aussi coupable qu'elle le paraissait, si Feng avait été la marionnette qu'elle avait manipulée pour en faire l'instrument de sa vengeance, ou si sa conduite avait été guidée par des motifs occultes. Il se demanda aussi pourquoi Iris avait trahi Feng, lui sauvant ainsi la vie. Il pensa que c'était quelque chose qu'il n'éluciderait jamais.

Ce jour-là, Bo lui rendit visite. L'officier n'avait pas de nouvelles d'Iris Bleu, mais il lui dit qu'il avait beaucoup de chance. D'après ce qu'il avait pu découvrir, quand pendant le procès l'empereur lui avait offert l'immunité en échange de son inculpation, il avait déjà pris la décision de le faire exécuter, qu'il avoue ou pas sa culpabilité. Ce qui lui avait évité le gibet, c'était le suicide inattendu de Feng. Il lui apprit aussi que des dispositions avaient été prises pour arrêter l'Être de la Sagesse, pour subornation et malversation. Cí le remercia de sa confiance, mais cela n'apaisa pas son amertume.

Le quatrième jour il laissa les lamentations derrière lui et se leva. Il était venu à Lin'an dans un but précis et devrait travailler dur pour l'atteindre. Tandis qu'il faisait sa toilette, il constata que ses jambes et ses bras avaient retrouvé leur vigueur et que son esprit était de nouveau avide d'effort intellectuel. Il prit ensuite un bol de riz et se dirigea vers la bibliothèque, où ses compagnons étudiaient.

Cet après-midi-là, il retrouva le maître Ming. Le vieil homme avait recommencé à marcher et il s'en réjouit. Ming le félicita quant à lui de le voir de nouveau entouré de livres.

— Encore en train d'étudier ? lui demanda-t-il.

— Oui. J'ai du travail devant moi. – Il lui montra le nouveau traité de médecine légale sur lequel il travaillait.

Ming sourit.

— Bo est venu ici. (Il s'assit à côté de Cí.) Il m'a mis au courant de l'évolution des enquêtes. Il paraît que le devin va être exécuté. Il m'a raconté la fuite d'Iris Bleu et ton épisode avec Feng aux oubliettes. Il m'a aussi appris que l'empereur a décliné sa promesse de te faire entrer dans la judicature.

Cí confirma d'un signe de tête.

— C'est exact. Apparemment, Ningzong a trouvé le parfait prétexte en taxant toutes mes découvertes de sorcellerie… (Il haussa les épaules avec résignation.) Mais du moins ne s'est-il pas opposé à ma présence aux examens et c'est la seule chose qui m'importe.

— Bon…, se plaignit Ming. Mais ce sera dur : la prochaine convocation aura lieu dans deux ans et les examens sont difficiles… Sais-tu ? Je ne crois pas que tu aies besoin de continuer en tant qu'élève. Tes connaissances légistes sont exceptionnelles, et si tu veux, tu pourrais intégrer notre corps d'enseignants. Tu n'aurais plus à t'inquiéter ou à te battre pour quelque chose que tu n'obtiendras peut-être jamais.

Cí regarda Ming, l'air déterminé.

— Je vous remercie, monsieur, mais mon seul désir est d'approfondir mes connaissances. Tout ce qui m'intéresse, c'est de réussir ces examens. (Il regarda le coffre rouge qui contenait les documents de son père.) Je me le dois à moi-même, je le dois à ma famille et je vous le dois à vous.

Ming sourit. Il se leva pour se retirer, mais il s'arrêta.

— Une dernière chose, Cí. Pourquoi as-tu renoncé à l'offre de l'empereur ? Bo m'a dit qu'en échange de ton silence, Ningzong t'avait offert tout ce que tu pouvais désirer : de généreuses rétributions, une future réhabilitation et un poste dans la judicature. Pourquoi n'as-tu pas accepté ?

Cí regarda son vieux maître avec affection.

— Un jour, Iris Bleu m'a dit que Feng connaissait d'innombrables façons de mourir. Et il se peut que ce soit vrai. Peut-être existe-t-il vraiment d'infinies façons de mourir. Mais ce dont je suis sûr, c'est qu'il n'y a qu'une façon de vivre.

NOTE DE L'AUTEUR

Je me souviens encore du jour où, une tasse de café dans une main et une rame de feuilles dans l'autre, je me suis assis à mon bureau, prêt à travailler sur le thème de mon prochain roman. Seules deux prémisses étaient claires dans mon esprit : son intrigue devrait émouvoir mes lecteurs autant que moi-même, et je ne commencerais à écrire que lorsque j'aurais trouvé ce thème.

Je dois confesser que j'ai griffonné des dizaines de feuillets pendant plus de deux mois. Je cherchais une histoire vibrante, captivante, mais je n'arrivais à gribouiller que des trames plus ou moins semblables. Ce n'était pas ce que je voulais. Il me fallait quelque chose de plus intense, de plus passionnant, de plus original.

Heureusement, comme c'est souvent le cas dans cette sorte de situation, la chance a frappé à ma porte en janvier 2007, sous la forme d'une invitation au VIIIᵉ ICFMT, l'*Indian Congress of Forensic Medicine and Technology*, qui se tient chaque année à New Delhi. Bien que je ne sois pas médecin légiste, j'ai toujours porté, pour des raisons purement littéraires, le plus grand intérêt à cette discipline, et depuis pas mal de temps je fréquentais divers forums sur la médecine légale, au cours desquels j'ai noué des liens d'amitié avec quelques-uns de leurs membres. Parmi eux, le docteur Devaraj Mandal, alors rapporteur du congrès, qui m'avait envoyé cette invitation.

Pour diverses raisons, je ne pouvais me déplacer à ces dates, mais le docteur Mandal a eu l'amabilité de me faire parvenir un épais dossier contenant un résumé des principaux exposés ; pour la plupart, ils portaient sur la toxicologie, la pathologie légale, la criminologie, la psychiatrie légale et la génétique moléculaire. Mais la conférence qui a tout de suite retenu mon attention portait sur les dernières avancées de la spectrophotométrie et les découvertes en matière d'analyse de l'ADN mitochondriale, évoquant plus particulièrement les débuts historiques de la médecine légale. Plus concrètement, elle examinait de façon approfondie la figure de celui qui est mondialement considéré comme le précurseur et le père de cette discipline. Un homme du Moyen Âge asiatique : le Chinois Song Cí.

Mon cœur s'est mis à battre plus vite, car j'ai su tout de suite que je tenais mon sujet. J'ai abandonné les projets sur lesquels je travaillais et me suis entièrement consacré à un roman qui en vaudrait vraiment la peine : la vie extraordinaire du premier médecin légiste de l'histoire. Une épopée fascinante dans la Chine ancienne et exotique.

Le travail de documentation s'est révélé des plus ardus. La biographie de Song Cí ne se limitait qu'à une trentaine de paragraphes extraits d'une douzaine de livres qui, tout en laissant une porte ouverte à la fiction, fermaient celle d'une trame strictement biographique. Par chance, on ne pouvait dire la même chose de son œuvre : les cinq volumes de son traité légiste, le *Xi Yuan Ji Lu* publié en 1247, nous sont parvenus à travers les différentes traductions en japonais, coréen, russe, allemand, hollandais, français et anglais.

Par l'intermédiaire de mon ami et écrivain Alex Lima, professeur adjoint au Suffolk County Community College, j'ai obtenu un fac-similé de ces cinq volumes édité par Nathan Smith, du Centre d'études chinoises de l'université du Michigan ; concrètement, une traduction du professeur Brian McKnight contenant une précieuse préface de l'édition japonaise de 1854.

L'ouvrage, minutieusement structuré, consacrait le premier volume à la liste des lois touchant aux juges légistes, aux procédures bureaucratiques utilisées, sans oublier les délais, le nombre d'enquêtes à réaliser sur un même crime et leurs responsables, les juridictions, les protocoles d'intervention des inspecteurs, l'élaboration des rapports légaux et les châtiments auxquels s'exposeraient les légistes en cas de conclusions erronées. Il préconisait en outre la façon de pratiquer l'examen d'un cadavre, y compris l'obligation de consigner des témoignages graphiques au moyen de fiches comportant des schémas du corps humain sur lesquels devraient être indiquées les trouvailles et observations.

Le deuxième volume détaillait les différentes étapes de décomposition des cadavres, leurs altérations selon les saisons de l'année, la toilette et la préparation préalable des corps, l'examen des dépouilles sans sépulture, l'exhumation de cadavres, l'analyse de corps décomposés, les méthodes permettant de trouver des indices sur des cadavres dans un état avancé de décomposition, l'entomologie légiste, l'étude en cas d'asphyxie ou d'épuisement, le cas particulier des cadavres féminins et l'examen des fœtus.

Le troisième volume se penchait longuement sur l'examen des os, leur analyse pour l'obtention de conclusions par l'emploi de révélateurs chimiques, les traces de blessures sur des cadavres réduits à l'état de squelettes, la discussion sur les points vitaux, les suicides par pendaison, les simulations de suicides pour déguiser des assassinats et les morts par immersion.

Le quatrième volume portait sur les morts causées par des coups de poing et de pied, par des instruments contondants, pointus ou tranchants ; l'étude de suicides commis à l'aide d'armes affilées ; les assassinats par blessures multiples pour lesquels il fallait détecter quelle blessure avait vraiment entraîné la mort ; les cas de décapitation, y compris ceux dans lesquels le tronc ou la tête étaient absents ; la mort par brûlures ; la mort due à des liquides bouillants ; les empoisonnements, les décès causés par des maladies cachées ; la mort produite par des traitements d'acupuncture ou de moxibustion et le registre des morts naturelles.

Enfin, le cinquième volume s'intéressait aux enquêtes sur des morts survenues chez des détenus ; celles advenant à la suite de tortures, celles produites par les chutes depuis de grandes hauteurs ; les morts par écrasement, par asphyxie, par ruades de chevaux ou de buffles, par bousculade ; les décès provoqués par la foudre, des attaques de bêtes féroces, des piqûres d'insectes et des morsures de serpents ou autres reptiles ;

les décès par intoxication éthylique, par coups de chaleur ; les morts par blessures internes à la suite d'excès alimentaires ; les morts dues à des excès sexuels et, enfin, les procédures pour ouvrir les cadavres ainsi que les méthodes pour disperser la puanteur et restaurer la vie dans les cas où la mort n'était qu'apparente.

Bref, un véritable arsenal de techniques, de méthodes, d'instruments, de préparations, de protocoles et de lois auxquels il faudrait ajouter les nombreuses affaires judiciaires résolues par Cí Song lui-même et relatées dans ce traité, qui me permettraient de construire une histoire non seulement passionnante, mais aussi, et c'est le plus important, absolument fidèle à la réalité.

Après cette étonnante découverte, j'ai passé douze mois de plus à rassembler de la documentation dans les domaines politique, culturel, social, judiciaire, économique, religieux, militaire et sexuel, et à rechercher toutes les références existantes sur la médecine, l'éducation, l'architecture, l'alimentation, le mobilier, les vêtements, les systèmes de mesure, la monnaie, l'organisation de l'État et la bureaucratie dans la Chine médiévale de la dynastie Song. Une fois toutes ces données classées et rapprochées, j'ai découvert des informations aussi surprenantes que la situation convulsée dans laquelle se trouvait la Cour de l'empereur Ningzong face à la pression constante des Jin, les peuples barbares du Nord qui après avoir conquis la Chine septentrionale menaçaient de continuer l'invasion ; les strictes et complexes règles de conduite au sein de la famille, où les membres les plus jeunes devaient à la fois un respect absolu et une obéissance aveugle à leurs aînés ; l'importance des rites comme axe majeur et moteur de la vie ; l'omniprésence du châtiment physique, le plus souvent d'une violence inouïe, pour corriger toute faute aussi insignifiante fût-elle ; le code pénal très exhaustif dans lequel étaient régulés tous les aspects de la vie ; l'absence de religions monothéistes et la coexistence de philosophies non exclusives comme le bouddhisme, le taoïsme et le confucianisme ; la norme progressiste et équitable qui garantissait l'accès au pouvoir grâce à des examens triennaux ouverts à tout aspirant ; le sentiment antimilitariste généralisé ou les stupéfiantes avancées scientifiques et techniques qui sont apparues sous les Song : la boussole, la poudre militaire, l'imprimerie aux caractères mobiles, les billets de banque, le frigorifique, les bateaux pourvus de compartiments étanches…

Aussi curieux que cela paraisse, une fois la trame esquissée à grands traits, la première difficulté à laquelle je me suis heurté a été de baptiser les protagonistes du roman.

Lorsque nous lisons un livre dont les personnages sont étrangers, nous pouvons mémoriser leurs prénoms et leurs noms de famille et les identifier aux individus qu'ils représentent, car en général ces noms ont des racines hébraïques, grecques ou latines qui d'une manière ou d'une autre, malgré ce qu'elles ont d'archaïque, nous sont connues. Ainsi des patronymes peu usités de nos jours – comme par exemple Xénophon, Hasdrubal, Suétone ou Abderrahman – sont non seulement facilement reconnaissables, mais il nous paraît également simple de les différencier et de les mémoriser. Il en est de même pour les prénoms anglo-saxons. Ainsi Erik, John, Peter ou Wolfgang, étant donné la familiarité dérivée de leur emploi dans les médias audiovisuels, nous sont presque aussi familiers que Jean, Pierre ou Michel. Malheureusement, ce n'est pas le cas pour les noms orientaux, et encore moins pour les chinois.

La langue chinoise – en réalité les nombreuses langues de Chine – est extrêmement complexe. La plupart des mots sont monosyllabiques, avec la particularité qu'une même syllabe peut se prononcer avec cinq intonations différentes. Eh bien imaginons maintenant un roman dont les personnages porteraient les noms suivants : Song, Tang, Ming, Peng, Feng, Fang, Kang, Dong, Kung, Fong et Kong. À la troisième page, n'importe quel lecteur abandonnerait le livre avec une forte migraine.

Pour éviter ce problème, bien que j'aie gardé les noms des principaux personnages historiques, je me suis vu obligé de modifier ceux qui, en raison de leur ressemblance avec d'autres déjà utilisés, pourraient induire une confusion. De même, pour nommer les personnages secondaires, j'ai eu recours à une coutume typique de l'époque consistant à remplacer les noms de naissance par des sobriquets révélant les qualités des personnes.

Mais je n'étais pas au bout de mes peines ! Le pinyin est un système de transcription phonétique extrêmement utile qui a permis de transposer les idéogrammes chinois compliqués en mots alphabétiques afin qu'ils puissent être lus, prononcés et écrits par un Occidental quel qu'il soit. Cependant, en raison de la diversité tonale de la prononciation chinoise, un même mot est transcrit de différentes façons en fonction de la perception d'un auditeur déterminé. Ainsi, selon la source que nous consulterons, nous trouverons le protagoniste Song Cí sous la dénomination de Song Cí, Tsung Cí, Sung Cí, Sun Tzu ou Sung Tzu.

Et ce n'est pas fini ! En Chine, le nom de famille se prononce toujours avant le prénom, mais ce dernier s'emploie rarement : le plus souvent, on utilise uniquement le nom. Ainsi, notre protagoniste, que tout au long du roman j'appelle Cí Song, et souvent simplement Cí, aurait en réalité été nommé par ses contemporains Song Cí et, plus communément, Song tout court.

Pourquoi ai-je modifié l'ordre ? Essentiellement pour trois raisons. En premier lieu pour rapprocher la dénomination de notre habitude occidentale dans laquelle le nom figure toujours après le prénom. Ensuite pour éviter les problèmes de compréhension qui pourraient surgir lorsque, dans un même paragraphe, il serait fait référence à des enfants et des parents dont on ne pourrait distinguer les noms (Song et Song). Enfin, en raison du fait plus surprenant qu'à cette époque, par une étrange coïncidence, la famille de l'empereur portait elle aussi le nom de Song.

Une fois ce problème résolu, je me suis trouvé face à un plus grand dilemme. L'un des écueils les plus importants qu'ait sans doute à affronter un écrivain qui décide d'écrire un roman se déroulant dans une époque historique, c'est d'établir la proportion de vérité et celle de fiction que va contenir un manuscrit, lequel, par ses caractéristiques, doit scrupuleusement respecter les données dont on dispose.

J'ai souvent assisté à des tables rondes dont le sujet de discussion consistait à définir le concept de roman historique ; au cours de ces débats plus ou moins véhéments, on finissait en général par établir le degré, la qualité et la quantité d'histoire que devait contenir un roman – qui par définition est un récit de fiction –, pour être considéré comme vraiment historique. La plupart du temps, les membres se mettaient finalement d'accord pour défendre la classification qu'en a donnée le sémiologue Umberto Eco, qui dans de nombreux articles a établi trois modalités distinctes : le roman romantique ou fantastique, dans lequel les personnages ainsi que les faits racontés et le fond historique sont absolument fictifs, mais ont une apparence de véracité (les romans du cycle arthurien de Bernard Cornwell en sont un bon exemple). Puis ce qu'Umberto Eco définit comme « ouvrages de cape et d'épée », des romans dans lesquels des personnages historiques réels se voient impliqués, grâce à l'imagination de l'auteur, dans des situations fictives qui n'ont jamais existé (nous trouverions dans cette catégorie des auteurs comme Walter Scott, Alexandre Dumas ou Léon Tolstoï). Enfin, ceux que l'auteur italien qualifie de « romans historiques proprement dits », qui utilisent des personnages fictifs dont les aventures se déroulent dans une situation historique réelle (catégorie dans laquelle entre bien sûr son célèbre roman, *Le Nom de la rose*).

De nombreuses voix s'élèvent pour faire remarquer que cette classification omet les biographies romancées, les faux mémoires et les essais plus ou moins rigoureux.

Mon opinion personnelle est en tout cas qu'un roman historique se doit avant tout d'être un roman.

729

Nous devons partir de l'idée qu'un roman est une fiction, c'est la seule façon de comprendre sa magie et son pouvoir de captiver. Une fois cette difficulté surmontée, la clé devrait résider dans la rigueur et l'honnêteté avec laquelle l'auteur traite les événements historiques relatés. Car il est aussi historique d'écrire un roman sur Jules César pendant la guerre des Gaules que d'en écrire un sur un esclave anonyme qui a passé sa vie à bâtir une église. Tout dépend de la rigueur. Dans le cas de César, le personnage est historique, mais cela ne garantit pas que ses actes, ses sentiments et ses pensées le soient dans notre récit. Dans le second, l'esclave n'a pas réellement existé, mais quelqu'un comme lui a sûrement existé. Et si notre personnage de fiction se comporte comme cet esclave qui a sûrement existé, alors l'épisode sera aussi vivant et réel que si nous voyagions vraiment dans le passé et pouvions le regarder.

L'obligation de l'auteur est évidemment d'écrire un roman dans lequel César pense, ressent et agit au-delà de ce que l'historiographie nous assure qu'il a pensé, senti et fait, car dans le cas contraire, plutôt que d'un roman nous parlerions d'un essai, d'une biographie ou d'un documentaire. Mais il est également de la responsabilité de l'auteur que cette fiction soit vraisemblable et conséquente avec ce que nous savons qu'il s'est passé dans la réalité. Nous ferions également une erreur si nous rejetions le roman historique qui utilise des personnages fictifs se déplaçant dans un monde réel, car ce monde et toutes les actions qui entourent le personnage tiennent aussi une grande place dans notre histoire.

En ce sens, il faut signaler que même si les grands événements sont toujours ceux dont on garde le souvenir, ce sont les petits et les quotidiens qui nous accompagnent jour après jour dans nos vies, ceux qui nous rendent heureux ou malheureux, qui nous font croire et rêver, ceux qui nous poussent à aimer, à prendre des décisions et parfois à lutter et mourir pour ce à quoi nous croyons. L'historien Jacques Le Goff fut le premier à revendiquer l'histoire des faits quotidiens : celle des foires médiévales, celle des pauvres gens qui vivaient péniblement dans les villages, celle des maladies, des châtiments et des peines ; celle de la réalité des vies des oubliés, en opposition à l'éclat et à l'écho des batailles toujours racontées par les vainqueurs.

Pour ceux qui voudraient approfondir le sujet, je recommanderais vivement la lecture de l'essai d'Isabelle Durand-Le Guern, *Le Roman historique*, édité en 2008 par Armand Colin.

Dans le cas du *Lecteur de cadavres*, le protagoniste Song Cí est un personnage réel dont la vie est à peu près inconnue, mais dont on se souvient à cause de son œuvre abondante et féconde. Dans ce roman, j'ai essayé de refléter avec une scrupuleuse exactitude la manière dont il travaillait, ses méthodes innovantes dans le domaine de la médecine légale, les difficultés de ses débuts, son audace, sa sagacité intellectuelle, son amour pour l'étude et son goût de la vérité et de la justice. Tous les procédés, procédures, lois, protocoles, analyses, méthodes, instruments et matériaux décrits dans chacune des affaires évoquées correspondent fidèlement à la réalité. La liste des acteurs compte d'autres personnages réels, parmi lesquels l'empereur

Ningzong et sa suite, le conseiller des Châtiments et le vieux professeur Ming. J'ai également recouru à des faits historiques, entre autres l'existence de la fameuse académie, la situation d'instabilité politique à la frontière et, surtout, l'apparition, pour la première fois dans le monde, du canon portatif ou pistolet, une arme aussi innovatrice que mortifère.

J'ai en outre introduit des éléments de fiction qui m'ont permis de recréer, dans une atmosphère de vraisemblance, la société, l'intrigue et le devenir de l'époque. En ce sens, j'ai tissé une trame compliquée dans laquelle j'ai spéculé sur la façon dont la formule de la poudre explosive, protégée par les Chinois comme un secret d'État de la plus haute importance, a pu passer aux mains de leurs ennemis, les Mongols, pour finalement arriver en Europe.

En ce qui concerne la maladie rare dont souffre Song Cí et dont le nom scientifique est CIPA (*Congenital Insensivity to Pain with Anhidrosis*) – elle consiste en une étrange mutation du gène qui codifie le récepteur neurotropique de la tyrosine kinase (NTRK1) et empêche la formation des cellules nerveuses responsables de la transmission au cerveau de signaux de douleur, de chaleur et de froid –, je dois admettre que c'est une licence narrative que j'ai introduite afin d'accentuer le caractère dramatique du personnage. Cette maladie, plus qu'un don merveilleux qui aide Song Cí à surmonter les vicissitudes, se manifeste en réalité sous son aspect le plus obscur et le plus négatif, qui module, endurcit et nuit au protagoniste, lui donnant le sentiment d'être un monstre maudit.

Enfin, et en guise de conclusion, je voudrais exposer une réflexion personnelle sur les genres littéraires. La tendance innée de l'être humain à classer tout ce qui l'entoure est connue de tous, et logique dans une société où l'offre dépasse souvent la demande et où l'information est si abondante que son utilité même en est rendue opaque. Il en va de même avec les genres littéraires : il y a tant de publications que les éditeurs ont besoin de savoir dans quelle collection doit entrer chaque titre ; les libraires, comment classer ces titres dans leurs vitrines ; et les lecteurs, d'une orientation qui les aide à choisir en fonction de leurs goûts.

Jusque-là il n'y aurait pas de problème majeur. C'est une forme d'organisation, et l'organisation est nécessaire. Ce qui ne l'est peut-être pas vraiment, c'est l'habitude humaine d'étiqueter chaque roman de façon définitive. Nous distinguons des genres « majeurs », des genres « mineurs », des genres « supérieurs » et des genres « inférieurs », alors qu'objectivement ces étiquettes ne dépendent en aucun cas de la qualité individuelle de chaque titre. Et si je raconte tout cela, c'est qu'il m'est arrivé d'entendre dire, non sans un certain trouble, que le roman historique est un genre « mineur ».

Chaque fois que cela m'est arrivé, je me suis demandé avec perplexité si la personne qui faisait ce commentaire parlait d'un roman concret ou si, en réalité, elle s'était laissé emporter par un courant d'opinion. Pour illustrer cela, imaginons un instant qu'un écrivain contemporain de grand talent écrive aujourd'hui une histoire d'amour tragique entre deux jeunes gens dont les familles, les Capulet et les Montaigu, se haïraient.

Se déroulant dans la Venise du XVIe siècle, *Roméo et Juliette* serait-il alors classé comme un simple roman historique et cesserait-il d'être la plus belle histoire d'amour jamais contée ?

Sincèrement, je crois que dans ce cas serait opportune la définition des genres que nous a laissée l'ineffable José Manuel Lara, président et fondateur du groupe éditorial Planeta : « Il n'existe en réalité que deux sortes de romans, les bons et les mauvais. »

NOTICE BIOGRAPHIQUE

Song Cí est né en 1186 à Jianyang, sous-préfecture du Fujian. Son père, Song Kung, ne s'est pas distingué dans les études, mais il a réussi les examens gouvernementaux grâce aux facilités accordées par l'empereur Ningzong. Obsédé par l'avenir de son fils, Kung a fait en sorte que Song Cí soit instruit par un disciple de Zhu Xi avant d'entrer à la *Tai Xue*, l'Université nationale de Lin'an (l'actuelle Hangzhou). Après avoir suivi des études de médecine, de droit et de criminologie, Song Cí obtint son doctorat *jinshi* en 1217, ce qui le destinait à devenir gendarme à Yin, une sous-préfecture du Zhejiang. Mais la mort soudaine de son père, l'obligeant à se retirer pour respecter le deuil coutumier, l'empêcha d'en prendre possession. Près d'une décennie plus tard, Song Cí occupa le poste d'inspecteur à Xinfeng, sous-préfecture du Jiangsi. Ses succès en tant que médecin légiste provoquèrent l'envie de son intendant supérieur, qui le dégrada plusieurs fois jusqu'à obtenir qu'il abandonne la fonction publique. Après la mort de l'intendant, Song Cí réintégra son ancien poste avant d'être promu à différentes charges administratives : il fut sous-préfet, puis préfet et intendant judiciaire. Toute sa vie il se consacra à l'étude et à l'analyse légale, rejetant les anciens procédés fondés sur l'ésotérisme et la magie pour introduire de nouvelles techniques, dont certaines sont encore en vigueur aujourd'hui. Il mourut en 1249, deux ans après avoir terminé le premier et plus important traité scientifique de clinique légale dans l'histoire : le *Xi Yuan Ji Lu*.

GLOSSAIRE

ALCHIMIE. Le terme *jindanshu*, « technique de l'or et du cinabre », est le plus répandu pour désigner l'alchimie taoïste externe ou *waidan*. Les premières techniques alchimistes sont mentionnées dans des ouvrages comme le *Huainanzi* sous le terme de *huangbaishu*, « techniques du jaune et du blanc », couleurs qui désignent l'or et l'argent ou leurs substituts. Le cinabre a aussi une grande importance dans la fabrication des pilules ou élixirs de longue vie. Cette opération est nommée *liandanshu*, « technique de raffinement du cinabre » ou *xiandanshu*, « technique du cinabre d'immortalité ». L'application de ces procédés entraîna la découverte de divers produits chimiques et botaniques qui eurent des finalités thérapeutiques. Sous la dynastie Han, les alchimistes taoïstes qui cherchaient à élaborer un élixir d'immortalité provoquèrent de nombreux incendies alors qu'ils faisaient des expériences avec du soufre et du salpêtre (nitrate de potassium). L'un de ces alchimistes, Wei Boyang, écrivit un texte alchimique intitulé *Livre de la parenté des trois*, qui révélait les propriétés explosives des mélanges de certains matériaux. La plupart des premiers mélanges de poudre chinoise contenaient des substances toxiques telles que le mercure et l'arsenic combinés, ce qui permet de les considérer comme une forme primitive de guerre chimique. À partir de la dynastie Song, le terme *dandingpai*, « cinabre et creuset », est également employé pour désigner l'alchimie en général.

ANNIVERSAIRE. Les Chinois ne comptent pas l'âge des personnes de la même façon que les Occidentaux. En Occident, une personne a un an de plus le jour de l'anniversaire de sa naissance, alors que tous les Chinois ont un an de plus le même jour, qui coïncide avec l'entrée dans la nouvelle année célébrée à la première lune du mois de février. Ainsi, un enfant chinois né en novembre a-t-il un an au début de février alors que trois mois seulement se sont écoulés depuis sa naissance. C'est la raison pour laquelle la date de naissance n'était enregistrée que pour le calcul de l'horoscope, mais pas pour celui de l'âge.

BONNET *BIALAR*. Les hommes avaient toujours la tête couverte d'un bonnet, béret, calot ou casquette qui couvrait un petit chignon. Les plus humbles envelop-paient leur tête d'une bande de toile usée. Le vêtement, et surtout le bonnet, était le reflet du statut social. Si le bonnet avait des bords, ceux-ci, doubles, pouvaient tenir horizontalement au-dessus des oreilles, partielle-ment courbes ou tombants selon le rang de celui qui le portait.

CHAMBRE DE CONSERVATION. Également appelée *Tong Bing Jian* ou caisse à glace en bronze, la chambre de conservation consistait en un coffre en bronze compartimenté dans lequel on déposait de la glace fraîche à côté des aliments, des sorbets ou des boissons qu'on voulait conserver. L'un des premiers réfrigérateurs dont on ait connaissance fut découvert dans la province de Hubei. Son ancienneté fut datée de 300 av. J.-C.

CHÂTIMENTS. Le *lingchi*, ou mort des mille coupures, était le plus horrible des châtiments décrits dans le code pénal. Mais ce n'était pas le seul. Les plus fréquents étaient les coups de bâton assénés à l'aide de tiges de bambou lisses, sans nœuds, dont la longueur, la grosseur et le poids étaient énumérés et stipulés avec précision. Le *jia*, improprement appelé cangue, consistait en une pièce de bois sec, carrée, semblable au plateau d'une table, séparable en deux parties et pourvue d'un trou en son centre dans lequel était introduite la tête du prisonnier. Les bracelets, ou menottes, fabriqués en bois sec, n'étaient employés que pour les hommes. Les chaînes en métal emprisonnaient les pieds pour limiter leurs mouvements.

CLEPSYDRE. Les horloges à eau ou clepsydres furent utilisées par les Chinois mille ans avant la naissance du Christ. En 1086, le scientifique chinois Song Su inventa une horloge astronomique actionnée par l'eau, dont la précision était supérieure aux horloges mécaniques européennes de la même époque. Cette horloge, une tour de six mètres de haut, utilisait un réservoir d'où l'eau s'écoulait sur les palettes d'une roue. Celle-ci actionnait divers mécanismes qui faisaient apparaître des figures indiquant les heures et qui, accompagnées de coups de gong et de tambours, déplaçaient une sphère céleste sur laquelle étaient représentées les étoiles et les constellations. La déviation quotidienne de cette horloge était inférieure à deux minutes.

Coolie. Travailleur ou serviteur de rang inférieur, homme de peine sans qualification. Bien que l'usage du mot coolie se soit généralisé en Occident pour désigner de façon péjorative la main-d'œuvre asiatique qui au XIXᵉ siècle émigra aux Amériques, en l'associant au mot anglais *coolie* (« arrimeurs »), son origine remonte au très ancien terme chinois *guli* ou *kuli*, qui signifie littéralement « l'usage amer de la force brute », que l'on trouve également dans des acceptions similaires comme le *kuli* bengali ou le *quli* hindi.

Eaux vénéneuses. Une ancienne encyclopédie de la dynastie Qin contient sans doute la première référence écrite au terrible virus de la dengue. Le traité fut rédigé entre 265 et 420 av. J.-C., formellement édité en 620 après J.-C. sous la dynastie Tang et réédité en 992 sous la dynastie Song du Nord. Cette maladie, connue en Chine sous le nom d'« eau vénéneuse », avait un rapport avec les insectes volants qui pullulaient au-dessus des eaux infectées. La dengue est une maladie virale aiguë transmise par le moustique *Aedes aegypti* qui vit dans l'eau accumulée dans les récipients et objets abandonnés ou dans les eaux stagnantes. La dengue hémorragique (DH) est l'une de ses formes les plus sévères : elle se manifeste par une perte de liquide et de sang, en raison de troubles de la coagulation, qui peut déboucher en quatre à huit heures sur un syndrome de choc et sur la mort.

HANFU. Le *hanfu* est le vêtement traditionnel porté par l'ethnie han, la population majoritaire de la Chine tout au long de son histoire. Il consiste en une ample robe aux manches larges, croisée sur la poitrine et nouée à la taille. Dessous, les hommes portent un pantalon, mais pas les femmes. Les pauvres portaient des vestes de chanvre poussiéreuses, des pantalons loqueteux et des turbans. Les dames et seigneurs se coiffaient de bonnets de soie noire et portaient des tuniques en soie aux larges manches de couleur turquoise, vermillon ou pourpre, fermées par des ceintures à plaques ou fermoirs de jade, d'or ou de corne de rhinocéros. Les toilettes étaient réglementées par les lois somptuaires, des dispositions qui réservaient les vêtements les plus luxueux – de même que les meubles et les demeures – à l'usage des classes supérieures. Dans la pratique, de telles lois étaient sans efficacité. Les modes impériales étaient impudemment imitées par des marchands parvenus, profitant de ce que neuf fois sur dix la loi n'était pas respectée. Le *hanfu* a influencé le vêtement traditionnel d'autres pays, comme le kimono au Japon, le *hanbok* en Corée ou le *áo tú thân* au Vietnam.

JIN. Les Jin, également connus sous le nom de Yurchen, étaient un peuple asiatique qui habitait la région riveraine du fleuve Amour, sur l'actuelle frontière orientale entre la Russie et la Chine. Ancêtres des Mandchous, en 1127 ils pillèrent avec succès Kaifeng, qui était alors la capitale de la Chine, conduisant l'empereur de la dynastie des Song du Nord à abdiquer. Après avoir fui la capitale, une nouvelle dynastie chinoise apparut dans le Sud et fixa sa capitale à

Lin'an. Les Song du Sud continuèrent la lutte pendant plus de dix ans contre le pouvoir des Jin avant de signer un traité de paix qui cédait tout le nord de la Chine aux envahisseurs. Malgré de nombreuses tentatives, les Song du Sud ne parvinrent jamais à récupérer les territoires perdus.

Li. Mesure chinoise de longueur équivalant à environ 560 mètres. L'exil dont étaient punis certains délits variait entre 2 000 et 3 000 *li* de distance, c'est-à-dire, approximativement, entre 1 000 et 1 500 kilomètres.

Lin'an (actuelle Hangzhou). Capitale de la dynastie des Song du Sud. Après l'invasion des Jin, les Song se replièrent au sud de la Chine et établirent leur capitale à Hangzhou, ville qu'ils rebaptisèrent Lin'an. Plus tard, la ville retrouva son ancien nom.

Moxibustion. Thérapie de la médecine orientale qui utilise la racine pressée de l'armoise à laquelle est donnée une forme de cigare ou moxa. Une fois allumée, on l'applique sur la peau du patient, provoquant de petites brûlures contrôlées, ou alors on la place à l'extrémité émoussée des aiguilles utilisées en acupuncture pour transmettre la chaleur.

Mu. Mesure de superficie territoriale équivalant à 666 mètres carrés.

Néoconfucianisme. Sous la dynastie Song, trois doctrines philosophiques coexistèrent pacifiquement : le confucianisme, le taoïsme et le bouddhisme. Mais un courant appelé néoconfucianisme prit son essor dans l'élite bureaucratique, une renaissance confucianiste qui préserva les principes moraux et politiques traditionnels, les amalgamant avec des éléments conceptuels taoïstes et bouddhistes dans lesquels entraient quelques-unes des idées extraites du *Livre des mutations* (*Yi Jing*), outre les théories du yin et du yang associées au symbole Taiji. Les peintures de Confucius, Bouddha et Laozi buvant au même pichet de vinaigre sous le titre *Les trois maîtres sont un* est un motif néoconfucianiste typique. Mais de nombreux néoconfucianistes se déclaraient ouvertement opposés à ces courants, rejetant le bouddhisme en tant que foi et condamnant l'adoration de Bouddha. Les textes néoconfucianistes adaptèrent pourtant des pensées et croyances bouddhiques aux intérêts confucianistes. En Chine, le néoconfucianisme fut le credo officiellement reconnu à partir de son développement sous les Song et jusqu'au début du xxᵉ siècle. Parmi de nombreuses règles, le néoconfucianisme condamnait l'ouverture des corps, mais il permettait l'examen de ceux qui, que ce soit à cause ou en conséquence de la mort, étaient déjà ouverts. De même, ils considéraient l'homosexualité comme une conduite libidineuse blâmable.

PALANQUIN. Sorte de chaise ou de litière portable, généralement fermée et couverte, utilisée en Orient pour transporter les personnes importantes.

PIÉTÉ FAMILIALE. Voir RITES.

PRÉFECTURE. Sous la dynastie des Song du Sud, la Chine était administrativement divisée en seize circuits ou provinces (*lu* ou *tao*), d'une taille semblable à celle de l'Irlande, dont le responsable était l'intendant judiciaire. Chaque province était divisée en préfectures (entre dix et vingt pour chacune), des unités d'administration locale gouvernées par un nombre déterminé d'officiers et d'assistants, qui s'occupaient des différentes zones administratives. Enfin, chaque préfecture était à son tour divisée en plusieurs sous-préfectures ou districts (*xian*), entre deux et vingt par préfecture, le plus souvent dirigées par deux ou trois officiers : le sous-préfet (*zhixian* ou *xianling*) faisait office de chef juridique et magistrat de son secteur, en plus de s'occuper d'autres aspects de l'administration. Sous ses ordres se trouvaient un contrôleur (*zhupu*) chargé de la perception des impôts et un gendarme ou chef de police (*xianwei*) responsable du respect de la loi et de l'ordre.

QIAN. Le *qian* était la principale unité d'échange en Chine. Il s'agissait d'une très fine pièce de monnaie de cuivre perforée en son centre pour pouvoir être enfilée sur une cordelette qu'on attachait ensuite à la ceinture. D'où le nom de ligatures employé pour désigner indifféremment les cordelettes de cent ou de mille *qian*. Une ligature de mille *qian* pesait environ cinq kilos et équivalait à un *tael* (environ quarante grammes d'argent pur). Sous les Song, les *qian* coexistèrent avec le papier-monnaie. Au début, ce papier consistait en billets semblables à des certificats de crédit garantis par des sommes d'argent déposées dans les maisons de grands commerçants, mais plus tard l'État participa à la production d'actes de crédit, puis émit une monnaie de papier régulière. Pour dissuader les faussaires, on décréta pour eux la peine de mort en même temps que d'importantes récompenses pour les délateurs ; les deux avertissements étant imprimés sur les billets eux-mêmes, avec le dessin d'un faussaire pendu ou écartelé pour que les analphabètes le comprennent. Le papier portait également le dessin de dix ligatures de cent pièces pour que les illettrés connaissent sa valeur.

Rites et piété filiale. Les rites sont les règles qui organisent la société, structurée selon une stricte hiérarchie : l'homme ne se définit pas par sa personnalité, mais par l'observation des rites, c'est-à-dire à travers le comportement réglementé considéré comme le plus juste par rapport à son statut social. Tout comme envers leurs parents biologiques, les sujets doivent respecter la piété filiale envers leur « père empereur », un être vertueux doté en outre de la qualité de bienveillance, qui a le droit et le devoir de gouverner. Dans la culture chinoise traditionnelle, la spécialisation dans des cérémonies a été une constante parmi les membres de la Cour et les familles aristocratiques, surtout pendant la période confucianiste. Le *Li Ji* comme le *Bohutong* (*Livres des rites*) stipulent que la mort de l'un des parents mérite trois ans de deuil et que la manière la plus orthodoxe de le suivre est de se retirer de la vie publique, de porter un vêtement fait de toile grossière et de vivre dans une cabane à proximité de la tombe. Les gens humbles qui ne pouvaient se permettre d'arrêter de travailler se contentaient de ne pas assister aux fêtes, de ne pas se marier pendant les trois années que durait le deuil et ils s'abstenaient de toute relation sexuelle. Les Chinois offraient des sacrifices à leurs morts pendant les rites funèbres – taoïstes, bouddhistes, confucianistes ou une combinaison des trois.

Mais le mot « sacrifice » n'a pas la signification occidentale de « trancher le cou d'un être humain ou d'un animal en offrande à un dieu » ; il se réfère en réalité à un sacrifice personnel, c'est-à-dire à une « privation volontaire de quelque chose en vue d'obtenir autre chose ». Par exemple, si une personne offrait une corbeille de fruits en sacrifice à ses défunts, cela supposait pour elle une privation : elle ne mangeait pas les fruits afin d'en faire profiter les membres défunts de sa famille. Les funérailles s'effectuaient sous forme de crémations ou d'enterrements ; si le mort était enterré, au bout d'environ sept ans ses os étaient rituellement exhumés, nettoyés, puis de nouveau enterrés.

SAMPAN. Le sampan est une embarcation plate, sans quille, de 3,5 à 4,5 mètres de long, utilisée pour le transport de voyageurs ou de marchandises, pour la pêche et même comme maison. Littéralement, *sam pan* signifie « trois planches », par référence à sa construction élémentaire qui utilise une planche pour le fond et deux autres pour les flancs. Par extension, on appelle également sampan la jonque chinoise, le voilier traditionnel sans doute le plus ancien que l'on connaisse, qui a conservé sa forme originelle depuis son apparition en l'an 600 de notre ère.

TEMPS. Alors qu'en Occident la naissance du Christ marque l'an I de notre ère ou, dans les pays musulmans, le jour où Mahomet a fui La Mecque, en 622, dans la Chine impériale, une ère nouvelle commençait chaque fois qu'un empereur montait sur le trône ; il arrivait d'ailleurs, en fonction de sa volonté et des desseins zodiacaux, qu'un même règne connût plusieurs ères.

Ainsi, au cours de son règne (1194-1224), l'empereur Ningzong établit quatre ères : la première, de 1195 à 1200, qu'il nomma Qingyuan ; la deuxième, de 1201 à 1204, Jiatai ; la troisième, de 1205 à 1207, Kaixi ; et la quatrième, de 1208 à sa mort à cinquante-six ans, Jiading.

Pour ce qui est des mois, chaque année était divisée en douze à partir de février (mois de la première lune) et se terminait en janvier (mois de la douzième lune). Chaque année était également divisée en vingt-quatre périodes climatiques.

Le jour était fractionné en douze intervalles de deux heures chacun appelés *shichen*. (Une heure chinoise équivalait à deux heures occidentales.) Chaque *shichen* se divisait en huit *ke* (quinze minutes), qui comptait quinze *fen*, un *fen* équivalant donc à une minute. Une heure s'appelait *shike*, et un *ke* correspond à un quart d'heure.

Cette différence est particulièrement importante pour l'établissement des délais de la mort. La loi stipulait qu'il ne pouvait s'écouler plus de quatre heures entre la dénonciation d'un crime et le moment où le juge responsable examinait le cadavre. Dans le roman, pour favoriser une lecture plus aisée, j'ai préféré employer le terme occidental d'« heure » plutôt que son correspondant chinois *shichen* ; le temps maximum accordé pour commencer l'examen d'un cadavre serait en réalité de quatre *shichen*, autrement dit huit heures occidentales. Comme on ne comptabilisait pas les heures nocturnes, dans la pratique le délai avant de commencer une enquête *in situ* pouvait aller jusqu'à seize heures occidentales.

La dénomination des heures et leur classification était la suivante :

Zi	Heure du Rat	23 h - 01 h
Chou	Heure du Buffle	01 h - 03 h
Yin	Heure du Tigre	03 h - 05 h
Mao	Heure du Lapin	05 h - 07 h
Chen	Heure du Dragon	07 h - 09 h
Si	Heure du Serpent	09 h - 11 h
Wu	Heure du Cheval	11 h - 13 h
Wei	Heure de la Chèvre	13 h - 15 h
Shen	Heure du Singe	15 h - 17 h
You	Heure du Coq	17 h - 19 h
Xu	Heure du Chien	19 h - 21 h
Hai	Heure du Cochon	21 h - 23 h

La dénomination des mois :

Février	*Premier mois*
Mars	*Mois de l'abricot*
Avril	*Mois de la pêche*
Mai	*Mois de la prune*
Juin	*Mois de la grenade*
Juillet	*Mois du lotus*
Août	*Mois de l'orchidée*
Septembre	*Mois de l'olivier parfumé*
Octobre	*Mois du chrysanthème*
Novembre	*Bon mois*
Décembre	*Mois de l'hiver*
Janvier	*Dernier mois*

Depuis l'introduction du bouddhisme en Chine, chaque année porte le nom d'un signe du zodiaque qui se répète cycliquement tous les douze ans. Les signes du zodiaque chinois coïncident avec ceux des heures.

Les mois sont rassemblés en trois groupes : *Meng* (premier), *Zhong* (milieu), *Ji* (dernier), et quatre saisons : *Chun* (printemps), *Xia* (été), *Qiu* (automne) et *Dong* (hiver). Le nom des mois est formé par la combinaison des deux concepts : ainsi *jiqiu* est-il le dernier mois de l'automne. Les mois peuvent également être désignés comme les heures et les années ; ils sont composés de trois semaines de dix jours chacun.

UNIVERSITÉ. Comme les dirigeants des dynasties précédentes, les Song ont voulu que les charges publiques soient occupées par les citoyens les plus vertueux et les plus compétents, indépendamment de leur extraction économique ou sociale. Cette idée a donné naissance au « système d'examens pour le service civil », une procédure qui permettait à n'importe quel citoyen de se présenter aux très difficiles épreuves d'accès et, en fonction des points obtenus, d'entrer dans la fonction publique, carrière qui pouvait culminer avec le poste de Premier ministre de la nation.

Les Song ont créé des écoles primaires dans toutes les capitales de comté et des écoles supérieures dans toutes les préfectures. Même les villages ruraux avaient des collèges, ce qui, grâce à la diminution du prix des livres par la diffusion de l'imprimerie, a pratiquement fait disparaître l'analphabétisme.

Dans la capitale, Lin'an, la proximité de l'université et de la Cour a conduit de nombreux élèves à s'impliquer dans des activités politiques, ce qui a été critiqué par les hauts fonctionnaires du gouvernement, qui n'ont pas hésité à boycotter les cours. La situation est devenue si alarmante que Jia Sidao en personne, le célèbre conseiller en chef de l'empereur Li Zong (1225-1264), a dû infiltrer des étudiants espions dans l'université.

Les académies privées, appelées *Shuyuan*, se sont révélées les seules structures d'enseignement supérieur dans des disciplines aussi spécifiques que la médecine (Académies Hanlin, Bailudong, Yuelu, Chongshan, Shigu et Yintianfu). À la différence des écoles d'État, les maîtres des académies ne transmettaient pas seulement la connaissance des classiques. Ils enseignaient également la recherche, si bien qu'ils faisaient figurer dans leurs cours les résultats de leurs propres enquêtes, approfondissant ainsi leur compréhension. Les savants adjoints à une académie pouvaient se voir attribuer une chambre et une rémunération, et de nombreuses académies disposaient de logements pour les étudiants. Ces institutions étaient financées par de hauts responsables, de riches commerçants et parfois même par l'État.

L'académie la plus élitiste et la plus influente, Hanlin, avait été fondée pour former de hauts fonctionnaires de la Cour et des archivistes. Les classes aisées jouissaient d'un accès plus facile à la formation et le nombre de femmes cultivées dans la haute société indique qu'il n'était pas rare que les filles de ces familles reçoivent une bonne éducation.

Violence. La violence physique comme châtiment était quelque chose d'inhérent à la société médiévale chinoise. En fait, l'immense majorité des délits décrits dans le code pénal étaient punis de coups de bâton.

Cela était dû pour une part à l'efficacité dissuasive de la douleur et, de l'autre, à l'incapacité où se trouvait la plus grande partie de la population de payer des amendes. La peine de prison s'appliquait seulement si elle était associée aux travaux forcés dans les mines de sel ou dans l'armée. Le châtiment physique était donc le moyen habituel et le plus répandu de punir toutes sortes de mauvaises conduites, y compris dans le privé, au sein de la famille.

Wuzuo. Avant que ne se généralise la spécialisation des juges ordinaires en médecins légistes ou lecteurs de cadavres, ceux-ci étaient assistés par les *wuzuo*, hommes peu cultivés qui se chargeaient des tâches les plus ingrates comme nettoyer, ouvrir les corps, extraire les organes et les examiner, tandis que le juge chargé de l'enquête, à l'écart, prenait des notes. En général, les *wuzuo* étaient aussi guérisseurs, bouchers ou tueurs d'abattoir.

Yurchen. Voir Jin.

REMERCIEMENTS

« En dernier, le plus important »

Après des années de travail intense, des dizaines de brouillons jetés, des journées épuisantes qui ont vidé le mot repos de son sens, lorsque enfin on tourne la dernière page et qu'on regarde le manuscrit terminé, on pousse un soupir de soulagement avant de se sentir envahi par une douloureuse incertitude. Ayant donné le meilleur de soi, on éprouve certes un sentiment de satisfaction, mais une petite voix intérieure nous dit que ce n'était peut-être pas suffisant. On aurait voulu approfondir davantage, revoir plus longuement, rendre son texte encore plus vibrant et plus surprenant. L'espace d'un instant, on pense que tant d'efforts ne seront peut-être pas récompensés par l'approbation des lecteurs : celle qui nous manque quand nous échouons, mais qui nous pousse lorsqu'ils ont aimé notre roman. C'est alors qu'on se souvient de tous ceux qui nous ont aidé en chemin. On se remémore les appels insistants et affectueux de nos parents qui nous demandaient : « Comment ça va, mon fils ? Et ton roman… ? »

On se souvient de ses frères et sœurs, les meilleures personnes au monde… et de sa fille…

On se souvient de ses amis, les anciens et les plus récents. Ceux qui nous ont toujours accompagné et ceux qu'on a eu la chance de rencontrer. Des amis comme Santiago Morata, Fernando Marías, Antonio Penadés, Alejandro Noguera, Lucía Bartolomé, Manuel Valente, Anika Lillo ou Carlos Aimeur. Des amis qu'il faut remercier pour leur aide, leur proximité et leur affection. On se souvient des éditeurs d'ici et d'ailleurs qui nous ont fait confiance et ont parié sur nous. On se souvient de Ramón Conesa, notre agent chez Carmen Balcells, toujours prêt à nous donner un conseil avisé…

Tous ont partagé un espace dans ma mémoire à côté du souvenir de mes lecteurs : ceux qui m'ont écrit pour me féliciter ou me critiquer ; ceux que j'ai réussi à rendre un peu plus heureux pendant quelques jours ; et même ceux qui ne m'ont pas encore lu. Car ce sont eux qui chaque jour me stimulent. C'est pour eux qu'on donne le meilleur de soi-même, pour eux qu'il vaut la peine d'écrire.

Je me souviens en particulier de Zhuang Lixiao, conseillère culturelle de l'ambassade de Chine en Espagne, qui de façon désintéressée m'a mis en contact avec les directeurs du Musée national de Chine de Beijing, du musée d'Architecture antique de Beijing, du musée Huqing Yutang de Médecine chinoise de Hangzhou, du Musée de la province du Zhejiang, du musée d'Histoire de Hangzhou et du Mausolée du général Yue Fei. Je ne peux oublier le docteur Phil A. R. Hill, bibliothécaire de la White City de Londres, qui m'a conseillé sur plusieurs textes et sur la bibliographie, de même que je me dois de rappeler celui que j'ai déjà mentionné, le docteur Devaraj Mandal, médecin légiste, ainsi que le prestigieux sinologue Jacques Gernet, sans qui il m'aurait été impossible de donner à ce roman la crédibilité nécessaire.

J'ai la chance de ne pas avoir à me souvenir expressément de mon épouse Maite, car Dieu merci je jouis chaque jour de sa présence. Elle est mon phare dans les bons comme dans les mauvais moments. Elle est le plus beau cadeau de ma vie.

Enfin je veux dédier mes derniers mots à quelqu'un que nous avons tous aimé lorsque nous l'avons connu. Une personne qui parlait peu, mais qui m'a beaucoup appris. Par ses actes, par son humilité et son honnêteté, il m'a enseigné des choses qui ne sont pas dans les livres.

Pour lui et en sa mémoire.

Merci, Eugenio.

BIBLIOGRAPHIE

AMEUILLE Pierre, ROUSSY Gustave, *Technique des autopsies*, éditions Octave Doin et Fils, 1910.

BAILEY Alison, KNAPP Ronald, NEVILLE-HADLEY Peter, *Chine*, Solar, 2008.

BIRGE B., *Women, Property, and Confucian Reaction in Sung and Yüan China*, Cambridge University Press, New York, 2002.

BRICON Paul et MAGLOIRE BOURNEVILLE Désiré, *Manuel de technique des autopsies*, Librairie du Progrès médical, A. Delahaye et E. Lecrosnier, 1885.

CHAFFEE J. W., *Branches of Heaven. A History of the Imperial Clan of Sung China*, Harvard University Asia Center, Massachusetts, 1999.

Collectif, *Anthologie de la poésie chinoise classique*, Gallimard, 1982.

CONFUCIUS et MENCIUS, *Les Quatre Livres de philosophie morale et politique*, traduits du chinois par M. G. Pauthier, Charpentier, Paris, 1858 (http://gallica.

bnf.fr/ark:/12148/bpt6k5421352k/f2.planche-contact) ; Nabu Press, 2010.

COYAUD Maurice, *Anthologie de la poésie chinoise classique* : édition bilingue, Les Belles Lettres, 2009.

DAVIS E. L., *Society and the Supernatural in Song China*, University or Hawaii Press, Honolulu, 2001.

EBREY P. B. et GREGORY P. N., *Religion and Society in T'ang and Sung China*, University or Hawaii Press, Honolulu, 1993.

FENBY Jonathan, *The Seventy Wonders of China*, Thames & Hudson, 2007.

FOLCH D., *La Construcción de China*, Península, Barcelone, 2001.

GARCÍA MENÉNDEZ Silvia et GONZÁLEZ HUERTAS José Ramón, *Historia de China*, Libsa, Madrid, 2006.

GERNET Jacques, *La Vie quotidienne en Chine à la veille de l'invasion mongole (1250-1276)*, Philippe Picquier, 2008.

—, *Le Monde chinois*, Armand Colin, 1999.

GOLDIN Paul, *Vivre à l'époque... des empereurs de Chine : Chine impériale, 960-1368 après J.-C.*, Time Life, 1998.

GONZALEZ DE MENDOZA P. Juan, *Histoire du grand royaume de la Chine situé aux Indes orientales...* Plus trois voyages faits vers iceluy en l'an 1577, 1579 et 1581... En cette nouvelle édition a esté adjoustée

une ample… description du royaume de la Chine…
nouvellement traduite du latin par Lux de La Porte,
1606.

HASKEW Michael, JORGENSEN Christer et MCNABFIGH-
TING Chris, *Techniques of the Oriental World 1200-
1860*, Amber Books Ltd, 2008.

HYMES R., *Way and Byway. Taoism, Local Religion,
and Models of Divinity in Sung and Modern China*,
University of California Press, Los Angeles,
2002.

LAO TSEU, *Tao Te King*, trad. Stephen Mitchell,
Synchronique éditions, 2008.

LAYMA Yann, FRÈCHES José, LOUSSOUARN Anne et
ZITTOUN Catherine, *Chine*, La Martinière, 2008.

LEE T. H. C., *Government, Education and Examinations
in Sung China*, The Chinese University of Hong
Kong, Hong Kong, 1985.

MCKNIGHT B., *Village and Bureaucracy in Southern
Sung China*, The University of Chicago Press,
Chicago, 19/71.

—, *Law and Order in Sung China*, Cambridge
University Press, New York, 1992.

—, et LIU J., *The Enlightened Judgments. Ch'ing-ming
Chi. The Sung Dynasty Collection*, State University
of New York Press, Albany, 1999.

MORETTI Marco, ROMAGNOLI Federica et GUADALUPI
Gianni, *Chine, l'empire du milieu,* Gründ, 2005.

NANCARROW P. H., *Early China/Wall*, Cambridge University Press, 1978.

PIMPANEAU Jacques, *Chine, mythes et dieux de la religion populaire*, Philippe Picquier, 1999.

POLO Marco, MOULE Arthur-Christopher, PELLIOT Paul et YERASIMOS Stephane, *Le Devisement du monde : Le livre des merveilles*, La Découverte, 2011.

QIZHI Zhang, *Sourcebook of Traditional Chinese Culture*, Long River Press, 2012.

SCARPARI Maurizio, *La Chine ancienne*, Gründ, 2000.

SCHAFER Edward H., *La Chine ancienne*, Time Life, 1968.

SHAUGHNESSY Edward Louis et BAUDOUX Marc, *La Chine ancienne : Pays du dragon céleste*, France Loisirs, 2002.

SHAUGHNESSY Edward Louis, *La Chine*, Taschen, 2007.

— (adapté par Emmanuel Pailler), *La Chine ancienne : Vie, art et mythes*, Gründ, 2005.

SHI PO, *Affaires résolues à l'ombre du poirier – Un manuel chinois de jurisprudence et d'investigation policière du XIIIᵉ siècle*, texte anglais établi par VAN GULIK Robert, traduit et annoté par Lisa Bresner et Jacques Limoni, Tallandier, « Texto », 2007.

STAUNTON George Thomas et RENOUARD DE SAINTE-CROIX Félix, *Ta-Tsing-leu-lée, ou les Lois fondamentales du code pénal de la Chine*, 1812.

SUNG TZ'U (SONG CÍ[*]), *The Washing Away of Wrongs: Forensic Medicine in Thirteenth-Century China*, The University of Michigan Center for Chinese Studies, Michigan, 1981.

THEROUX Paul, *La Chine à petite vapeur – Riding the Iron Rooster*, trad. Anne Damour, Grasset, 1989.

VAN GULIK Robert, *La Vie sexuelle dans la Chine ancienne*, Gallimard, 1972.

WANG Ying-Lin, *Tam Tu Kinh ou Le Livre des phrases de trois caractères*, Nabu Press, 2010.

WETZEL Alexandra, *La Chine ancienne : De la fondation de l'Empire à la dynastie Ming*, trad. Todaro Tradito, Hazan, 2007.

YOSHINOBU S., *Commerce and Society in Sung China*, The University of Michigan Center for Chinese Studies, Michigan, 1970.

ZHENG Chantal, *Mythes et croyances du monde chinois primitif*, « Bibliothèque historique », Payot, 1989.

---

[*] Le R.P. Cibot a donné une traduction partielle du *Xi Yuan Ji Lu* de Song Cí. Un catalogue de cet ouvrage est inséré dans les « Mémoires concernant les Chinois » (Huard, 1967).

Table

Le Livre de Poche s'engage pour
l'environnement en réduisant
l'empreinte carbone de ses livres.
Celle de cet exemplaire est de :
600 g éq. CO_2
Rendez-vous sur
www.livredepoche-durable.fr

PAPIER À BASE DE
FIBRES CERTIFIÉES

Composition réalisée par PCA

Imprimé en France par CPI
en juillet 2016
N° d'impression : 3018195
Dépôt légal 1re publication : juin 2015
Édition 13 - juillet 2016
LIBRAIRIE GÉNÉRALE FRANÇAISE
31, rue de Fleurus - 75278 Paris Cedex 06

Composition Nord Compo

Imprimé en Espagne par CPI
en juillet 2019
N° d'impression : 3015395
Dépôt légal 1re publication : juin 2012
Édition 11 – juillet 2019
Libraire Générale Française
21, rue du Montparnasse – 75298 Paris Cedex 06